# KAPITEL 1



»Manon, du weißt, dass du nicht über alle Konventionen hinwegschreiten kannst. Wenn du eine ehrbare Frau bleiben möchtest, sind deine Wünsche schlichtweg Fantastereien. So werden wir nie einen Mann für dich finden!« Manons Vater raufte sich die Haare und nahm einen Schluck von seinem Tee, wenngleich er es kaum erwarten konnte, sich ein Glas Cognac einzuverleiben. Seine Tochter sorgte mit ihren Allüren dafür, dass seine schwarzen Haare, auf die er immer so stolz gewesen war, sich in ein graues Gestrüpp verwandelten. Wäre nur ihre Mutter, seine Frau Claudine noch am Leben, dann würde seine Tochter nicht so aufbegehren und wäre gründlich von Kindheit und Jugend an in die Etikette einer jungen Dame eingeführt worden.

Vater und Tochter saßen im Garten ihrer Villa, dem Anwesen der Familie Proulx, das in einem der imposantesten Dörfer Südfrankreichs lag, in Gordes im Département Vaucluse. Es schmiegte sich Zuflucht suchend an die Südflanke der Monts de Vaucluse. Der Ortskern lag 600 Meter über dem Meeresspiegel, und deshalb konnte der Blick in die Ferne schweifen, aber auch über die hochgewachsenen Zypressen, die den Ort schmückten, über die in Terrassen angelegten Gärten und die mit Terracotta-Ziegeln gedeckten Dächer der Dorfhäuser, die alle aus dem sandfarbenen Kalkgestein dieser Region gebaut waren. Hohe Mauern aus dem gleichen Stein befestigten die Grundstücke, manches

Mal waren sie auf den nackten Fels gebaut. Zur linken Seite befand sich das Château de Gordes, ein Schloss aus dem 11. Jahrhundert mit Rundtürmen, und ein Stück weiter die Kirche Saint-Firmin.

Manons Blick sah weder die Weite der sanften Landschaft mit ihren Weingärten noch die Lavendelfelder, die im Tal verschwenderisch blühten und ihren Duft bis in den Garten der Familie trugen. Ihr am Morgen sorgfältig frisiertes Haar, das am Hinterkopf zu einem Knoten geformt war, schien sich ihrer Laune anzupassen. Einzelne Strähnen hatten sich gelöst und schwebten ungebändigt um ihr Gesicht. Trotz des frühsommerlichen Wetters musste sie ein Korsett unter ihrem langen Kleid tragen, das zwar aus leichtem Seidenstoff war, aber trotzdem lange Ärmel besaß. Sie schwang einen Sonnenschirm aus durchsichtiger Spitze wie eine Waffe in ihren Händen. Das Korsett erschien ihr wie das stellvertretende Symbol für die Unterdrückung der Frau. Sie wollte mehr aus ihrem Leben machen, sie wollte Philosophie oder Kunst an einer Hochschule studieren und nicht nur darauf warten, dass ihr Vater einen geeigneten Ehemann für eine Proulx fand.

*

Die riesige Villa in Gordes war für die Außenaufnahmen angemietet worden. Sie war im vorigen Jahrhundert aus dem hellen Stein der Gegend erbaut worden. Taubenblaue Fensterläden umrahmten die weißen Sprossenfenster. Und der großzügige Garten mit seiner Blütenpracht bot die ideale Kulisse für die Filmaufnahmen im Freien. Oleander, Strauchrosen, Lavendel in amphorenförmigen Terracottagefäßen und ein alter Feigenbaum mit verwachsenem Stamm waren zusammen mit den schmiedeeisernen weißen Vintage-Möbeln, die diese Ära repräsentieren sollten, perfekt von den Setdressern in Szene gesetzt worden.

»Cut! Und danke!«, rief Regisseur Berger laut.

Die letzte Einstellung war eine Halbnahe, sodass Jasmine von der Hüfte aufwärts in ihrer vollen Schönheit zu sehen war. Verwirrt blickte sie sich um und hatte Mühe, sich zurück in die Gegenwart zu bringen. Sie ging so in ihrer Rolle auf, dass sie jedes Gefühl von Zeit verlor. Sie war dann tatsächlich Manon Proulx, eine Frau, die für ihre Rechte kämpfte. Ein Thema, das auch das ihre war und über das sie sich schon viele Gedanken gemacht hatte. Damit verbunden die Verletzungen, die das Leben einem zufügte. Waren sie heilbar oder lauerten sie darauf, dich in scheinbar glücklichen Momenten wie Monster aus dem Hinterhalt anzufallen? Jasmine Blanzacs neuester Film verlor sich in diesen Themen. Und sie selbst verstrickte sich seit zwei Monaten immer leidenschaftlicher darin. Es schien ihr, als ob der Film eine Spiegelung ihres eigenen Lebens wäre. Sie fiel in eigene Abgründe und spielte dadurch so authentisch, dass jeder am Set sie bewunderte.

Ihr Agent Adrian kannte diese Hingabe Jasmines, die oft einer Selbstaufgabe glich. Er wusste, dass sie dabei Überwachung und Unterstützung brauchte, um den Anforderungen gewachsen zu sein.

Der Regisseur Etienne Berger arbeitete zum ersten Mal mit Jasmine und war begeistert, das war für ihn die hohe Schule der Schauspielkunst. Wie fragil Jasmine eigentlich war, hatte er noch nicht realisiert. Sie würde auch 24 Stunden an einem Stück arbeiten, ohne ihre eigenen Grenzen zu achten, bis zur totalen Erschöpfung. Für Berger war das Endergebnis wichtig, er wollte seine Goldene Palme in Cannes gewinnen. Der Film sollte dort im nächsten Jahr auf jeden Fall vorgestellt werden. Dementsprechend ehrgeizig war seine Arbeitsweise.

Als Kind war Jasmine in der Schule aufgefallen, weil sie sich ohne Mühe in jede Rolle des jeweils geplanten Theaterstückes hineinversetzen konnte. Die damaligen Lehrer waren beeindruckt gewesen von ihrem einzigartigen Einfühlungsvermögen. Stand sie auf der Bühne, waren alle im Saal verstummt, hatte sie die ganze Aufmerksamkeit auf sich gezogen. Das aber hatte viele Neider hervorgebracht. Die missgünstigen Mitschülerinnen hatten sie gemobbt, sie ausgeschlossen, und sie hatte dann gemeint, es sei ihre Schuld.

Das war auch heute nicht anders. Jeden am Set zog sie in ihren Bann, sobald sie zu spielen begann. Gott hatte ihr ein unermessliches Talent gegeben, das Jasmine jedoch selbstverständlich erschien. Sie konnte nicht verstehen, warum ihre Mitmenschen so ein großes Aufsehen darum machten.

Hinzu kam ihr atemberaubendes Aussehen. Bei einer Größe von 1,75 Metern hatten sich 56 Kilogramm genau an die wesentlichen Stellen ihres Körpers verteilt, nämlich auf Brüste und Hüften. Zu ihrem göttinnengleichen Körper trug sie die Haare fast bis zum Po. Sie umschmeichelten ihren Oberkörper in dicken blonden und bernsteinfarbenen Strähnen und in großzügigen Wellen. Ihr Blick aus blaugrauen Augen war so intensiv, dass er das Gegenüber unmittelbar fesselte. Die Männer verfielen diesem Zauber sofort. Kein Wunder, dass sie mit ihrer Schönheit und ihrem unvergleichlichen Talent der neue Liebling des französischen Films war.

*

Die Szene, an der sie heute arbeiteten, wurde in den Tremblay-Studios in Cannes gedreht. Jasmine führte als Manon Proulx mit ihrem Vater, dargestellt von Maxime Leandres, ein heftiges Streitgespräch über die von ihm arrangierte Heirat. Der Filmabschnitt wurde nun zum zwölften Mal wiederholt.

»Klappe, die zwölfte«, sagte der zweite Kamera-Assistent, bevor er die Regieklappe schlug.

Ihr Filmpartner Maxime verlor kurz den Faden, als sie ihn bei der Streitszene mit einer Intensität angriff, als ob er, Maxime, verantwortlich für sie als Tochter wäre.

»Nie, aber auch nie wirst du verstehen, wie ich mich fühle. Denn du bist als Mann zur Welt gekommen, ich als Frau«, schleuderte sie ihm mit einer tiefen Verzweiflung entgegen. Jasmine schlug die Hände vors Gesicht und brach in herzzerreißendes Schluchzen aus. »Wäre ich doch nie geboren worden! Der Fluch des Frau-Seins liegt auf mir!« Sie raufte sich die Haare, sodass sich die Locken aus ihrem Nackenknoten lösten. »Warum verstehst du nicht, dass ich noch nicht heiraten möchte? Ich will etwas Sinnvolles tun! Nicht die stumme, willfährige Hälfte an der Seite eines Mannes sein! Ich möchte selbst über mein Leben bestimmen!« Die letzten Worte hingen in der Luft, und Jasmine atmete mit einer Heftigkeit, dass sich ihre Brust hob und senkte.

Die Crew am Set war vollkommen gebannt. Jasmine war nicht anzumerken, dass der Spieltag schon 15 Stunden verschlungen hatte. Maxime jedoch war definitiv am Ende.

Etienne Berger, der Regisseur, rief ungeduldig: »Maxime, ich brauche mehr Drama von dir! Jasmine, sehr gut!« Mit einer schnellen Handbewegung schob er sich die Haare aus der Stirn. »Wir machen 15 Minuten Pause, dann drehen wir die Szene noch einmal, bis sie im Kasten ist. Vorher geht keiner nach Hause.«

Jasmine schlüpfte in ihre Garderobe, ihren Zufluchtsort. Ihre Maskenbildnerin wollte sie wieder zurechtmachen. »Jetzt nicht, Sara.« Sie winkte sie genervt hinaus.

Der Spiegel warf ihr ein müdes, eingefallenes Gesicht entgegen. Entsetzt hielt sie mit beiden Händen ihre Wangen fest, als ob ihr das neue Energie geben könnte. Lange würde sie diese endlosen Drehtage nicht mehr aushalten, auch wenn sie sich nichts anmerken ließ. Wo war Adrian, ihr Agent? Er wüsste, wie sie sich jetzt fühlte. Unruhe machte sich in ihr breit. Berger saugte alle Substanz aus ihr heraus, so fühlte es sich gerade an. Sie brauchte Stoff, auch wenn sie sich vorgenommen und Adrian versprochen hatte, zu widerstehen. Das Kokain würde sie wieder auf die Beine bringen. Wo hatte sie die kleine Flasche nur versteckt?

Draußen klingelte es, die Pause war gleich zu Ende.

Sara klopfte an die Tür. »Kann ich reinkommen?«

»Nein, verdammt noch mal, nein! Lass mir noch vier Minuten meine Ruhe!«, schrie die Schauspielerin zornig. Die Unruhe in ihr wuchs, sie fühlte sich wie ein Tiger im Käfig, der seine 800. Umdrehung in der immer gleichen Richtung hinter sich gebracht hatte. Dementsprechend tigerte sie auf der Suche nach dem erlösenden Stoff durch das kleine Zimmer.

Ganz hinten im Garderobenschrank, hinter den Handtüchern, Bademänteln und anderen Kleidungsstücken, leuchtete ihr ein kleines Glasfläschchen mit silbernem Verschluss entgegen. Hastig schraubte sie es auf, darin glitzerte eine kleine Menge strahlend weißes Pulver. Schnell nahm sie einen Handspiegel vom Schminktisch, klopfte eine Spur des staubigen Puders darauf und zog ein Schnupfröhrchen aus reinem Silber aus ihrer Handtasche, das sie immer bei sich trug. Geschickt zog sie damit die vorbereitete Line in ihre Nase.

Ein Zittern durchlief ihren Körper, der Energieschub kam wie immer unerwartet intensiv. Die Müdigkeit war wie weggeblasen, und ein grandioser euphorischer Zustand nahm von ihr Besitz. Sie ging zum Waschbecken und wusch sich die Nase aus.

Jasmine übertrieb es nicht mit dem Koks. Nur wenn sie total ausgepowert war, so wie heute, nahm sie eine Line. Sie würde Etienne Berger beweisen, wer Frankreichs beste Schauspielerin war. Als sie zum Set zurückging, schien das pure Leben kraftvoll durch ihre Adern zu pulsieren.

Sara hatte gerade Maximes wirre Haare wieder in Form gebracht und rannte nun auf sie zu. Jetzt ließ Jasmine sie gewähren, die Unruhe war verflogen, sie fühlte sich unsterblich.

Obwohl es mittlerweile nach 24 Uhr war, befand sich die komplette Crew noch am Set in einem der Filmkulissenräume der Tremblay-Studios in Cannes. Die Studios gehörten dem *Duc* Boniface de Tremblay. Seinen Titel, dem deutschen »Herzog« entsprechend, verwendete er selten, wohl aber das Geld seiner adligen Familie, das sich über die Jahrhunderte vermehrt hatte. Mit diesem Geld finanzierte er Bergers Film. Die Studios lagen an der Avenue Francis Tonner in einem Industriegebiet. Sie waren nicht riesig, hatten aber alles, was für diesen Film gebraucht wurde. Fast alles – für ein paar Szenen hatten sie Außenaufnahmen machen müssen. Gestern in Gordes, davor in Saint Maxime an der südfranzösischen Riviera und in Paris.

Alle waren hundemüde, es wurde oft gegähnt. Doch der Regisseur und seine Hauptakteurin schienen noch immer energievoll.

Als die letzte Szene endlich im Kasten war, rief Etienne Berger seiner 14-köpfigen Mannschaft zu: »*Ça suffit maintenant!* Feierabend, für heute ist Schluss«, und klatschte enthusiastisch in die Hände.

Alle atmeten erleichtert auf, obwohl es morgen früh gleich weitergehen würde.

Jasmine tanzte in ihrem viktorianischen Kostüm durch das Filmset und machte sich auf den Weg zu ihrer Garderobe, um sich abzuschminken und umzukleiden. Am Rand des Sets fing eine Frau sie ab, die anscheinend auf sie gewartet hatte. Jasmine wollte an ihr vorbeigehen, denn nach dem Drehen war sie nicht zum Plaudern aufgelegt, sondern brauchte ihre Ruhe.

Doch die überschlanke Frau mit den langen dunklen Locken hielt sie auf, indem sie ihre Hand auf Jasmines rechten Arm legte. »Jasmine, erkennst du mich nicht?«

Jasmine schaute erstaunt zuerst auf die Hand, dann auf die aufdringliche Person. Noch dämmerte es ihr nicht.

»Ich bin's, Aimé!« Die Stimme der Frau klang verärgert, als sie realisierte, dass Jasmine sie nicht sofort erkannte. Das zuvor liebenswürdige Lächeln wich einer arroganten Maske. »Sag bloß, du weißt nicht mehr, wer ich bin? Aimé Raisuni, deine alte Studienkollegin!«

Jetzt erst identifizierte Jasmine ihr Gegenüber. Aimé hatte in Paris mit ihr auf der »Conservatoire national supérieur d'art dramatique«, Frankreichs ältester und bedeutendster Schauspielschule, studiert und mit ihr und weiteren Mitstudierenden in einer Wohngemeinschaft gelebt. »Ah, Aimé, entschuldige«, stotterte Jasmine peinlich berührt. »Du hast dich ziemlich verändert.«

»Ja, ich hab das reichliche marokkanische Essen meiner Mutter abgesetzt. Hab 19 Kilo abgenommen.« Stolz präsentierte Aimé ihre Figur und drehte sich um sich selbst.

Inzwischen waren alle anderen vom Filmset verschwunden, sie hatten alles stehen und liegen gelassen, um schnell nach Hause zu kommen. Nur Sara und der Regisseur waren noch da. Und der Nachtportier, denn nachts war das Filmstudio bewacht.

»Komm doch mit in meine Garderobe. Während Sara mir hilft, mich auszukleiden, können wir uns unterhalten.«

Aimé wirkte erfreut und stolzierte hinter Jasmine her. Als sie an Regisseur Berger, der noch in seinem Skript blätterte, vorbeikamen, inszenierte Aimé sich und drehte sich einmal um sich selbst, um auf sich aufmerksam zu machen. »*Bon nuit, Monsieur*«, rief sie laut.

Berger sah nur kurz von seinen Papieren hoch und nickte mäßig begeistert.

Sara zog Jasmine in der Garderobe das dunkelgraue Seidenkostüm aus und hängte es an den fahrbaren Garderobenständer. »Soll ich dir noch die Haare bürsten?«, fragte sie freundlich.

»Nein, danke, du kannst gehen. Du bist bestimmt auch müde.«

Sara bejahte mit einem Nicken und verabschiedete sich.

Aimé setzte sich auf das Sofa, während die junge Schauspielerin sich abschminkte.

»Warum hast du dich nicht angemeldet? Ich habe heute den ganzen Tag gedreht, und morgen früh geht es gleich weiter.«

»Ach, Jassi, in Paris haben wir während des Studiums oft die Nächte durchgemacht.« Aimé wirkte beleidigt. »Ich bin den weiten Weg gefahren, um dich zu sehen, und du freust dich gar nicht.«

Im Manipulieren war Aimé schon immer gut gewesen, sofort keimte ein schlechtes Gewissen in Jasmine auf. »Doch, ich freue mich. Aber warum hast du nicht Bescheid gegeben? Du weißt doch, was hier los ist.«

»Jaja, der neue Star am französischen Filmhimmel. Da kann man seine guten alten Freunde schon mal vergessen.«

Jasmine stutzte. Richtig gute Freundinnen waren sie nie gewesen. Aimé war seit jeher eifersüchtig auf sie und hatte es ihr nie verziehen, dass sie talentierter und deswegen oft bevorzugt worden war. Sie will bestimmt etwas von mir, dachte sie, während sie sich mit einer dicken Schicht Reinigungsmilch die Schminke aus dem Gesicht wischte. Das ist kein Freundschaftsbesuch.

Aimé setzte ein Lächeln auf, das ihre Augen nicht erreichte. »Ich mach hier ein paar Tage Urlaub, da hab ich gedacht, ich könnte dich besuchen. Wir haben uns schon so lange nicht mehr gesehen.«

Jasmine überfiel eine große Müdigkeit. Die Wirkung des Kokains ließ nach, und ihre Hände, der Kopf, der Körper wurden plötzlich tonnenschwer. Sie antwortete nicht, ihre Gedanken hatten sich verlangsamt.

»Sag mal, Jassi, kannst du mir nicht helfen und bei Berger ein gutes Wort für mich einlegen? Dreht ihr nicht sogar einige Szenen in Casablanca?«

Jetzt wurde Jasmine klar, warum ihre »gute alte Freundin« ihr diesen unerwarteten Besuch abstattete. Wahrscheinlich fehlten ihr die Angebote. Sie hatte unbedingt Schauspielerin werden wollen, trotz ihres mangelnden Talents. Ihre reichen Eltern hatten ihr dies ermöglicht und ihr sowieso jeden Wunsch erfüllt. »Aimé, ich kann ihn morgen fragen, ja? Aber mach dir nicht zu viele Hoffnungen, denn eigentlich sind alle Rollen besetzt, und außerdem haben wir schon über die Hälfte des Filmes gedreht. Du hättest zum Casting kommen sollen«, entgegnete sie und nahm die Nadeln aus den hochgesteckten Haaren. Während sich Jasmine mit ihrer schimmernden Haarpracht beschäftigte, die in sanften Wellen über ihren Rücken wallte, konnte sie Aimés Neid förmlich spüren. »Bitte, sei nicht beleidigt, wenn ich heute keine Zeit mehr für dich habe. Ich bin total erschöpft. Berger saugt mir das Innerste aus dem Leib, ich kann heute einfach nicht mehr.«

»Das hätte ich mir ja denken können. Ich war immer für dich da, und du lässt mich jetzt sitzen?« Aimé funkelte sie wütend an und stand unvermittelt auf. Die »marokkanische Prinzessin« bekam ihren Wunsch nicht erfüllt.

»Sei nicht böse. Komm doch morgen wieder vorbei«, meinte Jasmine entschuldigend, »dann kann ich dich Etienne Berger vorstellen. Ich kündige dich auch an, sodass du ohne Schwierigkeiten ans Set darfst.«

Aimé schüttelte theatralisch ihre dunklen Locken. Mit einem »Wir werden sehen!« rauschte sie eingeschnappt davon.

# KAPITEL 2

Danielle Tisserand saß in ihrem Büro der Kriminalpolizei von Nizza, als ihr Handy läutete. Der Klingelton spielte die Anfangsmelodie von »Mon manège a moi«, interpretiert von Édith Piaf, ihrer Lieblingssängerin. Danielle kannte alle Lieder der berühmten französischen Chanteuse. Das Xylofon und der Bass schlugen die ersten Takte an, die die Hauptkommissarin immer in gute Laune versetzten und sie an Raymond denken ließen. »*Tu me fais tourner la tête*«, sang der »Spatz von Paris«. »Du verdrehst mir den Kopf.«

Raymond verdrehte ihr auch den Kopf. Er war ihr Traummann, der sie mit all der Kraft seines Seins liebte. Er verwöhnte sie, bekochte sie, kaufte ihr teure Geschenke, lud sie auf seine Jacht ein, das Geld dazu hatte er. Allerdings hatte sie ihm noch nicht alle Türen ihres Herzens geöffnet. Altlasten aus der vorhergehenden Beziehung verunsicherten sie immer noch, obwohl sie nicht über mangelndes Selbstbewusstsein klagen konnte. Damals hatte sie einen widersinnigen Kampf mit der Mutter um deren Sohn ausgefochten. Niemals war sie dieser Frau gut genug gewesen, was schließlich zum Scheitern der Liaison mit Alain geführt hatte. Die ganze Situation hatte ihn immer weiter von ihr entfernt. Oder war es umgekehrt gewesen und sie hatte sich in eine sichere Distanz begeben? Auch wenn Danielle nach außen hin selbstbewusst wirkte, war sie doch eine Frau mit divergenten Gefühlswelten. Gab es überhaupt eine Frau, die vollkommen mit sich im Reinen war?

Jedenfalls hatte sie das starke Gefühl, dass Raymonds Mutter ebenfalls nicht einverstanden war mit der Wahl ihres Sohnes. Oder bildete sie sich das nach Alain nur ein? Aber darüber wollte sie jetzt nicht nachdenken. Wie schön es gewesen war, als Ray, so nannte sie ihn gern, ihr über den Weg gelaufen war. Sie war an einem Montagabend auf dem großen Flohmarkt in der Altstadt von Nizza auf dem Cours Saleya unterwegs gewesen, wo dienstags bis samstags der berühmte Blumen- und Wochenmarkt stattfand. Sie liebte es, durch den montäglichen kunterbunten Trödelmarkt zu streifen. Sie hatte gerade eine Art-déco-Vase erstanden und betrachtete sie voller Begeisterung, als sie beim Weitergehen mit einem Herrn zusammenstieß. Dabei fiel die Vase zu Boden und zerbrach. Raymond war das damals so peinlich gewesen, dass er darauf bestanden hatte, gemeinsam mit ihr nach einem neuen Keramikgefäß zu suchen und den Schaden wiedergutzumachen. Anschließend hatte er sie auf einen *café* eingeladen. Diese schicksalhafte Karambolage hatte ihr beider Leben verändert.

Ihr Mobiltelefon gab die letzten Takte des Chansons wieder. Du meine Güte, dachte Danielle erschrocken, während sie das Gespräch annahm, vielleicht sollte ich den Klingelton doch ändern, sonst verpasse ich glatt jeden Anruf vor lauter Träumerei. »*Allô*?«

Ein verzweifeltes Schluchzen klang durch den Hörer, das sie nicht gleich einer Person zuordnen konnte. Erst nach ein paar deutlicher gesprochenen Worten wusste sie, wer dran war: ihre Schwester Josette.

»Dani, mein Leben ist dahin! Alles, wofür ich tagtäglich arbeite, mich abmühe, lebe, scheint so sinnlos!« Sie weinte.

Danielle war bestürzt. Die beiden Schwestern waren nach

dem Tod ihrer Mutter Céleste noch näher zusammengewachsen und waren zugleich beste Freundinnen. »Mein geliebtes Schwesterherz, was ist denn los? So hab ich dich ja noch nie erlebt!«

Dass Josette so viele Tränen vergoss, geschah sehr selten. Ihr Leben verlief in geordneten Bahnen mit ihrem Mann Henri, einem Finanzbeamten, ihren fast erwachsenen Söhnen Damien und Gérard und dem 14-jährigen Nesthäkchen Marciella. Die Familie ihrer Schwester lag Danielle sehr am Herzen.

»Dani, Henri hat eine andere.« Das Weinen ging in ein Wimmern über.

»Das kann ich mir nicht vorstellen, er liebt euch doch über alles!«

»Ja, seine Kinder. Aber was ist mit mir?«, brach es wütend aus Josette heraus. »Was ist mit seiner doofen Frau, die ihm jeden Tag ein komplettes Menü kocht? Die hinter ihm herräumt und seine Wäsche macht? Weil er, der große Chef, ja so viel arbeiten muss. Da ist es unglaublich angenehm für ihn, dass seine dumme Ehefrau nur in Teilzeit tätig ist und zu Hause den ganzen Rest erledigt!«

»Josie, wo bist du? Bei der Arbeit in der Bibliothek? Ich komme jetzt zu dir und wir reden in Ruhe über alles, okay?«

»Ich hab mir heute freigenommen und bin daheim«, antwortete Josette resigniert. »Ja, komm vorbei, wenn du möchtest.«

Danielle wollte noch etwas sagen, aber ihre Schwester hatte ohne ein weiteres Wort aufgelegt. Das war auch noch nie geschehen. Sonst war Josette immer diejenige, die für jeden ein tröstendes Wort hatte, die jeden umsorgte.

Danielle Tisserand rief ihre Kollegin, die Chefin der Spurensicherung, an.

»*Allô?*« Claire Dupuis klang stets etwas heiser, wahrscheinlich vom vielen Rauchen. Sie war die Einzige bei der *Police judiciaire*, der Kriminalpolizei, kurz *La Crim*, die in ihren Arbeitsräumen rauchen durfte. Mit ihrer Schlagfertigkeit und Respektlosigkeit hatte sie sich gegen Abteilungsleiter Firmin Vitoux ohne Mühe durchgesetzt. Außerdem war sie die Dienstälteste und seit 20 Jahren dabei.

Danielle hörte, wie sich ihre Kollegin eine Zigarette anzündete, dann ein kurzes Husten. »Claire, du solltest weniger rauchen, deine Lunge würde sich freuen.«

»Wenn du deswegen anrufst, kannst du gleich wieder auflegen. Du bist doch auch immer im Hof dabei. Der Platanenbaum kann davon ein Lied singen.«

»Ich mach mir bloß Gedanken um dich. Außerdem habe ich fast mit dem Rauchen aufgehört.« Das stimmte. Nur zu den kommunikativen Gelegenheiten mit ihren Kollegen erlag sie hin und wieder der Versuchung, vor allem in dem von ihnen im letzten September verschönerten Innenhof mit seinen Sitzgelegenheiten und dem Schattendach des Baumes. »Ich wollte dir mitteilen, dass ich für den Rest des Tages weg bin. Ein familiärer Notfall, Beziehungsprobleme. Aber mach dir keine Sorgen. Falls der Chef nach mir fragt, wird dir schon was einfallen. Außerdem kann ich den Papierkram auch zu Hause erledigen.«

Für Claire, die keinerlei Ehrfurcht vor Autoritätspersonen besaß, war es eine leichte Übung, ihrem Chef eine fantasievolle Geschichte aufzutischen.

»Aber bitte übertreibe es nicht mit deinen Ideen«, fügte Danielle deshalb an.

Die Leiterin der Spurensicherung lachte laut auf. »Du denkst dabei wohl an meine Fake-Meldung? Als ich Vitoux weismachte, versäumt zu haben, ein wichtiges Untersuchungsergebnis an unseren Oberboss Victorien Lévy weiterzuleiten? Vitoux hat schier einen Herzinfarkt bekommen und konnte sich nur mit seiner Marotte beruhigen. In einer bühnenreifen Zeremonie hat er seine Krawatte abgenommen, um sie dann in äußerst penibelster Weise wieder anzuziehen. Das war ein Schauspiel!«

Die dezente Zwangsstörung von Danielles Chef war der ganzen Abteilung bekannt, obwohl er sie zu verbergen versuchte.

»*Ma chérie*, meine Süße, ist was mit Raymond? Verwöhnt er dich etwa nicht mehr nach Strich und Faden? Dann schick ihn zu mir. Für mich könnte auch mal jemand die Sterne vom Himmel holen …? *Hein*?« Claire war eine eingefleischte Junggesellin mit ebenso respektablen Macken, wie Abteilungsleiter Vitoux sie hatte.

»Vergiss es! Mit Ray ist alles bestens, es geht um meine Schwester. Für dich werde ich demnächst eine Kontaktanzeige im ›Nice-Matin‹ aufgeben. Da steht dann: Durchsetzungsfähige Mitfünfzigerin in den besten Jahren sucht passionierten Raucher für gelegentliche *dîners*.«

Claire lachte schallend, sodass Danielle den Hörer vom Ohr entfernen musste. »Das wär mal einen Versuch wert.«

»*Au revoir, ma chère*. Tschüs, meine Liebe, ich muss los.«

*

Nach längerem Suchen hatte Danielle einen Parkplatz in der Rue Georges Ville gefunden. Das war eine der eleganten Straßen in Nizza, in denen viele eindrucksvolle Bauten aus der Belle Époque standen. Die Wohnungen befanden sich ab dem ersten Stock aufwärts. In den Erdgeschossen waren Geschäfte untergebracht, darunter ein Schönheitsinstitut, Gemüseläden, Immobilienmakler und eine *Boulangerie-Pâtisserie*.

Die Beauchants hatten vor vielen Jahren eine 160 Quadratmeter große und schon damals sündhaft teure Wohnung in der *bel étage* gekauft, dem »schönen Geschoss« im ersten Stock eines geschmackvoll restaurierten großbürgerlichen Hauses. Früher musste es das Stadtpalais einer reichen Familie gewesen sein. Ein Medaillon aus Stein mit den ineinander verschlungenen goldenen Buchstaben V und J krönte die bogenförmige schmiedeeiserne und reich verzierte Eingangstür. Über dem Medaillon war ein Löwenkopf zu sehen, der eine Ranke im Maul hielt. Das Blattwerk umrahmte das Medaillon.

Danielle drückte energisch auf den Klingelknopf, der mit einigen anderen neben der imposanten Eingangstür angebracht war. Erst nach einer Weile wurde die Gegensprechanlage aktiviert.

»Ja, bitte?«, erklang die müde Stimme ihrer Schwester.

»Josie, ich bin's, Dani.«

Die Tür wurde mit einem Summen geöffnet. Danielle trat in den elegant gestalteten Hauseingang mit Bodenfliesen aus schwarzem und weißem Marmor. Sie stieg die breite steinerne Treppe mit einem Messinggeländer und einem Handlauf aus glänzendem Holz hinauf bis in die *bel étage*. Es roch leicht nach orientalischen Gewürzen aus dem libanesischen Spezialitätengeschäft im Erdgeschoss. Die Wohnungstür war angelehnt.

Danielle trat in den breiten Flur und rief nach ihrer Schwester. Erst nach einer Weile hörte sie die leise Stimme Josettes aus dem Badezimmer. Als Danielle die Tür zum Bad aufschob, saß Josette auf einem Hocker aus Rattan und rauchte eine Zigarette. Sie sah nicht auf.

»Schwesterchen, du wirst doch jetzt nicht mit dem Rauchen anfangen! Schließlich bist du es, die deiner Familie als militante Nichtraucherin ständig in den Ohren liegt«, sagte sie ruhig, nahm Josette die Zigarette aus der Hand, drückte sie im Waschbecken aus und warf sie in den Abfall.

Josette wehrte sich nicht, blickte sie nun aber mit rot verweinten Augen an. Die hellbraunen Haare hingen ihr wirr ins Gesicht.

»Lass uns in die Küche gehen und ein Glas Rosé trinken.«

Ohne Widerspruch stand Josette auf und trottete mit hängenden Schultern vor Danielle in die Küche. Sie nahm wie ferngesteuert eine angebrochene Flasche aus dem Kühlschrank und schenkte ihnen beiden ein. Aus einem der Tiefkühlfächer holte sie Eiswürfel und ließ diese in die Gläser gleiten. Danach stellte sie sich an die Kochinsel, die sie sich beim Einzug in diese Wohnung gewünscht hatte. An ihr konnte nicht nur gekocht, sondern auch gespült und gegessen werden, hohe Barhocker standen extra dafür bereit.

Danielle setzte sich auf einen der Hocker und griff nach ihrem Weinglas. Sie nippte daran, atmete dann tief durch und sagte: »Du musst mir jetzt alles der Reihe nach erzählen. Ich kann es nicht glauben, dass Henri fremdgehen soll. Er ist doch die Zuverlässigkeit in Person! Dasselbe erwartet er auch immer von euch.« Diese Spitze konnte sich Danielle nicht verkneifen.

»Eine Kollegin von mir hat ihn gestern Nachmittag mit einer Blondine gesehen. Sie kamen aus einer Bar und lachten. Und er hatte seine Arme um sie gelegt. Sie müssen sich anscheinend sehr gut verstehen.« Josette schluchzte laut auf, biss danach kurz die Zähne zusammen und nahm anschließend einen großen Schluck von ihrem Rosé.

Danielle wusste nicht, was sie sagen sollte. Das klang nicht nach Henri. Er liebte seine Familie über alles. Sein Zuhause, seine Kinder, seine Frau waren sein kleines Imperium. Auch bei seiner Arbeit als leitender Beamter beim Finanzamt in Nizza war er es gewohnt, den Ton anzugeben. »Meinst du nicht, es könnte sich um ein riesiges Missverständnis handeln? Lass uns überlegen, wie wir das am besten herausbekommen könnten. Wie mein netter italienischer Kollege Carlo Albertini einmal sagte: ›Wir machen jetzt einen Schlachterplan‹.«

Josette musste schmunzeln, aber ihre Mundwinkel schafften nur kurz einen Aufwärtsbogen.

»Ich bin nicht umsonst bei der Kripo. Meine treuen Assistenten Hibou und Ribotti werden mir sicherlich bei einer Observation von Henri helfen, wenn du einverstanden bist. Bevor du irgendetwas unternimmst, sollten wir der Sache erst auf den Grund gehen. Wenn wir dann mehr wissen, kannst du ihm immer noch eine Pfanne an den Kopf schlagen.«

Josette hatte ihr Glas bereits geleert, und ihre Laune besserte sich. »Ja, Dani, tu, was du kannst. Wenn sich bewahrheiten sollte, dass er eine Affäre hat, ist eine Observation das Mildeste, was er über sich ergehen lassen muss!« Sie stand auf und umarmte Danielle.

Dieser flatterte das Herz bei der Vorstellung, die Familie ihrer Schwester könnte auseinanderbrechen. Nach *mamans* Tod waren Josette und Henri neben ihrem Vater Éric die wichtigsten Bezugspersonen in Danielles Leben. Bei den Beauchants fühlte sie sich zu Hause. Hier war ihr Ankerplatz, an dem sie immer anlegen konnte. Sie liebte ihre zwei Neffen Gérard und Damien und ihre Nichte Marciella über alles. Es käme ihr wie ein Weltuntergang vor, wenn dieser standhafte Familienkern auseinanderfiele.

*

Danielles kleinem Team gehörten zwei Kollegen an. Michel Hibou, auch genannt »die Eule«, war seit ungefähr fünf Jahren ihr Assistent. Er hatte einen scharfen und viele Fakten behaltenden Verstand, war jedoch in seiner Vergangenheit gemobbt worden wegen seiner Angewohnheit, Bewegungen seines Kopfes und seiner Augenlider in Hibou'schem Zeitlupentempo auszuführen. Die langsamen Bewegungen standen in krassem Gegensatz zu seiner Scharfsinnigkeit und schnellen Auffassungsgabe. Wie der bekannte Fernsehinspektor Colombo trug er meistens einen alten, verknitterten Trenchcoat, in dem er einiges mit sich herumschleppte, was sich für seinen Beruf als nützlich erwies. Gerne kleidete er sich mit einer ausgeleierten beigen Stoffhose, von der er anscheinend mehrere Exemplare besaß, dazu eines seiner zahlreichen karierten Hemden. Seine dünnen aschblonden Haare hätten einen guten Haarschnitt gebraucht – ständig hingen ihm die Schnittlauchlocken in die hohe Stirn. Mit seinen 36 Jahren lebte er immer noch bei den Eltern, weil er die Mutter nicht allein bei ihrem alkoholkranken Mann, seinem Vater, lassen wollte. Dieser Umstand und seine Schüchternheit dem weiblichen Geschlecht gegenüber waren schuld daran, dass er noch keine Freundin gefunden hatte.

Jean Ribotti war einige Jahre jünger als Hibou und erst seit acht Monaten Danielles Assistent. Im letzten Jahr hatte er sie zwei Wochen bewacht, nachdem sie brutal überfallen worden war. Dabei hatte sie erkannt, dass er sich mit seiner Kombinationsgabe gut für die Kriminalpolizei eignen würde. Auf Danielles Anraten hatte er in Saint-Cyr-au-Mont-d'Or bei Lyon an der »École nationale supérieure de la police« die Ausbildung zum Polizeikommissar begonnen und war nun die meiste Zeit nicht vor Ort in Nizza.

Nachdem Danielle den beiden am Telefon von zu Hause aus von der misslichen Lage ihrer Schwester erzählt und sie um ihre Hilfe gebeten hatte, erklärten sie sich umgehend bereit, Danielles Schwager zu observieren. Hibou würde die nächsten Tage übernehmen und sich an Henris Fersen heften, sobald dieser nach Feierabend das Finanzamt verließ. Ribotti wollte das Wochenende über an ihm dranbleiben, sollte er aus dem Haus gehen.

Die *capitaine de police*, die Hauptkommissarin, setzte großes Vertrauen in ihre beiden jungen Mitarbeiter. Die kurzzeitige Überwachung ihres Schwagers würden sie dem Leiter ihrer Abteilung, Firmin Vitoux, nicht auf die Nase binden, auch wenn Hibou und Ribotti sie nicht im Dienst, sondern in ihrer Freizeit machten.

*

Nach dem Besuch bei Josette war Danielle nach Hause gegangen, hatte von dort aus per Telefon die Observation mit Hibou und Ribotti abgesprochen und sich danach an die Berichte gesetzt.

Jetzt machte sie sich frisch geduscht auf den Weg zu Ray. Ihr Lebensgefährte Doktor Raymond Labrousse war Mitleitender des Archäologischen Museums in Nizza. Eigentlich müsste er nicht arbeiten, denn er war der einzige Sohn seiner Eltern, die dem reichen südfranzösischen Geldadel angehörten. Er wohnte wie Danielle im vornehmen Stadtteil Cimiez, nur ein paar Straßen von ihr entfernt in der Avenue d'Alsace. Das Haus, besser gesagt die Villa, gehörte seinen Eltern. Die großzügige Wohnung, die er darin bewohnte, konnte er sein Eigen nennen.

Es war Ende März und die Sonne zeigte sich fast wieder den ganzen Tag. Der starke Wind, den die Einheimischen Mistral, Herrscher, Meister, nennen, hatte sich gelegt, und nun kam der Frühling. Die Luft roch frisch nach Meer und Blumen. Die großartige Mimosenblüte war fast vorüber, aber ein paar wenige blühten noch in strahlendem Gelb. Der Duft von Jasmin und blühenden Orangen- und Zitronenbäumen erfüllte die Luft und machte gute Laune.

Trotz der geringen Entfernung nahm Danielle das Auto. Sie wagte es, ihr Cabrio-Verdeck zu öffnen. Vorsichtshalber zog sie sich ein Kopftuch an und saß nun wie Grace Kelly in ihrem Peugeot RCZ mit 270 Pferdestärken, einer Sonderanfertigung als Cabrio mit Klimaanlage und Dolby-Surround-Stereoanlage. Wie immer, wenn sie eine Fahrt mit ihrem Auto genießen wollte, schaltete sie ihre Musikanlage ein. Ein Akkordeon erklang, und die Töne sanken tragisch und zugleich temperamentvoll in die Tiefen ihrer Seele. Kein anderes Instrument berührte sie so tief, und keine andere Musik brachte ihr Herz so zum Klingen wie die Stimme von Édith Piaf.

In der Avenue d'Alsace suchte sie nach einem Parkplatz, was in Nizza selten einfach war. Aber sie hatte Glück, weil gerade ein Auto aus einer Parklücke herausfuhr. Sie stieg aus und ging zu Fuß bis zu der beeindruckenden Villa im Stil des Neoklassizismus. Hellgrüne Fensterläden und Balkontüren und zinnfarbene, verspielte Blumenkästen gaben dem cremefarbenen Haus den typisch südfranzösischen Charme. Den ersten Stock zierte ein umlaufender Balkon mit verschnörkelter Steinbalustrade. Massive Stützpfeiler aus hellem Sandstein trugen diesen Balkon. Rechterhand war ein runder Turm angebaut, der die Villa überragte. Das Anwesen lag etwas erhöht, und eine Mauer aus Kalkstein schirmte es von der Straße ab. Wilder Wein rankte sich an der Mauer entlang. Eine vergitterte Tür, über der der Name »Villa Inés« stand, führte zu einem Treppenaufgang. War man oben angelangt, fiel der Blick auf einen wunderschönen Garten. Palmen, Olivenbäume, riesige alte Oleanderbüsche und ein Aprikosenbaum wuchsen dort. Neben der

Eingangstür verbreitete ein großer Rosmarinbusch sein unvergleichliches Aroma.

Raymond hatte sie zum *dîner* eingeladen, was er gerne tat, denn er kochte mit Vergnügen und dazu noch ausgezeichnet. Sie selbst machte für sich allein nie ein aufwendiges Essen. Entweder aß sie mit Kollegen in einem Bistro oder ernährte sich von Kaffee, Croissants und Müsliriegeln.

Danielle stand noch unten an der Gittertür und klingelte. Kurz darauf ertönte ein Summen, und mit Vorfreude im Bauch stieg sie die Stufen zum Haus hinauf.

Ray öffnete mit Schwung die Eingangstür zur Villa, sein Gesicht leuchtete vor Glück. Er strahlte sie mit einer Liebe an, dass ihr ganz warm ums Herz wurde. Er nahm sie in die Arme und küsste sie lange und zärtlich.

»*Ma beauté*, meine Schöne, wir haben uns viel zu lange nicht gesehen.« Er strich ihr durch die kupferblonden gewellten Haare. »Du siehst großartig aus!« Dann bat er sie mit einer eleganten Handbewegung ins Haus.

An Raymond war alles elegant, seine Bewegungen, seine sehr dunklen lockigen, exakt geschnittenen Haare, seine ausdrucksvollen Lippen, seine Kleidung. Heute trug er auf seine lässige Art weiße Designerjeans, dazu ein graues Leinenhemd und seine obligatorischen Seglerschuhe aus Leder. Sie wusste, dass alles, was er kaufte, teuer war, aber er kaufte mit Bedacht und schmiss das Geld nicht zum Fenster hinaus. Noch ein Wesenszug, den sie sehr schätzte.

Das Essen roch so appetitlich, dass ihr das Wasser im Mund zusammenlief. Als Dank für seine vielen Einladungen hatte sie ihm ein Kumquatbäumchen für seine Terrasse mitgebracht. »Schau mal, ein paar Früchte sind schon dran. Sobald die Zwergorangen dunkelorange leuchten, kannst du sie im Ganzen essen, sie schmecken leicht bitter.«

Erfreut nahm er ihr das Bäumchen im Terracottatopf ab, und gemeinsam fanden sie einen Platz neben den großen Tontöpfen mit Lavendel, die mit weiteren Pflanzkübeln die großzügige Terrasse schmückten.

Anschließend gingen sie ins Esszimmer, wo er bereits den ovalen Tisch aus Walnussholz gedeckt hatte. Sandfarbene Leinenvorhänge bauschten sich leicht im sanften Wind, der sich durch die geöffnete Terrassentür hereinstahl. Raymond zündete die grauen Kerzen in den gläsernen Leuchtern auf dem Tisch an und bat Danielle, sich zu setzen. Auf ihrem Teller aus wertvollem cremefarbenen Bone-China-Porzellan lag eine dunkelrote Rose. Anschließend verschwand er kurz und kam gleich darauf mit zwei Salattellern zurück.

Danielle erkannte Feigenscheiben, geröstete Pinienkerne, frischen grünen Spargel und Avocadostückchen. Violettblaue Stiefmütterchen-Blüten dekorierten das Ganze. Ihr knurrte der Magen und sie griff als Erstes nach den gerösteten Baguettescheiben, die in einem Körbchen bereitstanden. Sie wusste, dass Ray das Baguette ganz frisch von seinem Lieblingsbäcker auf dem Markt in der Altstadt holte.

Er führte sie zum Stuhl und schob ihn ihr galant hin, sodass sie sich nur sanft niederzulassen brauchte. Damit sie es noch bequemer hatte, streifte sie ihre obligatorischen Sabots von den Füßen, heute hatte sie khakigrüne Wildleder-Sabots mit einem Absatz von acht Zentimetern an. In den von ihr besonders geliebten Holzclogs ging sie vorzugsweise barfuß. So berührte sie jetzt mit den nackten Fußsohlen das im Fischgrät-Muster verlegte, angenehm glatte Eichenholzparkett.

Sie nahm eine Portion von dem appetitanregend aussehenden Salat und genoss dabei jeden Bissen. »Ray, deine Salatsoße ist wie immer genial. Die frische Kresse und der

Feldsalat schmecken so viel besser als im Supermarkt. Hast du die auch auf dem Markt gekauft?«

Er nickte erfreut.

»Mein Feinschmecker, ich werde so verwöhnt von dir!«

»Weil ich dich liebe!« Dabei hob er sein Glas Weißwein, um das Gesagte zu unterstreichen.

Danielle wurde selten rot, aber Raymond schaffte es immer wieder. »Womit, *mon cher*, hab ich dich bloß verdient? Bitte stell mich nicht auf einen Sockel, von dem ich leicht abstürzen könnte. Ich bin Danielle Tisserand, eine Frau aus Fleisch und Blut, mit Fehlern und Macken.« Sie blickte verlegen in ihr Glas.

Ihr Papa hatte ihre Mutter Céleste sehr geliebt, ihr das jedoch nicht oft genug kommuniziert. Vor Kurzem hatte er seinen Töchtern gesagt, dass er das viel öfter hätte tun sollen. Dabei hatte er traurig in die Weite gesehen.

»Dani, bitte lass mir doch meine Liebesbezeugungen. Wenn ich meine Traumfrau an meinem Tisch sitzen habe, dann möchte ich das auch zelebrieren!«

Sie nickte nur, Worte fand sie in diesem Moment keine.

Raymond nahm die Salatteller vom Tisch und trug sie in die angrenzende Küche, die er mit sicherem Geschmack in High-End-Quality hatte einrichten lassen. Fünf Minuten später kam er mit einem chromglänzenden Servierwagen zurück, auf dem Pfannen und Töpfe standen. Geschickt richtete er den Hauptgang auf den großen Tellern an. »Thymian-Hähnchen mit Honig und etwas Knoblauch, dazu Fächerkartoffeln und Frühlingsgemüse. Magst du das, *mon ange*, mein Engel?«

Danielle machte sich über die Leckereien her und Raymond freute sich an ihrer Lust am Essen.

Zum Dessert hatte er sich etwas Besonderes einfallen lassen: *Caramels au beurre salé*, Salzbutter-Karamellen. Die

Bonbons in Herzform schmeckten süß und salzig zugleich und waren genau nach Danielles Geschmack.

»*Waouh*, das habe ich noch nie gegessen! Und das will was heißen bei mir, die ich nach Desserts verrückt bin.« Sie sah ihn verzückt an.

Das Essen war ein Vorgeschmack auf das Liebesfest, das er ihr am späteren Abend noch bereitete. Raymond war ein gefühlvoller und versierter Liebhaber, der zuallererst ihren Genuss im Sinn hatte.

Nun lag sie glücklich auf seiner verschwitzten Brust, die dunklen Haare kräuselten sich leicht, und sie atmete seinen Duft ein. Das war der Duft der Männlichkeit für sie, sein Odeur konnte sie richtiggehend betäuben, wenn er ihr zu nahe kam. Sie fragte sich bisweilen, ob diese magische Anziehungskraft wirklich Liebe war. Und ob sie diesen guten Mann überhaupt verdient hatte, sie, die zwar erfolgreiche, aber bescheidene Hauptkommissarin mit all ihren Eigenheiten.

Raymond hatte sich vor Kurzem ein breites Boxspringbett gekauft, sodass sie beide ausreichend Platz zum Schlafen hatten. Danielle war das gemeinsame Schlafen in einem Bett nicht gewohnt. Zum Einschlafen konnte sie nicht eng an ihn gekuschelt liegen. Deshalb gab sie ihm nun einen Gutenachtkuss und drehte sich auf die Seite. Zu ihrem Schrecken dachte sie an seine Mutter.

Der Start zwischen Mutter und Freundin des Sohnes war schwierig gewesen. Inés Labrousse hätte gerne eine Fabrikantentochter als Frau ihres einzigen Sohnes. Dass sie seiner *maman* nicht genügte, war der Grund dafür, dass sie ihm ihr Herz noch nicht ganz geöffnet hatte. Aber Raymond war es wert, dass sie mit sich ins Reine kam, denn sie hatte niemals gedacht, dass sie mit ihren 45 Jahren wieder eine große Liebe finden würde.

Irgendwann schreckte sie aus dem Schlaf. Träumte sie nun schon von Édith Piaf? Erklang da nicht das Lied »Mon manège a moi«? Nein, da war nichts.

Gerade als sie wieder in den Schlaf zurückglitt, hörte sie es erneut, diesmal penetranter. Ihr Handy klingelte, dämmerte es ihr. Sie nahm es in die Hand. *Merde!* Mist, es war erst 5.15 Uhr. Sie hätte gerne noch zwei weitere Stunden neben ihrem Liebsten genossen. Das Läuten hörte nicht auf, sie schlüpfte aus dem Bett und schlich ins Wohnzimmer.

Dienststellenleiter Vitoux war am Apparat. »Madame Tisserand, Sie müssen sofort kommen! Claire Dupuis und Hibou habe ich schon verständigt. Man hat im Estérel-Gebirge eine Leiche bei den verlassenen Glashütten von Maure Vieil gefunden.«

Die Nachtruhe war dahin, die Pflicht rief. Im Badezimmer lagen ihre Klamotten von gestern Abend, die sie sich rasch anzog. In diesem Moment kam Raymond ins Bad. Er sah verschlafen und dabei verdammt gut aus.

»Du wärst doch nicht einfach gegangen, ohne mir einen Kuss zu geben? War das der Ruf der Autorität? *La Crim?*«, fragte er und nahm sie in die Arme.

Sie verschmolz einen kurzen Moment mit ihm, genoss seinen Geruch und küsste ihn zärtlich. »*Mon ami*, ich wollte dich nicht aufwecken. Es ist noch so früh am Morgen.«

»Du darfst und sollst mich immer aufwecken, wenn es notwendig ist. Komm, lass mich dir schnell einen *café au lait* machen.«

# KAPITEL 3

Sie hatte sich auf den weiten Weg von Paris nach Cannes gemacht. Allah sei Dank war sie mit dem Flugzeug geflogen und hatte nicht die Neun-Stunden-Fahrt über 900 Kilometer auf sich nehmen müssen. Das wäre sie nie und nimmer alleine mit dem Auto gefahren. Sie hätte zwar Driss fragen können, der alles für sie tun würde. Aber er war lästig, immerzu wollte er sie anstarren und sowieso das tun, was Männer und Frauen taten. Aber mit ihm? Nein, in keinem Fall!

Sie war nicht prüde, und wenn ihre Mutter wüsste, mit wie vielen Männern sie schon geschlafen hatte, würde sie sofort auf den Gebetsteppich sinken. In Marokko sollte ein Mädchen als Jungfrau in die Ehe gehen, ihre Jungfräulichkeit für den Ehemann aufheben. Zum Glück lebte sie nicht in Marokko und auch nicht bei ihren Eltern. Ihren Vater konnte sie dennoch gut um den Finger wickeln, von Kindheit an. Er arbeitete viel und verdiente gut und bezahlte seiner einzigen Tochter alles, was sie sich wünschte. Leider war der Vater in den letzten Jahren immer weniger stolz auf seine schöne Tochter, sie sah es an seinem Blick. Sie war doch sein Ein und Alles gewesen, seine Prinzessin, die er auf Händen trug.

Immer öfter sprach er jetzt von Geschäftskollegen, von Söhnen anderer bekannter marokkanischer Familien, die passende Ehemänner für sie abgeben würden. Er wollte sie zu einer Heirat drängen. Ihre Mutter stieß in das gleiche Horn, sie tat sowieso immer, was ihr Ehemann sagte. Aimé schien es, als sei ihr die eigene Meinung abhandengekommen.

Das Studium an der »Conservatoire national supérieur d'art dramatique« in Paris hatte sie unbedingt machen wollen. Sie wusste bis heute nicht, wie sie die Aufnahmeprüfung geschafft hatte. Bestimmt waren Papas Finger auch da im Spiel gewesen. Ihre Schauspielkarriere war jedoch bis heute nicht zustande gekommen. Hin und wieder ergatterte sie sich eine kleine Rolle, doch berühmt und begehrt wurde man davon nicht – und leben konnte sie davon auch kaum. Weil ihre Eltern nicht mehr an sie als erfolgreiche Schauspielerin glaubten, versuchten sie nun, ihre Tochter durch einen Ehemann abzusichern.

In seltenen, wirklich verzweifelten Momenten fragte sich Aimé sogar selbst, ob ihr Leben in den richtigen Bahnen verlief. Diese Gedanken belasteten sie jedoch nicht allzu lange. Negatives schüttelte sie stets ab wie ein nasser Hund das Wasser. Die meiste Zeit war sie von sich selbst sehr angetan. Menschen, die nicht taten, was sie wollte, strafte sie mit Nichtbeachtung oder Wut, die in Schimpftiraden ausartete. Sie konnte sich nicht beherrschen, wenn ihr etwas gegen den Strich ging. Viele Frauen fanden sie arrogant, deswegen gab es fast keine Freundinnen an ihrer Seite. Wohingegen die Männer, vor allem, seit sie etliche Kilos abgenommen hatte, ihr folgten wie die Motten dem Licht. Und Aimé verstand es, Vorteile daraus zu ziehen.

Während des Studiums waren einige der Lehrer sehr angetan gewesen von ihr. Nicht wegen ihrer schauspielerischen Leistungen, sondern wegen ihrer Bereitschaft, mit ihnen ins Bett zu gehen. Das hatte die fabelhafte Jasmine natürlich nicht getan, in Jasmine Blanzacs Welt gab es nichts außer der

Kunst des Schauspielens. Aimé hatte während der Ausbildung in ihrem Schatten gelebt. Auch in der Wohngemeinschaft waren alle von der langen Bohnenstange fasziniert gewesen. Sie selbst hatte Jasmine ja auch bewundert, das Phänomen, das alle Lehrer begeisterte. Wie sehr hatte sie sich gewünscht, auch so gelobt zu werden.

Und nun hatte Aimé sich erniedrigt, hatte Jasmine in Cannes aufgesucht, um sie um eine Rolle in ihrem neuen Film anzubetteln. Denn unter keinen Umständen wollte sie verheiratet werden. Aber Jasmine hatte gar nicht richtig zugehört. Okay, Aimé war unangemeldet erschienen und hatte Jasmine nach einem langen Drehtag überfordert. Aber war das ein Grund, Aimé zurückzuweisen? Und das, wo Jasmine doch wusste, wie empfindlich Aimé da reagierte.

Aimé war so wütend gewesen, dass sie am nächsten Tag aus Rache die Presse angerufen und ihr mitgeteilt hatte, sie könne heikle Informationen zum Filmstar Jasmine Blanzac geben. Der Reporter war prompt am Abend in ihr Hotel gekommen, und sie hatten sich an der Bar getroffen. Bevor sie ihre Infos preisgab, hatte sie die Gegenleistung verkündet, die sie von ihm erwartete: einen wohlwollenden Artikel über sie, die Schauspielerin Aimé Raisuni, und eine Einladung zu mehreren Drinks an der Bar. Aimé hatte die Info sehr lange für sich behalten, denn der Reporter hatte ihr gefallen und sie hatte nicht nur den Abend, sondern auch die Nacht mit ihm verbringen wollen. Nachdem sie bekommen hatte, was sie wollte, erzählte sie ihm von Jasmines behindertem Bruder, den die Familie aus dem öffentlichen Rummel um Jasmine heraushalten wollte. Jasmine liebte ihren Zwillingsbruder über alles, sie würde alles für ihn tun. Und Aimé wusste, dass sie Jasmine damit am meisten verletzen konnte.

Aimé hatte Rémy kennengelernt, als er Jasmine mit seiner bäuerlichen Mutter in Paris besuchen kam. Das war nur ein einziges Mal geschehen. Rémy war ein anmutiger, attraktiver Mann mit dem Verstand eines Kindes. Die Mutter hatte bereitwillig erzählt, was ihm zugestoßen war.

Das Schicksal hielt doch immer wieder Karma bereit, auch für die, denen Erfolg, Bewunderung und Beliebtheit in den Schoß fielen. Das war ausgleichende Gerechtigkeit. Wie sehr sehnte sich Aimé nach dem Durchbruch, nach einem Triumph, damit ihr Vater wieder stolz auf sie sein konnte.

Der Bericht über Jasmines Zwillingsbruder war inzwischen in der Zeitung »Cannes Le Signal« erschienen, aber ganz anders, als Aimé es sich vorgestellt hatte. Jasmine wurde als liebende Schwester, der nichts über den Schutz ihres Bruders ging, noch weiter in den Himmel gehoben.

Der versprochene Beitrag über sie, Aimé, ließ auf sich warten. Aimé war nicht nur enttäuscht, sie war stocksauer. Sie würde zurück nach Paris fahren, Cannes schien nicht die Stadt zu sein, die sie mit offenen Armen empfing. Sie hatte alles versucht …

# KAPITEL 4

Kaum ein Auto war unterwegs, als Danielle sich an diesem 26. März auf den Weg zu ihrer Leiche machte. Die Sonne war gerade hinter ihr als aprikosenfarbene Scheibe über dem Horizont aufgestiegen und verwandelte das Meer in flüssiges Silber. Die Kommissarin fuhr zunächst an der Küste entlang, dann auf die A8, die Antibes und Cannes umging. Nach ungefähr 40 Minuten bog sie Richtung Mandelieu ab und folgte nach einer Weile dem Chemin de Maure Vieil.

Zum Glück hatte sie ein Navi, das sie sicher lenkte und ihr beim Start mitgeteilt hatte, dass sie etwa eine Stunde bis zum Ankunftsort brauchen würde. Also müsste sie bald da sein. Doch der unbefestigte Weg ins Estérel-Massiv durch das Vallon du Maupas wand sich durch die hoch aufragenden weißen, grauen und rötlichen Felsen und bremste ihre Geschwindigkeit.

Es war ein abgeschiedener Landstrich. Kein weiteres Auto war unterwegs, und Danielle kam sich vor wie der letzte Mensch auf diesem Planeten. Nach einer Weile wurde der Belag der Straße zum Glück besser, ramponierter Teer, aber immerhin.

Das Küstengebirge Massif de l'Estérel erstreckte sich zwischen Cannes und Saint-Raphaël. Raymond hatte Danielle einmal bei einem Segeltörn, der an dieser Küste vorbeiging, erzählt, dass hier Vulkane vor rund 66 Millionen Jahren aus dem Erdinneren Magma an die Oberfläche entlassen und so diese atemberaubende Landschaft gestaltet hatten. Auf den Bergrücken wuchsen beeindruckende Schirmpinien und Korkeichen und die Macchie blühte, das typisch mediterrane immergrüne Gebüsch wie Ginster und Zistrosen. An heißen Tagen verbreiteten wilder Knoblauch, wilder Thymian, Wacholder und Rosmarin den unverwechselbaren Duft, den es nur hier gab.

Doch die Kommissarin hatte im Moment keinen Blick für die wilde Schönheit dieser Landschaft. Sie war beruflich hier. Die Grenze zum Département Var war nicht mehr weit, aber die Leiche befand sich noch im Département Alpes-Maritimes, für das die Kriminalpolizei von Nizza zuständig war.

Von Weitem schon erkannte sie ihr Ziel, das auf einem Höhenrücken lag. Die blinkenden Lichter der Polizeiautos, die bereits vor Ort waren, konnte man nicht übersehen. Als sie näherkam, wurde Danielles Blick von einem seltsamen Gebäudekomplex gefangen genommen, der einen verlassenen Eindruck machte und auf einer Anhöhe thronte. Ein weißer Kubus mit einer Kuppel darauf überragte das ganze Ensemble aus quadratischen und rechteckigen, ineinander verschachtelten Gebäudeteilen. In der Mitte dieses Komplexes standen drei unterschiedlich hohe braune Holzkreuze, deren Farbe abblätterte. War das mal eine Kirche gewesen? Einige der Gebäude waren mit bunten Graffitis besprüht. Betonplatten und -stufen führten im Wechsel auf das außerirdisch anmutende Bauwerk zu.

Danielle entdeckte Vitoux und Hibou, die nervös auf den breiten Stufen auf sie warteten. Sie parkte ihren silbergrauen Peugeot und stieg aus. Für diese Uhrzeit war schon jede Menge los hier. Die Polizisten, die nicht die Gegend sicherten, standen ratlos in einer Art Amphitheater herum, das sich linker Hand an den Kubus anschloss. Ansteigende Betonsitze umschlossen in einem Halbrund eine Freilichtbühne. Von Weitem sah Danielle, dass sich da etwas Merkwürdiges, Befremdliches befinden musste.

Hibou kam auf sie zu, ebenso Vitoux. Beide trugen weiße Ganzkörperschutzanzüge. Sogar die Füße waren eingepackt. Hibou reichte ihr wortlos einen dieser Anzüge und lächelte sie an – ausgeschlafen, wie sie feststellte. Sie zog sich schnell den Anzug und die Schuhüberzieher an und schlüpfte dann in die Plastikhandschuhe, die Hibou ihr hinhielt.

»Madame Tisserand«, begann Dienststellenleiter Vitoux, »das schaut wie eine Theaterinszenierung aus und ist jetzt Ihre Angelegenheit.« Er betrachtete seine Hände, die ebenfalls in Handschuhen steckten, und zupfte so lange an den Plastikdingern herum, bis sich keine Falte mehr wölbte.

Danielle grinste. Alles musste seine Ordnung haben bei Vitoux, erst dann konnten er und somit auch sein Team entspannt arbeiten.

Sie gingen in Richtung der Freilichtbühne. Dort war etwas, das von Weitem wie eine Kiste oder ein Paket aussah. Danielle fühlte sich wie magisch davon angezogen, eine unerklärliche Faszination schien davon auszugehen. Sie bewegte sich in die Richtung des seltsamen Ensembles.

Hibou lief neben ihr her und plapperte unablässig. »Chefin, da hinten liegt eine verlassene Glasbläserei, in der in den 60er-Jahren außergewöhnliche Glasstücke hergestellt wurden.« Er zeigte mit einer ruhigen, langsamen Bewegung auf ein weiteres Gebäude.

»Hibou, nicht jetzt, ich möchte mir als Erstes einen Eindruck von der Toten machen. Ich hoffe, du hast darauf geachtet, dass nichts berührt oder verschoben wurde. Ist die Spurensicherung schon da?«

Hibou kannte seine Chefin und wusste genau, dass sie stets eine Ersterkundung der Leiche und des Gebietes vornahm. »Alles so, wie du es haben willst«, sagte er stolz.

»Dupuis kommt später, aber Professor Déjan ist schon auf dem Weg.«

»Verdammt, dann haben wir nicht mehr viel Zeit, um uns ein Bild zu machen. Und Hibou, du musst unbedingt die vielen Gendarmen von der Bühne wegschicken. Die könnten wertvolle Spuren vernichten.«

Professor Déjan war der Leiter der Rechtsmedizin, die sich im Hôpital Pasteur in Nizza befand. Er würde bestimmt schlechte Laune haben, wenn er ankam. Er mochte es nämlich gar nicht, wenn sein Schönheitsschlaf gestört wurde. Dann musste man wissen, wie man richtig mit ihm umging. Und das wusste Danielle meistens. Mittlerweile hatte er sich sogar mit ihrer Angewohnheit abgefunden, die Leichen am Fundort selbst zu untersuchen. Zu Beginn von Danielles Wirken in der *Crim* hatten sie deswegen zahlreiche Auseinandersetzungen gehabt. Aber inzwischen waren ihre Schlagabtausche zu einem Ritual geworden, bei dem sie sich aufzogen, miteinander scherzten und ihre Grenzen verbal absteckten.

Sie ging den betonierten Aufstieg zum Amphitheater hinauf. Die Polizisten hatten sich vom Ort des Geschehens entfernt und sich entlang der Stufen aufgereiht. Sie wirkten wie ein bizarres Empfangskomitee. Auf der Bühne sah sie die Kiste, die sich beim Näherkommen als ein viereckiges, längliches und durchsichtiges Behältnis entpuppte, in dem eine Frau aufgebahrt war. Danielle trat an den Plastiksarg und erkannte, dass die Frau darin bemerkenswert schön war. Die Sonne, die vom Osten grüßte, illuminierte in diesem Moment das Gesicht, welches eine anrührende Reinheit ausstrahlte. Wie Schneewittchen lag sie darin, als ob sie schliefe. Ihre bernsteinfarbenen langen Haare waren kunstvoll um ihren Kopf arrangiert. Violette Irisblüten, Lavendel, eine Pflanze mit spitzen gelben Blüten und kräftige grüne Blätter schmückten ihr Haar, als ob ihre Schönheit über den Tod hinaus erhalten werden sollte. Bekleidet war sie mit einem weiten weißen Hängerkleidchen, das ihr das unschuldige Aussehen eines Mädchens gab. Die Augenbrauen waren perfekt geformt, die Lippen blutleer. Die Hände waren auf der Brust verschränkt, zwischen den Fingern steckte ein Blumensträußchen. Hatte der Mörder sie verehrt? Die Tote lag auf dem Rücken. Die Beine waren zur Seite gedreht, die Knie angewinkelt, denn ausgestreckt hätte nicht der ganze Körper in den Sarg gepasst. Das sah unnatürlich aus und musste mit etwas Gewalt vonstattengegangen sein. Sie war barfuß.

»Hibou, wurden Schuhe gefunden? Wir müssen alles gründlich absuchen! Und außerdem sollte ein Zelt über dem Fundort aufgestellt werden. Bitte auch ausreichend Fotos von Opfer und Tatort machen. Kümmere dich darum!« Als ihr Blick erneut auf die Tote fiel, schüttelte sie ergriffen den Kopf. »Welche Verschwendung von Leben, von Schönheit, von Jugend!«

Danielle traf der Tod immer wieder unvorbereitet in ihrem Zentrum, ihrem sicheren Hafen, wenn auch stets in verschiedener Gestalt. Obwohl sie längst daran hätte gewohnt sein müssen, verlor sie jedes Mal ein Stück mehr den Glauben an die Welt. Dass es Menschen gab, die über Leben und Tod ihrer Mitmenschen bestimmten, war für sie nicht nachzuvollziehen. Aber ihre Aufgabe war es, in den Abgrund der menschlichen Psyche hinabzutauchen, um die Beweggründe für das mörderische Handeln herauszufinden.

»Hibou«, rief sie, »wir verfahren wie gehabt. Du wiederholst alles, was ich sage, in mein Diktiergerät. Füge bitte auch eigene Entdeckungen dazu. Wir müssen durch sein, bevor Professor Déjan erscheint.«

Hibou nahm das Aufnahmegerät und nickte. »Das kann nicht mehr lange dauern.«

Danielle blendete alles um sich herum aus. Sie hörte keine Geräusche mehr, nahm das unablässige Blinken des Blaulichts nicht mehr wahr. Sie begab sich in ihren eigenen detektivischen Raum, der ihr eine Art Andocken an alle im Kosmos vereinten Spürnasen ermöglichte. Auf einen Außenstehenden wirkte ihr Zustand wie eine tiefe Konzentration oder eine Art Meditation. Mit offenen Augen verweilte sie ein paar Minuten und sah scheinbar in die Ferne. Ihr Assistent Hibou wusste, dass sie in diesem Moment nicht auf Fragen reagierte.

Nach einiger Zeit der Stille schüttelte Danielle den Kopf, als ob sie gerade aus dem Wasser auftauchen würde. Ein Gedanke drängte sich in ihr Bewusstsein:

Der Tod ist nicht gewollt, aber unvermeidlich.

Was sollte das bedeuten?

Hibou holte aus den Tiefen seines verknitterten Trenchcoats einen Rollmeter und maß die Plastikkiste ab. Dass er oft die ungewöhnlichsten Utensilien bei sich trug, daran hatte sich Danielle gewöhnt, und wenn sie nach einer Lupe, Nähfaden oder Klebeband fragte, so zog er stets mit stolzem Gesicht wie ein Zauberer das gewünschte hervor. »Knapp 1,40 Meter lang, Chefin. Was das wohl für eine Kiste ist?«

Danielle antwortete nicht, sondern nahm die Leiche der schönen jungen Frau in Augenschein. »Die Totenstarre ist noch nicht ganz ausgeprägt, vermutlich ist sie seit vier bis acht Stunden tot.« Sie griff nach einem der glänzend grünen Blätter im Haar und roch daran. »Wenn mich nicht alles täuscht, ist das Lorbeer. Ich bin zwar keine Expertin, aber im Garten meiner Mutter wuchs ein großer Busch, der genauso aromatisch roch.« Sie reichte Hibou das Blatt.

Der hielt es sich unter die Nase. »Kann ich bestätigen. Meine Mutter verwendet es sehr oft in der Küche.«

»Warum gerade Lorbeerblätter? Alles andere sind Blüten.« Nachdenklich sah sie auf den Blumenstrauß zwischen den Fingern der Toten und beugte sich anschließend nach unten. »Auch der Sarg ist mit Blüten ausgelegt. Schau mal, sie ist richtiggehend auf Blüten und Gräser gebettet. Was denkst du, woran ist sie gestorben? Man sieht auf Anhieb keine Verletzung. Als sollte die Schönheit nicht beeinträchtigt werden.« Die Kommissarin hob vorsichtig die Hände der jungen Frau etwas an und stutzte. »Hibou, hier!« Auf Höhe des Herzens war ein ausgefranstes Loch im Kleid, durch das ein wenig Blut auf das Weiß des zarten Stoffes ausgetreten und wenige Zentimeter um das Loch herum gefärbt hatte. Braun-rot, denn das Blut war schon getrocknet. Außerdem waren deutliche Schmauchspuren auf dem Stoff zu erkennen. Die Hände der Toten hatten die Stelle komplett abgedeckt. Wie die grazilen Blätter einer Blüte hatte sich der rote Lebenssaft in das Kleidchen gemalt. Danielle schob behutsam die schmalen Träger des Kleides über die Schultern herab, um den Stoff über der Brust anheben zu können.

Hibou waren trotz der morgendlichen Kühle einige Schweißtropfen auf die Stirn getreten, auch ihn nahm das mit.

»Halt bitte mal, damit ich sehen kann, was sich darunter befindet.«

Hibou tupfte sich mit einem frisch gebügelten Stofftaschentuch den Schweiß von der Stirn und hielt dann das Kleid am Ausschnitt hoch.

»Wie ich vermutet habe, ein Schuss mitten ins Herz. Der Schütze muss direkt vor ihr gestanden haben, die Waffe hat einen dunklen Rand auf der Haut hinterlassen. Die Mündung muss einen Durchmesser von …«

Hibou reichte ihr das Maßband.

»… von zwei Zentimetern haben«, ergänzte sie. Sie sah Hibou an und doch durch ihn hindurch. Dann flüsterte sie: »Die Sanftheit der vollendet geformten Brüste, die zarte Haut und dann das obszön wirkende Loch. Was für ein Sakrileg!« Erneut versank die *capitaine de police* für einen kurzen Moment in ihre innere detektivische Sphäre. Bestrafung der Schönheit, kam ihr plötzlich in den Sinn. Sie atmete tief durch und stellte sich wieder auf die Gegenwart ein. Sie hörte Hibous träge Stimme, er sprach eine Zusammenfassung ihrer Untersuchung auf das Band, dann lautes Ein- und Ausatmen oder Husten, das von den zusehenden Kollegen kam. Erst jetzt wurde ihr bewusst, dass man sie beobachtet hatte. Sie blickte auf. Ja, das konnte einen mitnehmen.

Vitoux war hinzugekommen, hielt aber etwas Abstand. Danielle war seine beste Kommissarin, und er wollte ihr in keinem Fall im Weg stehen.

»Meine Herren, warum diese Inszenierung? Hatte der Mörder ein schlechtes Gewissen wegen seiner Tat und wollte auf diese Weise Wiedergutmachung erreichen? Die Schönheit, die Feinheit dieser jungen Frau ist überwältigend. Dem wurde durch die Aufbahrung und die Blüten, durch das Arrangement der Haare Rechnung getragen. Als ob diese Schönheit durch den Tod nicht berührt werden kann. Hast du das, Hibou?«

Dieser nickte und sprach den letzten Satz ins Diktiergerät.

»Kennt jemand diese Frau?«, fragte sie in die Runde. »Mir kommt sie irgendwie bekannt vor.«

Ein junger, sehr schlanker Polizist trat schüchtern vor. »Wenn ich mich nicht irre, ist das Jasmine Blanzac.« Er schluckte, bevor er stotternd weitersprach: »Diese begabte … äh … neu entdeckte Schauspielerin, die so hoch gelobt wird … äh … wurde. Die hat gerade in Cannes in den Tremblay-Studios gedreht. Ich weiß das, weil meine Freundin ab und zu vor dem Studio herumsteht, um ein Autogramm von irgendeinem Schauspieler zu bekommen.«

»Danke, sehr gut. Wie heißen Sie?«

Der junge Mann errötete vor Stolz, auch etwas beigetragen zu haben. Er murmelte: »Kamil, ich heiße Kamil Taieb, Madame«, und schob sich nervös die Mütze auf seinen schwarzen Locken zurecht.

In diesem Moment fuhr der Wagen der Rechtsmedizin vor. Vitoux ging Professor Charles Déjan entgegen, um ihn zu begrüßen.

Danielle wandte sich an ihren Assistenten. »Hibou, du hast vorhin gefragt, was es mit dieser Kiste auf sich hat. Der Kunststoff ist verkratzt. Vielleicht wurde vor der Tat etwas darin gelagert? Außerdem: Sie sieht zwar leicht aus, aber ich glaube nicht, dass sie ohne Auto hier herauf geschleppt wurde.« Sie trat einen Schritt zurück. »Die Sitzplätze sind wie in einem Amphitheater auf diese Stelle hier, eine Art Bühne, ausgerichtet. Wenn die Tote wirklich diese Schauspielerin ist, war sie es gewohnt, im Rampenlicht zu stehen. Es war ihr Job, sich zu inszenieren. Und nun wurde ihr Leichnam in Szene gesetzt. Paradox, das Ganze.« Sie fuhr sich durch ihre kupferblonden Haare, die ihr ins Gesicht gefallen waren.

Alle noch Anwesenden hingen schweigend diesem Gedanken nach, bis eine laute Stimme die Stille durchbrach.

»Ah, Madame Tisserand. Schon wieder fleißig an meiner Arbeit? Sie hätten Rechtsmedizinerin werden sollen.«

Ein beleibter, nicht allzu großer Herr mit einer altmodischen Goldrandbrille schob sich durch die Gendarmen. Der weiße Ganzkörperanzug saß sehr stramm, Danielle hatte plötzlich das Bild einer aus der Form geratenen Stange Mozzarellakäse vor Augen.

»Hat hier außer Madame Tisserand niemand etwas zu tun?«, fragte er bissig und sah streng auf die Gesetzeshüter.

»Mein lieber Professor, ich weiß, wie hart es sie trifft, vor 7 Uhr aufstehen zu müssen.« Danielle zog 50 Euro aus ihrer Tasche, hielt sie in die Luft und fragte in die Runde: Wir brauchen alle einen Muntermacher. Könnte jemand Kaffee und Croissants holen?«

Kamil, der junge Polizist, der ihr den Namen der Toten genannt hatte, trat vor. »Madame, ich mache das gerne. Ich bin von hier, deshalb weiß ich, wo die nächste Bäckerei ist.«

Danielle lächelte ihn an. »Bringen Sie, so viel Sie für das Geld bekommen.«

Kamil nickte und machte sich auf den Weg.

Vitoux, der mit Déjan zurückgekommen war, sagte: »Der Kommandant der Gendarmerie aus Mandelieu-la-Napoule, die hier zuständig ist, wartet, und auch der Fahrradfahrer, der die Tote gefunden hat und hier seit Stunden friert, möchte weiter.«

Weder Danielle noch Professor Déjan hörten auf das, was Vitoux gesagt hatte. Danielle nickte nur in dessen Richtung und schenkte gleichzeitig dem Professor ihr bezauberndstes Lächeln. »Zugegeben, ich habe mir die Leiche genau angesehen. Ich kann nicht anders, wie Sie ja wissen, Professor. Aber ohne Ihre peniblen Untersuchungen wäre die *Crim* nicht das, was sie ist. Sie sind unsere Koryphäe und fördern immer die Wahrheit zutage!« So meinte sie das auch, denn der Professor war im ganzen Land als einer der versiertesten Rechtsmediziner bekannt.

Über Déjans Gesicht zog sich ein Lächeln, und er verneigte sich formvollendet vor Danielle. »Das haben Sie aber schön gesagt. Wie sollte ich Ihnen da böse sein? Goethe hat es richtig erkannt: ›Ein großer Fehler: dass man sich mehr dünkt, als man ist, und sich weniger schätzt, als man wert ist.‹ Da will ich mich nicht davon ausnehmen und auch ob Ihrer wunderbaren Komplimente auf dem Boden bleiben.« Er zwinkerte Danielle versöhnlich zu.

Der Professor konzentrierte sich nun auf die Untersuchung der Leiche und gab seinen beiden Mitarbeitern strenge Anweisungen. »Ich brauche genaue Fotos vom ganzen Körper, vom Fundort und vom Sarg. Jeder Zentimeter der Leiche wird exakt abgelichtet, verstanden?«

Seine Assistenten machten sich sofort an die Arbeit. Der Chef der Rechtsmedizin konnte ein wahrer Sklaventreiber sein.

Um die Sache abzukürzen, mischte sich Danielle ein: »Professor, die Frau hat auf Höhe des Herzens eine Schussverletzung, die zum Tod geführt haben muss. Können Sie sich die anschauen und mir vielleicht Genaueres sagen?«

Mit ein paar Handbewegungen ordnete Déjan seinen Mitarbeitern an, die Wunde freizulegen. Er ging in die Knie und besah sich die Stelle mit höchster Konzentration. »Eines kann ich Ihnen gleich sagen. Der Abdruck auf der Haut kommt nicht von einer Pistole, sondern ist einem Gewehr zuzuordnen. Bei eingehender Untersuchung werde ich eventuell herausfinden, welche Art Gewehr das war. Bitte den Oberkörper vorsichtig anheben«, wies er seine beiden Mitarbeiter an. »Bei der geringen Distanz muss es sich um einen Durchschuss handeln. Ich will mir den Rücken ansehen.«

Einer der Assistenten griff unter den Oberkörper, der andere schob von hinten die Schultern nach vorne, sodass die tote Frau in eine fast sitzende Position kam. Das Baumwollkleid war auf dem Rücken in Höhe des Schusses vollkommen zerfetzt und hatte sich großflächig mit Blut vollgesogen, augenfällig war der starke Kontrast zum Blütenweiß des Hemdchens. Déjan schnitt es mit einer Schere auf.

Vitoux und Hibou keuchten entsetzt auf. Danielle sog scharf die Luft ein. Déjan wirkte gefasst, obwohl sich der Rücken des Opfers in einem äußerst desolaten Zustand befand. Der Gegensatz zwischen kaum versehrter Vorderseite und übel zugerichteter Rückseite konnte größer nicht sein. Ein großes Loch mit Ausfransungen klaffte am Rücken, aus dem durch das Anheben des Oberkörpers restliches Blut und Knochensplitter herausquollen. Die Wucht des Schusses musste innere Organe zerfetzt haben. »Da hat der Täter eine Flinte benutzt, die mit einer Patrone mit Bleikugeln geladen war. Bei einem Durchschuss aus nächster Nähe zerfetzen diese Fleisch und Knochen mit einer gewaltigen Zerstörungskraft.«

Danielle war fassungslos, Verletzungen dieser Art waren selten. Hibou hielt sich ein Stofftaschentuch vor die Nase, sein Gesicht dahinter war leichenblass. Die umstehenden Gendarmen waren still geworden, einige wandten sich ab. Man hörte, wie einer von ihnen in der Nähe eines Busches würgte.

Professor Déjan rezitierte seelenruhig: »›Das Unzulängliche, hier wird's Ereignis. Das Unbeschreibliche, hier ist's getan.‹ Wieder Goethe.«

Vitoux erinnerte Danielle daran, nun endlich mit dem Kommandanten und dem Radfahrer zu sprechen. Sie forderte Hibou auf, sie zu begleiten, der froh war, dem entsetzlichen Anblick zu entkommen.

»*Bonjour*, guten Morgen, *commandant*. Mein Name ist Danielle Tisserand, *capitaine de police* aus Nizza. Das ist mein Kollege Hibou. Vielen Dank für Ihre bisherige Mühe. Wie sind Sie auf die Tote aufmerksam geworden?«

Trotz der noch morgendlichen Kühle hatte der Kommandant nur das obligatorische kurzärmelige hellblaue Hemd über der ärmellosen, schusssicheren Weste an. Er trug eine dunkelblaue Hose, schwarze Stiefel und eine SIG Sauer SP 2022 im Halfter. An seinem Gürtel hingen Schlagstock, Funkgerät und eine Handytasche mit Smartphone darin. An der Schulter seines Hemdes konnte man seinen *échelon*, seinen Dienstgrad, erkennen. Er zeigte drei weiße Blockstreifen und etwas abgesetzt einen vierten. Darüber war das Erkennungslogo der Gendarmerie in Gold gestickt: zwei Blatthälften mit je vier Blattspitzen überkreuzten sich am oberen Ende des stilisierten Blattes. Der Kommandant war ungefähr 40 Jahre alt und hatte kantige Gesichtszüge.

Er zog die Mütze vom Kopf und reichte Danielle die Hand. »*Commandant* Achille Martel. Dieser Radfahrer hier«, er zeigte auf einen gelangweilt wirkenden jüngeren Mann in voller Radlermontur, hinter dem ein teuer aussehendes Profi-Mountainbike stand, »hat am frühen Morgen eine Tour gemacht. Dabei hat er die tote Frau entdeckt. Ich habe ihm gesagt, dass er noch von der Kripo befragt werden wird und deswegen auf Sie warten muss.«

»Monsieur Martel, wie ich sehe, haben Sie das Gelände gut abgesperrt. Das muss einige Tage so bleiben, bis wir alle Spuren gesichert haben. Ich würde Sie auch bitten, das Gelände zu bewachen, bis Sie weitere Anweisungen von uns erhalten. Geben Sie mir bitte Ihre Kontaktdaten, damit ich Sie anrufen kann.«

Er reichte Danielle eine Visitenkarte. In diesem Moment hielt ein Auto der Gendarmerie mit blinkendem Blaulicht direkt vor ihnen, und Kamil stieg aus. Der junge Polizist hatte wirklich alles gegeben, um ihnen allen so schnell wie möglich ein Frühstück zu besorgen. Stolz hievte er einen Pappkarton aus dem Kofferraum und ging auf Danielle zu.

»Nicht jetzt«, sagte der Kommandant streng. »Ich unterhalte mich gerade mit der *capitaine de police* Tisserand.«

Kamil blieb abrupt stehen, balancierte den Karton auf den Unterarmen und sah von Martel zu Danielle.

Die Kommissarin meinte freundlich: »*Commandant* Martel, wir sind sicher noch eine Weile hier. Aber jetzt brauche ich unbedingt ein Croissant und einen Kaffee.« Sie nahm sich einen Becher aus dem Karton und angelte sich ein Croissant aus der großen Tüte, aus der es verführerisch duftete. »Danke, Kamil. Sie retten meinen Tag!« Danielle nahm noch einen weiteren Becher, biss dann genüsslich in ihr Croissant und ging auf den Fahrradfahrer zu.

Hibou holte sich ebenfalls einen Kaffee und eilte hinter ihr her.

Der Fahrradfahrer saß auf dem Boden. Er hatte sich eine gefaltete Tourenkarte unter seinen Hintern gelegt, denn die Erde war im März am frühen Morgen noch kühl. Er tippte in sein Handy, stand jedoch schnell auf, als er die Kommissarin bemerkte.

Danielle hielt ihm den Becher entgegen. »Ich hoffe, Sie trinken Kaffee.«

Der Mann nickte und nahm das begehrte Getränk mit seinen behandschuhten Händen entgegen. »Danke, Madame. Ich warte seit fast drei Stunden. Eigentlich muss ich in meine Firma.«

»Kann man das überhaupt noch Fahrrad nennen?« Danielle zeigte auf das hypermoderne Gefährt. Der Mann grinste. »Das ist ein Porsche im Kleinformat, ein Carbon-Bike der Extraklasse. ›Fahrrad‹ ist fast eine Beleidigung. Aber ohne die Erfindung des Fahrrades gäbe es die Räder der Extraklasse nicht.«

»Und dann finden Sie eine tote Frau bei Ihrer morgendlichen Tour.«

Seine Euphorie verpuffte und ein Schatten überzog sein Gesicht.

»Erzählen Sie uns bitte ganz genau, was heute Morgen passiert ist. Setzen wir uns dazu in diesen Van der Gendarmerie.« Die Kommissarin deutete auf einen großen, dunkelblauen Iveco Daily II mit der Aufschrift »Gendarmerie«. Auf dem Weg dahin kam sie erneut am Kommandanten vorbei und fragte ihn: »*Commandant* Martel, dürfen wir Ihren Wagen für die Befragung nutzen?«

Dieser gab Kamil unverzüglich die Anweisung, den im Auto befindlichen Tisch auszuklappen und die Sitze so einzustellen, dass ein mobiler Vernehmungsraum entstand.

Der Radfahrer legte inzwischen das Fahrrad äußerst behutsam in das Stückchen Wiese, neben dem der Iveco geparkt hatte.

Nachdem Danielle, Hibou und der Radfahrer im Van Platz genommen hatten, gab sie ihrem Assistenten mit einer Handbewegung zu verstehen, dass er das Gespräch aufnehmen sollte. »Wir werden die Erstbefragung aufzeichnen. Sind Sie einverstanden?«

Der Mann nickte ergeben. Man sah ihm an, dass er diesen Alptraum endlich hinter sich lassen wollte. »Ich heiße Frédéric Desricourt, bin 31 Jahre alt und Mitinhaber der Firma ›Web Estérel‹. Wir erstellen Websites, beraten Leute beim Kauf ihrer Computer und machen die EDV-Installation dazu. Wir haben die Firma vor drei Jahren gegründet und sind ganz zufrieden damit, wie es läuft.« Er nahm gierig einen Schluck von seinem Kaffee. »Dreimal in der Woche schwinge ich mich auf mein Rad und fahre vom Stadtteil Les Termes in Mandelieu-la-Napoule, wo die Firma und mein Wohnsitz sind, um 5 Uhr morgens los. Ich fahre meistens durch das Maure Vieil, wähle aber spontan verschiedene Routen, sodass ich ungefähr 60 Minuten unterwegs bin. Bis zu diesem Platz hier sind es etwa 6,5 Kilometer. Wie immer war auch heute Morgen kein

Mensch unterwegs, und ich hab mich über mein Rad und meine Kraft gefreut.«

»Warum haben Sie hier angehalten?«, wollte Danielle wissen. »Denn im Vorbeifahren hätten Sie die Tote nicht gesehen.«

»Ich mache hier oft eine kleine Verschnaufpause, manchmal genieße ich auch die Natur. Also ich gehe … äh … Sie wissen, was ich meine?« Er grinste und zeigte einen kleinen Anflug von Verlegenheit. »Hier ist der höchste Punkt, und dann fahre ich hinab, zum Beispiel nach Le Mont Turney Richtung Meer. Als ich heute hier anhielt, habe ich beschlossen, wieder mal einen Blick auf die Gebäude zu werfen.«

»Warum gerade heute, Monsieur Desricourt?« Danielle ließ nicht locker.

Hibou hörte aufmerksam zu und nahm alles mit dem Diktiergerät auf.

»Seltsam, oder? Gestern und das letzte Mal bin ich daran vorbeigefahren. Aber heute musste ich dringend Wasser lassen und hatte dann das Bedürfnis, mich ein wenig umzusehen. Der Komplex kann schon magisch auf einen wirken. Das Verlassene, der Baustil der 60er-Jahre, die Graffitis. Na ja. Ich bin also diese Betonstufen hinaufgegangen und habe dann erst gesehen, dass in dem Bühnenbereich etwas steht.« Er atmete tief durch. »Sie können mir glauben, ich hab den Schock meines Lebens gehabt! Man glaubt im ersten Moment gar nicht, dass das wirklich eine tote Person ist. Ich bin näher ran und habe bemerkt, wie blass die Frau ist. Ich hab versucht, sie anzusprechen und sie an der Schulter berührt, aber …« Er schluckte und legte sich die Hand auf seinen Magen. »Der Körper war so unnatürlich weich und steif zugleich. Da hab ich sofort die Polizei angerufen!«

Danielle nickte verständnisvoll. Sie wies ihren Assistenten an: »Hibou, wir brauchen noch seine Fingerabdrücke, da die auch an der Leiche sein dürften. Vielen Dank, Monsieur, danach können Sie fahren. Ah, noch etwas: Kannten Sie die Tote?«

Frédéric Desricourt wurde rot. Er knurrte empört: »Was soll die Frage? Die Frau ist mir gänzlich unbekannt.«

# KAPITEL 5

Danielle saß am späten Nachmittag in ihrem Büro und hörte sich die Sprachnotizen an, als ihr Mobiltelefon klingelte. Es war ihr Schwager Henri, stellte sie überrascht fest. Seit sie ihn kannte, und das war seit über zwei Jahrzehnten, hatte er nur ein paar Mal bei ihr angerufen. Aber sie konnte sich denken, was der Grund des Anrufes war.

»Dani. Ich … äh … wir haben ein Problem«, druckste Henri herum.

»Henri, spuck es aus«, versuchte sie ihren Schwager zu ermuntern.

»Ja, wie soll ich es sagen?«

War er den Tränen nahe?

Er räusperte sich, dann holte er tief Luft. »Josette benimmt sich so seltsam. So habe ich sie noch nie erlebt.« Seine Stimme versagte.

Wenn er wirklich fremdgehen würde, würde er ahnen, dass Josette etwas herausgefunden hatte, dachte Danielle. Oder spielte er ein doppeltes Spiel? Wollte er möglicherweise nur erfahren, ob Josette von seiner Affäre wusste? »Hast du sie gefragt, was mit ihr los ist?«

»Nein.«

Danielle kannte einige Ehen, in denen die Partner nicht mehr richtig miteinander sprachen. Dabei war Kommunikation neben der Liebe das Wichtigste in einer Beziehung. »Henri, hast du dir schon mal überlegt, ob Josette vielleicht die Nase voll hat vom täglichen Kochen und Putzen, dass sie noch etwas anderes als Putzfrau und Köchin für die Familie sein will?« Die Frage stellte sie schärfer als beabsichtigt, denn gerade das hatte Henri ihrer Meinung nach bisher zu wenig anerkannt.

»Hat sie sich bei dir beschwert?«

»Nein, sie hat sich noch niemals beschwert. Aber hast du dir darüber schon mal Gedanken gemacht? Und ihr gesagt, wie großartig sie das alles managt und wie sehr du sie liebst?«

Wieder schien er mit den Tränen zu kämpfen. »Äh ... nein, ich habe gedacht, dass sie das gerne macht. Sie ist doch unser Familienmittelpunkt. Was wären wir denn ohne sie?« Er klang geradezu verzweifelt.

»Henri, versprich mir, dass du sie heute Abend in den Arm nimmst. Sag ihr, wie sehr du sie liebst und wie unentbehrlich sie für dich ist. Sprecht euch mal richtig aus. Wann habt ihr zuletzt Zeit nur für euch beide gehabt?« Danielle sprach jetzt eindringlich und ihr Schwager hörte konzentriert zu. Seine Besorgnis schien nicht gespielt zu sein, aber wie sollte das alles mit einer Affäre zusammenpassen?

»Vielen Dank, Schwägerin. Genau so mache ich es.« Er legte ohne ein weiteres Wort auf.

Danielle war verunsichert. Hätte sie ihrem Schwager von Josettes Verdacht erzählen sollen? Aber dann hätte sie ihre Schwester hintergangen. Sie hoffte, dass sich heute Abend herausstellen würde, ob Henri die Wahrheit gesagt hatte, denn Hibou würde sich nach Feierabend an Henris Fersen heften. Außerdem war es nicht ihre Aufgabe, die Ehe der beiden in Ordnung zu bringen. Verdammt, sie musste sich auf die Arbeit konzentrieren.

Später rief sie Josette an. »Schwesterlein, wie geht's dir? Was machst du?«

»Hallo, Dani. Ich habe mich für ein paar Tage krankschreiben lassen und liege in der Sonne.«

Durch den Lautsprecher hörte es sich an, als ob Josette an einer Zigarette ziehen würde. »Rauchst du schon wieder?«, fragte Danielle.

»Na und, was dagegen?« Josette kicherte. »Ich lasse es mir gut gehen bei einem Glas Rosé und einer langen Schlanken.«

Danielle seufzte. »Henri hat mich gerade angerufen. Er macht sich Sorgen um dich. Sag mal, redet ihr gar nicht mehr miteinander?«

Josette reagierte entsprechend: »Hat ja nicht jeder so eine per... perfekte Beziehung wie meine kul... äh ... kluge Schwester!«

Josie musste schon einiges intus haben, dachte Danielle und hörte, wie sie einen ausgiebigen Schluck nahm.

»So, mein Göttergatte hat bei dir angerufen? Verbündet ihr euch hinter meinem Rücken?«

Danielle atmete tief durch und versuchte ruhig zu bleiben. Sie wusste, dass Josie momentan nicht sie selbst war. »Ich würde dich nie hintergehen! Du bist meine große Schwester und warst immer für mich da, wenn ich dich brauchte. Jedenfalls hat er nichts von einer Affäre gesagt, und ich habe ihm auch nichts verraten, sondern ihn darauf hingewiesen, was du alles für die Familie tust.«

Josette schniefte. »*Je suis désolée, chérie.* Es tut mir leid. Ich weiß nicht, warum ich mich so gehen lasse, anstatt Henri einfach zu fragen. Vielleicht komme ich in die Wechseljahre und meine Hormone spielen verrückt. Ich fühle mich so überflüssig! Die Jungs brauchen mich nicht mehr, Marcy weiß auch genau, was sie will, und Henri scheint sich in eine andere verliebt zu haben!« Nun brach Josettes Schutzmauer aus Schnoddrigkeit und Alkoholpegel endgültig zusammen, und sie ließ ihren Tränen freien Lauf.

Danielle beruhigte sie. »Du bist einer der liebevollsten Menschen, die ich kenne. Versprich mir was: Du gehst zum Frauenarzt und lässt deinen Hormonstatus überprüfen. Und ich versuche herauszufinden, was es mit Henris ominöser Freundin auf sich hat. *Bisou*, Kuss, ich umarme dich!«

*

Michel Hibou stand seit kurz nach 17 Uhr vor dem Finanzamt der Stadt Nizza, das in der Rue Joseph Cadei lag. Er wartete auf Henri Beauchant, den er beschatten sollte. Seine Chefin hatte ihm ein Foto ausgedruckt, das er gerade konzentriert betrachtete. Henri hatte laut Danielle um 17.30 Uhr Dienstschluss, man könne eine Uhr danach stellen.

Michel hatte Danielles Privatauftrag gerne angenommen, denn erstens schätzte er sie und zweitens konnte er so sein Heimkehren aufschieben. In seiner kleinen Familie mit Mutter und Vater und ihm als einzigem Sohn standen Querelen auf dem täglichen Plan. Michels Vater Lupin saß seit einem Sportunfall vor über 20 Jahren im Rollstuhl und bemitleidete sich beharrlich dafür. Ständig suchte er nach Schuldigen, und das waren meistens seine Frau oder sein Sohn, an ihnen ließ er seinen Frust ab. Gleichzeitig ertränkte er ihn im Alkohol. Michels Vater war eindeutig Alkoholiker, aber er konnte und wollte das nicht anerkennen.

Michel tauchte aus seinen Grübeleien auf, als er durch die Glasfront im Eingangsbereich des Gebäudes einen Herrn in grauem Anzug entdeckte, der eine Aktentasche trug. Er sah dem Mann auf dem Bild ähnlich. Ja, das musste Henri sein. Die kurzen dunkelblonden Haare, das Bäuchlein, über dem das Jackett spannte, die dunkle Hornbrille. Der Mann trat durch die doppelflügelige Glastür heraus, blieb stehen und sah auf sein Handy.

Eine nicht mehr ganz junge Frau, die Michel vorhin aufgefallen war, weil sie offensichtlich auf jemanden gewartet hatte, ging mit federnden Schritten auf Henri Beauchant zu. Bestätigte sich jetzt die vermeintliche Affäre? Beauchant lächelte die Frau an, dann umarmten sie sich. Drei Küsschen auf die Wangen, und sie machten sich gemeinsam auf den Weg. Hibou folgte ihnen unauffällig. Die beiden schienen sich gut zu verstehen, sie gingen locker nebeneinanderher, einmal legte sie kurz ihren Arm auf seinen. Ein anderes Mal blieben sie stehen und lachten herzhaft. Michel versuchte, unauffällig ein Foto mit seiner kleinen Kamera zu machen, als Henri plötzlich in Michels Richtung sah. Hibou tat so, als ob er interessiert die Auslage in einem Schaufenster betrachten würde. Henri schien nichts bemerkt zu haben. Er deutete auf seine Armbanduhr und sprach kurz mit der Frau, die in Richtung eines Lokals wenige Meter vor ihnen zeigte. Er nickte und trat mit ihr ein.

Hibou bemühte sich, möglichst unauffällig ebenfalls in das Lokal zu gelangen. Er setzte sich an einen Tisch am Fenster in der Nähe der beiden.

Beauchant und die gefärbte Blondine unterhielten sich angeregt, doch Henri sah immer wieder auf seine Armbanduhr. Er trank ein Bier und sie ein Glas Weißwein. Nach ungefähr 30 Minuten stand Henri auf. Seine Begleiterin wollte ihn zum Bleiben bewegen, er aber schüttelte den Kopf. Zum Abschied umarmte er kurz seine Begleitung und trat aus dem Lokal.

Hibou entschied sich, ihm weiterhin zu folgen und die Frau außer Acht zu lassen. Beauchant ging schnurstracks zu einer Bushaltestelle nicht weit entfernt von dem Lokal und stieg kurz darauf in den Bus. Hibou musste sich beeilen, um das Fahrzeug noch zu erwischen. Nach ein paar Minuten Fahrt stieg Beauchant um, und Michel tat es ihm unbemerkt nach. In der Rue Georges Ville verließen beide den Bus. Henri trottete zu einem sehr gepflegten Haus und sperrte die Eingangstür mit einem Schlüssel auf.

Als Hibou auf die Klingelschilder sah, las er den Namen »Beauchant«, hier war der Schwager von Danielle zu Hause. Hibou atmete auf. Das hatte für ihn nicht nach Ehebruch ausgesehen, sondern nach einem Treffen mit einer alten Freundin. Er beschloss, Danielle anzurufen und ihr mitzuteilen, was er beobachtet hatte.

# KAPITEL 6

Vater war heute unausstehlich. Er stank erbärmlich, weil seine Windel voll war, doch er wollte sich partout nicht sauber machen lassen. Seine demente Welt war sehr klein geworden, er erkannte niemanden mehr, wusste viele Wörter nicht mehr, brabbelte wie ein Kind. Die Funktion einer Gabel hatte er heute wieder einmal vergessen. Er griff in das Essen und warf den Blumenkohl hinter sich.

Gestern hatte er ein paar lichte Momente gehabt. Er hatte gefragt, wie sich die Trauben an den Reben machen würden. In seinem kranken Gehirn war eine Erinnerung an seine frühere Tätigkeit aufgetaucht. Das hatte sich gut angefühlt, als wäre ein Teil der Last von ihren Schultern genommen worden. Heute jedoch war es umso schlimmer.

Sie hatte gewusst, dass ihr Vater nicht ungestraft davonkommen würde. Er hatte ein Leben zerstört, und jetzt wurde ihm das seine nach und nach genommen.

Ihr geliebter Vater hatte mittlerweile vollkommen den Bezug zur Realität verloren und wusste auch nicht mehr, wer er war. Der totale Verlust der Persönlichkeit. Das war am schwersten für sie. Ihren Vater nicht mehr als Vertrauten zu haben, der sie tröstete, in den Arm nahm. Ihren Vater, wie sie ihn gekannt hatte, gab es nicht mehr. Da saß ein Fremder vor ihr, der sie anschrie, weinte, in die Hosen machte, sie sogar schlug – er war immer noch kräftig. Nicht selten trug sie blaue Flecken davon. Dies alles machte sie unendlich traurig, aber es half nichts. Der Tag musste hinter sich gebracht werden, außerdem warteten die Rebstöcke darauf, gespritzt zu werden. Sie musste sich um den Weinberg kümmern, denn der war mit der Rente ihres Vaters momentan ihre einzige Einnahmequelle.

Manches Mal hatte sie daran gedacht, sich einen Strick zu nehmen und ihrem Leben ein Ende zu setzen. In der Scheune gab es ausreichend Höhe und genügend Balken. Aber hatten andere nicht auch ihre Herausforderungen vom Leben serviert bekommen? Außerdem war da noch ein Mann, und der machte ihr Dasein wertvoll, er war ihr Ausgleich zu all den Mühen. Sie liebte ihn. Er, nur er, schaffte es, sie am Leben zu erhalten.

Dabei war sie nie schön gewesen. Sie hatte kräftige Arme und Beine, einen dicken Nacken, die Haare von einem Köterbraun. Sie war die Bäuerin, die ihrem Vater seit dem Tod der Mutter treu zur Seite stand. Nie hatte sie so werden wollen wie ihre Mutter, aber nun trug sie sogar deren Kopftücher. Stolz war sie jedoch auf ihren schönen Mund, ein Geschenk von *maman*. Die große Nase hatte sie vom Vater geerbt. Ihre Augen waren umrandet von langen Wimpern, aber was nützte das, wenn das Gesicht kantig und zu männlich war. Und sie konnte schwer arbeiten, sehr zur Freude ihres Vaters. »Mein bestes Pferd im Stall« hatte er sie immer genannt. Als ob sie ein Ackergaul wäre. Den Hintern dazu hatte sie.

Heute wollte der Vater auch das Glas nicht austrinken, dabei war es der gute Rote aus dem eigenen Anbau, den er so geliebt hatte. Der verschaffte ihm und damit auch ihr am Abend die Ruhe, die sie dringend brauchte. Sich selbst gönnte sie ebenfalls jeden Abend ein Gläschen, manchmal auch zwei, drei, vier, zur Entspannung. Nur so war das Leben mit ihrem Vater auszuhalten.

Die Betreuung, die ein paarmal in der Woche vorbeikam, hatte schon des Öfteren das Gespräch auf ein Altenheim gebracht. Aber das würde sie nie tun, ihren Vater abschieben. Was würden die Leute sagen? Das Gerede im Dorf hatte ihr seit jeher zu schaffen gemacht. Außerdem hatte ihr Vater immer zu ihr gestanden, egal wie oft sie von der Schule nach Hause gekommen war und geweint hatte, weil sie als Kuh oder dumme Dicke beschimpft worden war. Sie konnte ihn nicht einfach fremden Leuten überlassen. Dann würde er bestimmt bald sterben. Doch sie brauchte seine Rente, um über den Monat zu kommen und das bisschen Wein herzustellen, die seit Generationen bestehende Tradition fortzuführen.

Zusätzlich war der Hof in einem desolaten Zustand. Das Dach des Wohnhauses müsste dringend neu gedeckt werden. Die Ziegel waren an manchen Stellen gebrochen, sodass es bei starkem Regen in den Dachboden hineinregnete. Lange ging das nicht mehr gut, alles war alt. Der Vater hatte zuletzt zu der Zeit, als er ihre Mutter geheiratet hatte, einiges im und am Haus renoviert. Hatte eine neue Küche und ein Badezimmer eingebaut. Mittlerweile war alles schwer in die Jahre gekommen. Sie wünschte sich ein modernes Bad, eine Art Wellnessoase. Wo sie sich nach einem anstrengenden Tag erholen konnte. In der Kammer, die sich Bad nannte, war es jedoch immer kühl. Wenn sie den Vater wusch, jammerte und bibberte er.

Neben dem Alkohol am Abend hatte sie sich eine weitere Strategie angewöhnt, um den täglichen Wahnsinn zu bewältigen. Sie kochte für ihr Leben gerne. Deshalb bereitete sie abends ein großes Menü zu, mit dem sie vier Personen verköstigen könnte. Dabei konzentrierte sie sich auf die Zubereitung und den Geschmack der Speisen, denn das machte ihr Freude. Anschließend fütterte sie ihren Vater und steckte ihn danach sofort ins Bett. Dann hatte sie den Abend für sich. Meistens, wenn er nicht weinte oder desorientiert durch das Haus tappte.

Sie setzte sich an den Küchentisch – das verstaubte Esszimmer wurde fast nicht mehr benutzt – und aß wie ein Scheunendrescher. Der Genuss schenkte ihr ein kurzzeitiges Vergessen. Auch wenn sie satt war, konnte sie nicht aufhören und aß und aß. Meistens blieb nichts mehr übrig. Dazu ein paar Gläser Wein, damit sie die Sorgen vergaß und sich wenigstens einmal am Tag ansatzweise gut fühlte. Leider nahm sie dadurch immer mehr zu, und weil sie nicht besonders groß war, wirkte sie inzwischen sehr rundlich.

Dem Mann, in den sie heimlich vernarrt war, machte das nichts aus. Er liebte alles an ihr, jedes Gramm – so kam es ihr zumindest vor. Er war ihr Prinz, der ihr Herz gestohlen hatte, und das schon seit langer Zeit.

# KAPITEL 7

Florine Patenaude bückte sich ächzend zum zweiten Wäschekorb. Den ersten mit frisch gewaschener Oberbekleidung hatte sie schon gebügelt, akkurat gefaltet und auf dem Tisch gestapelt. Seit 25 Jahren wusch und bügelte sie im Ort die Wäsche der anderen Leute. Ihre Hände waren rot und rissig, sie konnte sie eincremen, so viel sie wollte. An ihren Händen sah man sofort, dass sie schwer arbeitete.

Sie hielt sich ihre Lendenwirbelsäule, als sie sich aufrichtete und das karierte Hemd auf das Bügelbrett legte. Seit zwei Jahren kämpfte sie mit den Schmerzen im unteren Rücken, und es wurde einfach nicht besser. Sie hatte es mit Pferdesalbe, Wärmepflaster, Kartoffelwickeln, Massagen und selbst angesetztem Thymian-Kräuteröl versucht. Doch der Schmerz fuhr ihr nach wie vor wie ein Messer in den Rücken. Nur ein heißes Bad am Abend vor dem Schlafengehen half einigermaßen, aber tagsüber musste sie die Beschwerden aushalten. Kürzertreten war keine Option. Rémy brauchte sie.

»Kann ich einen Lolli haben?« Rémy war in den Hauswirtschaftsraum getreten und sah sie erwartungsvoll an. Sie hatte ihn vorhin vor den Fernseher gesetzt, damit sie ihre Arbeit in Ruhe erledigen konnte.

Rémys Mutter, ihre Schwester Annabelle Blanzac, war im Dorf unterwegs und pflegte ambulant alte und kranke Menschen. Sie war examinierte Pflegerin. Meistens fuhr sie am Tag vier bis fünf Leute an, bei denen sie im Durchschnitt eineinhalb Stunden verbrachte. Jetzt war bald Mittagszeit und sie würde zum Essen nach Hause kommen. Florine sah auf die Uhr. Sie musste sich beeilen und den Tisch decken. Die Suppe hatte sie bereits gekocht. Mittags gab es nur ein leichtes Mahl. Am Abend kochten sie gemeinsam.

Florine schaltete das Bügeleisen aus, nahm ihren Neffen an der Hand und ging mit ihm in die Küche.

Dort fragte er erneut: »Kann ich jetzt einen Lolli haben? Am liebsten den orangenen, ganz sauren.« Er trippelte unruhig auf der Stelle.

»Nein, mein Lieber, es gibt gleich Mittagessen.«

Rémy schaute sie mit traurigen Augen an, die die Farbe des Meeres an einem stürmischen Tag hatten.

Um ihn abzulenken, fragte Florine: »Hast du den ›Bêtiseur‹ im Fernsehen geschaut?«

Das wirkte. Rémy liebte die Geschichten des kleinen Jungen Gaspard, der ständig Unfug trieb. »Ja, ich finde den *so* lustig! Ich mach auch gerne Firle… äh … Firle…«

»Firlefanz, mein Schatz«, half die Tante. »Ja, Firlefanz machst du gerne.« Liebevoll streichelte sie ihm über die Wange. Oh Gott, wie sie diesen Kerl liebte, und das schon seit 24 Jahren. Äußerlich war er inzwischen zu einem sehr attraktiven Mann gereift. Jedes Mal, wenn sie seine Schönheit betrachtete, wurde sie traurig. Wäre der Unfall damals nicht gewesen, würde er jetzt eine Freundin an seiner Seite haben und studieren. Ihr traten Tränen in die Augen. Bei dem schlimmen Unfall, als er fünf Jahre alt gewesen war, war sein Gehirn so schwer verletzt worden, dass keine geistige Weiterentwicklung mehr stattgefunden hatte.

Nachdem Annabelles Mann Eugène vor zehn Jahren viel zu früh an einem Schlaganfall gestorben war, hatte sie beschlossen, ihrer jüngeren Schwester mit ihren Kindern Rémy und Jasmine eine Stütze zu sein. Deshalb war sie bei ihr eingezogen und passte seither auf Rémy auf, denn man konnte ihn nicht alleine lassen. Ihn in einem Heim unterzubringen, war für Annabelle und sie nie eine Option gewesen.

Florine hatte sich ein eigenes Leben, eine eigene Familie versagt. Ihre Schwester und deren Kinder waren ihre Liebsten. Doch manchmal hatte auch sie dunkle Stunden.

Rémy trottete mit hängenden Schultern ins Wohnzimmer zurück. Sie hörte ihn laut lachen, es lief wohl noch immer »Le Bêtiseur«. Nicht immer konnte sie ihn beruhigen, vor allem wenn er seine Wutanfälle hatte, die oft wie aus dem Nichts kamen. An anderen Tagen war er die Liebenswürdigkeit in Person. Wenn er ihr Gesicht mit seinen großen Händen streichelte, um ihr seine Liebe zu zeigen, ging ihr das Herz über.

Die Haustür wurde aufgeschlossen, und Florines Schwester Annabelle stürmte herein.

»Florine, du wirst es nicht glauben!« Einige der graublonden Haare hatten sich aus dem Knoten gelöst und standen in alle Richtungen ab. Annabelle warf eine Zeitung auf den Tisch. »Seit Jasmine so berühmt ist, sind wir unter ständiger Beobachtung. Jetzt hat die Presse von Rémy erfahren.«

Florine nahm die Zeitung zur Hand und las den Artikel, der vor ein paar Tagen erschienen war. »Da steht zwar nichts Falsches oder Herabwürdigendes, aber warum zerren sie Rémy an die Öffentlichkeit? Warum können sie ihn nicht in Ruhe lassen? Hoffen wir, dass diese Reporter nicht bald vor unserer Haustür stehen. Nicht dass sie Rémy noch filmen. Dann schalten wir einen Rechtsanwalt ein, selbst wenn ich mir wegen des Honorars den Rücken noch mehr krumm arbeiten müsste!«

Annabelle umarmte ihre Schwester. Der Appetit war den beiden Frauen vergangen, nicht jedoch Rémy. Er stakste in die Küche und klatschte seine Hand auf den Tisch.

»Ich hab Hunger! Wann gibt es was zu essen?«

Annabelle umarmte nun auch ihren Sohn, der sie bei Weitem überragte, aber nie erwachsen werden würde. Er ließ dies kurz geschehen und entzog sich ihr dann.

Florine hatte eine Kartoffelsuppe gemacht, die Rémy besonders liebte: mit viel mehligen Kartoffeln, säuerlichen Äpfeln, Crème fleurette und Speckwürfeln. Dazu gab es Baguette.

Annabelle legte sich nach dem Mittagessen für zehn Minuten auf das Küchensofa, denn die Arbeit als Pflegerin verlangte schweren körperlichen Einsatz. Soeben hatte sie die Augen geschlossen. Florine spülte ab, und Rémy trocknete das Geschirr ab, so gut es ihm möglich war.

Es klingelte an der Haustür. Rémy wollte aufmachen, doch Florine hielt ihn zurück und schüttelte ihre Schwester an der Schulter, um sie aufzuwecken.

»Annabelle, was, wenn das ein Reporter ist? Bitte schau nach.«

Mit einem Stöhnen richtete Annabelle sich auf und schlurfte zur Tür. Wieder läutete es, diesmal ausdauernder. Sie öffnete die Tür einen Spalt und sah misstrauisch hindurch.

Draußen stand eine schöne Frau mit kupferblonden langen Locken und ein etwas jüngerer Mann mit kurzen Schnittlauchhaaren.

»Wenn Sie von der Presse sind und uns ausfragen wollen, können Sie sich gleich wieder davonmachen!« Annabelle knallte die Tür zu.

»Madame Blanzac?« Von außen wurde leicht gegen die Tür geklopft. »Bitte machen Sie auf. Wir sind nicht von der

Presse. Wir sind von der Kriminalpolizei und müssen mit Ihnen sprechen!«

*

Danielle und Hibou waren seit über einer Stunde unterwegs gewesen und durch die Provence nach Villecroze gefahren. Hibou hatte seinen alten tannengrünen R4 zur Verfügung gestellt, denn sie wollten nicht mit einem Polizeiauto erscheinen. Außerdem war Danielle froh, nicht fahren zu müssen und den Blick durch die heilsame provenzalische Landschaft schweifen lassen zu können. Sie ahnte, dass das bevorstehende Gespräch schwer werden würde.

Das Haus der Blanzacs befand sich am Rande des Ortes, der nur 1.500 Einwohner hatte. Das alte Gebäude hatte schon bessere Tage gesehen. Ursprünglich musste es ein Bauernhof gewesen sein. Manche Steine in der Hausmauer saßen locker, Rost hatte große Löcher in die Regenrinnen gefressen. Die türkisblauen Fensterläden, die man überall in der Provence in verschiedenen Blauschattierungen sah, gaben dem alten Bauernhaus zwar seinen Charme, hingen aber schief. Auffallend schön war der Garten, in dem schon einiges wuchs. Frühblüher wie Tulpen, Narzissen und Vergissmeinnicht leuchteten in kräftigen Farben, und weißes und blaues Steinkraut wucherte in den gepflasterten Weg hinein, der zum Haus führte. Man gab sich Mühe, alles ordentlich zu halten, soweit man es vermochte.

Nachdem Annabelle Blanzac ihnen zunächst die Tür vor der Nase zugeknallt hatte, bat sie sie herein, als Danielle und ihr Kollege ihre Dienstausweise gezeigt hatten. Sie wurden in eine gemütliche Küche geführt, in der eine Frau, die Annabelle ähnlich sah, gerade den Abwasch machte.

Plötzlich wirbelte ein schlanker junger Mann mit einem

unwiderstehlichen Lächeln herein. Sein Gesicht war so schön wie das eines Engels, seine Statur athletisch, besonders auffällig waren die Augen.

Ein Traum von einem Mann, dachte Danielle.

»*Maman*, wer ist das?«, fragte er.

Etwas stimmte nicht, denn er stellte die Frage wie ein Kind.

»Rémy, das sind Madame Tisserand und Monsieur Hibou. Sie kommen aus Nizza.«

Der junge Mann lächelte vertrauensselig und ging dann auf Hibou zu, um ihm die Hand hinzuhalten. Mit seiner Körpergröße überragte er sogar Danielles Assistenten. »Ich bin Rémy, das da ist meine *maman*, und dort ist meine Tante Florine.« Er zeigte selbstbewusst, aber mit einer kindlichen Handbewegung auf die genannten Personen. »Und du bist Hibou? Eine Eule? Kannst du auch wie eine Eule machen?«

Bevor seine Mutter sich einmischen konnte, antwortete Danielles Kollege ungezwungen: »Wenn man Hibou heißt, muss man auch wie eine Eule rufen können.« Er bewegte seinen Kopf langsam von der linken zur rechten Seite und gab dabei Laute von sich, die nach einer Eule klingen sollten.

Rémy warf vor Entzücken den Kopf zurück und lachte herzhaft. Ein so großer Mann mit dem unschuldigen Herzen eines Kindes. Er forderte Hibou auf, noch einmal und noch einmal die Eule vorzumachen, bis seine Tante ihn aus der Küche führte und ihm den Fernseher anschaltete.

»Sie müssen ihn entschuldigen. Er wurde mit fünf Jahren von einem Traktor überrollt, dadurch wurde sein Gehirn schwer geschädigt«, erklärte Annabelle Blanzac.

Danielle wurde das Herz schwer. Die Familie hatte einen schweren Schicksalsschlag erlebt, und jetzt mussten sie ihnen auch noch die Nachricht von Jasmines Tod überbringen. In Situationen wie diesen hasste sie ihren Beruf.

Sie warf ihrem Kollegen einen eindringlichen Blick zu, den dieser erwiderte. Er hatte verstanden, dass sie sehr achtsam vorgehen mussten. Aber leichter würde es für die Angehörigen dadurch nicht werden. Zunächst würde der Schock kommen. Und dann die Lücke durch den Verlust des geliebten Menschen. Diese Lücke würde bleiben, könnte niemals mehr ausgefüllt, geheilt, ungeschehen gemacht werden.

»Madame Blanzac, wir sind gekommen, um Ihnen etwas mitzuteilen. Bitte setzen Sie sich.«

Annabelle Blanzac kam der Aufforderung nach und wurde kreidebleich. »Ist etwas mit Jasmine?«

»Es tut uns sehr leid, Ihre Tochter Jasmine wurde tot aufgefunden.«

Annabelle Blanzac erstarrte, Florine Patenaude hielt sich die Hände vor das Gesicht.

Danielle ließ ihnen Zeit.

»Das kann gar nicht sein«, entgegnete die Mutter nach einer Weile. »Wir haben vor drei Tagen noch telefoniert! Sie dreht gerade in Cannes und hat vorher in Gordes gespielt.« Verwirrt sah sie zu ihrer Schwester Florine, die kaum hörbar aufschluchzte.

Florine hatte es sofort realisiert und trat jetzt zu Annabelle, um sie in den Arm zu nehmen. Erst die sanfte Berührung bewirkte, dass die Verstörtheit wich. Ein lautes Stöhnen entwand sich Annabelle Blanzacs Kehle, dann wanderte ihr Blick Richtung Wohnzimmer. Da war ihr Sohn, dem sie das Schlimme nicht würde begreiflich machen können. Ihr Körper begann zu beben, ihr Atem ging stoßweise. Vor Danielles Augen schien eine unmittelbare Alterung Annabelle Blanzacs einzusetzen. Deren Schultern verloren ihre Spannkraft, sie fiel innerlich zusammen, der Kopf begann zu wackeln und ihr Blick irrte orientierungslos umher. Dann sprang sie auf, musste sich jedoch am Tisch festhalten, ließ sich zurück auf den Stuhl sinken und begrub das Gesicht in ihren zitternden Händen. Ein klägliches Wimmern entrang sich ihr und traf die Kommissarin direkt ins Herz. Mit Augen, aus denen jede Hoffnung verschwunden war, sah sie schließlich ihre Schwester an. Diese kämpfte selbst leise mit den Tränen.

Apathisch bat Annabelle Florine um ein Glas Calvados. Aus der Schublade des Küchentisches, an dem sie saßen, holte sie mit zitternden Fingern eine Packung Tabletten heraus. Danielle erkannte, dass es Valium war.

»Ich brauch jetzt etwas Starkes, sonst breche ich zusammen. Das kann ich Rémy nicht zumuten, es würde ihm eine Riesenangst machen«, sagte sie mit gebrochener Stimme.

Florine Patenaude stellte mit eingefallenem Gesicht eine Flasche Calvados auf den Tisch und schenkte sich und ihrer Schwester ein Glas ein. Fragend schaute sie zu den Polizisten.

Hibou winkte ab. »Wir sind im Dienst, danke.«

Annabelle Blanzac fragte tonlos: »Was ist meinem Mädchen zugestoßen?«

»Sie wurde erschossen. Man hat sie im Estérel-Gebirge in einer Art durchsichtigem Plastiksarg gefunden, auf Blumen gebettet.« Danielle fiel es schwer, doch sie musste ihnen die Wahrheit sagen, bevor sie es grausam aus den Nachrichten erführen. »Ich kann Ihnen ein Foto zeigen, wenn Sie das möchten«, schlug sie einfühlsam vor.

Annabelle nickte entschlossen und biss die Zähne aufeinander, als sie das Bild betrachtete. Es zeigte die mit Blumen bekränzte Jasmine, die aussah, als ob sie schliefe. Das Foto verbarg gnädig die grauenvolle Wunde am Rücken des Opfers. Die Tante weinte still, unentwegt strömten ihr die Tränen aus den Augen. Mit einem Zipfel ihrer Schürze tupfte sie sie von der Wange.

Annabelle Blanzac nahm jetzt die Valium-Tablette in den Mund, trank das gefüllte Glas in einem Zug aus und schenkte sich sofort nach. Ihre Schwester sah ihr besorgt zu. Plötzlich raufte sich Annabelle die Haare, stand auf und sah wie ein Racheengel auf die Kommissarin und ihren Kollegen herab. »Finden Sie den Mörder meiner Tochter, dann kann meine Seele vielleicht zur Ruhe kommen! Ich werde diesen Menschen an jedem Tag verfluchen!«

Aus dem Wohnzimmer drang Rémys lautes Lachen. Es erfüllte die Zimmer mit vermeintlichem Leben, aber der eisig kalte Wind des Todes hatte sich in dieses gemütliche Heim geschlichen. Danielle bekam eine Gänsehaut.

Hibou unterbrach die entstandene Stille. »Haben Sie in letzter Zeit etwas Auffälliges an Jasmine beobachtet, sei es auch nur eine Kleinigkeit?«

Die beiden Schwestern schüttelten zeitgleich ihre Köpfe. Florine Patenaude antwortete: »Sie war vor zwei Wochen zum letzten Mal hier. Sie kommt gerne heim. Im Grunde ist sie ein Mädchen aus dem Dorf geblieben. Sie liebt die Natur und sie vergöttert Rémy.«

Dieser sang im Wohnzimmer lauthals die Titelmelodie seiner Lieblingsserie mit: »›*Le Bêtiseur aime faire du mal, aime faire des bêtises.*‹ Der *Bêtiseur* macht gerne Unfug, macht gerne Quatsch.«

Als Danielle erklärte, jemand müsse die Identifikation der toten jungen Frau vornehmen, sagte Annabelle Blanzac mit Bestimmtheit: »Ich will mein Mädchen noch einmal sehen, ich werde das machen. Sagen Sie mir nur, wann ich kommen soll.«

Danielle versuchte nicht, sie davon abzubringen. »Ich werde am Eingang des Rechtsmedizinischen Instituts auf sie warten.«

# KAPITEL 8

Das wöchentliche Meeting der *Crim* stand an. Heute war der Todesfall Jasmine Blanzac an oberster Stelle. Die italienische Kaffeemaschine war vorgeheizt, und die Kollegen zogen sich nach und nach ihren Kaffee, wie sie ihn bevorzugten: als *café au lait* in der großen Schale, als *café noir* oder mit Wasser verdünnt als *café allongé*. Croissants lagen bereit, denn ohne diese konnte keine Sitzung beginnen.

Danielle biss hungrig in das nach Butter duftende Gebäckstück. Manchmal wunderte sie sich, dass sie von den vielen Croissants, die sie im Laufe einer Woche aß, nicht zunahm. Ihre Lieblingssorte waren die *croissants aux amandes*, mit Mandelcreme gefüllt und mit Mandelblättchen bestreut.

Das Team der Spurensicherung unter der Leitung von Claire Dupuis schlenderte gerade laut lachend zur Tür herein. Ihre zwei männlichen Mitarbeiter Tanguy und Lelouch wollten der jungen Kollegin imponieren, die neu in Danielles Truppe dazugekommen war. Tanguy, der kleine Aufschneider, gestikulierte wild mit den Händen. Dabei stieß er gegen den Türrahmen und wäre fast gestolpert. Danielle musste schmunzeln. Die ganze Truppe wirkte so renitent wie ihre Chefin. Claire war in der Vergangenheit immer wieder mit höhergestellten Personen aneinandergeraten, vor allem wenn diese sich wenig kollegial zeigten. Einmal hatte sie deswegen eine Abmahnung bekommen. Die hatte sie sich eingerahmt und in ihren Diensträumen aufgehängt.

Bei den wöchentlichen Meetings mussten alle aus der Abteilung für Tötungsdelikte anwesend sein und sich auf den neuesten Stand bringen. Danielle Tisserands Team bestand zurzeit meistens nur aus Michel Hibou. Zur Abteilung gehörte seit zwei Wochen die junge Kriminalkommissar-Anwärterin Amarante Tribolle, die Vitoux und Danielle unterstützen sollte. Sie saß etwas schüchtern vorne rechts neben Vitoux.

Wie immer hatte der Abteilungsleiter Handy, Akten, Füller und Notizbuch präzise in rechten Winkeln zueinander vor sich auf den Tisch gelegt. Nicht mit einem Grad Schieflage durften die Elemente des gesamten Gefüges aus den 90-Grad-Winkeln fallen, immer wieder schob er mal den einen, mal den anderen Gegenstand sorgfältig abwägend in die eine oder andere Richtung. Alle warteten amüsiert, bis der Chef seine kleine Zwangshandlung beenden würde. Nur Amarante Tribolle wirkte verunsichert. Sie war mit den Eigenheiten des Chefs noch nicht vertraut.

Tribolle war 26 Jahre jung, recht zurückhaltend und von kleiner, rundlicher Statur. Ihre goldbraunen Augen blitzten intelligent unter einem tiefen Pony hervor, die nussbraunen Haare waren zu einem Pferdeschwanz gebunden. Sie trug eine weiße Bluse und einen schwarzen Hosenanzug. Auch sie hatte wie Vitoux Mappen, Stifte, Mobiltelefon und Notizblock vor sich auf dem Tisch liegen.

Endlich eröffnete Vitoux die wöchentliche Konferenz mit den Worten: »Liebe Kollegen, was wir im Estérel-Gebirge vorgefunden haben, hat mich zutiefst erschüttert. Obwohl ich seit fast 25 Jahren als Kriminalpolizist arbeite, geht mir der Tod von Jasmine Blanzac besonders nahe. Ich möchte Sie bitten, Ihr Bestes zu geben, damit der Täter bald gefasst wird. Madame Tisserand, wie ist der aktuelle Stand Ihrer Ermittlungen?« Damit gab er das Wort zügig an sie weiter.

Danielle wusste, dass er im Gegensatz zu ihr Schwierigkeiten hatte, vor größeren Gruppen zu sprechen. Sie räusperte sich, nahm einen Schluck von ihrem Wasser und fasste kurz die äußeren Umstände des Falles zusammen: Fundort, Fundtag und Uhrzeit, wer die Leiche gefunden hatte, vom Einsatz der Polizei aus Mandelieu-la-Napoule und ein paar Eckdaten zur Identität. Anschließend wandte sie sich an ihren Assistenten. »Hibou, führe bitte aus, wie Jasmine Blanzac aufgefunden wurde.«

Hibou schloss die Augen, ging kurz in sich und drehte dabei seinen Kopf eulenartig im Zeitlupentempo weit nach links und nach rechts. Währenddessen schloss er seine Augenlider in derselben entschleunigten Geschwindigkeit.

Wieder war es Amarante Tribolle, die irritiert dreinschaute – alle anderen Kollegen waren mit Hibous verlangsamter Gestik vertraut, hinter der sich ein messerscharfer Verstand verbarg.

»Die Tote war aufgebahrt wie Schneewittchen. Der Täter hat das kleine Amphitheater bei den 60er-Jahre-Bauten der alten Glasbläserei am Maure Vieil wie eine Bühne genutzt, das Opfer in einen durchsichtigen, zu kleinen rechteckigen Behälter gezwängt und es mit Blumen geschmückt.«

Danielle beauftragte die neue Mitarbeiterin: »Tribolle, könntest du bitte über diesen Gebäudekomplex im Estérel-Gebirge recherchieren? Vielleicht kommt etwas zutage, das uns weiterhilft.«

Die Angesprochene errötete leicht, nickte stumm und machte sich sofort einige Notizen auf ihren Block.

Danielle lächelte ihr ermunternd zu und führte weiter aus: »Wir warten noch auf Ergebnisse aus der Rechtsmedizin. Sobald Professor Déjan seine Untersuchung abgeschlossen hat, meldet er sich. Bereits am Fundort konnte er mit Sicherheit sagen, dass die Tatwaffe ein Gewehr war und keine Pistole. Hibou, was hast du über Jasmine Blanzac herausgefunden?«

»Sie hat während der Dreharbeiten im Hotel ›Comfort Suites des Olives‹ in Mandelieu-la-Napoule gewohnt. Auch einige andere aus der Filmcrew sind dort untergebracht. Für jeden ist ein kleines Appartement angemietet worden.«

Danielle ergänzte: »Hibou, Amarante Tribolle und ich werden nach der Sitzung in das Hotel und zum Set fahren.« Danielle hatte bereits vor der Sitzung mit Vitoux abgestimmt, dass die neue Kollegin sie begleiten durfte. Vielleicht würde ihr das helfen, ihre Schüchternheit zu überwinden und selbstbewusster zu werden. Jedenfalls schien sie begeistert zu sein, in die Ermittlung miteinbezogen zu werden und nicht nur Vitoux' Ordner katalogisieren zu müssen.

»Sie haben gestern die Mutter von Jasmine Blanzac informiert. Können Sie uns darüber noch berichten?«, bat Vitoux.

Die Kommissarin antwortete: »Annabelle Blanzac lebt mit ihrer älteren Schwester Florine Patenaude zusammen, seit ihr Mann vor zehn Jahren an einem Schlaganfall verstorben ist. Madame Patenaude passt tagsüber auf den behinderten Zwillingsbruder von Jasmine auf. Er wurde vor 19 Jahren von einem Traktor überrollt und dabei am Gehirn so schwer verletzt, dass er auf dem Stand eines fünfjährigen Kindes blieb. Zwei Schicksalsschläge – und nun noch der Mord an Jasmine. Ich hoffe, dass die Familie nicht daran zerbricht.«

Die Kollegen hatten ergriffen zugehört. Claire Dupuis drückte mit ihrer burschikosen Art aus, was alle dachten: »Kollegen, diese Familie braucht unsere Hilfe. Wir geben unser Bestes, nicht wahr, Lelouch, Tanguy?«

Die Genannten stimmten sofort zu.

Claires raue Stimme dröhnte erneut durch den Raum. »Außerdem, Chef, brauchen wir jedwede Unterstützung von oben.«

Alle anderen Mitarbeiter klopften mit ihren Handknöcheln Beifall und sahen zu Vitoux.

Der reagierte augenblicklich: »Ich werde Staatsanwalt Sabran-Pontevès, Polizeidirektor Lévy und den Polizeipräfekten Dr. Chevalier ins Boot holen. Madame Dupuis, bitte berichten Sie von der Spurensicherung am Fundort.«

Claire Dupuis nickte, hatte aber eine Bedingung. »Gerne – nach der Pause. Mein Nikotinlevel ist dramatisch gesunken.« Sie wusste, dass der Chef sich ihrer Bestimmtheit nicht entgegenzusetzen wagte, und stand auf, um in den Raucherbereich im Innenhof zu eilen. Beim Hinausgehen winkte sie Danielle, ihr zu folgen. Dass Tanguy und Lelouch ihrer Meisterin wie Hunde ihrem Frauchen hinterherliefen, verstand sich von selbst.

Vitoux versuchte die allgemeine Unruhe zu übertönen: »Wir sehen uns aber in zehn Minuten wieder!«

Die Sonne gelangte zu dieser Jahreszeit am Morgen noch nicht in den Innenhof, nur der Wipfel des Platanenbaumes wurde beleuchtet. Der Baum trug dicke Blätter- und synchron auch Blütenknospen, die bei ausreichend Sonnenschein bald aufplatzen würden.

Danielle nahm sich eine Gauloise, die Claire ihr anbot. Sie stellten sich etwas abseits von den anderen Rauchern.

»Ist zu Hause wieder alles okay?«, hakte Claire nach und zog gierig an ihrer Zigarette.

»Ja, danke, Claire. Ich glaube schon, ich will aber sicherheitshalber heute noch mit Josette sprechen. Raymond will mich allerdings auch sehen. Manchmal weiß ich nicht, wo mir der Kopf steht. Meinen Vater würde ich ebenfalls gerne wieder einmal besuchen. Und jetzt noch dieser neue Fall, der mir irgendwie ans Herz geht …« Danielle nahm zwei Züge von ihrer *clope*, ihrem Glimmstängel, und drückte sie gleich wieder aus. Seit einiger Zeit schmeckten ihr Zigaretten nicht mehr so wie früher.

»Auch du kannst nur eines nach dem anderen machen. Immer mit der Ruhe, *ma chérie*, alles dauert so lange, wie es eben dauert«, sagte Claire mit ihrer trockenen Art. »Lelouch!«, rief sie laut. »Sorgst du bitte diese Woche noch dafür, dass der Aschenbecher geleert und gereinigt wird?« Sie wies mit der Kippe auf den großen Aschenbecher, den sie bei der Innenhof-Verschönerungsaktion im Herbst gespendet hatte.

»Jawohl, Herrin!«, antwortete dieser scherzhaft.

Danielle aber war sich sicher, dass er noch heute den Auftrag erledigen würde.

Zurück im Sitzungsraum empfing Vitoux sie mit einem ungeduldigen Fingerzeig auf die Uhr und deutete seiner Sekretärin Rosalie, die das Protokoll führte, an, dass es weiterging.

»So, dann wollen wir mal.« Claire klärte ihren Rachen, indem sie laut hustete. »Wir arbeiten seit gestern ununterbrochen am Maure Vieil. Fast ununterbrochen, denn im Moment sind wir ja hier. Außerdem tummeln sich dort mittlerweile Reporter sämtlicher französischer Medien, als ob der Frühlings-Jahrmarkt stattfinden würde. Ich bin froh über die Präsenz der Gendarmerie. Tanguy, mach du weiter. Lelouch, ergänze gerne.« Claire lehnte sich zurück und ließ ihre Mitarbeiter in Aktion treten.

Amarante Tribolle schien von Claire ziemlich beeindruckt zu sein. Sie sah sie mit großen Augen an und hatte gehörigen Respekt vor der rebellischen Dienstältesten.

Tanguy begann: »Vorneweg: Bisher haben wir keinerlei Fingerabdrücke entdeckt. Das bedeutet, dass der Täter …«

»… oder die Täterin«, vervollständigte Lelouch.

»Genau, oder Täterin … äh … Handschuhe getragen haben muss. Fuß- beziehungsweise Schuhabdrücke gibt es jedoch zuhauf. Leider auch von unseren werten Kollegen von der Gendarmerie. Die gilt es nun auszuwerten, da sind wir gerade dabei. Lelouch, wenn du schon mitreden willst, dann kannst du jetzt weitermachen. Tu was für dein Geld!«, forderte Tanguy seinen Kollegen grinsend auf.

Der stotterte überrascht: »Ja, äh … Wir … wir haben auch nach Reifenspuren gesucht, weil … äh … das Opfer nicht geflogen sein kann.«

Tanguy lachte auf, aber Vitoux unterband das sofort: »Über Opfer machen wir uns nicht lustig!«

Lelouch entschuldigte sich. »Es tut mir leid, so habe ich es nicht gemeint.«

Claire sah ihre Mitarbeiter streng an und schüttelte den Kopf.

Lelouch führte mit hochrotem Kopf weiter aus: »Es gibt viele Reifenspuren, die wir gesichert haben und momentan auswerten.«

»Danke, ihr beiden.« Claire übernahm. »Bei den vielen Fußspuren waren auch welche ohne Profil, die tiefer eingedrückt waren als alle anderen. Was folgern wir daraus? Entweder hatten die Schuhe eine glatte Sohle oder es wurden Überzieher benutzt. Und entweder war die Person sehr schwer oder sie hat jemanden getragen.«

Die Kollegen im Sitzungsraum hörten gebannt zu.

»Da es keine Schleifspuren gibt, liegt letztere Vermutung nahe, denn der Fundort ist nicht der Tatort, sonst wäre da viel mehr Blut, wie ihr wisst. Wenn das Opfer getragen wurde, setzt das einen körperlich starken Täter voraus.«

Danielle fragte: »Habt ihr zu dem sargähnlichen Behältnis schon etwas herausgefunden?«

Claire tadelte: »Wie immer ungeduldig, Kommissarin Tisserand. Ich wollte gerade dazu kommen.«

Mit hochgezogenen Augenbrauen konterte Danielle: »Wie immer barsch im Ton, Madame Dupuis. Aber Fragen, vor allem so zentrale, müssen gestattet sein!«

Die Leiterin der Spurensicherung hasste Unterbrechungen oder Nachfragen, die den Eindruck erwecken könnten, dass ihr Team nicht in aller Ausführlichkeit analysierte. Das sorgte des Öfteren für Diskussionen zwischen den zwei Kolleginnen. Doch Claire konnte nicht nur austeilen, sondern auch einstecken, deswegen antwortete sie: »*Je suis désolée*. Tut mir leid. Meine innere Rebellin ist wieder mit mir durchgegangen.« Sie wieherte laut vor Lachen.

Das mochte Danielle an ihr besonders, dass sie sich über ihre eigenen Fehler amüsieren konnte.

Vitoux räusperte sich vorsichtig, um daran zu erinnern, dass es weitergehen sollte. Auch er hatte schon Auseinandersetzungen mit der streitlustigen Claire Dupuis gehabt, bei denen er meistens den Kürzeren gezogen hatte.

Ohne Seitenhieb auf ihren Chef fuhr Claire fort: »Wir haben Pflanzen in der Kiste gefunden, sind aber noch an der Auswertung. Es könnte gut sein, dass die Kiste in der Landwirtschaft oder in einem großen Garten genutzt wurde. Zu den Pflanzen, mit der der Täter die Tote dekoriert hat, gehören Lavendel, Iris, Lorbeer und der Wiesen-Gelbstern. Die muss der Täter mitgebracht haben. Wir teilen euch umgehend mit, wenn wir weitere Ergebnisse haben.«

»Könnt ihr uns jeweils ein Exemplar der Blüten und Blätter geben, mit denen Jasmine geschmückt war? Ich vermute, dass hinter jeder dieser Pflanzen eine Bedeutung steckt.«

# KAPITEL 9

In der Mitte der riesigen Hotelanlage »Comfort Suites des Olives« mit mehreren Häusern befand sich ein Swimmingpool mit azurblauem Wasser, umgeben von weißen Plastikliegen. Eine weite Rasenfläche fasste den gepflasterten Poolbereich ein, Steineichen, Platanen und Mandelbäume wuchsen hie und da. Nach einigem Suchen hatten Danielle, Hibou und Amarante das Rezeptionsgebäude gefunden und traten ein.

Ein gelangweilt wirkender junger Mann erhob sich langsam hinter dem Tresen, als er die drei zur Tür hereinkommen sah. »Was kann ich für Sie tun, *Mesdames et Monsieur*?«

Danielle hatte Hibou aufgetragen, die Befragung zu übernehmen. Deshalb zeigte er nun seinen Dienstausweis und sagte: »Wir sind von der Kriminalpolizei in Nizza und kommen im Tötungsdelikt Jasmine Blanzac.«

»Bitte warten Sie einen Moment, ich hole meinen Boss.« Er verließ den Empfangsraum und kehrte kurz darauf mit einer Frau um die 50 in grauem Kostüm und hochhackigen Pumps zurück.

»Der Boss« begrüßte sie mit Handschlag. »Ich bin die Managerin des Hotels, Lucie Mzoughi.«

Ihr Händedruck war fest, stellte Danielle fest. Eine Frau, die sich durchsetzen kann. Danielle besaß neben ihren meditativen Zuständen, in denen ihr detektivisches Gespür bereichert wurde, eine weitere Gabe: Konzentrierte sie sich beim

Händeschütteln auf ihr Gegenüber und die Art des Händeschüttelns, erhielt sie Informationen über diese Person. Sie nannte es ihre »Händeschüttel-Theorie«.

Bevor sie dazu kam, sich und ihre Kollegen vorzustellen, bat Madame Mzoughi sie in einen kleinen Konferenzraum. »Darf ich Ihnen Kaffee bringen lassen?« Als alle bejahten, beauftragte sie ihren Angestellten: »Valentin, bring uns bitte vier Schwarze und stilles Mineralwasser dazu und achte darauf, dass wir hier ungestört sind. Bitte nehmen Sie Platz. *Mesdames, Monsieur*, ich bin ehrlich, der Tod Jasmine Blanzacs ist eine Katastrophe für unser Haus. Reporter dringen unerlaubt ein, um Zimmer oder Appartements und das Gelände zu fotografieren. Die Gäste fragen sich schon, ob es hier noch sicher ist. Die Reputation unseres Hotels darf nicht darunter leiden, dass ein Irrer herumläuft und Schauspielerinnen tötet. Ich werde alles tun, um Ihnen zu helfen. Seien Sie bitte diskret. Die Spurensicherung war das nicht gerade. Die haben beinahe eine Party aus der Durchsuchung von Jasmine Blanzacs Räumen gemacht.« Sie sah die drei Polizisten vorwurfsvoll an.

Hibou unterbrach ihren Redefluss mit dem Einwand: »Der Mörder tötet nicht Schauspielerinnen. Bitte sind Sie vorsichtig mit solchen Äußerungen, die nur Panik verbreiten. Das Opfer ist höchstwahrscheinlich gezielt ausgewählt worden.«

Nun mischte sich Danielle ein. »Darf ich uns vorstellen?« Denn das schien der Betriebsleiterin bisher nicht so wichtig gewesen zu sein. »*Capitaine de police* Danielle Tisserand, das sind meine Kollegen Michel Hibou und Amarante Tribolle. Sie haben recht, die Presse hat ihre Methoden, an Informationen heranzukommen. Und die sind manchmal nicht ohne. Achten Sie darauf, dass Ihre Angestellten sich nicht mit Geld überzeugen lassen, Details über Blanzac und Ihr Hotel auszuplaudern.«

»Da habe ich bereits ein Auge darauf.«

Die Kommissarin riet: »Ein Auge reicht oft nicht, halten sie beide Augen offen! Und noch was: Die Spurensicherer haben die Pflicht, die Räume eines Mordopfers genauestens zu durchsuchen. Heute wollen wir drei das tun – ebenfalls gründlich.«

Bevor die Hotelmanagerin auf Danielles Zurechtweisung reagieren konnte, kam der Rezeptionist mit einem Tablett und stellte vier kleine Tassen sowie Wasser und Gläser auf den Tisch. Seine Chefin nickte nur als Dank und winkte ihn hinaus.

Danielle nahm einen Schluck von ihrem Kaffee, um sich zu beruhigen. Sie konnte es nicht leiden, wenn das Prestige wichtiger war als das Schicksal des Opfers. Da war sie empfindlich und reagierte entsprechend. Deshalb sagte sie noch einmal in aller Deutlichkeit: »Madame Mzoughi, für uns stehen die Ermittlungen im Vordergrund. Das Ansehen Ihres Hotels wird nicht so sehr darunter leiden wie unser Opfer durch den Täter gelitten hat.« Ihr interner Kampfhund hob gerade den Kopf und war besonders wachsam.

Die Managerin hatte den Hinweis verstanden. »Valentin«, rief sie durch die offen stehende Tür zur Rezeption, »führst du die Herrschaften bitte in die gewünschten Räume?« Sie erhob sich und wollte sich verabschieden.

Hibou hielt sie davon ab. »Madame Mzoughi, während die Räume durchsucht werden, möchte ich Ihnen einige Fragen zum Opfer stellen.«

Die Hotelmanagerin setzte sich wieder.

Im Gehen nickte Danielle Hibou kurz zu und machte das Daumen-hoch-Zeichen, ohne dass es die anderen sehen konnten. Tribolle und sie folgten dem jungen Mann namens Valentin durch die mit den obligatorischen Teppichen ausgelegten Gänge, bis sie zu einem Aufzug gelangten. Das Hotel machte einen sauberen, aber eher funktionellen, denn gemütlichen Eindruck. Danielle fragte sich, warum in allen Hotels dieser Welt geschmacklose Bilder an den Wänden hingen. Sie fuhren mit dem kleinen, quietschenden Aufzug in den ersten Stock und gingen durch den Flur, bis sie Jasmines Appartement erreicht hatten. Valentin schloss die Tür auf und ließ sie eintreten.

Die junge Tribolle hatte sich bisher sehr zurückgenommen, aber als sie in die Räumlichkeiten traten, die das Opfer bis zu seinem Tod bewohnt hatte, wirkte sie lebhafter. Vielleicht lag es auch daran, dass sie mit ihrer neuen Chefin allein war.

Sie zogen sich Plastikhandschuhe an und Plastiküberzieher über die Schuhe und durchsuchten die zwei Zimmer, eine Art Wohnzimmer mit Küchenzeile und ein separates Schlafzimmer. Insgesamt machte alles einen aufgeräumten Eindruck. Die Spurensicherung hatte sich bemüht, nicht zu viel Unordnung zu hinterlassen.

Die Bettwäsche auf dem Queen-Size-Doppelbett war ordentlich zusammengelegt. Auf dem einen Nachtisch lagen Bücher, auf dem anderen stand ein Foto, das Jasmine und ihren Zwillingsbruder Rémy als Kinder zeigte. Herzförmige Kindergesichter sahen mit unschuldigem, lebensfrohem Gesichtsausdruck in die Kamera, beide bildschön und etwa vier, fünf Jahre alt. Das Foto musste kurz vor dem Unfall entstanden sein. Auf dem kleinen Schreibtisch an der Wand lag ein Laptop. Die SpuSi hatte ihn für die Kriminalpolizisten hiergelassen, aber bestimmt die Fingerabdrücke genommen. »Den müssen wir mitnehmen und auswerten lassen. Kannst du das bitte machen?«, bat Danielle ihre neue Mitarbeiterin.

»Ja, klar.« Sofort packte Tribolle den Laptop in eine durchsichtige Plastiktüte, die sie aus ihrer Tasche holte, und legte ihn auf das Bett.

Danielle öffnete den Kleiderschrank. Zahlreiche Kleider hingen ordentlich auf Bügeln, in den Fächern lagen ein paar Stoffhosen und Jeans, T-Shirts und Pullis, mehrere Paar Schuhe. »Sie scheint Kleider geliebt zu haben. Es sind auch teure Marken dabei.« Danielle zog ein beiges Stoffpäckchen heraus, in das drei hochwertige Handtaschen eingeschlagen waren. Alle sahen gut gepflegt aus. Waren das Jasmines Lieblingsstücke gewesen? »Da schlägt mein Herz als Handtaschenfreundin höher. Wunderschöne und nicht ganz billige Taschen: Michael Kors, Chloé und Prada.« Sie öffnete jede Tasche, entdeckte darin aber nur ein paar Quittungen, einen Lippenstift und zwei Tampons. »Diese Tasche hätte ich auch gerne.« Danielle befühlte gedankenverloren das Leder der braunen Damen-Favoritin von Chloé. »Die Frage ist, ob Jasmine eine Handtasche dabeihatte, als sie getötet wurde? Denke bitte mit daran, nachher in den Studios danach zu fragen. Bitte informiere auch die SpuSi diesbezüglich. Und noch was: Kannst du das Durchsuchungsprotokoll verfassen?«

Amarante Tribolle zückte ihr Notizbuch und schrieb emsig mit. Zwischendurch nickte sie immer wieder.

»Außerdem war Jasmine barfuß, als wir sie gefunden haben. Sie muss vor ihrem Tod Schuhe getragen haben, im März geht man nicht ohne Schuhe. Bitte fotografiere alle Schuhe hier. Vielleicht kriegen wir heraus, ob ein Paar fehlt. Kann auch ein Schuss ins Blaue sein, aber jede Spur ist willkommen.«

»Mach ich.« Tribolle nahm ihr Handy und tat, wie ihr geheißen. Anschließend stöberte sie in den Schubladen der Nachttische, die links und rechts des Bettes standen und zog zwei zarte Hängerkleidchen heraus. Sie hatte sie neben den BHs und den Slips gefunden. »Danielle, schau mal. Die sehen aus wie das Kleid, das die Tote anhatte.«

Danielle nahm eines der leichten Baumwollkleider und hielt es hoch. »Du hast recht. Das sind ihre Nachthemdchen und keine Kleider. Sie trug sie zum Schlafen. Dann ist sie womöglich aus dem Schlaf gerissen worden«, schlussfolgerte die Chefin überrascht.

Tribolle verfolgte den Gedanken konzentriert weiter. »Wenn Jasmine in der Nacht aufgestanden ist, zum Beispiel weil es geklopft hat, hat sie sich vielleicht einen Morgenmantel übergezogen. Aber die Fotos vom Fundort zeigen, dass sie in ihrem Sarg nur das Kleidchen anhatte.«

»Guter Einwand, versuche, in dieser Hinsicht mehr herauszufinden. Sprich Madame Dupuis darauf an. Möglicherweise liegt in der Nähe des Fundortes irgendwo ein Morgenmantel«, entgegnete die Kommissarin. Sie nahm ihr Diktiergerät aus der Tasche und sprach hinein: »Hatte das Opfer spätabends Besuch? Wurde sie aus dem Bett geholt, möglicherweise wegen einer angeblich dringenden Angelegenheit? Sie hat das Hotel anscheinend in ihrem Nachthemd verlassen, ob freiwillig oder unfreiwillig. Mantel oder weiteres Kleidungsstück? Ist sie vielleicht entführt worden? Hatte sie Schuhe an? Wenn ja, wo sind die Schuhe? Oder ist sie ohne Schuhe los? Weil sie nicht selbst gegangen ist? Weil sie es eilig hatte? Wenn ja, warum?«

Die junge Kollegin beobachtete sie interessiert.

Danielle redete weiter: »Im Appartement des Opfers Jasmine Blanzac ist es ordentlich, zahlreiche Kleider im Schrank, einige hochwertige Designersachen und drei teure Handtaschen. Amarante Tribolle bringt den Laptop zur Auswertung.« Sie schaltete das Aufnahmegerät aus und ging zum Nachtisch, um sich die Bücher darauf anzusehen: Lebensratgeber, Krimis, Romane und ein Kinderbuch. »Unser Opfer war offensichtlich eine Leseratte«, meinte Danielle.

»›Grabotte la sotte‹ von Henriette Bichonnier«, las Amarante Tribolle auf dem Buchcover.

»Das kenne ich, da geht es um ein Mädchen, das keine Angst vor Monstern hat«, sagte Danielle.

»Warum liegt bei ihr ein Kinderbuch?«, wollte Amarante wissen. »War das ein Buch, das Jasmine als Kind Mut gemacht hat und das sie als Glücksbringer immer dabeihatte?«

Danielle nickte angetan, als Tribolle diesen Gedanken ausführte. »Durchaus möglich, eigene Kinder hatte sie jedenfalls nicht.«

Sie sahen sich das Badezimmer an. Im Spiegelschrank standen Kosmetikartikel, Parfums und Shampoos. Jasmine hatte hauptsächlich Bio-Produkte verwendet. Auch die wenigen Lebensmittel in der Küche deuteten auf eine bewusste und vegetarische Ernährung hin.

Während Tribolle sich auf die Suche nach Hibou machte, sprach Danielle ihre abschließenden Gedanken in das Aufnahmegerät. Ihr innerer Radar war in den detektivischen Äther ausgerichtet. »Was Jasmine für ein Mensch war, kann ich nach der Durchsuchung ihres Appartements noch nicht sicher sagen. Aber einzelne Aspekte lassen sich erkennen. Sie war wahrscheinlich Vegetarierin, hat sich mit hochwertigen ökologischen Nahrungsmitteln ernährt. Sie verwendete Kosmetika, die ohne Tierversuche hergestellt wurden, und trug gerne Designerklamotten. Sie war ordentlich, das Bett ist gemacht, die Küche aufgeräumt. Die leichte Unordnung hat vermutlich die Spurensicherung hinterlassen.«

Hibou war im Sitzungsraum hinter der Rezeption mit der Befragung des Rezeptionisten Valentin beschäftigt, als Danielle eintrat. Madame Mzoughi war nicht mehr anwesend. Tribolle saß neben Hibou und hörte still zu. Danielle setzte sich ebenfalls.

Soeben erklärte der junge Mann: »Jasmine Blanzac ist nie unangenehm aufgefallen. Sie hat meistens nicht den Haupteingang genommen, weil ihr dort Reporter auflauerten.«

Hibou machte sich Notizen, auch Tribolle schrieb etwas auf.

»Kommen wir erneut zur Tatnacht. Beschreiben Sie für Hauptkommissarin Tisserand und Kollegin Tribolle bitte noch einmal genau, was Sie in der Nacht gemacht haben.«

Valentin verzog das Gesicht, als ob er Zahnschmerzen hätte. »Noch mal?«

Hibou nickte nachdrücklich.

»Ich hatte Nachtschicht. Mademoiselle Blanzac kam ungefähr um 1 Uhr hier an. Sie sah ziemlich müde aus und winkte mir nur kurz zu. Alles schien normal. Kurze Zeit später trat ein Mann an die Rezeption und wollte zu ihr. Das habe ich doch alles schon erzählt.«

»Ja, das haben Sie, aber nur mir. Bitte sprechen Sie weiter«, forderte Hibou ihn erneut auf.

Danielle blieb nicht so ruhig wie ihr Assistent, ihr riss schon jetzt der Geduldsfaden und ihr innerer Kampfhund sabberte. »Was glauben Sie wohl, wie oft wir die Tat durchgehen müssen, den Ablauf, die Informationen zum Opfer, die Umstände und so weiter. Da werden sie sich verdammt noch mal weitere fünf Minuten Zeit nehmen und uns erzählen können, was genau an diesem Abend geschehen ist. Und ich rate Ihnen, gut nachzudenken!«

Der Rezeptionist war erstarrt, man sah ihm an, dass es in seinem Gehirn ratterte. Er fügte sich durchatmend in sein

Schicksal. »*Oui*, Madame. Äh … Ich habe den Besucher telefonisch bei Mademoiselle Blanzac angekündigt. Der Mann war 30 bis 35 Jahre alt. Er sei von der Filmcrew, behauptete er, und als ich Mademoiselle Blanzac den Namen nannte, sagte sie, dass er hochkommen könne. Ah, mir fällt noch etwas ein. Er habe etwas für sie dabei, sagte er noch.«

Diese Information war auch für Hibou neu. »Und was war das?«

»Keine Ahnung, er hat es mir nicht gezeigt.«

»Wie lautete der Name? Erinnern Sie sich noch?«, hakte Danielle nach.

»Hm …« Der Befragte runzelte die Stirn. »Nicht genau. Leo, Lucien, Luc oder etwas in der Art.«

Danielle forderte die junge Kollegin auf: »Amarante, schau oben im Appartement noch einmal gründlich nach, im Badezimmer, unter dem Bett oder in den Schränken in der Küche. Es kann kein großer Gegenstand gewesen sein. Der muss in eine Jackentasche gepasst haben. Oder hatte der Mann eine Tasche dabei?«

Der Rezeptionist verneinte.

Tribolle ließ sich die Schlüsselkarte geben und machte sich ein zweites Mal auf den Weg zum Appartement.

Hibou fragte weiter: »Wie lange dauerte Ihre Nachtschicht? Haben Sie gesehen, ob und wann der Mann und vielleicht auch Jasmine Blanzac das Hotel verlassen haben?«

»Leider nein, meine Schicht war um 2 Uhr zu Ende. Von 2 Uhr bis 6 Uhr früh ist niemand da.« Valentin schüttelte bedauernd den Kopf.

Danielle seufzte. »Dann bleibt uns nichts anderes übrig, als alle Gäste zu befragen. Kündigen Sie das bitte schon mal an. Sollten wir die Leute hier nicht antreffen, müssen sie ins Kommissariat nach Nizza kommen. Hibou, übernimmst du bitte mit Tribolle morgen die Befragungen?«

Die Kommissarin langte nach einer kleinen Flasche Wasser und goss die Flüssigkeit in ein sauberes Glas, das noch auf dem Tisch stand. Sie trank es in einem Zug aus.

»Machen wir, Chefin. Valentin, vielen Dank, Sie können jetzt gehen.«

Der Rezeptionist atmete erleichtert auf und war in Sekundenschnelle aus dem Raum verschwunden.

»Hat die Befragung von Madame Mzoughi noch was ergeben?«

Hibou antwortete: »Eine ideale Managerin: aalglatt, rhetorisch geschickt, herrisch. Die Appartements, die von der Filmagentur vor einiger Zeit angemietet wurden, sind für drei Monate im Voraus bezahlt worden. Und noch etwas: Als sie vor Kurzem für die Nachtbesetzung an der Rezeption einspringen musste, hat sie Jasmine Blanzac beobachtet, wie sie auf dem Balkon stand und aufgeregt telefonierte. Jasmine hat wild gestikuliert und einmal laut etwas geschrien wie ›Das darfst du nicht!‹.«

Danielles Schultern überzog plötzlich eine Gänsehaut. Ihre Intuition sagte ihr, dass diese Information von elementarer Bedeutung war. Sie atmete zischend durch den geschlossenen Mund aus.

In diesem Moment kam Amarante Tribolle in den Meetingraum zurück. Sie grinste triumphierend und hielt eine kleine viereckige, silbrige Metalldose in die Höhe. »Ratet mal, was ich im Kühlschrank gefunden habe.«

»Na, du wirst es uns gleich sagen«, schmunzelte ihre Vorgesetzte.

»Die hier lag in einer Plastikdose zusammen mit einzeln eingepackten Muffins.« Tribolle öffnete die Dose und hielt sie ihnen unter die Nase. »Wenn das mal nicht Kokain ist, dann fresse ich einen Besen!« Sie merkte, dass sie entgegen ihrer sonstigen Zurückhaltung zu sehr aus dem Häuschen geraten war, und ihre Miene fror ein.

Danielle besah sich das Pulver und testete es, indem sie ihren Zeigefinger hineinstippte und daran leckte.

»Korrekt, sehr gut gemacht, Tribolle. Unsere Jasmine muss Koks konsumiert haben! Vielleicht hat dieser Besuch ihr die Droge vorbeigebracht?«

# KAPITEL 10

»*Merde!* Scheiße!« Etienne Berger raufte sich die dunklen, fettigen Haare, die ihm wirr ins Gesicht hingen. »Muss das ausgerechnet mir passieren?« Die Filmcrew stand um ihren Regisseur, der sich selbst bemitleidete. »Warum stirbt mir meine begnadete Hauptdarstellerin einfach weg?« Er nahm die Leute, die um ihn herumstanden, gar nicht wahr.

Einer der Kameramänner meinte betroffen: »Das hat Jasmine ja nicht extra gemacht. Sie wäre sicher gerne noch am Leben.«

»Luc, so hab ich das nicht gemeint. Was sollen wir jetzt bloß machen? In den Film ist schon sehr viel Geld investiert worden.«

Seit Jasmines Tod waren die Kollegen am Set wie gelähmt. Heute trafen sie sich, um das weitere Vorgehen zu besprechen.

Sara, Jasmines Garderobiere, weinte laut. »Warum wurde sie umgebracht? Ich verstehe das alles nicht. Ich, ich …«

Eine Kollegin, die ein Script in der Hand hielt, legte tröstend ihren Arm um sie.

Berger bemerkte, dass er aufpassen musste, was er sagte, wenn er nicht als total gefühllos gelten wollte. Deshalb meinte er nun: »Um Jasmines Arbeit zu würdigen, schlage ich Folgendes vor: Wir nehmen die Szenen, die wir schon mit ihr abgedreht haben, und bauen unseren Film drumherum. Das Drehbuch muss natürlich angepasst werden. Maxime, du wirst einige zusätzliche Szenen spielen müssen.«

Maxime Leandres, der Manon Proulx' Vater darstellte, nickte. »Kein Problem, aber wird unser Film dadurch nicht ein ganz anderer? Und sollen wir wirklich einfach weitermachen, als wäre nichts passiert?«

Berger überhörte diese Frage. Er gestikulierte aufgeregt und wollte seine Ideen in die Köpfe seiner Mitarbeiter transportieren. »Louna, du bekommst jetzt eine Riesenaufgabe. Du musst bis morgen mindestens drei neue Szenen schreiben. Und bis Ende der Woche mit dem neuen Script fertig sein. Pass auf: Wir werden weitere Frauenfiguren mit ins Boot nehmen, die wie Manon gegen ihren Status als Frau im 19. Jahrhundert rebellieren. So schildern wir das Leben verschiedener junger Frauen in dieser Epoche. Dazu müssen wir ein Blitzcasting machen. David und Solange, das übernehmt ihr.« Etienne Berger war es gewohnt zu delegieren.

Augustin Barrantes, der den Mann spielte, in den sich Manon Proulx ohne Erlaubnis ihres Vaters verliebt hatte, meinte wenig überzeugt: »Wer kann Jasmine denn das Wasser reichen?«

»Da gebe ich dir recht, Augustin. Ich bin mir nicht sicher, ob die anderen Frauen an ihre schauspielerischen Qualitäten heranreichen würden. Das könnte womöglich den ganzen Film gefährden. Außerdem sollten wir sensibel mit dem Mord an Jasmine umgehen.«

»Vielleicht könnten wir ausschließlich die Szenen von Jasmine nutzen und sie in ein verändertes Konzept einbauen?«, fragte die Regieassistentin Odette Midovski. »Und dann von einer Hommage an sie sprechen. Das wäre eine tatsächliche Würdigung ihrer Arbeit.«

Etienne rieb sich nachdenklich die Stirn. »Odette, das ist eine sehr gute Idee. Dann werden wir heute gemeinsam alle bisherigen Szenen sichten und überlegen, in welche Richtung das neue Drehbuch gehen könnte. Auch Augustins Rolle steht für Zerrissenheit, weil er sich in eine Frau über seinem Stand verliebt hat, und könnte ausgebaut werden.«

Der bisherige Nebendarsteller nickte. Seine Rolle würde einen größeren Umfang einnehmen. Wie fast alle aber atmete auch er auf, denn sie hatten Jasmine verehrt und wollten keine anderen Hauptdarstellerinnen. Der Schock saß bei allen tief.

Nur nicht beim Regisseur. Für Etienne Berger war es das Schlimmste, dass er bei Weitem nicht alle geplanten Szenen mit Jasmine im Kasten hatte und dadurch die Chance auf eine Goldene Palme sank.

Einer der Beleuchter trat an Berger heran. »Etienne, da sind drei Leute von der Kriminalpolizei.« Er wies auf einen Mann und zwei Frauen, die an der Tür stehen geblieben waren. »Hast du Zeit?«

Der Regisseur schüttelte vehement den Kopf: »Jetzt nicht! Wir sind gerade in einer substanziellen Phase der Neuorientierung.«

Eine der Frauen kam mit festen Schritten auf ihn zu. »Monsieur, ich muss Sie unterbrechen. Die Ermittlungen dulden keinen Aufschub!«

Berger verschlug es für einen Augenblick die Sprache. Er war es nicht gewohnt, dass jemand in diesem Ton mit ihm redete.

»Ich bin *capitaine de police* Tisserand, und das sind meine Kollegen *lieutenant de police* Hibou und *élève lieutenante de police* Tribolle von der Kripo in Nizza«, sagte Danielle laut und sah in die Runde. »Gut, dass Sie alle zusammenstehen. Wir werden ab morgen, wenn nicht schon ab heute, mit den Befragungen beginnen. Am besten hier vor Ort, ansonsten müssten Sie alle ins Kommissariat nach Nizza kommen.« Im Laufe ihrer Arbeit als Kommissarin hatte sie gelernt, selbstbewusst aufzutreten. Am Anfang war man ihr oft und gerne auf die Füße getreten, und sie hatte sich ihr Selbstbewusstsein hart erarbeiten müssen. Jetzt stand sie mit ihren Sieben-Zentimeter-Absätzen ihrer Sabots fest auf dem Boden, war locker in den Knien und sah grimmig zu Berger.

Zum wiederholten Male fuhr dieser sich durch die Haare. »Sie hätten Ihren Besuch ankündigen sollen. Unser Millionenbetrieb ist instabil, und ich habe die Verantwortung für meine Kollegen und das von *Duc* Boniface de Tremblay eingebrachte Finanzvolumen.«

Bevor Danielle unwirsch werden konnte, sagte Hibou schnell: »Ich nehme an, dass Sie Etienne Berger sind, der Regisseur.« Er klappte seine Augenlider einmal langsam zu und auf. »Sie haben recht, wir hätten telefonisch Bescheid geben können. Aber Sie hätten auch mit uns rechnen können. Außerdem ist es sicherlich im Interesse von Ihnen allen, so schnell als möglich den Mörder Jasmine Blanzacs zu finden. Wir versuchen, den Betrieb durch unsere Befragungen nicht zu stören. Dafür brauchen wir einen eigenen Raum.«

Berger war der Wind aus den Segeln genommen worden. Danielle staunte nicht schlecht über ihren ehemals schüchternen Assistenten. Innerlich musste sie schmunzeln.

Berger blieb nichts anderes übrig, als brav zuzustimmen. »Sie können Jasmines bisherige Garderobe nutzen.«

»Das klingt gut. Aber vorab werden wir den Raum durchsuchen«, antwortete Danielle.

In der bescheidenen Künstlergarderobe standen zwei Stühle, eine Couch und ein Schminktisch, es gab einen Wandschrank, und an einem fahrbaren Kleiderständer hingen die Kostüme, die Jasmine während der Dreharbeiten getragen hatte.

»Tribolle, nimm du dir den Schminktisch vor. Hibou, du schaust in jede Ritze des Sofas und in die Taschen der Kostüme. Ich nehme mir den Schrank vor. In einer halben Stunde sollten wir fertig sein, dann starten wir noch heute mit den Befragungen«, gab Hauptkommissarin Tisserand zügig ihre Anweisungen.

Der Make-up-Bereich brachte nichts Nennenswertes zum Vorschein. Auch Hibou ging äußerst gründlich vor. Er fuhr mit seinen Fingern in die Spalten des Sofas, förderte aber außer ein paar Krümeln nichts zutage, und entfernte sogar die Bodenleisten, ebenfalls ohne Ergebnis. In einem der historischen Kleider jedoch fand er einen Zettel. »Ob das Jasmines Handschrift ist? Da steht: ›A. anrufen. So kann es nicht weitergehen!‹«

Danielle nahm Hibou den Zettel aus der Hand. »Wir können die Garderobiere fragen, ob Jasmine das geschrieben hat. Ein wichtiger Fund, Hibou. Was damit wohl gemeint ist?« In Danielles Kopf ratterte es, während sie weiter den Schrank durchsuchte. Handtücher in verschiedenen Größen, Duschsachen und Bodylotions waren in den Regalen verstaut. An der Kleiderstange hingen ein Bademantel und ein Cape. Auf dem Schrankboden standen bequeme Badeschlappen und ein Sechserpack stilles Mineralwasser. Danielle fasste in die Taschen des Bademantels, griff gedankenlos zwischen den Stapel der weißen Handtücher. Plötzlich stutzte sie. Ganz hinten ertastete sie eine kleine Kiste und fühlte darin unerwartet ein zierliches Gefäß. »Was haben wir denn da?« Sie zog ihre Hand heraus und betrachtete das Fläschchen aus Glas mit einem silbernen Verschluss. Neugierig schraubte sie es auf und erkannte ein weißes Pulver, das gerade noch so den Boden bedeckte. Sie hielt Hibou und Tribolle das kleine Gefäß entgegen.

Tribolle machte große Augen: »Auch Kokain?«

»Vermutlich«, antwortete Danielle. »Hat Jasmine regelmäßig Kokain konsumiert? Das sollten wir bei den Befragungen herausfinden. Fangen wir an! Hibou, holst du bitte als Erstes Regisseur Berger herein? Wenn er sich ziert, bleib konsequent. Wir können nicht warten, bis der große Filmemacher sich dazu herablässt, unsere Fragen zu beantworten«, sagte die Kommissarin barsch. Sie hatte keine Lust, Egos zu streicheln, um ihre Arbeit ausführen zu können.

Berger betrat kurz darauf mit seiner Assistentin die Garderobe. Er war sichtlich genervt. »Einen Moment, Madame *capitaine*«, sagte er zu Danielle und wandte sich dann seiner Assistentin zu. »Odette, ich bin gleich wieder da. Übernimm du bitte das Brainstorming. Ich möchte, dass jeder, wirklich jeder, Ideen einbringt, bevor wir im kleinen Kreis weiterkonferieren. Morgen kommt der *Duc* vorbei, und wir müssen ihm etwas Handfestes präsentieren, wenn wir nicht alle arbeitslos werden wollen.«

Odette nickte und eilte davon.

Berger drehte sich den Polizisten zu. »So, fangen wir an. Und bitte, es sollte schnell gehen.«

Wortlos deutete die Kommissarin auf das Sofa und wartete, bis er sich setzte. Sie selbst blieb stehen und sah auf den Regisseur herab. »Der Mord an Jasmine Blanzac hat Sie sicher sehr hart getroffen.« Wenn auch nur in finanzieller Hinsicht, fügte sie in Gedanken hinzu. »Es ist bestimmt in Ihrem Sinne, dass wir mit vereinten Kräften den Mörder finden. Bitte überlegen Sie genau und lassen Sie nichts aus, was an Jasmines letztem Tag geschehen ist. Jede Kleinigkeit könnte von Bedeutung sein.« Sie sah ihn erwartungsvoll an und setzte sich langsam auf einen der Stühle. »Meine Kollegin Tribolle schreibt Ihre Aussage mit. Außerdem zeichnen wir das Gespräch auf.« Danielle zog ihr liebstes Utensil, das mobile Aufnahmegerät, aus ihrer Handtasche. Inzwischen konnte man das zwar mit dem Smartphone machen, aber sie wollte nicht auf ihren bewährten Gedankensammler und Erinnerungshelfer verzichten. Damit arbeitete sie schon, seit sie bei der Kriminalpolizei angefangen hatte. Ihre Nichte Marciella hatte, als sie noch ein Kleinkind gewesen war, einen Feenaufkleber darauf geklebt. Die Fee hielt einen Zauberstab in der Hand und hatte glitzernde Flügel.

Berger machte einen ruhelosen Eindruck, er konnte nicht stillsitzen, immer wieder beugte er sich nach vorne, wippte mit den Füßen, spielte mit den Händen. Danielle gab Hibou mit den Augen zu verstehen, dass er ihn genau beobachten sollte. Hibou nahm neben Berger auf dem Sofa Platz und nickte unauffällig.

Der Regisseur schien seine Gedanken zu sammeln, denn es dauerte eine Weile, bis er zu sprechen begann. »Wir haben an dem Tag, an dem Jasmine gestorben ist, ab 9 Uhr morgens hier im Studio gedreht. Einige Szenen mussten wir öfter wiederholen, was völlig normal ist. Das braucht Energie, sodass wir um 14 Uhr eine Mittagspause gemacht haben. Ein Caterer bringt uns in diesem Fall das Essen. Auch am Nachmittag bis zum späten Abend lief alles ganz gut, zahlreiche Wiederholungen eingeschlossen, doch darüber verlieren meine Profis meistens kein Wort. Wegen Jasmine mussten wir nichts wiederholen, sie hat so eine unglaubliche Fähigkeit, äh … hatte.« Er hielt inne und sah betrübt an die gegenüberliegende Wand. »Ein unglaubliches Talent! Sie konnte sich unmittelbar in die Rolle hineinversetzen. Das war magisch! Im einen Moment war sie Jasmine, dann nach einem Atemzug eine andere Person mit anderer Gestik, Mimik, Sprechweise. Sie war brillant!«

»Wie lange haben Sie an diesem Tag gearbeitet?«, fragte Danielle.

»Bis etwa halb eins nachts. Dazwischen gab es kurze Pausen. Auch da lief alles normal.«

»Ist Ihnen nichts Merkwürdiges aufgefallen? Seltsame Reaktionen, Worte, die einen aufmerken ließen?«

Berger räusperte sich und kniff sich mit Daumen und Zeigefinger seiner Rechten in die Nase. »Jasmine war konzentriert. Erschöpft sicherlich. Während ich zwischen den Szenen Anweisungen an die Mitarbeiter gegeben habe, hat sie öfter aufs Handy geschaut. Gegen Ende der Dreharbeiten hat sie noch einmal alle Reserven mobilisiert. Ach ja, kurz vor Feierabend hat eine Freundin sie besucht. Eine schöne dunkelhaarige Frau, könnte auch eine frühere Kollegin von ihr gewesen sein.«

»Wie kommen Sie darauf?«

»Sie hat sich sehr extrovertiert benommen, als sie an mir vorbeiging. Als ob sie unbedingt wahrgenommen werden wollte. Vielleicht wollte sie einen Job.« Er fuhr sich noch einmal nervös durch die Haare. »Ich muss jetzt! Sollte mir noch etwas einfallen, lasse ich es Sie morgen wissen.«

Danielle, Tribolle und Hibou beschlossen, nachdem Berger die Garderobe verlassen hatte, den Rest des Tages für die Befragungen zu nutzen. Das würde sie zwar den Abend kosten, dafür aber morgen mehr Luft verschaffen. Danielle ging kurz nach draußen, um Raymond anzurufen und ihm zu sagen, dass sie sich heute nicht mehr sehen konnten. Sie vertröstete ihn auf das Wochenende. Bei den Beauchants ging noch immer keiner ans Telefon, und Danielle schrieb beunruhigt eine WhatsApp an ihre Schwester. »Alles okay bei euch? Kann dich nicht erreichen. Mache mir allmählich Sorgen!«

Aber es kam keine Antwort zurück. Sie ging zurück in

die Garderobe und bat Tribolle, etwas zu Essen zu besorgen. Hibou sollte die Garderobiere Sara holen.

Wenig später erschien er zusammen mit einer fülligen hübschen Frau um die 30. Sie hatte ein freundliches Gesicht, die dunkelbraunen Haare waren zu einem ordentlichen Dutt hochgesteckt. Sie trug eine Weste, die aussah, als sei sie handgestrickt. Aus den großen Taschen der Weste zog sie eine Packung Papiertaschentücher, nahm mit zitternden Fingern eines heraus und tupfte sich die Tränen ab, die ungehindert flossen.

»Nehmen Sie doch Platz. Sara, nicht wahr?«, fragte die Hauptkommissarin ruhig.

Die Garderobiere nickte.

»Nennen Sie uns bitte Ihren vollständigen Namen und Ihre Adresse.«

Hibou schrieb stellvertretend für Tribolle alles auf.

»Sara, Sie waren Jasmine Blanzacs Garderobiere. Was genau haben Sie gemacht?«

Sara brauchte einen Moment, um sich zu fassen. Dann antwortete sie: »Ich war zuständig für ihre Kostüme. Ich musste sie in Ordnung halten und diejenigen, die sie beim Dreh bereits getragen hatte, zusammen mit den Accessoires fotografieren, wegen der Continuity. Außerdem habe ich Mademoiselle Blanzac beim Ankleiden geholfen, ihr die Haare frisiert und sie geschminkt. Ich bin ausgebildete Friseurin und Maskenbildnerin.«

»Was für ein Mensch war Jasmine?«, fragte Hibou. »War an ihrem letzten Abend etwas ungewöhnlich an ihr, anders als üblich?«

»Wir arbeiten seit einigen Monaten an diesem Film, da lernt man sich schon näher kennen. Ich bin, äh … war ihr ja auch körperlich nahe. Jasmine hat immer 200 Prozent gegeben, sich oft über ihre Kraft hinaus verausgabt. Das hat während der Aufnahmen gut funktioniert, aber hinterher ist sie in ihrer Garderobe manchmal regelrecht zusammengebrochen.«

Danielle wurde hellhörig. »Haben Sie ihr dann etwas gegeben? Energie-Booster, medizinische Tees, Alkohol?«

Sara witterte den Hinterhalt der Frage: »Wenn Sie andeuten wollen, ob ich ihr Drogen verabreicht habe, muss ich das strikt verneinen. Ich bin gegen so etwas. Aber ich habe dafür gesorgt, dass immer ausreichend doppelte Espressi, grüner Tee, Matcha-Infusionen und vitaminreiche Smoothies vorhanden waren.«

Danielle beschloss, mit offenen Karten zu spielen. Irgendwoher musste Jasmine das Koks ja bekommen haben. »Sara, wir haben in Jasmines Appartement Kokain gefunden und beim Durchsuchen der Garderobe dieses Fläschchen hinten im Schrank entdeckt.« Danielle hielt die Phiole hoch. »Woher hatte sie das Zeug? Von jemandem am Set?«

Sara stotterte: »Ich … ich …« Sie errötete, und man sah ihr an, dass sie keinen ihrer Kollegen anschwärzen wollte. »Ich kann Ihnen dazu nichts sagen. Von mir hatte sie es jedenfalls nicht.«

Danielle und Hibou schauten sich kurz an. Sara wusste etwas, das war ihnen beiden klar. Doch weiter in sie zu dringen, war im Moment keine gute Idee, denn sie wollten noch mehr erfahren.

»Sara«, Danielle lächelte sie aufmunternd an, »in Jasmines Appartement haben wir außerdem drei teure Handtaschen gesehen. Können Sie uns sagen, ob Jasmine an ihrem letzten Tag eine Handtasche bei sich hatte?«

»Ja, Jasmine war sehr stolz auf ihre Taschen. An jenem Tag hatte sie ihre türkisgrüne Chanel Caviar Medallion Tote Bag dabei. Die kostet neu 3.000 Euro. Sie hat sie mir extra gezeigt, weil ich auch auf Handtaschen stehe. Eine elegante Tasche, das Leder ist in Rauten gesteppt und hat vorne das Logo eingenäht, die ineinander verschlungenen zwei C. Wenn die Tasche noch hier wäre, hätte ich das bemerkt.«

»Vielen Dank, das ist ein guter Hinweis«, lobte Hibou.

Sara zeigte ein sachtes Lächeln: »Ich habe Jasmine sehr verehrt und würde alles dafür geben, wenn derjenige, der sie getötet hat, lebenslänglich bekommt.« Sie erhob sich und nestelte an ihrer Strickweste herum, als überlege sie, ob sie noch etwas sagen sollte.

»Sara, wir tun alles, um den Täter zu fassen, brauchen dazu aber Hilfe von Menschen, die Jasmine gut kannten. Ohne diese Hilfe wird es schwierig ...« Danielle appellierte an Saras Gewissen.

Es funktionierte. »An dem Abend war eine Frau hier, ungefähr in Jasmines Alter. Die kam unangemeldet, und Jassi war nicht gerade begeistert von dem Besuch nach einem 16-stündigen Drehtag. Jedenfalls kam die hereingeschneit, als müsse man ihr die Füße küssen. Wahrscheinlich arabischer Abstammung, aber französischer Vorname. Ich weiß nicht mehr genau, irgendwas mit E vielleicht. Ich hab Jassi beim Auskleiden geholfen, das Abschminken wollte sie selbst machen. Sie hat mich nach Hause geschickt. Beim Hinausgehen habe ich gehört, wie sich die Besucherin darüber empörte, dass Jasmine sie nicht gleich erkannt hatte. Sie kannten sich von früher. Ich bin mir ziemlich sicher, dass das kein netter Freundschaftsbesuch war. Die wollte etwas von ihr.«

»Das klingt, als wäre sie Ihnen nicht besonders sympathisch gewesen«, folgerte Hibou.

»Nein, aber ich kann Ihnen nicht genau sagen, warum. Ist nur ein Bauchgefühl. Als ich ging, waren außer Jassi und der Frau nur noch Berger und Paul, Paul Vidart, der Nachtportier, da.«

Danielle zeigte ihr den Zettel, den Hibou in einer der

Taschen eines Kostüms gefunden hatte. »Können Sie uns sagen, ob das Jasmines Schrift ist?«

Die Maskenbildnerin warf einen kurzen Blick darauf. »Ich glaube, ja.«

»Wer ist A.?«, hakte Danielle nach.

»Tut mir leid, das weiß ich nicht.«

Bevor sie Sara verabschiedeten, fragte Danielle, ob es einen Kollegen am Set gebe mit dem Namen Leon, Louis, Luc oder so ähnlich. Es stellte sich heraus, dass es einen Luc gab. Sie baten Sara, ihn als Nächsten zur Befragung in die Garderobe zu schicken.

Die Hauptkommissarin reichte Sara ihre Visitenkarte. »Falls Ihnen noch etwas einfallen sollte, zögern Sie bitte nicht, mich anzurufen.«

Sara und Tribolle gaben sich die Tür in die Hand. Hungrig verschlangen die drei Polizisten den Imbiss, als es an die Tür klopfte. Herein kam ein Mann, der sich als Luc Milo vorstellte.

Danielle spülte den letzten Bissen mit einem Schluck Cola hinunter. Das Koffein gab ihr neuen Schwung und erhöhte temporär ihre gedankliche Kapazität, sie war froh darum, denn es lag ein langer Tag hinter ihnen.

Anschließend stand sie auf und hielt ihm ihre Rechte hin. Sie wollte ihm unbedingt die Hand schütteln, bei Berger hatte sie es vergessen.

Luc Milo hätte seine Hände lieber in den Taschen seiner schwarzen Lederjacke behalten, das sah Danielle ihm an. Doch es blieb ihm nichts anderes übrig. Er wischte sich die rechte Handfläche an seiner modernen, löchrigen Jeans ab und schlug ein.

Danielle hielt die Hand extra lange. Er ist nervös, die Hand schwitzig, er hat eindeutig etwas zu verbergen, stellte sie gedanklich fest. Danielle gab seine Hand frei und forderte ihn auf, sich zu setzen. Sie selbst blieb stehen und ging in dem kleinen Raum auf und ab, sie wollte seine Nervosität schüren.

»Darf ich Sie Luc nennen?«

Er nickte und legte sein rechtes Bein über das linke Knie.

Danielle blieb stehen, verschränkte die Arme und wippte mit ihren Absätzen. Manchmal musste man missbilligende Signale aussenden, um die Leute aus ihrer Wohlfühlzone zu locken.

Hibou kratzte sich an der Stirn und sah Danielle eindringlich an.

Sie verstand sofort. Luc schwitzte enorm. Hibou glaubte also auch, dass sie bei ihm sehr genau nachfragen mussten. Er schien Dreck am Stecken zu haben.

Luc Milos Stimme krächzte, als er zu sprechen ansetzte. »Ich bin Kameramann, genauer gesagt, erster Kamera-Assistent auf dem Weg zum Kameramann. Ich kümmere mich um die Ausrüstung, bin dafür zuständig, dass die Kameras funktionieren, und muss auch mal was reparieren. Ich überprüfe die richtige Schärfe-Einstellung und nehme am Drehort Lichtmessungen vor, damit bei optimalem Licht gefilmt wird. Sind die Dreharbeiten abgeschlossen, kontrolliere ich die gedrehten Sequenzen und verwalte das Rohfilmmaterial. Ich bin von Anfang bis Ende dabei.«

»Das klingt sehr interessant, aber auch ganz schön aufwendig. Sie können sich nicht ohne Weiteres zurückziehen, oder?«

Er schüttelte den Kopf, nahm die Beine auseinander und setzte sich breitbeinig auf die Couch, sodass Hibou, der ebenfalls auf der Couch saß, zur Seite rücken musste. Anscheinend hatte Luc sich beruhigt – er wirkte nun selbstsicherer.

»Wie gut kannten Sie Jasmine Blanzac?«, fragte Hibou.

»Ich kannte sie vom Set. Vor den Dreharbeiten zu diesem Film bin ich ihr noch nie begegnet.«

»Erzählen Sie uns von dem Tag, an dem sie Mademoiselle Blanzac zuletzt gesehen haben«, forderte Danielle ihn auf.

»Wir haben so um 10 Uhr zu drehen angefangen. Die meisten waren ab neun da, ich schon um acht, um die Kameras, deren Funktionalität und die Beleuchtung zu überprüfen. Jasmine kam um neun und wurde in ihrer Garderobe für den Dreh vorbereitet, also geschminkt, angezogen und so weiter. Sie begrüßte uns alle freundlich wie immer, wirkte aber ein bisschen bedrückt, nicht ganz so fröhlich wie die Wochen davor. Aber das ist nur eine Vermutung, ich weiß auch nicht, was dahintergesteckt haben könnte. Aufgefallen ist mir, dass sie an diesem Tag immer wieder an ihrem Handy hing. Ich glaube, sie hat mit jemandem geschrieben.«

»Okay. Sagen Sie uns bitte auch noch, was Sie nachts nach diesem langen Arbeitstag von Jasmine gewollt haben?« Danielle sah den Kamera-Assistenten herausfordernd an.

Luc zuckte zusammen. »Äh …«

»Keine Ausreden, wir wissen, dass Sie in Ihrem Appartement waren. Es gibt Zeugen.« Danielle legte eine Bestimmtheit in ihre Stimme, die keine Zweifel aufkommen ließ, denn beweisen konnten sie das bisher nicht. Sie hatten dem Rezeptionisten noch kein Foto von Luc vorgelegt. Man musste als Kommissar auch ein Gespür für das Bluffen haben und dann dem Gegenüber nicht zu viel Zeit zum Nachdenken lassen.

Hibou wusste das auch und fragte schnell nach: »Was hatten Sie mit Mademoiselle Blanzac zu tun?«

Verwirrt starrte Luc von einem zum anderen.

Danielle stellte sich demonstrativ vor ihn, sie zog ihre Augenbrauen fragend nach oben und durchbohrte ihn mit ihrem Blick.

»Ich … ich … habe mit ihrem Tod nichts zu tun, ehrlich«, stotterte er ängstlich. »Ich habe ihr nur etwas vorbeigebracht, das sie sich gewünscht hat.«

»So kann man das auch nennen. Sie haben ihr Kokain verkauft! Wir haben es im Kühlschrank gefunden«, donnerte Hauptkommissarin Tisserand.

»Ja, verdammt noch mal, ich hab ihr was vorbeigebracht. Das haben wir am Tag vorher so vereinbart.« Er hatte seine Coolness inzwischen wieder komplett verloren.

»Wen beliefern sie noch in der Crew? Und wagen Sie es nicht, sich alles aus der Nase ziehen zu lassen.« Danielle stand weiterhin drohend vor ihm.

»Nur ein paar Leute.«

Die Kommissarin hatte genug, sie klatschte mit der Hand auf den Schminktisch, dass der große Spiegel wackelte. »Wir können Sie sofort von der Gendarmerie abholen lassen!«

Dem Kamera-Assistenten brach erneut der Schweiß aus.

»Oder Sie rücken jetzt mit der Sprache heraus!«

In der Garderobe war es mucksmäuschenstill.

Luc Milo klang nahezu weinerlich, als er zu reden begann: »Ich hätte Jasmine nie etwas antun können. Außerdem erwartet meine Frau ein Kind, ich darf meine Arbeit nicht verlieren! Ich bin auch kein großer Dealer, hab nur ab und zu Koks für ein paar Kollegen organisiert. Berger gehört auch dazu. Sie haben sicher gemerkt, wie er heute beieinander war. Der nimmt zu viel von dem Zeug, und hatte deshalb auch nichts dagegen, dass seine Hauptdarstellerin ihre Leistungsfähigkeit durch eine Line steigert. Der hat mich regelrecht beschwatzt, dass ich Jasmine das Koks anbiete. Sie hatte es aber zuvor auch schon genommen. Ich glaube, dass es in Jasmines Leben etwas gab, das sie gehindert hat, fröhlich und unbeschwert zu sein. Sagen Sie Berger bitte nicht, dass ich ihn verraten hab. Der feuert mich augenblicklich.«

Wenn die Angst einmal überwunden war, die Konsequenzen des Schweigens schwerer wogen als das Ergebnis des Redens, dann floss es aus manchen heraus wie Lava aus einem frisch ausgebrochenen Vulkan.

»Wir empfehlen Ihnen in jedem Fall einen guten Anwalt. Ein kleiner Tipp: Die Strafe richtet sich nach der Menge des Kokains, das bei Ihnen gefunden wird.« Dieser Hinweis war Danielles kleines Dankeschön für Luc Milos Informationen.

# KAPITEL 11

Der Türöffner summte und die massive Eingangstür zum Haus, in dem die Beauchants eine Wohnung hatten, ging auf. Danielle eilte die Treppe hinauf. An der Wohnungstür traf sie auf eine glückliche Josette mit einem zufriedenen Lächeln. »*Chérie*, komm rein. Möchtest du ein kleines Frühstück?«

Marciella kam voller Freude auf ihre Tante zugerannt. »Tante Dani, was machst du denn hier? Wir haben uns schon so lange nicht mehr gesehen. Ich hab dich vermisst.« Sie umarmte Danielle, deren Herz ganz weich wurde bei so viel Zuneigung.

Der 19-jährige Gérard schlenderte lässig den Gang entlang und drückte Danielle herzhafte Küsse auf die Wangen – zu ihrem Erstaunen. »Liebes Tantchen, ich hab ja in drei Wochen Geburtstag. Kommst du? Du kannst auch gerne Raymond mitbringen. *Maman* macht ein Geburtstagsessen für mich. Nicht wahr, *maman*?«

Josette meinte: »Wenn du mich so lieb darum bittest … Aber das ist wirklich eine gute Idee. Und das Beste: Du darfst dir aussuchen, was es geben soll. Willst du nicht auch deine Freunde Alexej und Yanis dazubitten?«

Gérard grinste. »Eigentlich schon. Aber da ich nicht alle meine Freunde einladen kann, werden wir am Samstagabend nach meinem Geburtstag ins Beach House zum Essen und in die Pandabar zum Feiern gehen.« Er pfiff gut gelaunt vor sich hin, schnappte sich eine Banane und seinen Rucksack, und machte sich auf den Weg in die »Polytech Nice Sophia«. Dort studierte er seit einem Semester Informatik. Die Technische Hochschule lag in Sophia Antipolis, dem Silicon Valley der Côte d'Azur. Da er zwar den Führerschein, aber kein Auto sein Eigen nennen konnte, musste er wie viele andere Studenten die 23 Kilometer mit dem Bus fahren.

»*Salut*, bis heute Abend«, rief er und war zur Tür hinaus.

Marciella packte ihre Schulsachen zusammen. Auch sie würde den ganzen Tag weg sein und in der Kantine des *collège*, der Mittelschule, zu Mittag essen. Sie war ein Teenager, der seinen Eltern nicht durch einschießende Hormone das Leben schwer machte. Wenn sich doch einmal ein paar Pubertätsflausen zeigten, trieben ihre beiden größeren Brüder ihr diese schnell aus. Gleichzeitig lernte sie sich bei den zwei Brüdern durchzusetzen. Immer jedoch sah sie zu ihnen auf. Damien und Gérard würden ebenfalls alles für ihre Schwester tun, auch wenn sie ihre Zuneigung auf eine rauere Art ausdrückten.

»Tante Dani, wir nehmen gerade an einem Schulwettbewerb teil, der im gesamten Gebiet der Provence-Alpes-Côte d'Azur für alle *collèges* und *lycées* stattfindet. Wir mussten künstlerisch etwas zum Thema ›Meeresliebe – *L'amour de la mer*‹ gestalten. Ich habe etwas aus Holz geschnitzt, und stell dir vor: Das ist von allen Arbeiten ausgewählt worden, zusammen mit dem Werk eines Jungen. Die ausgewählten Kunstobjekte aller Schulen werden nächsten Monat von einer Jury in Marseille bewertet. Ich bin so aufgeregt!«, sprudelte es aus Marciella hervor.

»Hast du ein Foto von deinem Kunstwerk gemacht? Das würde ich gerne sehen.«

Marciella hielt ihr stolz das Handy vor die Nase. Aus stark gemasertem Holz hatte sie eine auf einem Felsen sitzende Nixe geschnitzt, der Fels war von Wellen umschlungen. Die Haare der Meerjungfrau reichten bis ins Wasser. Es sah so aus, als wäre sie untrennbar mit den heranrollenden Wogen verbunden. Um die Wellen noch plastischer darzustellen, hatte Marciella geschickt die Maserung des Holzes genutzt.

Danielle war sehr erstaunt: »*Waouh, c'est top*, das ist großartig! Wenn du damit nicht gewinnst, versteh ich die Welt nicht mehr. Vergiss nicht, mich zur Preisverleihung einzuladen«, sagte Danielle halb im Spaß. Doch das Kunstwerk war für eine 14-Jährige überwältigend gut. »*Grand-père* Érics Talent ist wohl auf dich übergegangen, er hat dir das Schnitzen meisterhaft beigebracht. Das wusste ich schon, als du mir den wunderschönen Delphin geschenkt hast, der übrigens immer an meinem Bett steht.« Vor Begeisterung klatschte Danielle in die Hände.

Marciellas Augen sprühten vor Stolz.

»Was ist das für ein Holz?«, wollte Danielle wissen.

»Olivenholz, ich liebe die Farbe und den Geruch!« Sie umarmte ihre Tante und drückte ihrer Mutter zum Abschied einen schnellen Kuss auf die Wange.

»Josette, ihr habt großartige Kinder! Wo ist eigentlich Damien?«

Das Lächeln ihrer Schwester reichte bis zu den Ohren. Überhaupt wirkte sie heute sehr entspannt, stellte Danielle fest.

»Der hat bei einem Freund übernachtet. Und Henri ist seit halb acht bei der Arbeit. Ich habe noch den Rest der Woche frei. Wenn du ein bisschen Zeit hast, können wir in Ruhe frühstücken und ich erzähle dir, was es Neues gibt. Darauf wartest du doch schon gespannt. Habe ich recht?« Sie grinste schelmisch.

Kurz darauf kam Josette mit einem Tablett ins Esszimmer. Während sie in der Küche etwas vorbereitet hatte, hatte es sich Danielle gemütlich gemacht. Nun setzten sie sich an den großen, antiken Biedermeier-Tisch aus dunklem Akazienholz. Josette hatte frische Erdbeeren in Joghurt gerührt, darüber Müsli und Nüsse gegeben. Außerdem hatte sie zwei *café au lait* gemacht. Danielles Magen knurrte vernehmlich.

»Schwesterherz, du hast mir ganz schön Angst eingejagt, weil ich dich nicht mehr erreicht habe. Aber so fröhlich, wie du dich heute gibst, muss etwas Magisches geschehen sein!«

Josette lachte gelöst und fuhr sich durch die Haare, wie eine Frau, die in der vorhergehenden Nacht eine Anbetung ihrer inneren Göttin erfahren hatte. »Ehrlich gesagt, ich schäme mich dafür, dass ich dich gebeten habe, meinen Mann zu observieren. Er ist nämlich von sich aus auf mich zugekommen. Hoffentlich habt ihr noch nichts unternommen?«

Danielle schob sich gerade einen Löffel von dem leckeren Frühstücksjoghurt in den Mund und verschluckte sich fast. »*Chérie*, du warst so aufgelöst, dass wir uns sofort an die Arbeit gemacht haben. Mein Kollege Hibou hat schon vor einigen Tagen seine Aufgabe gründlich erledigt.« Danielle sah ihre Schwester zerknirscht an.

»Egal, so können wir immerhin prüfen, ob sich Henris Erzählung mit deinem Bericht deckt. Aber bitte sage ihm nichts, bitte!«

»Versprochen!«

»Henri hat mir gestanden, dass er noch nie solche Angst hatte, dass unsere Ehe in die Brüche gehen könnte. Er hat bemerkt, dass mich etwas bedrückt, und sich seine Gedanken dazu gemacht. Er hat befürchtet, dass ich von all dem hier, dem ständigen Putzen, Kochen, Waschen, die Nase voll habe. Aber er liebt mich noch immer. Wie sehr, das hat er mir heute Nacht gezeigt!« Errötend wie ein frisch verliebtes Mädchen sah sie verlegen in ihren Kaffee.

»Das ist ja wunderbar! Deswegen brauchst du nicht rot zu werden. Vielleicht waren dieses Gespräch und eine wundervolle Nacht schon lange mal fällig. Guter Sex erfrischt doch jede Beziehung.«

Josette musste laut lachen. Sie nahm einen Schluck aus ihrer Tasse und fragte unsicher: »Und, was hat Hibou herausgefunden?«

Danielle zögerte.

Über den Tisch hinweg griff Josette nach der Hand ihrer Schwester. »Ich versprech dir auch, dass ich Henri kein Wort darüber sage, egal, was dabei herauskommt.«

»Warst du eigentlich beim Arzt?«, versuchte Danielle abzulenken.

»Ja, er hat mir Phytohormone verschrieben, meine Wechseljahre sind eingeläutet. Na und? Der Sex ist trotzdem noch fantastisch. Also, was hat Hibou herausgefunden?«

»Was hat Henri denn dazu gesagt, dass er mit einer anderen Frau gesehen wurde?«

»Dass sie eine alte Schulfreundin ist, die nach 20 Jahren plötzlich auftauchte. Sie stand nach Dienstschluss vor dem Finanzamt. Er ist ein paarmal auf ein Glas Wein mit ihr in ein Bistro gegangen. Sie hat ihm zwar Avancen gemacht, aber er liebt nur mich. Genau das hat er ihr gesagt.«

Danielle atmete erleichtert auf. »Das deckt sich mit Hibous Bericht. Er hat die beiden in ein Bistro gehen sehen, aber nichts bemerkt, was auf eine Affäre hindeuten würde.«

Josette stand auf und umarmte ihre Schwester: »Du bist einer meiner Lieblingsmenschen! Was für ein Glück, dass ich dich als Schwester habe.«

Danielle bekam feuchte Augen. »Schön, dass es dich gibt!«

*

Pünktlich um 10 Uhr traf Danielle im rechtsmedizinischen Institut ein. Professor Déjan hatte sie hergebeten, um die Ergebnisse seiner Untersuchungen mit ihr zu besprechen und ihr die genauen Todesumstände am Körper der Toten zu erklären. Schon oft war sie den Weg zum Hôpital Pasteur in der Voie Romaine gefahren.

Der Professor schien erfreut, dass sie heute ohne Begleitung kam. Er sprach sowieso kaum mit ihren Assistenten. Dafür mussten sie sich zum Kommissar gemausert haben, bevor er überhaupt ein Wort an sie richtete.

Die Tote lag nackt und schutzlos, wie es Danielle immer empfand, auf dem Untersuchungstisch. Ihre Schönheit blieb auch vom Sterben unberührt, noch, auch wenn die Haut wie weißes Wachs wirkte, der Mund mutete immer noch formvollendet an, die Gleichmäßigkeit der Gesichtsform überirdisch.

Die Konfrontation mit dem gewaltsam herbeigeführten Tod blieb Danielle in ihrem Beruf als Kriminalkommissarin nicht erspart. Doch das Grauen überkam sie nur hier, in diesem Saal der Rechtsmedizin mit seinem unverwechselbaren Geruch nach Formalin, seinen unheimlich aussehenden Geräten wie Autopsiesägen, Organschneidetischen, histologischen Werkzeugen, Skalpellen, chirurgischen Pinzetten, seiner Wissenschaftlichkeit und Nüchternheit. Es war keine Panik, eher ein Entsetzen, das sie zuweilen sehr wütend machte und dadurch auch stark motivierte, den Verantwortlichen zu finden. Den oder die Täter zur Strecke zu bringen, um der getöteten Person ihre Würde zurückzugeben, die ihr in diesem Fall in äußerst anmaßender Weise genommen worden war.

Der Professor hingegen war in dieser Hinsicht unempfindlich. Wenn man ihn mitten in der Arbeit antraf, hielt er vor allem den Assistenten gerne mal eine Schüssel vor die Augen, in der innere Organe lagen. So testete er ihre Standhaftigkeit. Hibou war dabei schon öfter übel geworden. Danielle hingegen kannte mittlerweile alle Finessen des Professors und wusste, wie er zu nehmen war. Er wiederum freute sich an ihrer Klugheit und ihrem toughen Wesen.

Heute war der Kittel des Professors fleckenlos. Zwar trug er Latexhandschuhe, aber die unreine Arbeit hatte er längst abgeschlossen. Der Bauch des Opfers war bis hinauf zum Brustkorb mit großen Stichen zugenäht. Wie ausgeweidet lag Jasmine Blanzac auf dem Seziertisch, doch im Gegensatz zum Umgang mit seinen Assistenten behandelte er die toten Körper sehr respektvoll.

Nun begann er mit seinem Bericht: »Eine junge, ihrem Alter entsprechend gesunde Frau. Leber und Herz, zumindest, was davon übrig war, in sehr gutem Zustand, die Nieren auch okay, zeigen aber bei näherer Betrachtung Spuren von Drogenmissbrauch. Die Nasenschleimhaut und die Nebenhöhlen weisen deutlichere Hinterlassenschaften auf. Die junge Frau hat in den letzten Monaten regelmäßig Kokain geschnupft, aber nicht geraucht. Die Lunge ist frei von Rückständen.«

»Ja, das Kokain haben wir schon entdeckt«, bestätigte Danielle, gespannt, was der Professor ihr noch mitzuteilen hatte.

Déjan rückte mit der behandschuhten Rechten seine Brille zurecht und fuhr konzentriert fort: »Wir haben uns das Einschussloch gründlich angesehen. Das war ein relativer Nahschuss, so nennt man das, wir sehen hier den Schürfsaum um die Einschusswunde. Wie ich bereits am Fundort vermutete, ist die Tatwaffe ein Gewehr. Keine doppelläufige Waffe, sondern eine einläufige. Das hier muss eine Flinte gewesen sein. Es wurde mit Schrotmunition im Kaliber 12/70 geschossen.« Er strich sich über die ordentlich nach hinten gekämmten

Haare, die er entweder mit Gel oder Haarspray fixiert hatte. Seine vollen dunklen Haare waren sein ganzer Stolz, denn für sein fortgeschrittenes Alter zeigte er nicht einmal den Ansatz einer Glatze. Mit leuchtenden Augen blickte er von der Toten auf und die Kommissarin an. »Machen Sie mir die Freude, Sie nach unserer Besprechung auf einen kleinen Schwarzen in die Kantine einladen zu dürfen, Madame?« Er konnte sehr galant sein. Der Rechtsmediziner versäumte es nie, mit der schönen Kommissarin zu schäkern. Dann rief er laut: »Fanfan, kommst du mal, damit wir die Leiche für Madame Tisserand auf den Bauch drehen können?«

Aus einem Nebenraum schlurfte ein kräftiger Mitarbeiter, der Gummistiefel und eine schwere Gummischürze trug. Zusammen mit Professor Déjan drehte er den Körper auf den Bauch.

»Danke, Fanfan«, sagte der Professor und entließ seinen Mitarbeiter. Dann deutete er mit seinem Zeigestab auf den Krater auf dem Rücken des Opfers, den die Waffe verursacht hatte. »Hier sehen wir eindeutig, welche Zerstörungskraft Schrotwaffen verursachen können. Die Einschussstelle ist relativ klein im Vergleich zu der massiv verletzten Rückseite. Diese Waffen sind also auf kurze Entfernung extrem zerstörerisch, was nicht jeder Schütze weiß. Weil meistens aus einiger Distanz geschossen wird. Ob unser Täter damit gerechnet hat, ist nicht sicher.« Der Professor ging zu einem der Arbeitstische, die an zwei Seiten des Saales umlaufend angebracht waren, und holte eine metallene Schüssel, in der es leise schepperte. »Hier, Madame Tisserand, haben wir einige der Übeltäter. Der Durchmesser der bleihaltigen Kugeln beträgt 3,5 Millimeter und eine Kugel wiegt 0,25 Gramm. In einer Patrone mit dem Kaliber 12/70 mit 30 Gramm Schrot befinden sich genau 118 Kugeln. Wenn also der Schuss aus einer Entfernung unter zwei Metern erfolgt, sind meistens Munitionsreste in der Wunde feststellbar. So wie hier. Wir haben nicht alle 118 im Körper gefunden, nur 73. Mehr Kugeln sind definitiv nicht im Körper verblieben.«

Danielle war beeindruckt: »*Incroyable*, unglaublich! Das bedeutet, dass noch ... äh ...,«, sie rechnete kurz nach, »45 Kugeln am Tatort rumliegen müssen. Wenn wir die finden, hätten wir den Tatort entdeckt.«

Der Professor nickte erfreut. »Eine Aufgabe für Ihre Assistenten. Außerdem sollten sie die Jagdwaffenbesitzer in der Region recherchieren und überprüfen. Viele Menschen hier in der Region haben ein solches Gewehr bei sich zu Hause stehen. Es gibt verschiedene Fabrikationen, unterschiedliche Hersteller und Modelle. Das ist viel Arbeit!« Mit sich zufrieden grinste er sie an. »Was sagen Sie nun, Madame Tisserand, habe ich mir nicht einen Espresso mit Ihnen verdient?«, fragte er und drückte ihr seinen Bericht in die Hand.

»*Chapeau!*« Danielle zog einen imaginären Hut vom Kopf. »Aber eine Frage habe ich noch: Schießt man bei der Jagd überhaupt noch mit bleihaltiger Schrotmunition?«

»Eigentlich nicht, denn das Blei belastet Umwelt, Tier und damit auch den Menschen. Aber die Jäger lassen sich nicht so einfach davon abbringen, obwohl es schadstoffreduzierte Munition gibt.«

»Kann es sein, dass die Patronen und eventuell auch das Gewehr schon älter sind?«

»Das müssen Sie nun herausfinden – nach unserem Espresso.« Galant bot er ihr den Arm und sie verließen den Saal in Richtung Kantine. Beim Hinausgehen bat er Fanfan, die Leiche wieder umzudrehen.

*

Zurück in der *Crim* begann Danielle damit, ihre gute alte ein Meter mal 1,50 Meter große Kork-Pinnwand zu bestücken, die sie an eine Wand ihres Büros gehängt hatte, als sie hier eingezogen war. Das war mittlerweile zur Tradition geworden, eine gute Erinnerungshilfe, der Blick darauf hatte ihr schon manches Mal zu einem Gedächtnisschub verholfen.

Jetzt stand die Kommissarin vor der leeren Korktafel, die ungeduldig darauf wartete, mit neuen Daten, Fotos, Informationen bestückt zu werden. Als Erstes hängte sie ein Foto vom Opfer in die Mitte der Tafel. Darauf war Jasmine lächelnd und unversehrt zu sehen, mit ihrem markanten Blick, der einen sofort in den Bann zog. Danielle betrachtete die vollkommene Schönheit Jasmines. Welche Geheimnisse verbirgst du? Welche Schleier müssen wir lüften, damit der Täter nicht ungestraft davonkommt?

Sie nahm den Vorbericht von Claire Dupuis zur Hand, den sie auf ihrem Schreibtisch vorgefunden hatte. Darin waren die Pflanzen zusammen mit Fotos aufgelistet, die das Opfer geschmückt hatten: Iris, Schopflavendel, Lorbeer und Wiesen-Gelbstern. Sie pinnte die Fotos um das Bild von Jasmine. Interessant war die Information zu letzter Pflanze: Beim Wiesen-Gelbstern handelte es sich um eine mehrjährige Zwiebelpflanze, die im zeitigen Frühjahr, meist im März, April, blühte und Wuchshöhen von 8 bis 20 Zentimetern erreichte. Informativ war auch die Tatsache, dass der Behelfssarg mit Heu und Stroh ausgelegt gewesen war. Auf Claire und ihr Team war Verlass. Sie durfte nicht vergessen, bei ihrer Kollegin anzurufen und sich für den zügig erstellten Vorabbericht zu bedanken.

Auf ein Post-it schrieb Danielle »Tatwaffe: einläufiges Jagdgewehr mit Schrotladung« und hängte es zur Bildergalerie dazu. Gedankenverloren kramte sie in ihrer Handtasche nach einem Müsliriegel, der kleine Hunger überfiel sie meistens beim Grübeln. Gierig biss sie in den Energiespender aus getrockneten Früchten und Nüssen. Niemand hatte einen gewaltsamen Tod verdient, Jasmines Einzigartigkeit war unwiderruflich dahin. Danielle versank in einen hypnoseartigen Zustand.

Danach hielt sie ihre Gedanken auf weiteren Zetteln fest: »Widerspruch: Mord und Erhalten der Schönheit«, schrieb sie, und: »Motiv Rache?« Die Zettel befestigte sie ebenfalls an der Pinnwand. Es fehlte noch das Foto vom Fundort der Leiche. Sie fand es in Claires Unterlagen, hängte es auf und schrieb dazu: »Die alte Glasbläserei am Maure Vieil«.

Jetzt fehlten nur noch die Fotos von der toten Jasmine und die Nahaufnahmen der Wunden. Danielle zog sie aus Professor Déjans Bericht. Der Anblick des zerfetzten Fleisches, das am Rücken aus dem Inneren des Körpers in Höhe der Brustwirbel hervorquoll, war unmenschlich. Und dennoch brutale Wirklichkeit, weshalb sie und ihre Kollegen alles geben würden, um den Wahnsinnigen zu finden, der das getan hatte. Neben dem Bild der lebendigen, hinreißend schönen Jasmine erzeugte dieses Foto das Gefühl eines Sakrilegs, hier war böser Frevel geschehen. Schönheit, Begabung, Jugend, Unschuld und Reinheit waren mutwillig ausgelöscht worden.

Erschöpft setzte Danielle sich auf ihren Bürostuhl und richtete ihren Blick auf ein Poster, das sie in ihren ersten Tagen in diesem Zimmer aufgehängt hatte. Es zeigte japanische Landschaftsmalerei. Steinerne Stufen führten auf der linken Seite des Bildes hinauf und vorbei an einer großen Kiefer, die dominant das Bild bestimmte. Im Hintergrund waren hohe Berge im Nebel zu sehen, ein gewaltiger Wasserfall rauschte über riesige Steine ins Tal und mündete in einen türkisgrünen See. Sie stellte sich manchmal vor, sie säße unter der Kiefer, sähe der Gewalt des Wassers zu und hörte das Strömen und Brausen. Das Gemälde vermittelte ihr Klarheit, Kraft und Ruhe. Genau das brauchte sie jetzt.

Sie versenkte sich in ihr inneres detektivisches Universum, das ihr schon so oft zu wichtigen Erkenntnissen verholfen hatte. Manchmal kam es ihr vor, als hätten alle Meisterdetektive darin ihre Spuren hinterlassen, denn bisher unbekannte Impulse flossen ihr dann zu.

Sie schaltete ihr Aufnahmegerät ein. »Oh Jasmine, du bist so schön, und ich bin es nicht. Warum hast du mir so wenig Beachtung geschenkt?«

Danielle war verwundert, dass ihr gerade diese Worte in den Sinn gekommen waren. »Hat der Täter Jasmine verehrt? War er ihr ergeben? War er eifersüchtig auf sie? Vielleicht waren diese Gefühle sehr stark, bis zur Pein. Vielleicht war die Zuneigung von Jasmine nicht erwidert oder gar nicht bemerkt worden. Tiefe Emotionen tauchen hier auf, die im Verborgenen geschwelt haben wie Glut unter der Asche.«

Sie stand auf, um sich eine Flasche Evian zu holen, die sie immer in einer Ecke ihres Zimmers stehen hatte. Durstig trank sie die halbe Flasche leer. Ihre Konzentration blieb davon unberührt. »Steht die Explosion im Körper durch den Schuss symbolhaft für den psychisch-emotionalen Zustand des Täters? Für lange Zeit unterdrückte Gefühle, die sich nun an einem kleinen Funken entzündet haben und explodiert sind?« Der Wasserfall auf dem Bild vor ihr schien plötzlich bedeutsam, eine natürliche Kraft, nicht in Bahnen zu lenken, laut und ungezügelt.

Danielles Blick wanderte erneut über die Pinnwand. »Die Blumen müssen eine Bedeutung haben, sie wurden nicht wahllos ausgesucht.« Ungestüm warf sie ihre Sabots von den Füßen und legte ihre Beine auf den Schreibtisch. »Der Satz, den Jasmine auf dem Balkon in ihr Handy gesprochen hat, muss ein weiterer Schlüssel sein: ›Das darfst du nicht!‹«

Dieser Fall ging Danielle nahe. Um in ihre Mitte zurückzufinden, stand sie auf und führte eine Yoga-Figur aus, die sich »Der Baum« nannte. Ein Bein stemmte sie fest in den Boden, während sie das andere an der Innenseite des Standbeines in Höhe des Oberschenkels platzierte. Diese einfache Gleichgewichtsübung half ihr, den Gedankenwust hinter sich zu lassen. Sie faltete die Hände vor ihrer Brust und konzentrierte sich darauf, das Gleichgewicht zu halten.

In diesem Moment klingelte das Telefon, und die Hauptkommissarin wurde aus ihrer Konzentration gerissen. Schnell senkte sie das Bein, um nicht umzufallen.

»Die Platane im Hof will dich sehen, Dani, sie hat heute schon mehrmals nach dir gerufen. Ich hab's gehört.« Claire lachte so laut ins Telefon, dass Danielle den Hörer von ihrem Ohr weghalten musste.

»Na, wenn das so ist, dann will ich den Baum nicht warten lassen. Wir treffen uns gleich in unserer Außenresidenz.«

Im Innenhof der *Crim* ließ sie sich zu einer Zigarette verführen und zog genussvoll daran. Der Geschmack, den sie erwartet hatte, stellte sich aber nicht ein, vielmehr fühlte sich ihre Zunge pelzig an und ihr Blutdruck sank unmittelbar. Sie beschloss, die Zigarette sofort im Aschenbecher auszudrücken.

Claire inhalierte tief, während beide sich der Platane zugewandt hatten. Danielle strich über die markante Rinde, die schuppig an einigen Stellen vom Stamm herabhing. Darunter war neue sichtbar. Die noch kleinen Blätter des Baumes begannen sich zu öffnen und glänzten auf der Oberseite saftig grün. Die Knospen spreizten ihr Inneres langsam der Sonne entgegen, hie und da zeigten sich schon winzige Kugeln mit vielen rötlichen Staubfäden. »Unser Hofwächter ist wunderschön. Ich werde ihm noch mal frische Erde und Dünger verabreichen. Die Fürsorge im Herbst belohnt er jetzt mit Wachstum.«

»Wie wäre es mit einem Frühjahrsfest zu Ehren unserer Platane?«, fragte Claire mit ihrem typisch frechen Grinsen.

»Grandiose Idee! Das sollten wir bald machen.«

»Jeder bringt etwas zu Essen und zu Trinken mit, und wir haben einen vergnügten Abend. Jetzt müssen wir die Idee nur noch unserem Chef schmackhaft machen. Das bekomme ich hin, der traut sich sowieso nicht, mir zu widersprechen.« Claire lachte wieder schallend.

Danielle nickte grinsend. »Vielen Dank übrigens für den Vorabbericht. Ich weiß das echt zu schätzen. Seid ihr immer noch am Maure Vieil tätig?«, fragte Danielle, während sie über die Borke des Baumes strich.

»Tanguy sucht noch fleißig das Gelände ab. Lelouch und ich fahren morgen noch einmal in Jasmines Appartement, um es nach diesen kleinen Bleikugeln abzusuchen. Ich habe den Bericht von Professor Déjan auch bekommen. Dann wäre sie dort umgebracht worden und wir hätten unseren Tatort, nicht wahr?«

»Richtig. Gib mir bitte umgehend Bescheid, wenn ihr fertig seid.«

»Mach ich«.

Während sie zurück in das Gebäude gingen und die Treppe in den ersten Stock hochstiegen, fragte Danielle: »Falls Jasmine lebendig das Hotel verließ, wird sie nicht nur im Nachthemd aus dem Haus gegangen sein. Aber Schuhe und eine Art Morgenmantel haben wir am Fundort nicht entdeckt. Habt ihr was gefunden?«

Claire schüttelte schnaufend den Kopf, als sie im ersten Stock angekommen waren. »Sag jetzt bloß nicht, dass ich mit dem Rauchen aufhören sollte. Ich weiß es selbst.« Die resolute Kollegin blieb stehen und atmete ein paarmal tief durch, bevor sie Danielles Frage beantwortete. »Die Tribolle war schon bei mir und hat nach Schuhen, Tasche und Mantel gefragt. Kann es sein, dass die Angst vor mir hat? Die ist gefühlt immer kleiner geworden. Lelouch und Tanguy haben sich aber auch wieder wie Gockel aufgeführt. Ich glaube, Tribolle gefällt ihnen.«

»Du machst sogar unserem Chef Angst! Du nimmst halt kein Blatt vor den Mund, das kann sensible Gemüter durchaus verunsichern.« Lachend stieg Danielle die Stufen in den zweiten Stock hinauf. »Ich sag es jetzt trotzdem, bin ja weit genug von dir weg: Wenn du weiterhin so viel rauchst, wird aus dem Keuchen ein Röcheln.«

Sie hörte nur noch einen empörten, heiseren Schrei: »*Merde!* Das weiß ich selbst, du musst mir das nicht immer auf die Nase binden.«

*

Als es klingelte, war Danielle noch nicht ganz fertig. Hastig schlüpfte sie in das fünfte Kleid, nachdem sie mit den vorherigen vieren unzufrieden gewesen war. Sie betrachtete sich im Spiegel, schüttelte den Kopf, zog das Kleid wieder aus und das sechste an. Wieder klingelte es. Okay, dieses Kleid sah ganz passabel aus.

Gut gelaunt öffnete sie die Tür, sie freute sich auf den heutigen Abend mit ihrem Liebsten. Vor ihr stand ein umwerfend aussehender Raymond in dunkelgrauem Wollsakko mit schwarzem Hemd und blauer Designerjeans. Sie fiel ihm in die Arme.

»*Ma chérie*, warum lässt du mich so lange warten? Wo du mich gestern schon versetzt hast.«

»Hallo, Ray, ich war mir nicht sicher, was ich anziehen

sollte. Du legst den Maßstab nämlich immer ziemlich hoch. Schau dich mal an, wie großartig du aussiehst!«

Er gab ihr einen langen Kuss. Danach sah er sie mit diesem zärtlichen Ausdruck an, bei dem sie jedes Mal weiche Knie bekam. »Du siehst hinreißend aus und hast einen exzellenten Geschmack. Deinen eben, verändere da bloß nichts dran!« Hinter seinem Rücken zog er einen üppigen Blumenstrauß aus rosafarbenen Pfingstrosen, weißen Levkojen und lachsfarbenen Tulpen hervor.

Gott sei Dank hat er keine Iris ausgewählt, dachte Danielle. »*Merci*, der ist wunder-, wunderschön!«, sagte sie befangen, als sie ihm die Blumen aus der Hand nahm. »Ich hole eine Vase und …«

»Und deine Tasche«, unterbrach er sie lächelnd. »Ich fülle derweil Wasser in die Vase.«

Raymond hatte einen Tisch in einem Restaurant am Boulevard Victor Hugo reserviert. Mit dem Auto brauchten sie nur zehn Minuten bis dahin und noch mal so lange, um einen Parkplatz zu finden. Er parkte im Parkhaus des Einkaufzentrums »Nicetoile«, dann schlenderten sie Hand in Hand zum Restaurant »La Pescheria Nice«.

Das Lokal hatte einen großen Wintergarten mit hochwertigen weißen Flechtstühlen, in dem ein alter Olivenbaum und viele weitere Pflanzen ein stimmungsvolles Ambiente verbreiteten. Doch der Kellner führte sie zu einem Tisch in einem anderen Raum mit edler Metalltapete, einer hohen Kaminkonsole aus echtem Stein und bequemen Stühlen im Louis-seize-Stil an goldenen Tischen. Danielle war zum ersten Mal hier, aber die Einrichtung gefiel ihr ausgesprochen gut. Wenn das Essen so gut war wie die Atmosphäre, konnte es nur ein gelungener Abend werden.

»Hier gibt es außergewöhnlich guten und frischen Fisch. Hast du Lust darauf?«, fragte er, als sie am Tisch saßen und Champagner bestellt hatten.

»Ja, sehr gerne.« Sie fasste über den Tisch nach seiner Hand. Sie wollte ihn jetzt spüren.

Er umschloss zärtlich ihre Finger und hauchte einen Kuss darauf.

Der Champagner war ein »Perrier-Jouët Belle Epoque« von 2012, der eine klare goldene Farbe hatte und nach weißen Blüten und Früchten schmeckte. Sie wollte nicht wissen, was eine Flasche wohl kostete.

Sie bestellten das Menü und während sie auf das Essen warteten, erzählte Ray von seinem beruflichen Alltag im Musée Archéologique de Nice-Cimiez. »Heute habe ich eine äußerst wertvolle Figur des tanzenden Fauns aus der Zeit von Kaiser Augustus in der Hand gehabt, den *faune dansant*. Das ist eine 26 Zentimeter große hellenistische Bronzefigur mit männlichen Geschlechtsmerkmalen. Aus seinem lockigen Haar wachsen in Höhe der Stirn zwei geschwungene Hörner. Das Erstaunliche ist die Kunstfertigkeit, mit der die Entrücktheit eines scheinbar rituellen Tanzes schon vor so langer Zeit nachempfunden wurde«, erzählte er begeistert.

Danielle fand es bemerkenswert, wie glücklich Raymonds Arbeit ihn machte, und sie genoss es, ihm zuzuhören.

Dann wurde das Essen serviert. Als *entrée* hatte Ray für sie beide *Soupe de saumon au safran*, eine Fischsuppe mit Lachs, Gemüse und frischem Safran gewählt. Als Hauptspeise wurde *Filet de loup de mer aux fruits de la passion* mit einer *Crème au poivre de sichuan* serviert, Wolfsbarsch mit Passionsfrucht an einer Szechuan-Pfeffer-Creme. Dazu gab es einen *Côte de provence rosé* aus dem Jahr 2015 von den Weinbergen rund um Saint-Tropez der Domaine la Rouillère.

»Mmh, das schmeckt himmlisch! Das Restaurant muss mindestens einen Stern haben.«

Raymond lachte. »Du hast recht, der Koch und Inhaber hat sich mit seiner Gabe einen Stern erkocht. Ich kenne ihn persönlich, ein Meister seines Faches.«

Zur Nachspeise hatte Ray ein Überraschungsdessert bestellt und Danielle nicht verraten, was das war. Nun brachte der Kellner das *Duo de chocolat au cœur de fraise,* zweierlei Schokoladen mit einem Erdbeerherz. Die Erdbeeren leuchteten ihr rot wie die Liebe entgegen, und Danielle wurde es eng im Hals. Was hatte Ray vor? Wollte er ihr etwa einen Heiratsantrag machen? Plötzlich durchfuhr sie eine Hitzewelle, der Schweiß brach ihr aus. Sie fand keine Worte, um ihre Verlegenheit zu überspielen. Oder interpretierte sie die Situation falsch? Stumm nahm sie einen Löffel der Schokoladenmousse.

Ray tat es ihr nach. »Diese wunderbare Dessert-Kreation spricht mir aus der Seele. Wir sind wie die weiße und dunkle Schokolade, unterschiedlich zwar, aber vereint in der Liebe. Hast du schon einmal daran gedacht, dass wir unsere Leben noch mehr verbinden könnten?«

Ihr wäre fast die Erdbeere im Hals stecken geblieben. Sie schluckte. »Puh, du machst mich verlegen. Ich weiß nicht, was ich sagen soll.« Hastig trank sie einen Schluck von ihrem Rosé. Sie hatte als Kommissarin schon übel zugerichtete Leichen gesehen, war infamen Lügnern begegnet, hatte sich der Presse stellen müssen, da würde sie doch jetzt eine passende Antwort geben können, ohne ihn zu verletzen! Ja, was war es eigentlich, das sie vor einem weiteren Schritt in ihrer Beziehung zurückschrecken ließ? Plötzlich kamen ihr die Tränen. Ihre Gefühle fuhren Karussell.

»Liebling, nicht weinen, was ist los? Bin ich mit der Tür ins Haus gefallen? Verdammt, das wollte ich nicht. Eigentlich will ich dir nur sagen, wie sehr ich dich liebe.« Er beugte sich zu ihr über den Tisch, strich ihr über die Wange und wischte eine Träne ab.

»Ich liebe dich doch auch sehr, aber … aber …« Sie tupfte sich die Tränen mit der Stoffserviette ab. Der Appetit war ihr vergangen. »Ich habe Angst, dass es schiefgehen könnte. Und deine Mutter … Entschuldige mich für einen Moment.« Sie schnappte sich ihre Handtasche und eilte auf die Damentoilette.

Aus dem Spiegel sah ihr eine aufgelöste Danielle mit rotgeränderten Augen entgegen. Warum musste sie so emotional reagieren? Obwohl sie seit einiger Zeit ahnte, dass es Raymond ernst mit ihr war, hatte sie die Gedanken an ein Zusammenleben, an eine engere Bindung von sich geschoben. Eigentlich war das nicht ihre Art. Ansonsten packte sie den Stier bei den Hörnern, doch dieses Thema löste Panik in ihr aus. Jetzt musste sie sich aber damit auseinandersetzen, schon um Raymonds willen. Er hatte es verdient, dass sie seine Wünsche nicht einfach überging.

Sie wusch sich das Gesicht mit kaltem Wasser, nahm sich ein kleines Handtuch und tupfte damit ihre Wangen trocken. Jede andere Frau wäre einem Mann wie Dr. Raymond Labrousse um den Hals gefallen vor Glück. Sie schüttelte den Kopf über sich selbst, atmete tief ein, straffte ihre Schultern und ging zurück zum Tisch. Raymond saß nicht mehr da, der Tisch war abgeräumt. War er ohne sie gegangen? Sie spürte ein mulmiges Gefühl in ihrem Bauch.

»Danielle, ich habe schon gezahlt. Vielleicht ist es besser, wenn wir uns ohne die Blicke der anderen Gäste in Ruhe unterhalten können.« Er reichte ihr den Arm und führte sie aus dem Restaurant.

Auf dem Weg zum Parkhaus nahm sie ihren Mut zusammen. »Ray, ich bin dir eine Erklärung schuldig. Der Gedanke an eine enge Bindung macht mir eine Mordsangst, wenn ich ehrlich bin. Haha, Mordsangst, sagt die Kommissarin.«

Raymond ging nicht auf ihre alberne Bemerkung ein. »Ich erwarte gar nichts von dir, *chérie.*«

»Ich weiß, aber jetzt bin ich bereit, es dir zu sagen.«

Er schrak zusammen. »Ist es so ernst?«

»Lass uns zu mir fahren, dann erzähle ich es dir.« Oje, sie hatte ihren Liebsten total verunsichert.

Raymond saß betreten im Auto, seine Hände schalteten automatisch, er lenkte wie fremdgesteuert.

In ihrer Wohnung holte sie als Erstes eine Flasche Rotwein und einen Flaschenöffner. »Machst du den bitte auf?« Auf den Wohnzimmertisch stellte sie zwei große Rotweingläser, die er halb füllte. Ihr Blick fiel auf den wunderschönen Blumenstrauß, den er ihr mitgebracht hatte. Sie hob ihr Glas. »Auf uns!«

Er prostete ihr stumm zu und sah sie mit seinen dunklen Augen fragend an.

Sie nahm einen kräftigen Schluck, um sich Mut anzutrinken. »*Mon trésor*, du bist mit meinen Familienmitgliedern der wichtigste Mensch in meinem Leben. Es tut mir leid, dass ich so blöd reagiert habe. Ich habe eigentlich nur Angst davor, das Schöne zu verlieren, bevor es richtig begonnen hat.«

»Wieso denn verlieren, Dani?«

Sie nahm einen weiteren Schluck. Wenn sie so weitermachte, wäre sie in kurzer Zeit betrunken. »Ich bin noch nicht fertig. Du bist mit das Beste, was mir im Leben passiert ist, du bist mein *grigri*, mein Glücksbringer. Ich will keinen anderen als dich!« Sie erzählte ihm von ihrem Ex, dem Drama mit seiner Mutter und dass sie das Gefühl hatte, Raymonds Mutter könnte sie auch nicht leiden und sei nicht zufrieden mit ihr als zukünftiger Schwiegertochter.

Er nahm sie in den Arm und gab ihren einen Kuss. »Ich weiß, dass du die Frau meines Lebens bist. Die Meinung meiner Mutter ist vollkommen unbedeutend«, stellte Ray klar.

Sie gaben sich einander hin. Danielle flüsterte ihm zu: »Wir reden später noch mal darüber, okay?« Für den Moment waren weitere Worte nicht mehr nötig.

In dieser Nacht konnte Danielle zum ersten Mal in seinen Armen liegend einschlafen. Die Nähe störte sie nicht.

# KAPITEL 12

*Mein über alles geliebter Bruder, der du schon im Mutterleib neben mir für neun Monate gelegen bist, mein kleiner Bêtiseur!*
*Ich habe dich schon so lange nicht mehr gesehen. Ich vermisse dich mehr als jeden anderen Menschen. Beim letzten Mal, als ich nach Hause kam, habe ich dir zwei Walkie-Talkies mitgebracht, und wir haben den ganzen Nachmittag nur noch durch die Walkie-Talkies miteinander gesprochen. Das war so lustig!*
*Machst du noch immer so viel Quatsch, mein Bêtiseur? Ich habe von deinem Lehrer in der Werkstätte gehört, dass du gerne kleine Arbeitsgeräte versteckst und sie irgendwann wieder hervorzauberst. Erinnerst du dich noch, als du getrocknete Erbsen in meine Hausschuhe gefüllt hast? Als ich sie nach dem Aufstehen anziehen wollte, habe ich laut aufgeschrien vor Schreck. Du bist zu mir gekommen und hast dich kaputtgelacht.*
*Was dir immer alles einfällt! Finden das Tante Florine und maman eigentlich auch lustig?*

*Manchmal vermisse ich auch den erwachsenen Bruder, aber das kann ich dir nicht sagen. Einen Bruder, mit dem ich alles besprechen kann. Der mich*

*versteht, der mir ernstzunehmenden Rat gibt. Der weiß, wie ich mich fühle. Manchmal bin ich so allein und meine, dass niemand mich so sieht, wie ich bin. Und ich würde dich fragen, warum das Universum so groß ist, was schwarze Löcher sind und ob du der Meinung bist, dass es auf anderen Planeten Leben gibt. Du wärst bestimmt Physiker geworden. Oder Psychologe, oder du hättest Weinbau studiert.*
*Ach, mein über alles geliebter Bruder, dein Leben wurde dir gestohlen. Dein Leben als erwachsener Mann, der klug und erfolgreich ist und eine Familie hat.*
*Das macht mich manchmal sehr traurig und es zieht mich in einen tiefen Schlund. Meistens schaffst es nur du, mich da herauszuholen. Warum bin nicht ich verunglückt? Warum darf ich erfolgreich sein und ein unabhängiges Leben führen, während du zu Hause bleiben musst und mit Autos, Zauberkästen und Walkie-Talkies spielst?*
*Wobei … wenn ich sehe, wie glücklich du meistens bist, wie fröhlich du lachst, dann weiß ich, dass ich auch unbeschwert sein darf.*
*Ich könnte dir, maman und Tante Florine Gutes tun, doch maman will mein Geld nicht nehmen. Aber nächstes Jahr fahren wir alle gemeinsam in den Urlaub. Ich werde euch alle einladen, und wir fliegen in die Karibik. Dahin, wo wir beide schnorcheln und die Unterwasserwelt gemeinsam entdecken können. Das wird dir Spaß machen.*

*Ich hab mal gelesen, dass Zwillinge schon im Mutterleib beginnen, miteinander zu spielen. Das war bei uns bestimmt auch so, denn ich spiele immer noch gerne mit dir, und ich glaube, umgekehrt ist es genauso. Unsere Zuneigung kann uns keiner nehmen!*

*Deine Zwillingsschwester Jasmine, die dich immer lieben wird!*

# KAPITEL 13

Da die Sonne heute sehr freundlich vom Himmel grüßte, fuhr Danielle mit äußerst guter Laune und offenem Verdeck in ihrem Peugeot zur Arbeit. Ihre ausgeglichene Gemütsverfassung hatte mit der gestrigen Nacht, aber auch mit dem Frühstück zu tun, das Raymond ihr heute Morgen zubereitet hatte: einen *café au lait* und ein Müsli mit Banane.

Der Morgen schrie förmlich nach Édith Piaf, nach *La Môme,* der »Göre«, wie der »Spatz von Paris« auch genannt wurde. Die »Hymne à l'amour« schien Danielle das perfekte Lied für diesen perfekten Tag zu sein. Die Geigen juchzten, die ausdrucksvolle Stimme von Édith Piaf mit ihrem rollendem R bescherte ihr wie so oft eine Gänsehaut. Die Hymne schien heute aus ihrer Seele zu kommen, und so sang sie beschwingt mit. Als sie an einer Fußgängerampel anhalten musste, winkte man ihr grinsend zu. Sie schien ihre Heiterkeit an die Umwelt auszusenden wie ein lächelnder Buddha.

Voller Inbrunst sang sie den letzten Satz des Liedes mit: *»Dieu réunit ceux qui s'aiment«* – »Gott vereint diejenigen, die sich lieben.« Wenn ihr und Raymond eine solche Liebe geschenkt war, sollte sie voller Achtung damit umgehen. Es war, als wäre das Lied für sie beide geschrieben worden.

In ihrem Büro warteten Tribolle und Hibou bereits auf sie. Sie standen vor Danielles Pinnwand und diskutierten angeregt. Auf dem Beistelltisch duftete es verführerisch aus einer

Papiertüte. Amarante Tribolle schrak auf, als Danielle eintrat, grüßte dann aber freundlich. Sie wirkte gelöster als sonst.

»Bonjour, Danielle, kann ich dir einen *café* bringen?«

»Wenn in dieser Tüte das ist, was ich vermute, nehme ich gerne einen *café au lait* und bitte ein Glas Wasser.«

Michel Hibou sagte: »Da drin sind die besten Croissants der Stadt von deinem Lieblingsbäcker!«

»Du bist der Beste, Hibou!«

Als alle gemütlich bei den sündhaften *croissants d'amandes* und dem obligatorischen Kaffee zusammensaßen, fragte Danielle zwischen zwei Bissen: »Meine Tüchtigen, habt ihr gestern noch etwas Entscheidendes zutage gefördert?«

Hibou sah auffordernd zu der neuen Kollegin, er wollte ihr anscheinend die Möglichkeit geben, sich einzubringen.

Diese verschluckte sich fast und räusperte sich, bevor sie antwortete: »In dem Gebäudekomplex des Hotels, in dem Jasmine Blanzac seit ungefähr einem halben Jahr wohnte, gibt es fünf Nachbarn, die dauerhaft dort leben. Bis auf einen haben wir alle erreicht. Diesen Monsieur …« Sie blätterte in ihren Unterlagen.

»Polmard, Monsieur Polmard«, ergänzte Hibou.

»Richtig, äh …, danke, Michel.« Dabei errötete sie leicht. »Also Monsieur Polmard haben wir ins Kommissariat gebeten, so wie du gesagt hast. Wir haben ihm eine Nachricht hinterlassen. Von den anderen drei Nachbarn haben nur zwei eine konkretere Aussage gemacht. Madame Russo wohnt mit ihrer zwölfjährigen Tochter Lucie direkt gegenüber.« Die junge Kollegin nahm einen Schluck von ihrem Kaffee. »Michel, jetzt bist du dran.«

Danielle beobachtete, wie die zwei vertrauliche Blicke wechselten. Sie schienen sich ganz gut zu verstehen.

Ihr Mitarbeiter nickte auf seine Hibou'sche Art, nämlich im Zeitlupentempo. »Gerne, Amarante.« Er lächelte sie an. »Also, besagte Madame Russo hat einmal beobachtet, wie Jasmine aus ihrem Appartement kam und sehr aufgeregt und ziemlich laut in ihr Handy sprach. Sie erinnerte sich nicht mehr an den genauen Wortlaut, aber Jasmine sagte wohl so etwas wie: ›*J'en ai ras le bol.*‹ – ›Ich hab die Nase voll.‹ Wovon sie die Nase voll hatte, wusste Madame Russo nicht.«

»Interessant. Ob das derselbe Gesprächspartner war, zu dem sie laut Madame Mzoughi ebenfalls am Handy sagte: ›Das darfst du nicht!‹? Wir sollten herausfinden, mit wem sie da gesprochen hat.«

Amarante Tribolle nickte aufmerksam. »Der zweite Nachbar war nicht gerade freundlich. Er sei müde und hungrig und eben erst von einem langen Arbeitstag nach Hause gekommen.« Sie blickte zu Hibou.

Der nahm den Faden auf. »Was er uns gesagt hat, war recht interessant. Er hat seinen Balkon auf derselben Seite wie Jasmine und mehrere Male gesehen, dass sie Besuch von einem älteren Mann hatte. Einmal habe er sie sogar geküsst.«

»Konnte er diesen Mann beschreiben?«, fragte Danielle.

Tribolle antwortete stolz: »Sogar ganz gut. Ich fahre morgen in die Tremblay-Studios und frage nach diesem Herrn.«

»Morgen? Am Samstag?« Danielle war erstaunt.

»Ja, ich muss sowieso in die Richtung. Da kann ich das verbinden.«

»Okay, vielleicht ist das eine Spur. Von einem Liebhaber wissen wir bisher nichts.« Danielle nahm einen Schluck Wasser. »Gut gemacht, Tribolle. Nächste Woche geht die Befragung der Kollegen von Jasmine in den Filmstudios weiter.«

Die beiden nickten bereitwillig.

Danielle stand auf und zeigte auf ihre bestückte Korkwand. »Ihr habt schon gesehen, was ich da alles hingehängt habe? Hibou, hast du Tribolle erklärt, dass jeder seine Ideen einbringen und auf die Tafel pinnen kann?«

Hibou nickte. »Wir hätten auch schon was, nicht wahr, Amarante?«

Diese erklärte schüchtern: »Vielleicht hängen wir die zwei Sätze Jasmines dazu, die sie ins Handy gesagt hat? Und auch den unbekannten Liebhaber?«

»Nur zu«, forderte ihre Chefin sie auf.

Amarante Tribolle schrieb auf einen Zettel: »Das darfst du nicht!« und »Ich hab die Nase voll!« Den Zettel heftete sie an den Rand des Geschehens.

Michel Hibou schrieb auf ein weiteres Papier: »Jasmines Freund oder Liebhaber? Welche Beziehung haben die beiden?« Auch er pinnte es mit einer Stecknadel an die Memo-Wand.

»Habt ihr auch schon was über die Gebäude am Maure Vieil herausgefunden?«

»Tut mir leid, ich bin noch nicht ganz fertig« entschuldigte sich Tribolle. »Ich will morgen noch mal hochfahren und Fotos machen. Den Bericht bekommst du am Montag.«

Danielle nickte und wandte sich ihrem Assistenten zu. »Hibou, recherchiere du bitte die Bedeutung der Pflanzen, mit denen Jasmine geschmückt war und die dem sargähnlichen Behältnis beilagen. Kopiere dir dazu die Unterlagen, die ich von Madame Dupuis bekommen habe. Vielleicht hat der Täter eine Botschaft geschickt. Bitte stellt eure Ergebnisse auch ins Intranet, damit jeder darauf zugreifen kann.« Sie reichte ihm die Papiere. »Und noch was, Hibou. Die Garderobiere, Sara, hat von einer Frau gesprochen, die Jasmine am Abend vor dem Mord besucht hat. Finde heraus, wer das war. Wir sehen uns dann am Montag um 8.30 Uhr hier zu unserem nächsten Arbeitstreffen. Tribolle, wenn du uns da schon etwas über Blanzacs Laptop berichten kannst, wäre ich dir dankbar. Also auf ans Werk, und danach ein schönes Wochenende, falls wir uns nicht mehr sehen sollten.«

Um 14 Uhr wartete Danielle vor dem Eingang zur Rechtsmedizin im Hôpital Pasteur auf Jasmines Blanzacs Mutter. Sie checkte währenddessen die Nachrichten auf ihrem Handy. Raymond hatte ihr eine WhatsApp geschickt, die augenblicklich ihr Herz flattern ließ. »*Mon amour*, es war gestern und heute Morgen wunderschön mit dir. Noch nie habe ich so viel für eine Frau empfunden. Lass uns unsere Liebe genießen und in dem Rhythmus weitermachen, der deinen Gefühlen entspricht.«

Sie wollte gerade antworten, als Annabelle Blanzac auf sie zukam. Sie hätte sie beinahe nicht wiedererkannt, denn sie wirkte um Jahre gealtert. Die Schultern hingen schlaff nach unten, sie ging leicht gebeugt, und der Kopf wirkte, als wäre er für den Hals zu schwer. Die Haare waren ungepflegt und schienen in den letzten Tagen fast gänzlich ergraut zu sein. Begleitet wurde sie von ihrer Schwester Florine Patenaude. Diese versuchte Stütze zu sein, war aber auch kurz vor dem Zusammenbruch. In den nächsten kommenden Minuten würden sie eine der schwersten Prüfungen ihres bisherigen Lebens zu meistern haben. Das eigene Kind tot in einem nüchternen medizinischen Saal auf einer Stahlliege zu sehen, das überstieg Danielles Vorstellungskraft. Wie konnte man danach weiterleben? Sie atmete tief ein.

»Madame Blanzac, Madame Patenaude. Ich habe Ihnen versprochen, Sie in die Rechtsmedizin zu begleiten. Ich hoffe, das ist Ihnen noch immer recht?«

Annabelle Blanzac sah schwerfällig auf, erst jetzt glomm ein Erkennen in ihren Augen auf, doch sie sagte nichts.

Ihre Schwester antwortete: »Das ist sehr nett von Ihnen. Wir sind am Ende, seit Jasmines Tod haben wir keine Nacht geschlafen. Und Rémy weiß noch nichts davon. Gott sei Dank helfen uns die Nachbarn bei seiner Betreuung, wenn er mittags aus der Werkstätte kommt.«

Soeben trat Professor Déjan aus der Tür, begrüßte die beiden liebenswürdig und stellte sich vor. Der Geruch nach Formalin stieg den drei Frauen in die Nase, als sie in den Gang traten, der zu dem ersten der drei gerichtsmedizinischen Säle führte. Annabelle Blanzac blieb stehen und würgte. Sie zog ein Taschentuch aus der Jackentasche und hielt es sich vor die Nase. Selten hatte Danielle einen trostloseren Gang getan.

Der Professor öffnete die doppelflügelige Tür. Auf der ersten der drei Stahltische lag ein Körper, abgedeckt mit einem Tuch. »Fanfan«, rief Déjan nach seinem Gehilfen, »hier sind die Angehörigen von Jasmine Blanzac. Decke sie bitte auf, damit sie identifiziert werden kann.«

Zögernd traten Madame Blanzac und ihre Schwester näher. Auch Fanfan kam heran und nahm die oberen Enden des Tuches in die Hände.

»Nein, nicht!«, rief Madame Blanzac verzweifelt auf. Die Wände warfen das Wehklagen beklemmend zurück. Mit diesem letzten Blick wurde der Tod ihrer Tochter unumstößlich, in Stein gemeißelt, wie auf dem schon in Auftrag gegebenen Grabstein.

Danielle nahm den linken Arm der Mutter und flüsterte: »Ich verstehe Sie, es ist furchtbar, sein Kind so sehen zu müssen. Den Anblick werden Sie auch nie mehr vergessen. Dennoch kann er auch helfen, Abschied zu nehmen.«

Fanfan hob das Laken nun so weit hoch, dass nur das Gesicht freigelegt wurde. Annabelle schrie auf, krallte sich an ihre Schwester und an die Hauptkommissarin, Florine tat einen tiefen Seufzer. Déjan hatte seine Sache gut gemacht, denn Jasmine lag da wie ein schlafender Engel.

Die Mutter beugte sich zu ihrer toten Tochter und streichelte ihr über die Wange. »Mein kleiner Liebling, meine Wunderschöne«, schluchzte sie und gab ihr einen letzten Kuss auf die Stirn.

Florine Patenaude tat es ihr nach. »Schlaf gut, mein Engel. Dein Papa wird jetzt auf dich aufpassen.« Tränen flossen aus ihren Augen.

Der Professor nickte Danielle zu, die Identifizierung war erfolgt. Mit einem Wink beauftragte er seinen Gehilfen, die Leiche wieder abzudecken.

»Mesdames, der Bestatter bringt Jasmine wie vereinbart nächsten Dienstag um 14 Uhr zur Beerdigung nach Villecroze. Kann ich noch etwas für Sie tun? Ansonsten begleitet Sie Madame Tisserand nach oben.«

Die zwei Frauen waren noch nicht in der Lage zu antworten. Sie hielten sich im Arm und weinten.

Danielle ließ ihnen die Zeit, die sie brauchten. Als sie sich aus ihrer Umarmung lösten, fragte sie: »Darf ich Sie auf einen *café* einladen? Hier im Gebäude gibt es ein Restaurant für Besucher.«

Florine Patenaude sah ihre Schwester an, doch die reagierte noch immer nicht. »Wir haben noch eine halbe Stunde Zeit, Madame«, antwortete sie.

Sie fuhren mit dem Aufzug hoch. Der Weg zum Restaurant kostete die beiden enorme Kraft. Danielle konnte es ihnen nicht verdenken. Das, was sie momentan durchmachten, würde jedem den Boden unter den Füßen wegziehen.

Im Restaurant setzten sie sich an einen Tisch, Danielle bestellte einen Kaffee für jeden. Konnte sie die zwei Frauen in diesem Moment befragen? Das erschien der Kommissarin beinahe pietätlos. Noch während sie grübelte, richtete Madame Blanzac das Wort an sie.

»Madame, uns wurde von Nachbarn zugetragen, dass im Internet über Jasmine und Rémy geschrieben wurde. Entschuldigen Sie, wenn ich das sage, aber auch Sie sind nicht gut dabei weggekommen.«

Florine Patenaude hob nun ebenfalls ihren Blick. »Das ist fast wie Leichenschändung, jetzt nach dem Tod unserer Jasmine …« Sie konnte nicht weitersprechen und hielt sich die Hand an den Mund. Sie schluckte und atmete tief durch. »Als ob der Reporter bewusst ihren Ruf in Misskredit bringen will. Das geht doch nicht! Das ist respektlos und widerwärtig. Können Sie nichts dagegen unternehmen?«

Die Hauptkommissarin hatte eine vage Vermutung, wer hinter dieser scheußlichen Pressearbeit stecken könnte. »Ich werde mich noch heute darum kümmern.«

In diesem Moment klingelte Florine Patenaudes Handy. Sie holte ein altmodisches Mobiltelefon aus ihrer Handtasche und nahm das Gespräch an. »Ja, Christophe, du kannst uns wie ausgemacht am Eingang abholen.«

*

Zurück im Büro saß Danielle fassungslos vor ihrem Computer. Ihr Verdacht hatte sich bestätigt. Das Online-Magazin »Vue de la côte« hatte einen fürchterlichen Artikel mit einem kleinen Video veröffentlicht. Matheo Blothuile als Redakteur des Magazins zeichnete dafür verantwortlich. »Dieser *fils de pute*, dieser Hurensohn!«, entfuhr es ihr nicht gerade damenhaft.

Auf dem Video war das Elternhaus von Jasmine in Villecroze zu sehen, der Kameramann musste ohne Erlaubnis auf das Grundstück gegangen sein. Rémy saß groß und athletisch, aber sich wie ein Kind gebärdend und lachend auf einer stabilen Schaukel. Aus dem Off kamen die Worte eines männlichen Sprechers: »Jasmines Zwillingsbruder ist durch einen Unfall in seinem fünften Lebensjahr schwer am Gehirn verletzt worden und seither rund um die Uhr auf Betreuung angewiesen. Der Vater der beiden ist vor vielen Jahren unerwartet verstorben. Was geschah mit Jasmine Blanzac? Verbirgt sich in der Familie des aufsteigenden Sterns am französischen Film-Himmel ein dunkles Geheimnis? Oder wird sie einfach nur vom Pech verfolgt?« Jetzt wurde eine stolze Jasmine gezeigt, die gerade einen Preis entgegennahm. Der Widerspruch zwischen Rémy und seiner Schwester könnte nicht größer dargestellt werden.

Danielles interner Vierbeiner knurrte.

Die Kamera zielte nun auf die beiden Schwestern, die schwer gezeichnet aus der Haustür traten. Der Kommentar des Sprechers dazu lautete: »Ein Frauenhaushalt mit einem geistig schwer beeinträchtigten jungen Mann. Wäre der junge Mann in einem professionell geführten Heim besser aufgehoben?«

Die Kommissarin kochte. Hier wurde auf ekelhafte Weise impliziert, dass Mutter und Tante nicht in der Lage waren, auf Rémy aufzupassen. Das kann beim zuständigen Betreuungsgericht schlafende Hunde wecken, dachte sie voller Zorn. Würde ihnen Rémy weggenommen werden, wären die beiden vollkommen am Ende, er war momentan ihr einziger Lebensinhalt. Er würde sie auch weiterhin am Leben erhalten, ihnen irgendwann die Freude zurückbringen. Aber auch der junge Mann wäre ohne seine Familie einem lieblosen Schicksal ausgeliefert.

Da war die respektlose Darstellung ihrer eigenen Person fast harmlos dagegen. Ein Foto, das schon älter sein musste, zeigte sie beim Joggen mit verschwitztem Shirt und wirren

Haaren. Die Worte dazu lauteten: »Läuft Nizzas angebliche Top-Kommissarin dem Mörder im Fall Jasmine Blanzac monatelang hinterher?«

Warum zog sie der Redakteur dermaßen in den Dreck? Es gab auch Presseberichte, die solide die Arbeit der Kriminalpolizei unterstützten und sie nicht voller Absicht durchkreuzten. Danielle schlug mit der Faust auf den Tisch. Ihr innerer Kampfhund schüttelte nun voller Wut den breiten, sturen Kopf, dass der imaginäre Sabber nur so herumflog. Sie war mit ihrem Jähzorn vertraut, der stark mit ihrem Gerechtigkeitsempfinden gekoppelt war und der, je nach Erregungsgrad, beinahe bis zur Tobsucht ausarten konnte. Eine Sicherung brannte in diesem Moment durch und sie beschloss, spontan in die Redaktion des Online-Magazins zu fahren, um den Redakteur zur Rede zu stellen. Darauf, ihren Chef Firmin Vitoux zu informieren, verzichtete sie. Aber während der Fahrt wählte sie die Nummer von Claire Dupuis und klagte der Leiterin der Spurensicherung ihr Leid.

Claire bellte trocken in den Hörer: »Schätzelein, der *salaud*, der Drecksack, ist zu einem Vollidioten, einem *conard*, mutiert. Kannst ihm gerne eines dieser Schimpfwörter in meinem Namen an den Kopf werfen! *Laisse tomber*, lass es raus!«

Sie hatte die Adresse des Online-Magazins im Internet recherchiert, das Navi führte sie direkt ins nördliche Nizza. Auf dem Weg dorthin hätte sie vor Ungeduld fast eine rote Ampel überfahren. Sie versuchte sich etwas zu beruhigen, damit sie sich auf die bevorstehende Aufgabe konzentrieren konnte.

An der Außentür prangte ein protziges Schild in Gold, eine stilisierte Küstenlinie mit Meer und Himmel, darauf in schwarzen Lettern der Name des Magazins und in doppelter Schriftgröße »Redaktion und Management: Matheo

Blothuile«. Der Mann musste ein riesiges Ego haben, dachte Danielle. Kurzzeitig wollte sie der Mut verlassen, doch sie atmete tief durch und rief sich noch einmal den Beitrag vor Augen. Sofort war das Zögern vorbei.

Sie klingelte und hoffte, dass noch jemand da war, es war schließlich Freitagnachmittag. Schritte näherten sich der Eingangstür, und Danielle wappnete sich innerlich. Ein junger Mann mit weitem Kapuzen-T-Shirt, löchrigen Jeans und hippen Turnschuhen öffnete und starrte sie fragend an, ohne ein Wort zu verlieren.

»Ich möchte den Chefredakteur sprechen, Herrn Blothuile.«

Der junge Kerl sagte immer noch nichts, starrte sie nur unentwegt an.

»Calvin, wer ist da an der Tür? Hat's dir die Sprache verschlagen?«, hörte Danielle aus dem Inneren.

Der Angesprochene errötete leicht, bat sie nun aber höflich hinein. »Madame, bitte folgen Sie mir. Ich bringe Sie zu Monsieur Blothuile.« Er führte sie durch einen Flur, dessen Wände mit Fotos von Sendungen des Online-Magazins tapeziert waren, bis in einen großen Raum. Durch die weit offen stehende Terrassentür flutete das Sonnenlicht herein. Auf einem großen Besprechungstisch stapelten sich Papiere, Ordner und Bücher. An einer Wand standen Regale vom Boden bis zur Decke gefüllt mit Aktenordnern. Eine andere zierten Fotos, auf denen allesamt Monsieur Blothuile mit weiteren Personen zu sehen war. Der Duft eines teuren Aftershaves lag schwer in der Luft.

Der Chefredakteur saß an einem überdimensionierten Schreibtisch, tippte wild auf eine Tastatur ein und schaute nicht zu Danielle auf. »Einen Moment, der Gedanke muss festgehalten werden, sonst geht er verloren. Nehmen Sie doch Platz«, sagte er, ohne sie zu begrüßen.

Danielle musste plötzlich heftig niesen. War das dem Aftershave geschuldet oder entwickelte sie jetzt schon eine Allergie auf den Chefredakteur?

Der Mann schrak zusammen und zog den Kopf ein. »Mist, jetzt habe ich mich vertippt!«

Danielle reichte es. Sie konnte diesen Typen definitiv nicht riechen. Ihr innerer Kampfhund hatte den Geruch des Menschen für widerwärtig empfunden und stemmte seine Beine fest in den Boden, kurz vor dem Angriff. »Bemühen Sie sich nur nicht, Monsieur Blothuile. Ich habe schnell gesagt, was ich loswerden will. Ihr Beitrag über Jasmine Blanzac und deren Familie ist abscheulich! Haben Sie keinen Funken Anstand, geschweige denn ein Herz in Ihrem Leib? Wie können Sie Jasmines Mutter und Tante, die gerade das eigene Kind beziehungsweise die Nichte durch Mord verloren haben, dermaßen herabwürdigen? Wie können Sie den Bruder so respektlos filmen? Wenn Sie nicht damit aufhören, werde ich eine Ethikkommission auf Sie loslassen! Sie widern mich an!«

Jetzt hatte sie seine hundertprozentige Aufmerksamkeit. Auch Calvin, der bereits weitergegangen war, erschien wieder und blieb mit ausreichendem Abstand in der Tür stehen. Grinste der sogar ein bisschen?

Blothuile zog verblüfft am Kragen seines teuren Poloshirts und fuhr sich unsicher durch die Haare. Dann startete er zu einem Gegenangriff: »Ah, Nizzas berühmte Hauptkommissarin Tisserand persönlich in unserer bescheidenen Hütte. Bin ich Ihnen genau da auf die Zehen getreten, wo es am meisten schmerzt, Madame? Geben Sie es zu, am meisten ärgern Sie sich über das Foto, das ich von Ihnen veröffentlicht habe, ganz verschwitzt sehen Sie darauf aus.«

Die Hauptkommissarin stellte sich breitbeinig vor ihm auf, die Sabots fest auf dem Boden verankert, und polterte weiter: »Es geht hier nicht um mich, sondern um leidgeprüfte Menschen, um Humanität, was anscheinend ein Fremdwort für Sie ist. Können Sie Ihre Berichte nicht weniger boshaft und gehässig schreiben? Wenn Sie sich nicht zusammenreißen und diesen kläglichen Bericht herausnehmen, schalte ich ein paar Rechtsanwälte ein!«

Calvin hüstelte in einiger Entfernung, Blothuile wurde kurz blass, bevor eine feurige Röte über seine Stirn und Wangen zog. Er wies auf die Tür. »Wenn Sie nicht sofort aus der Redaktion verschwinden, lasse ich Sie von meiner Security hinauswerfen.«

»Sprechen Sie von Calvin? Der wirkt mir nicht wie ein Sicherheitsmann. Aber Security werden Sie brauchen, denn ich bleibe bestimmt nicht die Einzige, die wütend auf ihre armseligen Nachrichten reagiert.« Damit rauschte sie hinaus, der Kampfhund in ihr hatte sich beruhigt und leckte sich zufrieden die Pfoten.

Danielles gute Laune war zurückgekehrt. Zufrieden saß sie in ihrem Auto und rief spontan über die Freisprechanlage ihren Vater an. Es dauerte eine Weile, bis er ans Telefon ging.

»Papa, ich bin's, Danielle. Hast du heute noch etwas vor? Ich würde dich gerne besuchen. Ich bringe auch etwas zu essen und einen Rotwein mit.«

»Hallo, mein Mädchen, klar, komm gerne vorbei. Die alten Herren können auch mal ohne mich Boule spielen. Ich hab dich schon so lange nicht mehr gesehen.« Seine Stimme klang gerührt.

Danielle wurde es ganz warm ums Herz. »Also bis gleich. Ich bin in einer Stunde bei dir.«

Nach dem Tod seiner Frau Céleste war Danielles Vater schleichend in eine tiefe Depression gefallen. Er hatte keinen Wert mehr auf sein Aussehen gelegt, seine Wohnung verkommen lassen und oft stundenlang in die Gegend gestarrt. Zum Glück aber ging es seit einiger Zeit wieder bergauf mit ihm, vor allem seit er ein kleines Häuschen mit Garten in Tourrette-Levens, einem kleinen Ort nordöstlich von Nizza, gemietet hatte. Éric hatte in dem Dorf neue Freunde gefunden, eine freundliche und vertrauenswürdige Haushälterin machte bei ihm sauber und kochte dreimal in der Woche für ihn.

Danielle hielt an einem Supermarkt, der auf dem Weg lag, und besorgte an der warmen Theke verschiedene Vorspeisen, dazu Käse und ein frisches Baguette sowie eine Flasche Cabernet Sauvignon, den er besonders mochte.

Die Strecke ins Hinterland war sehr kurvenreich. Mit ihrem silbergrauem Peugeot fuhr Danielle an Olivenbaumfeldern vorbei, durch Saint-André-de-la-Roche hindurch in die Berge hinein. Dort ragten die schroffen Felsen hoch auf, die typisch für die Region Provence-Alpes-Côte d'Azur waren. Auf dem Gestein sorgten verformte Kiefern, wilder Rosmarin und kleine Eichen, die sich in den trockenen Fels gekrallt hatten, für grüne Farbtupfer. Immer wieder türmten sich eigentümliche Felsformationen auf, die ihre Nasen bis an die Straße heran schoben.

Danielle fuhr über steinerne Brücken, hie und da schenkten aufrechte Zypressen der Landschaft eine vermeintliche Ordnung. Als sie Tourette-Levens erreichte, begrüßte sie ein Löwe aus Stein und eine Rabatte mit Palmen. Auf einem Schild stand »Ville Fleurie« – die Gemeinde war für ihren Blumenschmuck ausgezeichnet worden. Der Ort gruppierte sich um einen Hügel, und ein Turm überragte das gesamte Dorf. Er war stolzer Beweis und Rest einer ehemaligen Burganlage.

Als Danielle am Haus ihres Vaters ankam, wartete er bereits am Gartentürchen auf sie. Er sah kräftig und erholt aus. Er umarmte sie freudig, sie drückte sich an ihn, in seinen Armen fühlte sie sich aufgehoben.

Éric wohnte in einem kleinen Bungalow mit drei Zimmern, einer großen Terrasse und einem Garten mit Obstbäumen und einem alten Olivenbaum, der von ihm gehegt und gepflegt wurde. Eine junge Schirmpinie bewachte den Eingang zu Haus und Garten.

Der kindliche Stolz, mit dem er ihr dann den Garten zeigte, rührte sie bis ins Mark. Er hatte ein kleines Paradies geschaffen, denn als er das Haus übernommen hatte, war das Gelände verwahrlost gewesen. Er wies sie auf die noch kleinen, aber kräftig gedeihenden Gemüsesorten wie Auberginen, Zucchini, Kohlrabi, Tomaten, Zwiebeln und Gurken hin. Sogar Artischocken wuchsen in einer Art Frühbeet, das er selbst gebaut hatte. Der Winter war auch im Hinterland mild, und jetzt waren die Temperaturen schon angenehm warm.

»Papa, du hast nicht nur einen grünen Daumen, sondern auch ein grünes Herz.«

Éric Tisserand strahlte. Er führte Danielle noch zu den Obstbäumen, denen er über die Rinde strich, als ob er einem freundlichen Esel den Rücken tätscheln würde. »Hier, sieh mal, wie viele Blüten dieser junge Baum trägt. Und auch der Feigenbaum wird mir wieder eine reichliche Ernte bescheren. Ich kann dich und Josette bald mit frischem Biogemüse und Bioobst versorgen.«

Nach dem Gartenrundgang richtete Danielle die Vorspeisen und den Käse auf einer Platte an, Éric holte Besteck, Gläser und Geschirr und trug alles nach draußen. Eine Pergola, an der wilder Wein hochrankte, beschirmte den Freisitz. Durch die jungen Blätter schimmerte zartes Licht hindurch.

»Oh, Papa, ich bin so froh, dass ich es endlich wieder mal zu dir geschafft habe. Die Arbeit nimmt mich momentan sehr in Beschlag. Ich hoffe, du trägst es mir nicht nach, wenn ich dich nicht regelmäßig besuche.«

Als Antwort umarmte er sie wieder und strich ihr über die Haare. Es fühlte sich für Danielle herrlich an, wieder einmal Kind zu sein. »Mmh, das sieht lecker aus. *À ta santé*, auf dein Wohl, geliebte Tochter! Lass uns auf diesen wunderbaren Moment anstoßen.«

Nach dem Essen holte Éric zwei Decken aus dem Haus, in die sie sich einkuschelten. Danielle konnte loslassen – kein Druck, keine Aufgaben oder Wünsche, die von außen an sie herangetragen wurden.

»Papa, wie war das eigentlich bei dir und *maman*? Wann wusstet ihr, dass ihr füreinander bestimmt seid? Dass ihr heiraten wollt?«

Éric Tisserand nahm einen Schluck Wein und sah wehmütig in den Himmel. Bald ging die Sonne unter. Er räusperte sich. »Ich habe deine Mutter kennengelernt, als ich 23 und sie 21 Jahre alt war. Ich habe Maschinenbau in Toulouse studiert, deine Mutter Europäische Ethnologie. Wir begegneten uns zum ersten Mal auf einem Studententreffen, das sich mit politischen Themen befasste. Wir waren damals auch politisch interessiert.«

Danielle griff nach seiner Hand. »Wie hast du *maman* wahrgenommen?«

Er sah liebevoll zu seiner Tochter und erzählte weiter: »Sie hatte auch diese kupferroten Locken wie du. Noch ein bisschen wilder sogar. Und auch diese wunderschönen, grünen Augen. Und dann ihr Engagement, gegen die Ungerechtigkeit der Welt zu kämpfen. Sie strahlte richtig! Das war ansteckend, schon beim ersten Blick wusste ich, dass ich diese junge Frau näher kennenlernen will.« Er verstummte und sah in die Ferne, mit einem seligen Lächeln auf den Lippen.

Danielle wagte es nicht, die heilsame Stille mit Worten zu stören.

Irgendwann fuhr er fort: »Damit sie mich bemerkte, tat ich mich an diesem Abend hervor, ein bisschen albern, muss ich gestehen. Céleste sah dann auch interessiert zu mir her. Da habe ich all meinen Mut zusammengenommen und sie angesprochen. Ich hatte vor ihr schon Freundinnen gehabt, aber mit deiner Mutter fühlte ich mich so, so ...«, er suchte nach den richtigen Worten und drehte dabei das Weinglas in seinen Händen, »so richtig angekommen, zu Hause. Außerdem war eine magische Anziehungskraft zwischen uns. Warum möchtest du das alles wissen, Danielle?«

Nun war es an Danielle, sich zu öffnen. Sie schmiegte sich an ihren Vater. »Gestern bin ich bei Raymonds Andeutung, dass er mich noch näher bei sich haben möchte, weinend aufs Klo gelaufen. Ich traue mich noch immer kaum, das Wort Heirat in den Mund zu nehmen. Ich verstehe dieses Gefühlschaos in mir einfach nicht.«

Éric schenkte den guten Roten nach. »Die Angst zeigt doch auch, wie wichtig Raymond dir ist. Du hast Angst, ihn zu verlieren, wie bei deinem letzten Partner, nicht wahr? Aber wenn wir uns nie in unbekannte Gewässer wagen, bleiben wir immer auf der Stelle. Auch zum Lieben gehört Mut, *ma chère fille*, meine liebe Tochter. Das durfte ich auch lernen.«

Wie gut er sie doch verstand. Danielle ließ all ihre Sorgen los und genoss den Abend mit ihrem Vater. Das Auf und Ab der letzten Tage verschwand.

Mittlerweile waren sie bei der dritten Weinflasche angelangt und Éric meinte: »Danielle, mir wäre wohler, wenn du heute Nacht hier schlafen würdest.«

Danielle nickte, mit so viel Alkohol im Blut würde sie sich nicht mehr auf die Straße wagen. Éric begleitete seine Tochter zum Gästezimmer und umarmte sie noch einmal.

»Lass uns morgen noch gemeinsam einen Kaffee trinken, bevor ich fahre, ja?«

Éric küsste seine Tochter auf das Haar. »Das machen wir. Schön, zu wissen, dass du in meiner Nähe bist, du warst schon lange nicht mehr über Nacht bei mir«, sagte er, gähnte laut und schlurfte ins Badezimmer.

Das Zimmer war nicht groß, das ganze Haus hatte ja nur 100 Quadratmeter Wohnfläche. Es war einfach, aber gemütlich eingerichtet. Am Fenster hingen *mamans* selbst gehäkelte Vorhänge, und auf dem Bett lag ein Quilt aus bunt zusammengewürfelten Stoffquadraten. Die Muster mit Vögeln, Blumen und Blättern erinnerten Danielle daran, wie gerne ihre Mutter an diesem Quilt genäht hatte. Danielle setzte sich auf das Bett und strich über die Decke. Sie zog sich bis auf das T-Shirt und den Slip aus und kuschelte sich in die Patchwork-Decke ihrer Mutter. Vor dem Einschlafen schickte sie Raymond ein WhatsApp-Nachricht: »*Mon cœur*, ich bleibe über Nacht bei meinem Vater, wir haben zu viel getrunken. Ich bin so froh, dass du an meiner Seite bist!«

In der Nacht suchten heftige Träume sie heim. Jasmine schwebte auf sie zu und streckte Hilfe suchend die Arme nach ihr aus. Als Danielle diese ergreifen wollte, zerfiel Jasmine. Eine grausige Mutation, die Danielle im Traum bis ins Mark erschütterte. Die eindringlichen Augen erloschen und verschwanden in den Augenhöhlen, bis die Knochen sich zeigten. Das Gesicht zerfiel, die Haut löste sich, als ob sie schmelzen würde, die Haare fielen in Büscheln vom Kopf, bis der blanke Schädel erschien. Der Totenkopf klappte die Kiefergelenke auf und zu, und drei Worte hallten zu Danielle: »Hilf mir bitte!«

Danielle wachte schweißüberströmt auf. Es war 4 Uhr morgens. Als ihr Puls sich langsam beruhigt hatte, beschloss sie aufzustehen, um sich einen heißen Kakao zu machen, so wie ihre *maman* es immer getan hatte, wenn eine ihrer Töchter nicht schlafen konnte. Sie ging in die Küche und wurde fündig.

Kurz darauf fuhr sie mit der Tasse in der Hand ihren Laptop hoch, den sie auf dem Schreibtisch im Gästezimmer ihres Vaters abgelegt hatte. Wenn sie an einem aktuellen Fall arbeitete, gab es kaum freie Wochenenden. Auch bei diesem würde es nicht anders sein. Warum also nicht gleich mit der Arbeit beginnen, nachdem Jasmine sogar im Traum um Hilfe gerufen hatte? Noch immer stand sie unter dem Bann der nächtlichen Offenbarung. Sie öffnete die Balkontür, damit die frische Luft die letzten Schleier des im Schlaf Erlebten auflösen konnten.

Amarante Tribolle hatte mehrere Mails geschickt, sie hatte ausgiebig recherchiert und war gestern schon am Fundort der Leiche gewesen. Ihr Bericht lautete folgendermaßen: »Inmitten der Caldera de Maure Vieil im Estérel-Massiv befinden sich zwei verlassene Gebäude. 1960 hatte der reiche Bankier Jean Guyot einen Ort gesucht, um eine Glaskunstwerkstatt für seine Tochter Michèle und seinen Schwiegersohn Bob Le Bleis zu bauen. Die beiden waren Glaskünstler und wollten neue Prozesse in der Glasherstellung entdecken und anwenden. Dazu verwendeten sie Quarzsand aus dem Vulkangestein, das man im Sand der Gegend findet, und verbesserten so die Qualität des Glases. Die Gesinnung der Besitzer und auch das angrenzende Amphitheater sollen viele Künstler und Anhänger des New Age hierhergeführt haben. Sie hofften, eine neue Spiritualität im Einklang mit der Natur zu finden. Die Glashütte wurde bis in die 1990er-Jahre betrieben und dann aufgegeben.« Tribolle hatte Fotos von den künstlerisch wertvollen Glaswaren angefügt, vor allem Vasen in allen erdenklichen Formen. Manche leuchteten wie Edelsteine, in kräftigen Blau-, Gelb- und Grüntönen. Die Kreationen aus Glaspaste hatten damals Kunstliebhaber und wohlhabende Kundschaft ins Estérel-Gebirge gezogen.

Beim Lesen des Berichtes hatte Danielle den unheimlichen Traum mehr und mehr zurückgelassen. Sie fühlte sich befreit und öffnete voller Energie eine weitere Mail von Tribolle. Sie schrieb, dass die Sichtung des Computers von Jasmine noch nicht ganz abgeschlossen sei, sie ihr aber schon einige E-Mails aus Jasmines Postfach weiterleiten könne. Danielle öffnete eine Nachricht nach der anderen. Einmal listete ein Adrian Termine und Daten für Jasmine als Schauspielerin auf. In zwei anderen Mails hatte dieser Adrian Jasmine glühende Liebesbriefe geschrieben, die sogar Danielle die Röte ins Gesicht trieben. War er nicht nur ihr Manager, sondern auch ihr Liebhaber gewesen?

Von Hibou erfuhr Danielle in einer kurzen Mail den Namen der Frau, die Jasmine an ihrem letzten Drehtag in den Tremblay-Studios besucht hatte. Sie hieß Aimé Raisuni, hatte mit Jasmine in Paris auf der berühmten Schauspielschule, der »Conservatoire national supérieur d'art dramatique«, studiert und war noch immer wohnhaft in Paris.

Die Morgendämmerung ließ sanftes Licht in das Zimmer. Danielle sah, wie die Schirmpinie, die den Eingang zum Garten bewachte, von der Morgensonne beleuchtet wurde und die frischen grünen Triebe wie Frühlingsleuchtkerzen erstrahlten. Ein Vogel saß darin und sang ein Morgenlied. Sie hörte ihren Vater im Badezimmer rumoren und suchte im kleinen Schrank nach einer Art Jogginghose. Sie fand eine alte, etwas zu weite Schlafanzughose, zog diese zu ihrem T-Shirt, das sie über Nacht getragen hatte, an und machte sich auf den Weg in den Garten. Als sie am Badezimmer vorbeikam, klopfte sie und rief: »Guten Morgen,

Papa, ich mache Yoga in deinem schönen Garten. Übernimmst du den Kaffee?«

Éric streckte den Kopf aus der Tür. Seine grauen, welligen Haare waren noch arg zerzaust, in der Hand hielt er eine Zahnbürste. »Bonjour, Dédé. Geht in Ordnung.« Dédé war ihr Kosename in ihrer Kindheit gewesen. Schon lange hatte er sie nicht mehr so genannt.

Auf der Terrasse schob sie die Stühle beiseite und machte mit bloßen Füßen achtmal den Sonnengruß, um ihren Kreislauf in Schwung zu bringen. Danach tat sie noch etwas für ihre innere Balance und übte eine ihrer Lieblingsfiguren im Yoga aus, die Tanzende Shiva. Dabei verlagerte sie ihr Gewicht auf den linken Fuß, griff nach ihrem rechten Knöchel und zog diesen in Richtung ihres Gesäßes, beugte sich konzentriert nach vorne und streckte den linken Arm nach vorne aus. Ihr Blick reiste über den Arm zu den Felsen, die in der Morgensonne lagen. Es würde ein schöner Tag an der Côte d'Azur werden.

Ihr Vater kam mit einem Becher *café au lait* heraus, er wusste, dass sie ihren Kaffee gerne mit warmer Milch trank. »Ich gehe schnell Croissants holen«, sagte er und war schon weg.

Als Danielle ihre Übungen beendet hatte, holte sie sich den Quilt aus dem Gästezimmer, ging zurück auf die Terrasse und legte sich die Decke um ihre Schultern. Darin fühlte sie sich warm und behütet. Sie setzte sich auf einen der Rattanhocker und atmete tief den frischen Duft des Morgens ein.

In ihr formten sich Gedanken, Ideen. Sie hatte das Bedürfnis, ihr Aufnahmegerät aus dem Auto zu holen, und stand dazu noch einmal auf.

Noch auf dem Weg vom Auto zurück zur Terrasse drückte sie den Aufnahmeknopf. »Der Mörder muss die

Glasbläserei und die dazugehörigen Gebäude am Maure Vieil gekannt haben. Er ist nicht zufällig dort vorbeigekommen und hat beschlossen, an diesem Ort die Tote abzulegen. Nein, das war geplant.« Sie sah entrückt in die Ferne.

»Es ging um etwas Persönliches. Vielleicht ist an diesem Ort eine Grenze überschritten worden.« Danielle wusste, dass die Dinge oft anders schienen, als sie in Wirklichkeit waren. Welcher Mensch zeigte je sein wahres Gesicht? Viele trugen Masken, die sie sich zum Schutz vor langer Zeit angelegt hatten. Sie wussten nicht mehr, wie das Leben in Wahrhaftigkeit zu leben war. Wem war Jasmine begegnet? Und warum hatte die Begegnung ihr das Leben gekostet?

»Ihr Manager war vermutlich auch ihr Liebhaber, jedenfalls vergötterte er sie. Steckt er hinter dem Mord? Wird er an der Beerdigung teilnehmen?« Sie starrte auf ihre nackten Zehen, die Beine hatte sie auf einen zweiten Gartenstuhl vor sich hochgelegt.

Als sie sich alles, was sie bisher zu diesem Fall aufgezeichnet hatte, anhörte, schoben sich winzige Puzzleteile an ihren Platz, auch wenn sie es noch nicht genau benennen konnte. Danielle stand auf und ging ins Haus, um sich frisch zu machen und sich anzuziehen.

Währenddessen kehrte ihr Vater mit einer Tüte Croissants zurück. Sie tranken gemeinsam Kaffee und genossen die knusprigen, noch warmen Hörnchen.

Bei der Umarmung ihres Vaters zum Abschied stellte sie fest, dass sie sich ein bisschen geheilt fühlte. Bevor sie ging, erinnerte sie Éric an den Geburtstag seines Enkels: »Gérard feiert demnächst seinen 20. Geburtstag. Ich freue mich, wenn wir uns da wiedersehen.«

Éric winkte ihr zu, bis das Auto aus seinem Blickfeld verschwunden war.

Diese kurze Zeit, die sie mit ihrem Vater hier in seinem Haus verbracht hatte, hatte ihr einen wahren Energieschub gegeben. Mit leichtem, freudigem Herzen und einem Dauerlächeln im Gesicht fuhr sie nach Nizza zurück. Der Spatz von Paris sang nur für sie.

# KAPITEL 14

»Mein Gott, wie schön du bist!«

Jasmine lag nackt vor ihm, ihre Haare, die wie Bernstein leuchteten, waren auf dem Kissen ausgebreitet. Die Ebenmäßigkeit ihres Gesichtes, die großen, flammenden Augen, die dichten Wimpern, der Mund, süß und erotisch, gerade jetzt, als sie nur leicht einen Mundwinkel anhob. Dann der schwanengleiche Hals, der in zwei elegante Schultern überging, und die wohlproportionierten Brüste, die er so liebte. Sie reckten sich ihm verlockend entgegen. Er war ihr verfallen. Schon allein die Berührung ihrer Haut beglückte ihn.

Sie sah ihm zu, wie er sie aufmerksam betrachtete. Ihre Augen verschleierten sich vor Lust, aber sie würde noch einen Moment warten müssen, denn er wollte das Gedicht ihres Körpers noch weiter lesen. Sein Blick wanderte bis zum Dreieck ihrer Scham. Sie öffnete die Beine ein wenig, um ihn einzuladen, er kostete die Aussicht auf diese ihm dargebotene Frucht. Die aufreizenden Schenkel gingen über in lange, atemberaubende Beine. Er küsste ihren rechten Fuß. Sogar ihre Zehen fand er verführerisch. Als er am kleinen Zeh angekommen war, wechselte er zur linken Seite. Erst die Zehen, dann der Fuß, das Schienbein, das Knie, die Innenseite ihrer Oberschenkel ... Jasmine stöhnte auf, griff in seine Locken und wölbte sich ihm entgegen. Langsam glitt er in sie hinein – diesen ersten Moment ihrer Vereinigung genossen sie beide sehr. Sie wurden eins, ihre Bewegungen wurden eins, ihr Atem wurde eins, bis sie gemeinsam ihren Höhepunkt erreichten.

Ihre Augen blitzten ihn zufrieden an. Aber ihn überfiel wieder einmal das schlechte Gewissen mit aller Macht. Wie jedes Mal, wenn sie miteinander geschlafen hatten. Er könnte ihr Vater sein. Vor vielen Jahren hatte sie sich ihm anvertraut. Seither hatte er dieses Flattern in sich, wenn sie ihn berührte. Lange hatte er es ignoriert, aber vor zwei Jahren war er ihrer Anmut erlegen. Nicht dass es am Interesse junger Männer gefehlt hätte – manchmal erschien es ihm, als ob diese reihenweise anstünden. Sie aber hatte sich ihm zugewandt.

Schon lange hatte sie seinen Rat und seinen Trost gesucht, mit ihm über ihren Bruder gesprochen und sich in seine Arme geschmiegt. Bis es eines Nachts zur Wende gekommen war. Sie hatte ihn mit diesem intensiven Blick angesehen und ihm ihre Lippen zum Kuss angeboten. Seither war es vollends um ihn geschehen. Sie schien ihre Beziehung ebenfalls zu genießen und brachte in sein fast 50-jähriges Leben eine Leichtigkeit, die ihm des Öfteren abhandengekommen war.

Manchmal war er sich nicht sicher, ob er eine Art Vaterersatz für sie war. Er hätte diese Nähe nie zulassen sollen, dachte er verzweifelt. Aber er war ihr hilflos ausgeliefert. Von seinen inneren Kämpfen hatte er ihr nur einmal erzählt und auch nur in verkürzter Version. Er wollte sie nicht damit belasten oder verschrecken.

Jetzt sah sie ihm wohl an, dass er wieder mit seinen inneren Dämonen zu kämpfen hatte. Sie flüsterte: »*Chéri*, auch wenn du 25 Jahre älter bist, ich liebe dich! Mir ist der Altersunterschied vollkommen egal. Du weißt, wie ich denke und empfinde. Ich fühle mich sicher bei dir!«

Das konnte nicht lange gut gehen, er wusste es. Wenn ein jüngerer Mann daherkommen und sie faszinieren würde, würde sie sich dem Jungen, Kraftvollen, Spontanen zuwenden. Dann würde er sterben, auch wenn er lebte.

# KAPITEL 15

In Vitoux' Abteilung vibrierte es an diesem Dienstagvormittag wie in einem Ameisenhaufen. Der zuständige Staatsanwalt Hugo Sabran-Pontevès und sogar Victorien Lévy, der Direktor der gesamten Kriminalpolizei Nizzas, hatten sich für die heutige Besprechung angemeldet. Der Fall Jasmine Blanzac hatte landesweit für Schlagzeilen gesorgt, und die Presse saß ihnen ungeduldig im Nacken. Für morgen Vormittag war eine Pressekonferenz anberaumt, an der die Kollegen Vitoux, Tisserand und Hibou teilnehmen sollten.

Deswegen hatte Danielle einige Knoten im Bauch. Einer davon hatte sich jedoch schon gelöst, denn sie hatte Vitoux gleich gestern ihren Besuch in der Redaktion des Online-Magazins »Vue de la côte« gebeichtet.

Alle Mitarbeiter der Abteilung strömten nun in den Saal. Wegen des hohen Besuches waren die Tische heute sogar mit Blumenvasen und Servierplatten voller Canapés, süßer Madeleines und bunten Macarons bestückt.

Vitoux hielt seinen Stammplatz am Kopfende des Tisches für die illustren Besucher frei. Gerade richtete er sich an einem anderen Sitzplatz ein, der rechter Hand des für Chefpersönlichkeiten reservierten Sektors lag. Sein Ordnungszwang war heute besonders ausgeprägt, denn er schob den Schreibblock und den Stift vor sich mal hier hin, mal dort hin, dann stand er ruhelos auf und fing an, die Vasen auf dem Tisch zurechtzurücken.

Normalerweise warteten alle geduldig, bis Vitoux fertig war, aber heute hielt es Danielle nicht mehr aus. Sie wollte schon eingreifen und ihn auf seine eigentliche Aufgabe, die Eröffnung der großen Wochenkonferenz, hinweisen. Kollegin Claire ahnte, was sie vorhatte, und nahm ihr die undankbare Aufgabe ab. Von ihr war man Unverschämtheiten gewohnt. Sie hustete laut und rief: »Chef, müssen wir nicht anfangen, wenn in ein paar Minuten so hoher Besuch erscheint? Vielleicht sollten wir noch ein paar Gebete sprechen, um uns den Segen der Bischöfe zu sichern.« Sie führte dabei, respektlos wie sie eben war, die Handbewegung aus, die der Papst jedes Jahr bei seinem traditionellen Urbi et orbi zeigte.

Vitoux erstarrte mitten in der Bewegung und besann sich auf seine leitende Funktion. »Madame Dupuis, beten sollten wir alle, damit wir den aktuellen Fall so schnell wie möglich lösen. Aber bitte zu Hause!« Er blickte eindringlich von einem zum anderen und sagte: »Es genügt nicht, an den Fluss zu gehen mit dem Wunsch, Fische zu fangen. Man muss auch ein Netz mitbringen.« Mit stolzem Lächeln fügte er hinzu: »Das ist ein japanisches Sprichwort und der Tagesspruch meines Kalenders. Das passt heute meiner Meinung nach sehr gut.«

Claire erhob sofort Einspruch: »Chef, wir gehen nie ohne Netze fischen! Ich bin der Meinung, dass wir alle hier unsere Arbeit gründlich erledigen.«

Die Kollegen klopften mit den Fingerknöcheln anerkennend auf den Tisch.

Bevor Vitoux darauf reagieren konnte, polterte es an der Tür, und die hohen Herren traten hintereinander ein, zuerst der *commissaire général de police* Lévy, dann Staatsanwalt Sabran-Pontevès. Vitoux sprang übereifrig auf, um sie zu begrüßen und ihnen ihre Plätze anzubieten. Staatsanwalt Hugo Sabran-Pontevès hatte einen stechenden Blick. Jeder,

der diesem Blick ausgesetzt war, sagte die Wahrheit und nichts als die Wahrheit. Lévy hingegen wirkte mit seinen vielen Kilos wie ein freundlicher älterer Herr. Aber dieser Eindruck täuschte. Er konnte sich durchsetzen und jeden, der gegen ihn aufbegehrte, in Grund und Boden argumentieren. Das war vor allem gegenüber der Presse, mit der er häufig zu tun hatte, ein riesiger Vorteil.

Danielle war vor einigen Jahren übel mit Staatsanwalt Sabran-Pontevès zusammengestoßen. Es hätte nicht viel gefehlt, und ihre konträre Meinung hätte beinahe zu einem Eklat geführt. Vitoux hatte damals seine schützende Hand über sie gehalten, aber sie war seitdem vorsichtig. Bei Lévy war das anders. Trotz seiner Diskutierfreudigkeit stand er hundertprozentig hinter jedem seiner Kollegen, egal welche Karrierestufe dieser erklommen hatte. Er besuchte ein bis zweimal im Jahr alle Dezernate. Er hatte zwar eine natürliche Autorität und Präsenz, doch bei ihm fühlte man sich human behandelt.

Vitoux begrüßte alle noch einmal offiziell und fasste die bisherigen Untersuchungsergebnisse zusammen. Danach bat er, bei den Leckereien zuzugreifen. Endlich! Dem Ansturm nach war nicht nur Danielle schon das Wasser im Mund zusammengelaufen. Nach dem Imbiss gab Vitoux das Wort an seine erste Kriminalkommissarin.

»Sehr geehrter *commissaire général de police* Monsieur Lévy, sehr geehrter Herr Staatsanwalt Monsieur Sabran-Pontevès«, begann sie, indem sie den hohen Gästen etwas Honig ums Maul schmierte. »Ich glaube, ich spreche für das Kollegium, wenn ich sage, dass wir froh sind, Sie an unserer Seite zu wissen. Wir wollen Ihnen heute einen Einblick in die Ermittlungen verschaffen, ebenso mit Ihnen besprechen, wie wir weiter vorgehen können, und Sie um Ihre Unterstützung bitten.«

Vitoux nickte anerkennend und bedeutete ihr mit einer Handbewegung, weiterzusprechen.

»Der Fall Jasmine Blanzac wird noch heftigere Wellen schlagen als bisher. Erstens, weil diese junge Frau zu den großen Filmtalenten Frankreichs gehörte, und zweitens, weil sie so makaber getötet und aufgebahrt wurde. Die Menschen werden um sie trauern. Ich bin mir sicher, dass die morgige Beerdigung, auf der wir natürlich auch vertreten sind, zu einem Spektakel ausarten wird. Deshalb, Herr Direktor, Herr Staatsanwalt, bitte ich darum, auch die Gendarmerie zu instruieren und am Friedhof in Villecroze Stellung beziehen zu lassen.«

Lévy stimmte ihr Lob zollend zu. »Da haben Sie vollkommen recht, Madame Tisserand, das werde ich sofort nach der Sitzung veranlassen. Wir werden auch einige Einsatzfahrzeuge sichtbar aufstellen lassen.«

»Vielen Dank, dass wir mit Ihrem Beistand rechnen können«, sagte Vitoux. »Das ist den Kollegen und mir als Abteilungsleiter sehr viel wert. Madame Tisserand, was gibt es noch zu berichten?«

Danielle bat Amarante Tribolle, über die Gebäude auf dem Maure Vieil aufzuklären, wo die Leiche gefunden worden war.

Während Tribolles kleinem Referat ruhte Hibous Blick unentwegt auf der jungen Frau. Als sie für ihre Ausführungen Lob erhielt, klatschte er vor Begeisterung laut in die Hände und sagte leise: »Gut gemacht, Amarante.« Nun war er an der Reihe, wie ihm Danielle mit einem Nicken zu verstehen gab. In umständlicher Hibou'scher Manier kramte er seine Unterlagen hervor, die er gar nicht brauchen würde. Sein Kopf fuhr langsam von links nach rechts, die Augen taxierten jeden der Anwesenden. Dann klappte er langsam die Lider auf und zu und begann. »Ich hab mich mit den

Pflanzen beschäftigt, mit denen Jasmine Blanzac in den Sarg gelegt wurde. Danielle kam auf die Idee, die Bedeutung dieser Pflanzen zu recherchieren. Sie vermutete, dass der Täter damit eventuell etwas sagen wollte. Es handelt sich um Wiesen-Gelbstern, da habe ich noch nichts Genaues herausgefunden. Außerdem um Schwertlilie, Schopflavendel und Lorbeer. Die Schwertlilie wird auch als Iris bezeichnet, sie ist ein Symbol für Kreativität, Energie und Beständigkeit. Eine Iris sagt dem Beschenkten ›Ich stehe bedingungslos zu dir‹ und ist so ein Zeichen der Treue.«

Alle hörten wie gebannt zu.

»Mir war das nicht bewusst, aber es gibt eine richtige Blumensymbolik. Lavendel, hier war es Schopflavendel, der weit vor dem eigentlichen Lavendel blüht, bedeutet Schutz und Abwehr hindernder Einflüsse. Er steht auch für Keuschheit, Unversehrtheit, Reinheit. Lavendel soll sogar den Teufel abwehren.«

Sabran-Pontevès war nicht überzeugt. Er fragte zynisch: »Blumen, die eine Botschaft vermitteln sollen? Ist das nicht ein bisschen weit hergeholt?« Dabei sah er wie zu einem Streitgespräch auffordernd in die Runde.

Claire Dupuis sprang sofort darauf an. Dieser Mann war ihr mit seinem arroganten Gehabe sowieso nicht besonders sympathisch, und jetzt ergab sich die Gelegenheit, ihn zu provozieren. »Wissen Sie, es gibt nichts, was ich in meiner nun fast 25-jährigen Arbeitszeit nicht schon erlebt habe. Dinge, die vollkommen unmöglich scheinen. Monsieur Lévy, Sie sind ja auch schon länger dabei. Erinnern Sie sich an den Fall Mathis Wagner? Das war vor über 15 Jahren, er beging drei Morde an älteren, alleinstehenden Damen. Bei jeder Leiche lag ein Gebetbuch. Wir hatten herausgefunden, dass bestimmte Textstellen mit einer Flüssigkeit markiert waren, die nur unter Schwarzlicht zu sehen war. Diese

Stellen waren die wichtigsten Indizien, die zur Lösung der Fälle beitrugen.«

Lévy bestätigte ihre Worte: »Ja, Madame Dupuis, ich kann mich gut daran erinnern. Das war damals eine Sensation.«

Vitoux lud zu einer zehnminütigen Pause ein, die Raucher strebten ins Freie. Danielle wollte auch an die frische Luft, als Lévy sie ansprach.

»Madame Tisserand, Sie beeindrucken mich immer wieder. Bei der Ermittlungsarbeit gehen Sie ungewöhnliche Wege. Sie scheinen auf Ihre Intuition vertrauen zu können.«

Oje, was will er jetzt von mir, dachte sie. Aber sie antwortete brav: »Monsieur, haben Sie vielen Dank für das Kompliment. Ich mache nur meine Arbeit. Ich kann nicht eher ruhen, bis der Täter gefunden worden ist.«

Begeistert stimmte er ihr zu. »Das ist es ja, was einen hervorragenden Kriminaler ausmacht. Ich verfolge seit einer Weile Ihre Arbeit. Weiter so, Madame.«

Nach zehn Minuten kehrten alle zurück, Vitoux bat um Ruhe und leitete damit den zweiten Teil der Konferenz ein. »Madame Dupuis, ich bitte Sie um das Update zum momentanen Stand Ihrer Arbeit.«

»Meine Herren, liebe Kollegen. In den letzten Tagen waren wir mit dem Appartement beschäftigt, das Jasmine Blanzac seit dem Filmdreh in den Tremblay-Studios bewohnte. Die Filmstudios gehören dem *Duc* de Tremblay, seines Zeichens Herzog mit betuchten Ahnen. Das Familiengold wird in dieser Familie seit mehreren Jahrhunderten vermehrt.«

»Madame Dupuis«, warf Staatsanwalt Sabran-Pontevès ungeduldig ein, »das tut nichts zur Sache. Kommen Sie auf den Punkt!«

Danielle schaute Claire an. Ob sie sich beherrschen konnte? Diese versuchte ihren Ärger hinunterzuschlucken, aber es sah aus, als ob sie Zitronensäure im Mund hätte.

Mit keinem Wort reagierte sie auf die Zurechtweisung, sondern fuhr fort: »Ich habe mit meinen Kollegen Lelouch und Tanguy das Appartement vom Boden bis zur Decke gründlichst durchsucht. Zusätzlich zu dem von Mademoiselle Tribolle gefundenen Kokain im Kühlschrank haben wir unter einer Matratze ein weiteres kleines Tütchen mit dem Zauberpulver entdeckt. Jasmine Blanzac hat regelmäßig Kokain konsumiert.«

Die Gäste atmeten hörbar ein und aus. Drogen an der Côte d'Azur waren ein Thema für sich mit bisher wenigen Erfolgen. Die Dienstälteste wollte gerade weitererzählen, als sich der Staatsanwalt abrupt einschaltete.

»War ja nicht anders zu erwarten. Der Kampf gegen die Drogen an der Côte d'Azur beschäftigt fast sämtliche Dienststellen der Polizei entlang der Küste. Täglich werden Drogen und Waffen konfisziert. Wie Sie alle wissen, liegt der Hauptumschlagsplatz für ganz Europa jedoch gottlob nicht in Nizza, sondern in Marseille. Uns bleiben die rivalisierenden Bandenkämpfe, die oft tödlich enden, meist erspart.«

»Monsieur Sabran-Pontevès, ich danke für den informativen Einwurf, aber auch der tut nichts zur Sache«, entgegnete Claire Dupuis bissig. »Ich komme gerne auf den Punkt, aber dann müssen Sie mich auch lassen.«

Danielle grinste in sich hinein. Hatte sie es doch gewusst, dass Claire die vorherige Zurechtweisung nicht auf sich sitzen lassen würde.

Dem Staatsanwalt kroch eine Röte den Hals hoch. Er presste seine Lippen zusammen, sein Blick ließ beinahe das

Wasser in den Vasen gefrieren. Es war so still im Raum, dass man das Tippen auf der Tastatur aus dem Sekretariat bis hierher hören konnte.

Vitoux versuchte schnell, die Situation zu entschärfen. »Ein interessantes Thema, durchaus. Was halten Sie von der Idee, einen Vortrag in unserer Dienststelle darüber zu halten?« Verstohlen tupfte sich der Dienststellenleiter den Schweiß von der Stirn, so nervös war er geworden ob der spannungsgeladenen Atmosphäre im Raum.

Der Ärger im Gesicht des Staatsanwalts verschwand, er lächelte sogar. »Ja, das kann ich gerne machen.«

Vitoux atmete hörbar auf und zog an seiner Krawatte, um den korrekten Sitz zu finden.

Jetzt konnte Claire Dupuis endlich weitersprechen, jedoch nicht ohne dem Staatsanwalt ein triumphierendes Grinsen zuzuwerfen. »Hier ist ein Foto von dem Kleid, das das Opfer in der Mordnacht trug. Schuhe und Tasche oder auch Mantel haben wir nicht gefunden, aber viele Fingerabdrücke einer weiteren Person. Die haben sich am Kopfende des Bettes, am Nachttisch, am Schreibtisch, im Badezimmer – eigentlich überall – befunden. Die müssen von jemandem stammen, der ihr sehr nahestand.«

Kommissarin Tisserand ergänzte: »Auf dem Laptop von Blanzac waren einige Mails im Posteingang, die auf einen Liebhaber hinweisen.«

»Ich kann dir sogar seinen Namen und seine Adresse sagen«, frohlockte Claire Dupuis. »Denn er hat auch einen handschriftlichen Brief hinterlassen, den wir zwischen Schreibtisch und Wand gefunden haben. Der Brief hat mir auf meine alten Tage viel Vergnügen bereitet.«

Lelouch lachte auf, verstummte jedoch sofort mit Blick auf Sabran-Pontevès. Aber als Lévy in lautes Lachen ausbrach, blieb dem Staatsanwalt nichts anderes übrig, als eine lockere, gute Miene zu zeigen. Die Spannung löste sich in befreiendem Gelächter.

Die Konferenz neigte sich langsam dem Ende zu. Als nur noch besprochen wurde, wer mit wem und mit welchen Aufgaben weiterarbeitete, standen der Staatsanwalt und der Polizeidirektor auf, um zu gehen.

Danielle hielt sie zurück. »Entschuldigen Sie, *Monsieur directeur*, aber bevor Sie gehen, bitte ich Sie um die Genehmigung für mein Team, in Paris einige Befragungen durchzuführen. Jasmine Blanzac hat in Paris an einer Schauspielschule studiert. Wir hoffen, durch Befragungen vor Ort weiter Licht ins Dunkel bringen zu können.«

»Selbstverständlich, Madame Tisserand, fahren Sie hin und kommen Sie mit Ergebnissen zurück. Ich danke Ihnen allen für den freundlichen Empfang. Monsieur Vitoux, Sie haben ein ausgezeichnetes Team!«

Als sich die beiden Herren verabschiedet hatten, wandte sich Abteilungsleiter Vitoux an Dupuis. »Das hätte tüchtig in die Hose gehen können. So etwas vergisst Sabran-Pontevès nicht, das kann ich Ihnen gleich sagen.«

»Was soll er mir denn antun? Mich kreuzigen? Anmaßende Vorgesetzte sind mir ein Gräuel! Der bräuchte mal einen Realitätscheck.«

Vitoux schnappte nach Luft. »War das etwa ein Seitenhieb auf mich?«

Claire wurde kleinlaut. »So hab ich das wirklich nicht gemeint!«

Um weitere Diskussionen zu unterbinden, wechselte Danielle abrupt das Thema. »Chef, wir würden gerne ein Frühjahrsfest für unsere Abteilung machen, um unseren schönen Innenhof einzuweihen. Sind Sie damit einverstanden?«

Vitoux grinste. Froh, den Vormittag überstanden zu

haben, antwortete er weise: »Wenn man zum Angeln gehen will, muss man auch die Freude mitbringen. Vereinbaren wir gleich einen Termin.«

# KAPITEL 16

Hauptkommissarin Tisserand fuhr mit ihrem Team nach Villecroze. Das Mordopfer Jasmine Blanzac sollte heute in ihrem Heimatort beerdigt werden. Im Auto schwörte sie Hibou und Tribolle darauf ein, auf jede Kleinigkeit zu achten. Eventuell sogar Personen, die verdächtig erschienen, zu einer Sofortbefragung zu bitten.

Um kurz vor 14 Uhr parkten sie am Friedhof. Es waren bereits sehr viele Menschen da, wie Danielle es vorausgesehen hatte. Fans, die Schilder hochhielten, auf denen stand: »Jasmine, wir lieben dich!« oder »Jasmine, wir werden dich nie vergessen!«. Auch zahlreiche Vertreter der Presse waren mit Kameras und Riesenmikrofonen angereist.

»Du hattest recht, Danielle, das ist das reinste Volksfest«, stöhnte Hibou und sah sich den Menschenauflauf an.

Seine Chefin erklärte: »Ich such den Einsatzleiter. Das geht nicht, dass all die Menschen auf den Friedhof drängen. Die Familie und Freunde sollen in Ruhe um Jasmine trauern können. Er soll den Eingang zum Friedhof absperren und nur einlassen, wer zum engsten Kreis gehört.«

Wie Lévy versprochen hatte, waren mehrere Einsatzfahrzeuge zu sehen, eines davon befand sich direkt neben der Friedhofspforte. Danielle bahnte sich einen Weg durch die aufgeregte Menschenmenge und sprach mit dem Einsatzleiter, der seinem Team sofort Anweisungen gab. Die Presse würde dennoch Mittel und Wege finden, zu einer medienwirksamen Story zu kommen, da war sie sich sicher. Allen voran dieser Matheo Blothuile. Gerade sah sie ihn neben einem Kastenwagen stehen, auf dem groß der Schriftzug seines Online-Magazins »Vue de la côte« zu lesen war. Seine obligatorische Ray-Ban-Sonnenbrille versuchte er wie ein Filmstar zu tragen, dafür fehlte ihm aber ein gewisses Grad an Grandezza. Warum er immer mit einem Halstuch gekleidet war, erschloss sich ihr nicht. Ihr innerer Kampfhund zog knurrend die Lefzen hoch.

Die Glocken der nahen Pfarrkirche Notre-Dame-de-Pitié, die im 18. Jahrhundert aus den Steinen der Gegend errichtet worden war, schallten laut über das ganze Dorf. Die heller klingende Glocke vom Campanile, der den Ort überragte, ertönte ebenfalls, und in geschwisterlicher Eintracht sangen sie das letzte Lied für Jasmine. Die Menge wurde still, und aus dem mittelalterlichen Ortskern fuhr ein Leichenwagen heran. Hinter ihm ging der Trauerzug, der kein Ende zu nehmen schien. Das ganze Dorf war auf den Beinen, um Jasmine die letzte Ehre zu erweisen.

Direkt hinter dem Leichenwagen sah Danielle den weiß gewandeten Pfarrer und dann Jasmines Mutter und Tante mit grauen, versteinerten Gesichtern. Zwischen ihnen ging der große Rémy, den sie an den Händen hielten. Oder hielten sie sich an ihm fest? Rémy bestaunte den ganzen Aufruhr, er verstand wahrscheinlich nicht, was vor sich ging. Warum hatten sie ihn nicht zu Hause gelassen? Er war hier schonungslos der Sensationsgier der Menschen ausgeliefert.

In das Geläut stimmte nun auch die Glocke der Kapelle Saint Victor ein. Die am Friedhof wartende Menge rückte zur Seite, um den Trauerzug zum Eingang durchzulassen. Jeder freie Platz zwischen den Gräbern auf dem beschaulichen Gottesacker wurde besetzt. Danielle zwängte sich mit ihren Kollegen durch die Menschenansammlung, um in die Nähe des ausgehobenen Grabes zu gelangen.

Annabelle Blanzac und ihre Schwester Florine Patenaude hatten eine stilvolle Trauerfeier vorbereitet. Als der Sarg in die Erde versenkt wurde, sang ein Mädchenchor. Die reinen Stimmen klangen berührend über den Platz, dass sogar Hauptkommissarin Tisserand die Tränen kamen. Annabelle Blanzac wankte und wurde von einem älteren Mann gestützt, der sie fest umfasste. Florine Patenaudes Schultern zuckten, vielleicht konnte auch sie ihrer Trauer nun endlich Raum geben, wenn auch nur kurz. Eine jüngere, beleibte Frau kümmerte sich um Rémy, der jetzt auch traurig wirkte. Vermutlich weil er seine Mutter und seine Tante so verzweifelt sah, dachte Danielle.

»Jasmine durfte ihre einmalige Gabe leben und in die Welt bringen. Mit ihrem außerordentlichen Können wird sie für viele unvergesslich bleiben. Aber für die Familie war sie eine ganz normale, über alles geliebte Tochter, Nichte und Schwester.« Der junge Priester ging im Folgenden auf das Schicksal der Familie ein und sagte zum Schluss: »Derjenige, der ihr in voller Absicht das Leben genommen hat, wird sein Karma empfangen. Er wird seine schwere Schuld zu tragen haben.«

Er hatte »Karma« gesagt, ein Wort, das Danielle bisher nicht im Kontext der katholischen Kirche gehört hatte. »Jasmine hinterlässt nicht nur eine Lücke, sie hinterlässt ein riesiges schwarzes Loch bei den Menschen, die ihr nahestanden.«

Danielle hörte, wie jemand, der nicht bei der Familie stand, sehr laut aufschluchzte. Sie blickte in die Richtung und bemerkte einen etwa 50-jährigen Mann in einiger Entfernung, der fast zusammenbrach. Todunglücklich hielt er sich die Hände vor das Gesicht und versuchte krampfhaft, sein Weinen zu unterdrücken. Seine Schultern bebten. War das der ominöse Liebhaber?

Die Stimme des Pfarrers drang wieder in Danielles Bewusstsein.

»Die Liebe triumphiert über den Tod, die Erinnerung gibt uns die Kraft zum Weiterleben.«

Mehrere Personen mit verschiedenen Musikinstrumenten kamen heran. Die Musikkapelle von Villecroze spielte ein letztes Ständchen für Jasmine. Alle trugen ein traditionelles Festgewand – die Frauen einen weiten Rock in den Mustern der Provence mit einer dunklen Schürze, dazu eine Bluse, die ein weißer, spitzenbesetzter Kragen zierte. Die Männer trugen schwarze Hosen und Westen, darunter ein weißes Hemd und auf dem Kopf einen schwarzen Hut. Das zehnköpfige Ensemble mit Akkordeon, unterschiedlichen Flöten, Geigen, Klarinetten, einer Posaune und einem Kontrabass spielte voller Gefühl das von dem Chansonier Jacques Brel komponierte Stück »Ne me quitte pas«.

Dazu sang ein junger Mann: »Und vergiss die Stund', die fragt nach dem Grund, warum sterben muss, ein Herz, bereit zum Kuss.«

Wer bis jetzt noch nicht geweint hatte, dem flossen nun die Tränen über das Gesicht.

Danielle schluckte die aufwallenden Erinnerungen an das Begräbnis ihrer Mutter hinunter und konzentrierte sich auf ihre Aufgabe, die Anwesenden genau zu beobachten.

Annabelle Blanzac wollte gerade die Schaufel in die bereit gestellte Erde stecken und damit den Gang der Trauernden an Jasmines Grab eröffnen, aber ihre Hand zitterte so sehr, dass es ihr nicht gelang.

Danielle sah, wie der Reporter Blothuile einem Kameramann hinter einem Grabstein in einiger Entfernung deutliche Anweisungen gab. Wollte der die Familie an Jasmines offenem Grab filmen? Die Kommissarin schoss blitzschnell durch die Menschenmenge, bis sie neben dem Chefredakteur zu stehen kam. Sie war so wütend, dass sie am liebsten ihre Zähne gefletscht hätte, so wie es ihr innerer Rottweiler gerade tat. Sie spuckte heraus: »Wenn Sie nicht sofort mit der Kamera aus dem Friedhof verschwinden, lasse ich Sie alle beide festnehmen.«

Der Kameramann hielt inne und sah verwirrt zu seinem Brötchengeber.

Dieser warf Danielle einen herablassenden Blick zu und meinte dann zu seinem Mitarbeiter: »Was ist? Mach weiter! Das ist eine einmalige Gelegenheit! Wir lassen uns doch von einer Möchtegern-Miss Marple nicht um die besten Aufnahmen bringen!«

Jetzt war es um Danielles Selbstbeherrschung geschehen. Ihre rechte Hand holte wie von selbst aus und fegte mitten in die selbstgefällige Miene Blothuiles. Mit dieser spontanen Reaktion hatte Danielle nicht gerechnet, und schon gar nicht Blothuile.

Seine Wange färbte sich rot, und er stieß aufgebracht mit dem Zeigefinger nach ihr. »Das wird Folgen für Sie haben!«, zischte er und zog mit dem Kameramann wutentbrannt von dannen.

Hibou hatte den Vorfall beobachtet und blickte Danielle mit hochgezogenen Brauen an, als sie zu ihm zurückkam. Er musste nichts sagen, denn sie fragte sich selbst, wie sie sich so hatte hinreißen lassen können.

Während die Trauergäste einer nach dem anderen an Jasmines Grab herantraten, trugen zwei Männer eine Elfenfigur aus Bronze heran. Zauberhaft ausgearbeitete Flügel zierten den Rücken, das Kleid hatte die Form einer Glockenblume, und den Oberkörper bedeckte ein vierblättriges Kleeblatt. Die Elfe hielt eine Hand hoch, darauf hatte sich ein Schmetterling niedergelassen. Sanft streichelte Florine Patenaude über das Antlitz der Statue.

Rémy riss sich von der Aufpasserin los und kam ebenfalls zur Statue, an der seine Mutter und seine Tante standen. »Ich will meine Jasmine«, rief er laut. »Ich will, dass sie wieder aufwacht!« Er stampfte wie ein trotziges Kind mit dem Fuß auf.

Annabelle Blanzac drehte sich zu ihrem Sohn und flüsterte ihm etwas ins Ohr, das ihn zu beruhigen schien.

Danielle und Hibou warteten, bis alle Gäste am Grab waren. Dann traten sie auf die Mutter und deren Schwester zu, um ihr Beileid zu bekunden, und wurden von Madame Blanzac zum Leichenmahl eingeladen.

Amarante Tribolle hatte während der Zeremonie an der Friedhofsmauer gestanden und alles vom Rand her beobachtet. Hibou und Danielle stellten sich neben sie. Tribolle wies unauffällig auf einen Mann, der an Jasmines Grab getreten war. Auch Danielle hatte ihn bemerkt. Es war derjenige, der vorhin so verzweifelt aufgeschluchzt hatte. Jetzt schienen ihm seine Beine den Dienst zu versagen, er kniete sich auf den Boden. Sein Blick fiel auf die Bronzestatue, und wieder schlug er die Hände vor das Gesicht und schluchzte erbärmlich.

Danielle hatte sich schon in Bewegung gesetzt. So leid ihr der Mann auch tat, sie musste einen Mörder finden und ihn deshalb in seinem Abschiednehmen stören. »Monsieur, ich bedauere, dass ich Sie belästigen muss. Ich habe einige Fragen an Sie. Ich bin von der Kriminalpolizei in Nizza.« Sie legte leicht die Hand an seine Schulter.

Mühsam erhob er sich, ein gut aussehender Mann mit grauen Schläfen an den vollen, korrekt geschnittenen, dunklen Haaren. Seine Augen hatten ein sanftes Graublau, das im Moment von Schmerz getrübt war, das Leben hatte feine Falten um die Augen gezeichnet. Danielle nahm ihn am Arm.

»Kommen Sie, setzen wir uns dort drüben auf die Steinbank.« Danielle holte eine kleine Flasche Wasser aus ihrer Handtasche, öffnete sie und reichte sie dem Mann, der neben ihr Platz nahm.

Dankbar griff er danach und nahm einen großen Schluck. Danach schnäuzte er sich ausgiebig in ein blütenweißes Stofftaschentuch mit eingesticktem Monogramm.

Wer legte heutzutage noch Wert auf solche Dinge, fragte sich Danielle. »Monsieur, Sie müssen Jasmine Blanzac gut gekannt haben, wenn sie so sehr um sie weinen.«

Sein Brustkorb hob und senkte sich, als er mehrmals tief durchatmete. »Darf ich mich vorstellen? Ich bin Adrian Favreau und bin, äh ... war«, er schluckte, »ein sehr guter Freund von Jassi, von Jasmine. Ich war ihr Manager und kenne ... kannte sie seit vielen Jahren.«

Danielle reichte dem Mann ihre Hand. »Ich bin *capitaine de police* Danielle Tisserand.« Sie schwieg absichtlich eine Weile und hielt dabei seine Rechte fest. In Sekundenschnelle versenkte sie sich in die Energien, die ihr entgegenvibrierten. Sie fühlte eine große Zerrissenheit, die überschattet wurde von Trauer und Hoffnungslosigkeit. Sie spürte aber auch Eloquenz und Geschäftstüchtigkeit. Danielle hatte den Eindruck, dass er ihren langen Händedruck gut aushielt, und ließ seine Hand frei, als sie keine weiteren Eindrücke mehr bekam. »Wie genau war Ihr Verhältnis zu Jasmine?«

Favreau sammelte sich. »Jasmine und ich, wir ... wir standen uns sehr nahe. Seit sie in das Filmgeschäft eingestiegen ist, war ich ihr Agent. Aber ich kenne sie schon, seit sie zehn Jahre alt war. Ich bin ein langjähriger Gefährte der Familie, ein Freund ihres Vaters.« Dann verstummte er.

Sie konzentrierte sich auf ihre nächste Frage: »Monsieur Favreau, ich verstehe, dass Sie Intimes nicht herausposaunen wollen, doch ich habe einen Ihrer Briefe an Jasmine gelesen, die Sie ihr per E-Mail geschickt haben.«

Er wurde blass, seine Augenlider flatterten. »Auch jetzt noch will ich sie schützen, Sie müssen das verstehen. Ja, wir waren ein Liebespaar. Sie war mein Ein und Alles.« Er drehte seinen Kopf zur Seite, damit Danielle seine Tränen nicht sehen konnte.

Die Hauptkommissarin musste noch weiter in ihn dringen. Diese Komponente ihres Berufes war ihr nicht angenehm, aber rührselige Emotionen waren hier fehl am Platz. Auch er konnte als Mörder infrage kommen. Danielle überlegte kurz ihr weiteres Vorgehen. Egal wie sie es anstellte, ihre nächste Frage war erbarmungslos. »Sind Sie als väterlicher Freund nicht zu weit gegangen?«

Sie hatte ins Schwarze getroffen, denn er senkte beschämt seinen Kopf. »Lange Zeit sah ich sie wie eine Nichte, aber das änderte sich irgendwann. Ich liebe sie von ganzem Herzen, habe ihr das aber nie gezeigt oder gesagt, bis sie von sich aus auf mich zukam. Ich weiß, das ist keine Entschuldigung bei unserem Altersunterschied, vielleicht hätte ich mich unserer Liebe vehement verweigern sollen.«

Danielle fragte sich, ob er abhängig von dieser Beziehung gewesen war. »Wollte sich Jasmine von Ihnen trennen?«

Favreau fing an zu zittern. »Nein, das wollte Sie nicht. Aber wenn sie es getan hätte, hätte ich sie bestimmt nicht getötet! Das wollen Sie doch damit andeuten, oder? Wie abartig ist das denn? Nie hätte ich ihr ein Haar krümmen können, ich habe Jasmine über alles geliebt!« Die letzten Worte schrie er heraus und sprang auf.

Danielle ließ ihn gehen. Waren seine Gefühle wirklich so rein, wie er sie darstellte? Dieses Rätsel würde sie heute nicht mehr lösen, denn in diesem Moment kamen Hibou und Tribolle auf sie zu.

»Chefin, wir haben versucht, ein paar der verrücktesten Fans zu befragen. Aber die haben meistens nur Unsinn erzählt.«

Fast alle Trauergäste hatten den Friedhof inzwischen verlassen. Jetzt stürmte die Presse herein und fotografierte das Grab, die Elfenfigur, die Blumen, alles, was die Quote steigern würde. Matheo Blothuile war nicht unter den Reportern. Zum Glück. Ihm wollte Danielle heute nicht noch mal begegnen.

Etliche Trauergäste hatten sich im Lokal eingefunden. Es wurde geplaudert und gelegentlich sogar gelacht. Auf einer Tafel hatte jemand liebevoll in Handschrift den traurigen Anlass der Feier kundgetan und die Speisenfolge des Menüs angeschrieben.

Danielle, Hibou und Tribolle sahen sich aufmerksam um. Neben Annabelle und Florine saßen Rémy und die junge Frau, die sich auf dem Friedhof um ihn gekümmert hatte, außerdem der Mann, der die Mutter am Grab gestützt hatte.

Florine bemerkte die Polizisten und winkte ihnen mit fahrigen Bewegungen zu. »Setzen Sie sich und machen Sie uns die Freude, mit uns zu essen.«

Diese freundliche Aufforderung konnte die Kommissarin nicht ausschlagen, außerdem stellten sie alle drei fest, dass sie sehr hungrig waren. Sie ließen sich die Vorspeise servieren: Parmaschinken und Melone mit gehobeltem Parmesan auf einem Salatbett, dazu knuspriges Baguette. Danielle machte sich schweigsam über den Schinken her, während ihre Augen wachsam über die Trauergemeinde huschten.

Plötzlich stand Rémy auf, setzte sich unter den Tisch und fing laut an zu schreien. »Ihr lügt mich alle an!«, rief er und trommelte von unten gegen die Tischplatte.

Alle Gespräche waren verstummt. Danielle sah, dass einige Reporter vor dem Restaurant neugierig durch das Fenster schauten.

»Ich will nichts mehr essen! Ich will, dass Jassi mich nach Hause bringt«, heulte Rémy mit hoher Stimme. Der große kindliche Mann legte sich auf den Boden. Seine Füße ragten unter dem Tisch hervor.

»Hibou, achtest du bitte darauf, dass keiner der Pressefritzen ins Lokal gelangt? Ich versuche Rémy zu helfen.« Danielle ging vor dem Tisch in die Hocke, zog ihr Notizbuch und einen Kugelschreiber aus der Tasche und zeichnete einen Jungen und ein Mädchen, die sich an den Händen hielten und sich anlächelten. »Schau mal, Rémy, weißt du, wer das ist?« Sie schob die Zeichnung unter den Tisch.

Das Weinen hörte schlagartig auf, und Rémys Kopf kam unter der Tischdecke zum Vorschein. Der Tisch wackelte gefährlich, ein Glas fiel um.

»Das bin ich, Rémy. Und das ist meine Jassi. Stimmt's?«

»Ganz genau, das hast du richtig erkannt. Magst du auch etwas malen und ich muss raten?«

Rémy kroch unter dem Tisch hervor und nickte begeistert. Während er noch kniete, sah er sie mit seinen wunderschönen Augen schelmisch an. Ihr brach es fast das Herz, denn dieser junge, besonders attraktive Mann hätte ein normales Leben führen sollen.

Danielle stand auf und nahm ihn an der Hand. Mit einem Seitenblick zu Annabelle sagte sie: »Wir gehen dazu am besten in den Nebenraum, da ist es ruhiger.«

Im angrenzenden Zimmer malten sie eine Weile. Rémy schien die vorherige Szene vergessen zu haben. Nachdem

Danielle ein paar seiner Zeichnungen erraten hatte, begann er mit einer neuen. Sie erkannte einen Körper und einen Kopf mit langen Haaren. Dann fügte Rémy dem Körper Brüste hinzu und fragte: »Wer ist das?«

»Jasmine«, antwortete Danielle.

»Falsch, du hast noch einen Versuch.«

»Ich?«

Rémy lachte und schüttelte den Kopf. »Nein. Du hast auch schöne Brüste, aber nicht so schöne wie meine Freundin.«

Danielle hatte ein Fragezeichen im Kopf. Wer sollte diese Freundin sein? Rémy hatte zwar den Verstand eines Kindes, aber sein Körper und damit sicher auch seine Geschlechtsorgane waren zu denen eines Mannes herangereift. Sie wollte das Thema nicht weiter vertiefen. »Jetzt bin ich wieder dran«, sagte sie und malte einen Esel, der sein Maul weit aufriss, und Rémy, der strahlend auf dem Esel ritt.

Es war schon nach 19 Uhr, als sie sich auf den Heimweg machten. Danielle saß auf dem Beifahrersitz und gähnte vernehmlich. Hibou lenkte sie sicher durch die Hügel und ausgedehnten Lavendelfelder der Provence, deren Konturen langsam in der Dämmerung verschwammen. Die Kommissarin öffnete ihr Fenster ein wenig und genoss die frische, nach Lavendel duftende Abendluft. Die Welt wirkte einladend und heimelig, wäre da nicht die Tatsache, dass ein Mörder immer noch auf freiem Fuß war.

*

Am nächsten Morgen trafen sich Danielle und Hibou im Besprechungsraum mit Vitoux zu einem Vorgespräch. In einer halben Stunde begann die Pressekonferenz. Vitoux hatte Danielle und Hibou gebeten, daran teilzunehmen. Für den Dienststellenleiter war es eine große Herausforderung, vor einer größeren Menschenmenge frei zu sprechen.

Wieder einmal hatte sein Tick ihn fest im Griff, bevor er loslegen konnte. Heute musste das Fenster daran glauben, das er mehrere Male hintereinander auf- und zumachte.

Danielle kürzte die Prozedur ab, indem sie ihn bat: »Könnten Sie das Fenster bitte offen lassen, damit frische Luft hereinkommt?«

Er räusperte sich verlegen. »Ja, natürlich. Ach, wissen Sie, diese Konferenz liegt mir schwer im Magen«, sagte er entwaffnend ehrlich. »Also, was sagen wir der Presse?«

Während Danielle antwortete, holte er ein kariertes, korrekt gefaltetes Stofftaschentuch aus der Brusttasche der Anzugjacke. Dieses legte er vor sich auf den Tisch, faltete es auseinander, um es dann Bügelkante auf Bügelkante tadellos wieder zusammenzulegen und es zurück in das Sakko zu stecken. Er atmete erleichtert auf.

Danielle kam nicht umhin, ihn erneut aus der Fassung zu bringen. »Chef, ich muss Ihnen etwas beichten«, setzte sie mit zerknirschtem Gesicht an.

»Um Himmels willen, was ist denn jetzt schon wieder geschehen?« Er seufzte und forderte sie mit einer ungeduldigen Handbewegung zum Weitersprechen auf.

Hastig berichtete sie: »Wir waren gestern auf der Beerdigung von Jasmine Blanzac in Villecroze. Das war das reinste Volksfest, unerträglich, die Presse und die Massen von Fans. Während die Mutter am Grab fast zusammengebrochen ist, hat dieser erbärmliche Chefredakteur Blothuile versucht, sie zu filmen. Und da ist mir die Hand ausgerutscht, leider mitten in sein Gesicht.« Während sie erzählte, kochte die Wut wieder in ihr hoch. »Hibou, du hast das schändliche Benehmen auch mitbekommen!«

Hibou, die Eule, sah von seinem Bericht, den er über den gestrigen Ermittlungstag schon geschrieben hatte, hoch, drehte seinen Kopf in gemäßigtem Tempo von Danielle zu Vitoux und blinzelte dabei genau einmal mit den Augen. Dann verzog er seine Lippen zu einem gefälligen Schmunzeln. »Ja, Chef, dieser Blothuile kennt keinen Anstand. Kann sein, dass er sich heute in der Pressekonferenz laut über uns beschwert.«

Vitoux atmete tief durch und schüttelte den Kopf. Er holte sein Taschentuch erneut heraus, um sich damit den Schweiß von der Stirn zu tupfen. »Sehen Sie, ich bekomme schon Schweißausbrüche von all der Aufregung. Madame Tisserand, was soll ich nur mit Ihnen machen? Ich kann Ihnen nur das heutige japanische Sprichwort aus meinem Kalender ans Herz legen: ›Wer ruhig leben will, darf nicht sagen, was er weiß, und nicht glauben, was er hört.‹ Und jetzt müssen wir los, die Konferenz beginnt gleich.«

Mit diesen Worten machten sie sich auf den Weg. Danielle konnte nur hoffen, dass nicht wieder ihr interner Vierbeiner zu bellen und zu beißen anfing.

Sie traten durch die doppelflügelige Tür zum großen Konferenzraum, der bis zu 100 Leute fassen konnte. Die Hälfte der Stühle war besetzt, eine Welle der Erregung schlug ihnen entgegen. Der Tod von Jasmine Blanzac schien für die französische Presse ein gefundenes Fressen zu sein.

Vitoux eröffnete stotternd die Zusammenkunft. »Meine Damen und Herren, äh … wie ich sehe, sind Sie heute zahlreich erschienen. Äh … ich verstehe das Interesse am Fall der ermordeten Jasmine Blanzac, die auf, äh … ungewöhnliche Weise zu Tode gekommen ist.« Zügig übergab er das Wort an Kommissarin Tisserand.

Jetzt richteten sich alle Augen auf Danielle, die Kameras klickten und surrten. Während sie auf Fragen der Presseleute wartete, konzentrierte sie sich auf ihre Körpermitte, um sich nicht aus der Fassung bringen zu lassen.

Eine junge, selbstbewusste Blondine in der vordersten Reihe stand eilig auf. Sie hatte ihr teures Mobiltelefon auf Aufnahme gestellt und hielt es Danielle entgegen. »Madame Tisserand, ich bin Ava Richardot und komme von ›Le Monde‹ aus Paris. Können Sie uns bitte den Tathergang schildern und uns sagen, welche neuen Erkenntnisse Sie gewonnen haben?«

Danielle nickte freundlich grüßend und begann zu erzählen. Während sie sprach, entdeckte sie in einer der letzten Sitzreihen den Reporter Matheo Blothuile. Er starrte mit einem durchdringenden Blick in Röntgenqualität zu ihr. Es wurden weitere Fragen gestellt – zum Glück keine kontroversen –, aber Blothuile hielt sich zurück. Danielle trank einen Schluck Orangensaft und gab ihrem Kollegen ein Zeichen. Sie wusste von anderen Konferenzen, wie umsichtig Hibou in solchen Situationen war.

Er schien nervös zu sein. Danielle erkannte es daran, dass er zweimal in seinem Hibou'schen Lento die Hände zu Fäusten ballte und wieder öffnete und dabei gleichzeitig seinen Kopf im 180-Grad-Radius von links nach rechts drehte.

Ein leises Lachen war zu vernehmen, das aber sofort verstummte, als er zu reden begann.

»Meine Damen und Herren, Ihre Arbeit ist für die Information der Öffentlichkeit ungemein wichtig, und dafür danken wir Ihnen sehr. Aber wie Sie wissen, sind laufende Ermittlungen immer brisant. Man muss genauestens überlegen, was man sagt, um die Ermittlungen nicht zu behindern. Ich bitte Sie dahingehend um Ihr Verständnis.«

Danielle war sehr stolz auf ihren Assistenten. Seine Diplomatie würde auch ihr manches Mal gut zu Gesicht stehen.

Hibou ignorierte das aufkommende Gemurmel im Saal und sprach weiter. »Eine Tasche des Opfers und Schuhe werden noch gesucht. Hier ist ein Foto der Tasche, das gerne veröffentlicht werden kann.«

Ein korpulenter Mann in altmodischem Anzug stand auf. Mit freundlicher Miene sagte er: »Guten Tag. Mein Name ist Arthur Peronniet und ich komme von der Zeitung ›Nice-Matin‹. Madame Tisserand, ich verfolge Ihre Arbeit seit Jahren. Sie haben schon viele schwere Fälle gelöst und sind mir ans Herz gewachsen, wenn ich das so sagen darf. Ich habe eine persönliche Frage.«

Was jetzt wohl kommt, fragte sich Danielle. Sie war auf der Hut.

»Madame, wie nahe gehen Ihnen Ihre Fälle, vor allem dieser?«

Vitoux schaltete sich ein. »Wie Sie es selbst sagen, diese Frage ist persönlich und nicht relevant für diesen Fall. Bitten Sie Madame Tisserand dafür um ein Interview.«

Danielle sah dankbar zu ihm, beantwortete dann aber die Frage des Herrn. »Monsieur Peronniet, eine Kommissarin ist auch nur ein Mensch. Natürlich lassen mich die Todesfälle nicht kalt, vor allem nicht das Leid der Hinterbliebenen. Darum bitte ich Sie alle, die Familie nicht in den Schmutz zu ziehen und sie nicht zu belästigen.«

Matheo Blothuile sprang von seinem Stuhl hoch, der dabei fast umgefallen wäre. Er konnte nicht mehr an sich halten. »Sie brauchen sich hier nicht als Rächerin der Trauernden aufzuspielen. Die Presse und die Öffentlichkeit haben das Recht, nachzuforschen. Außerdem weiß man nie, wie die Familie involviert ist. Ihre Reaktion gestern ging eindeutig zu weit! Ich habe Sie angezeigt.«

Plötzlich entstand Tumult. Alle fragten gleichzeitig: »Was, wie? Wir bitten um eine Erklärung!«

Danielle knirschte mit den Zähnen. »Monsieur Blothuile, Sie haben sich gestern trotz Verbot während der Beerdigung des Opfers auf den Friedhof geschlichen. Sie wollten den schlimmsten Moment filmen, als die Mutter am Grab ihrer Tochter zusammenbrach. Das hat nichts mit seriöser Recherche zu tun, sondern nur mit Sensationsgier und Quotensteigerung! Das geht über das Anständige und Mitmenschliche weit hinaus. Ich entschuldige mich in aller Form bei Ihnen, dass mir die Hand ausgerutscht ist, das war nicht korrekt, und Sie haben das Recht, mich deshalb anzuzeigen. Ich hindere Sie nicht daran, Ihre Anzeige aufrechtzuerhalten. Meine Damen und Herren, wir sehen uns nächste Woche wieder.« Damit rauschte sie aus dem Saal.

Vitoux sagte noch ein paar abschließende Worte, die jedoch im Radau untergingen.

*

Danielle freute sich auf den Segeltörn mit Raymond am heutigen Sonntag. Die Jacht seiner Familie lag im großen Jachthafen von Santa Lucia in Saint-Raphaël an der Küste von Fréjus. Die »Ange d'or« war eine CNB Bordeaux 60, fast 90 Meter lang und exklusiv eingerichtet. Raymond wollte heute mit ihr an der Küste entlangschippern und hatte sie gebeten, feste Schuhe, eine winddichte Jacke, eine Sonnenbrille, Sonnencreme und ein Käppi mitzunehmen.

Um 8 Uhr holte Ray Danielle ab. Als sie in sein Auto stieg, nahm er ihre Hand und hauchte einen Kuss darauf. »*Chérie*, ich freue mich so auf diesen Ausflug mit dir. Das Wetter ist ideal für einen kleinen Segeltörn. Ich hab uns auch einen Lunch vorbereitet.« Er zeigte zum Rücksitz, wo ein großer Picknick-Korb mit klappbaren Deckeln aus geflochtener Weide stand.

Er lenkte seinen Mercedes sicher durch Nizza hindurch auf die A8 Richtung Cannes und Saint-Raphaël. Die Fahrt dauerte eine Stunde. »Übrigens habe ich einen Skipper bestellt. Du sollst den kleinen Törn genießen und nicht nur von mir über die Jacht gescheucht werden.«

Insgeheim war Danielle erleichtert, denn sie hatte keine Ahnung vom Segeln. »Ray, wenn ich mal besonders viel freie Zeit habe, würde ich gerne einen Segelkurs machen. Was sagst du dazu?«

Er lachte ein tiefes, fröhliches Lachen. »So in 20 Jahren? Die Idee finde ich super!«

Sie stimmte in sein Lachen mit ein.

Das Département Var zeigte sich heute von seiner besten Seite. Typisch waren die braun-roten Felsen aus Porphyr, die sich zu Gebirgen auftürmten. Die Frühlingssonne ließ das Erdrot terracottafarben leuchten. Links von ihnen hatten sie eine prächtige Aussicht auf das Meer, das sich je nach Wolkenfülle am Firmament türkisblau, aquamarinblau oder schieferblau präsentierte. Die jetzt schon kräftige Sonne färbte das Grün der Bäume und der Macchia in satte Farbtöne. Die vom Wind gebeugten Pinien neigten sich der Erde zu.

Danielle konnte nicht widerstehen und öffnete das Fenster. Wie herrlich das roch! Nach Meer, nach Erde, nach Pinien … Sie atmete tief ein, die Anstrengung der Woche fiel von ihr ab. Voller Freude beugte sie sich zu ihrem Freund und küsste ihn auf die Wange.

Er hielt ihre Hand, während sie über einen schmalen, ausgelegten Steg aus edlem Teakholz das Deck der Jacht betraten. Ray erklärte, dass er bereits gestern mit Claude, dem Skipper, das Schiff und das Equipment überprüft hatte, nachdem sie es zu Wasser gelassen hatten. Das sei notwendig, um keine bösen Überraschungen auf dem Meer zu erleben. Zum Beispiel, dass eine Winde klemmte oder das Steuer nicht funktionierte, da das Schiff länger nicht mehr bewegt worden war. Den Winter über stand es bei den Labrousses in einer eigens dafür gebauten Schiffsgarage.

Der Luxus dieses Schiffes überwältigte Danielle. Die Jacht hatte vier Kabinen, drei Baderäume, eine mit allen Finessen ausgestattete Pantry und einen großzügigen, lichtdurchfluteten Salon in dunklem Mahagoniholz. Stolz zeigte Ray ihr die doppelten Steuerräder, da das Schiff über doppelte Ruder verfügte, und den über 28 Meter hohen Mast, während Claude alles zum Ablegen vorbereitete.

Dann endlich fuhren sie hinaus Richtung Saint Tropez. Raymond öffnete eine Flasche Champagner, und während Claude das Schiff navigierte, nahmen sie auf dem Deck im abgesenkten Cockpit auf den bequemen Kissen Platz und stießen mit Kristallgläsern an.

Der Wind wehte Ray einige Haare aus der ansonsten immer stramm anliegenden Frisur. Er sah aus wie ein Pirat, was Danielle sehr gefiel. Sie band sich ihre Locken zu einem Pferdeschwanz zusammen und setzte ihr Käppi auf. Die Unruhe der Woche fiel endgültig von ihr ab und sie konnte den Fall Jasmine Blanzac loslassen. Die Sonne zog ihre Bahn und malte dabei leuchtende Bilder auf die tanzenden Wellen, der Wind auf dem offenen Meer schob den reinen Sauerstoff heran.

Wie hatte man je Sorgen haben können, Unmut, Aufregung, Ärger, Angst und Wut? Draußen auf dem Meer bat Ray den Skipper, den Lunch vorzubereiten. In der Zeit bediente er zusammen mit Danielle das Ruder. Sie konnte verstehen, warum manche Menschen sogar nach einer Weltumsegelung nicht von ihren Schiffen herunterzubringen waren.

# KAPITEL 17

Dieser Tag war einer derjenigen, der einen den Glauben in die Welt, in das Gute vergessen lassen konnten. Schon früh am Morgen rumorte der Vater in seinem Bett und schrie nach seiner Frau. Gott sei Dank hatte das Bett auf allen Seiten Gitterstäbe, sodass er nicht allein herausklettern konnte. Vor einiger Zeit, als sie diese Vorkehrung noch nicht getroffen hatte, war er mitten in der Nacht durchs Haus gegeistert, einmal durch das Dorf geirrt.

Sie war so müde, unglaublich müde. Wie lange würde das noch so weitergehen? Wieder ertappte sie sich bei dem Gedanken, dass sie sich fragte, wann ihr Vater sterben würde. Gleichzeitig schämte sie sich dafür, so etwas zu denken. Im Internet hatte sie gelesen, dass Familienangehörige, die Demente betreuten, an die Grenzen ihrer Belastbarkeit kamen und die Frage nach dem Ende normal sei. Das war leicht dahingesagt, aber wenn man sich insgeheim wünschte, dass der eigene Vater bald starb, fühlte man sich schrecklich! Noch schrecklicher als ohnehin, denn die Demenz bedeutete nicht nur, dass das bisherige Leben für den Kranken vorbei war, sondern auch für die Person, die sich rund um die Uhr mit der Pflege des Kranken betraut hatte.

Erneut drang ein lautes Heulen aus dem Zimmer des Vaters zu ihr. Sie grub sich aus ihrem Bett und suchte nach ihren Pantoffeln. Der Morgen war kühl, die sternenklare

Nacht hatte die Kälte in die Provence und auch in ihr Herz gebracht. Wie sollte dieser Tag ein guter werden?

»Marie«, weinte ihr Vater nach seiner verstorbenen Frau.

Vielleicht sollte sie den Pflegedienst doch jeden Tag kommen lassen, nicht nur dreimal die Woche. Die ganze Situation wuchs ihr über den Kopf. Am liebsten hätte sie sich wieder hingelegt und sich das Kissen über die Ohren gehalten. Doch sie raffte sich auf und ging ins Schlafzimmer des Vaters.

Er saß aufgelöst in seinem Gitterbett, die Tränen liefen ihm über die Wangen. Seine Windel, ohne die er nicht mehr auskam, hatte er von sich gerissen. Es roch nach Urin.

»*Papa, c'est bon. Je suis là*. Es ist gut, ich bin ja da, Papa!«

Erschrocken schaute er sich um, er konnte nicht sofort zuordnen, aus welcher Richtung ihre Stimme gekommen war.

»Ich bin's, deine Tochter. Sch, sch«, besänftigte sie ihn. »Komm, wir waschen dich jetzt, und dann gibt es dein Lieblingsfrühstück, Haferbrei. Schön süß, so wie du es magst.« Sie beruhigte mit diesen Worten nicht nur ihn, sondern auch sich selbst, gaukelte sich einen normalen Alltag vor, den es seit drei Jahren nicht mehr gab.

»Wo bleibst du denn? Warum bist du so lange weg? Wie ist das Wetter?« Diese drei fast normalen Fragen erschütterten sie mehr als sein verwirrtes Verhalten, das er vorher gezeigt hatte. Von einem Moment auf den anderen aktivierte sich bei ihm aus unerfindlichen Gründen manches Mal dieses Gebaren, das den Anschein von Normalität erweckte.

Doch nichts war normal. Ihre Antwort hatte er zwei Sekunden später schon wieder vergessen. Sie klappte die Gitter an der einen Seite des Bettes herunter und zwang sich zu einem Lächeln. Er konnte ja nichts dafür, nicht das Mindeste.

Er wurde ruhiger und lächelte sie mit klaren Augen an. Dann streichelte er ihren Arm und sagte: »Ich bin so froh, dass ich dich hab!«

Sie half ihm aus dem Bett, und gemeinsam wankten sie in das kalte Badezimmer. Sie setzte ihn in die Dusche. Schnell duschte sie ihn ab und seifte ihn ein. Heute ließ er alles mit sich geschehen, doch das war oft anders, da wehrte er sich mit Händen und Füßen. Das Saubermachen würde sie in Zukunft dem Pflegedienst überlassen.

Jetzt saß er frisch gewindelt, in sauberer Kleidung und mit gekämmten Haaren am Frühstückstisch und stierte auf seinen Frühstücksbrei. Anfänglich hatte er noch selbst essen können, doch mittlerweile wusste er nicht mehr, was er mit dem Besteck machen sollte.

Sie nahm den Löffel und fütterte ihn liebevoll. »Papa, den Haferbrei habe ich mit frischer Milch und viel braunem Zucker gemacht, so wie du ihn liebst.«

Zum Glück kam heute die Gemeindepflegerin vorbei. Es gab zwei Frauen, die sich abwechselten. Von den beiden bevorzugte sie die ältere, denn sie ging behutsam und geduldig mit ihrem Vater um. Sie selbst musste heute dringend in den Weinberg. Die Reben trieben aus, wollten ihren Halt bekommen und ihren Dünger. Seit Jahrzehnten war die Weinherstellung die große Leidenschaft ihrer Familie, und auch sie liebte diese Aufgabe. Vor allem seit ihr Vater krank war, war sie froh, dass sie in den Weinberg gehen und den schweren Alltag mit dem Vater hinter sich lassen konnte. Wenn sie im Weinberg arbeitete, fühlte sie sich stolz und verbunden mit ihren Ahnen, die schon immer den guten *Domaine de Sacreterre* angebaut hatten. Einmal, vor vielen Jahren, war der Wein ihrer Familie sogar prämiert worden.

Es klingelte. Ihr Frühstück hatte sie kaum beendet, aber

sie wollte nur noch raus an die frische Luft. Seit drei Jahren war das Lebendige, die Freude, die Leichtigkeit aus dem Haus ausgezogen. Eigentlich noch länger, seit ihre Mutter vor sieben Jahren gestorben war.

# KAPITEL 18

Danielle wartete mit ihrem Chef Vitoux im Vorzimmer des Büros von Staatsanwalt Sabran-Pontevès. Er hatte Hauptkommissarin Tisserand auf 10 Uhr zu sich bestellt, und Vitoux hatte es sich nicht nehmen lassen, sie zu begleiten. Der Staatsanwalt hatte seine Arbeitsräume im Gerichtsgebäude »Palais de Justice« am Place du Palais de Justice. Es war bereits zehn Minuten über die vereinbarte Zeit. Seine Sekretärin hatte sie gebeten, sich zu gedulden, der Herr Staatsanwalt habe noch ein wichtiges Telefonat zu führen.

Danielle war nicht wohl in ihrer Haut. Sabran-Pontevès hatte ihr per Mail nicht nur den Termin, sondern auch den Grund dafür angekündigt. Es ging um die Anzeige von Chefredakteur Blothuile. Warum nur hatte sie sich nicht im Griff gehabt? Sie beschloss, in Zukunft kontrollierter zu sein, auch wenn es nicht ihrem Naturell entsprach.

Vitoux hüstelte nervös neben ihr, er schien aufgeregter zu sein als sie selbst. Er versuchte krampfhaft, seine Hände ruhig zu halten. Hier war kein Tisch, auf dem er Gegenstände zurechtrücken konnte. Als er es nicht mehr aushielt, holte er das seidene Einstecktuch seiner Anzugjacke heraus und faltete es auf seinem Schoß auf und wieder zusammen. Er betrachtete das Ergebnis seiner Handlung, faltete es noch mal auf, strich es glatt und legte es wieder zusammen.

»Kann ich Ihnen einen *café* anbieten?«, fragte die Sekretärin höflich.

Vitoux schüttelte den Kopf.

Danielle nickte. »Ja, für mich gerne einen kleinen Schwarzen mit Milch und Zucker, bitte.«

Die Tür zum Büro des Staatsanwaltes ging auf. »Madame Tisserand, kommen Sie bitte«, forderte er sie auf. »Monsieur Vitoux, mit Ihnen habe ich nicht gerechnet. Braucht die Kommissarin einen Aufpasser? Das wäre auf dem Friedhof in Villecroze angebracht gewesen. Dann kommen auch Sie mit.«

Danielle und Vitoux setzten sich auf die Besucherstühle vor den Schreibtisch des Staatsanwalts. Die Einrichtung seines Büros zeigte einen guten Geschmack mit einer deutlich maskulinen Note. Gerade Formen, dunkle, edle Hölzer, glänzender Stahl. Alles sehr aufgeräumt und übersichtlich.

»Wie Sie wissen, hat der Reporter Matheo Blothuile eine Anzeige gegen Sie erstattet«, begann Sabran-Pontevès. »Er behauptet, Sie hätten ihn tätlich angegriffen und er fühle sich in seiner Arbeit als Journalist behindert. So etwas geht nicht, Madame Tisserand! Haben Sie sich nicht im Griff?«

Danielle kam es so vor, als ob er ihr nun jene unliebsame Situation vor drei Jahren heimzahlen konnte. Damals war sie ihm in einer größeren Sitzung vor wichtigen Vertretern der Polizei vehement entgegengetreten, da sie seine Sicht der Dinge nicht geteilt hatte.

Sei diplomatisch, mach es wie Hibou, sagte sie sich.

Doch bevor sie antworten konnte, schaltete Vitoux sich ein. »Monsieur Sabran-Pontevès, Madame Tisserand ist eine sehr tüchtige Hauptkommissarin, wir sollten uns hinter sie stellen, weil sie für ihre Arbeit lebt. Madame, erklären Sie sich bitte! Der Herr Staatsanwalt möchte bestimmt wissen, was tatsächlich vorgefallen ist.«

Sabran-Pontevès nickte wohlgefällig. Die Sekretärin kam mit dem Kaffee und stellte ihn vor Danielle.

Die Hauptkommissarin nahm kurz einen Schluck davon und antwortete: »Monsieur Sabran-Pontevès, ich versuche so sachlich wie möglich die Fakten darzulegen. Dazu muss ich ein bisschen ausholen, denn besagter Matheo Blothuile versucht leider immer wieder, die Arbeit der Kripo im Allgemeinen und meine Person im Speziellen zu diskreditieren. Er veröffentlicht unerlaubt Fotos meiner Person, bringt die Öffentlichkeit gegen uns auf. Übrigens habe ich mich bei der letzten Pressekonferenz offiziell bei ihm entschuldigt, aber das hat ihm scheinbar nicht gereicht.«

»Madame, bleiben Sie an besagtem Tag!«, unterbrach der Staatsanwalt sie.

Danielle kam ins Schwitzen, das war ja fast wie auf der Anklagebank. Ihr interner Vierbeiner knurrte leicht und wollte sich schon aufrichten. Sie atmete tief durch. »Der feine Redakteur hat trotz Verbotes während der Beerdigung versucht, die Mutter am Grab ihrer Tochter zu filmen, im sensibelsten Moment, in dem sie zusammenbricht. Abgesehen davon, dass das moralisch verwerflich ist, kann das schwerwiegende Folgen für die Familie haben. Mutter und Tante von Jasmine Blanzac kümmern sich um den geistig schwer beeinträchtigten Zwillingsbruder Rémy. Was, glauben Sie, passiert, wenn durch den Bericht des Online-Magazin die Erziehungskompetenz der beiden Schwestern angezweifelt wird? *Pardon*, aber da sind mir einfach die Sicherungen durchgebrannt.«

Vitoux schaltete sich ein. »Zur Info: Letztes Jahr mussten wir eine einstweilige Verfügung gegen diesen Reporter erwirken, er hat Madame Tisserand am Grab ihrer Mutter in einem intimen Augenblick fotografiert.«

Der Staatsanwalt hatte sich alles ruhig angehört. »Hm, eigentlich hätten Sie eine Abmahnung verdient. Was denken Sie, wie oft ich schon gerne jemandem eine reingehauen hätte?« Zum ersten Mal zeigte er Persönliches von sich. Seine Arroganz wich plötzlich einer unsicheren Freundlichkeit. »Nun ja, ich werde diesen Herrn Redakteur zu mir bitten. Sie kommen auch dazu. Vielleicht können wir Waffenstillstand schließen. Was meinen Sie?« Seit langer Zeit fragte er sie wieder einmal nach ihrer Meinung.

Vitoux kam ihr zuvor. »Das, finde ich, ist eine ausgezeichnete Idee.«

Danielle nickte. »Ich danke Ihnen von Herzen, Herr Staatsanwalt.« Das war ehrlich gemeint.

Zurück in den Räumen der Kriminalpolizei warteten ihre zwei Kollegen in ihrem Büro auf sie.

Die Polizeikommissaranwärterin Tribolle hatte heute ein wenig Make-up aufgetragen und die Lippen mit einem zarten Lipgloss geschminkt. Ihre Augen glänzten, sie wirkte munter und weniger unsicher.

Hibou hatte zwar wie üblich sein kariertes Hemd an, trug dazu aber eine modische Jeans. Er roch sogar nach einem unaufdringlichen Aftershave, was noch nie vorgekommen war. Außerdem war er beim Friseur gewesen, die Haare an den Seiten waren kurz geschoren. Tribolle schien in Hibous Gegenwart viel entspannter, und er entwickelte einen natürlichen Charme, den Danielle bisher nicht von ihm kannte. Er wirkte wesentlich lockerer und machte kleine Scherze, die die neue Mitarbeiterin zum Lachen brachten.

Danielle schmunzelte. Wie sich diese Beziehung wohl weiter gestalten würde?

Hibou hatte nach der möglichen Tatwaffe recherchiert. Er erläuterte konzentriert die Ergebnisse. »Wie Professor Déjan festgestellt hat, war diese Waffe ein einläufiges Gewehr mit dem Kaliber 12/70. Unser Waffenbeauftragter Abel Roudouin hat mir weiterhelfen können.« Er strich sich seine Stirnhaare aus den Augen. »Steht die Kaliberangabe 12/70 auf der Waffe, ist klar, dass es sich um eine Flinte im Kaliber 12 mit einem Patronenlager für Hülsen mit 70 Millimeter Länge handelt.«

Danielle nahm eine Flasche Wasser, holte drei Gläser und schenkte ein. »Mach weiter.«

»Bei einem Kaliber von 12/70 beträgt der Durchmesser der Schrotkugeln 3,5 Millimeter und jedes Schrotkorn wiegt ein Viertel Gramm. Wie wir von Professor Déjan erfahren haben, befinden sich in einer Patrone mit 30 Gramm Schrot genau 118 Kugeln. Er hat davon im Körper des Opfers 73 Stück gefunden. Wir müssen unbedingt die Gendarmerie einsetzen, um den Ort zu finden, an dem die restlichen 45 Bleikugeln herumliegen. Dann haben wir wahrscheinlich unseren Tatort.«

Danielle schüttelte resigniert den Kopf. »Das wissen wir doch schon. Das zieht sich alles wie ein alter Kaugummi! Tasche, Morgenmantel, Schuhe, Handy, Schrotkugeln – bisher wurde nichts davon gefunden.« Unter dem Schreibtisch zog sie heimlich ihre Sabots von den Füßen. Heute trug sie welche aus Holz und weichem hellbraunen Rindsleder. Sie polterten, als sie von den Füßen fielen. »Das war kein Stein, der mir vom Herzen fiel. Das passiert erst, wenn wir eines dieser begehrten Objekte gefunden haben.« Sie forderte Hibou mit einer Handbewegung zum Weitersprechen auf.

»Ich habe mit Hilfe von Abel nach einläufigen älteren und neueren Flintenmodellen recherchiert. Es gibt die Fabrique Nationale Lüttich Modell 98, Baujahr ungefähr 1960, mit einer Lauflänge von 61 Zentimetern.« Er sah mit der Langsamkeit seiner inneren Eule in die Runde, ob er denn noch die Aufmerksamkeit des Publikums für dieses trockene Thema hatte.

Danielle machte wieder nur eine bittende Handbewegung. Sie hätte jetzt gerne ihre Füße auf dem Schreibtisch abgelegt.

»Von den Waffenwerken Brünn gibt es ebenfalls ein Modell aus dem Jahr 1960 mit einer Lauflänge von 60 Zentimetern.« Hibou griff nach seinem Glas und nahm einen Schluck Wasser. »Roudouin hat mich noch auf eine Remington hingewiesen, eine einläufige Waffe mit Baujahr 1973.«

»Puh, vielen Dank, Hibou, für die gründliche Recherche. Bitte kümmere dich darum, dass die Gewehrläufe aller Modelle, die infrage kommen könnten, mit dem Abdruck auf Jasmines Körper verglichen werden. Und Tribolle berichtet uns ihre Erkenntnisse draußen unter der Platane, während wir einen *café* trinken. Was haltet ihr davon?«

Auf der Bank unter dem Baum fasste Tribolle zusammen, was auf Jasmines Laptop gefunden worden war. Zahlreiche Texte, die sie für die jeweiligen Filmszenen lernen musste, zwei andere Drehbücher, wahrscheinlich Angebote für neue Filme. Im Browserverlauf ließen sich ihre Interessen zurückverfolgen. Sie hatte ihre Bio-Kosmetik online bestellt und sich ausgiebig über Tierschutz informiert. Aber auch über die Therapie von Menschen mit geistiger Behinderung.

Die Kommissarin nickte zufrieden. »Ist das alles?«

Tribolle verneinte, ihr Kaffee war mittlerweile kalt geworden. »Eines, was ich beim Durchsuchen des Computers entdeckt habe, finde ich besonders interessant.« Sie sah aufgeregt von einem zum anderen. »Jasmine hat ihrem Bruder seit dem Unfall vor rund 20 Jahren immer wieder Briefe geschrieben, diese aber nie abgeschickt. Man könnte die Briefe als ihr Tagebuch sehen, denn sie waren so verfasst, als ob ihr Bruder geistig in der Lage wäre, ihre darin festgehaltenen Gedanken zu verstehen. Sie hat oft ihre innersten Gefühle und Ängste beschrieben, auch über die Filme berichtet, die sie gerade drehte.«

Danielle wurde neugierig. »Das klingt spannend. Schick mir bitte das File mit diesen Briefen. Was würde ich nur ohne euch tun?«

Die beiden freuten sich über das Lob ihrer Chefin und strahlten sich glücklich an. Erklang da nicht leise ein Liebeslied?

# KAPITEL 19

Was hatte er getan? Was hatte er ihr nur angetan? Dass ihre Liebe verdammt war, hatte er stets tief in sich gefühlt. Jetzt war für alle Ewigkeiten Schluss damit. Diese Erkenntnis war in den letzten Tagen bis in den hintersten Winkel seiner Seele gesickert, und eine tiefe Hoffnungslosigkeit hatte sich seiner bemächtigt. Ein Leben ohne sie konnte er sich nicht vorstellen, und jetzt war sie tot, von einem Tag auf den anderen. Er hatte sie für immer verloren, und er konnte die Tatsache, dass er die Verantwortung dafür trug, nicht vor sich verleugnen. Seine Schuld wog so schwer, dass die Dämmerung, die ihn seit ihrem Tod umhüllte, nicht von ihm wich. Die Sonne schien vom Himmel, aber in seinem Herzen war dunkelste Nacht. Da glitzerte nicht der kleinste Stern, kein trüber Mond, der vage einen Weg beleuchtete. Da war finsterstes Schwarz, das ihn aufzufressen drohte.

Niemals mehr würde er ihr Gesicht in seinen Händen halten, nie mehr die Rundung ihrer Hüften mit seinen Händen nachzeichnen können. Nie mehr ihr heiteres Lachen vernehmen, den Blick ihrer liebevollen Augen spüren. Es fühlte sich an, als wäre er in einer der trockensten Wüsten vom Weg abgekommen und müsste nun für den Rest seines Lebens darin herumirren, ohne jemals einen Ausweg zu finden. Er spürte einen körperlichen Schmerz, der ihn sich krümmen ließ, der ihm die Kraft aus den Beinen saugte und ihm seine Lebenskraft nahm. Ohne sie war das Leben nur ein Dahinvegetieren. Hätte er doch niemals den ersten Kuss getan, nie mit ihr geschlafen.

Er hatte sie allein gelassen. Die einzig logische Konsequenz wäre, ihr in den Tod zu folgen. Nur so konnte er seine Pflicht nachholen, die er versäumt hatte, als sie noch am Leben gewesen war. Vielleicht gab es im Jenseits die Hoffnung auf ihre ewige Liebe. Das war sein einziger Trost, dass in den Räumen des grenzenlosen Universums ein Paradies für sie und ihn bereitstehen würde.

Schon mehrmals war er zu ihrem Grab gefahren, aber dort fühlte er die Leere in sich noch intensiver. Ein Erdacker, in dem Jasmines Hülle lag. Nur der Anblick der bronzenen Elfe erleuchtete seine Dunkelheit ein bisschen. Warum nur war er so selbstsüchtig gewesen, auf unwesentliche Dinge fokussiert, hatte an dieser Liebe gezweifelt? Die Zweifel waren nicht von ihr gekommen, sie waren in seinem Inneren herangereift. Das war der Anfang vom Ende gewesen, damit hatte er den negativen Kräften ein Tor geöffnet.

Er hatte sich eines der Gewehre seines Vaters besorgt auf dessen Landsitz in der Dordogne. Sein Vater war leidenschaftlicher Jäger und beherbergte auf dem Landsitz eine Sammlung von Jagdwaffen. Adrian hielt es für eine gerechte Strafe, ebenfalls durch den Schuss eines Gewehres zu sterben.

Seine großzügige Wohnung lag in Sainte-Maxime mit Blick auf den Jachthafen. Er verspürte keine Freude mehr, wenn er das Meer sah, und die vielen Menschen, die auf den Straßen fröhlich ihr Leben lebten, gaben ihm jetzt das Gefühl, dass er nicht mehr zu der Welt der Lebenden, der Genießenden, der Bejahenden gehörte. Er zog die Vorhänge aller Fenster zu. Er wollte allein sein, die Welt aus seinem Herzen reißen, wenn er dem Todesengel gegenüberstand und seine Quittung akzeptierte.

Das Gewehr in der Segeltuchtasche wartete seit einigen Tagen darauf, seine Dienste zu leisten, einen Schuss abzugeben, der sein Leben beenden würde.

Adrian nahm das Gewehr heraus und setzte sich auf sein breites Bett, auf dem er in den letzten Monaten so oft mit ihr gelegen hatte. Weinend kniete er sich auf die Matratze. »Noch einmal deinen Duft riechen«, murmelte er vor sich hin und drückte seinen Kopf in das Kissen, auf dem Jasmine gelegen war, als sie sich zum letzten Mal körperlich geliebt hatten.

Dann setzte er sich an den Rand des Bettes, stellte das Gewehr senkrecht auf den Boden und hielt es sich unter das Kinn, einen Finger hatte er um den Abzug gelegt. Plötzlich sah er Jasmines wunderschönes Gesicht vor sich, sie schaute ihn traurig an. Entsetzt warf er das Gewehr polternd zu Boden und holte sich ein weiteres Glas Whisky, er hatte heute schon eine Flasche geleert.

Das Bett und die Waffe lockten wieder, nur gut, dass er gelernt hatte, mit dem Gewehr umzugehen. Er legte sich auf das Bett. Vor seelischer und körperlicher Erschöpfung schlief er ein, den glänzenden Lauf des Gewehres aus Walnussholz hatte er an sich geschmiegt.

So fand ihn am nächsten Tag die Zugehfrau.

# KAPITEL 20

Danielle hatte eine unruhige Nacht. In ihren Träumen war Sabran-Pontevès zum Riesen mutiert. Hinter ihm verbarg sich der feixende Matheo Blothuile, er reichte dem Staatsanwalt nur bis zu den Knien. Sabran-Pontevès sah sie mit strengen Augen von oben herab an und ermahnte sie mit einer tiefen Stimme, deren Vibrationen sie im Innersten spürte: »*Contenance, madame, contenance.*« Der Redakteur hinter ihm warf sich unterdessen auf den Boden und lachte wie irre.

Dieses Lachen und die Worte des Staatsanwalts hatte sie noch im Kopf, als der Wecker klingelte. Das allein war Grund genug, die *contenance* zu verlieren. Konzentriert machte sie 16 Yoga-Sonnengrüße vor weit geöffnetem Fenster. Die Morgenkühle trieb ihr die letzten Traumgespenster aus dem Kopf und sie fühlte sich gleich viel besser.

Fast jeden Morgen telefonierte sie mit Raymond. Auch heute klingelte zuverlässig ihr Handy, als sie ihr Frühstück, Kaffee und Banane, zu sich nahm.

»*Chérie*, hat der Staatsanwalt dich leben lassen?«

»Ja, hat er. Wärst du ansonsten zum Palais de Justice und hättest ihm gezeigt, wo der Hammer hängt?«

Ihre Antwort ließ ihn schallend lachen. »Das hätte ich mit links geschafft. In meiner Jugend habe ich Jiu-Jitsu gemacht und irgendwann den Meistergrad erreicht. Seitdem darf ich den schwarzen Gürtel tragen. Mit mir legt man sich lieber nicht an. Ich kann dir meinen Keikogi zeigen.«

»So, deinen Keikogi! Den will ich unbedingt sehen! Legst du mich dann auf die Matte?«

Sie alberten noch eine Weile herum, während Danielle sich auf den Weg zu ihrem Peugeot machte. »*Bisou*, Kuss, wir sehen uns am Samstagabend bei Gérards Geburtstagsfeier.«

*

Auf dem Flur der *Crim* lief Danielle eine aufgeregte Tribolle entgegen.

»Wir haben einen Anruf bekommen. Monsieur Adrian Favreau hat heute Nacht versucht, sich das Leben zu nehmen.«

Danielle beruhigte sie. »Tribolle, *contenance.*« Ha, wer war sie denn, dass sie Besonnenheit verlangen konnte? Sie, die Königin der Beherrschtheit! Aber man durfte sich von der Hektik der Arbeitswelt nicht anstecken lassen, genauso wenig wie von sensationsgierigen Reportern, da hatte der Herr Staatsanwalt schon recht gehabt. »Also lebt er? Ist er bei Bewusstsein? Liegt er im Krankenhaus?«, feuerte sie ihre Fragen nun ebenfalls wenig gelassen auf Amarante ab.

Die atmete tief durch und schüttelte ihren Pony. »Ja, er ist bei Bewusstsein. Und er ist im Moment in einer Psychiatrischen Klinik hier in Nizza. Seine Putzfrau hat die Polizei alarmiert. Mehr weiß ich nicht. Sollen wir ihn besuchen?«

Danielle nickte. »Gib Hibou Bescheid, er soll auch mitkommen. Wir nehmen heute einen Dienstwagen.«

Die Psychiatrische Klinik *Centre Hospitalier Sainte-Marie* lag im Norden Nizzas. An der Information fragten sie nach Adrian Favreau und verlangten ein Gespräch mit dem behandelnden Arzt. Sie wurden in den zweiten Stock geschickt.

Oben angekommen, suchten sie das Zimmer mit der Nummer 228. Als sie klopften, kam keine Antwort, aber Danielle hatte auch kein fröhliches »Herein« erwartet. Sie traten dennoch ein. Das Zimmer war sehr geräumig und eingerichtet wie eine Suite. Adrian Favreau hatte wohl eine teure Krankenversicherung abgeschlossen. Er lag erschöpft und bleich in seinem Bett, die Augen geschlossen, ein verzweifelter Zug um seinen Mund. Auch er schien um Jahre gealtert. War das die Sühne für eine begangene Tat? Tribolle hatte die Kopie des von der Polizei verfassten Kurzberichtes im Aufzug überflogen und flüsterte ihrer Chefin und ihrem Kollegen zu: »Er wollte sich mit einem Gewehr erschießen, einem Jagdgewehr.«

Das musste der Kranke gehört haben, denn er schlug die Augen abrupt auf. Sie wirkten wie erloschene Sterne, er schien mit Beruhigungsmitteln vollgepumpt zu sein. Mit einer schwerfälligen Bewegung winkte er die Kommissarin an sein Bett. »Madame, das ist die gerechte Strafe, dass ich ohne Jasmine weiterleben muss. Leider hatte ich nicht den Mut, mein Leben zu beenden.« Eine einzelne Träne quoll aus seinem rechten Auge und suchte sich ihren Weg die eingefallene Wange hinab. Er wischte sie nicht weg.

Wie sollten sie vorgehen, wie erfahren, ob er schuldig war? »Monsieur Favreau, man hat sie mit einem Gewehr im Arm gefunden. Wo haben Sie das her?«

»Es gehört meinem Vater.«

»Sie jagen nicht, Monsieur?«

Er schüttelte den Kopf. »Ich verabscheue die Jagd, wie

ich es verabscheue, dass mein Vater so viel Leidenschaft dafür hegt.«

»Aber Sie haben jederzeit Zugang zu den Waffen Ihres Vaters?«

Er drehte seinen Kopf weg von ihr, blickte aus dem Fenster und sprach nicht mehr weiter.

Der behandelnde Arzt kam herein und fragte verärgert: »Was machen Sie hier? Niemand hat Ihnen erlaubt, den Patienten zu befragen! Lassen Sie ihn in Ruhe!«

Der Moment der Wahrheitsfindung war vorbei, die Chance vertan. Der Arzt winkte sie harsch aus dem Zimmer.

Danielle ging gerade zur Tür hinaus, als Favreau krächzte: »Ich habe sie nicht umgebracht, nicht so, mit einem Gewehr. Aber vielleicht habe ich sie durch meine Liebe getötet.«

Danielle schloss die Tür hinter sich und erinnerte den jungen Arzt Dr. Santini, so der Name auf dem Schild an seinem Kittel, an seine Pflicht: »Monsieur *Docteur*. Ich weiß, dass Sie der Schweigepflicht unterliegen, aber sollte Monsieur Favreau erzählen, dass er einen Mord begangen hat, müssen Sie mich umgehend informieren.«

»Madame, das ist mir klar. *Au revoir*, auf Wiedersehen, und viel Erfolg bei Ihren Ermittlungen.«

Im Auto gab die Kommissarin konkrete Anweisungen: »Bitte findet heraus, was genau vorgefallen ist. Befragt auch die Zugehfrau, die ihn gefunden hat. Beschlagnahmt Favreaus Gewehr. Wir müssen überprüfen, ob es die Tatwaffe sein kann.«

# KAPITEL 21

Kaum hatte Danielle am Montagmorgen ihr Büro betreten, klingelte das Telefon auf ihrem Schreibtisch.

»Bonjour, Tisserand hier.«

»*Salut, ma chou*, meine Süße, ich bin's.« Claire Dupuis' raue Stimme drang durch den Hörer.

»Hast du eine Kamera in meinem Büro installiert, *ma colombe*, meine Taube, oder woher weißt du, dass ich gerade eben zur Tür hereingekommen bin?«

»Brauche ich nicht, ich habe starke Antennen«, lachte Claire. »Deine Taube, die mit dem nicht so schlanken Hals, hat zufällig aus dem Fenster gesehen, als du auf den Hof gefahren bist.«

»Was gibt's? Soll ich der Herrscherin der SpuSi ein wenig huldigen?«

»Das darfst du gerne, wenn dir danach ist.« Claire zündete sich eine Zigarette an, man hörte das Klicken des Feuerzeugs und den tiefen Zug, den sie tat. »Und danach erzähle ich dir vom Tatort, den haben wir nämlich gefunden«, sagte sie beiläufig.

Danielle musste sich setzen. »Was? Das ist ja großartig, endlich ein Fortschritt! Meine Huldigung bekommst du später, versprochen!«

Die Chefin der SpuSi ließ ihr unverkennbares Lachen ertönen, das in einem Husten ausklang. »Einer der Gendarmen, die am Fundtag im Einsatz waren, ist am Sonntagnachmittag aus Vergnügen noch einmal dort in den Bergen herumspaziert, und zwar mit einem Metalldetektor. Dann hat der Detektor plötzlich gepiepst und siehe da, vor ihm lagen etliche Bleikugeln. Seit gestern Abend bin ich also mit meinem Team dort zugange und habe 38 dieser begehrten Kugeln gefunden. Wir haben sie mit den bisherigen verglichen, sie stammen aus derselben Waffe. Und manche weisen sogar Blanzacs DNA auf. Sind wir gut oder sind wir gut?«

Die Hauptkommissarin hatte unbewusst den Atem angehalten und stieß ihn jetzt laut aus. Das waren sensationelle Neuigkeiten! »Warum hast du mich nicht gleich gestern informiert? Ich saß zu Hause sowieso am Schreibtisch!«

»Ich wollte dir nicht dein verdientes Wochenende verderben. Lelouch und Tanguy sind noch zugange, falls du dir den Tatort ansehen möchtest.«

»Ja, und ich werde Tribolle und Hibou mitnehmen. Die müssten demnächst zur Teambesprechung kommen.«

»Übrigens, die neuesten Informationen von Vitoux weißt du noch gar nicht: Unser Frühlings-Platanenfest findet am kommenden Freitag ab 18 Uhr statt. Rosalie organisiert es mit den beiden Auszubildenden Blanchefleur und Ghislaine und schreibt uns an, wenn wir etwas mitbringen sollen.«

Danielle stieß vor Freude einen kleinen Juchzer aus. Dann fügte sie an: »Und Hibou, Tribolle und ich sind nächste Woche drei Tage in Paris. Lévy hat die Dienstreise genehmigt, ohne zu murren.«

Auf der Fahrt zum Tatort teilte die Kommissarin auch ihrem Team mit, dass es kommende Woche nach Paris gehen würde.

Amarante Tribolle geriet für ihre Verhältnisse außer sich vor Freude. »Zum ersten Mal werde ich wirklich in einen Fall involviert. Bisher durfte ich meistens nur die Berichte schreiben. Aber ich kann mehr!«

Hibou sah durch den Rückspiegel zu ihr. »Da wurdest du aber ziemlich unterschätzt.« Er wandte den Blick gar nicht mehr von ihr ab, und Danielle befürchtete schon, dass er demnächst von der Straße abkommen würde.

Die Angesprochene errötete, ein breites Lächeln erhellte ihr Gesicht.

Danielle hatte sich die Koordinaten von Claire geben lassen und in ihr Handynavi eingegeben. Hinter Mandelieu-la-Napoule fuhren sie in die gebirgige Region der Maure Vieil. Ab und an sah man eine der knorrigen Korkeichen, deren Schälung mittlerweile gesetzlich geregelt war. Nach drei Kilometern bogen sie von der nicht gerade gut ausgebauten Straße rechts ab auf einen noch schmaleren Weg. Kurz darauf entdeckten sie Tanguy und Lelouch, die auf sie warteten. Sie lehnten an einem Auto und rauchten eine Zigarette.

»Madame Tisserand, fahren Sie noch ungefähr zwei Kilometer weiter den holprigen Weg entlang, bis Sie auf den abenteuerlustigen Entdecker der Kugeln treffen«, wies Tanguy sie an. »Er ist extra für Sie noch einmal hergekommen und erwartet Sie.«

Lelouch kicherte.

Wie kleine Buben, dachte Danielle, nur Unsinn im Kopf. »Vielen Dank, ihr beiden, dass ihr sogar am heiligen Sonntag eurer Chefin geholfen habt. Und noch was: Lasst die Zigarettenkippen niemals im offenen Gelände liegen. Bitte mitnehmen und nachsehen, dass auch nicht der kleinste Brand schwelt.«

Die zwei nickten ertappt und machten sich dann auf den Weg zurück nach Nizza. Am Nachmittag wollten sie mit Claire und einem speziellen UV-Licht noch einmal herkommen.

Auch Hibou fuhr weiter bis zu einer Lichtung, auf der ein Auto der Gendarmerie stand. Als sie ausstiegen, erkannte

Danielle, dass es der junge Mann war, der ihnen am Tag, als die Leiche gefunden wurde, das Frühstück vom Bäcker geholt hatte. Sie hielt ihm die Hand hin. »Wir kennen uns. Sie sind Kamil, stimmt's?«

Er ergriff ihre Hand und salutierte beinahe. »*Oui*, Madame. Ich bin Kamil Taieb. Ich habe damals mit meinen Kollegen den Fundort der Leiche abgesichert.«

Er führte sie einen Pfad hinauf, der sich für Danielles Sabots kontraproduktiv zeigte. Sie wateten durch hohe Gräser und krochen unter bizarr aussehenden blätterlosen Baumgespenstern hindurch, die mit wolligen Flechten bewachsen waren. Der junge Gendarm ging auf einen großen viereckigen Stein zu, der höher war als er und auf dem ein weiterer, zerklüfteter Stein in derselben Größe ruhte. Er hatte die Form eines Pferdekopfes, wenn man seiner Vorstellungskraft Raum ließ. Die Morgensonne beschien die unwirkliche Szenerie, das Gestein leuchtete kupferfarben und war von Gräsern umgeben. Das Gelände war weitläufig mit einem gelben Band abgesperrt, auf dem in schwarzer, dicker Schrift stand: »*Ligne de police. Ne pas traverser.*« – »Polizeiabsperrung. Übertreten verboten.« Dahinter schloss sich ein ansteigendes Geröllfeld an, auf der große und kleinere Steine wie hingeworfen dalagen, dazwischen wuchsen vereinzelte Baumgestrüppe. Danielle hatte den Eindruck, auf einem fremden Planeten gelandet zu sein.

»Hier hat mein Metalldetektor angeschlagen.« Kamil zeigte gewissenhaft auf eine platt getretene Fläche vor dem Doppelstein.

Vorsichtshalber verlangte sie nach den Schuhüberziehern und bat auch ihre Kollegen, diese anzulegen. Dann streifte sie sich die Gummihandschuhe über, die Hibou ihr reichte, und gab sich ihrem detektivisch-meditativen Zustand hin.

Mit kleinen Schritten umrundete sie den Steinturm, der einen Durchmesser von zwei Metern hatte. Ein leichter Wind trug den Duft der nahen Kiefern, des Meeres und nach Erde heran. Danielle schnupperte aufmerksam und befühlte den Stein, der sich auf der sonnenabgewandten Seite kalt und abweisend präsentierte. Die anderen hörte sie nicht mehr.

Sie verließ den abgesperrten Bereich, zog Schuhe samt den Überziehern aus und stieg vorsichtig über Steine und Grasbüschel zu dem Geröllfeld. Ein ruhiger und schöner Platz, dachte Danielle. Gott sei Dank kann nicht einmal der Tod die Natur verunglimpfen. Entweihen gewiss, aber die Natur bleibt bestehen. Ihre detektivischen Antennen waren weit in den kriminalistischen Äther hin ausgerichtet. Sie ließ sich führen, dachte nicht länger nach, sondern spürte.

Nach einer Weile kehrte sie zurück und schlüpfte in die Schuhe und die Plastikfüßlinge. »Wo genau haben Sie die Bleikugeln aufgespürt, Kamil?«

Dieser traute sich nicht heran ohne Spurenschutz um seine Schuhe. Hibou reichte ihm die Plastiküberzieher, die er dankend entgegennahm und rasch anzog.

»Madame, sehen Sie, direkt hier.« Er deutete auf die platt getretene Stelle vor dem Doppelstein. »Die Bleikugeln lagen verstreut in einem Umkreis von einem Meter, etwa hier.«

Danielle ging darauf zu und begab sich in die Hocke.

»Hier also hat der Täter die Flinte in kürzester Entfernung auf Jasmine Blanzac gerichtet und skrupellos abgedrückt.« Unwillkürlich fiel ihr Blick auf einen kleinen Stein am Boden, der von der Sonne angeleuchtet wurde und kupferfarben schimmerte. Oder war das getrocknetes Blut? Danielle beugte sich noch näher an den Stein. »Hibou, sieh mal her. Ist das Blut, oder täusche ich mich?«

Ihr Assistent holte aus den Tiefen seines Mantels eine Lupe und hielt sie nahe an den Stein. Jetzt waren deutlich tropfenförmige Muster einer getrockneten, rötlich-braunen Substanz zu erkennen. »Könnte tatsächlich Blut sein«, antwortete er. »Wenn wir Glück haben, stammt es von unserem Opfer. Was bedeutet, dass …«

»Dass das Opfer auf dem Boden gesessen haben muss und der Täter vor ihr kniete«, ergänzte Tribolle aufgeregt.

Danielle starrte auf den Stein. Vor ihrem inneren Auge sah sie eine vor Angst erstarrte Jasmine, die im Angesicht des Todes um Gnade bettelte. Der Lauf der Flinte war unerbittlich auf sie gerichtet. Der Täter hinter der Flinte blieb Danielle verborgen. Ihr war, als röche die Luft plötzlich nach Schweiß und Blut.

»Danielle?«

Hatte Hibou etwas zu ihr gesagt? Die Hauptkommissarin löste sich aus ihrer Trance. »Was ist, Hibou?«

»Wir müssen das Blut der SpuSi melden. Soll ich das übernehmen?«

Sie nickte wortlos, immer noch erschüttert von den inneren Bildern. Sie setzte sich und lehnte sich mit dem Rücken an den großen Stein, schloss die Augen, die Geräusche der Natur drangen auf sie ein, in einiger Ferne hörte sie Hibou telefonieren. Ein Vogel zwitscherte, in der Nähe krabbelte ein kleines Tier im trockenen Gras. Ihre Hände befühlten den Boden. Was war das? Mit einer ihrer Fingerspitzen berührte sie etwas kleines Kaltes. Sie öffnete die Augen und entdeckte eine weitere der noch fehlenden Bleikugeln.

Tribolle hatte sie genau beobachtet. Als sie erkannte, was Danielle in der Hand hielt, sagte sie: »Wenn von 45 Stück, die nicht in Jasmines Körper waren, mit dieser Kugel 39 Stück gefunden wurden, fehlen noch sechs.«

Auf dem Rückweg nach Nizza wollte Danielle in Cannes auf dem Gelände der Filmfestspiele einen Zwischenstopp einlegen. Tribolle fragte sie nach dem Grund dafür.

Danielle antwortete: »Ich will die Welt von Jasmine besser verstehen, und zu der gehört nicht nur ihre Familie, sondern auch die Filmwelt. Keine Ahnung, nenn es Intuition. Und der folge ich immer, sagen wir, fast immer.« Sie sah zur Rückbank, die junge Mitarbeiterin nickte.

Als sie in Cannes auf dem Boulevard de la Croisette fuhren, suchten sie in Höhe des »Palais des festivals et des congrès« nach einem Parkplatz, was sich als fast unmöglich erwies. Die Stadt, die ansonsten beschaulich wirken konnte, begann sich für die kommenden Filmfestspiele herauszuputzen. Sie beschlossen, die Sonderparkkarte der Kripo ins Fenster von Hibous Renault zu legen und unorthodox zu parken. Zulieferer, aber auch Touristen, die den Aufbau für die Filmfestspiele vor dem Palais fotografierten, wuselten durcheinander. Das Gebäude lag direkt am Meer, und rings herum waren bereits Stände mit weißen zeltähnlichen Abdeckungen aufgebaut.

Sie gingen durch eine Glasüberdachung auf das Festivalgebäude zu, das auf den *Vieux Port*, den Alten Hafen blickte. Der großzügige Bau vereinte hellen Beton mit einer großen Glasfassade. Über dem Eingang prangte ein riesiges Plakat, das die Filmfestspiele ankündigte. In der Mitte der goldene Palmzweig. Eine breite Treppe, die mit einem roten Teppich ausgelegt war, führte zum Eingang hinauf.

»Leute, lasst uns über den roten Teppich schreiten. Wer weiß, ob wir diese Gelegenheit noch einmal in unserem Leben bekommen«, witzelte Danielle. Dann kam ihr ein trauriger Gedanke: Jasmine Blanzac wird diesen Aufgang nie wieder beschreiten können.

Am unteren Ende der Treppe zog sich der Teppich noch

100 Meter weiter und umrundete das Palais an sämtlichen Nebeneingängen vorbei. Das war die Show-Meile, auf der die Filmstars promenierten, um von Fotografen und Schaulustigen fotografiert zu werden.

Danielle, Tribolle und Hibou stiegen mutig über eine Absperrung und gingen auf den Haupteingang zu. Kaum waren sie an dem roten Teppich angelangt, kam ein Sicherheitsmann auf sie zu und hielt sie an.

»Sind Sie autorisiert, das Festivalgebäude zu betreten?«, fragte er harsch und drückte seine breite Brust heraus. Mit dieser Haltung präsentierte er leider auch seinen nicht gerade kleinen Bauch.

Danielle schaute Hibou auffordernd an.

Der verstand sofort und sagte diplomatisch: »Monsieur, wir sind von der Kriminalpolizei in Nizza und ermitteln in einem Mordfall. Das schließt den Besuch des »Palais des festivals et des congrès« unbedingt mit ein. Jedenfalls ist es gut zu wissen, dass die Sicherheit hier an erster Stelle steht und niemand unbemerkt in das Gebäude gelangt.«

Der Security-Mann prüfte ihre Dienstausweise, dann winkte er sie durch. Der Eingangsbereich öffnete sich zu einer weiten, hellen Halle, die von massiven Quadersäulen getragen wurde. Licht gelangte durch die mehrere Stockwerke hohe Glasfassade herein. Glänzende Marmorböden verstärkten das luxuriöse Ambiente, das für die Französische Riviera kennzeichnend war. Sie gingen eindrucksvolle breite Treppen hinauf bis in den ersten und zweiten Stock, wo weite Korridore zu vielen großzügigen Räumen führten. Danielle wusste, dass hier auf unglaublichen 35.000 Quadratmetern Platz für Veranstaltungen war. Die Säle nannten sich unter anderem »Les Ambassadeur«, »Rotonde Riviera«, »Salon Estérel« oder »Hall Méditerranée«. Das Herzstück aber war das »Auditorium Louis Lumière«, ein riesiges Theater mit 2.309 mit rotem Samt bezogenen Sitzen. Die moderne Theatertechnik erlaubte es, simultan in sechs Sprachen zu übersetzen.

Danielle setzte sich auf einen der Sitze im Auditorium, die anderen taten es ihr nach. Die Opulenz machte sie sprachlos, doch dachten sie auch an Jasmine, die hier Triumphe hätte feiern können. Alles vorbei, nichtig! Der Tod hatte gesiegt über das Leben. Oder war es ihm doch nicht möglich, über das Leben zu siegen?

Kurzzeitig versank Danielle wieder in ihren Dämmerzustand, wo immer das auch war, vielleicht in den Universen der Meisterdetektive. Hatte Jasmine Blanzacs Tod mit der Welt des Films zu tun? Es schien ihr, als rücke eine Antwort darauf in weite Ferne. War Neid auf ihre Begabung das Motiv?

Eine Stunde, nachdem sie das Festival-Gelände betreten hatten, machten sie sich endgültig auf den Rückweg nach Nizza. Sie hatten einen Eindruck von der glamourösen Filmwelt bekommen, jedoch keine neuen Erkenntnisse gewonnen.

*

Die Woche verging, ohne dass Danielle und ihr Team wesentlich vorankamen mit der Aufklärung des Mordes an Jasmine Blanzac. Am Freitag startete pünktlich um 18 Uhr die Abteilungsfeier der *Crim*. Sekretärin Rosalie und die zwei Auszubildenden Blanchefleur und Ghislaine hatten ein stimmungsvolles Ambiente im Innenhof geschaffen, auch Madame Vitoux hatte in den letzten Stunden mitgeholfen. Danielles Beitrag waren frisch gekochte Artischocken und eine selbst gemachte Mayonnaise, die Raymond auf ihre Bitte hin für sie zubereitet hatte.

Rechts neben der Platane, die sich in ihrem frischen Frühjahrskleid herausgeputzt hatte, stand eine lange Tafel, die mit einer bunten Tischdecke, vielen kleinen Glaswindlichtern und kleinen Blumentöpfen dekoriert war. Rustikale Weingläser glänzten in der Abendsonne, dekantierter Rotwein, kühler Weiß- und Roséwein standen in Glaskaraffen ebenfalls bereit. Und für jeden war bereits ein Teller mit provenzalischem Muster auf den Tisch gestellt worden. Die Tafel reichte bis an eine mannshohe Mauer, an der sich Wein entlangrankte. Rosalie hatte ihn vor Jahren hier angepflanzt, und inzwischen verlieh er dem Hinterhof ein bisschen Heimeligkeit. Ein Paravent, an dem Efeu hochwuchs, sollte den Bereich zum übrigen Hof abgrenzen, aber die Garagen mit den Dienstfuhrwerken waren trotzdem noch zu sehen. Vor dem Paravent war das *buffet* bereitgestellt worden. In der Platane hingen Lichter, die einladend leuchteten. Etwas abseits war eine kleine Musikanlage mit zwei Lautsprechern und einem Verstärker aufgebaut.

Danielle konnte es kaum erwarten, das verführerisch duftende Kalbsfrikassée, das Madame Vitoux zubereitet hatte, zu probieren. Außerdem gab es eine Käseplatte mit Oliven und Feigensenf, Couscous- und Kartoffelsalat, eine Quiche mit Spinat und Crème fraîche, eine Quiche mit Brokkoli und Karotten, und als Desserts lockten *Éclairs au chocolat*, eine Erdbeer-Vanille-Tarte und frisch gebackene *Chaussons aux abricots*, mit Aprikosenmarmelade gefüllte Teigtaschen. *Ficelles*, sehr dünne Brotstangen mit Walnüssen, und Baguette mit Speck und Zwiebeln waren zum Zugreifen einladend in einen großen Korb geschichtet.

Außer Madame Vitoux waren keine Angehörigen anwesend. Das hatten sie gemeinsam so beschlossen, damit die Kollegen einmal ein Fest unter sich hatten. Denn die jährliche Weihnachtsfeier fand stets im großen Kreis statt.

Alle nahmen nun an der langen Tafel Platz: Monsieur und Madame Vitoux, Rosalie, die Sekretärin der Abteilung, mit den beiden Auszubildenden Ghislaine und Blanchefleur, dann Claire Dupuis, die Chefin der Spurensicherung, mit ihrem Mitarbeiter Tanguy, Lelouch war noch unterwegs. Außerdem der Waffenbeauftragte Abel Roudouin, der für das Sondereinsatzkommando zuständige Sébastian Gidan und Danielle mit ihrem seit heute wieder vollzähligen Team Hibou, Tribolle und Ribotti. Jean Ribotti wurde herzlich begrüßt. Er machte momentan auf Danielles Anraten die Ausbildung zum Polizeikommissar in Saint-Cyr-au-Mont-d'Or bei Lyon. Als Ehrengast war Professor Déjan, der Leiter der Gerichtsmedizin, eingeladen. Er war auch ein wichtiger Kollege der *Crim*, denn ohne seine Befunde könnte die gesamte Abteilung einpacken.

Er tauchte soeben auf, freundlich alle Mitarbeiter begrüßend. »Madame Tisserand, welche Freude, Sie hier anzutreffen. Ich habe mich schon den ganzen Tag auf Sie gefreut. Sie sehen aus wie Botticellis Frühling, so frisch und wunderschön«, salbaderte der unverbesserliche Galan.

Soeben wurden alle Anwesenden zu ihren Plätzen gebeten. Danielle saß neben Claire Dupuis und Amarante Tribolle. An deren Seite hatte sich Hibou platziert.

Vitoux stand an der Stirnseite und hielt ein Glas Rotwein in der Hand, an das er nun vorsichtig mit dem Messer klopfte. »Liebe Kollegen, werter Herr Professor, meine geliebte Frau Nadine. Mein täglicher Weisheitsratgeber sagt heute: ›Wo man nehmen will, muss man auch geben.‹ Nach Laotse.« Vitoux räusperte sich. »Welch passendes Motto zu unserem heutigen Frühlingsfest.«

Claire Dupuis polterte dazwischen: »Die Weisheit des Tages scheint mir vor allem an Autoritätspersonen gerichtet zu sein.«

Der Chef zuckte zusammen und verspritzte ein wenig Rotwein auf die Tischdecke, ließ sich ansonsten aber nicht aus dem Konzept bringen. »Ähm, ja. Bedanken möchte ich mich bei Rosalie, Ghislaine, Blanchefleur und meiner Frau.« Er deutete mit einer anerkennenden Geste in Richtung der Genannten. »Sie haben diesen Platz so einladend gestaltet und sich um das Büfett gekümmert. Lassen Sie uns anstoßen auf weitere, fruchtbare Zusammenarbeit und auf äh … ein baldiges Ergebnis der momentanen Ermittlungen. Madame Tisserand, äh … möchten Sie noch etwas sagen?«, fragte er, nun doch etwas fahrig geworden.

Danielle stand auf. Da alle ihr Glas in der Hand hielten, hob sie auch ihr eigenes hoch. *»À notre santé!«* Sie nahm einen tüchtigen Schluck von ihrem Rosé. »Auf uns alle und auf einen wunderschönen Abend!«

Alle waren erleichtert, sich keine weitere Rede anhören zu müssen, und stürmten zum Essen.

In diesem Moment fuhr ein Dienstwagen in den Hof, und Lelouch sprang heraus. Aufgeregt rannte er in Richtung der Festtafel und stolperte dabei über die Kabel, die zur Musikanlage und zu den Lichtern führte. Aber das tat seinem Eifer keinen Abbruch. Er schwenkte eine durchsichtige Plastiktüte mit einem Flip-Flop darin vor sich hin und her. »Schaut mal, was ich hier habe«, schrie er überdreht.

»Ist das ein Schuh von Jasmine?«, fragte Danielle.

»Möglich«, antwortete Claire, die über den Fund bereits informiert war. »Unser Trüffelschweinchen Lelouch hat heute auf dem Maure Vieil Beute gemacht. Ein weiterer guter Grund für unsere *fête*! Nicht wahr? Und jetzt lasst uns endlich beginnen und einmal nicht an Mord und Totschlag denken!«

Es wurde eine ausgelassene Party. Sogar Vitoux erzählte eine lustige Geschichte nach der anderen, seine Frau lachte am lautesten darüber. Sébastien Gidan spielte auf seinem Akkordeon mitreißende Lieder, und Hibou beobachtete mit argwöhnischen Augen, wie Lelouch sich an Amarante Tribolle heranpirschte. Als er die Gefahr für nicht mehr hinnehmbar einschätzte, ergriff er die Initiative, ging auf Tribolle zu und fragte: »Liebste Amarante, darf ich dich zu einem Tanz auffordern?« Er verbeugte sich zuvorkommend, wenn auch etwas langsam, und reichte ihr gemächlich seine Hand, bevor ein anderer ihm zuvorkam.

»Sehr gerne, Michel.« Tribolle strahlte ihn an.

Lelouch wusste nicht, wie ihm geschah, war er doch gerade von der Eule ausgestochen worden.

Die beiden tanzten fast eine halbe Stunde lang und plauderten dabei angeregt miteinander. Danach führte Hibou seine Kollegin zu den Desserts und legte ihr das Gewünschte auf einen Teller. Amarante Tribolle hatte nur noch Augen für Michel Hibou, und der zeigte sich charmant wie noch nie.

Auch Danielle ließ sich um einen Tanz bitten, jedoch von Professor Déjan. Er entpuppte sich als eleganter Tänzer, der sie zu einem Slowfox geschickt lenkte.

Danielle genoss den Abend sehr, auch Vitoux wagte ein Tänzchen mit ihr, und nacheinander wurde sie von fast jedem männlichen Gast aufgefordert. Sogar Claire schob sich zu einem Tango mit Sébastien Gidan über das alte Pflaster. Sébastian war etwas kleiner als die kompakte Claire, dennoch lieferten die beiden eine unterhaltsame Show. Sie umkreisten einander, klopften beim *Taconeo* mit dem Schuhabsatz auf den Boden. Er führte sie mit großem Geschick und sie drückte ihn an ihren großen Busen. Die Zuschauer johlten und applaudierten vor Begeisterung.

Michel Hibou und Amarante Tribolle standen in der einkehrenden Dunkelheit in einer unbeleuchteten Ecke an der Mauer. Danielle grinste in sich hinein, als sie sah, wie die neue Kollegin sich an Michels Schulter lehnte und er den Arm um sie legte. Schon dafür hat sich das Frühjahrsfest gelohnt, dachte Hauptkommissarin Tisserand beschwingt.

Die noch junge Platane schien das Einvernehmen und die Ausgelassenheit der unter ihr sitzenden Menschen zu genießen. Als dann auch noch Édith Piafs Stimme erklang und alle laut ihr berühmtestes Lied »Non, je ne regrette rien« mitsangen, war sie selig.

# KAPITEL 22

Der Morgen danach war das Schlimmste, aber unvermeidlich. Sie musterte den Mann, mit dem sie gestern Nacht unterwegs gewesen war und der sie mit in seine Wohnung genommen hatte. Das Tageslicht offenbarte seine gewöhnlichen Gesichtszüge, welche die Nacht gnädig verborgen hatte. Gestern Abend war da noch Zuneigung gewesen, aber jetzt widerstrebte ihr dieser Mann. Wie kam sie aus dieser Nummer wieder heraus?

Er schlug die Augen auf und betrachtete sie mit selbstzufriedenem Blick. »*Ma chère*, wie geht es dir nach dieser Nacht?«, fragte er. Er strich über ihre langen dunklen Locken und wollte seine Hand weiter über ihre Brüste wandern lassen.

Sie wandte ihm brüsk ihren Rücken zu und entzog sich somit seinen Blicken und Händen.

Er gab nicht auf, griff wiederum nach ihrer Linken und legte diese zügig auf seinen Penis, der sich gierig aufgerichtet hatte. »Möchtest du nicht noch mal in seinen Genuss kommen? Er hat dich heute Nacht doch recht glücklich gemacht«, gurrte er.

»Nein, Baptiste, ich muss los. Ich habe gleich einen Termin«, log sie. Warum geriet sie so oft in Situationen dieser Art? Am Abend fand sie die Männer attraktiv, aber am Morgen danach nur noch abstoßend. Wenn ihre Mutter wüsste, in welchen Betten sie sich herumtrieb – ihre Haare würden auf der Stelle grau werden. Sie nahm ihre Kleidung, die vor dem Bett auf dem Boden lag, und zog sich schnell an.

Baptiste jammerte: »Aimé, du kannst mich und vor allem ihn doch nicht so stehen lassen!«

»Ich bleibe nie zum Frühstück! Es gibt keine Morgen-Schäferstündchen mit mir.« Ungerührt zog sie ihre teuren Designer-Sneakers an und sah auf ihn herab. »Vielleicht sieht man sich ja wieder mal«, sagte sie.

»Du bist die grausamste Frau, die ich kenne!«

Sie stolzierte zur Schlafzimmertür, ihre vollen Haare schwangen um ihre Schultern hinab bis zur Hüfte.

Er rief ihr hinterher: »Nicht mal einen Abschiedskuss gibst du mir? *Merde*!« Er sprang auf, lief ihr nach, drehte sie zu sich herum und versuchte sie zu küssen.

Doch sie drehte ihren Kopf zur Seite, sodass er nur ihre Wange traf. »*Adieu*, Baptiste«, sagte sie ungerührt und eilte den Gang entlang.

Als sie in ihr knallrotes Mini-Cooper-Cabrio stieg, das ihr Vater ihr erst vor einem halben Jahr gekauft hatte, seufzte sie. Für einen Moment saß sie nur da und sah aus dem Autofenster. Der Pariser Verkehr rumpelte an ihr vorbei. Die Wohnung ihres nächtlichen Liebhabers lag zwar im mondänen Stadtteil Marais, aber der morgendliche Straßenverkehr war noch nicht abgeflaut. Ihr moralisches Gewissen meldete sich, ein seltener Anflug. Sie wusste, dass das, was sie mit den Männern machte, nicht anständig war. Sie nahm sich ohne Skrupel, was sie brauchte: Sex, wenn es ging, täglich. Dabei fühlte sie sich lebendig, wunderschön, begehrt, wie ein Star.

Ihr Vater hatte ihr erst letzte Woche wieder einen jungen Mann vorgestellt mit der dringlichen Bitte, diesem eine Chance zu geben. Er wollte sie so schnell als möglich verheiraten. Sie hatte ihre Eltern einmal bei einem Gespräch belauscht, bei der das Wort »verdorben« gefallen war. Und »Jungfräulichkeit«, dass eine marokkanische Frau als Jungfrau in die Ehe zu gehen hatte. Sie hatte ihre Unschuld definitiv verloren.

Der junge Mann, den ihr Vater ausgesucht hatte, sah ziemlich gut aus, ein Marokkaner mit makelloser Haut und glänzenden dunklen Locken. Er hatte sofort begonnen, um sie zu werben, und war der Einladung ihres Vaters in die Wohnung ihrer Eltern gefolgt. Ihr Vater hatte gestrahlt, als er bemerkte, dass Sobhan ihr gefiel.

Vielleicht würde sie sich verheiraten, ihrem Vater zuliebe und um erwachsen zu werden. Aber könnte sie treu bleiben? Würde sie Sobhan Glück bringen, ihm eine Familie schenken? War sie bereit, sich für immer zu binden und wie ihre Eltern zu leben?

Davor grauste ihr insgeheim. Ihr Lebenswunsch war es, eine Hauptrolle in einem guten, seriösen Film zu spielen und berühmt zu werden. Doch bisher hatte ihre Agentur keine derartigen Angebote für sie an Land gezogen. Vielleicht sollte sie die vorgeschlagene Rolle am Théâtre Edouard VII annehmen. Für diese Rolle müsste sie tief in die Arbeit einsteigen. Strebte sie das überhaupt ernsthaft an? Sie wollte wie Jasmine in Filmen spielen, so angebetet werden. Ups, mit dem Anbeten war es ja jetzt vorbei, denn ihre Konkurrentin war tot, mausetot. Gut, dass sie nicht mehr da war. Ein Problem weniger. Aber da waren noch so viele Probleme … Warum nur waren ihr Leben und die Männer ihr nie gut genug? Warum trieb es sie immer weiter? So würde sie nie zur Ruhe kommen, nie zufrieden sein, nie das Mädchen sein, das ihr Vater sich wünschte.

# KAPITEL 23

Danielle hatte kurzfristig beschlossen, mit dem Zug nach Paris zu fahren. Die Fahrt mit dem TGV, dem *Train à Grande Vitesse*, einem Hochgeschwindigkeitszug, dauerte fünf Stunden und 45 Minuten, wohingegen sie mit dem Auto wesentlich länger bräuchten. Selbst ohne Stau wäre mit mindestens neun Stunden zu rechnen.

Sie hatten ein Abteil für sich und unterhielten sich ausgiebig über die bisherigen Ermittlungsergebnisse und das erfolgreiche Frühlingsfest, das in die Chronik der *Crim* als erstes und sensationellstes seiner Art eingetragen werden würde. Dabei genossen sie die Fahrt durch die Mitte Frankreichs über Avignon und Lyon.

Hibou und Tribolle versuchten ihre Verliebtheit vor Danielle zu verbergen, aber es gelang ihnen nicht. Immer wieder fassten sie sich an den Händen und warfen sich verliebte Blicke zu.

»Tribolle, Hibou«, sagte Danielle. »Vor mir braucht ihr eure Gefühle nicht zu verbergen. Ich freue mich für euch!«

Amarante Tribolles Hals überzog sich mit roten Flecken.

Hibou antwortete selbstbewusst: »Danke, Danielle. Amarante macht mich zum glücklichsten Mann der Welt!«

Jetzt stieg die Röte vollends hinauf bis in Tribolles Gesicht, ihr Pferdeschwanz wippte aufgeregt.

»Paris ist zwar die Stadt der Liebe, aber wir haben andere Prioritäten, vergesst das nicht«, mahnte Danielle.

Tribolle stotterte: »In keiner Weise wird dies …«, sie machte eine Handbewegung zwischen sich und ihrem Kollegen, »unsere Arbeit behindern. Wenn ich ehrlich bin, beflügelt es mich sogar und gibt mir Energie.« Sie strahlte übers ganze Gesicht.

Hibou lachte etwas albern und nickte in seinem behäbigen Lento. »Ja, so geht es mir auch.«

»Gut, dann wäre das geklärt. Hibou, konntest du schon herausfinden, wo genau in der Provence der Wiesen-Gelbstern blüht?« Die Hauptkommissarin kehrte zurück zur Arbeit.

»Ich hab mich mit einem Botaniker von der Universität Aix-Marseille unterhalten. Der meinte, dass man die Pflanze noch auf Pferdeweiden oder in Obstbaum-Hainen finde. Seltener, aber auch möglich, in Weinbergen. Ich hab gedacht, ich fang mal da an, wo Jasmine Blanzac herkommt, und war mit Amarante am Samstag in Villecroze.«

»Sehr gut. Habt ihr die Pflanze dort gefunden?«, fragte Danielle.

»Auf den ersten Blick nicht. Aber wir konnten ja nicht alle Wiesen abgehen. Doch ich habe erfahren, dass ein Naturforscher«, er sah in einem Notizbüchlein nach, »Dr. Jean-Luc Tonnelet, in der Nähe wohnt und seit 30 Jahren die Flora der Provence erforscht. Ich bin dabei, seine Adresse herauszufinden. Leider hatte ich am Samstag keine Gelegenheit mehr dazu«, erklärte Hibou.

»Habt ihr sonst noch was erfahren in Villecroze?«, wollte Danielle wissen.

Tribolle zog einen Schnellhefter aus ihrer Tasche. »Ja, einiges. Hier ist der Bericht, den ich gestern Abend noch geschrieben habe.«

Die These, Liebe am Arbeitsplatz würde der Arbeit schaden, war hiermit widerlegt. Der Hauptkommissarin entfuhr ein anerkennendes »*Waouh!* Respekt!« Sie wusste den Sondereinsatz zu schätzen.

Tribolle erzählte: »Noch immer ist Jasmines Tod ein großes Gesprächsthema im Ort. Doch niemand konnte oder wollte etwas Ungebührliches über sie berichten. Wir haben mit Blanzacs früherer Lehrerin gesprochen, Madame Galinier, die an der *école primaire,* der Grundschule, noch heute tätig ist. Jasmine sei als Kind verträumt gewesen und nicht sehr integriert. Sie habe zwei, drei Freundinnen gehabt, und die Schulleistungen seien ganz ordentlich gewesen. Außerdem sei ihr Zwillingsbruder ihr über alles gegangen. Sie habe Rémy verteidigt, wo es nur ging. Einmal habe sie sogar in ein Theaterstück einen Text eingefügt, der gar nicht vorgesehen war, und damit den mangelnden Respekt für Behinderte angesprochen.«

Danielle unterbrach: »Konntest du diese Freundinnen ausfindig machen?«

»Noch nicht. Darum kümmere ich mich, wenn wir aus Paris zurück sind. Soll ich weiterberichten?«

Die Chefin nickte und bat ihren Assistenten: »Hibou, holst du so lange bitte Kaffee und, wenn möglich, Gebäck aus dem Speisewagen? Für mich bitte einen *café au lait.*«

Tribolle sagte: »Für mich auch, bitte.« Ihre Mundwinkel verzogen sich nach oben, ihre Augen leuchteten wie flüssiger Honig.

Auch er schenkte ihr beim Hinausgehen einen verliebten Blick und stolperte dabei über seine Aktentasche. »Nichts passiert.« Verlegen verließ er das Abteil.

Tribolle setzte ihren Bericht fort. »Wir waren auch auf dem Hof des Nachbarn, der für Rémys Behinderung verantwortlich ist. Er heißt Jean-Pierre Sauveterre und ist mittlerweile schwer dement. Seine Frau lebt nicht mehr, und seine Tochter Madeleine pflegt ihn. Sie versucht, den Hof über Wasser zu halten. Sie war sehr kooperativ und erzählte uns, wie hart sie arbeiten muss, auch im traditionsgeführten Weinberg. Es ist schwer für sie, Pflege und Arbeit unter einen Hut zu bringen Der alte Mann hat, während wir mit ihr sprachen, mehrmals laut nach ihr gerufen.«

Danielle horchte auf, womöglich waren in diesem Ort einige Antworten zu finden.

Währenddessen kam Hibou mit dem Frühstück. Er hatte Kaffee in Pappbechern und eine Tüte Croissants dabei. Beides schmeckte für das Bistro eines Zuges ganz ordentlich. Schweigend widmeten sie sich dem Essen. Es wurde still im Abteil, jeder hing seinen Gedanken nach. Der Fahrtwind rauschte am Fenster vorbei, gerade näherten sie sich Lyon, dort würde der TGV am Bahnhof »Lyon Saint-Exupéry« halten.

Tribolle ergriff wieder das Wort, als sie ihr Croissant gegessen hatte. »Es gibt zwei weitere Nachbarhöfe. Die Bewohner des einen konnten wir befragen. Ein junges Paar mit drei kleinen Kindern, die den Hof von ihren Großeltern übernommen haben. Die versuchen, den Betrieb auf Bio umzustellen. Rémy kommt ab und zu vorbei und spielt mit den Kindern. Die sind fünf, sieben und zehn Jahre alt und lieben ihn laut den Eltern. Rémy darf nach Absprache mit seiner Mutter oder Tante allein hingehen. Einmal sei Rémy zu ihnen gekommen und ziemlich aufgeregt gewesen. Er habe wirr geredet und gesagt, er dürfe nichts verraten. Beim Spielen im Garten habe er sich wieder beruhigt, und am Abend nach dem Essen haben sie ihn nach Hause gebracht.«

Eine Lautsprecheransage kündigte an, dass der Zug in wenigen Minuten weiterfuhr. Sie würden noch über zwei Stunden unterwegs sein.

Danielle überlegte laut: »Ob das etwas mit seiner Freundin zu tun hatte? Auf der Beerdigungsfeier sagte er mir, dass er eine Freundin habe. Was weiß Rémy? Das möchte ich gerne herausfinden. Wenn wir zurück sind, fahren wir erneut nach Villecroze.«

Hibou fügte hinzu: »Wir haben uns, wie gesagt, ein bisschen die Gegend angeguckt auf der Suche nach der Pflanze. Hast du gewusst, dass es dort Höhlenwohnungen gibt? Die sind im 16. Jahrhundert auf Veranlassung der Herren von Villecroze aus schon vorhandenen Höhlen gebaut worden. Daher kommt auch der Name des Ortes, *ville creusée*. Das bedeutet so viel wie ›aus dem Fels gegrabene Stadt‹. Die Höhlen nennen sich *grottes troglodytes*, die Grotten der Höhlenbewohner. Daneben gibt es einen Wasserfall und einen wunderschönen Park.«

»Ich habe davon gehört, die Grotten aber noch nie gesehen. So, jetzt lasst uns ein bisschen ausruhen, damit wir später Energie für die Millionenstadt haben.«

*

Um zum Konservatorium zu gelangen, wechselten sie am Bahnhof Gare de Lyon in die Metro, stiegen nach drei Haltestellen um und liefen die letzten Meter zu Fuß. Ins Hotel wollten sie erst am Abend einchecken, weshalb sie ihre Koffer mit ins Konservatorium nehmen mussten.

Das klassizistische Gebäude des »Conservatoire national supérieur d'art dramatique« war Ende des 18. Jahrhunderts erbaut worden und beherbergte seitdem die Schule, die zunächst nur ein Konservatorium für Musik gewesen war. Das Bauwerk umfasste mehrere Häuser und führte an der Rue du Conservatoire und der Rue Saint-Cécile entlang. Es dauerte eine Weile, bis die drei Polizisten aus Nizza den Eingang fanden.

Tribolle nahm sich am Eingang einen Prospekt mit

Fotos, in dem die Geschichte der jetzigen Schauspielschule beschrieben war. »Ui, hier waren einige berühmte Schauspieler. Jean-Paul Belmondo, Christopher Lambert, Juliette Binoche, sogar Sarah Bernhardt hat hier studiert.«

Eine Frau am Informationsdesk schickte sie einen Stock höher in das Direktions-Sekretariat. Auf den Treppen und in den Gängen waren viele junge Leute unterwegs. Kaum jemand nahm Notiz von ihnen, weil untereinander diskutiert und gelacht wurde. An den Türen hingen Schilder, die das jeweilige Studienfach und den Lehrer, der es unterrichtete, anzeigten.

Endlich hatten sie das Sekretariat gefunden. Hibou wollte die Koffer, die sich als Bremsklötze erwiesen, irgendwo unterstellen. Danielle öffnete die Tür. Drei Sekretärinnen arbeiteten an ihren Schreibtischen und starrten konzentriert auf die Bildschirme ihrer Computer. Eine von ihnen schaute nun auf und begab sich zum Tresen, der den Eingangsbereich vom eigentlichen Büro abtrennte.

»*Bonjour*, wie kann ich Ihnen helfen?«, fragte die modisch gekleidete Frau.

Währenddessen schellte ein Telefon und ein Mitarbeiter des Hauses kam mit Aktenordnern herein und legte sie auf einen Tisch unter den Fenstern.

»*Bonjour*, Madame, ich bin *capitaine de police* Danielle Tisserand aus Nizza, das ist meine Kollegin Tribolle. Kollege Hibou kommt gleich, er sucht eine Abstellmöglichkeit für unsere Koffer. Ich habe mich letzte Woche angekündigt und würde gerne mit dem Herrn Direktor sprechen. Habe ich mit Ihnen telefoniert, Madame?«

»Ja, ich erinnere mich. Ich bin Julie Sinclair-Berrebi. Es geht um eine unserer früheren Studentinnen?«

»*Oui*, Jasmine Blanzac. Sie wurde ermordet, und wir ermitteln auch hier in Paris.«

»Ich habe im Fernsehen davon gehört, bevor Sie angerufen haben. Sie hat ihre Abschlussprüfungen mit Bravour bestanden und war schon am Konservatorium ein kleiner Star. Monsieur Ferreira, unser Direktor, ist momentan in einer Besprechung, müsste aber in einer Stunde zurück sein. Ich setze Sie sofort auf seine Agenda.«

»Das ist sehr nett. Können wir in der Zwischenzeit mit den Lehrern sprechen, die Jasmine Blanzac unterrichtet haben? Ich habe Sie bei unserem Telefonat darum gebeten, mir vorab eine Liste mit den Namen zu erstellen.«

»*Oui*, Madame. Meine Kollegin hat sich darum gekümmert und bereits die Lehrkräfte informiert. Paulette, kannst du Madame Tisserand von der Kriminalpolizei in Nizza behilflich sein?«

So viel Hilfsbereitschaft hatte Danielle nicht erwartet.

Paulette bat sie in einen kleinen Nebenraum und breitete ihre Unterlagen auf dem Tisch aus. Währenddessen kam Hibou hinzu.

»Ich habe im Archiv unter Jasmine Blanzacs Namen nachgesehen«, begann Paulette. »Sie hat mit 19 Jahren das Studium aufgenommen und nach drei Jahren ihren Abschluss gemacht. Folgende Lehrer, die sie unterrichtet haben, arbeiten noch hier: Luke-Jasper Edwardson, der Sprecherziehung und Körper-Stimm-Training gibt, dann Catherine Grange, sie unterrichtet in Musik und Gesang, und Monsieur Stéphane de Laubadère, er erteilt Unterricht in Pantomime und Camera-Acting. Monsieur Alphonse Montagne ist nicht mehr am Conservatoire tätig. Er war damals zuständig für Theatergeschichte und Gesellschaft.«

Danielle fragte: »Dürfen wir die Namen abfotografieren?«

»*Oui, bien sûr*, natürlich«, erwiderte Paulette. Von ihrer rechten Schulter blickte der indische Elefantengott Ganesha freundlich und segnend mit geschwungenem Rüssel als Tattoo auf sie.

Hibou schaltete sich ein. »Können wir einen der Lehrer jetzt sprechen, wäre das möglich?«

»*Oui*, um 15.15 Uhr, also in fünf Minuten, werden Sie bestimmt einen von ihnen im *salle du personnel*, im Personalraum, antreffen. Von unseren Studierenden gerne *chambre du maître*, Zimmer der Meister, genannt. Wenn sie aus dem Sekretariat gehen, wenden Sie sich nach links.«

Sie standen auf und gingen in die besagte Richtung.

»Hast du einen sicheren Platz für unsere Koffer gefunden, Hibou? Wir hätten zuerst zum Hotel gehen sollen!«

»Unser Gepäck steht jetzt in einem Putzraum, den der Hausmeister mir zur Verfügung gestellt hat.«

Am *chambre du maître* angekommen, klopfte Danielle an die alte, gediegene Holztür. Von drinnen hörten sie ein Lachen, aber niemand öffnete. Danielle versuchte es erneut, diesmal schlug sie mit der flachen Hand auf das Türblatt.

Ein mittelalter Mann mit einer Fliege um den Hals öffnete und sah sie fragend an.

Danielle nickte Hibou auffordernd zu, sie hatte es satt, immer wieder den gleichen Spruch aufzusagen.

»Mademoiselle Paulette aus dem Büro hat uns hierhergeschickt. Wir sind von der Kriminalpolizei in Nizza, ermitteln im Mordfall Jasmine Blanzac und haben ein paar Fragen an ihre ehemaligen Lehrer.«

Mit einer beeindruckenden Geste lud der Angesprochene das Trio in das Lehrerzimmer ein. »*Mesdames et Messieurs*, ich bitte um Ihre uneingeschränkte Aufmerksamkeit. Aus dem fernen Nizza an der wunderschönen Côte d'Azur sind drei Kripo-Beamte zu uns gekommen. Sie brauchen unsere Hilfe.«

Unverkennbar ein Schauspiellehrer, dachte Danielle. Immerhin war ihnen jetzt die Aufmerksamkeit aller sicher.

»Charles, ich glaube, deine mittelmäßige Stand-up-Comedy ist nicht angebracht«, rügte ein Mann mit grauen Haaren und beginnender Glatze.

Danielle erklärte: »Das stimmt, Monsieur. Wir kommen wegen Jasmine Blanzac, die hier Studentin war und in der Nähe von Cannes ermordet wurde. Bestimmt haben Sie davon gehört. Wir würden gerne mit, äh …« Sie kramte ihr Handy aus der Handtasche und nannte die Namen der Lehrkräfte. »Ist einer von diesen Lehrern da?«

Der ältere Herr meinte: »Ich bin Jasper Edwardson, gerne stehe ich Ihnen für ein paar Minuten zur Verfügung.«

Es meldete sich ein weiterer Mann. »Ich bin Stéphane de Laubadère. Ich muss gleich in den Unterricht, der jedoch um 16.30 Uhr endet. Wir könnten uns anschließend hier treffen. Wäre das okay für Sie?«

Danielle war besänftigt. »Entschuldigen Sie, dass wir so hereingeplatzt sind. Aber wir waren einige Stunden mit dem Zug unterwegs und sind durch Paris geirrt. Vielen Dank für Ihre Unterstützung.«

Einer sagte laut: »Das mit Jasmine Blanzac hat die ganze Schule mitgenommen!«

Jasper Edwardson bat sie in ein angrenzendes Nebenzimmer. Sie setzten sich um einen rechteckigen modernen Bürotisch, und Danielle wollte keine weitere Zeit mehr vergeuden.

»Monsieur Edwardson. Worin haben Sie Mademoiselle Blanzac unterrichtet und was können Sie uns über sie erzählen?«

Der Lehrer fuhr sich mit seiner Rechten über die Stirn. Dann setzte er mit seiner volltönenden Stimme an: »Jasmine leuchtete aus der Masse der Studenten heraus, allein durch ihr bemerkenswertes Aussehen. Aber mehr noch durch ihre unglaubliche Gabe der Darstellung, des Sich-Hineinversetzens in eine Rolle. Das hat alle verblüfft, die mit ihr zu tun hatten.«

»Ja, davon wird uns immer wieder berichtet«, bemerkte Hibou. »Hatte sie einen Freund an der Hochschule? Und Freundinnen, mit denen sie viel zusammen war?«

Edwardson sah aus dem Fenster. »Einen intimen Freund, meinen Sie? Das weiß ich nicht. Sie war sehr auf das Studium fokussiert. Freundinnen? Soweit ich mich erinnere, hat sie mit zwei Studienkolleginnen zusammengewohnt. Eine Dunkelhaarige folgte ihr auf Schritt und Tritt, mir wäre das zu viel gewesen.«

»Können Sie mir den Namen dieser Kommilitonin nennen?«

»Puh, der fällt mir nicht mehr ein. Das war eine etwas kompaktere, anstrengende Person mit dunklen, langen Locken. Ich glaube marokkanisch-französischer Herkunft. Im dritten Studienjahr arbeiten die Studenten mit Regisseuren und Theaterdramaturgen zusammen, Jasmine hat vom Fleck weg Angebote bekommen. Ich glaube, die Dunkelhaarige sah Jasmine als arge Rivalin, obwohl sie ihr ständig hinterherlief. Mehr kann ich Ihnen leider nicht sagen.«

Danielle bedankte sich und stellte eine letzte Frage: »Wo können wir Madame Grange und Monsieur Montagne finden?«

»Madame Grange ist heute nicht da, aber morgen wieder. Und Monsieur Montagne …«, er hüstelte. »Was soll's«, sagte er entschlossen, »Monsieur Montagne unterrichtet nicht mehr an unserer Schule. Er ist im vorgezogenen Ruhestand. Man hat ihm nachgesagt, dass er versucht habe, die schöne Blanzac ins Bett zu bekommen. Sie selbst hat sich nie dazu geäußert, doch eine kurze Anmerkung ließ mich einmal stutzig werden. ›Der Berg‹, so nannten ihn die Studenten, weil er Montagne heißt und auch so breit ist, ›der Berg‹, sagte sie also, ›wird mich sowieso schlecht benoten. Ich war nicht devot genug.‹«

»Wo wohnt Monsieur Montagne?«

»Im 13. Arrondissement. Die genaue Adresse kann Ihnen Julie geben.«

»Monsieur Edwardson, Sie haben uns sehr weitergeholfen. Vielen Dank. Hier ist meine Karte, falls Ihnen noch etwas einfallen sollte.« Mit diesen Worten entließ die Hauptkommissarin den Lehrer.

Der Direktor der Schauspielschule wartete schon auf sie, und Julie bat sie in sein beeindruckendes Büro. Die Wände waren mit Eichenholz getäfelt, das die Zeit dunkel gefärbt hatte. Vor einem Marmorkamin standen zwei Chesterfield-Sofas mit Lederbezug. An einer Seite des Raumes nahm eine massive Holzvitrine fast die gesamte Wand ein, durch deren Türen aus mundgeblasenem Glas viele alte Bücher zu sehen waren. An den Wänden hingen Porträts von ehemaligen Direktoren, die ernst dreinblickten. Danielle konnte sich vorstellen, wie es den Studenten ergehen musste, wenn sie zum Direktor gerufen wurden. Schon allein dieser Raum verschlug einem die Sprache. Aber nicht Hauptkommissarin Tisserand. Im Laufe ihrer Tätigkeit hatte sie gelernt, dass der Schein auch trügen konnte.

Der Direktor kam hinter seinem antiken Schreibtisch hervor, um sie zu begrüßen, und bat sie, sich zu setzen.

Danielle hielt ihm demonstrativ ihre Hand entgegen, die er nun ergriff. Sie spürte Ehrgeiz, Eloquenz, Geschäftstüchtigkeit, aber auch Diplomatie und die Gabe des Strategen. »Vielen Dank, Monsieur, dass Sie uns empfangen.«

Ferreira war eine beeindruckende Persönlichkeit. Er musste mindestens 1,90 Meter groß sein, hatte einen kräftigen Körperbau und war 45 bis 50 Jahre alt. Wie viele seiner Vorgänger auf den Bildern hatte auch er buschige Augenbrauen. Vielleicht musste man die haben, um den Posten zu bekommen, überlegte Danielle. Sein Blick schien alles zu erfassen.

»Ich begrüße Sie, *capitaine de police* Tisserand und Ihre Kollegen *lieutenant de police stagiaire* Hibou und *élève lieutenante de police* Tribolle. Ja, ich habe mich über Sie informiert. Als Direktor einer der renommiertesten Schauspielschulen Frankreichs muss man auf dem Laufenden sein. Nichtwissen kann einen in arge Bedrängnis bringen«, sagte er leichthin. »Fragen Sie, was Sie zu fragen haben. Wir wollen ebenso wie Sie, dass der Mord an Jasmine Blanzac so schnell wie möglich aufgeklärt wird.«

Danielles Eindruck des Strategen bestätigte sich. »Monsieur Ferreira, wir sind ausgesprochen froh, auf so viel Entgegenkommen zu stoßen. Nun«, sie wandte sich an ihr Team, »was möchten wir wissen?«

Hibou fasste mit langsamen Bewegungen an den Kragen seines gestreiften Hemdes, überlegte kurz und sah dabei den Direktor an, als ob er ihn niederstarren wollte. »Wie haben Sie Jasmine Blanzac wahrgenommen? Sind Ihnen Besonderheiten im Gedächtnis geblieben, die es lohnt, uns zu berichten?«

»Monsieur Hibou, Jasmine Blanzac war die Besonderheit in Person! Sie überzeugte uns von Anfang an und sorgte für viel Aufsehen. Sie müssen wissen, dass wir jährlich aus ungefähr 1.300 Bewerbern nur 15 junge Frauen und 15 junge Männer zum Studium aufnehmen. Voraussetzung dafür ist eine Aufnahmeprüfung, die vier Anhörungen umfasst, vier Runden sozusagen. Die Interessenten müssen vier verschiedene Szenen vorbereiten, wovon drei aus dem gesamten Theaterrepertoire ausgewählt werden können. Bei der vierten Szene, die wir als ›freie Reise‹ bezeichnen, muss eine andere darstellende Kunst wie Pantomime, Tanz, Gesang et cetera aufgeführt werden. Keine der Szenen darf drei Minuten überschreiten. Alle Studienwilligen haben schon vorher Erfahrungen gesammelt und Kurse belegt, um hier überhaupt bestehen zu können. Jasmine Blanzac war in allen vier Szenen grandios! Die Prüfer sahen mit offenen Mündern zu, welche Rollen sie verkörperte. Das Wort ›darstellen‹ würde ihr nicht gerecht werden. Umso trauriger, dass diese Hoffnungsträgerin ihres Lebens beraubt wurde.«

Der Direktor war der Sprache mächtig und konnte einen mit seiner Redekunst in Grund und Boden reden. Danielle musste einschreiten. »Das ist wahrlich sehr traurig, Monsieur Ferreira. Wir werden nicht lockerlassen, bis wir den Mörder gefunden haben. Es kursiert das Gerücht, dass ein Lehrer entlassen wurde, weil er Blanzac unmoralisch nähergekommen sei. Können Sie uns dazu mehr sagen?«

Ferreira zuckte kurz zusammen. Aber er wäre nicht Direktor einer der renommiertesten Schauspielschulen Frankreichs, wenn er nicht den Stier bei den Hörnern packen würde. »Wissen Sie, eine solche Sache hängen wir natürlich nicht an die große Glocke, das könnte unserem Ruf schaden. Sensible Angelegenheiten müssen sensibel geregelt werden. Doch ich will offen sein: Als die unrühmliche Sache ans Licht kam, haben wir Lehrer und Studentin gründlich dazu befragt. Blanzac wollte nicht, dass Montagne zur Verantwortung gezogen wurde. Aber das hatte nicht sie zu entscheiden.«

Der Direktor versuchte seine Nervosität geschickt zu überspielen, doch den Augen der Hautkommissarin entging nicht, dass er dreimal seine Sitzposition änderte. »Monsieur, wenn es uns möglich ist, werden wir die Angelegenheit mit Fingerspitzengefühl behandeln. Dennoch sind wir verpflichtet, der Sache nachzugehen.«

»Ich werde Ihnen alles erzählen, was ich dazu weiß. Ich bitte sie noch um einen Moment Geduld.« Er drückte auf eine Gegensprechanlage, die auf seinem Schreibtisch stand.

Julies Stimme erklang prompt: »*Monsieur le directeur*, was kann ich für Sie tun?«

»Bringen Sie uns bitte *café,* vier Schwarze, dazu Milch und Zucker, Wasser und ein paar Madeleines. Danke, Madame Sinclair-Berrebi«, antwortete er befehlsgewohnt.

»Kommt sofort, Monsieur!«

Einfach stellte sich Danielle den Posten des Direktors nicht vor. Anforderungen von allen Seiten, dafür brauchte man diplomatische Fähigkeiten, eine natürliche Autorität und Durchsetzungskraft sowie fundierte Kenntnis der weltweiten Theateruniversen.

Julie kam frisch wie eine Brise in das Büro und brachte die gewünschten Sachen. Geschickt und schon oft vollzogen stellte sie das Tablett auf einen größeren Beistelltisch und nickte jedem freundlich zu, als sie die Schwarzen verteilte.

Der Direktor zeigte sich zufrieden. »Danke, Julie, das war zügig.«

Als er an seiner Kaffeetasse genippt hatte, begann er zu sprechen. Zwischen seinen buschigen Augenbrauen vertiefte sich eine Falte. »Die damalige Studentin Jasmine Blanzac hat nach mehrmaliger Befragung gesagt, dass Montagne ihr bessere Noten zugesichert habe, wenn sie sich, nun ja, entgegenkommend zeige. Sie können sich vorstellen, was damit gemeint war. Alphonse Montagne wurde ebenfalls befragt. Letztendlich hat er zugegeben, dass er der berückenden Schönheit Blanzacs und ihrer unvergleichlichen Aura erlegen sei und nicht gewusst habe, wie er ihr sonst näherkommen könnte. Zu einem Körperkontakt sei es aber nie gekommen. Dieses unmoralische Verhalten konnten wir an unserer Hochschule dennoch nicht dulden, und deshalb wurde er in den Ruhestand geschickt.«

»Vielleicht ist es vorhergehenden Studentinnen auch so ergangen. Ist Ihnen in der Hinsicht etwas bekannt?«, fragte Hibou den Direktor.

Dieser sah ihn unergründlich an. »Wir wissen von noch einem Fall. Die Studentin hatte sich darauf eingelassen und sich dadurch eine Abschlussnote erschlichen, die um zwei Notenstufen besser war. Das haben wir jedoch erst später herausbekommen, nachdem die junge Frau das Studium bereits abgeschlossen hatte.«

»Wie war der Name dieser jungen Frau?«, hakte Danielle nach.

»Aimé Raisuni. Ihr Vater hat der Schule einen fünfstelligen Betrag für die Renovierung des Italienischen Theaters gespendet. Also auch eine heikle, sensibel zu handhabende Angelegenheit. Das Geld war bereits investiert, als die Sache herauskam. Mademoiselle Raisuni hat uns gebeten, ihrem Vater nichts mitzuteilen. Das haben wir respektiert. Sie ist ja eine erwachsene Person, und es liegt nicht an uns, Familienverhältnisse zu bereinigen.«

Danielle blieb kurz die Luft weg. Das war die junge Frau, die Jasmine an ihrem letzten Abend in den Filmstudios besucht hatte.

Hibou sagte: »Wir benötigen die Adressen von Montagne und Raisuni, damit wir sie befragen können.«

»Selbstverständlich, wenden Sie sich bitte an Madame Sinclair-Berrebi.« Ferreira sah auf die Uhr. »Mesdames, Monsieur, ich hoffe, dass ich Ihnen behilflich sein konnte. Wenn Sie mich noch einmal brauchen, vereinbaren Sie bitte einen Termin mit meiner Sekretärin.« Er lächelte freundlich. »Morgen Abend führen unsere Studenten im Italienischen Theater unseres Conservatoires ›Die Vögel‹ auf, eine Neufassung nach Aristophanes. Ich lasse Ihnen drei Plätze reservieren. Es würde mich freuen, wenn Sie die Gelegenheit wahrnehmen, um das Niveau unserer Schule kennenzulernen.« Damit stand er auf und rückte seine dunkelblaue Seidenkrawatte zurecht.

Danielle, Hibou und Tribolle kehrten, nachdem Julie ihnen die gewünschten Adressen gegeben hatte, zurück zum Lehrerzimmer, wo Stéphane de Laubadère kurz nach ihnen eintraf. Er konnte ihnen jedoch nichts Wesentliches über das Mordopfer mitteilen. So verabschiedeten sie sich und machten sich auf den Weg zu ihrem Hotel »Villa Lafayette«, das nicht weit von der Schauspielschule entfernt lag. Es hielt für jeden von ihnen ein anständiges Zimmer zu moderaten Preisen parat. Tribolle hatte gut ausgewählt, aber für Entspannung war keine Zeit. Sie wollten nur kurz ihre Koffer ausräumen, sich frisch machen und umziehen, ein schnelles Abendessen einnehmen und anschließend mit der Metro ins 13. Arrondissement fahren.

Um 20.30 Uhr standen sie vor dem Haus in der Rue de Patay, in dem Alphonse Montagne wohnte. Danielle hatte beschlossen, den ehemaligen Lehrer ohne Anmeldung heute noch spät zu überraschen. Aus Danielles Erfahrung waren es die Überraschungsmomente, die die Menschen aus dem Konzept brachten. Das hatte schon manches Mal zu spannenden Ergebnissen geführt.

Das Haus in der inneren City war etwas heruntergekommen und hätte dringend eine Renovierung gebraucht. Dennoch waren die drei Polizisten beeindruckt von der Glaseinfassung der Tür, die den Eingangsbereich vom Treppenhaus abtrennte. In die wenigen noch vorhandenen Scheiben war ein wunderschönes Pflanzenmuster eingraviert. Der Mosaikboden zur Treppe und das Geländer aus kunstvollem Schmiedeeisen mit einem Handlauf aus Holz zeugten von besseren Tagen. Die Wohnung lag im vierten Stock, und weil es keinen Aufzug gab, betraten sie das düstere Treppenhaus.

Nach zweimaligem Klingeln kamen schleppend Schritte näher. Ein dicker Mann mit Strickweste, Hemd, Krawatte, Cordhose und Altherrenpuschen an den Füßen öffnete die Tür und sah ihnen skeptisch entgegen.

Diesmal musste Tribolle die Vorstellung aufsagen. »Sind Sie Monsieur Montagne? Wir sind von der Kriminalpolizei in Nizza und würden Sie gerne in einer bestimmten Angelegenheit etwas fragen. Dürfen wir reinkommen?«

Das Gesicht des Wohnungsinhabers erstarrte. Dann versuchte er ein kümmerliches Lächeln, das gelbe Zähne zeigte. Vermutlich vom vielen Rauchen, denn ein starker Geruch nach Tabakqualm schlug ihnen entgegen. »Äh … meine Frau und ich essen gerade. Sie hat einen *lapin à la moutarde* gemacht.«

Als ob die Erwähnung des Gerichtes, eines Senf-Kaninchenbratens, als Entschuldigung gelten würde, um der Befragung zu entgehen.

»Alphonse«, erklang es aus der Wohnung, »wo bleibst du denn? Wer ist an der Tür?«

Er strich sich nervös über seinen vom Rauchen angegilbten Schnauzbart. »Kommen Sie in mein Arbeitszimmer. Meine Frau soll doch in Ruhe weiteressen können, oder nicht?« Er führte sie einen Flur entlang und öffnete die zweite Tür auf der linken Seite. »Bitte nehmen Sie Platz. Ich sage schnell meiner Frau Bescheid.«

Tribolle und Hibou setzten sich auf ein abgewetztes Sofa, der ganze Raum roch durchdringend nach Zigarrenrauch.

Auf dem Schreibtisch stand ein Aschenbecher voller abgerauchter Zigarrenenden.

Tribolle flüsterte: »Er will unseren Besuch vor seiner Frau verbergen.«

Montagne kam zurück und schloss die Tür hinter sich. Danielle saß vor dem Schreibtisch, der ehemalige Lehrer setzte sich dahinter.

»Monsieur Montagne, wir ermitteln im Mordfall Jasmine Blanzac. Sie kannten sie?«

Er erblasste, hüstelte kurz und fuhr sich erneut über seinen Schnauzbart. »Ja, sie war eine Schülerin von mir. Die Beste, die Begabteste, die ich je hatte.«

»Monsieur Montagne, ich will nicht um den heißen Brei herumreden, dafür ist die wenige Zeit, die uns in Paris zur Verfügung steht, zu kurz bemessen. Wir wissen, warum Sie vorzeitig in Rente gegangen wurden, sozusagen«, sagte Danielle scharf.

Sein fleischiges Gesicht wurde dunkelrot und Schweißperlen bildeten sich auf seiner Stirn. Er zog ein Taschentuch aus der Brusttasche seiner Weste und tupfte sich damit über die Stirn. »Diese unrühmliche Sache … Bitte sagen Sie meiner Frau nichts davon«, flehte er.

»Das ist nicht unsere Aufgabe. Solange Sie uns alles erzählen, was wir wissen wollen, haben wir keinen Anlass, Ihre Frau zu befragen.«

Tribolle räusperte sich und setzte mutig zu ihrer Frage an. »Monsieur, was genau ist damals passiert? Und bitte die Wahrheit, denn Lügen kommen immer ans Licht.«

Danielle und Hibou warfen sich einen erstaunten Blick zu. Es war das erste Mal, dass Tribolle sich aktiv bei einer Befragung einbrachte.

Der pensionierte Lehrer schaute beschämt auf den Schreibtisch. »Ich bin nicht stolz auf mein inkompetentes Verhalten, glauben Sie mir. Ich habe gerne unterrichtet, und die Schüler haben gut bei mir gelernt. Dass ich entlassen wurde, habe ich mir selber zuzuschreiben.«

Aus dem hinteren Teil der Wohnung kam Geklapper, seine Frau schien in der Küche beschäftigt zu sein. Er sammelte sich kurz und fing dann an zu erzählen. »Noch nie habe ich einen Menschen wie Jasmine getroffen. Sie hat mich vom ersten Tag an in ihren Bann gezogen. Manchmal war ich wie hypnotisiert von ihrer Erscheinung, ihrem Können. Eines Tages waren wir nach dem Unterricht allein im Raum, sie hatte mir noch ein Referat auszuhändigen. Da ist es passiert: Ich habe sie gefragt, ob sie daran interessiert wäre, dass ich sie bevorzuge und ihr die besten Beurteilungen gäbe.«

Hibou hakte nach: »Waren ihre Noten denn mittelmäßig?«

Montagne schüttelte den Kopf. »Nein, überhaupt nicht.« Plötzlich brach es zornig aus ihm heraus: »Verdammt, jahraus, jahrein immer dasselbe, derselbe Unterricht, dieselbe langweilige Frau, das fade Leben. Ich hatte es satt, der Arzt hatte mir eine Depression bestätigt.«

Danielle merkte, wie auch in ihr die Wut aufstieg. Machte der sich gerade selbst zum Opfer? »Jasmine war nicht die einzige Studentin, der sie dieses unsittliche Angebot unterbreitet haben. Bei Aimé Raisuni waren sie erfolgreich, richtig?«

»Bitte nicht so laut!«, lamentierte er und war fast den Tränen nahe.

Aber das ließ Danielle kalt.

»Alphonse, brauchen deine Gäste etwas zu trinken?«, fragte Madame Montagne durch die geschlossene Tür.

Behände sprang er trotz seiner Körperfülle auf, öffnete die Tür nur halb und quetschte sich hinaus. »Ich habe dir doch gesagt, dass du nicht stören sollst. Das ist eine wichtige

Unterredung. Wenn wir was brauchen, gebe ich dir Bescheid. Setz dich vor den Fernseher oder geh auf einen Schwatz zu Georgette hinüber«, herrschte er seine Frau an, kam zurück und schloss die Zimmertüre gewissenhaft. »Wenn Sie wüssten, wie kurz die Röcke der Studentinnen manchmal sind. Als würden sie es wollen, dass man sie begehrt.«

Das wurde immer unerträglicher. Auch Hibou stand die Empörung ins Gesicht geschrieben. »Wie viele der Mädchen haben Sie denn auf diese Weise zum Sex gezwungen?«

»Keine Einzige habe ich gezwungen, jedes der Mädchen hat freiwillig mitgemacht. Die haben es genossen, denn im Bett mache ich meine Sache …«

»Das reicht, Monsieur Montagne!«, fuhr Danielle ihn an. Ihr innerer Kampfhund fand das genauso widerwärtig. Er hatte den Wunsch zuzubeißen. »Das ist abstoßend! Ein alter Mann, der seine Triebe nicht in den Griff bekommt. Musste Jasmine deswegen sterben, weil sie sich nicht gefügig gezeigt hat? War das Ihre Rache?«

Sein Kopf ruckte hoch, die Pupillen erweiterten sich. »Wollen Sie mir einen Mord anhängen? Da muss ich Sie enttäuschen. Blanzac war ein äußerst intelligentes Mädchen und hat vor niemandem ein Wort darüber verloren.«

»Aber die Schmach, abgewiesen worden zu sein, hat enorm an Ihrem Stolz gekratzt. Ist es nicht so?«, hakte Danielle unerbittlich nach.

»Es waren nur zwei Studentinnen, die sich auf den Tauschhandel eingelassen haben. Ich habe keine vergewaltigt. Eine hat es regelrecht genossen und sich danach noch ein paarmal mit mir getroffen.«

»War das Aimé Raisuni?«, schaltete sich Tribolle wieder ein.

»Ja. Sie ist sexsüchtig, wie sie mir selbst sagte. Sie hat wie eine Domina über mich bestimmt. Sie liebte es, mir Angst zu machen, und kündigte sogar an, mich zu verraten.«

»Wo befanden Sie sich am Abend und in der Nacht des 25. auf den 26. März dieses Jahres? Wenn Sie kein stichhaltiges Alibi haben, lasse ich Sie festnehmen!«

»Seit ich im Ruhestand bin, sehen meine Abende immer gleich aus. Ich sitze mit meiner Frau vor dem Fernseher oder ich arbeite hier in meinem Arbeitszimmer. Ah, warten Sie, nein, an diesem Abend nicht.« Er lachte erfreut auf. »Da haben wir, glaube ich, die Schwester meiner Frau besucht. Sie hatte uns zum *dîner* eingeladen. Sie lebt in einem Vorort von Paris.« Seine Hängebacken plusterten sich erleichtert auf.

»Das werden wir überprüfen. Bitte geben Sie uns Name und Anschrift der Schwester. Sollte sich das als Lüge herausstellen, werden wir die Pariser Kriminalpolizei informieren. Ist das klar?« Hibou bestätigte seine scharfen Sätze mit einem Kopfnicken in Zeitlupe.

Beim Verabschieden verzichtete Danielle mit voller Absicht darauf, ihre Händeschüttel-Theorie an Montagne zum Einsatz zu bringen. Diesem Typen wollte sie auf keinen Fall die Hand geben.

# KAPITEL 24

*Rémy, mein Bruderherz!*

*Ich vermisse dich so sehr, jeden Tag, an dem ich dich nicht sehe. Wie schön wäre es, wenn nur wir beide eine Fahrt nach Rom machten. Die Römer haben dich immer interessiert. Wir würden uns das Forum Romanum und das Kolosseum ansehen und uns vorstellen, wie das Leben im alten Rom war. Deine Begeisterung würde mich tragen, beflügeln, deine Fragen und die Antworten, die du dir selbst geben würdest, würden mich erstaunen.*
*Du bist und bleibst mein Rémy, egal, was passiert ist. Du besitzt ein so kostbares Herz, das mich berührt und zu Tränen rührt. Maman und Tante Florine bedauern dich jeden Tag, denken ständig darüber nach, wie du hättest werden können, wäre der Unfall nicht passiert. Aber dieses Bedauern schmälert dein Wesen, dein Sein. Mit deinem Lachen bezauberst du jeden, alle lieben dich, so wie du bist.*
*Aber diejenige, die dich am meisten liebt, bin ich, deine Schwester. Denn wir haben schon in mamans Bauch für neun Monate ganz eng zusammengelegen. Dieses Zwillingsband reißt niemals ab. Ich weiß nicht, ob das jemand, der kein Zwilling ist, verstehen kann.*

*Immer noch glaube ich daran, dass du gefördert werden kannst. Deine Behinderung ist für mich nicht wichtig, aber ich will nicht, dass du deswegen ausgelacht wirst.*
*Ich werde die beste Koryphäe, die es auf dem Gebiet der Hirnforschung gibt, beauftragen, dir zu helfen. Aber bisher ist mir das nicht gelungen, die meisten Ärzte haben mir meine Hoffnungen zunichte gemacht.*
*Ich gebe dich niemals auf, egal was passiert, egal was das Leben noch für uns bereithält. Immer werde ich für dich da sein. Leider kann ich dir keine von meinen Gehirnzellen spenden, wie man eine Niere spenden kann. Eine Gesundung durch den Einsatz meiner Körperzellen, das wäre es. Leider gibt es das noch nicht!*

*Damit maman und Tante Florine sehen, wie einzigartig du bist, zähle ich jetzt alles auf, was mir einfällt: Du bist mutig, fürchtest dich nicht vor alten Männern, nicht vor Gewehrgeknalle, vor fremden Menschen, vor schnellen Autos. Du hast ein umwerfendes Lächeln, bist charmant, dass einem das Herz schmilzt. Du kannst einen so schnell um deinen kleinen Finger wickeln, dass man es kaum merkt. Deine Augen nehmen jeden in ihren Bann, es ist, als würde man auf den Grund deiner Seele blicken und nichts als Reinheit, Unschuld und Liebe entdecken. Und du bist lustig, du lachst gerne und viel, auch wenn manche nicht wissen, warum du lachst oder worüber du lachst. Das Lachen kommt aus den Tiefen deines Wesens, zeugt von deiner unbändigen Freude, die ich sonst bei niemandem kenne.*

*So zeigst du mir vieles, was ich fast schon verlernt habe.*

*Das nächste Mal, wenn ich euch besuche, gehen wir Gokart fahren, das magst du doch so gerne.*

*Deine Jasmine*

# KAPITEL 25

Als Danielle, Hibou und Tribolle am nächsten Tag erneut ins Konservatorium kamen, um mit Catherine Grange zu sprechen, der gestern abwesenden Lehrerin, wartete sie schon vor dem Lehrerzimmer auf sie. Die Kollegen hatten die große Frau in indischer Pumphose bereits informiert. Sie unterrichtete Musik und Gesang und führte dir drei mit federndem Gang in den Musiksaal.

Dort stand im vorderen Bereich ein schwarzer Flügel, an den Wänden waren an speziellen Aufhängungen verschiedenste Musikinstrumente aufbewahrt, Danielle entdeckte sogar ein Fagott. Plakate zeigten Inhalte der allgemeinen Musiklehre wie Quintenzirkel, Kadenzen, Harmonisches Pendel.

Beschwingt wandte sich die etwa 45-jährige Lehrerin ihnen zu. Sie lebte für die Musik, ihr ganzes Wesen strahlte Rhythmus aus, die lockigen Haare, der federnde Gang, ihre Sprachmelodie. »Meine Kollegen haben mir schon gesagt, worum es geht. Lassen Sie uns keine Zeit verlieren, in einer halben Stunde beginnt der Unterricht. Wie kann ich Ihnen helfen?«

»Madame Grange, ist es richtig, dass Sie Jasmine Blanzac, die Ende März einem Mord zum Opfer gefallen ist, unterrichtet haben?«, begann Danielle die Befragung.

»Ja, in Musik und Gesang.«

»Sind Ihnen besondere Vorkommnisse im Zusammenhang mit Jasmine im Gedächtnis geblieben?«

Das Team der Kripo hatte sich auf Stühlen niedergelassen, und Madame Grange stand vor ihnen an den Flügel gelehnt, als würde sie über Harmonielehre dozieren. Sie klopfte mit ihren Fingern auf den Flügel, während sie nachdachte.

»Ehrlich gesagt weiß ich nicht, was an dieser jungen Frau nicht besonders war«, sagte sie nach einer Weile. »Sie konnte sogar singen wie ein Engel, aber der Gesang war ihr nie so wichtig wie das Schauspiel. Einmal habe ich ihren Studiengang bei einem Musical begleitet, Jasmine hatte natürlich eine Hauptrolle. Ihr Können hat auch Neider auf den Plan gerufen. Ihre Wohnungsgenossin, äh … Wie hieß die noch mal?«

»Aimé Raisuni?«, half Hibou nach.

»Ja, genau, die hat ihr hier im Musikraum mal eine deftige Szene gemacht, als alle anderen schon gegangen waren. Ich stand noch vor dem Saal und sah auf mein Handy, deswegen habe ich das Gespräch mitbekommen. Pff…«, machte sie.

Tribolle holte ihr Tablet heraus und machte sich Notizen.

»Sie dränge sich immer in den Vordergrund, sei egoistisch und gebe keinem anderen eine Chance. Das waren noch die harmloseren Beschimpfungen.« Um ihre Worte zu unterstreichen, schlug Madame Grange leicht mit der Hand auf den Flügel. Sie schüttelte den Kopf, dass ihre braunen Locken nur so flogen.

»Das ist eine wichtige Information, Madame, vielen Dank. Hat Blanzac sich Ihnen darüber anvertraut?«, fragte Danielle.

Catherine Grange lächelte charmant. »Das hat sie, es liegt aber schon einige Zeit zurück. Wissen Sie, ich bin Vertrauenslehrerin hier am Conservatoire.« Sie kam zu dem Trio, zog sich einen Stuhl heran und setzte sich so darauf, dass die Lehne vor ihr war. Mit den Fingern klopfte sie einen imaginären Takt auf die Lehne, während sie nachdachte. »Einmal kam sie vor dem Unterricht zu mir und vertraute mir das Schicksal ihres Bruders an. Sie fühlte sich schuldig, weil sie ihre Begabungen ausleben konnte im Gegensatz zu ihm. Außerdem machten ihr Neider zu schaffen, die ihr immer wieder begegneten.«

Vor dem Musiksaal wurden Stimmen laut, es wurde gelacht und geredet. Gleich begann der Unterricht. Danielle wollte es nicht versäumen, dieser sympathischen Lehrerin die Hand zu schütteln, und hielt ihr zum Abschied ihre Rechte entgegen. »Madame Grange, vielen Dank für Ihre Zeit und Ihre Offenheit.«

Beherzt ergriff die Lehrerin Danielles Hand, diese nahm für kurze Zeit die verschiedensten Energien wahr, Engagement, aber auch eine Wahrheitsliebe, gepaart mit Mut und Beherztheit.

*

Die Gänge und Rolltreppen hinab zur Metro waren überfüllt. Es war Feierabendzeit, und die Leute strömten scharenweise nach Hause. Wie in allen U-Bahnhöfen der Welt war es auch hier zugig und ungemütlich und Straßenmusikanten hatten sich niedergelassen. Der eine spielte hinreißend auf einem Akkordeon, die andere, eine sehr junge Frau, sang in der anderen Ecke leise ein gefühlvolles Chanson. Diese Stadt war voller Talente, voller Menschen, die kreativ und begeisterungsfähig waren.

Die drei Polizisten aus Nizza waren nach dem Besuch im Konservatorium ins Hotel zurückgekehrt, hatten dort zu Mittag gegessen, sich etwas ausgeruht, sich über die Ergebnisse und das weitere Vorgehen besprochen, mit Aimé Raisuni telefonisch einen Termin um 17.30 Uhr vereinbart und waren nun unterwegs in die Rue Saint-Honoré, eine der ältesten Straßen von Paris. Das letzte Stück gingen sie zu Fuß. Hier in Paris pulsierte Leben. Die Hektik der Großstadt waren die drei Nizzaer nicht gewohnt, an der Côte d'Azur lag vielmehr Entspannung und Urlaubsfeeling in der Luft.

Die Rue Saint-Honoré war eine feine Wohngegend, in der die Appartements bestimmt nicht billig waren. Sie präsentierte die typischen, mehrstöckigen Häuser aus cremefarbigem Kalkstein mit schmiedeeisernen Balkonen im klassizistischen Stil, im Erdgeschoss viele edle Geschäfte und Restaurants. Das 1. Arrondissement hielt, was es versprach.

Vor dem Haus mit der Nummer 179, in der die Wohnung von Raisuni lag, hielt Hibou seinen Finger auf die Klingel unter dem goldenen Namensschild.

Ein *concierge*, der Hauswart und Pförtner von Luxusmehrfamilienhäusern, öffnete ihnen und bat sie einzutreten. Er war über ihren Besuch informiert und wies sie in den zweiten Stock.

So einen prunkvollen Eingangsbereich hatten die drei Polizisten noch nie gesehen. Den Fußboden zierten kunstfertige Mosaike, die Wände eine hochwertige Wandbemalung, die wie echter Marmor wirkte. Die breiten Marmorstufen der Treppe waren mit Teppich belegt. Weit oben hing von der Decke im Zentrum des Treppenhauses ein meterhoher Kronleuchter, der aus mehreren Etagen bestand und an dem unzählige Glaskristalle pendelten. Er verbreitete ein glamouröses Licht. Wer sich hier eine Wohnung leisten konnte, musste ein imposantes finanzielles Polster haben.

Barfuß, mit einem jadegrünen Kleid aus fließendem Seidenstoff, das ihre Kurven zur Geltung brachte, stand Aimé Raisuni lässig an der Tür und erwartete sie. Sie war eine Schönheit, auch wenn ihre Gesichtszüge ein Zuviel an Lebensgenuss zeigten. Sie gab Hibou die Hand und sagte: »Sie haben den Termin mit mir vereinbart, Monsieur …?«

»Hibou, und das sind Kriminalhauptkommissarin Tisserand und unsere Kollegin Tribolle.«

Obwohl er auf seine Kolleginnen zeigte, beachtete Raisuni diese kaum und sah nur ihn an.

Amarante Tribolles Augen sprühten Feuer. Sie merkte schnell, dass Aimé Raisuni es verstand, die Männer um den Finger zu wickeln, und nun ihren Freund im Visier hatte.

»Mademoiselle Raisuni«, sagte Danielle bestimmt, »wohin dürfen wir Ihnen folgen?«

Die Angesprochene warf ihre beeindruckende Haarpracht hinter sich, wendete sich um und schritt leichtfüßig voraus. »Kommen Sie bitte!«

Sie führte sie in einen imposanten Wohnraum, der fast so groß war wie die Hälfte von Danielles Wohnung. Zwei riesige Sofas thronten einsam im Raum, an den Wänden standen ein antiker Sekretär und mehrere Kommoden, darüber hingen Bilder von Meistern des 18. Jahrhunderts. Exquisite Blumen-Stillleben, junge Mädchen, die mit nackten Brüsten in opulenten Betten lagen, und ätherische Göttinnen, die mit Tanz und Gesang die willigen Männer verführten.

*»Waouh!«*, entfuhr es Danielle, die vor einem der Gemälde stehen geblieben war.

»Ja, die alten Meister haben es mir angetan. Ich finde, dass die moderne Kunst nicht an das Können dieser Maler heranreicht«, meinte Raisuni in aller Selbstverständlichkeit, so wie es nur Menschen zu eigen ist, die sich noch nie in ihrem Leben Sorgen über das liebe Geld machen mussten. »Darf ich Ihnen Espresso anbieten oder Wasser, Orangensaft vielleicht? Gabriella!«, rief sie laut.

In der Tür erschien eine kleine Frau mittleren Alters mit

einer weißen Schürze. Danielle konnte es nicht fassen, es gab sogar eine Haushälterin!

»Bringe doch bitte vier kleine Schwarze, Milch, Zucker, stilles Mineralwasser und *jus d'orange*.«

Gabriella nickte und verließ den Raum.

Das Polizeiteam setzte sich auf das eine Sofa, die Wohnungsinhaberin ließ sich mit hochgezogenen Beinen auf dem anderen Sofa nieder, sodass ihre Beine gut zur Geltung kamen.

»Mademoiselle, wir kommen im Mordfall Jasmine Blanzac. Sicher haben Sie davon gehört! Sie waren ihre Kommilitonin und haben mit ihr zusammengewohnt.«

Gabriella kam mit den gewünschten Getränken zurück und stellte sie auf dem Wohnzimmertisch ab.

Aimé Raisuni erhob sich und ging mit schwingenden Hüften auf den Tisch zu, nahm sich einen Kaffee und rührte elegant einen Zuckerwürfel hinein. »Bitte, bedienen Sie sich«, sagte sie, schaute dabei aber nur Hibou an.

Hibou wollte aufstehen, doch Danielle hielt ihn zurück. »Danke, das tun wir gleich. Kommen wir zunächst zur Sache! Erzählen Sie von Jasmine.«

Noch im Stehen begann Aimé zu reden, während sie mit einem ihrer zierlichen Füße anzüglich langsame Kreise auf den Fußboden zog. Es war unverkennbar, dass die Frau eine Ausbildung an den besten Schauspielschulen Frankreichs hinter sich gebracht hatte.

»Ja, die talentierte Jasmine ist tot. Dabei hätte sie bestimmt demnächst die Goldene Palme gewonnen.« Ihre Stimme klang traurig, doch ihr Gesicht gehorchte ihr nicht. Es war unschwer zu erkennen, dass sie versuchte, ein zufriedenes Lächeln zu unterdrücken.

Tribolle konnte fast nicht mehr an sich halten. Sie klammerte sich an ihr Tablet und verfolgte mit finsteren Blicken das Gehabe der Befragten. »Jasmines Tod scheint Sie nicht besonders zu treffen!«, zischte sie.

Danielle stand auf, holte sich einen Orangensaft und stellte sich nahe zu Aimé, die bisher nicht geantwortet hatte. »Was sagen Sie dazu?«

»Die gute Jasmine hat sich ständig in den Vordergrund gedrängt. Wir anderen wurden gar nicht wahrgenommen und mussten sehen, wo wir blieben!« Sie setzte sich wieder aufs Sofa.

Danielle beugte sich leicht zu ihr nach unten. »Wussten Sie, dass Jasmine einen Zwillingsbruder hat, der geistig schwer beeinträchtigt ist?«

»Ja, die Mutter hat ihn einmal mit nach Paris gebracht, was Jasmine gar nicht passte. Der dunkle Fleck in ihrem Leben, man kann eben nicht alles haben.« Sie machte eine wegwerfende Handbewegung. »Jasmine war immer seltsam. Sie schwebte über allen und allem, war meistens nicht ansprechbar und wollte wenig mit mir zu tun haben.«

»Wir haben gehört, dass Sie sie einmal übel beschimpft haben. Das zeugt nicht gerade von großer Freundschaft«, schaltete sich Tribolle wieder ein.

Aimé warf Tribolle einen stechenden Blick zu. »Wie Sie bestimmt gemerkt haben, bin ich kein stilles Mauerblümchen.« Hätte nur noch gefehlt, dass sie anhängte: »So wie Sie.«

Danielle erkannte die Lage und griff ein, damit das Gespräch auf der sachlichen Ebene blieb. »Ja, das ist unverkennbar. Und es ist gewiss auch so, dass Sie es besonders lieben, im Mittelpunkt zu stehen. Schwierig, wenn Ihnen jemand die Show stiehlt, mit dem sie auch noch zusammenleben, oder?« Sie wartete nicht auf die Antwort, sondern feuerte weiter auf Raisuni ab: »Wir haben von dem Skandal gehört, den ein Lehrer verursachte. Sie gehörten auch zu den jungen Frauen, denen er für Sex bessere Noten versprochen hat. Sie waren jedoch die Einzige, die sich freiwillig mehrmals mit ihm getroffen hat. Was haben Sie dazu zu sagen?«

Das Schamgefühl der Befragten hielt sich in Grenzen. »Um gute Noten zu bekommen, bin ich nicht zimperlich gewesen. Das ist aber kein Grund, mich festzunehmen.«

»Aber womöglich war Ihnen Jasmine Blanzac dennoch ein Dorn im Auge, denn sie musste sich nicht auf ein solch ekelhaftes Angebot einlassen, Sie hatte nämlich Talent!«, konterte Danielle.

Das blasierte Gehabe verschwand, die Arroganz in Aimés Gesicht zerbröckelte. »Im Gegensatz zu mir? Wollen Sie das sagen?«

Danielle hatte den wunden Punkt getroffen. »Ich habe Sie nie spielen sehen, kann Ihr Talent also nicht beurteilen. Aber ich bin mir nach den Gesprächen mit einigen Lehrern am Konservatorium sicher, dass es nicht an das von Jasmine heranreicht. Und ich weiß, dass Sie Jasmine um ihre Begabung beneidet haben.«

»Und deswegen wollen Sie mir den Mord anhängen? Weil ich eifersüchtig war? Das ist absurd!«

»Eifersucht ist ein häufiges Motiv«, erklärte Hibou. »Leidenschaft ebenso, und Sie sind ein sehr leidenschaftlicher Mensch.«

Tribolle drehte den Kopf ruckartig in seine Richtung und sah ihn mit großen Augen an.

»Danke für das Kompliment«, erwiderte Aimé. »Aber ich töte niemanden! Ich lasse mir nichts vorschreiben, mache, was ich will, und das ist nicht immer moralisch in Ordnung. Aber jemanden umzubringen, das ist mir noch nie in den Sinn gekommen. Sehen Sie, mein Vater hat mir diese Wohnung geschenkt. Weshalb sollte ich mich unglücklich machen?«

»Sind Sie denn glücklich? So wirken Sie nicht.« Danielle ließ nicht locker. »Sie haben viel, das stimmt. Aber Sie wollen mehr. Vielleicht etwas, das man sich nicht kaufen kann, das man eben hat oder nicht hat. Schauspielerisches Talent zum Beispiel.«

Aimé Raisuni schwieg und ließ ihren Kopf hängen. Sie seufzte, und Tränen liefen ihr über die Wangen.

Waren dies echte Tränen? Danielle konnte darauf keine Rücksicht nehmen. »Sie waren in der Nacht, in der Jasmine ermordet wurde, in den Tremblay-Studios in Cannes und haben Ihre ehemalige Studienkollegin aufgesucht. Ich hoffe, Sie können uns ein gutes Alibi geben!«

»Ja, das kann ich.«

Sie schrieb etwas auf einen Zettel und reichte ihn Danielle. »Mit diesem Journalisten habe ich den Abend und die Nacht verbracht. Fragen Sie ihn, er wird es bestätigen.« Aimé hatte sich wieder gefasst, ihr Blick, den sie Danielle zuwarf, war eiskalt. »So, jetzt möchte ich, dass Sie umgehend meine Wohnung verlassen! Gabriella, die Herrschaften möchten gehen!«

Kaum hatte der *concierge* die Haustür hinter ihnen geschlossen, platzte es aus Amarante Tribolle heraus: »So eine unsympathische Ziege habe ich selten getroffen! Und du lässt dich auch noch auf ihre Verführungskünste ein, Michel!«

Danielle hielt den Atem an.

»Amarante, das nennt sich Taktik. Ich finde die Frau genauso abstoßend wie du. Denn weißt du, was ich in dir endlich gefunden habe? Ehrlichkeit und Bescheidenheit!« Er sah sie liebevoll an und nahm sie in den Arm.

Hibou, diplomatisch und geschickt wie immer, dachte Danielle. Laut sagte sie: »Wir dürfen uns nicht von Abneigungen oder Mitgefühl lenken lassen. Das ist nicht einfach und gelingt auch mir nicht immer, aber es ist immens wichtig, Amarante!«

Die Reise neigte sich ihrem Ende zu, schon morgen ging es zurück nach Nizza. Die Ermittlungen hatten sich auch in der Hauptstadt Frankreichs schleppend wie zähflüssiger Teer gezeigt. Ihr Team schien wie in einem alten großen Kochtopf zu rühren, so als ob sich darin eine unergründliche, breiige Masse befände und der Kochlöffel stecken bliebe.

Danielle war etwas niedergeschlagen. Zurück im Hotel rief sie Raymond an, und sofort durchflutete sie ein warmes Gefühl, als sie seine Stimme hörte.

»*Chouchou*, Liebste, schön, dass du dich meldest. Ich freue mich so auf morgen, wenn ich dich endlich wieder in meine Arme schließen kann.«

»Und ich mich erst! Auch wenn ein unschöner Termin ansteht. Ich bin am Freitagvormittag bei Staatsanwalt Sabran-Pontevès vorgeladen. Dort soll ein ›klärendes‹ Gespräch mit meinem Lieblingsreporter Blothuile stattfinden.«

Raymond knurrte: »Ich komme mit, und wenn die Sache brenzlig wird, stürme ich das Büro des Herrn Staatsanwalt.«

Ihr fehlten wieder einmal die Worte. Es tat unheimlich gut, so bedingungslos geliebt zu werden. »Ich vermisse dich auch«, brachte sie noch flüsternd hervor, als sie das Gespräch beendeten. Womit hatte sie seine unverbrüchliche Liebe verdient? Oder musste man sich Liebe nicht verdienen, weil das Glück auf der Seite der Liebenden war?

Das Theater am Konservatorium gab es schon seit dem Jahr 1811. Der Direktor hatte Danielle und ihrem Team einen Platz in einer der vorderen Reihen reserviert, sodass sie einen guten Blick auf das Geschehen hatten. Er hatte sie stolz darauf hingewiesen, dass die Inszenierung, das Bühnenbild und die Kostüme von den Studierenden gemeinsam mit ihren Lehrern entwickelt worden waren.

Auf jedem Platz lag ein Handzettel mit Infos zu dem Stück. Die antike Komödie »Die Vögel« von Aristophanes war bereits im Jahr 414 vor Christus entstanden.

Sogar Danielle, die selten ins Theater ging, bemerkte die außergewöhnliche Leistung der Studierenden einer der weltweit besten Schauspielschulen. Humorvoll wurde aufgezeigt, wie brüchig Volkssouveränität und Friede sein können, wie vielfältig naive und gierige Charaktere der Eintracht entgegenwirken können, ohne mahnend den Zeigefinger zu heben.

Nach der Vorführung und einem Glas Rotwein wollte Danielle nur noch ins Bett. Morgen früh stand vor der Abfahrt ein abschließendes Gespräch mit dem Pariser Kollegen Samuel Mesme an.

Vor dem Schlafengehen sprach sie in ihr Diktiergerät. »Gier und der Wunsch nach Macht sind schon immer ein gewaltiger Motor für das menschliche Handeln. Sind das auch die Motive für den Mord an Jasmine Blanzac? Wenn ja, hätten Aimé Raisuni, sämtliche ihrer Schauspielkollegen, ihr ehemaliger Lehrer Montagne und ihr Geliebter Adrian Favreau ein Motiv. Oder gab es eine ganz andere treibende Kraft für diesen Mord? In welche Abgründe müssen wir uns noch begeben, um die wesentliche Spur zu finden, dic uns zum Mörder führt?«

Als sie sich das eben Aufgenommene noch einmal anhörte, merkte sie, wie verzweifelt sie klang. Warum kamen sie denn nicht voran?

# KAPITEL 26

Matheo Blothuile saß mit übergeschlagenen Beinen auf einem Stuhl im Sekretariat des Staatsanwaltes, als Danielle und Vitoux hereinkamen. Er versuchte mit Sabran-Pontevès' Vorzimmerdame zu flirten, aber die junge Frau tippte konzentriert auf der Computertastatur und ließ sich nicht darauf ein. Danielle nickte dem Redakteur verhalten zu.

Heute trug er über seinem obligatorischen Marken-Polohemd in Pink eine Jacke aus glänzendem Stoff, dazu eine teure Designer-Jeans. Um seinen Hals hatte er ein grau-pink gestreiftes Tuch geknotet. Seine Haare hatte er mit reichlich Gel nach hinten geklatscht, und ihn umgab ein schwerer Männerduft. Nachdem beide Frauen ihm keine Aufmerksamkeit mehr schenkten, zog er Unterlagen aus seiner Mappe und studierte diese.

Vitoux hatte es sich erneut nicht nehmen lassen, sie zu begleiten, obwohl sie massiv dagegen protestiert hatte. Sie war der Meinung, dass seine Begleitung den Eindruck erweckte, sie könne nicht für sich allein eintreten. Aber das Kollegium war anderer Meinung und sah darin einstimmig die Loyalität des Chefs zu einer seiner besten Mitarbeiterinnen.

Als die Sekretärin ihr Schreiben fertiggestellt hatte, bat sie alle drei in das Büro des Staatsanwaltes. Sie sollten Platz nehmen, der Herr Staatsanwalt käme in einer Minute.

Danielle hatte heute Morgen bewusst ein elegantes Kostüm gewählt, bestehend aus einem engen Rock und einer kurzen taillierten Jacke. Das graue Kostüm sollte ihre Kompetenz unterstreichen. Auf ihre Lieblingsschuhe, die Sabots, hatte sie jedoch nicht verzichtet. Diejenigen, die sie heute trug, hatten einen acht Zentimeter hohen Absatz und als Obermaterial hellgraues Wildleder.

Sie hatten sich kaum gesetzt und die angebotenen Getränke entgegengenommen, als der Staatsanwalt hereinrauschte. Wie immer war er geschmackvoll gekleidet, Anzug, gestreiftes Hemd und Krawatte, dazu frisch gewienerte Budapester. Selbstbewusst nahm er hinter seinem Schreibtisch Platz, stützte seine Ellbogen auf der Tischplatte auf und faltete die Hände vor sich. »Ich danke Ihnen, dass Sie der Einladung zu diesem Gespräch gefolgt sind. Wir wollen diesen Konflikt ein für alle Mal aus der Welt schaffen.«

»Monsieur Sabran-Pontevès, die Vertretung beider Konfliktparteien ist nicht ausgewogen, ich bin eindeutig in der Minderheit. Trauen Sie sich nicht allein hierher, Madame Tisserand?«, fragte der Redakteur feindselig.

»Monsieur Blothuile, ich war mit meinen einführenden Worten noch nicht am Ende angekommen«, ermahnte der Staatsanwalt harsch. »Es wäre sehr freundlich, wenn Sie mich nicht unterbrechen würden!«

Der Chefredakteur lief rot an und wippte nervös mit den Füßen.

»Sie beide erzählen mir noch einmal, was aus Ihrer Sicht passiert ist. Ich nehme Ihnen zwar keinen Eid ab«, der Staatsanwalt grinste, »aber ich gehe davon aus, dass Sie dennoch bei der Wahrheit bleiben. Meine Zeit ist zu kostbar für eine Märchenstunde.«

Der Leitwolf hat geheult, dachte die Kommissarin zynisch.

»Meine Sekretärin Marielle Guitton wird Protokoll führen, damit hinterher keiner behaupten kann, etwas nicht oder anders gesagt zu haben. Monsieur Blothuile, ich gebe Ihnen als unserem Gast als Erstes das Wort.«

Vitoux lächelte Danielle aufmunternd zu, aber sie brauchte keine Ermutigung, zumindest noch nicht. Vielleicht war es ganz gut, dass sie sich abschließend erklären konnte.

Blothuile rieb sich über die Oberschenkel. »Dieser Streit hat nicht erst jetzt angefangen, sondern schwelt schon seit einigen Jahren. Ich habe und hatte des Öfteren den Eindruck, dass Madame Tisserand die Presse übergeht beziehungsweise ihre Informationen nur den Medien gibt, die positiv über sie und ihre Arbeit berichten. Vor Kurzem überrumpelte sie mich in meiner Redaktion, um sich als Musketier aufzuspielen.«

Das fing ja gut an! Die Kommissarin hoffte, dass Blothuile nicht noch mehr auf ihr angebliches Schuldenkonto auflud. Sie atmete laut aus, um ihr Missfallen nonverbal auszudrücken.

Sabran-Pontevès wies sie umgehend zurecht. »Halten Sie sich zurück, Madame Tisserand. Sie dürfen Ihre Meinung dazu sagen, wenn Monsieur Blothuile fertig ist.«

Danielles innerer Kampfhund, im Moment offenbar noch ein freundlicher Terrier, wartete wachsam und angriffslustig auf seinen Moment.

Für zwei Sekunden zeigte der Reporter ein hochmütiges Lächeln, das er dann zügig verbarg. »Sie müssen wissen, dass der Journalismus zu den härtesten Berufen der Welt gehört. Nur mit Auflagenzahl, Klicks und Einschaltquoten lässt sich Geld verdienen. Keine Zuschauer und Leser, kein Geld.«

Ach, der bemitleidenswerte Berichterstatter, der so hart für seinen Lebensunterhalt kämpfen muss, dachte Danielle, hatte aber kein Gramm Mitleid.

»Die Allgemeinheit hat das Recht, umfassend informiert zu werden. Jasmine Blanzacs Tod ist durch ihre Bekanntheit von besonderem Interesse, und die Leute wollen nicht nur trockene Fakten der Polizeiarbeit, sondern Emotionen. Und wo sind mehr Emotionen als bei einer Beerdigung? Ich erteile also auf dem Friedhof in Villecroze meinem Kameramann gerade Anweisungen, da eilt Madame wie eine Furie auf mich zu und klatscht mir eine Ohrfeige ins Gesicht!«

Die Mimik des Staatsanwaltes blieb unbewegt, als er sich an Danielle wandte. »So, jetzt hat Monsieur Blothuile seine Sicht der Dinge mitgeteilt, und nun sind Sie an der Reihe, Madame Tisserand.«

»Meine Sicht der Dinge? Die Ohrfeige hab ich mir nicht ausgedacht!«, rief Blothuile aufgebracht, kaum hatte der Staatsanwalt ausgeredet.

Bevor Sabran-Pontevès seinen Ärger ausdrücken konnte, ergriff Danielle das ihr erteilte Wort. Sei diplomatisch, verbindlich und höflich, dann geht es schnell vorbei. »Nein, das haben Sie nicht, Monsieur Blothuile. Und wie schon in der letzten Pressekonferenz möchte ich mich auch heute noch einmal bei Ihnen für diese Ohrfeige entschuldigen. Mit mir sind die Pferde durchgegangen, weil Sie den sensibelsten Augenblick, als die vom Schicksal geschlagene Mutter ans Grab ihrer Tochter tritt, an die Öffentlichkeit tragen wollten. Das ist für mich moralisch nicht vertretbar. Der Schutz der Privatsphäre wiegt mehr als Klicks und Einschaltquoten, in einem solchen Fall ganz besonders! Ich glaube, dass in dem Punkt viele meiner Meinung sind.«

Wütend sprang der Journalist auf. »Sie weichen keinen Millimeter von Ihrer vorgefassten Meinung ab. Die ganze Diskussion hier ist für die Katz!«

»Monsieur Blothuile, Sie hatten Ihre zehn Minuten, jetzt darf sich Madame Tisserand erklären. Bitte nehmen Sie sich zusammen!«, forderte der Staatsanwalt genervt.

»Dass unser Verhältnis nicht das Beste ist und ich in diesem Fall ganz besonders sensibel reagiere, hat auch damit zu tun, dass Sie mich unerlaubt am Grab meiner Mutter fotografiert haben. Diese Fotos haben Sie verwendet, um gegen mich zu hetzen, Sie haben infrage gestellt, ob ich den Anforderungen meiner Arbeit als Kommissarin gewachsen bin. Sie müssen sich nicht wundern, eine Reaktion darauf zu erhalten. Damit muss man rechnen, wenn man die persönlichen Grenzen anderer übertritt!« Der innere Kampfhund war zu einem Rottweiler mutiert und hatte jetzt Schaum vor dem Mund. *Contenance, contenance*, erinnerte sie die Worte Raymonds, die er ihr gestern Abend wieder ans Herz gelegt hatte.

»Trifft das zu, Monsieur Blothuile?«

»Ja, denn unsere Zielgruppe erwartet Emotionen, wie ich schon gesagt habe. Oder soll ich darüber berichten, dass beim Taubenzüchterverein in Èze zwei Brieftauben den Taubenschlag nicht erreicht haben? Würden Sie das lesen, Monsieur Sabrant-Pontevès? Oder eher den Bericht über die Beerdigung einer bekannten Schauspielerin?«

Danielle sah dem Staatsanwalt an, dass der sich ertappt fühlte, und ersparte ihm eine Antwort. »Alle außer den Mitgliedern des Taubenzüchtervereins würden den Bericht über die Beerdigung bevorzugen, Monsieur Blothuile. Aber objektiv und human muss der Beitrag sein, verstehen Sie?«

Dem Staatsanwalt war kurzzeitig die Mediation entglitten, und er staunte über Danielles sachliche, aber dennoch leidenschaftliche Rede. »Bevor wir uns noch länger im Kreis drehen: Sie sollten sich hier und heute auf eine neue Basis der Zusammenarbeit einigen oder ich bringe das Ganze vor Gericht! Dann kann sich ein Richter damit herumschlagen.«

Der Reporter erstarrte, Danielle sank kurzzeitig auf ihrem Stuhl zusammen, Vitoux fiel der Stift in seiner Hand auf den Boden.

Danielle versuchte, ihr Temperament zu zügeln. »Wegen mir muss es nicht so weit kommen. Ich bin bereit, eine Übereinkunft zu treffen.«

Der Staatsanwalt sah zu Blothuile, der sich auf seinem Stuhl wie eine Schlange wand. »Wenn nicht nur Sie davon profitieren, stimme ich meinetwegen zu«, sagte er und versuchte seinen Ärger hinunterzuschlucken.

»Was schwebt Ihnen denn vor, Monsieur?«

»Vielleicht eine Einladung in die Abteilung von Tisserand und Vitoux zum Beispiel, für eine exklusive Reportage über die Arbeit der *Crim*.«

»Madame Tisserand, was halten Sie davon?«

»Ich versuche wirklich, diese Angelegenheit aus der Welt zu schaffen. Und ein Bericht über die Arbeit der Kriminalpolizei ist keine schlechte Idee. Doch Sie sind dafür nicht der Richtige, denn Ihnen kann man nicht trauen, Sie ziehen alles und jeden in den Dreck! Ihr Problem ist, dass Sie nicht bei der Wahrheit bleiben.«

»Das war ja klar. So geht das nicht!« Der Reporter wurde laut.

Der Staatsanwalt wandte sich an Vitoux, vielleicht konnte der eher als seine Mitarbeiterin über seinen Schatten springen. »Monsieur Vitoux, stimmen Sie Ihrer Kommissarin zu?«

Danielle versuchte keine Miene zu verziehen. Was wurde das jetzt?

»Selbstverständlich stimme ich ihr zu«, antwortete Vitoux wie aus der Pistole geschossen.

Doch Danielle deutete das hastige Umpositionieren des Stiftes von einer Hand in die andere richtig. Vitoux stand unter enormem Druck, denn jetzt war es an ihm, die Situation zu lösen, ohne dem Staatsanwalt oder seiner Mitarbeiterin auf die Füße zu treten.

»Madame Tisserand hat vollkommen recht, man kann diesem Reporter nicht trauen. Ich würde Monsieur Blothuiles Vorschlag nur unter einer Bedingung zustimmen: Sie legen uns den Artikel und das fertige Videomaterial vor Veröffentlichung vor. Ohne unsere Zustimmung wird nichts publik gemacht.«

Danielle nickte, mit diesem Vorschlag konnte sie leben.

»Was halten Sie davon?«, wollte der Staatsanwalt von dem Reporter wissen. »Ich persönlich finde die Idee gut, für mich wäre die Angelegenheit damit erledigt, wenn Sie auch zukünftig objektiv bleiben. Geben Sie sich die Hand darauf.«

Danielle hielt Blothuile ihre Rechte hin, in die er zögernd einschlug. Sofort spürte sie Unzufriedenheit, dann Resignation und schließlich Erleichterung. Ob sich ihre Zusammenarbeit künftig wirklich ändern würde?

*

Gestern Abend hatte die Preisverleihung an der »École supérieure d'art et de design Marseille-Méditerranée« in Marseille stattgefunden, an der Marciella, Danielles Nichte, für ihre Skulptur einen Preis gewonnen hatte. Der Gewinn war ein zweiwöchiger Aufenthalt an der Marseiller Kunsthochschule mit der Option, alle dort angebotenen Seminare zu besuchen. Die gesamte Familie hatte der Feier beigewohnt, sogar Raymond war mitgekommen.

Die Nacht hatte Danielle bei Raymond verbracht. Nach einem *café au lait* hatte sie sich auf den Heimweg gemacht, um sich zum Joggen umzuziehen. Beim Abschied hatte Ray sie an den Restaurantbesuch heute Abend mit seinen Eltern erinnert. Der lag ihr bleischwer im Magen. Auch deshalb wollte sie sich mal wieder eine Joggingrunde gönnen und sich von trübsinnigen Gedanken freilaufen. Mit seinem Vater Fernand Labrousse hatte sie sich seit dem ersten Treffen gut verstanden, aber die Beziehung zu seiner Mutter Inès war nach wie vor schwierig.

Von ihrer Wohnung aus startete sie ihre übliche Runde. Sie konzentrierte sich auf ihren Atem, auf die gleichmäßige Bewegung ihrer Arme und Beine, auf das Schlagen ihres Herzens. Sie wollte nur die Bewegung spüren, Gedanken an die Arbeit oder an den heutigen Abend schob sie zur Seite.

40 Minuten später stand sie ausgeglichen und mit einem Summen auf den Lippen unter der Dusche.

Mit frischer Kraft wollte sie heute den Tag dazu nutzen, alle bisherigen Berichte zu ihrem Fall noch einmal durchzulesen, zu ordnen, und ihre Gedankenflut, die sie auf ihr Aufnahmegerät gesprochen hatte, anzuhören. Tribolle hatte ihr die Gesprächsprotokolle der Pariser Tage geschickt. Hibou hatte mit dem Doktor der Naturwissenschaften Jean-Luc Tonnelet für kommende Woche ein Treffen in Villecroze vereinbart. Er würde ihnen Orte zeigen, an denen der seltene Wiesen-Gelbstern wuchs. Außerdem war die ernüchternde Nachricht eingetroffen, dass das Gewehr von Adrian Favreau sich nicht als Tatwaffe erwiesen hatte. Danielle kam es so vor, als ob sie bei den Ermittlungen zwar regelmäßig einen Schritt vorwärts machten, dann aber immer wieder in den Rückwärtsgang gezwungen wurden.

Die Gesprächsprotokolle Tribolles waren gottlob detailgenau ausgeführt, sie erwies sich weiterhin als wertvolle Kollegin. Auch wenn sie nicht wesentlich weitergekommen waren, hatten sie durch die Pariser Gespräche doch eine genauere Vorstellung von Jasmine Blanzac erhalten.

Aimés Alibi für die Tatnacht hatte der Journalist bestätigt, aber Danielle wollte unbedingt noch selbst mit ihm sprechen. Eine Nacht konnte sehr lang sein, und irgendwann musste Aimé ja gegangen sein. Auch das Alibi des ehemaligen Lehrers der Pariser Schauspielschule, Alphonse Montagne, schien wasserdicht zu sein. Außerdem hatte Ribotti in ihrer Abwesenheit zwei Kindheitsfreundinnen von Jasmine aus Villecroze befragt, Arlette Bivert und Sylvie Augey. In seinem Bericht las sie, dass der Unfall ihres Bruders Jasmine sehr geprägt habe, dennoch sei sie voller Lebenslust gewesen. Wer sie als arrogant beschreiben würde, habe sie nicht gekannt. Sie sei treu und bescheiden gewesen und habe auch ihre Minderwertigkeitskomplexe gehabt. Sie habe sich niemals als etwas Besonderes gesehen und habe es als unangenehm empfunden, wenn die Menschen wegen ihr aus dem Häuschen gerieten. Und auf ihren Bruder habe sie nie etwas kommen lassen, ihn hätte sie mit ihrem Leben verteidigt, wenn es nötig gewesen wäre, so Sylvie Augey.

Den Eindruck hatte Danielle inzwischen auch. Hatten die Sätze »Das darfst du nicht!« und »Ich habe die Nase voll davon!« möglicherweise gar nichts mit ihrer Schauspielerei, sondern mit Rémy zu tun? Hatte sie ihn in Gefahr gesehen?

*

Es war 18.45 Uhr, als es klingelte. Verdammt, Raymond war immer so überpünktlich. Sie musste noch Lippenstift auftragen. Während sie die Zehennägel gefeilt und lackiert, ihren Körper mit einer duftenden Körperlotion eingerieben und anschließend mehrere Outfit-Kombinationen anprobiert und wieder ausgezogen hatte, war die Zeit nur so verflogen. Einerseits wollte sie umwerfend aussehen, andererseits sich unabhängig machen von der Meinung seiner Mutter.

Letztendlich hatte sie sich für eine weite weiße Marlene-Hose entschieden, eine weiß-blau gestreifte Seidenbluse mit einer Schleife am Hals und hohe dunkelblaue Pumps. Eine weiße Ledertasche von Roberto Cavalli mit einer goldenen Metallkette als Henkel vervollständigte das elegante, schlichte Outfit.

Sie öffnete die Tür, und sofort begannen die Schmetterlinge in ihrem Bauch zu tanzen. Wenn das keine Liebe war …

Das »La Chèvre d'Or« hatte zwei Michelin-Sterne. Unter einem Stern würden die Labrousses ja nicht ins Restaurant gehen. Gerade rechtzeitig kamen sie auf der geräumigen Terrasse des luxuriösen Hotels an, die eine beeindruckende Aussicht über die Küste der Halbinsel Saint-Jean-Cap-Ferrat im Westen bis Monaco im Osten zeigte. Danielle blieb kurz stehen, um das überwältigende Panorama zu genießen. Das Meer färbte sich langsam von azur- zu dunkelblau, silberweiße Schaumkronen küssten die Küste. Ein paar einzelne Wolkentürme im Westen wurden von der im Moment hinter ihnen versteckten Sonne angeleuchtet und schimmerten in Gold und Orange.

Auch Raymond war stehen geblieben, um mit seiner Liebsten den Augenblick zu genießen, aber dieser war in der nächsten Minute vorbei, denn seine Mutter kam überschwänglich gestikulierend und laut rufend auf sie zu.

»Meine Lieben, wie schön, dass Ihr endlich da seid! Raymond, mein Sohn, du siehst fabelhaft aus. Danielle, du beweist heute einen sicheren Geschmack.«

Ah, da war er schon, der kleine, geschickt platzierte Seitenhieb, kaum dass sie angekommen waren. Inés hakte sich bei ihrem Sohn ein und führte sie in das noble Restaurant in Richtung ihres Tisches, der Vater stand augenblicklich auf und umarmte Danielle. »Schön, dich wiederzusehen. Du siehst wie immer großartig aus.«

Kaum hatten sie sich gesetzt, stand ein Kellner bei ihnen. »Schön, dass Sie uns wieder einmal beehren. Ich bin Marc, Ihr heutiger *serveur*. Camille bringt Ihnen gleich die Menü-Karte. Darf ich Sie schon um Ihren Getränkewunsch fragen?«

»Heute möchte ich mit Champagner beginnen, zur Feier des Tages. Bringen Sie uns einen Dom Pérignon Rosé von 2006«, bestellte Inès selbstsicher.

Die Speisekarte zeigte die Kreativität des Kochs und seine Liebe zu seinem Land. Die Preise waren exorbitant, aber darüber wurde nicht gesprochen. Fernand schlug vor, das heute angebotene sechsgängige Menü *De roche et d'eau* zu wählen – »Vom Fels und vom Wasser«:

*Tomates cerises* – Kirschtomaten, gefüllt mit Burrata-Frischkäse und Fenchel, getränkt in Feigenblattwasser. *Pêche du jour* – Fang des Tages bestehend aus einer Fischsuppe mit gegrillten Artischocken und Sardellenbutter. *Coquillages* – Muscheln mit Liebstöckel und Kaviar-Kartoffeln. *Langoustine* – Kaisergranat, geröstet mit Sauce aus dem Mark des Hummers und Zitronenmelisse-Balm. *Pigeon* – Taube mit Zuckermais und Pilzen an schwarzem Kardamomjus. Als Dessert *Vision d'un citron de pays* – Vision einer Riviera-Zitrone, aromatisiert mit Yuzu und Kaffirlimette.

Danielle lief das Wasser im Mund zusammen, aber als sie sah, dass das Menü 350 Euro pro Person kostete, verschlug es ihr die Sprache.

Bevor der letzte Gang serviert wurde, fingerte Raymond etwas aus der Tasche seiner Anzugjacke. »Meine geliebte Danielle, Frau meines Lebens«, begann er.

Danielle rutschte das Herz in die Hose. Wollte er ihr nach dem letzten Versuch hier vor seinen Eltern einen Heiratsantrag machen?

Inès fragte ungeniert: »Was wird das jetzt, Raymond?«

Ihr Sohn beachtete sie nicht, sondern blickte unverwandt seine Freundin an. »Ich weiß, was du denkst. Wird er mich vor seinen Eltern überrumpeln? Nein, das habe ich nicht vor. Ich möchte dir trotzdem einen Ring schenken als Zeichen meiner Liebe und meiner Wertschätzung.«

Danielle brachte kein Wort heraus. Inès atmete heftig, Fernand schmunzelte. Raymond klappte nun das edle schwarze Kästchen auf und präsentierte ihr einen formvollendeten Ring in Weißgold mit einem Diamanten, den kleine grüne Saphire umrahmten. Er nahm zärtlich ihre Hand und steckte ihr den Ring an den Ringfinger der linken Hand. Er passte wie angegossen und sah wunderschön aus.

Danielle brach plötzlich in Tränen aus. »Ray …« Sie schluchzte auf. »Ich danke dir für deine Liebe und Fürsorge!« Sie rückte neben ihn und küsste ihn vor seinen Eltern ausgiebig auf den Mund.

Inès murmelte: »Ist das jetzt eine Verlobung oder nicht?«

Fernand strahlte über das ganze Gesicht. »Ich würde mich sehr freuen, wenn du Teil unserer Familie werden würdest.«

Mit verkniffenem Mund rief Inès den Kellner. »Wir haben Anlass für einen besonderen Tropfen Alkohol. Bringen Sie uns einen ›De Luze Extra Cognac‹ aus dem Hause Boinaud.«

Das war der beste Cognac und auch der teuerste, den Danielle in ihrem Leben getrunken hatte. Zum Dessert, das jetzt gereicht wurde, passte er hervorragend.

Bei Inès löste er endgültig die Zunge. Nach dem Champagner und mehreren Gläsern Wein während des Menüs gab sie lallend von sich: »Nun ja, Danielle, wenn mein Sohn dich so sehr liebt, wie es den Anschein hat, müssen wir das wohl hinnehmen.«

Fernand ergriff ihre Hand und flüsterte ihr zu: »Inès, Danielle ist eine wundervolle Frau, die unseren Sohn so glücklich macht, wie du mich vor vielen Jahren glücklich gemacht hast, als du meinem Heiratsantrag zugestimmt hast. Und jetzt sollten wir gehen, Liebling. Du hast zu viel getrunken.«

# KAPITEL 27

Sie hatte lange gewartet, um ihn heimlich sehen zu können. Erstens war es nicht so einfach für ihn, sich unbeobachtet davonstehlen zu können, und zweitens war sie so eingespannt gewesen wie schon lange nicht mehr. Die Arbeit wuchs ihr über den Kopf, und dazu die Pflege des dementen Vaters. Manchmal wusste sie nicht mehr, welcher Tag der heutige war. Im Frühjahr war im Weinberg so viel zu tun. Jetzt standen die Reben kurz vor der Blüte, und die Fruchtruten mussten nach unten gebogen und gebunden werden.

Zu anderen Zeiten, es schien Jahrhunderte her zu sein, als der Familienweinberg noch nicht durch Verkäufe dezimiert worden war, gab es Helfer, die den Vater bei der Arbeit an den Reben unterstützt hatten. Das konnte sie sich heute nicht mehr leisten, die komplette Arbeit lastete auf ihren Schultern.

Manchmal könnte sie aus der Haut fahren, vor allen Dingen, wenn Papa in seiner großen Verwirrtheit die unmöglichsten Dinge tat. Erst gestern, als sie ihn vor den Fernseher gesetzt hatte, vor dem er normalerweise Ruhe gab, hatte er in den Blumentopf auf dem Fensterbrett gepinkelt, das meiste war jedoch danebengegangen. Schimpfen nutzte in solchen Situationen nichts. Sie hatte alles saubergewischt und ihm seine Windel wieder angezogen, aus der er sich befreit hatte.

Aber jetzt wollte sie weder an ihren Vater denken noch an das Haus, das allmählich verfiel, noch an die viele Arbeit. Gleich würde ihr Prinz zur verabredeten Stelle kommen, zum Heuschober am hintersten Ende des Hofes. Glücklicherweise war eine Pflegekraft gekommen und hatte den Vater im Rollstuhl ins Dorf mitgenommen. Heute gab es Kaffee und Kuchen für die Senioren des Ortes. Die Kirche organisierte diese Treffen alle drei Monate.

Sie hatte ein schönes Kleid angezogen und öffnete nun das doppelflügelige Holztor. Sie hatten abgemacht, dass er im Inneren des Heuschobers auf sie warten würde. Staub wirbelte sachte auf und glitzerte in den Sonnenstrahlen, die durch die Ritzen drangen. Heu lag nur noch auf der oberen Empore, es war schon Jahre alt, eignete sich aber hervorragend für ein heimliches, gemütliches Versteck.

»Wo bist du?«, flüsterte sie erwartungsvoll in die Stille. War er noch nicht da?

»Hier bin ich. Such mich doch«, hörte sie ihn aufgeregt aus den Tiefen des Schobers rufen.

Die anfängliche Suche war fester Bestandteil ihrer Treffen. Es bereitete ihm ungeheuren Spaß, von ihr gefunden zu werden. Sie stieg die alte Holzleiter hinauf bis zum nächsten Holzboden. Plötzlich zogen starke Arme sie ins Heu, er lachte laut dabei. Sein intensiver Blick ließ sie dahinschmelzen. Sie nahm sein edles Gesicht in ihre Hände und küsste ihn zärtlich auf die Wangen.

Mit ihm war alles pur, unverfälscht, innig. Die Zeit, die sie mit ihm verbrachte, war das Kostbarste, was in ihrem Leben existierte. Sie war verliebt – und gleichzeitig verunsichert. Käme ihre Beziehung ans Tageslicht, würde man sie verurteilen. Doch sie liebte ihn! Über die Zukunft konnte und wollte sie sich keine Gedanken machen, denn eine Zukunft als Paar, vielleicht sogar als Familie, konnte es nicht geben.

»Mein Liebling, du weißt, dass das hier unser Geheimnis bleiben muss. Niemand darf davon erfahren!«, sagte sie eindringlich zu ihm.

Er nickte und hielt sich den rechten Zeigefinger vor den Mund.

# KAPITEL 28

Kommissarin Tisserand saß bei Vitoux in dessen Büro. »Chef, bevor wir besprechen, wie wir den Besuch von Blothuile gestalten, wollte ich Ihnen noch mitteilen, dass die verdächtige Aimé Raisuni wahrscheinlich aus dem Schneider ist. Ich habe den Journalisten befragt, mit dem sie die Nacht verbracht hat. Es muss eine sehr lange Nacht gewesen sein. Wär ja auch zu schön gewesen!«

Aber heute war ein anderer Journalist wichtiger. Blothuile, der widerspenstige Reporter, sollte um 10 Uhr kommen. Vitoux war nervös, er ordnete zum dritten Mal die Utensilien auf seinem Schreibtisch. Die Schreibunterlage musste korrekt mit der Schreibtischkante abschließen, der lederne Halter für die Stifte war noch einen Millimeter von der vollkommenen Parallelität zur Schreibunterlage entfernt.

»Danielle, ich bitte Sie, diplomatisch zu sein wie der amtierende Generalsekretär der Vereinten Nationen António Guterres. Lassen Sie sich nicht aus der Ruhe bringen, damit die unleidliche Angelegenheit endlich aus der Welt ist.«

»Ich behandle ihn wie ein rohes Ei.« Danielle sah dem Besuch recht gelassen entgegen.

Nachdem der Schreibtisch nicht mehr ordentlicher gemacht werden konnte, nahm sich Vitoux seine Krawatte vor und rückte sie zwanghaft zurecht. »*Très bien*, sehr gut. Wir empfangen ihn im Konferenzraum mit einer *collation*, einem kleinen Imbiss. Zeigen Sie ihm auch unseren gemütlichen Platanenplatz im Hof. Und führen Sie ihn durch jede Abteilung.«

Danielle wusste nun Bescheid und machte sich auf den Weg in ihr Büro. Hoffentlich konnte sie sich ihre momentane Gelassenheit während Blothuiles Besuch bewahren. Ein Mann, den sie bisher als taktlos, unsensibel, heftig ambitioniert kennengelernt hatte, war heute der Hahn im Korb. Das hatte sie sich selbst zuzuschreiben, ihrem Jähzorn und ihrer ausufernden Empathie. Sie sollte sich das Wort *contenance* auf die Stirn tätowieren lassen.

In ihrem Büro wartete ihr Team auf sie. Hibou hatte bereits Neues zu berichten.

»Unser Pariser Kollege Samuel Mesme hat angerufen. Der Fall Blanzac lasse ihn nicht los, und er habe ein bisschen recherchiert. Nun ja, er hat herausgefunden, dass der sich im Ruhestand befindende Lehrer Alphonse Montagne ein kleines Ferienhäuschen in der Provence besitzt.«

»Hmm, ganz in der Nähe also. Er könnte theoretisch in der Tatnacht dort gewesen sein, auch wenn die Schwägerin sein Alibi bestätigt hat. Hibou, bitte finde das heraus. Und ob er eine Schrotflinte sein Eigen nennt.«

Hibou nickte behäbig mit dem Kopf. »Mit dem Botaniker Tonnelet habe ich in den kommenden Tagen einen Termin vereinbart. Kommst du mit, Chefin?«

»Ja, unbedingt«, antwortete Danielle. »Und jetzt auf zum Staatsempfang in den Konferenzraum. Blothuile wird jede Minute hier sein!«

Rosalie hatte Gebäck, Kaffee, Wasser und Orangensaft bereitgestellt, Blumen in einer Vase arrangiert und bunte Servietten danebengelegt. Ghislaine, eine der zwei Auszubildenden, brachte soeben einen Tetra Pak Milch.

Schon klopfte es an die Tür, und ein junger Polizist, der unten am Empfang Dienst hatte, meldete: »Hauptkommissarin Tisserand, Monsieur Blothuile ist nun da.«

»Vielen Dank, Fabrice, dass Sie den Herrn hochgebracht haben.«

Hinter dem Polizisten tauchte Blothuiles gegelter Haarschopf auf. Er schob sich an dem jungen Mann vorbei und witzelte: »Hier wird aber gut aufgepasst.«

In Danielle ließ dieser Ausspruch den Gedanken aufkeimen, dass Blothuile damit seine Unsicherheit überspielte.

Kaum hatte der Reporter den Raum betreten, machte sich auch der schwere Duft seines Aftershaves breit. Wie immer flatterte ein kleines Halstuch über dem Kragen seines heute gelben Poloshirts. Dazu trug er eine glänzende Stoffhose, die fast auf dem Boden schleifte, und schwarze Sneakers mit Leopardenmuster.

Danielle, Hibou und Tribolle gingen auf ihn zu. »Herzlich willkommen in unserem Kommissariat, Monsieur Blothuile«, begrüßte Danielle ihn. »Nehmen Sie Platz und greifen Sie zu.«

Nachdem sich alle einen Kaffee eingeschenkt und ein Gebäckstück genommen hatten, kam Danielle sofort zur Sache: »Ich möchte Sie freundlich daran erinnern, dass Sie uns Ihren Bericht inklusive Foto- und Videomaterial vor der Veröffentlichung vorzulegen haben. Wir wollen diese unsägliche Sache doch beide ein für alle Mal aus der Welt schaffen.«

Blothuile strich sich über seine Haare. »Ja, Madame, das ist auch in meinem Sinne.«

Das war doch ein guter Anfang.

Tribolle und Hibou übernahmen die Aufgabe, Blothuile die verschiedenen Räumlichkeiten des Kommissariats zu zeigen. Danielle stieß zu ihnen, als sie die Abteilung der Spurensicherung betraten.

Die SpuSi verfügte über drei große Zimmer, wovon eines das Büro war und die anderen beiden mit allerlei Apparaten und Gerätschaften vollgestopft waren. Sie marschierten durch das Büro zum angrenzenden Raum, wo Claire Dupuis an einem Mikroskop saß. Wie üblich hatte sie eine Zigarette im Mund.

»Claire, ich möchte dir Monsieur Blothuile, Chefredakteur des Online-Magazins ›Vue de la côte‹ vorstellen. Er würde gerne etwas über deine Arbeit erfahren.« Danielle wusste, dass Claire Dupuis zu Personen, die sich fragwürdig gegenüber der Abteilung, ihren Kollegen, Freunden oder ihr selbst benommen hatten, ziemlich ruppig sein konnte, und hatte sie deshalb im Vorfeld um Konfliktvermeidung gebeten.

»Aber ja doch, nehmt Platz!« Mit ihrer linken Hand zeigte Dupuis vage auf ein paar Stühle, die wahllos im Raum standen, mit der rechten nahm sie ihre Zigarette aus dem Mund, drückte sie in einem überfüllten Aschenbecher aus und fixierte Blothuile mit einem Adlerblick, der viele nervös machte. »Man hat mir gesagt, ich soll nett zu Ihnen sein. Wie schaffen wir das, Monsieur?«

Danielle zuckte zusammen. Sie wollte zügig die Wogen glätten, aber noch während sie nach passenden Worten suchte, antwortete Blothuile:

»Madame Dupuis, ich freue mich, Sie endlich kennenzulernen. Ich weiß, dass Sie die Ikone der Spurensicherung bei der Nizzaer Polizei sind. Es tut mir leid, ich habe mich dämlich benommen. Vielleicht überwinden wir durch diese Begegnung unsere gegenseitigen Vorurteile.«

Claire betrachtete ihn schweigend. Währenddessen bildeten sich auf der Stirn des Journalisten feine Schweißperlen.

»Ich nehme Ihr Friedensangebot gerne an und hoffe darauf, dass Sie es einhalten«, sagte sie trocken. »Tanguy,

Lelouch, bitte zeigt dem Herrn einige unserer wichtigsten Apparate und was wir damit anstellen.«

Während die fünfköpfige Truppe, auch Hibou und Tribolle waren interessiert, sich von den Kriminaltechnikern herumführen ließen, unterhielten sich Danielle und Claire leise im Büro der SpuSi.

»Danielle, du glaubst doch nicht, dass ich ihn so einfach davonkommen lasse, nachdem er sich mehrmals dir gegenüber unmöglich verhalten hat! Ich traue ihm nicht über den Weg, da muss er erst barfuß den Jakobsweg bis nach Santiago de Compostela gegangen sein.«

Sie waren fast am Ende des Besuches angekommen, auch den Hof samt Platane hatten sie ihm gezeigt.

»Madame Tisserand, das war ein wunderbarer Vormittag! Eigentlich müsste ich Ihnen dafür danken, dass Sie mir eine Backpfeife gegeben haben.« Blothuile grinste, aber nicht überheblich. Er schien es ernst zu meinen. »Eine Bitte habe ich noch. Sie sind eine Person der *Crim*, die ich schon immer gerne journalistisch begleitet habe. Sie sind interessant, intelligent, Ihre Methoden ungewöhnlich. Würden Sie mir noch Ihr Büro zeigen?«

Wie sollte sie ihm das verwehren? Bisher war alles gut gelaufen, aber Danielle war trotzdem auf der Hut.

In ihrem Büro machte sie eine raumgreifende Armbewegung. »Sie sehen, mein Arbeitszimmer ist vollkommen unspektakulär.«

Blothuile sah sich aufmerksam um, sein Blick blieb schließlich an der Pinnwand hängen. Mist, sie hatte vergessen, dass darauf viele Informationen zum Fall Jasmine Blanzac kompakt zusammengefasst waren.

Als der Reporter das Foto mit Blanzacs üblen Verletzungen sah, wurde er blass. »Puh, harter Tobak! Die Wirklichkeit ist viel schlimmer als die Vorstellung«, sagte er unangenehm berührt.

»Monsieur Blothuile, wenn ich bitten darf.« Danielle zeigte zur Tür, sie wollte das Büro schleunigst verlassen, bevor dem Reporter sensible Informationen auffielen.

»Oh, ein ausgesprochen schöner Ring!« Blothuile deutete auf ihren Finger. »Kann man gratulieren, Madame?«

*Merde*, dem entging aber auch gar nichts. »Monsieur, ich informiere Sie, wenn es so weit ist.«

Auf dem Weg zum Ausgang stieß Vitoux zu ihnen, um den Reporter zu verabschieden.

»Vielen Dank für den wunderbaren Vormittag.« Blothuile hielt Vitoux die Hand hin. »Das hat noch niemals jemand für mich gemacht. Ich habe mich sehr wohl gefühlt.«

Vitoux entgegnete: »Dann können wir dem Herrn Staatsanwalt mitteilen, dass Ihr Besuch erfolgreich verlaufen ist und beide Seiten von einer Auseinandersetzung vor Gericht absehen?«

Danielle und Blothuile bejahten.

Danielle saß erleichtert in ihrem Arbeitszimmer und atmete tief durch. Ihr Handy klingelte. Die angezeigte Nummer kannte sie nicht. Sie ließ es klingeln und legte das Mobiltelefon zur Seite. Nach kurzer Zeit meldete es sich erneut.

»*Allô*?«

Jemand schluchzte heftig. »Danielle, oh Danielle!«

»Inès, Inès? Bist du das? Was ist passiert?« Danielle lief es eiskalt den Rücken hinunter, etwas Schlimmes musste geschehen sein. Oder war Inès betrunken? »Beruhige dich doch und sag mir, was los ist!« Die Hauptkommissarin musste aufstehen, eine tiefe Unruhe hatte sie erfasst.

»Es ist so schrecklich!«

Es raschelte am anderen Ende der Leitung, dann sagte Fernand: »Danielle, Raymond hatte vor zwei Stunden einen schweren Unfall. Er war mit dem Fahrrad unterwegs nach Hause und wurde angefahren. Er liegt auf der Intensivstation des Centre Hospitalier Universitaire.«

»Ich komme so schnell wie möglich«, presste Danielle atemlos hervor und legte auf. Eine Hitzewelle durchfuhr sie, ihr Herz raste und ihr wurde schwindelig. Sie ließ sich in den Sessel hinter ihr fallen. Raymond schwer verletzt … Lebte er überhaupt noch? Sie begann am ganzen Körper zu zittern.

Mit bebenden Fingern wählte sie Claires Nummer auf dem Haustelefon. Als sie deren burschikose Stimme hörte, brach sie hemmungslos in Tränen aus und konnte nicht sprechen.

»Bleib, wo du bist, ich komme sofort!«

Alles um Danielle herum drehte sich. Sie legte sich auf den Boden.

Ein kurzes Klopfen, dann wurde die Tür aufgerissen. Claire erschrak, als sie Danielle am Boden sah. Sie kniete sich neben sie und strich ihr über die Stirn. »*Ma belle*, was ist los? Hat der Mistkerl von Blothuile dich wieder fertig gemacht?« Claire war blass geworden, ließ sich aber nicht aus der Ruhe bringen.

Danielle murmelte mit tränenerstickter Stimme: »Kannst du mich ins Krankenhaus fahren?«

»Natürlich. Geht es dir nicht gut?«

»Raymond ist angefahren worden, als er mit dem Fahrrad unterwegs war. Ich möchte zu ihm ins Krankenhaus, aber mir ist etwas schwummrig.«

Claire brachte ihr ein Glas Wasser und holte auf Danielles Bitte ein kleines Fläschchen Bachblüten aus ihrer Tasche. Davon träufelte sie nach Anweisung vier Tropfen in das

Glas. Danielle richtete sich langsam auf und trank Schluck für Schluck.

»Ich gebe Vitoux und deinen Kollegen Bescheid.« Claire griff zum Haustelefon.

Danielle riss sich zusammen, Raymond brauchte jetzt ihren Beistand und keine hilflose, halb ohnmächtige Frau.

Im Krankenhaus kam ihr Raymonds Mutter mit rot geränderten Augen schluchzend entgegen. »Sie haben ihn in ein künstliches Koma versetzt.« Sie umarmten sich zum ersten Mal von Herzen, ohne Vorurteile.

Fernand war sehr blass, versuchte aber, gefasst aufzutreten.

Raymond lag in einem luxuriösen Einzelzimmer der Intensivstation.

»Ich habe gedroht, ihn sofort in ein privates Krankenhaus bringen zu lassen, wenn er nicht die Aufmerksamkeit bekommt, die er braucht. Er hatte unter anderem eine Leberruptur, also Risse in der Leber«, flüsterte Inès.

Danielle war zutiefst erschüttert beim Anblick ihres Liebsten. Viele Schläuche führten von piepsenden medizinischen Apparaten zu seinem Körper, um diesen ausreichend zu versorgen und seine Vitalfunktionen zu überwachen. Über einen Tubus war er mit einem Beatmungsgerät verbunden. Sein rechtes Bein steckte bis hinauf zum Oberschenkel in einem Gipsverband und hing in einem entlastenden Gestell. Die rechte Gesichtshälfte und die rechte Hälfte seines Oberkörpers wiesen zahlreiche blaue Flecken, etliche Abschürfungen und frisch genähte Wunden auf. Ein Kunststoffschlauch führte in Höhe seines Bauches unter der Decke heraus zu einem Beutel, der sich langsam mit Wundflüssigkeit füllte. Danielle musste tief durchatmen, um einer Panikattacke entgegenzuwirken.

Behutsam nahm sie seine Hand und führte sie an ihre Lippen. Sie strich über seine Haare, neigte sich zu ihm und flüsterte: »Raymond, ich bin's, deine Danielle.« Dann musste sie sich setzen, denn erneut drohten ihr die Beine wegzusacken.

Fernand legte ihr eine Hand auf die Schulter, drückte sie sanft und reichte ihr einen Becher Kaffee und ein Sandwich. »Trink und iss was, auch wenn du keinen Appetit hast. Es ist wichtig, damit du nicht zusammenklappst!«

Sie hielt den Becher und das in Folie eingewickelte Sandwich in ihren Händen, als wüsste sie nicht, was sie damit machen sollte.

Ein älterer Arzt trat nach kurzem Klopfen in das Krankenzimmer. Ein Schild auf seinem blendend weißen Kittel wies ihn als Prof. Dr. Chastain aus. »Madame, Monsieur, äh …« Schnell sah er auf den Namen des Patienten in seiner Akte. »Labrousse.« Anschließend reichte er Danielle die Hand. »Mit wem habe ich die Ehre?«

»Das ist Madame Tisserand, die Verlobte unseres Sohnes«, half Fernand, der merkte, in welcher Verfassung Danielle war.

»Dann können Sie gerne bleiben. Ihr Sohn beziehungsweise Ihr Verlobter hatte Glück im Unglück. Obwohl er mehrere Meter durch die Luft geflogen sein muss, hat er zu dem Beinbruch nur die Leberruptur, die glimpflich verlaufen ist. Mehrere kleinere Risse, die wir gut nähen konnten. Das wird aller Voraussicht nach gut heilen. Wenn keine Komplikationen auftreten, hat er hinterher keine Schwierigkeiten mehr damit. Der Bruch war kompliziert, aber wir konnten auch diesen sehr gut korrigieren. Das künstliche Koma sorgt dafür, dass sich sein Körper auf den Heilungsprozess fokussiert. Ich denke, dass wir ihn schon bald, also in wenigen Tagen, wieder aufwachen lassen können.«

Danielle wurde es erneut schwindelig, dieses Mal jedoch vor Erleichterung.

»Schauen wir, wie die Nacht verläuft. Falls Sie weitere Fragen haben, treffen Sie mich morgen früh bei der Morgenvisite.« Er nickte ihnen zum Abschied kurz zu und verließ das Zimmer.

Inès war mit den Nerven völlig am Ende und konnte gar nicht mehr aufhören zu weinen.

»Danielle, ich glaube, Inès sollte sich ein bisschen hinlegen und sich ausruhen«, sagte Fernand. »Wäre es in Ordnung für dich, wenn wir nach Hause fahren? Jetzt, wo wir wissen, dass Raymond gute Aussichten auf Heilung hat … Könntest du trotzdem noch bei ihm bleiben? Es würde ihm guttun.«

»Klar, das mache ich gerne. Ich melde mich, falls etwas sein sollte.«

Inès umarmte Danielle. »Es tut mir leid, dass ich bisher so schroff zu dir war und dir zu wenig Respekt entgegengebracht habe. Kannst du mir verzeihen?«

Zum ersten Mal fühlte Danielle Inès' wahres Wesen und spürte ihre ehrliche Zuneigung, die sie ihr bisher verwehrt hatte.

Als die beiden gegangen waren, widmete sie sich dem Kaffee, der die Lebensgeister in ihr wieder weckte, und nahm ein paar Bissen von dem Sandwich. Anschließend legte sie sich vorsichtig neben Ray auf das Bett und lehnte ihren Kopf an seinen. Sie schloss die Augen und fühlte eine starke Liebe zu ihm. Zum ersten Mal ließ sie dieses gewaltige Gefühl zu. »Mein Liebling, es tut mir so leid, dass ich dir bisher nicht sagen konnte, wie sehr ich dich liebe.« Sie schluchzte leise. »Ich trage deinen Ring mit Stolz und ja, ich sehe ihn als Versprechen. Bitte werde wieder gesund!«

Plötzlich erschrak sie. Hatten sich seine Finger in ihrer Hand gerade bewegt? Oder hatte sie sich das nur eingebildet? Da, noch einmal, ganz kurz, wie der Flügelschlag eines Schmetterlings. Hatte er sie gehört? Augenblicklich war sie getröstet.

Draußen war es dunkel geworden. Danielle hörte die abendlichen Geräusche eines Krankenhauses, Ärzte, Pfleger und Schwestern kamen und gingen, Apparate piepsten, ein Hubschrauber landete auf dem Dach.

Es klopfte zaghaft an die Tür. Sie richtete sich auf und stieg vorsichtig aus dem Bett.

»Herein«, sagte sie, und ihre Schwester Josette erschien.

Leise schloss sie die Tür hinter sich und sah besorgt zum Bett. »Claire Dupuis hat mich angerufen. Wie geht es Raymond? Wie geht es dir, Dani?«

Danielle stiegen die Tränen in die Augen, und Josette nahm sie in die Arme. Das tat so gut, endlich konnte Danielle loslassen. Ihre Schwester strich ihr tröstend über die Haare und hielt sie einfach nur fest.

Als sie sich voneinander lösten, trat Josette an das Bett und nahm die Hand des Bewusstlosen. »Ray, du gehörst zu unserer Familie. Werde ja wieder gesund!« Sie hielt inne und sah eine Weile auf ihn herab. »Schläft er?«

»Nein, sie haben ihn für einige Tage in ein künstliches Koma versetzt.« Sie streckte Josette ihre Hand entgegen. »Er hat mir diesen Ring geschenkt.«

Josette betrachtete das geschmackvolle Schmuckstück. »Er liebt dich wirklich sehr. Ich weiß, dass dich das Thema Zusammenleben überfordert, aber höre auf dein Herz. Das wird es wissen!«

Danielle setzte sich auf das Bett zu Raymond, ihre Schwester auf einen Stuhl daneben. Sie schwiegen gemeinsam und hingen ihren Gedanken nach, während Danielle die Hand ihres Liebsten keine Sekunde losließ.

Zu später Stunde bot Josette ihr an, sie nach Hause zu fahren, was sie dankend annahm.

*

Nach einer Nacht mit wenig Schlaf kehrte Danielle kurz vor der Morgenvisite ins Krankenhaus zurück. Vielleicht konnten die Ärzte schon sagen, wie lange Ray noch im Koma bleiben musste.

Im Krankenzimmer traf sie auf Inès. Sie umarmten sich. Inès erklärte: »Ich bin schon eine Weile hier und habe mit der Nachtschwester gesprochen, bevor sie Feierabend hatte. Raymond hat die Nacht gut überstanden.«

Danielle nickte erleichtert, und wandte sich ihrem Freund zu.

Seine Gesichtsfarbe hatte, soweit sie unter den Abschürfungen und Nähten erkennbar war, einen etwas gesünderen Farbton angenommen. Sie strich ihm über seine kräftigen dunklen Haare und küsste ihn. »*Mon chéri*, deine *maman* und ich sind bei dir.« Seine Lider bewegten sich leicht. »Du wurdest in ein künstliches Koma versetzt, damit dein Körper schneller heilt. Aber bald schon darfst du wieder aufwachen.« Sanft strich sie über seine Arme, der rechte war voller Abschürfungen, die heute in allen Farben aufblühten.

Die Morgenvisite kam herein. Ein ganzer Tross an Ärzten, Pflegern und Schwestern verteilte sich im Zimmer. Unter ihnen Professor Chastain. »*Mesdames*«, begrüßte er die beiden anwesenden Frauen, »Monsieur Labrousse geht es den Umständen entsprechend gut. Seine Vitalwerte waren und sind ausgezeichnet. Wenn das so bleibt, holen wir ihn heute Nachmittag langsam aus dem Tiefschlaf.«

Nach dem Mittagessen kam auch Fernand in die Klinik. Sie wollten alle dabei sein, wenn die Narkosemittel zurückgefahren wurden und Raymond zu sich kam. Irgendwann wurde er vom Beatmungsgerät befreit und atmete wieder selbstständig. Einmal schlug er kurz die Augen auf, sah seine Eltern und seine Freundin an, und schlief gleich darauf wieder ein.

Danielle hoffte inständig, dass ihr Liebster heil aus der ganzen Sache herauskommen würde. Am späten Nachmittag verabschiedete sie sich von Raymond und seinen Eltern. Raymond flüsterte sie zu: »Ich bin morgen wieder da. Schlaf dich gesund, *ma chéri.* Ich brauche dich!«

# KAPITEL 29

Er öffnete die grün gestrichenen Fensterläden, die Sonne ging gerade auf und brachte den Zauber hervor, den es nur am Morgen in der Provence gab. Er genoss die Stille. Seine Frau hatte er in Paris gelassen, wie immer in letzter Zeit, wenn er hierhergekommen war. Er sagte jedes Mal, er gehe jagen, denn er wusste, dass sie dann freiwillig zu Hause blieb. Das kleine Häuschen war sein Refugium, sein Rückzugsort, das Leben hatte ihm in letzter Zeit enorm zugesetzt. Aber er wollte in diesem Moment nicht daran denken, er wollte den Tag begrüßen. Er ging auf die kleine Veranda, stellte sich an das Geländer und atmete tief durch.

Die Polizei war bei ihm gewesen. Jasmine war tot, und er konnte sie nicht mehr beobachten. Seit er sie als Studentin kennengelernt hatte, war er ihr verfallen gewesen. Ihre Anwesenheit hatte sein Blut in Wallung gebracht, und sein Verstand hatte ausgesetzt.

Doch das hatte er geschickt überspielt, er war ja ein Meister der Verstellung. Warum auch war sie so schön, so verführerisch schön, so verflucht einzigartig schön?

Die Sehnsucht nach ihr hatte er befriedigt, indem er auf allen Internet-Portalen und in sämtlichen Zeitschriften Artikel und Informationen über sie gesucht und zusammengetragen hatte. Niemals durfte seine Frau diesen Ordner in die Finger bekommen, der seine innersten Geheimnisse barg. Er hatte diese kostbare Sammlung hier versteckt.

Durch Zufall hatte er erfahren, dass Jasmine in Cannes gedreht hatte, und war davon ausgegangen, dass sie ihre Mutter und ihren Bruder besuchen würde. Er kannte ihren Heimatort, und sein Ferienhaus lag davon nicht weit entfernt. Oft war er während ihrer Drehtage hier gewesen und hatte sich mit seiner Ausrüstung – Fernglas, Flinte, Kaffee in der Thermoskanne, gefüllte Brioche, Fotokamera und Klappstuhl – versteckt im Schilf an Jasmines Elternhaus auf die Lauer gelegt. Hätte ihn jemand entdeckt, hätte er sich als Jäger auf Entenjagd ausgegeben.

Irgendwann war sie gekommen. Ein Mietauto war langsam herangefahren, und er hatte sie durch sein Fernglas erkannt. Die Autotür hatte sich geöffnet und zuerst ihr vollendetes langes Bein gezeigt. Sie hatte ein kurzes buntes Baumwollkleid getragen, das ihren Körper sanft umspielt hatte, darüber eine Strickjacke mit indianischem Muster. Ein Schauer war ihm durch den gesamten Körper gelaufen. Sie war elegant ausgestiegen und zügig zur Haustür geeilt. Zu seinem Glück hatte sie ihre Tasche im Wagen vergessen und noch mal umgedreht. Er hatte die Gelegenheit genutzt und ein Foto gemacht.

Das Foto … Es musste auch im Ordner sein. Er wollte sie unbedingt noch einmal ansehen. Er ging von der Terrasse zurück in das Häuschen, holte den Ordner aus seinem Versteck und betrachtete das Foto lange. Wie sollte er je Frieden finden?

# KAPITEL 30

Als Danielle nach Hause kam, war es ihr wohler ums Herz. Die innere Unruhe war gewichen, trotzdem kam sie sich fremd in ihrer eigenen Wohnung vor. Sie schaltete den Fernseher ein, der selten lief, aber jetzt wollte sie das Gefühl der Einsamkeit verscheuchen. Sie sah auf ihr Handy. Inès hatte geschrieben, dass es Raymond gut gehe, er jedoch noch immer nichts gesagt habe. Er habe sie einmal angelächelt und sei dann wieder in einen tiefen Schlaf gefallen. Danielle antwortete, dass sie morgen früh gleich ins Krankenhaus kommen würde.

Auch Hibou hatte ihr eine Nachricht geschickt: »Habe Tonnelet getroffen. Er hat mir auf einer Karte mehrere Stellen gezeigt, wo der Wiesen-Gelbstern wächst. Übermorgen fahren wir einige dieser Stellen an. Wie geht's dir? Alles Gute für Raymond! Und mach dir wegen der Arbeit keinen Kopf, du kannst auf uns zählen.«

Mitten in der Nacht wachte sie angsterfüllt und verschwitzt auf. Sie hatte geträumt, in einem düsteren Weinberg zu stehen. Die Trauben hingen groß und schwer an den Reben, es war totenstill, kein Vogelgezwitscher, kein Geräusch. Als sie eine der Trauben pflücken wollte, trat dunkler Saft aus der Frucht und floss über ihre Finger. Plötzlich verwandelte sich der Fruchtsaft in Blut, und eine Stimme sagte: »Das darfst du nicht! Das darfst du nicht!« In einiger Entfernung sah sie einen dunklen Umriss, wie ein Gespenst winkte ihr diese Figur zu.

Puh, da half nur ein Kakao, um sich aus den Fängen dieses Albtraumes zu befreien. Es war erst zwei, stellte sie nach einem Blick auf die Uhr fest. Egal, sie brauchte jetzt einen Kakao. Der Trank der Götter half ihr immer bei Schlaflosigkeit.

*

Raymond war noch etwas durcheinander, wusste aber, dass er sich im Krankenhaus befand. Seine Mutter hatte ihm gestern erklärt, was geschehen war. Er hatte nicht alles verstanden, konnte sich jedoch an kreischende Bremsen erinnern, Menschen, die schrien, an den Aufprall, als er auf den Boden schlug. Er musste mit Schmerzmitteln vollgepumpt sein, denn nur in der Nacht hatten die Wunde am Bauch und sein rechtes Bein geschmerzt.

Er sah langsam auf, als sich die Tür zu seinem Krankenzimmer öffnete. Kupferfarbene, tanzende Locken erschienen – Danielle!

»Raymond, *chéri*, du bist ja wach! Ich freu mich so! Darf ich mich zur dir setzen?«

Er winkte sie mit seiner Linken zu sich. »Du bist die Einzige, die sich auf mein Bett setzen darf. Tut mir leid, dass ich dir so einen Schrecken eingejagt habe«, sagte er, legte seinen linken Arm um ihre Schulter, als sie bei ihm saß, und versuchte sie zu sich nach unten zu ziehen. Dabei entfuhr ihm ein Schmerzenslaut. »Au, tut doch noch weh!« Er grinste und sein Gesicht leuchtete blau und grün.

Sie beugte sich zu ihm und küsste ihn behutsam auf den Mund, der zum Glück heil geblieben war. »Ray, dein

Unfall hat mir vor Augen geführt, dass jeder Tag ohne Liebe ein verlorener Tag ist.«

Er schaute in ihre grünen Augen, deren Wärme bis in seine Knochen drang. So hatte sie ihn noch nie angesehen. Bevor die Müdigkeit ihn wieder übermannen konnte, flüsterte er: »Danke, Danielle! Deine Liebe ist die beste Medizin.« Er schloss die Augen und war schon eingeschlafen. Sie flüsterte ihm noch zu, obwohl er es gar nicht mehr mitbekam: »Ich liebe dich, wie ich noch keinen Mann vorher geliebt habe.« Gerne hätte sie ihm noch mehr gesagt. Per WhatsApp trug sie seiner Mutter auf, ihm auszurichten, dass sie heute Abend wieder vorbeikommen würde, und verließ das Krankenhaus.

Als sie zu ihrem Fahrzeug ging, beschloss sie spontan, nicht zur *Crim*, sondern nach Villecroze zu fahren. Sie würde Hibou später eine Nachricht schreiben oder Vitoux anrufen, um ihnen Bescheid zu geben.

Während der Fahrt drehte sie ihre Dolby-Surround-Stereoanlage laut auf und sang aus vollem Halse das Lied »Je t'ai dans la peau« ihrer Lieblingssängerin Édith Piaf mit, »Du gehst mir unter die Haut«.

Raymonds massive, unverbrüchliche Liebe ging ihr extrem unter die Haut. Sein Unfall hatte ihr glasklar vor Augen geführt, dass sie eine so große Liebe nicht mit Füßen treten sollte. Mit einem Anflug von Glück sang sie laut mit dem »Spatz von Paris«.

Der Klingelton verhallte im Haus der Blanzacs in Villecroze. Danielle versuchte es noch einmal. War niemand da? Doch, jetzt hörte sie Schritte.

Die Tür wurde geöffnet, und Rémy, der große Mann mit dem kindlichen Herzen, sah sie erwartungsvoll an.

Hinter ihm erschien seine Tante. »Du sollst die Tür nicht

einfach öffnen. Oh, Madame Tisserand, Sie sind es. Kommen Sie herein!« Florine schob ihr ungekämmtes graues Haar hinter die Ohren und versuchte es mit ihren Händen zu glätten.

»Ich hab dich schon mal gesehen. Ich kenn dich, also darfst du hereinkommen«, forderte auch Rémy sie auf.

»Danke, Rémy und Madame Patenaude. Entschuldigen Sie, dass ich unangemeldet vorbeikomme.«

Florine schlurfte in ihren abgetragenen Puschen den Gang entlang in die Küche. Es roch nach Essen. »Kommen Sie nur, wir sind gerade beim Mittagessen. Rémy muss noch aufessen. Frag Madame doch, ob sie auch etwas möchte.«

Rémy setzte sich an seinen Platz in der bäuerlichen Küche, vor sich einen halb vollen Teller. »Hast du Hunger? Meine Tante kocht immer so viel, dass ich gar nicht alles aufessen kann. *Maman* kommt erst später, sie muss arbeiten.«

Danielle konnte nicht anders, als dieses liebenswerte Lächeln mit einem Grinsen zu beantworten. »Ja, wenn du mir das so nett anbietest, nehme ich gerne etwas. Aber bitte nur einen kleinen Teller voll.«

Florine holte einen tiefen bunten Steingut-Teller aus dem Schrank und füllte ihn mit Gemüse-Eintopf.

Rémy sprang auf. »Ich will es Madame bringen. Lass mich!«, rief er übermütig und nahm Florine den Teller aus der Hand. Dabei schwappte das Gemüse gefährlich nahe an den Tellerrand.

Als alle fertig waren, sagte Danielle: »Ich möchte mich gerne mit Rémy unterhalten, wenn Sie nichts dagegen haben, Madame Patenaude. Sie können auch gerne dabei sein.«

Die Angesprochene schüttelte den Kopf. »Ich muss die Küche aufräumen und mich dann der Bügelwäsche widmen. Ich will nichts mehr von der schlimmen Sache hören, wenn ich ehrlich bin.«

Sie schickte Danielle und Rémy ins angrenzende Wohnzimmer. Jasmines Bruder leckte voller Hingabe an einem Eis am Stiel, das auf den Superman-Aufdruck seines T-Shirts tropfte.

Ungeniert zeigte er ihr seine Zunge und lachte: »Schau mal, mit dem Eis kann man die Zunge rot färben.«

Danielle schmunzelte und überlegte, wie sie beginnen könnte. »Was machst du heute noch? Triffst du dich mit Freunden zum Spielen?«

»Heute nicht. Gestern habe ich mit Louna, Lysandre und Chloé gespielt. Na ja, Chloé ist noch zu klein, aber sie will immer mitspielen. Das sind meine Nachbarn, zu denen darf ich allein hingehen.«

»Wo darfst du denn nicht allein hingehen?«

Er sah sie mit seinen eindrucksvollen grauen Augen aufmerksam an und überlegte angestrengt, dann beugte er sich zu ihr und flüsterte: »Meine *maman* weiß nicht immer, wo ich hingehe.«

Bei Danielle schrillten die Alarmglocken. Hatten Jasmines Worte, »Das darfst du nicht!«, vielleicht Rémy gegolten? Hatte sie endlich eine fundamentale, ergiebige Spur entdeckt?

Florine brachte ihr einen Kaffee in einem Henkelbecher auf einem Tablett herein, darauf standen auch ein Kännchen Milch, Zucker und ein Teller mit Schokoladenkeksen.

»Lecker, ich will auch einen Keks«, sagte Rémy begeistert, sein Eis hatte er weggelutscht und warf den hölzernen Stiel auf das Tablett. Die klebrigen Hände wischte er an seiner Hose ab.

Die Tante meinte: »Du musst dir die Hände waschen, wenn du fertig gegessen hast. Machst du das, mein Schatz?«

Er nickte und fragte Danielle: »Malst du danach wieder mit mir?« Er wartete ihre Antwort nicht ab, sondern ging ins Bad, um sich die Hände zu waschen, kehrte eine Minute später zurück und holte Blätter und Malstifte, die in einer Holzbox im Regal standen.

»Ich bin im Bügelzimmer, wenn Sie mich brauchen, Madame.«

»In Ordnung, Madame Patenaude, vielen Dank.« Die Kommissarin nahm sich ein Blatt Papier und versuchte Rémy mit breitem Lächeln in seiner Jeans und seinem T-Shirt zu malen. Daneben zeichnete sie sich selbst und schrieb ihre Namen darunter.

Konzentriert beobachtete er, wie das Bild allmählich fertig wurde.

»Ich verrate dir ein Geheimnis, Rémy, wenn du mir auch eines verrätst.«

Zuerst überging er Daniellés Aufforderung. »Kannst du auch meine Schwester Jasmine malen? Sie ist jetzt im Himmel bei unserem Papa, jeden Abend bete ich zu den beiden mit meiner *maman*.« Seine Stimme war leiser geworden, und er sah Danielle traurig an. »Ich vermisse sie. Sie hat mir immer etwas mitgebracht und mit mir gespielt, wenn sie uns besucht hat.«

Danielle fing an, Jasmine zu malen, so wie sie auf dem einen Foto an ihrer Kork-Pinnwand aussah, unversehrt, wunderschön, freundlich.

Beiläufig fragte er: »Welches Geheimnis willst du mir denn verraten?«

Hatte er ihre Frage also doch gehört. »Ich habe heute zum ersten Mal versucht, meinem Freund meine Liebe zu gestehen.«

»Du hast einen Freund? Wie heißt der denn?«

»Raymond ist sein Name.«

»Warum liebst du ihn?«

»Ach, Ray ist einfach toll! Er ist aufmerksam und liebt mich sehr. Schau her, diesen Ring hat er mir vor ein paar Tagen geschenkt.«

Rémy betrachtete das Schmuckstück. Dann nahm er den Buntstift, mit dem er gezeichnet hatte, in den Mund und kaute darauf herum. »Wenn ich dir jetzt etwas sage, sagst du es dann nicht weiter?«

Das konnte sie nicht versprechen, weshalb sie nur stumm nickte. Sie sah ihn nicht an, sondern beschäftigte sich weiter mit dem Bild. Ihre Nackenhaare stellten sich kurzzeitig auf, eine seltsame Nervosität bemächtigte sich ihrer.

»Ich hab auch eine Freundin«, erklärte er stolz.

»Das weiß ich doch schon, das hast du mir verraten, als wir das letzte Mal zusammen gemalt haben.«

»Aber ihren Namen kennst du noch nicht.«

»Das stimmt. Wie heißt sie denn?«

»Ich nenn sie Maddy, das gefällt ihr.«

»Und was liebst du an ihr?«

Er nahm sich einen Schokoladenkeks und knusperte daran, sie trank von ihrem Kaffee.

Mit vollem Mund erklärte er: »Sie bringt mich zum Lachen, sie liebt mich und sie hat einen richtig großen, weichen Busen. So wie du. Und noch mehr ...« Plötzlich verstummte er, als hätte er zu viel verraten.

Schon letztes Mal hatte Rémy von den Brüsten seiner Freundin gesprochen, also musste sie erwachsen sein, überlegte Danielle. Hatte sie etwas mit ihm getan, das er nicht wollte? Oder hatte Jasmine von der Freundin erfahren und wollte Rémy davon abbringen? »Ist sie so alt wie du?«, fragte sie.

Doch Rémy war nicht bereit, mehr zu erzählen. »Ich muss aufs Klo«, meinte er und stand auf.

Danielle malte ihr Bild fertig und schrieb darauf: »Für Rémy.« Sie wartete noch ein paar Minuten, aber er kam nicht zurück. Sie verließ das Wohnzimmer und suchte Florine.

Aus einem der Zimmer, die vom Flur abgingen, hörte Danielle das Geräusch von zischendem Wasserdampf. »Haben Sie Rémy gesehen, Madame?«

Florine richtete sich aus gebückter Haltung auf und stöhnte dabei. »Diese Rückenschmerzen bringen mich noch um«, sagte sie ächzend. Ein riesiger Korb mit exakt gebügelten und gefalteten Hemden stand auf der einen Seite des Zimmers, ein weiterer wartete auf Erledigung. »Rémy ist nach draußen gegangen. Er kann sehr sprunghaft sein, vielleicht hat er einen Vogel auf der Terrasse gesehen, und schon vergisst er, was er gerade gemacht hat. Das gehört alles zu den Folgen des damaligen Unfalls.« Erschöpft schob sie sich die Haare aus dem Gesicht.

»Kennen Sie eine Maddy? Er hat von einer Maddy gesprochen.« Mehr wollte Danielle nicht preisgeben.

»Ja, natürlich, das ist unsere Nachbarin Madeleine, Madeleine Sauveterre, deren Vater unseren Rémy damals aus Versehen mit dem Traktor überfahren hat. Sie kümmert sich sehr um Rémy. Ihr liegt viel an ihm, und ein- oder zweimal in der Woche verbringt er Zeit mit ihr auf dem Hof der Sauveterres.«

Der Kommissarin lief es kalt den Rücken hinab. War das Rémys sogenannte Freundin? Das war eine Spur, der sie heute noch nachgehen würde.

»Wo ist denn der Hof der Sauveterres?«, fragte sie, ohne sich ihre Aufregung anmerken zu lassen.

Florine beschrieb den Weg dahin, und Danielle verabschiedete sich schnell. Im Garten suchte sie nach Rémy, der sich erst nach mehrmaligem Rufen meldete.

Er saß in einem stabilen Baumhaus in einer alten Eiche und rief ihr winkend zu: »Tschüss, Danielle. Kommst du bald wieder vorbei und malst mit mir?«

Nach fünfminütiger Autofahrt sah sie den Hof auf einer kleinen Anhöhe liegen. Während sie vor einem Zaun stehen blieb, verfiel sie für einen kurzen Moment in ihre detektivische Starre. Sie blieb im Auto sitzen, ihre Gedanken waren abgeschaltet, aber eigentümlicherweise sah sie plötzlich all die Bilder, Fakten und Zusammenhänge vor ihrem inneren Auge aufploppen. Wie Mosaiksteine der Ermittlungen fügten sie sich aneinander, ohne dass ihr Verstand viel dazu beitragen musste. Das Blut rauschte in ihren Ohren. Als sie wieder zu sich fand, stieg sie aus und ging auf die Gebäude zu, die einen verfallenen Eindruck machten. So viel sie wusste, war der Vater dement und die Mutter gestorben, also hing die gesamte Verantwortung für den Hof an der Tochter des Hauses als einziger Versorgerin. Eine schwere Aufgabe. Das war kein idyllischer Ort mehr, es schien, als ob die Seele des Hofes diesen vor längerer Zeit verlassen hatte.

Die Haustür stand offen. Danielle klopfte, aber niemand antwortete. Plötzlich drang aus dem alten Bauernhaus ein Heulen. »Marie, wo bist du?«, jammerte eine weinerliche Männerstimme. War das der demente Vater?

Von einer der Scheunen rannte eine füllige junge Frau in Gummistiefeln und Schürze heran. Die Kommissarin erkannte sie wieder, sie hatte sie auf Jasmines Beerdigung und dem anschließenden Leichenschmaus gesehen.

Ärgerlich fragte die Frau Danielle: »Was wollen Sie denn hier?« Ohne auf eine Antwort zu warten, ging sie zügig ins Haus, den Flur entlang und in das Zimmer, aus dem das Schreien kam.

Die Kommissarin folgte ihr unaufgefordert. Aus dem Zimmer schlug ihr ein penetranter Geruch nach Urin und Kot entgegen.

Die Frau setzte sich zu dem alten Mann. »Sch, ich bin's Madeleine, deine Tochter. Marie war deine Frau.«

Monsieur Sauveterre standen die wenigen grauen Haare wirr vom Kopf. Er rollte angsterfüllt mit den Augen und hatte sichtlich den Bezug zur Realität verloren. Er zerrte an seiner fleckigen Cordhose, die mit Hosenträgern fest justiert war.

»Ich weiß nie, wann ihn die Panik überfällt«, wandte sich Madeleine an Danielle, als sie sie in der Tür stehen sah. »Sie kommt wie aus dem Nichts, verschwindet zum Glück aber genauso schnell wieder. Er braucht dann jemanden bei sich, ansonsten würde er sich weiter hineinsteigern.« Sie drückte seinen Kopf an ihre Brust und wiegte ihn wie ein kleines Kind. Das Heulen wurde leiser und verklang schließlich. »So, Papa, jetzt gibt es einen Tee und deine Lieblingskekse.« Madeleine drängte sich an Danielle vorbei zur Tür hinaus und rief ihr über die Schulter zu: »Sie sehen ja, ich habe jetzt keine Zeit für Sie, was immer Sie auch wollen! Sie können morgen Vormittag wiederkommen.«

»Ich kann Ihnen gerne behilflich sein. Ich bleibe, bis Sie Ihren Vater versorgt haben«, schlug Danielle vor, »denn ich habe ein paar Fragen an Sie.«

Madeleine blieb stehen und drehte sich Danielle zu. »Sie sind doch die Kommissarin aus Nizza, die den Mord an Jasmine untersucht. Haben Sie den Mörder immer noch nicht gefunden?«, fragte sie missmutig, machte auf dem Absatz kehrt und ging in die Küche.

Danielle folgte ihr. »Ja, die bin ich. Und nein, wir konnten noch niemanden verhaften.«

Nachdem Madeleine das Teewasser aufgesetzt hatte,

wandte sie sich mürrisch ab, ging zurück zu ihrem Vater und führte diesen ins Badezimmer. Wasser plätscherte, der Vater brabbelte, die Tochter redete ihm gut zu. Danielle wartete anstandshalber vor der Tür. Danach kamen die beiden wieder heraus und schlurften in die Küche. Dort setzte sie ihn wie ein kleines Kind auf einen Stuhl, an dem Essensreste klebten.

Madeleine bemerkte Danielles Blick und murrte: »Er weiß oft nicht mehr, wie man isst. Gabel und Löffel kann er kaum mehr benutzen. Wollen Sie auch einen Tee?«

Die Kommissarin schüttelte den Kopf. In der Spüle, auf der Arbeitsplatte und auf dem Tisch stand schmutziges Geschirr mit Essensresten, die auch am Boden und an den Küchenmöbeln pappten, und über allem lag der Geruch nach körperlichen Ausscheidungen.

Madeleine musste Danielles Ekel bemerkt haben, denn sie entschuldigte sich für die Unordnung. »Ich weiß manchmal nicht mehr, wo mir der Kopf steht. Zurzeit muss ich jeden Tag im Weinberg arbeiten, im Haushalt gibt es genug zu tun und dann die Pflege des Vaters. Es kommt zwar dreimal in der Woche jemand am Vormittag für zwei Stunden, der sich um ihn kümmert, aber kurz darauf hat er sich schon wieder vollgemacht, trotz Windel.«

Danielle hatte Mitleid mit der jungen, überforderten Frau. Der Vater saß jetzt friedlich auf seinem Stuhl und sah in die Ferne. Seine Augen blickten leer und leblos. Madeleine hob die Teetasse an seinen Mund, und er schluckte. Dann schob sie ihm einen halben Keks in den Mund. Er kaute ausdauernd darauf herum.

»Du musst das schlucken, Papa.« Dabei streichelte sie seinen Arm.

»Warum bringen Sie Ihren Vater nicht in ein Heim?«

Madeleine sah sie verächtlich an. »Weil ich meinen Vater,

der all das hier aufgebaut hat, der sein Leben lang für seine Familie gearbeitet hat, nicht abschiebe! Das hat er nicht verdient!«, antwortete sie wütend. Gleich darauf traten ihr Tränen in die Augen. »Das wäre, als würde ich ihn verraten. Ich habe doch eine Pflicht ihm gegenüber.« Sie strich sich die Tränen aus den Augenwinkeln. »Ich sollte nicht weinen. Das hilft mir nicht und auch ihm nicht. Er wird dann nervös.«

Schließlich war der Vater versorgt, und sie setzte ihn in einen Sessel vor den Fernseher im Wohnzimmer. Während er unverständig in den Fernseher starrte, ließen sich die beiden Frauen auf einer Couch nieder.

»Er bleibt ruhig, wenn ich in seiner Nähe bin«, erklärte die Tochter. Erst jetzt zog sie die mit Dreck verschmierten Gummistiefel aus und massierte sich die Füße. »Was wollen Sie wissen, Madame? Weshalb sind Sie gekommen?«

Danielle entschied sich für den Frontalangriff. »Sind Sie Rémys Freundin?«

Das Gesicht der jungen Frau färbte sich langsam rot, ihre Atmung wurde schneller. Sie wechselte ihre Sitzposition, räusperte sich und antwortete: »Natürlich bin ich seine Freundin, er kommt einige Male in der Woche zu mir. Das ist das Einzige, was ich tun kann. Mein Vater ist schließlich verantwortlich für seinen Zustand.« Unruhig schnellten ihre Augen hin und her, ihre Hände krampften sich um ein Kissen, das sie sich auf den Schoß gelegt hatte.

»Ich meinte, ob Sie eine sexuelle Beziehung zu Rémy haben.«

Madeleine sah zu Boden. Als sie ihren Kopf wieder hob, stand ihr die Verzweiflung ins Gesicht geschrieben. Sie konnte Danielle nicht ansehen, stattdessen ging ihr Blick an der Kommissarin vorbei und verharrte unvermittelt auf einem Gegenstand, der sich auf dem Schrank befinden musste.

Danielle folgte Madeleines Blick. Sie drehte sich um und erstarrte. Die Schranktür stand einen Spalt offen, ein türkisfarbenes Objekt ragte heraus. War das die gesuchte Handtasche von Jasmine?

Madeleine reagierte blitzschnell. Noch während die Kommissarin ihr den Rücken zuwandte, nahm sie die Blumenvase vom Beistelltisch neben ihr und schlug sie Danielle an den Kopf.

# KAPITEL 31

Hibou wunderte sich, dass er auf seine Nachrichten, die er an seine Chefin geschickt hatte, keine Antwort bekam. Wahrscheinlich war sie die ganze Zeit mit ihrem Freund beschäftigt, der schwer verletzt im Krankenhaus lag. Bevor er nach Hause fuhr, schaute er im Büro des Abteilungsleiters Vitoux vorbei, aber auch dieser war nicht darüber informiert, wo sich Kommissarin Tisserand den ganzen Tag aufgehalten hatte. Hibou hatte ein komisches Gefühl im Bauch, das sich nicht beruhigen lassen wollte. Er beschloss, Amarante noch zu fragen, und fand sie im Besprechungsraum. Sie hatte etliche Fotos auf dem Tisch ausgebreitet und machte sich Notizen auf ihrem Tablet.

»Gut dass ich dich noch antreffe.« Nervös versuchte er, seine blonden Stirnfransen in Ordnung zu bringen. Immer noch konnte er es kaum glauben, dass eine so bildhübsche und begabte junge Frau etwas an ihm, der noch nie in eine Schublade gepasst hatte, der schon in der Schule gehänselt worden war, finden sollte.

Sie sah hoch und ein Lächeln breitete sich in ihrem Gesicht aus. »Ich habe mich so in die Bilder vertieft, dass ich die Zeit total vergessen habe.«

Er nahm sie in die Arme und atmete den Duft ihres Haares ein.

»Geht es um etwas Bestimmtes?«, wollte sie wissen.

Mit aller Macht musste er sich von ihr losmachen, um sich auf seine eigentliche Absicht zu besinnen. »Hast du unsere

Chefin heute schon gesehen oder etwas von ihr gehört? Ich versteh nicht, warum sie nicht auf meine Nachrichten reagiert. Vitoux weiß auch nichts.«

Amarante Tribolle schüttelte den Kopf.

»Ich hab so ein seltsames Gefühl in mir.«

Amarante packte ihre Fotos zusammen und meinte: »Madame Tisserand betont immer wieder, dass man auf sein Bauchgefühl achten soll, weil das einen guten Polizisten ausmacht. Frag doch mal ihre Schwester.«

Leider konnte ihnen Josette auch keine Antwort geben. Sie war davon ausgegangen, dass sie bei ihrem Freund im Krankenhaus sei. Während Hibou im Krankenhaus anrief, versuchte Josette es auf dem Handy ihrer Schwester. Man sagte Hibou, Danielle sei heute Vormittag kurz dagewesen, und Josette erreichte sie auch nicht. Wo war die Kommissarin nur?

*

Danielle kam mit dem schlimmsten Kopfschmerz zu sich, den sie jemals gehabt hatte. Es fühlte sich an, als würde ihr Gehirn von einer großen Presse zusammengedrückt. Ihr wurde übel, und nur unter großer Kraftanstrengung konnte sie verhindern, dass sie sich übergeben musste. Sie spürte einen Knebel in ihrem Mund. Was war geschehen? Sie hatte im Wohnzimmer der Sauveterres gesessen und Madeleine wegen Rémy befragt. Und sie hatte eine Tasche in einer offenen Schranktür entdeckt, möglicherweise Jasmines Tasche. An mehr konnte sie sich nicht erinnern. Hatte Madeleine ihr mit etwas auf den Kopf geschlagen? Wo war sie?

Sie lag im Kofferraum eines Autos, dass sich auf einer unebenen Straße fortbewegte. Eine stinkende Decke gab ihr etwas Halt und verhinderte, dass ihr Körper bei der holprigen Fahrt hin und her rutschte. Die Arme waren auf ihrem Rücken zusammengebunden und taten von der unnatürlichen Haltung weh. Auch ihre Füße waren fest verschnürt. Und sie war barfuß. Wo waren ihre Sabots geblieben? Getrocknete Grashalme stachen in ihre Wange.

Plötzlich trat Danielle das Bild der toten Jasmine vor Augen, wie sie in ihrem Schneewittchensarg gelegen hatte, auf Blüten und Heu gebettet. War das Heu mit diesem Auto transportiert worden? War auch Jasmine damit zum Fundort gebracht worden? War Madeleine die Mörderin? Und wollte sie auch Danielle umbringen?

Sie spürte eine klebrige Feuchtigkeit an ihrem Hinterkopf, da wo der Schmerz am stärksten war. Sie schien stark zu bluten. *Nom de Dieu!* Verdammt!

Unvermittelt hielt der Wagen an. Danielle wappnete sich innerlich und überlegte fieberhaft, wie sie sich aus der misslichen Lage befreien konnte. Sollte sie Madeleine beim Aufmachen des Kofferraums mit den Füßen ins Gesicht treten? Das erschien ihr nicht besonders erfolgversprechend.

Sie hörte die Fahrertür zuschlagen, Schritte, die bis zum Heck des Wagens führten. Langsam wurde die Kofferraumklappe geöffnet. Danielle sah Madeleine Sauveterres rundes Gesicht in zwei Metern Entfernung. Das war zu weit entfernt für eine körperliche Überrumpelung.

»Sie haben mir keine andere Wahl gelassen! Warum müssen Sie sich in alles einmischen?«, fragte Madeleine vorwurfsvoll. »Ich löse jetzt Ihre Fußfesseln. Sollten Sie nur den kleinsten Versuch unternehmen, abzuhauen, dann …«

Sie hielt eine alte Flinte hoch, auf der Danielle den in das Holz eingravierten Schriftzug »Remington« erkennen konnte. War das die Tatwaffe? Der Knebel würgte sie und erstickte ihre Worte.

»*Je suis desolée*. Tut mir leid, das müssen Sie jetzt aushalten. Aber ich habe Wasser für Sie dabei. Ich will Ihnen nichts tun, aber ... Bitte mischen Sie sich nicht in mein Leben ein! Es ist schwer genug.« Madeleines Gesicht wurde traurig, sie wischte sich eine Träne von der Wange.

Danielle nahm sich vor, im Moment keinen Fluchtversuch zu unternehmen. Auf keinen Fall wollte sie die zum gegenwärtigen Zeitpunkt sehr emotionale Frau noch mehr aus der Ruhe bringen. Dann tat sie vielleicht noch mehr Unüberlegtes. Danielle sah den Vater vor sich, der gerade allein vor dem Fernseher saß. Mit Sicherheit würde Madeleine versuchen, so schnell wie möglich zu ihm zurückzukehren.

Als Danielle aus dem Kofferraum ausgestiegen war, führte Madeleine sie einen steinigen Weg in kleinen Serpentinen bergauf. Sie sagte nicht mehr viel, sondern ließ die Kommissarin wortlos vor sich hertrotten. Hin und wieder drückte sie ihr die Flinte in den Rücken. Sie schien die Gegend gut zu kennen, denn in keinem Moment wirkte sie unschlüssig. Plötzlich öffnete sich der Blick auf einen weiter unten liegenden, in vielen Terrassen angelegten Park. Das Geräusch, das Danielle seit einiger Zeit wahrgenommen hatte, identifizierte sie nun als Wasserfall. Vorsichtig schritt sie über größere und kleinere spitze Steine, die sich hartnäckig in ihre Fußsohlen bohrten.

Jetzt erhob sich eine felsähnliche Mauer vor ihnen aus rotbraunem Gestein. Sie umrundeten diese und standen vor einem verbarrikadierten hölzernen Eingangstor, das hinter Efeu und Gestrüpp kaum zu erkennen war.

Madeleine sah sich vorsichtig um. »Hier hinein und keinen Mucks, oder ich schieße!« Sie entriegelte das Tor, das quietschte, als sie es öffnete.

Das Rauschen des Wassers jedoch war so laut, dass es das Ächzen der verwitterten Holztür fast übertönte. Hier würde niemand Danielle hören. Danielles Mut sank. Wenn sie sich nicht befreien konnte, würde man sie so schnell nicht finden. Erneut wollte eine Welle der Übelkeit sie überrollen. Mittlerweile wurde ihr schon schlecht, wenn sie nur an den Knebel dachte. Es war schwer, ihn zu ignorieren. Sie schüttelte den Kopf, doch dabei flutete der schwere Kopfschmerz wieder heran. Sie musste sich an der Wand abstützen.

Madeleine stieß sie ungeduldig mit dem Gewehr in die Seite.

Danielle dachte an Raymond, der gerade einen schweren Unfall überlebt hatte. Sie wollte ihm doch noch sagen, wie sehr sie ihn liebte. Dieser Gedanke gab ihr die Kraft, weiterzugehen. Wo waren sie? Es war ein langer, düsterer Gang, das Rauschen des Wassers war immer noch zu hören, nun aus weiterer Ferne, aber von irgendwoher kam Luft, die durch die Räume strömte. Mit einem Mal durchfuhr es die Kommissarin. Hatten Hibou und Tribolle nicht von den *grottes troglodytes* gesprochen? Die aus Tuffstein gebauten Grotten, die früher von Menschen bewohnt gewesen waren?

Wenn sie nur das Ding nicht im Mund hätte und sprechen könnte, sie würde Madeleine geschickt eine Antwort nach der anderen aus der Nase ziehen. Das war ihre Spezialität.

Die Entführerin holte einen großen, eisernen Schlüssel aus ihrer Tasche und sperrte damit eine Tür auf, die sie am hinteren Ende des langen Ganges erreicht hatten. »Da hinein. Wenn du schön ruhig bist, lasse ich dir das Wasser da. Aber der Knebel bleibt erst mal drin. Eins sag ich dir: Du wirst mir Rémy, mein einziges Glück im Leben, nicht wegnehmen. Wenn du es weiterhin versuchst, geht es dir wie dem Wunderkind Jasmine.«

Das klang wie ein Geständnis, aber was nützte das Danielle, wenn sie sich nicht befreien und Madeleine festnehmen konnte?

»Ich sehe morgen nach dir. Du bist zäh und wirst es so lange aushalten. Bis dahin überlege ich mir, was ich mit dir machen werde.« Dann tappte sie in ihren schmutzigen Gummistiefeln davon.

Danielle hörte, wie sich der Schlüssel im Schlüsselloch drehte. Sie war hier eingesperrt und auf sich allein gestellt. Verzweifelt ließ sie sich auf den Boden sinken. Tränen rannen ihr aus den Augen. Sie musste sich beruhigen, schon wurde ihr das Atmen schwer. Der Tränenfluss verstopfte die Nase, und durch den Mund bekam sie wegen des Knebels kaum Luft. Sie musste sich ablenken, und nahm deshalb den Raum in Augenschein. Obwohl es düster war, erkannte sie gemauerte Wände, aus denen etliche Steine herausgefallen waren, aber auch den natürlichen Fels. Der Raum war hoch und hatte ein kleines Fenster, dessen Holzstreben den Himmel in vier Teile zerstückelten. Doch es war viel zu weit oben.

Sie rappelte sich wieder hoch. Ihre Hände waren immer noch fest verschnürt, mittlerweile spürte sie sie kaum mehr. Wie ein Ertrinkender holte sie durch die Nase Luft unterhalb des kleinen, unverglasten Fensters. Draußen sah es aus wie im Märchen. Eine deutlich am Abendhimmel sichtbare Mondsichel war erschienen, ihr folgten zwei glühende Verehrer, zwei leuchtende Sterne. Der Himmel war von einer Klarheit, die einen stumm zurückließ. Eine Weile starrte sie wie hypnotisiert in die Weite. Wo waren die Wasserflaschen? Sie musste sie finden, bevor es dunkel wurde und sie gar nichts mehr sehen würde. Sie wankte durch den Raum. Die Kopfschmerzen wurden unerträglich, sie verlor die Orientierung und sank ohnmächtig auf den Boden.

*

Im Konferenzraum der *Crim* fand um diese späte Abendzeit außerplanmäßig eine Sitzung statt. Der Chef der Abteilung Vitoux hatte alle zusammengerufen, um das weitere Vorgehen wegen Danielles Verschwinden zu besprechen. Außer ihm waren Michel Hibou, Amarante Tribolle, Claire Dupuis sowie Josette und Marciella Beauchant anwesend. Danielles Nichte hatte darauf bestanden mitzukommen.

»Ich weiß nicht, was ich von Tisserands Verschwinden halten soll«, setzte Vitoux gerade an. »Sie ist eine unserer zuverlässigsten Kolleginnen, aber sie hat sich hin und wieder mal spontan eine Auszeit genommen. Vielleicht ist das auch jetzt der Fall? Immerhin muss sie mit einigem fertig werden.«

Hibou verteidigte seine Chefin. »Ja, das stimmt, aber sie hat immer auf meine Nachrichten geantwortet.«

Claire Dupuis stimmte ihm zu. »Das kann ich bestätigen. Manchmal dauerte die Nachricht ein bisschen, aber nie so lange.«

»Aber können wir ausschließen, dass sie beispielsweise einen Spaziergang am Meer macht, um die Geschehnisse der letzten Zeit zu verarbeiten?« Vitoux zweifelte noch immer.

Nun meldete sich Josette zu Wort. »Wenn sie etwas so stark belastet, dass es in ihren Alltag eingreift, meldet sie sich eigentlich bei mir und zieht sich nicht einfach zurück.«

Amarante wiederholte, was sie von Danielle gelernt hatte. »Michel hat ein ungutes Gefühl im Bauch. Und darauf soll man hören, sagt Danielle immer.«

Hibou nickte. »Mein Bauch meldet inzwischen nicht mehr nur ein ungutes Gefühl, sondern schlägt Alarm! Was, wenn sie eine neue Spur entdeckt und diese spontan verfolgt hat? Vielleicht ist sie dadurch in Gefahr geraten?«

# KAPITEL 32

Als Danielle wieder zu sich kam, erleuchtete silbriges Mondlicht schwach ihr Gefängnis. Sie brauchte einen Moment, bis sie wusste, wo sie war und was geschehen war. Es musste tiefste Nacht sein, sie konnte kaum noch das Fenster erkennen. Hin und wieder präsentierte sich eine schwach glühende Mondsichel, wenn eines der vielen dunklen Wolkenbänder daran vorübergezogen war. Das silbrige Mondlicht erleuchtete schwach ihre Gefängniszelle, es war, als ob dieses spärliche Licht die Schatten lebendig werden ließ. Ihre Hände waren noch immer auf dem Rücken gefesselt. Sie versuchte, ihre Finger zu bewegen. Es fühlte sich an, als ob die Hand nicht ihre wäre, sondern zu einer weiteren Person gehören würde, die sich hinter ihr verbarg.

Angst überfiel sie. Würde sie lebend aus dieser Sache herauskommen? Ihr Herz begann zu rasen, sie bekam kaum Luft. Dieser elende Knebel in ihrem Mund! Er klebte an ihrem Gaumen und schabte schmerzvoll am Zahnfleisch. Sie atmete tief durch, um sich zu beruhigen. Als Erstes musste sie diesen Knebel loswerden. Sie zog ihre Zunge unter dem Stoffballen hindurch nach hinten und schob ihn dann nach vorne. Ihr tat der Kiefer weh, und immer wieder rutschte der Knebel so weit in den Gaumen zurück, dass es sie würgte. Aber sie gab nicht auf. Stück für Stück schaffte sie es, den ekelerregenden Klumpen zwischen ihre Schneidezähne zu befördern, sie verbiss sich wie ein Hund darin, damit er nicht erneut zurückrutschte. Mit letzter Kraft beförderte sie ihn mithilfe ihrer Zunge und einem kräftigen Atemstoß aus dem Mund. Endlich konnte sie befreit durchatmen. Aber ihr Gaumen war so trocken, dass sie husten musste. Verdammt, wo war das Wasser und wie sollte sie die Flasche öffnen?

Waren ihre Kollegen schon auf der Suche nach ihr? Warum hatte sie vergessen, Hibou und Vitoux Bescheid zu geben? Sie hatte doch noch daran gedacht! Hoffentlich musste sie diesen Alleingang nicht mit ihrem Leben bezahlen!

Plötzlich vernahm sie ein schepperndes Geräusch und dann ein Knarzen. Abrupt richtete sie sich auf. Es war hell geworden, sie musste eingeschlafen sein. Madeleine Sauveterre erschien und hielt wachsam das Gewehr vor sich. Missmutig sah sie auf die Kommissarin hinunter. »Sie haben sich also vom Knebel befreit? Egal, hier hört Sie sowieso niemand.«

»Madeleine, Sie müssen mir etwas zu trinken geben. Wie soll ich die Flasche mit den gefesselten Händen aufmachen? Ich bitte Sie!«, flehte Danielle.

Madeleine hielt ihr eine Flasche an den Mund, nachdem sie sie geöffnet hatte. »Ich bin ja kein Unmensch. Ich habe auch etwas zu essen für Sie dabei.«

Danielle trank in gierigen Zügen. Die Flüssigkeit rann ihr Kinn hinunter, in den Ausschnitt ihrer Bluse hinein. Es kam ihr so vor, als hätte sie nie etwas Köstlicheres als dieses Wasser getrunken. »Maddy, bitte machen Sie meine Hände los. Soll ich in die Hose machen wie Ihr Vater?«

»In Ordnung, aber ich schieße sofort, wenn Sie Sperenzchen machen.« Sie zog ein Taschenmesser aus ihrer Tasche und klappte es auf. »Drehen Sie sich um, und keine unbedachten Bewegungen, ich warne Sie!«

Danielle Schultern taten weh, als sie Arme und Hände vor ihren Körper bewegte. Die Hände waren blau und sahen wie abgestorben aus. Sie versuchte, sie zu massieren, aber jede Berührung verursachte große Schmerzen. »Ich gehe kurz da rüber, um mich zu erleichtern.« Ihre Blase drückte schon lange ziemlich heftig. Sie hatte Schwierigkeiten, mit den tauben Fingern den Reißverschluss ihrer Hose zu öffnen. Die Sauveterre sah ihr ungerührt zu, das Gewehr im Anschlag.

Zwei Minuten später setzte sich Danielle wieder an den Platz, an dem sie vorhin zu sich gekommen war, und befühlte die Wunde an ihrem Hinterkopf. Sie zuckte zusammen und stöhnte laut auf, denn ein kurzer, aber heftiger Schmerz durchflutete ihren Körper.

»Das haben Sie sich selbst zuzuschreiben. Warum haben Sie auch auf meinem Hof herumgeschnüffelt?« Madeleine ließ sich ebenfalls nieder, das Gewehr in ihrer Rechten. Mit der Linken nahm sie den Rucksack von ihrem Rücken. »Schauen wir mal, was ich dabeihabe.« Sie zog nacheinander ein Baguette, zwei Äpfel, ein langes Stück Salami und eine kleine Flasche Rotwein heraus.

Danielles Augen wurden immer größer. Rotwein? Wollte sie mit ihr anstoßen? Worauf?

»Essen Sie was und trinken Sie einen Schluck Wein dazu. Das ist unser Hauswein. Sie sehen, ich meine es gut mit Ihnen.« Dabei brach sie ein Stück vom Baguette ab und reichte es Danielle. Als diese zögernd und ungläubig danach griff, schob sie ihr das Brot in die geschundene Hand. Mit einem Flaschenöffner zog sie den Korken aus der Flasche, das Gewehr hatte sie zuvor beiseitegelegt. Noch während Danielle überlegte, wie sie an die Flinte kommen könnte, hatte Madeleine sie schon wieder in der Hand und nahm mit der anderen Hand einen tiefen Schluck aus der Flasche. Sie seufzte genussvoll. »Das ist ein älterer Jahrgang. Sie sehen, ich kümmere mich um Sie. Trinken Sie!«

Danielle wagte nicht zu widersprechen. Und musste zugeben, dass dieser Tropfen wirklich etwas Besonderes war. Das war verrückt, sie saß hier mit einer Mörderin und trank deren hervorragenden Rotwein. »Das ist ein ausgezeichneter Wein, Maddy.« Würde sie ihr Gegenüber mit schmeichelnden Worten dazu bewegen können aufzugeben? Oder sie einzulullen, sodass sie weniger achtsam wäre und Danielle sie überwältigen könnte?

Madeleine schwieg. Mit geübten Handgriffen pulte die Bäuerin die Haut von der Wurst, brach die Salami entzwei und hielt ihr eine Hälfte hin.

»Du bist eine tüchtige Frau, Maddy, und hast einen hervorragenden Wein gekeltert. Das mit deinem Vater tut mir sehr leid.« Danielle musste nicht einmal lügen, es stimmte.

Madeleine Sauveterre trank erneut von dem Wein, sank dann etwas in sich zusammen und schien tief in Gedanken versunken. Das Gewehr lag auf dem Boden, doch noch immer hatte sie ihre rechte Hand darauf. »Das Schicksal hat es nicht gut mit mir und meiner Familie gemeint, Madame.« Sie schüttelte den Kopf. Die Augen blickten trübe, die Lippen waren dunkelrot vom Rebensaft. »*Maman* ist an Krebs gestorben, das war ein langer Kampf um das Leben. Papa war nach ihrem Tod nicht mehr der Alte, und nichts hat ihm mehr Freude gemacht. Kein Land, kein Weinberg, keine Madeleine. Da musste ich übernehmen.« Wieder nahm sie einen großen Schluck und reichte die Flasche Danielle.

Auch die Kommissarin trank, aber nur sehr wenig, sie wollte wachsam bleiben.

»Die schwere Depression meines Vaters ging über in eine Demenz, die anfänglich kaum auffiel. Er vergaß immer öfter etwas, wusste nicht mehr, was am Tag vorher geschehen war. Jetzt ist er nicht mehr als der zu erkennen, der er einmal war.« Sie biss von ihrem Stück Salami ab und kaute in sich gekehrt.

Doch sie war nach wie vor aufmerksam, denn als Danielle eine plötzliche Handbewegung machte, um ihre Handgelenke zu reiben, riss sie das Gewehr hoch.

»Wenn Sie meinen, mich überrumpeln zu können, werde ich Sie eines Besseren belehren. Das Bauernkind Madeleine Sauveterre lässt sich nicht für dumm verkaufen«, spie sie wütend aus und starrte ihr Gegenüber eine Weile an. Unvermittelt begann sie wieder zu sprechen. »Der schlimme Unfall mit Rémy lastete auf der ganzen Familie. *Maman* hat das, glaube ich, nicht gut verkraftet. Ich wollte es wiedergutmachen. Rémy ist ein ganz besonderer Mensch. Ich liebe ihn, er ist mein Ein und Alles. Niemand darf ihn mir wegnehmen! Auch die berühmte Jasmine nicht!«

Hatte Jasmine die Beziehung zwischen Madeleine und ihrem Bruder unterbinden wollen und damit ihr Todesurteil unterschrieben? Die Worte »Das darfst du nicht« ergaben endlich einen Sinn. Danielle rührte sich nicht und stellte keine Fragen. Sie wollte Madeleines Redefluss in keinem Fall unterbrechen.

Madeleine wurde von ihrem Kummer überwältigt und begann zu weinen. »Ich sah keine andere Lösung mehr. Ich weiß, dass ich alles falsch gemacht habe. Immer haben nur die anderen Glück!« Dann stand sic abrupt auf. »So, genug geheult! Ich muss heim zu meinem Vater. Was ich mit Ihnen mache, überlege ich mir noch.«

»Maddy, Sie sind kein böser Mensch. Das Schicksal hat Ihnen sehr zugesetzt. Ich kann Ihnen helfen! Ich werde Ihnen helfen, überlegen Sie es sich gut!«

Aber die junge, vom Leben gezeichnete Frau entgegnete unwirsch: »Genug jetzt. Ich lasse den Rucksack hier, da ist auch noch eine Flasche Wasser drin. Sollten Sie versuchen zu fliehen, werde ich böse!« Madeleine Sauveterre schien unberechenbar. Mit diesen letzten Worten stapfte sie hinaus und sperrte die Tür wieder mit dem großen, rostigen Schlüssel zu. Der Morgen hatte den schalen Geschmack nach Rotwein zum Frühstück hinterlassen.

Danielle sank der Mut.

*

Im Besprechungsraum der *Crim* warteten alle ungeduldig auf das Eintreffen von Sébastien Gidan vom Sondereinsatzkommando. Noch immer keine Nachricht, kein Lebenszeichen von der Chefin. Vitoux hatte die Genehmigung des Staatsanwaltes eingeholt und Danielles Handy orten lassen. Die Ortung hatte ergeben, dass es sich in Draguignan nahe Villecroze befand. Sébastien Gidan war mit seinem Team in aller Frühe losgeschickt worden, um das Handy und mit ihm bestenfalls die Hauptkommissarin zu finden. Per Telefon hatte er die Kollegen bereits informiert, dass er das Handy und Danielles Handtasche, nicht aber sie selbst gefunden hatte. Jetzt stand fest, dass Danielle etwas zugestoßen sein musste.

Die Chefin der Spurensicherung war ebenfalls anwesend, doch ihre Nerven lagen blank, weshalb sie mit ihren Mitarbeitern Tanguy und Lelouch kurz zum Rauchen in den Hof gegangen war. Als sie in den Besprechungsraum zurückkamen, hatten sie Gidan im Schlepptau.

»Chef, wir brauchen einen Großeinsatz, um Danielle zu finden«, polterte Claire Dupuis los. Sie war so aufgeregt, wie keiner sie je zuvor erlebt hatte. Normalerweise ließ sie sich von nichts und niemandem aus der Ruhe bringen.

»Madame Dupuis, wir tun alles in unserer Macht Stehende, um Madame Tisserand zu finden.« Vitoux zerrte an seiner Krawatte, Schweißperlen standen auf seiner Stirn.

Claire Dupuis war mehr als sonst auf Krawall gebürstet. »Ach ja, was denn? Hier herumstehen und Däumchen drehen?«

Gidan nahm Vitoux die Antwort ab. »Lassen Sie mich erzählen, dann können wir schneller los, Madame Dupuis. Also, die Funkzellenortung ergab, dass sich Madame Tisserands Handy in Draguignan am Einkaufszentrum ›Centre Commercial Carrefour‹ befindet. Ich habe das Gebiet mit meinen Leuten gründlich abgesucht. Am Parkplatz befinden sich etliche Abfalleimer. In einem davon fanden wir Danielle Tisserands Handtasche, die in eine Plastiktüte des Einkaufsmarktes eingepackt war.« Er hob Danielles Tasche hoch. »Da hat sich jemand nicht viel Mühe gemacht oder hatte nicht viel Zeit.«

Hibou schaltete sich ein. »Das Handy war also in der Tasche. Was ist mit dem Autoschlüssel? Sie muss mit dem Auto unterwegs gewesen sein!«

Gidan schüttelte bedauernd den Kopf.

»War sie auf dem Weg nach Villecroze?«

»Wenn man über Land von Nizza aus dorthin fährt, kommt man durch Draguignan«, schaltete sich Tribolle schüchtern ein. »Michel und ich waren vor Kurzem dort und haben ermittelt.«

»Also muss Danielles Auto noch irgendwo in der Umgebung stehen. Gidan, war es nicht auf dem Parkplatz in Draguignan?«, fragte Dupuis und spielte nervös mit ihrer Zigarettenschachtel.

»Nein, leider nicht.«

Hibou räusperte sich und hob in Zeitlupe seine Hand. »Ich habe heute sowieso einen Termin mit Dr. Jean-Luc Tonnelet. Der pensionierte Naturforscher will mir eine Stelle in der Nähe von Villecroze zeigen, wo der Wiesen-Gelbstern wächst. Das ist eine der Pflanzen, mit denen Jasmine Blanzac am Maure Vieil aufgebahrt war. Monsieur Vitoux, wenn Sie einverstanden sind, würde ich mich gemeinsam mit Amarante Tribolle jetzt gleich auf den Weg machen.«

Vitoux nickte. »Wir sollten keine Zeit mehr verlieren. Ich informiere Direktor Lévy und den Staatsanwalt Sabran-Pontevès.«

# KAPITEL 33

Sie standen in einem Weinberg, der schon bessere Zeiten gesehen hatte. Nicht alle alten Rebstöcke waren gepflegt, aber es musste jemand da gewesen sein, der einige der vorderen Reihen beschnitten und die verbliebenen Reben hochgebunden hatte. Der Botaniker Tonnelet war ein rüstiger 70-Jähriger, dem man sein Alter nicht ansah. Er trug Wanderschuhe, eine Cargohose mit mehreren Taschen, eine leichte Daunenjacke, die man per Reißverschluss von ihren Ärmeln befreien konnte, einen Rucksack und eine karierte Schiebermütze mit herabklappbaren Ohrenschützern. Unter buschigen Augenbrauen lugten freundliche, intelligente Augen hervor, die im Moment konzentriert auf etwas blickten.

»Sehen Sie, erst vor ein paar Tagen habe ich bei einer ausgedehnten Wanderung die gesuchte Pflanze auch hier entdeckt.«

Eine etwa 15 Zentimeter große Blume hatte sich samt Blättern aus dem lehmigen Boden gegraben und stand nun in voller Blüte.

»Das ist der Wiesen-Gelbstern. Leider steht die Pflanze auf der Roten Liste, da sie so selten geworden ist.«

»Für uns ist die Seltenheit von Vorteil und kann uns zum Täter führen«, sagte Hibou. »Denn man hat die Blüten, neben anderen, bei der Toten Jasmine Blanzac gefunden.« Er sah auf seine Schuhe, die sich im feuchten Gras des Weinberges ein wenig voll Wasser gesogen hatten.

Tribolle führte weiter aus: »Jetzt wissen wir auch, was der Gelbstern bedeuten könnte: Seltenheit! Jasmine war etwas Besonderes, eine ungewöhnliche Frau!«

Hibou nickte zustimmend.

Der Botaniker war neugierig geworden: »Darf ich fragen, welche anderen Pflanzen noch bei der Toten gefunden wurden?«

»Iris, Lorbeer und Schopflavendel«, antwortete Hibou.

»Ich habe mich nicht nur mit den botanischen Merkmalen verschiedenster Pflanzen beschäftigt, sondern auch mit deren Philosophie, das ist ein Steckenpferd von mir.« Er grinste breit. »Die Iris ist ein Symbol für Kreativität, gute Energie und Treue. Der Lorbeer steht für Ehre und Frieden. Schopflavendel kann dem normalen Lavendel zugeordnet werden, der Reinheit symbolisiert, aber auch Schutz und Abwehr.«

Hibou bewegte seine kalten Zehen in den abgetragenen Leder-Boots, die Feuchtigkeit war in die Vorderkappen seiner Schuhe gekrochen. »Genau, das haben wir auch so herausgefunden«, bestätigte Hibou. »Es wirkt, als ob der Täter sein Opfer damit charakterisiert hat, aber auch mit einer Art Schutzzauber belegen wollte.«

»Vielleicht tat dem Täter leid, dass er Jasmine getötet hat?« Tribolle schaute gedankenverloren über den Weinberg und die frische Frühlingslandschaft, der Wein trieb gerade aus und es zeigten sich kleine, grün-silbrige Blättchen an den Rebstöcken. »Es ist schön hier.«

»Eine trügerische Idylle«, wandte Hibou ein, »der Weinberg könnte einem Mörder gehören. Wissen Sie, wer der Besitzer ist, Monsieur Tonnelet?«

Dem Botaniker war die Frage sichtlich unangenehm. Vermutlich wollte er niemandem die Polizei auf den Hals jagen. Hibou sah es ihm an.

»Monsieur, ich kann verstehen, wenn Sie niemanden beschuldigen wollen. Aber es ist so, dass unsere Chefin seit gestern spurlos verschwunden ist. Wir finden sowieso heraus, wem der Weinberg gehört, doch mit Ihrer Hilfe geht es schneller, was das Leben unserer Chefin retten könnte.«

Das überzeugte Tonnelet. »Der Weinberg gehört seit vielen Generationen der Familie Sauveterre.«

Tribolle und Hibou schnappten gleichzeitig nach Luft. Tribolle hatte sich als Erste gefasst und fragte: »Die Tochter heißt Madeleine, Madeleine Sauveterre, nicht wahr?«

Tonnelet nickte.

»Sie haben uns wirklich enorm geholfen, vielen Dank! Bitte nehmen Sie es uns nicht übel, dass wir uns jetzt schnell verabschieden müssen.« Hibou hielt dem Botaniker seine Hand hin, der verständnisvoll einschlug.

»Selbstverständlich. Ich gehe zu Fuß nach Hause, ist ja nicht allzu weit. *Au revoir*, Monsieur Hibou und Mademoiselle Tribolle, und alles Gute für Ihre Chefin!«

Zurück am Auto, das sie am Rand des Weinbergs abgestellt hatten, besprachen sie kurz das weitere Vorgehen.

»Als Erstes informieren wir Vitoux, der soll Verstärkung zum Hof der Sauveterres schicken. Und dann machen wir uns auf den Weg dorthin.«

Tribolle zückte ihr Telefon und gab Vitoux Bescheid. Als sie fertig war, sagte sie: »Der Chef will nicht, dass wir da allein hingehen. Wir sollen warten, bis er uns grünes Licht gibt.«

Hibou dachte kurz nach und meinte dann voller Überzeugung: »Es geht um das Leben von Danielle! Wenn Madeleine die Täterin ist, hat sie auch Danielle in ihrer Gewalt, da bin ich mir sicher! Wir fahren da jetzt sofort hin!« Er nahm die Hand seiner Kollegin. »Das könnte gefährlich werden, Amarante. Hast du eigentlich auch eine Waffe dabei?«

»Ich habe noch keine. Ich sollte sie letzte Woche abholen, habe es aber vergessen. *Merde*!«

»Wichtig ist, dass wir überlegt vorgehen und du dich aus dem Gefahrenbereich raushältst, versprich mir das!« Hibou ließ den Motor an. »Wohin müssen wir?«

Amarante tippte etwas in ihr Tablet und nannte ihm die Adresse.

*

Der Himmel hatte sich bewölkt. Dazu wehte ein scharfer Wind, das mussten die letzten Ausläufer des Mistrals sein. Er trieb dunkle, schwere Wolken heran. Die Bäume tanzten und die Sonne war jetzt fast vollkommen hinter den dahintreibenden Schwaden verborgen, die sich in Sekundenschnelle neu formierten. Es wurde finster, als drohe eine Apokalypse.

Madeleine eilte in Richtung Haus, gleich würde es anfangen zu regnen. In der Pappel vor dem Haus rüttelte der Wind, sodass die zarten Blatttriebe massenhaft auf die Erde segelten. Ihr Vater würde sich fürchten, schon peitschten ihr dicke Tropfen ins Gesicht, und sie stemmte sich gegen die Naturgewalt an. Kaum hatte sie die Haustür geöffnet, hörte sie ihren Vater schreien: »Marie, wo bist du?«

Mit aller Kraft drückte sie von innen gegen die Eingangstür, um sie zu schließen. Hoffentlich regnete es auf dem Speicher nicht wieder durchs Dach. Es musste dringend erneuert werden. *Zut alors*, verflixt noch mal, alles ging den Bach runter!

Im Wohnzimmer saß ihr Vater verängstigt in einer Ecke und blickte panisch um sich. Sie ging vor ihm in die Hocke und legte ihre Hand auf seinen Unterarm.

Doch er stieß sie von sich und rief verzweifelt: »Geh weg, du bist nicht Marie. Geh weg!« Dabei schlug er sie mit den Fäusten. Das würde wieder blaue Flecken geben.

»Papa, ich bin's, deine Tochter Madeleine. Komm mit in die Küche, ich gebe dir ein Glas Wein von deinem guten Roten.« Sie zog ihn hoch. Er musste seine Gliedmaßen koordinieren und ließ sich dann bereitwillig in die geräumige Küche bringen und auf dem Stuhl festschnallen. Madeleine reichte ihm ein Glas Wein, das er in schnellen Zügen leer trank. Sie wusste, dass er gleich müde werden würde, und führte ihn deshalb schnell zurück ins Wohnzimmer, wo sie mittlerweile ein Pflegebett hatte aufstellen lassen.

In dem Moment klingelte es an der Tür.

»Ich komme gleich, einen Moment!« Mit Müh und Not schaffte sie es, den Vater in das Bett zu legen, wo er augenblicklich einschlief. Wozu der gute *Domaine de Sacreterre* doch alles nützlich war. Das war die beste Medizin für ihn und auch für sie.

Erschöpft ließ sie sich auf die Couch fallen. Das wuchs ihr alles über den Kopf, und jetzt war da auch noch die Madame aus Nizza. Was sollte sie nur mit ihr machen?

Die Klingel tönte erneut, sie hatte ganz vergessen, dass jemand draußen stand. Ächzend erhob sie sich und schleppte sich zur Haustür.

»Sind Sie Mademoiselle Madeleine Sauveterre?«, wollte der Mann wissen.

Madeleine nickte und erschrak. Waren das zwei Polizisten?

»Wir haben ein paar Fragen an Sie. Das ist Michel Hibou und ich bin Amarante Tribolle von der Kriminalpolizei in Nizza. Ich habe schon einmal kurz mit Ihnen gesprochen, können Sie sich erinnern?«

»Ich habe wenig Zeit, gerade erst habe ich meinen Vater ins Bett gebracht, und jetzt muss ich die Küche aufräumen. Und falls es aufhört zu regnen, wartet der Weinberg. Aber Sie können sich in die Küche setzen und Ihre Fragen stellen, solange ich sauber mache.«

Als die Polizisten am Küchentisch Platz genommen hatten, fragte Madeleine: »Darf ich Ihnen einen Kaffee anbieten?« Sie musste unaufgeregt wirken, damit die beiden nicht misstrauisch wurden.

»Gerne, Mademoiselle Sauveterre. Wir ermitteln im Tötungsdelikt Jasmine Blanzac. Kannten Sie sie gut?«

Madeleine widmete sich der Zubereitung des Kaffees und zögerte die Antwort hinaus. Sie stellte drei Henkelbecher auf den Tisch. »Ich kenne die ganze Familie gut. Erstens sind wir Nachbarn und zweitens hat mein Vater damals den Unfall mit Rémy verursacht.«

»Jasmine ist eines grausamen Todes gestorben. Sie wurde aus unmittelbarer Nähe mit einem Gewehr erschossen«, sagte Hibou.

Madeleine versuchte, sich keine Gefühlsregung anmerken zu lassen. »Das ist tragisch, da haben Sie recht.«

»Geht Ihnen der Tod Ihrer früheren Nachbarin nicht nahe?«, wollte Tribolle wissen.

»Wir müssen alle mal sterben. Mein Vater stirbt jeden Tag ein kleines bisschen mehr. Wenn ich auch noch für die Nachbarn mitleiden soll, kann ich mich gleich neben meinen alten Herrn legen und nicht mehr aufstehen.«

»Sie haben es nicht einfach, oder? Ihre Mutter ist erst vor ein paar Jahren gestorben. Ich selbst habe meinen über alles geliebten *grand-père* im Herbst letzten Jahres verloren. Das hinterlässt eine Lücke.«

Madeleine kannte den Trick. Mit ihrem Mitgefühl wollte die Polizistin ihr Vertrauen gewinnen und sie zum Reden bringen. Doch nicht mit ihr! »Wissen Sie, Jammern und Wehklagen nützen gar nichts, das hilft mir nicht und meinem Vater erst recht nicht. Und außerdem fehlt mir dafür die Zeit.«

»Und genau die haben wir auch nicht«, entgegnete Hibou harsch. »Mademoiselle, wir haben in Ihrem Weinberg den Wiesen-Gelbstern gefunden. Diese Blume lag dem sargähnlichen Behältnis bei, in dem Blanzac aufgebahrt wurde. Und wenn wir jetzt in Ihren Garten gehen, finden wir sicher auch Iris, Schopflavendel und Lorbeer. Wir müssen Sie bitten, uns nach Nizza zu begleiten.«

Madeleine blieb fast das Herz stehen, doch sie gab nicht klein bei. »Ist das Ihr Ernst? Diese Pflanzen finden Sie hier in nahezu jedem Garten, und ebenso in der freien Natur!« Der Kaffee war fertig, und unter allergrößter Willenskraft schaffte sie es, einzuschenken, ohne dass ihre Hand zitterte. »Einen Augenblick, ich hole frische Milch aus der Vorratskammer.« Und schon war sie zur Küchentür hinaus. Einen Moment wartete sie, ob die Polizisten ihr folgten. Als jedoch niemand kam, eilte sie zu ihrem Auto, holte die Flinte heraus und ging zurück ins Haus. Madeleine drückte die angelehnte Küchentür mit dem Gewehrlauf auf, die Waffe im Anschlag, aber niemand saß mehr am Küchentisch.

»Lassen Sie die Waffe fallen, Mademoiselle Sauveterre. Sofort!«, ertönte Hibous Stimme hinter ihr.

Er musste sich im Hauswirtschaftsraum nebenan versteckt haben und jetzt im Flur hinter ihr stehen. Ruckartig drehte sie sich um und schoss, ohne mit der Wimper zu zucken. Der Schuss dröhnte laut in der Küche.

»Madeleine, hören Sie auf! Wollen sie noch mehr Menschen umbringen? Wo haben Sie Danielle Tisserand eingesperrt?«

Sie hatte ihn wohl nicht getroffen. In größter Verzweiflung feuerte die junge Weinbäuerin noch einen Schuss ab und spürte im nächsten Moment einen harten Schlag im Nacken. Dann wurde es dunkel um sie herum.

»Michel, geht es dir gut?« Amarante Tribolle stieg über die ohnmächtig am Boden liegende Madeleine hinweg zur Küchentür hinaus.

Hibou kam aus dem angrenzenden Hauswirtschaftsraum. »Keine Sorge, ich bin unverletzt. Hast du sie mit der Hand niedergeschlagen? *Bon sang*, meine Güte, Amarante, das war ein heftiger Schlag. Wo hast du das gelernt?«

»Ich kann etwas Karate«, sagte sie bescheiden.

Hibou staunte nicht schlecht und nahm sie in die Arme. Da sah er, wie Madeleine langsam wieder zu sich kam. »Amarante, suche nach einer Schnur, Kabelbindern oder so etwas, wir müssen sie fesseln. Ich halte sie so lange fest.«

Amarante wühlte in den Schubladen und wurde fündig. Mit Paketklebeband banden sie der Angreiferin die Handgelenke auf dem Rücken zusammen, noch ehe sie wieder ganz bei sich war. Dann brachten sie das Gewehr in Sicherheit.

Aufgebracht schnauzte Hibou Madeleine an: »Setzen Sie sich hier auf den Stuhl!« Um seine Worte zu unterstreichen, zielte er mit seiner Pistole auf sie. »Wo ist Madame Tisserand?« Hibou hatte jetzt genug von dem Chaos, das durch Madeleine Sauveterre angerichtet worden war.

Madeleine standen die Haare in alle Richtungen, sie sah durch die beiden Kriminalpolizisten hindurch.

Der aufmerksamen Tribolle war vorhin schon eine Vase in leuchtenden Farben, die auf der Küchenarbeitsplatte stand, ins Auge gestochen. Sie trat heran und nahm sie in die Hände. Ihr Blick fiel auf die Unterseite der Vase, wo das Zeichen der verlassenen Glasfabrik auf dem Maure

Vieil, ein groß geschriebenes M, das von einem V getragen wurde, eingraviert war. »Mademoiselle, diese Vase stammt aus der Glasbläserei im Estérel-Gebirge. Das ist ein wertvolles Stück, wie kommen Sie daran?«

Madeleines Blick streifte die Vase und leuchtete dabei kurz auf. Dann erlosch der Glanz in ihren Augen. Vollkommen hoffnungslos antwortete sie: »Die hat mein Vater vor vielen Jahren meiner Mutter geschenkt. Wir haben einen Ausflug zu der Glasbläserei gemacht, und *maman* hat sich diese Vase ausgesucht. Danach sind wir noch ans Meer gefahren. Es war ein wunderschöner Tag.« Tränen rannen der jungen Bäuerin nun übers Gesicht.

»Also kennen Sie das Gelände am Maure Vieil. Dort wurde Jasmines Leiche gefunden. Ich bin mir sicher, dass diese Waffe hier«, Hibou deutete auf die Flinte, die er hinter sich gelegt hatte, »die Tatwaffe ist. Sie haben Jasmine getötet!«

Madeleine Sauveterre ließ den Kopf sinken. Ihre Schultern hoben und senkten sich heftig, während sie schluchzte. Lange aufgestaute Emotionen schienen sich zu befreien.

Amarante Tribolle kniete sich hin und trocknete ihr behutsam das Gesicht mit einem Papiertaschentuch. »Wo ist Danielle, Madeleine?«, fragte sie.

Madeleine brachte vor lauter Weinen keinen Ton heraus. Nach einer gefühlten Ewigkeit, als sie sich gefasst hatte, sagte sie nur einen Satz: »Kümmern Sie sich bitte um meinen Vater!« Das war der letzte Satz, den sie an diesem Tag von sich gab.

In diesem Moment stürmten drei Gendarmen mit ihren Pistolen im Anschlag in die Küche.

# KAPITEL 34

Eine weitere Nacht schob sich über das Gelände der *grottes troglodytes*. Mit ihr, so befürchtete Danielle, würde sich auch eine sie endgültig verschlingende Dunkelheit herabsenken. Madeleine Sauveterre war bisher nicht wieder erschienen. Seit langer Zeit zum ersten Mal betete Danielle: »Lieber *Saint Roch*, wenn du wirklich der Schutzheilige der Kriminalpolizei bist, dann hilf mir bitte, dass ich lebend aus diesem Loch herauskomme.«

Das Wetter hatte umgeschlagen und es war empfindlich kühl geworden. Ein Wind pfiff gnadenlos durch alle Ritzen. Die Kälte durchdrang bald ihren gesamten Körper. Sie hatte eiskalte Füße, denn noch immer war sie barfuß, Madeleine hatte ihr weder Strümpfe noch ihre Sabots gebracht. Außerdem schmerzten ihre Fußsohlen, an denen sie sich auf dem Weg hierher mehrere kleinere Wunden zugezogen hatte. Weil Schmutz hineingeraten war, begannen ein paar der Wunden zu eitern. Und zu allem Übel hatte sie keinen Tropfen Wasser mehr. Katastrophaler und ungemütlicher konnte es kaum mehr werden. Auch ihr Kopf schmerzte immer noch, von dem Schlag ebenso wie vom vielen Nachdenken darüber, wie sie aus ihrem Gefängnis entkommen könnte. Sie fühlte sich schmutzig, die Haare hingen ihr wirr ins Gesicht, sie roch nach Schweiß und Angst.

Die Kommissarin sang mit heiserer Stimme das Kinderlied: »*Alouette, gentille alouette, alouette, je te plumerai. Je te plumerai la tête.«* – »Lerche, liebe Lerche, Lerche, ich werde dich rupfen. Ich werde dir den Kopf rupfen.« Das war ihr Lieblingskinderlied gewesen. Ihre *maman* hatte es ihr eine Zeit lang jeden Abend vor dem Schlafengehen vorsingen müssen und ihr dabei liebevoll den Kopf gekrault. Jetzt bekam der Text eine bittere Bedeutung, würde nun sie gerupft werden, musste sie den Kopf hinhalten? Der kahle Raum, den die Finsternis jetzt zu ergreifen versuchte, warf die Worte zurück. Hatte sie sich jemals so einsam gefühlt?

Plötzlich wurde die Kammer von einem schwachen Leuchten erhellt. Sandte der aufziehende Mond einen Gruß oder war es das letzte Aufleuchten der Sonnenstrahlen, die die Kammer kurzzeitig erhellten? Das unbeständige Licht fiel auf ihre Hände und auf den Ring, der das Schimmern aufnahm und für sie als temporäres Strahlen sichtbar machte.

War das die Antwort auf ihr Gebet? Ein Zeichen, dass sie nicht allein war? Sie würde ihre Kräfte schonen und ausharren – für Raymond. Seine Liebe würde ihr die Kraft dazu geben, sie würde die Hoffnung nicht aufgeben.

*

Auch wenn Abteilungsleiter Vitoux Tribolle und Hibou eine Standpauke gehalten hatte, so war er doch stolz auf sie, denn sie hatten die Täterin zur Strecke gebracht. Sogar die Tatwaffe und den lang gesuchten Morgenmantel des Opfers hatten die beiden als wichtige Beweismittel sichergestellt. Die junge Bäuerin saß nun in ihrer gestreiften Baumwollschürze, über die sie beim Verlassen des Hauses schnell eine Strickweste gezogen hatte, im Vernehmungsraum. Das Gesicht war gerötet, die Augen huschten unruhig umher. Immer wieder atmete sie stöhnend aus.

Vitoux stellte ihr eine Tasse Kaffee und einen Teller mit *sablés*, bretonischen Butterkeksen, hin und setzte sich ihr gegenüber an den Tisch. Sie sah zuerst auf die Kekse, so als wüsste sie nicht mehr, was das war, und dann fiel ein kurzer, gleichgültiger Blick auf den Abteilungsleiter.

»Mademoiselle Sauveterre, Sie wissen, warum man Sie festgenommen hat?«

Er bekam keine Antwort.

»Trinken Sie einen Schluck, jetzt ist der Kaffee noch heiß«, forderte er sie freundlich auf.

Etwas widerwillig griff sie nach dem Henkelbecher und trank.

»Sie stehen im Verdacht, Jasmine Blanzac getötet zu haben. Möchten Sie sich dazu äußern?«

Wieder schwieg sie beharrlich.

Vitoux beugte sich vor. »Hören Sie, ich glaube nicht, dass Sie ein böser Mensch sind. Sie haben sich in Ihrer Verzweiflung nicht anders zu helfen gewusst.« Der Abteilungsleiter versuchte es mit Verständnis, denn er war überzeugt davon, dass gerade das Madeleine Sauveterre die letzten Jahre gefehlt hat. Das rechtfertigte ihre Tat zwar in keinster Weise und würde sie auch nicht vor dem Gefängnis bewahren, aber vielleicht erzählte sie ihnen so, wo Danielle Tisserand war. »Wir wollen Ihnen helfen, damit Sie sich nicht noch weiter ins Unglück stürzen. Sagen Sie uns, wo Sie Hauptkommissarin Tisserand gefangen halten.«

Keine Antwort.

»Madeleine, ich bitte Sie! Wo ist Madame Tisserand?«

Wieder nichts. Madeleine Sauveterre hielt die Kaffeetasse in der Hand und starrte in die dunkelbraune Flüssigkeit.

Vitoux, der selten ungeduldig wurde, schlug jetzt mit der Hand auf den Tisch, stand auf und verließ das Zimmer. Im

Nebenraum traf er auf Claire Dupuis, Hibou und Tribolle. Die drei hatten alles hinter dem Einwegspiegel verfolgt.

Als Vitoux zu ihnen kam, bellte Claire ihn an: »Lassen Sie mich zu ihr, dann wird sie singen wie eine Drossel. Wir müssen Danielle endlich finden, bevor es zu spät ist!« Die Chefin der Spurensicherung hatte ihre an sich schon nicht leise Stimme noch um mehrere Lautstärke-Nuancen erhoben.

»Madame Dupuis, ich weiß, dass Sie sich Sorgen machen. Aber mit Gewalt kommen wir bei Madeleine nicht weiter. Wenn überhaupt, dann mit Vertrauen oder indem wir an ihr Gewissen appellieren«, wies Vitoux die Chefin der Spurensicherung ungewohnt selbstsicher in ihre Schranken.

Hibou hob die linke Hand in Zeitlupe und rieb sehr langsam mit dem Zeigefinger an der Nase. »Sie könnten recht haben, Chef. Wie wär's, wenn wir die Mutter oder die Tante von Jasmine und Rémy Blanzac herholen? Vielleicht schaffen sie es, unsere Täterin da drüben zum Reden zu bringen.«

*

Ein Polizeiwagen hatte Florine Patenaude aus Villecroze abgeholt und sie in die *Crim* gebracht. Annabelle Blanzac war nicht mitgekommen. Erstens musste jemand bei Rémy bleiben, und zweitens war sie psychisch am Ende. Da Villecroze nicht um die Ecke lag, waren drei Stunden vergangen. Drei Stunden, in denen Madeleine sich und ihrem Gewissen überlassen worden war.

Im Konferenzzimmer wurde Florine Patenaude von Vitoux, Hibou und Tribolle empfangen. Der Polizist, der sie abgeholt hatte, hatte ihr nur gesagt, dass die Hauptkommissarin verschwunden sei und sie ihnen vielleicht weiterhelfen könne.

Deshalb teilte sie sofort mit, was sie wusste: »Die Kommissarin war vor drei Tagen bei uns und hat mit Rémy gesprochen. Sie haben zusammen gemalt, und ich habe im Hauswirtschaftsraum gebügelt. Sie hat mich gefragt, wer Maddy ist, Rémy hat sie als seine Freundin bezeichnet.«

»Dann muss sie direkt nach dem Besuch bei Ihnen zum Hof der Sauveterres gefahren sein«, schlussfolgerte Hibou. »Madeleine muss sie dort in ihre Gewalt gebracht haben, anders kann ich es mir nicht vorstellen.«

Die Kollegen nickten zustimmend.

Der Chef meinte: »Aber ob sie sie festhält, wissen wir nicht. Der Hof ist groß. Madame Patenaude, vielleicht schaffen Sie es, diese Information aus Madeleine Sauveterre herauszubekommen? Uns gegenüber schweigt sie eisern. Bevor Sie mit ihr reden, muss ich Ihnen noch etwas sagen: Höchstwahrscheinlich hat Madeleine Ihre Nichte Jasmine getötet.«

Florine Patenaude schluckte. »Wie kommen Sie darauf? Und wieso glauben Sie, dass Maddy etwas mit dem Verschwinden von Madame Tisserand zu tun hat? Weil sie sich gut mit Rémy verstand? Das macht doch keinen Sinn!«

»Madeleine Sauveterre und Rémy sind nicht nur Freunde. Sie haben eine Beziehung. Unsere Kollegin hat das herausgefunden und Madeleine zur Rede gestellt. Und vermutlich ebenso Jasmine«, erklärte Vitoux.

Das war zu viel für Madame Patenaude. Sie schüttelte fassungslos den Kopf, Tränen rollten ihre Wagen hinab, und wie in Trance murmelte sie vor sich hin: »Das ist nicht möglich, das darf nicht sein! Doch nicht Maddy, das ist nicht möglich!«

Die Polizisten ließen ihr Zeit.

Nach ein paar Minuten atmete sie tief durch und sagte mit brüchiger Stimme: »Ich will wissen, warum sie unsere Jasmine getötet hat. Ich will es von ihr hören!«

Vitoux erklärte heiser, weil ihm die Situation naheging: »In Ordnung. Fragen Sie sie. Und fragen Sie bitte auch nach unserer verschollenen Kollegin. Vielleicht ist es noch nicht zu spät und wir können sie noch retten …«

Vitoux führte Madame Patenaude in den Nebenraum, der an das Verhörzimmer angrenzte, und wies durch den Einwegspiegel auf die wartende Gefangene. »Von hier aus kann man alles beobachten, und Sie werden da drüben nicht allein sein. Michel Hibou wird Sie begleiten.«

Die Tante sah eine Weile wie gebannt auf die junge Weinbäuerin, die bewegungslos am Tisch saß und vor sich hinstarrte. »Madeleine … Wie konnte es nur so weit kommen?« Fassungslos schüttelte sie den Kopf.

Als sie kurz darauf zusammen mit Hibou den Vernehmungsraum betrat, hielt sich Madeleine Sauveterre vor Überraschung am Tisch fest. Einen Augenblick später senkte sie beschämt den Kopf.

Florine und Hibou setzten sich gegenüber von Madeleine an den Tisch. Nun saß sie der Mörderin ihrer Nichte gegenüber und war zutiefst erschüttert. Lautlos weinte sie, ohne den Blick von ihrem Gegenüber abzuwenden. Hibou reichte ihr ein Taschentuch. Sie nahm es und schnäuzte sich, ihr Gesicht war kreideweiß. Dann seufzte sie schwer und räusperte sich. Ihre Stimme klang rau, als sie ihre Worte wählte.

»Madeleine, wie konntest du uns das nur antun? Du bist doch mit Jasmine aufgewachsen und früher bei uns ein- und ausgegangen. Warum, um Himmels willen, hast du das getan? Ich verstehe das nicht! Du hast unser aller Leben zerstört!«

Madeleine hob langsam den Kopf, sie schluchzte.

Hibou spürte selten seine Nerven, aber jetzt glich er innerlich einer überspannten Bassseite. Würde sie jetzt endlich den Mund aufmachen?

Madeleine schluckte, als ob sie einen dicken Kloß im Hals hätte, und fing dann überraschenderweise zu sprechen an: »Florine, es tut mir so leid!« Ein weiterer heftiger Heulkrampf schüttelte sie, bevor sie stockend weitersprach. »Es ... tut mir ... so leid! Ich ... ich habe Jasmine Blumen und Lorbeer in ihren Sarg gelegt, damit ... damit sie beschützt ist und ein sicheres Geleit in den Himmel bekommt. Jasmine wollte mir die Liebe zu Rémy verbieten. Er ist meine einzige Freude in diesem Leben. Ich war so verzweifelt! Jasmine hatte alles, ich aber habe nur Rémy. Ohne unsere Liebe kann ich nicht weiterleben ...«

»Was hast du mit Rémy gemacht? Madeleine, auch wenn er aussieht wie ein Mann – er ist ein Kind!« Florine hielt die Griffe ihrer Handtasche fest umklammert, sodass die Fingerknöchel weiß hervortraten. »Wir haben dir vertraut, haben dir unseren Rémy anvertraut!«

»Florine, wir lieben uns! Ich habe Rémy nichts angetan. Ihr seht ihn nur als Kind, doch er ist auch ein Mann, er hat den Körper und die sexuellen Bedürfnisse eines Mannes! Wir haben uns ineinander verliebt.«

Florine Patenaude entgegnete schroff: »Du erzählst Unsinn! Du hast ihn ausgenutzt, zu deinem Vergnügen. Du hast ihn von dir abhängig gemacht!«

»Das ist nicht wahr! Wir lieben uns!«

»Du verwechselst Sex mit Liebe! Es geht dir dabei doch ausschließlich um dich! Du bist eine Egoistin! Und deswegen musste Jasmine sterben. Ich kann dich nicht mehr ansehen!« Florine atmete heftig, auf ihrer Stirn standen Schweißperlen.

»Madame Patenaude«, Hibou sah sich gezwungen einzugreifen, bevor die Tante noch zusammenbrach, »machen wir eine kleine Pause.«

Florine zitterte am ganzen Körper, als er sie in den Nebenraum führte.

Dort schob ihr Vitoux eiligst einen Stuhl hin, und Amarante Tribolle reichte ihr ein Glas Wasser.

»Können Sie noch einmal hineingehen oder nimmt Sie das zu sehr mit?«, fragte der Chef.

Florine Patenaude trank in großen Schlucken, atmete danach tief durch und sah Vitoux fest in die Augen. »Ich werde das zu Ende bringen. Die Kommissarin stand uns sehr zur Seite und hat es verdient, dass ich weitermache und sie gefunden wird.« Ihre Augen zeugten von einer Klarheit und Gewissheit, sie würde das jetzt durchziehen.

Vitoux nickte dankbar.

Madeleine Sauveterre saß zusammengesunken da, als Hibou und Florine erneut den Vernehmungsraum betraten. Florine hatte sich zu ihrer vollen Größe aufgerichtet und blieb vor dem Tisch stehen.

»Du wirst uns jetzt sagen«, begann sie, »was du mit der Kommissarin gemacht hast. Ich gehe nicht, bevor du mir eine Antwort gibst.« Dabei fixierte sie ihr Gegenüber mit einem eisigen Blick.

Jählings sprudelte es aus Madeleine Sauveterre heraus: »Sie ist plötzlich auf unserem Hof aufgetaucht. Vater hatte einen Alzheimerschub und wusste wieder nicht, wo er sich befand. Sie wollte nicht gehen und blieb die ganze Zeit bei mir, während ich ihn versorgte. Im Wohnzimmer hat Tisserand dann die grüne Ledertasche von Jasmine im Schrank entdeckt. Ich wusste, was das bedeutete, und in meiner Panik habe ich ihr eine Glasvase über den Kopf geschlagen.«

Hibou musste sich beherrschen, um ruhig zu bleiben und sich nicht einzumischen. Hatte sie Danielle getötet?

Florine setzte sich nun erhobenen Hauptes auf die Vorderkante des Stuhles und sah die junge Bäuerin auffordernd an. »Wo ist Madame Tisserand?«

»Ich habe sie zu den *grottes troglodytes*, den Höhlen in den Tuffsteinklippen, gebracht und dort eingesperrt. Ich sehe dort gelegentlich nach dem Rechten und habe deshalb die Schlüssel.«

Madame Patenaude sank erschöpft in sich zusammen.

Hibou aber winkte erleichtert in Richtung des Spiegels, und einen Moment später traten Tribolle und Vitoux ein. »Monsieur Vitoux«, sagte er zu seinem Chef, »bitte führen Sie mit Amarante die Befragung weiter. Ich will mich sofort persönlich darum kümmern, dass Danielle freikommt.«

Vitoux nickte und wandte sich Madeleine zu. »Madame Sauveterre, jetzt erzählen Sie uns genau, was geschehen ist. Jasmine hat herausgefunden, dass Sie eine Beziehung mit Rémy hatten, und wollte Sie davon abbringen. Wann war das?«

»Ein paar Tage vorher. Sie rief mich an und war ganz außer sich. ›Das darfst du nicht!‹, hat sie ständig geschrien und mir gar nicht zugehört. Sie hat einfach aufgelegt. Immer wieder habe ich versucht, sie zu erreichen. Irgendwann ging sie ran, sagte ›Ich habe die Nase voll davon‹ und dass sie zur Polizei gehen und mich wegen Misshandlung anzeigen werde, sollte ich Rémy noch einmal sehen. Da sind mir die Sicherungen durchgebrannt. Ich bin in der Nacht nach Mandelieu-la-Napoule zu ihrem Appartement gefahren und habe behauptet, Rémy sei verschwunden, um sie herauszulocken. Eigentlich wollte ich sie nur in den *grottes troglodytes* einsperren, um sie ruhigzustellen, doch im Auto hat sie herausgefunden, dass ich sie angelogen habe. Sie hat getobt. Ich bin dann von der großen Straße abgefahren Richtung Maure Vieil und habe angehalten, um in Ruhe mit ihr zu reden. Sie ist aber davongerannt. Ich habe das Gewehr aus dem Kofferraum geholt und bin hinter ihr her. An einem großen Stein blieb sie stehen. Ich bin ganz nah zu ihr, habe ihr das Gewehr an die Brust gehalten und ihr gesagt, dass ich sie töten werde, wenn sie mir Rémy nimmt. Sie hat mich voller Abscheu angesehen, und dann, dann ist es passiert.« Wie ein Mantra wiederholte sie unter Tränen: »Es tut mir so leid. Es tut mir so leid!«

Die Information, dass sie Rémy auch noch benutzt hatte, um ihre Nichte in den Tod zu locken, war fast zu viel für Florine. Ein Schwindel schien sie zu überfallen, sie hielt sich an der Tischkante fest.

Vitoux fragte besorgt, ob sie noch die Kraft habe, weiterzumachen. Florine nickte entschlossen.

Daraufhin wandte er sich wieder an Madeleine. »Wie ging es weiter? Wie kam Jasmine an die Glasbläserei?«

Madeleine sah mit leerem Blick vor sich hin und seufzte tief. »Als sich der Schuss gelöst hatte und ich erkannte, dass Jasmine tot war, bin ich zum Auto zurückgerannt und voller Panik nach Hause gefahren. Aber dann kam mir, dass ich Jasmine nicht einfach so da liegen lassen konnte, das wäre doch entwürdigend gewesen. So habe ich habe eine große Plastikkiste ins Auto gepackt und Blumen mitgenommen, um sie wie eine Prinzessin im Amphitheater der ehemaligen Glasbläserei aufzubahren. Ich wollte, dass sie gefunden wird.«

Die Tante des Mordopfers mobilisierte ihre letzten Reserven. »Was du getan hast, wirst du büßen und vor Gott und den Menschen verantworten müssen! Das wird dich den Rest deines Lebens begleiten. Niemals sollst du vergessen können, was du getan hast.« Ihre Stimme versagte für einen Moment. »Das Böse scheint bei euch zu Hause einen Platz gefunden zu haben. Ich verbanne dich aus unserem Leben, Madeleine.« Sie stand schwankend auf, wandte sich brüsk ab und eilte mit hoch erhobenem Kopf aus dem Zimmer.

*

Danielle fühlte sich immer schwächer. Es musste längst wieder Tag sein, doch sie hatte keine Kraft mehr, um aufzustehen und sich zu bewegen. Jeder Knochen tat ihr weh, der Hunger und vor allem der Durst raubten ihr langsam die Sinne. Manchmal kam es ihr vor, als würde sie schweben oder aus ihrem Körper treten, sich im Nichts auflösen.

In der Nacht hatte sie aus dem Fenster hinaus um Hilfe geschrien, bis sie heiser geworden war und alle Spucke verbraucht hatte. Sie hatte so lange an die Holztür geschlagen, bis die Hände wund waren und entsetzlich schmerzten. Irgendwann hatte sie nicht mehr gekonnt und sich auf den Boden sinken lassen. Da lag sie nun vollkommen erschöpft und war immer wieder eingeschlafen. Sollte sie so sterben müssen? Sie war bereit, sich in ihr Schicksal zu ergeben. Es wurde ihr nicht mehr warm, ein dauerndes Zittern, das sie an- und abschwellend überfiel, schien auch ihre Gedanken zu verwirren.

Sie schloss die Augen und versuchte wieder einzuschlafen. Im Schlaf waren die Schmerzen, der Kummer, die Ausweglosigkeit vergessen.

Aber was war das? In der Ferne schien sie Stimmen zu hören, aber sie wagte es nicht, ihren Sinnen zu trauen.

»Danielle, Danielle!«

»Danielle!«, hörte sie wieder.

Die Stimmen kamen näher und wurden lauter. Halluzinierte sie jetzt? Sie schlug die Augen auf. Noch einmal rief jemand ihren Namen. Adrenalin raste unvermutet durch ihre Adern. »Hier, ich bin hier!«, rief sie heiser, kroch mit letzter Kraft auf allen vieren zur Tür und schlug dagegen, so fest sie konnte.

»Danielle, ich bin's, Michel Hibou. Wir holen dich hier raus!«

Ein Schlüsselbund klapperte, und dann öffnete sich knarzend die alte Tür zu ihrem Gefängnis. Nie war sie froher gewesen, Hibous Schnittlauchhaare zu sehen. Sie fiel vor Erleichterung auf den steinigen Boden, ein tiefer Seufzer entrang sich ihr.

Hibou beugte sich zu ihr und nahm sie in den Arm. »Danielle, was bin ich froh, dich endlich gefunden zu haben!«

»Hibou, ich habe geglaubt, meine letzte Stunde wäre angebrochen. Niemand … hat mich gehört, alle Versuche … zu entkommen, sind gescheitert«, sagte sie stockend und wurde von einem kurzen, aber heftigen Schluchzen geschüttelt.

Hibou hatte in weiser Voraussicht eine kleine Flasche Wasser mitgenommen, die er ihr jetzt reichte und aus der sie gierig trank.

# KAPITEL 35

Hibou hatte die Kommissarin auf ihre Bitte hin in das Krankenhaus gebracht, in dem Raymond lag. Sie hatte sich eigentlich nicht untersuchen lassen, sondern sofort nach ihrem Freund sehen wollen, doch Hibou hatte darauf bestanden. Die Hose hing locker an ihr, sie musste einige Kilos abgenommen haben. Die dunklen Ringe unter ihren Augen, die vor Kälte blauen Füße und Hände, die blutverkrustete Wunde am Hinterkopf und die zahlreichen vereiterten Wunden an ihren Fußsohlen hatten ihm große Sorgen gemacht. Sie wirkte so zerbrechlich, so hatte er seine Chefin noch nie gesehen.

Nun lag sie bestens versorgt in einem Einzelzimmer, und ihr fielen sofort die Augen zu. Sie hatte zwar Hunger, aber nicht die Kraft, den Deckel des Tabletts, unter dem sich das Essen befand, anzuheben.

Irgendwann wurde sie von Stimmen geweckt, die leise miteinander sprachen. Sie wusste nicht, wie viel Zeit vergangen war und wo sie sich befand. Die Augen waren so schwer, dass sie Mühe hatte, die Lider zu öffnen. Sie musste sich erst orientieren, ihrem Kopf Zeit lassen.

Die Stimmen schwiegen, dann begannen sie von Neuem miteinander zu plauschen. Jetzt endlich schlug sie die Augen auf, auch wenn die Müdigkeit sie noch immer fest in den Klauen hielt. In einiger Entfernung saß Raymond in einem Rollstuhl und neben ihm auf einem Stuhl ihre Schwester

Josette. Die beiden unterhielten sich angeregt und merkten nicht sofort, dass Danielle wach war. Danielles Herz machte einen Satz, als sie sah, wie fit ihr Liebster schon wieder war, auch wenn er wegen des rechten eingegipsten Beines noch nicht laufen konnte.

Sie wollte etwas sagen, doch heraus kam nur ein Krächzen. Sofort schauten Ray und Josette in ihre Richtung.

Raymond kam zu ihr gerollt und strahlte sie an. »Danielle, *mon trésor*, mein Schatz, ich bin so froh, dich wiederzusehen! Wie fühlst du dich?« Er nahm zärtlich ihre Hand und küsste sie. Sein Blick fiel auf den Ring, den er ihr geschenkt hatte.

Sie bemerkte es, räusperte sich und sagte: »Dein Ring hat mir in tiefster Verzweiflung Hoffnung gegeben.«

Josette trat zögernd näher, sie kämpfte mit den Tränen.

Danielle streckte die Hand nach ihr aus. »Komm, lass dich umarmen. Aber du musst dich zu mir runterbeugen.«

Josette schluchzte laut. »*Mon Dieu*, Danielle! Wir hatten alle eine riesengroße Angst um dich!«

Danielle spürte, dass sie sich kaum konzentrieren konnte und gleich wieder einschlafen würde. Doch sie wollte es sich nicht nehmen lassen, ihrem Liebsten zum Abschied einen Kuss zu geben. Sie setzte sich auf und musste warten, bis das Kreisen in ihrem Kopf aufhörte, dann beugte sie sich langsam vor und sagte: »Davon habe ich während meines Eingesperrt-Seins geträumt. Das hat mich am Leben erhalten.« Sie zog ihn zu sich und küsste ihn erst sanft, dann ungeduldig auf den Mund. Raymond atmete heftig ein, ob der Sehnsucht, die ihn plötzlich überfiel. Sein Griff mit der Linken war stark und fordernd für einen kurzen Moment. Dann ließ er sie los, ohne den Blick von ihr zu wenden.

*

Auf der Feier zu Danielles Beförderung zur *commandante de police*, zur Ersten Polizeihauptkommissarin, überreichte ihr Lévy, der *commissaire général de police*, eine Urkunde und sagte in einer kleinen Ansprache: »Danielle Tisserand hat durch ihre wertvolle Intuition, ihre Beharrlichkeit und ihr geschicktes Vorgehen, sogar unter Gefahr für Leib und Leben, wesentlich dazu beigetragen, dass wir den Fall Jasmine Blanzac als gelöst betrachten können. Die Beförderung, liebe Madame Tisserand, hat die angenehme Nebenwirkung einer Gehaltserhöhung.«

Auch Staatsanwalt Sabran-Pontevès war anwesend und anerkannte ihre Leistung mit markantem Händedruck.

Die gesamte Abteilung war da, sogar Ribotti hatte sich von der Polizeischule freinehmen können und genoss das Zusammensein mit den Kollegen. Rosalie und die beiden Auszubildenden Ghislaine und Blanchefleur hatten im Innenhof unter der Platane zum zweiten Mal in diesem Frühjahr Wunderwerke der französischen Backkunst und sämtliche provenzalische Gaumenfreuden aufgetischt.

Danielle, die sich bis auf ein paar blaue Flecken von der Geiselnahme erholt hatte, blieb nichts anderes übrig, als ebenso eine Rede zu halten. »Ohne die loyale und unermüdliche Unterstützung und die vorbildhafte Leistung meiner Kollegen wäre dieser Fall nicht in so kurzer Zeit gelöst worden. Auch ihnen gebührt ein großes Dankeschön.« Sie hielt kurz inne. »Mord darf nicht ungesühnt bleiben! Niemandem darf das Recht auf Leben genommen werden. Und bei all dem Grausamen, das wir als Kriminalpolizisten sehen, dürfen wir nie unsere Intuition, unser Herz außer Acht lassen.«

Sie erhielt tosenden Applaus, bevor sich alle auf das verführerische Büffet stürzten. Danach genoss man den warmen Frühlingstag und etliche Gläser Wein, vor allem als die »Herrschaften« sich verabschiedet hatten.

Amarante Tribolle rief plötzlich aufgeregt nach ihrer Chefin. »Madame, das müssen Sie sich ansehen!« Sie hielt Danielle ihr Tablet vor die Augen.

»›Wieder ein Fall gelöst! – Seltene Einblicke in die Arbeit der Kriminalpolizei aus Nizza‹«, las Danielle. Der Bericht von Chefredakteur Matheo Blothuile in der »Vue de la côte«, daran hatte Danielle gar nicht mehr gedacht. Sie las den gesamten Beitrag laut vor. Dieses Mal hatte der Reporter sich an die Wahrheit gehalten, mehr noch, alle in der *Crim* wurden gelobt, vor allem Danielle, von der sogar ein gefälliges Bild zu sehen war. Der letzte Abschnitt allerdings streifte dann doch Danielles Privatleben, Blothuile konnte es eben nicht sein lassen: »Wer beruflich mit Mord und Totschlag zu tun hat, dem sei das private Glück umso mehr gegönnt: Seit Kurzem trägt unsere Kommissarin einen wertvollen Diamantring am Finger, was hat dies wohl zu bedeuten?«

Claire Dupuis nahm einen Zug von ihrer Gauloise und blies eine dichte Rauchwolke aus. »Soll ich ihn mir vorknöpfen?«

Danielle lachte. »Nicht nötig, Claire, danke. Das geht zwar zu weit, aber der Ring ist zumindest ein Versprechen für die Zukunft. Soll man sich in Nizza doch den Kopf darüber zerbrechen!« Sie hielt die Hand mit dem Ring hoch, der nach den letzten Tagen ziemlich locker am Finger saß.

Vitoux hob sein Glas und griff mit der anderen Hand an den Kragen seines Hemdes. Da war aber keine Krawatte mehr, die hatte er schon längst abgenommen, also zerrte er am Kragen herum, während er sagte: »Auf Sie, Madame Tisserand.« Er nahm einen tüchtigen Schluck. »Und wieder passt der heutige Spruch aus meinem Kalender: ›Die Seligkeit eines Augenblicks verlängert das Leben um tausend Jahre.‹«

*

In Salernes, fünf Autominuten von Villecroze entfernt, befand sich ein Pflegeheim mit dem Namen »Residence La Charité«. Zum ersten und zum letzten Mal in ihrem Leben war Annabelle Blanzac hier, um nach einem alten Mann zu sehen, der mit seiner Tochter ihrer Familie so viel Leid zugefügt hatte. Eine Pflegerin brachte sie zu seinem Zimmer im ersten Stock. Am Ende des langen Ganges ließ sie die vom Schicksal vorzeitig gealterte und von Kummer gezeichnete Frau stehen. »Hier ist das Zimmer von Monsieur Sauveterre. Ich muss jetzt wieder weiter.«

Annabelle zögerte. Sollte sie das Zimmer wirklich betreten? Doch jetzt hatte sie sich schon auf den Weg gemacht. Warum, wusste sie nicht genau, sie hatte einfach das Bedürfnis gehabt.

Aus dem Raum ertönte ein weithin hörbares Heulen, Laute, die einem durch Mark und Bein gingen. »Madeleine, wo bist du? Madeleine?«

Jetzt, da er seine Tochter verloren hatte, schien sein einziges Kind ihm wieder ins Bewusstsein gerückt zu sein. Ob die beiden sich noch einmal wiedersehen würden?

Sie atmete tief ein und öffnete beherzt die Tür. Ein muffiger Geruch nach Essen, Fäkalien, Einsamkeit und Tod schlug ihr entgegen. Der alte Mann saß aufrecht im Bett, war jedoch fixiert, weil er sich ansonsten auf den Weg in ein unbekanntes Land gemacht hätte. Niemand war mehr da, der ihn tröstend in den Arm nahm. Jean-Pierre war nur noch ein Schatten seiner selbst. Mit seinen 73 Jahren wirkte er wie ein Greis, der nur noch dahinvegetierte. Annabelle hatte Mitleid mit ihm, doch sich zukünftig um ihn zu kümmern, ginge über ihre Kräfte. Sie hatte ihm den Unfall verziehen und seit seiner Alzheimer-Erkrankung als Altenpflegerin nach ihm gesehen. Doch jetzt hatte er nicht nur Rémy, sondern als Vater von Madeleine auch ihre Tochter Jasmine auf dem Gewissen.

»Madeleine, meine Madeleine, wo bist du?«

Sein Jammern war herzzerreißend. Diese Art des Sterbens wünschte sie niemandem. Aber erschossen zu werden auch nicht. Hier war es das Auslöschen der Identität, das Grauen, das ihn scheinbar fest im Griff hatte. Die wenigen Haare standen ihm wirr vom Kopf, sein Hemd war zerknittert und viele Knöpfe standen offen. Das beschmutzte Unterhemd war zu sehen.

Jetzt schaute er sie mit großen Augen an. Hatte er sie erkannt? Sie trat langsam auf ihn zu, und er streckte beide Hände nach ihr aus. In diesem Moment schien die Nachmittagssonne gnädig in das Zimmer, eine Helligkeit baute sich hinter ihm auf, für einen Moment war es, als ob eine lichtvolle Präsenz sich zeigen würde. Dann schoben sich Wolken vor die Sonne und der Spuk war vorüber. Sie nahm den Kamm, der auf seinem Nachttisch lag, und kämmte ihm liebevoll die zerzausten Haare. »Es ist alles gut, ganz ruhig, alles ist gut.«

Obwohl nichts gut war, ließ er sich durch ihre gemurmelten Worte beruhigen. »Ah, *tout va bien*«, nuschelte er vor sich hin.

Ein Ruck ging durch ihren Körper, als ob sie hier eine Grenze überschreiten würde, die sie sich selbst auferlegt hatte. Sie legte den Kamm auf dem Rand des Waschbeckens ab und ging davon, ohne einen Blick zurückzuwerfen.

# DANKSAGUNG

Danke zu sagen für diesen ersten Fall der Kommissarin Danielle Tisserand, danke zu sagen für dieses Buch, das ist mir wichtig.

Als Erstes möchte ich mich bedanken bei meiner Agentin Eva Semitzidou und der Literarischen Agentur Michael Gaeb, jetzt Literarische Agentur Gaeb & Eggers in Berlin. Eva Semitzidou hat immer an dieses Buch geglaubt. Ich kann mich noch gut erinnern, als wir beide am Telefon sagten: »Wir sehen dieses Buch schon gedruckt vor uns.«

Auch der Lektorin Christine Braun im Gmeiner-Verlag gebührt mein Dank. Sie hat mit großer Kompetenz dieses Buch in eine lesergerechte Form geführt.

Liebe Marie-Paule, meine französische Freundin, vielen Dank für deine intensive Recherche.

Danke sagen möchte ich auch noch meinem Mann Bobby und meinen Töchtern Viviane und Leonie, die meine Kreativität immer unterstützt haben.

Liebe Leserin, lieber Leser, erfreuen Sie sich an diesem Buch und den Abenteuern der Nizzaer Kommissarin Danielle Tisserand.

Marie Doux, August 2023

*Weitere Titel finden Sie auf den folgenden Seiten und im Internet:*

**WWW.GMEINER-VERLAG.DE**

RENÉ LAFFITE
Der tote Bäcker vom Montmartre
COMMISSAIRE MOREL ERMITTELT
GMEINER

# TEMPÊTE
# DANS LE BOCAL

## DU MÊME AUTEUR

PINOCHET S'EN VA, IHEAL, 2000.

DU LIVRE NUMÉRIQUE AU LIVRE DROIT, La Documentation française, 2008.

TÉLÉVISIONS, Grasset, 2016.

LA CIVILISATION DU POISSON ROUGE, Grasset, 2019.

*Avec Jean-François Fogel*

UNE PRESSE SANS GUTENBERG, Grasset, 2005.

LA CONDITION NUMÉRIQUE, Grasset, 2013.

BRUNO PATINO

# TEMPÊTE DANS LE BOCAL

*La nouvelle civilisation du poisson rouge*

BERNARD GRASSET
PARIS

Couverture : © Getty images.

ISBN 978-2-246-82896-9

« Au-dedans de moi ondule, certainement, une mer, parce que je suis sensible. L'irrémédiable, c'est de ressentir de telle sorte qu'à toutes les extrémités règne la tempête et nulle part un maître qui commande au chaos. »

Paul Klee, *Journal*

« L'instant est inhabitable. »

Octavio Paz

Pour Marie et Sarah

# 1

## *Avis de tempête*

Fin 2020, le docteur Shadi Kourosh, dermatologue à la Harvard Medical School, s'attendait à faire face à une très forte recrudescence des demandes de rendez-vous après la période de confinement à laquelle avait été soumis le Massachusetts durant quelques semaines. Il n'avait en revanche pas prévu la nature des interrogations auxquelles il serait confronté, qui lui ferait réorienter une partie importante de ses patients vers des chirurgiens esthétiques pour les plus déterminés d'entre eux, ou vers un psychologue pour ceux qui l'accepteraient.

Les uns se plaignaient d'avoir un nez trop gros et trop brillant, un regard tombant, d'autres la peau du cou distendue, ou des ombres sur la mâchoire, et tous de leur teint, entre le blafard ou le jaunâtre. Le mouvement, raconté par *Wired*, fut constaté par de nombreux autres médecins et sociétés médicales. Si ample et si durable qu'il fut à l'origine d'un terme : la *dysmorphie Zoom*. Aucune de ces personnes n'avait souffert de son apparence « dans la vraie vie ». Mais

l'image renvoyée par les caméras d'ordinateurs personnels leur était devenue insupportable, à force d'heures passées en visioconférences de toute sorte – professionnelles, personnelles et médicales. Le miroir déformant de la caméra connectée semblait l'emporter sur le miroir classique. Et il convenait de corriger le reflet renvoyé au premier sans plus se soucier du deuxième.

Le phénomène venait s'ajouter à un autre, plus ancien et tout aussi significatif, la *dysmorphie Snapchat* : l'engouement à vouloir reproduire par la chirurgie l'effet des filtres du réseau social qui permettent de lisser la peau, renforcer le regard, ajouter des paillettes, voire de se doter d'attributs d'animaux réels ou légendaires (on se souvient peut-être de ce justiciable incapable d'arrêter le filtre de chat de sa caméra alors qu'il parlait à un juge, et qui commença son intervention par « je vous assure, Madame le juge, je ne suis pas un chat, je suis un humain, c'est juste un problème de filtre »).

Avant que la pandémie ne change le cours de nos vies, nous étions déjà dans le bocal de nos écrans, tournant en rond d'application en application, soumis aux sollicitations des plateformes et réseaux en pleine conquête de notre temps et de notre attention. Un virus nous a plongés dans l'époque de l'écran total. La dysmorphie est devenue générale. Nous nous demandons s'il nous faut nous adapter encore à la vie dans les écrans, ou au contraire

prendre acte que nous avons déjà été changés par les écrans rétroéclairés, à notre corps et visage défendant. Un dilemme en forme d'aporie : sortir du bocal, ne plus en être, c'est ne plus exister, c'est être un peu mort ; y rester, c'est être absorbé.

Le temps connecté, en devenant universel, a brouillé les frontières au point de nous faire perdre tout repère. Quand est-on dedans, quand est-on dehors ? Est-ce la maison qui s'invite au travail, ou l'inverse ? La vie privée qui devient publique, ou l'inverse ? La vie qui s'invite sur écran, ou l'écran qui délimite la vie ? Le réel qui s'impose au virtuel, ou le réel qui se virtualise ? L'imbrication est absolue, dans le temps comme dans l'espace.

Le bocal est devenu océan. Un océan de signes, de messages, de sites qui nous relient les uns aux autres sur une mer de données. Une quantité impossible à évaluer, une production qui nous balaye et nous emporte. Les chiffres ne permettent pas d'entrevoir ce nouvel infini. Un rapport de l'université de Stanford datant d'août 2021 mentionne que l'humanité produit chaque année 1 200 *exabytes* de données. Cela ne veut pas dire grand-chose, si ce n'est qu'il faudrait plus de 80 milliards d'iPhone (5S, 16GB) pour les stocker qui, mis bout à bout, feraient 100 fois le tour de la Terre.

Nous assistons à la plateformisation du monde. Les géants de la tech sont partout, tout-puissants, et semblent hors de portée. Et quand bien même

pourrions-nous les atteindre, le voudrions-nous vraiment ? Après tout, on ne demande pas des comptes à ceux qui ont sauvé notre vie sociale, professionnelle et culturelle.

Pourtant, leur communiqué de victoire s'accompagne d'un avis de tempête. Cet océan n'est pas calme, bien au contraire. « Il y a les poissons qui nagent en eaux claires, ceux qui nagent en eaux troubles, et ceux qui troublent l'eau pour mieux nager. » Cette maxime politique, parfois attribuée au cardinal de Retz mais dont on ne trouve pas trace dans ses mémoires, semble, en ce début de troisième décennie du XXIe siècle, frappée de désuétude. Les poissons que nous sommes ne choisissent plus leur eau : partout, elle se trouble, à mesure que les courants se font plus nombreux et plus rapides. Confusion et accélération marquent notre univers.

La plateformisation générale a dilué le poids des réseaux, mais n'a nullement atténué leur effet. Ils ont continué à croître et à capter une part croissante de notre attention. Leur impact sur notre vie collective et sociale n'a jamais paru aussi important. Le bruit et la fureur qu'ils hébergent et amplifient semblent tout emporter, provoquant un chaos en recherche de maître et d'ordre.

Avec 4,2 milliards de comptes actifs, ils mobilisent 53 % de la population mondiale. Ceux qui les utilisent possèdent en moyenne des comptes sur huit plateformes différentes, et consacrent

2 heures 30 par jour à leur consultation. La tempête est trompeuse, et n'est pas universelle : au fond règne le calme des échanges amicaux et socialement aimables. Quantitativement, la joie (que l'on arrive à mesurer) s'exprime plus fréquemment que la colère (que l'on peut, également, mesurer). Mais les vociférations l'emportent. Les comptes de haine et de désinformation ne représentent que 2 à 3 % de l'ensemble des comptes. Mais leurs animateurs semblent avoir les clés du royaume.

Sur les réseaux, « tout le monde crie et plus personne ne parle », selon l'expression utilisée par Ashley « Dotty » Charles, dans son livre *Outraged*, une illustration parmi des centaines de la détérioration de la conversation mondiale à mesure qu'elle aimante un temps croissant d'utilisateurs comme hypnotisés par l'emballement qu'ils subissent et nourrissent à la fois. « Ne me parle pas quand j'essaie de t'interrompre » y tient lieu de règle de savoir vivre. Et nous ne sommes pas capables de suivre le conseil de l'écrivain du XVII^e siècle Antoine Houdar de La Motte : « On n'a rien à gagner à répondre à ceux qui n'ont rien à perdre. »

Ce qui en résulte est à l'opposé de la vision (sans doute trop idéaliste) d'un espace public mû par la raison, création de la philosophie des Lumières, mis en musique par l'émergence des salons et clubs et la multiplication des journaux, et généralisé pour l'ensemble de la population par les grands

médias du XXe siècle. Le nouvel espace fait tomber les frontières entre public et privé, mélange tout et tous, privilégie l'émotion sur la raison grâce aux algorithmes qui récompensent son efficacité économique. Plus qu'un espace, c'est un pouvoir, le 5e pouvoir. Celui des foules numériques, aussi puissant qu'il est paradoxal. Il est sans maître, mais pas sans impact. Il consomme ceux qui l'utilisent et consume ce qu'il aborde.

L'impression est celle d'une machine folle, dont les créateurs sont sommés de devenir les réparateurs. Mais savent-ils comment s'y prendre pour ramener le flot furieux dans le lit de la promesse d'agora générale, de partage universel de l'information et d'accès apaisé aux autres, qui demeure mais passe au second plan ? Les décisions qu'ils prennent peuvent sembler dérisoires : Donald Trump exclu de Twitter mais *après* le coup de force sur le Capitole, les talibans bannis de Facebook mais *après* la prise de Kaboul. Dans le même temps, de grandes rédactions envisagent de se retirer de Twitter.

Au cœur des batailles qui visent à redéfinir notre univers connecté se tient le patron emblématique de Facebook, Mark Zuckerberg. Qui tâtonne souvent, esquive parfois, et accélère toujours pour dépasser ses dérapages : 2021 marque à la fois une remise en cause sans précédent et son annonce d'une transmutation de l'océan numérique, avec son projet *Metaverse* qui souhaite se passer de téléphone ou

d'ordinateur pour nous plonger dans un univers en trois dimensions accessible via des lunettes où nous travaillerions ou converserions ensemble.

À trop se concentrer sur la reconstitution alternative du monde qui nous entoure, on oublie que la tempête n'est pas qu'extérieure. Elle est aussi en nous. Et nous y contribuons. Le système numérique général est une alliance entre le calcul et le jeu, et c'est ce dernier aspect qui nous rend si enclins à accepter d'être, en permanence, calculés. Nous avons accueilli le robot au plus profond de nous-mêmes.

Cet accueil, désormais, nous fatigue, nous hante et nous menace. Et le regard vers l'arrière nourrit l'hébétude. De quoi aurions-nous rêvé, s'il nous avait été annoncé il y a vingt ans que nous consacrerions quatre à cinq heures de notre temps à une activité nouvelle gagnée sur notre vie quotidienne ? Du temps conquis grâce à la technique, et non pas libéré par la lutte ? Une forme de repos ? Peut-être. Une sorte d'évasion ? Sûrement. Mais en tout cas, ni intranquillité permanente, ni enfermement hypnotique.

Pourtant, nous y sommes. Nous tournons dans le bocal de nos écrans, mais ce bocal ne ressemble à aucun autre. Partout, la tempête. À l'extérieur, l'hystérisation de notre rapport aux autres et le stroboscope des alertes, qui masque la richesse inégalée de ce qui, pourtant, s'offre à nous. Mais à l'intérieur,

le trouble est intense. Quelque chose se passe, s'empare parfois de nous en provoquant un trouble infini, océanique. L'outil de libération développe notre servitude.

L'heure n'est pourtant pas au découragement. La plateformisation du monde peut, pour ces géants nouveaux qui occultent la vision d'un avenir autre, constituer une victoire à la Pyrrhus. Leur domination nous pousse à leur demander des comptes. Les croire inaccessibles nous conduit à bâtir des solutions nouvelles. C'est le sujet de ce livre.

# 2

## *Écran total*

### Retour de bocal

*La Civilisation du poisson rouge* racontait comment nous avons perdu la maîtrise de notre temps. Nous l'avons trop facilement cédé dans un échange qui s'est déséquilibré à mesure que nous y procédions. Les grandes plateformes numériques, réseaux sociaux, plateformes vidéo, omniprésentes dans ce smartphone devenu pour toutes les générations bien plus qu'un objet transitionnel, sont nées pour nous rendre service et nous faire gagner du temps. Pour nous permettre de trouver une information, d'entrer en contact avec une personne, de nous divertir ou de participer à une conversation. Elles ont réussi au-delà de leurs espérances et de nos attentes. Elles ont changé notre monde en mettant tous les points de la planète à un geste du pouce ou de l'index, et en nous plongeant dans une immédiateté perpétuelle qui malaxe et brise les strates de nos mémoires.

Soucieuses de se financer, la plupart d'entre elles ont eu recours à la publicité. Alors qu'elles n'étaient que balbutiantes, elles ne semblaient pas pouvoir rivaliser en termes de puissance sur ce marché avec les médias traditionnels. Mais la technologie leur permettait, à l'inverse de leurs concurrents mass media, de connaître avec précision l'identité et le comportement de leurs utilisateurs par l'intermédiaire des données personnelles. À défaut de puissance, elles pouvaient promettre la précision à leurs annonceurs publicitaires. On appelait cela, au début du Web, le *data mining*, l'extraction des données. C'était, disait-on, le nouvel Eldorado.

Il y avait cependant une erreur sur la nature du métal. En échange de ce service, nous offrions, pensions-nous, des données personnelles qui ne valaient pas grand-chose. Les transmettre ne semblait nous priver de rien. Le *service for data* avait le goût et l'apparence de la quasi-gratuité. Il cachait une transaction moins généreuse, celle du *service for time*. Nous sommes le produit, c'est entendu. Mais nous cédons bien plus que des informations sans conséquences. L'ère du calcul s'étend à notre identité, notre comportement, nos mots pour en extraire de la valeur via le temps passé et la prévision mathématique. Ce qui est extrait est une part croissante de nous-mêmes. Nul déterminisme technologique, juste la conséquence d'un modèle économique porté à son paroxysme, et qui engendrait

deux conséquences : la dépendance individuelle, et la polarisation collective.

## Le confort de la résignation

La pandémie a ajouté au cours des choses et commencé à écrire un nouveau chapitre à l'histoire de notre relation aux écrans. Malgré les ouvrages soulignant les différents travers de l'économie numérique et malgré le bourgeonnement des initiatives locales et internationales visant à promouvoir une connexion maîtrisée, il n'y avait eu, avant l'apparition du virus, nul infléchissement des tendances observées à l'accroissement de notre temps passé sur écran. Pas de « tech panique », et encore moins de « tech backlash » (retour de bâton). Notre comportement est le seul véritable thermomètre du rapport que nous avons avec la technologie. Et il ne montrait, fin 2019, aucune variation de température. Le nombre de comptes Facebook utilisés quotidiennement (1,6 milliard) et mensuellement (2,4 milliards) continuait d'augmenter (+8 %), et le chiffre d'affaires du mastodonte de Palo Alto de croître de 28 % par rapport au trimestre précédent. Le succès d'un des outils perçu comme le plus intrusif du marché, l'enceinte connectée Alexa, ne s'était pas démenti, avec plus de 100 millions d'unités installées.

Le chercheur Rob Walker ne masquait pas sa déception lorsqu'il avançait les explications données par les utilisateurs interrogés pour justifier l'absence de changement dans leur comportement numérique. Les cinq arguments avancés se complétaient, même dans leur contradiction apparente. Ils disaient notre confort et notre aquabonisme. « Je n'ai pas envie de comprendre comment ça marche, tant que ça marche » ; « c'est pratique, cela a amélioré nos vies dans de nombreux domaines » ; « les avantages sont nombreux, donc tout est une question d'équilibre transactionnel » ; « c'est sans espoir, les plateformes ont déjà gagné » ; « je pense que d'autres que moi sont en train de s'occuper de la contre-offensive ». Confort de la résignation, résignation au confort, la sortie du bocal s'apparentait à un rêve impossible.

Hyperconnexion et accélération agissent de concert et entretiennent des liens cachés qui structurent la même économie de l'attention : être disponible tout le temps pour un nombre croissant de sollicitations, augmenter le temps passé sur les outils en même temps que la productivité de ce temps. Fin 2019, on pouvait sourire aux chiffres du sondage établissant que 17 % des possesseurs d'AirPods, les casques connectés sans fil d'Apple, les gardent à l'oreille lorsqu'ils font l'amour, et soupirer à l'annonce par Netflix de la possibilité de regarder ses programmes en vitesse accélérée. Ces deux anecdotes illustrent un mouvement qui n'a rien de

dérisoire : la conquête de notre temps en durée et en intensité n'est pas achevée.

L'accélération reste le principe d'organisation du nouveau capitalisme numérique. Le temps devient à la fois la ressource et l'objet de nombreuses transactions. Sa valeur augmente, mais son rendement diminue à mesure qu'il est occupé. Nos vies s'émiettent.

## Télévie

Puis rien ne s'est passé comme prévu. La pandémie a provoqué, via le confinement, une sédentarisation sans précédent. Les écrans nous ont sauvés. Grâce à eux, tout fut possible : le travail, l'amitié, la famille, l'amour. Nous n'avons pas cessé d'être au monde, et ce moment d'épidémie a marqué le triomphe du réseau et des écrans qui y étaient connectés. Comment parler de dépendance et de polarisation quand la connexion permet de sauver ses revenus professionnels et sa relation aux autres, et qu'elle représente une force émancipatrice face à la menace de la maladie ? Le bocal de nos écrans nous a permis de rester ensemble, et de ne pas associer notre immobilité à une réclusion effective et parfois affective. Immobiles dans l'espace, nous avons continué à nous mouvoir en société. Parmi toutes les applications mises à notre disposition pour continuer de vivre, c'est Zoom qui s'est imposée.

Les compteurs se sont emballés, et nous avons abandonné le décompte. Nous avons saisi nos écrans. Les fenêtres rétroéclairées sont devenues les seules portes que nous avions le droit de franchir, pour apprendre, travailler, rire, parler, aimer. Le temps d'écran est devenu la marque de l'activité. Les chiffres du confinement donnent le vertige : 60 % de temps d'écran en plus chez les 6-10 ans, une hausse de 70 % chez les adolescents, 40 % chez les adultes d'après l'Onaps, l'Observatoire national de l'activité physique et de la sédentarité. Les écrans anciens, comme la télévision, en ont profité autant que les nouveaux écrans. De Zoom en Teams, de Moodle en House Party, l'ensemble de nos activités sociales ont basculé dans les deux dimensions des écrans plats.

Sans que cela affecte les réseaux sociaux. En 2021, selon le Pew Center de Washington, D.C., sept Américains sur dix utilisent au moins un réseau social, un chiffre stable depuis 5 ans. 81 % disent avoir été sur YouTube (contre 73 % en 2019). 69 % des adultes fréquentent régulièrement Facebook, et sept sur dix de ces utilisateurs s'y rendent au moins une fois par jour. Des chiffres d'utilisation qui relativisent le ralentissement dans la conquête de nouveaux abonnés.

Il n'y a pas de distanciation sociale sur les réseaux. Un rapport de la société de conseil KalaGato a détaillé les effets d'un confinement strict (« lock down ») de deux mois dans certaines parties des

États-Unis. Les taux de progression donnent le tournis : + 62 % pour Facebook, une croissance similaire pour Instagram, 44 % pour TikTok, 37 % pour Snapchat, et… 315 % pour LiveMe, une plateforme audiovisuelle qui propose de partager des *streams* en direct (« sois la star que tu es »). Dit autrement, l'utilisateur moyen qui passait 41 minutes par jour sur Facebook avant le confinement y restait 67 minutes deux mois plus tard.

Les écrans sont devenus notre monde, pour le meilleur… et pour leur empire.

## Zoom fatigue

Les optimistes évoquèrent la possibilité donnée à tous de vivre une expérience similaire à celle vécue par le héros du livre *Voyage autour de ma chambre*, que le jeune officier Xavier de Maistre fit paraître en 1794 après quarante-deux jours passés aux arrêts. Les quarante-deux chapitres de ce récit autobiographique font l'éloge de l'enfermement, qui permet le vagabondage imaginaire, la perception de la réalité de l'âme et l'affirmation de l'identité. Ils font deviner la naissance prochaine du romantisme. Le narrateur, emprisonné dans la citadelle hexagonale de Turin après un duel, se promène dans les idées que lui procurent ses meubles, ses livres, son chien, et les murs de sa cellule. Ce voyage est sans limites : la présence

des murs oblige au dépassement, et ce dépassement est une libération qui permet de s'affranchir des limites que le corps impose. Ne plus être enfermé est une épreuve, qui nourrit inexorablement la nostalgie d'un moment où tout fut possible.

Les pessimistes auraient pu, quant à eux, convoquer de façon troublante la nouvelle de science-fiction *The Machine Stops* d'Edward Morgan Foster publiée en 1909, qui décrit une humanité qui n'est plus en mesure d'habiter la surface de la Terre. Chaque être voit son univers limité à une cellule souterraine, et obéit à un ordre régi par une machine terrible et amicale. Cet outil donne à chacun ce qui est nécessaire pour vivre et répond aux différents besoins, psychologiques ou physiologiques, en assurant une sécurité absolue face aux dangers de la surface. L'activité humaine change et se limite à la communication instantanée, en texte ou en image. Ces échanges se limitent à l'expression brute des opinions, car le savoir est désormais dénué d'objet. La nouvelle se construit autour du lien entre une mère et son fils, et raconte comment le fils entraîne sa mère à la révolte, en la poussant à ne pas accepter un ordre mécanique et à lui préférer les promesses sensorielles de la vie en surface.

Pour le regretter ou le promouvoir, ces écrits évoquaient un terme à l'enfermement. Pour notre confinement connecté, ce fut l'idée d'un « monde d'après », de nouvelles années folles, de simple retour au monde d'avant. Personne, aujourd'hui, ne semble

imaginer une nostalgie à venir du confinement qui fut le nôtre. Qu'elle ait été difficile pour beaucoup (conditions matérielles, personnelles, enfants en bas âge), ou facile pour quelques-uns, la vie vécue seulement au travers des écrans fut, pour tous, éreintante.

La société hyperconnectée est une société de la fatigue : fatigue décisionnelle face aux sollicitations permanentes, fatigue de ne pas maîtriser son temps, fatigue psychologique face à la surcharge émotionnelle permanente. La période du virus y a ajouté la « zoom fatigue », selon les termes utilisés par Arnaud Vémont et Léo Favier dans leur programme *Dopamine*. À l'origine de ce nouveau symptôme, l'imperfection de l'application à gérer la complexité d'une relation et la dimension non verbale de notre communication.

La partie primitive de notre cerveau, et plus exactement son amygdale, pilote une partie de notre rapport aux autres, et notamment les trois fonctions simples qui nous encouragent à affronter l'autre, le fuir ou, au contraire, établir un lien avec lui. Les signaux qui passent par l'écran sont incomplets, et notre cerveau ne sait pas comment les interpréter. La sociabilisation qui en résulte est instable et soumise à un ensemble de messages contradictoires. Il en est de même pour le langage, ou plus exactement pour la communication non verbale telle que définie par Albert Mehrabian en 1967 dans sa règle des 7-38-55. Pour le chercheur, 7 % de notre communication

passe par le verbe, 38 % par la voix elle-même et ses intonations, et, enfin 55 % par ce que nous voyons. Zoom ramène les trois dimensions d'une présence physique aux deux dimensions de l'écran, qui plus est réduites par un cadrage sur le visage et polluées par les problèmes de connexion. Pour autant, évidemment, que le micro et la caméra ne soient pas éteints. Un échange sur Zoom est donc toujours insatisfaisant et incomplet. Notre cerveau n'arrive pas à appréhender complètement le comportement de notre interlocuteur, et la dissonance cognitive qui en résulte provoque une sensation d'intense fatigue.

*Le Journal du dimanche* relate, dans son édition du 21 avril 2021, que l'accroissement du volume de l'amygdale située dans le cerveau pendant la période de confinement et de télétravail a été constaté par des chercheurs de l'université de Tel-Aviv. Troubles du sommeil, de la mémoire, baisse de l'attention se nourriraient de la synthèse de cortisol, l'hormone produite par le stress et qui affecte l'amygdale, le cortex cérébral préfrontal (tâches cognitives complexes) et l'hippocampe, qui gère notre mémoire. Le catalogue des maux que dresse le même journal est cependant plus large : yeux affectés par les écrans, douleurs au dos, prise de poids, dents qui grincent… les corps n'en sortent pas indemnes.

À défaut d'un livre du XVIII^e^ siècle ou d'une nouvelle du début du XX^e^ siècle, ce que nous avons vécu se résume à une scène fugace d'un film du XX^e^, de

la énième suite de la pochade culte *Y a-t-il enfin un pilote dans l'avion ?*. Elle se déroule dans une station spatiale à la mode Cosmos 1999. Le visage de William Shatner (l'acteur rendu célèbre par son rôle du capitaine Kirk de *Star Trek*) apparaît dans un écran à hauteur de visage. Il communique avec un soldat de la base au sujet d'une navette en perdition : « que se passe-t-il lieutenant ? ». Le dialogue tourne mal, le soldat tente une explication, Shatner s'énerve, et, tout à coup, face au lieutenant qui n'a pas l'air surpris, la porte s'ouvre. L'écran en question n'était qu'un hublot de porte derrière lequel se tenait Shatner. Le spectateur rit. Ferions-nous de même aujourd'hui, après plus d'un an de télétravail, d'études à distance, d'apéros zoom, d'amitié et d'amour vécus par écrans interposés ?

Nous avons envie que la porte s'ouvre. Dans l'attente, nous avons recours au simulacre et au contournement.

## Simulacre et contournement

Ainsi du *gongbang*, mode venue de Corée, encore appelée « study with me » (« étudie avec moi »), qui permet aux étudiants de recréer une atmosphère studieuse en partageant leur écran avec d'autres étudiants filmés en direct… en train de réviser leurs cours. Chacun, face à son écran, peut voir d'autres

étudiants, également face à leur écran, en pleine révision. En silence, ou presque, car, dans ses versions les plus sophistiquées, les *gongbang* s'accompagnent d'un fichier sonore en ASMR. L'*Autonomous Sensory Meridian Reponse* (réponse sensorielle autonome culminante) est un chuchotement à peine perceptible, parfois associé à des bruits gutturaux effectués au plus proche du micro. Le phénomène s'est répandu sur YouTube dès 2018, promu comme une méthode de gestion du stress et de l'insomnie grâce aux sensations étranges qu'il provoque dans le crâne et jusqu'à la colonne vertébrale. Le *gongbang* laisse perplexe. Est-ce la mise en scène qui aide à la concentration, ou bien la simple émulation, ce sentiment de ne pas être seul et d'être dans un effort partagé ?

Si la re-création de la classe est encore en chantier, la re-création de la foule semble avoir débouché sur une impasse, comme l'a montré le concert planétaire du « One World : Together at Home » (un seul monde ensemble à la maison), organisé par Global Citizen et l'Organisation mondiale de la santé le samedi 18 avril. L'affiche, pourtant, était belle : Lady Gaga, les Rolling Stones, Paul McCartney, Elton John, Chris Martin (Coldplay), Taylor Swift, Stevie Wonder, parmi tant d'autres. Le projet mariait l'idée convenue de grand concert pour une grande cause, avec la démarche inédite de vidéos « faites à la maison », qui se sont imposées comme le format musical du moment du confinement.

Entre concert dans l'escalier, tweet musical, semi-improvisation au saut du lit, émission de radio depuis le domicile, interprétation dans le jardin, et, surtout, concerts mosaïques regroupant plusieurs musiciens chacun dans différents endroits, c'est une nouvelle grammaire d'émission musicale qui s'est créée sous nos yeux. Mais au lieu d'une célébration de la nouveauté, la vision du « One World : Together at Home » fit naître un profond ennui. Impossible de ne pas ressentir l'omniprésence du public disparu, et, au-delà, de la foule et de l'émotion de masse que l'on peut percevoir quand nous sommes tous ensemble, au même moment, corps contre corps. Les écrans nous relient mais le partage n'est pas communion et la viralité n'est pas vibration. Le « moment Woodstock » ne se limite pas à un dispositif connecté. La mémoire de ces heures où nous nous sommes pressés dans des stades bondés, des champs boueux, des chapiteaux humides ou des arènes modernes reste vive. Ces souvenirs se superposent au rétroéclairage des écrans et en soulignent les inextricables limites. Et nous revient alors l'oracle de Jean-Paul Sartre : « Ce n'est pas dans je ne sais quelle retraite que nous nous découvrirons : c'est sur la route, dans la ville, au milieu de la foule, chose parmi les choses, homme parmi les hommes. »

À défaut de récréer le réel, est-il possible de s'échapper du virtuel ? De toutes les portes de sortie possibles, la plus simple, drôle et efficace est

sans doute celle dessinée par l'artiste Sam Lavigne (@ sam_lavigne). Ce New-Yorkais qui enseigne à la New York University (NYU) bâtit une œuvre à partir de notre rapport au numérique. Spécialiste du détournement de ce qui est mis en ligne, il s'intéresse aux formes aléatoires, tel le *scrapism*, acronyme d'école pour la poésie numérique (School for Poetic Computation), à la data et à la surveillance. Il n'était donc pas illogique que Zoom l'inspire. À sa création la plus radicale, le *zoom deleter*, le tueur de Zoom, qui analyse en permanence l'ordinateur pour s'assurer qu'aucune version de Zoom n'y est installée sous peine de suppression immédiate, on pourra préférer sa version la plus imaginative, le *zoom escaper,* la sortie de secours pour Zoom. L'outil prend la forme d'un simple fichier audio, qui peut remplacer le son venu du micro de l'ordinateur quand l'utilisateur le souhaite, et qui invite à mettre un terme à la séance Zoom le plus vite possible. Le « bruit de travaux » donne l'impression d'avoir installé son ordinateur au beau milieu d'un chantier, le « bruit de quelqu'un qui urine » peut rendre perplexe (qui emmène son ordinateur de travail aux toilettes en pleine séance ?), mais les « pleurs du bébé », et « l'aboiement du chien » sont convaincants. Quant à la « mauvaise connexion », et « l'écho incontrôlable » qui reproduit l'effet d'une séance où une cinquantaine d'utilisateurs auraient laissé ouvert leur micro, ils sont implacables.

# 3

## *La plateformisation du monde*

### La bascule

Une bascule générale s'opère. La société industrielle, au sens que lui donnait Raymond Aron, s'efface au profit de quelque chose d'autre. Définir l'ère qui s'ouvre est un travail conceptuel encore en chantier. La « société en réseau », idée avancée par le précurseur Manuel Castells, semble un énoncé imparfait par rapport au tournant pris au début du XXIe siècle, qui a vu le réseau se privatiser au profit de quelques-uns, se recentraliser au profit des mêmes, et devenir un enjeu géopolitique : un réseau universel ? Deux, dont un chinois ? Ou trois, dont un européen ? (D'après « Le Dessous des cartes », 75 % du trafic Internet chinois reste en Chine, quand seuls 25 % de ce trafic reste en Allemagne ou en France pour les deux pays.)

Nous avons assisté à la plateformisation du monde. Le temps du virus n'a pas suspendu son vol. Il s'est accéléré pour tous les nouveaux acteurs qui

régentent une partie croissante de nos vies. Comme dans une étape cycliste de montagne, le peloton s'est étalé et ceux qui se sont échappés sont désormais irrattrapables.

Les chiffres traduisent cette accélération. La fortune des empereurs du réseau a crû de 44 % pendant la première année de la pandémie, selon les calculs effectués par l'Institute for Policy Studies. À titre d'exemple, les deux fondateurs historiques de Google, Larry Page et Sergey Brin, ont vu leur patrimoine personnel croître de 11,4 milliards de dollars pour atteindre respectivement 94 et 91 milliards de dollars. Côté revenus, le chiffre d'affaires de Facebook a connu au premier trimestre 2021 la progression vertigineuse de 48 % par rapport à l'année précédente, et son bénéfice a presque doublé, laissant entrevoir, pour l'année 2021, un montant de près de 40 milliards de dollars. Pas si mal pour une entreprise assiégée de toutes parts, dont le modèle est remis en cause dans de nombreux pays du monde.

L'argent, cependant, ne dit rien de l'emballement démiurgique qui paraît avoir saisi les pionniers du nouveau monde digital. Ils règnent sur des empires mais semblent les trouver trop limités pour une ambition que ne rassasie ni leur fortune, ni le pouvoir conquis sur notre temps, nos relations et notre façon d'être au monde. L'espace, le temps, l'humanité, sont les seules lignes d'horizon susceptibles d'attirer, encore, leur regard. Jeff Bezos, en

retrait d'Amazon, parle conquête spatiale et refondation des communautés humaines, et s'embarque quelques jours à peine après son départ de sa société dans la fusée qu'il a fait construire, rejoignant en cela Elon Musk, le fondateur propriétaire de Telsa, sans doute le plus emblématique de ces nouveaux conquérants. Bryn et Page financent les projets transhumanistes de dépassement de la condition humaine (immortalité, corps augmenté, transplantation du cerveau sur disque dur, puces implantées). Steve jobs, le leader d'Apple, refusa toujours d'avoir recours à la médecine classique pour traiter le cancer qui l'emporta.

Parmi les démiurges, le patron de Facebook Mark Zuckerberg émerge comme une sorte d'anti-modèle, un héros ayant, pour reprendre une terminologie proche de la pop culture, basculé « du côté obscur de la force ». Au point de provoquer le malaise quand on le voit, dans une vidéo postée le 4 juillet 2021 sur son réseau, surfant, habillé, le drapeau américain brandi d'une main flottant au vent. Le message politique, à destination des démocrates, se veut clair : je suis un champion américain, Facebook est un projet américain, porteur des valeurs de liberté et d'indépendance célébrées lors de la fête nationale. Mais la musique pourtant douce de la chanson country de John Denver, « Take Me Home, Country Roads », ne suffit pas à effacer une impression de conquête

militaire, entre un surfeur d'argent maléfique et un capitaine de cavalerie préparant le massacre. John Denver était un surdoué, notamment en mathématiques, mais cultivait un retrait tranquille des compétitions sociales inhérentes à la société américaine, ainsi qu'une apparence pacifique, cheveux mi-longs, lunettes rondes, demi-sourire permanent, chapeau de paysan. Il n'est pas sûr qu'il aurait apprécié de voir son hymne – dédié à la Virginie de l'Ouest et aux Blue Ridge Mountains – utilisé pour servir de bande-son à la charge type *Apocalypse Now* du conquérant californien. Le patron de Facebook Mark Zuckerberg, plus que tout autre, est devenu celui par qui tout est arrivé. Voleur de temps, il a contribué à installer l'économie de l'attention de façon la plus spectaculaire possible.

Facebook n'a évidemment pas créé l'économie de l'attention, puisque celle-ci date du développement des médias financés par la publicité, et notamment de la radio dans les années 1920 et de la télévision quelques décennies plus tard. Le concept a été théorisé bien avant l'invention de l'Internet. À ma connaissance, une des premières contributions universitaires à le mentionner est un *paper* de Helbert Simon, de la Carnegie Mellon University, pour la Brookings Institution, écrit en 1969. Simon évoque le surplus et le déficit, et s'intéresse au déséquilibre possible de l'échange entre les messages qui cherchent à capter l'attention (*information*, prise

dans sa définition en langue anglaise) et le temps qu'on y consacre. « Un monde riche en lapins est un monde où la salade est rare », écrit-il, car toutes les salades sont mangées par les lapins. En conséquence, un monde riche en messages est un monde pauvre en attention disponible, les premiers se mesurant en unités informatiques (bits), la seconde en temps humain non occupé.

Dans la compétition pour le temps, la capacité à allouer l'attention de façon efficace dans un monde de surabondance de messages est absolument décisive. Les grandes plateformes numériques, et Facebook en particulier, ont pu compter sur la connexion permanente du smartphone, sur les mécanismes qui nous poussent à les consulter même quand on fait autre chose, et sur la mise en avant de messages émotionnels qui nous fait surréagir de façon compulsive. Mark Zuckerberg, un des principaux promoteurs de ce déséquilibre, se trouve désormais au cœur de toutes les interrogations. D'une certaine façon, il a installé la ligne de front des combats à venir pour définir la société qui sera la nôtre. Cette ligne de front oppose des récits de différentes natures. Et ce sont les réseaux sociaux, nouveaux champs de bataille, qui structurent la nature des affrontements.

# 4

## *Le cinquième pouvoir*

### Le cinquième élément

À leur corps défendant, les réseaux sociaux sont devenus le cinquième pouvoir, le premier né de l'ère des données. Ils ne connaissent, pour le moment, ni frontières ni contre-pouvoir, et nous peinons à les définir autrement que par ce qu'ils ne sont pas. Ils ne forment pas un territoire, ne détiennent aucune prérogative qui leur soit propre. Mais les deux forces qui les caractérisent, l'accélération et l'ordonnancement, provoquent une déflagration dont aucun pouvoir installé ne sort indemne.

Les trois premiers pouvoirs, le pouvoir législatif, le pouvoir exécutif et le pouvoir judiciaire, essaient de contrôler les réseaux, parfois de façon ambiguë : dans certains pays, le pouvoir législatif a été tenté de leur confier certaines compétences jusqu'alors réservées au pouvoir judiciaire. Un nombre croissant de pays, notamment ceux qui ont été marqués par le droit romain, essaient de les territorialiser. Quant

au quatrième pouvoir, celui de la presse, il n'a cessé d'entretenir une relation de miroir inversé avec ces réseaux, qui l'accueillent souvent (tous les journaux sont sur les réseaux) l'influencent toujours, sans jamais pouvoir ressembler. La presse essaie, sans succès, de transformer les réseaux en un métamédia soumis aux mêmes règles qu'elle, en espérant transformer l'absorption en partenariat. C'est peine perdue.

Le philosophe Pierre-Henri Tavoillot énumère les trois sphères délibératives qui nourrissent la cité : la sphère politique, celle du Parlement ; la sphère de l'espace public, celle des médias, fondée en grande partie sur l'autorégulation assistée que constitue la déontologie ; et enfin, celle de la délibération civile, qui regroupe l'ensemble des échanges qui n'obéissent qu'à des règles informelles et mouvantes. Le cinquième pouvoir des réseaux structure à ce point la sphère de délibération civile qu'il bouleverse profondément les deux autres sphères. Il le fait sans marionnettiste autre que la règle des algorithmes, lesquels n'ont pour toute logique que celle, économique, visant à maximiser le revenu publicitaire.

L'effet des réseaux sur le pouvoir politique est plus univoque qu'il n'y paraît. Il agit comme un acide sur son environnement direct. Polarisant et fragilisant dans les démocraties libérales, potentiellement source de révolte émancipatrice dans les pays autoritaires. Le cinquième pouvoir bouscule les régimes en place. Qui ne s'y trompent pas : les

demandes de retrait de contenus proviennent aussi bien de régimes illibéraux voulant museler l'opposition que de régimes démocratiques soucieux de préserver l'équilibre de leur espace public face aux tentatives de déstabilisation.

La réaction au cinquième pouvoir est cependant similaire, et elle ne constitue pas une bonne nouvelle pour nos libertés. Dans les pays autoritaires, le « modèle chinois » se déploie, qui vise au contrôle absolu du réseau et de ses expressions : le parti prend le pouvoir dans les grandes entreprises numériques chinoises, tout comme il prend la main sur le temps passé sur leurs productions en limitant, par exemple, l'utilisation des jeux vidéo chez les jeunes. D'autres pays n'ont pas cette capacité de contrôle. Ils recourent alors à la coupure, tel le Myanmar (la Birmanie) où le coup d'État militaire a été suivi par deux mois de suspension du réseau.

Reste que le mouvement ne se limite pas aux dictatures. La liberté sur les réseaux paraît se dégrader de façon inexorable. L'analyste Casey Newton illustre la tendance en utilisant le rapport Freedom on the Net (Liberté sur le Net) de l'association Freedom House, publié en septembre 2021 : « 2020 et 2021 marquent le déclin graduel des libertés sur Internet pour l'utilisateur moyen, et notamment sur les plateformes qui sont pourtant censées les promouvoir. » Les calculs de Freedom House montrent que les libertés sur Internet se réduisent

pour la onzième année consécutive dans trente pays y compris les États-Unis. L'ensemble des mesures prises par les gouvernements des différents pays de la planète vont tous, pour le rapport qui évoque « une pression inédite », dans la même direction : au mieux encadrer, souvent limiter, au pire mettre un terme à la liberté d'expression. Une seule exception, l'Europe, qui arrive pour le moment à trouver un équilibre entre libertés fondamentales et régulation numérique.

L'histoire manie parfois l'ironie grinçante. Les géants du Net sont développés grâce au courant libertaire qui, à l'instar de John Perry Barlow et de sa déclaration d'indépendance du Cyber Espace de 1996, voulait faire du monde numérique un endroit protégé de toute intervention étatique et de toute régulation pour permettre aux libertés individuelles et à l'initiative personnelle de prospérer et de créer un monde décentralisé, démocratique et fondé sur le partage. Un quart de siècle plus tard, les grandes plateformes sociales ont privatisé une partie de l'Internet pour établir un ordre centralisé, asymétrique, qui provoque dépendance et polarisation. L'impuissance à les contrôler fait désormais peser la menace d'une surrégulation des libertés individuelles. Entre absence totale d'entraves pour les plateformes et liberté des individus, il semble qu'il faille choisir.

## Émocratie

« Facebook est une démocratisation sans précédent de la parole. Et comme toute force de démocratisation, elle défie les structures de pouvoir existantes. » Lorsqu'il parle de son entreprise, Nick Clegg, le responsable des relations publiques, touche juste : les réseaux sociaux sont devenus des agents attaquant les organisations de pouvoir. Mais il sonne faux : ils ne représentent pas, à proprement parler, une démocratisation de la parole.

Donner accès à la parole à tous sans autre règle que celui de l'écho et de la viralisation ne crée pas forcément un espace de délibération collective capable de permettre l'exercice d'une souveraineté populaire. Pour être démocratique, il faudrait que l'espace public des réseaux soit égalitaire dans son accès, et qu'il dispose des mécanismes de représentation et des règles d'interaction qui permettent aux échanges de se nourrir les uns des autres et non de se détruire les uns les autres. Le *Demos* (peuple) des réseaux n'est pas le peuple, mais la foule. Les plus motivés, les plus actifs et les plus bruyants l'emportent sur les autres et imposent leur partition et la tonalité des débats. Quant au *Kratos* qui s'y exerce, le pouvoir de mettre en œuvre, il est façonné par les algorithmes tout entiers tournés vers la promotion de ce qui attirera le plus notre attention. Ce qui est recherché est le temps de passion disponible, et

ce qui s'y passe ressemble, pour reprendre le terme de Christian Salmon, au règne de l'expérience viscérale. Le surmoi est passé à la trappe.

Cette démocratie est une *émocratie*, un régime qui rend performatives nos émotions et les font envahir l'espace public. « La sombre nécessité des passions », pour reprendre le terme de Goethe, n'a jamais été absente du débat, mais le pouvoir d'accélération des réseaux crée un espace public qui s'apparente à un champ de bataille dans lequel se font face des récits étanches les uns aux autres.

La « prise du Capitole » par les partisans de Donald Trump du 6 janvier 2021 illustre les paradoxes des effets du cinquième pouvoir. Il n'est pas question ici de nier la réalité du trumpisme et sa nature séditieuse qu'il démontra ce jour-là. Mais de sa traduction en mouvement encouragé par les algorithmes à visée publicitaire. La foule déchaînée mettant à sac le cœur de la capitale américaine incarne à la fois un moment où le virtuel (les thèses complotistes qui ont tant d'écho dans certains groupes) fait irruption dans la réalité politique, et un moment où cette réalité veut rester virtuelle en se raccrochant désespérément aux usages du réseau. Ce ne fut pas une révolution, pas même une révolte, mais juste un coup d'État qui finit par un selfie géant, lui-même composé de quantité de selfies. Une fois les photos prises, les séditieux ne savent plus ce qu'il convient de

faire. Les putschs du XXe siècle passaient souvent par le contrôle de la radio ou de la télévision, avec comme idée qu'il était aussi important que celui du parlement. Au XXIe, ce jour-là, ce fut une prise de photos à poster sur Instagram. Un choc qui en annonce d'autres à venir. Où les renversements n'ont plus comme projet que leur propre image.

## Propagande

Il convient naturellement de ne pas idéaliser l'espace public prénumérique. L'idée d'un lieu de discussion structuré par la raison, né de la philosophie des Lumières et bâti par les interactions sociales, les clubs et l'émergence des journaux, a été popularisée par le philosophe allemand Jürgen Habermas. Les mass media et partis politiques de masse ont permis de l'élargir au plus grand nombre. Antoine Lilti, dans son ouvrage *L'Héritage des Lumières*, montre que les Lumières furent aussi le moment d'une véritable révolution médiatique due à la grande diffusion de l'imprimé, et que cette révolution s'accompagna de l'irruption de la sensibilité des individus dans un espace imbriquant beaucoup plus qu'on ne le dit le public. Le voisinage de l'émotion d'avec la rationalité n'est évidemment pas chose nouvelle. Ce qui change, c'est sa domination, qui est un produit algorithmique.

La propagande a aussi changé de nature. Un de ces théoriciens, le publicitaire Edward Bernays, eut l'occasion dans son livre *Propaganda*, en 1928, de préciser les deux trois mécanismes qu'il mettrait au service de l'entreprise United Fruit, d'abord pour créer le marché de la banane aux États-Unis, puis pour persuader le peuple américain que le Guatemala basculait dans le communisme, comme le raconte Mario Vargas Llosa dans son roman *Temps sauvages*. Dans la libre concurrence des idées, et notamment des idées politiques, des filtres ont été créés pour organiser le débat afin que celui-ci puisse déboucher sur une vie politique organisée. Les partis et les journaux sont des intermédiaires nécessaires au « marché libre des idées », pour reprendre le terme de Thomas Jefferson. La propagande semble moins nocive que logique, selon les mots qu'emploie Bernays dans le chapitre de son livre appelé « Organiser le chaos » : « On peut critiquer certains des phénomènes qui en découlent, notamment la manipulation des informations, l'exaltation de la personnalité, et tout le battage de masse autour de personnalités politiques, de produits commerciaux ou d'idées sociales. Même s'il arrive que les instruments permettant d'organiser et de polariser l'opinion publique soient mal employés, cette organisation et cette polarisation sont nécessaires à une vie bien réglée. Pour éviter que la confusion ne s'installe, la société consent à réduire son choix

aux idées et aux objets portés à son attention par la propagande. Un effort immense s'exerce donc en permanence pour capter les esprits en faveur d'une politique, d'un produit ou d'une idée. » La propagande, ou la désinformation, vise à déséquilibrer par la puissance, ou polluer par le mensonge la concurrence entre idées. Et fausser ainsi le jeu du débat public.

Cette notion a changé de dimension. Il s'agit moins aujourd'hui de promouvoir un message que de détruire un émetteur. Ce qui est défendu a moins d'importance que le fait de savoir *contre qui* on le dit. Ne plus fausser le jeu, mais l'anéantir, en visant tour à tour chacun des joueurs en les décrédibilisant. Selon l'expression sud-américaine, « *el que sube, abajo* », « celui qui monte, abattons-le ». Les messages destructeurs sont la nouvelle propagande, qu'elle soit organisée ou non. Ils représentent une infime minorité de ce qui est mis en ligne. Mais en raison de leur ressort émotionnel, ils ont un potentiel de viralité plus grand, et sont donc favorisés par l'algorithme. Une étude effectuée par la New York University et l'Université Grenoble Alpes lors des élections de 2020 aux États-Unis et publiée en septembre 2021 a ainsi montré que les messages de désinformation avaient reçu, sur Facebook, six fois plus de « clicks » que les messages d'information factuelle.

## Le ring et la balance

Malaxer les commentaires en accélérant ceux dont la viralité peut engendrer un revenu supérieur à celui produit par des messages moins émotionnels ne produit pas un espace démocratique qui repose sur des connaissances communes et dispose du temps nécessaire à la délibération. Un savoir factuel partagé n'est pas le résultat d'un match de catch, où seul le gagnant reste sur le ring, ou d'un fragile et éphémère équilibre obtenu après avoir minutieusement posé les argumentations diverses sur les deux plateaux d'une balance imaginaire.

Une tendance du journalisme a été, lors de l'explosion des controverses sur les réseaux sociaux, de compenser le ring par la balance. Quitte à abuser du « bothsidism », c'est-à-dire la tendance à simplement exposer les deux argumentations en présence, comme si l'équilibre garantissait la distance et l'objectivité. Dans son ouvrage *La Dialectique de la raison* écrit aux temps finissants d'une époque autrement troublée (1944), Theodor W. Adorno expliquait déjà l'impasse d'une telle démarche. Quand l'une des parties prenantes ne joue pas le jeu d'un échange honnête, la raison ne peut être le produit de cet échange. Croire l'inverse renforce inexorablement celui qui ne respecte pas les codes de l'honnêteté. « Les individus eux-mêmes ne peuvent plus se parler les uns aux autres et ils le savent : (...) de telle

sorte qu'on ne sait plus ni se parler ni se taire[1]. » La différence dans la couverture journalistique des deux élections de 2016 et 2020 par les grands journaux américains laisse penser que l'obsession d'équilibre touche à sa fin. Les arguments des deux principaux candidats n'ont pas été mis sur le même plan par les journaux de la côte est, qui ont semblé vouloir agir pour corriger l'asymétrie de performance entre le mensonge et une vérité factuelle parfois plus décevante.

Dans son livre de 2021 *The Constitution of Knowledge: A Defense of Truth* (La construction du savoir, une défense de la vérité) l'essayiste Jonathan Rauch explique que l'acquisition d'un savoir partagé n'est pas le résultat d'un échange pacifique ou d'une confrontation brutale, mais d'un processus qui met en jeu un réseau d'institutions de nature différentes : journalistes, médias, éditeurs, universités, cours de justice, représentants d'intérêt professionnels ou particuliers, associations. Argumentation, contre-argumentation, vérification, contextualisation, hiérarchisation constituent les interactions et les itérations de ce réseau et finissent par élaborer la connaissance factuelle commune qui structure notre espace public. Comme l'écrit Rauch, c'est le réseau lui-même, constitué par

1. Theodor W. Adorno, *La Dialectique de la raison*, note « contre ceux qui ont réponse à tout ».

l'histoire et l'expérience, qui est intelligent, quand bien même certaines de ses composantes agissent de façon stupide.

Le ciment du réseau n'est pas la qualité intrinsèque des éléments ou institutions qui le composent, mais la relation de confiance partagée entre chacun de ses membres. Or, la première victime de l'« émocratie » n'est pas la vérité : c'est la confiance. Nous assistons, impuissants, à son « crash » général. Le baromètre Edelman, qui mesure depuis plusieurs décennies l'évolution de la confiance dans 28 pays du monde, et notamment aux États-Unis, illustre la tendance. Dans un domaine où la confiance envers les institutions publiques politiques et celle envers les médias sont inexorablement liées (la corrélation semble universelle), nul n'échappe à la chute. Tous les médias font l'objet d'une défiance en hausse : moteurs de recherche, médias « traditionnels », réseaux sociaux (dans cet ordre). 61 % des personnes interrogées, sur les 28 pays étudiés, considèrent que les médias sont biaisés et 59 % que les journalistes veulent avant tout tromper leur public. Il en va de même pour les institutions : 57 % des personnes interrogées dans les 28 pays considèrent que leur gouvernement ment à ses gouvernés en transmettant des informations qu'il sait fausses. Le secteur économique lui-même n'échappe pas à la remise en cause, puisque les chefs d'entreprise sont

soupçonnés de mentir systématiquement pour 56 % des sondés.

La faillite de la confiance, diagnostiquée en ces termes par le baromètre pour l'année 2021, semble sans recours possible. Personne ne s'en sort, contrairement aux décennies précédentes. Auparavant, une hausse de la confiance envers certains acteurs venait compenser l'accroissement de la défiance envers d'autres. Ces acteurs agissaient comme une solution de repli pour un public en mal de certitudes : les organisations non gouvernementales au début des années 2000 ; les pairs en 2005 (« plutôt que les autorités ») ; « une personne comme moi » en 2006 ; les entreprises en 2009 ; les organismes assurant la transparence en 2010 ; l'innovation en 2015, etc. En 2021, ce n'est plus le cas. Il n'y a plus de refuge.

Nous sommes tous devenus suspects et nous suspectons tout le monde. Nous redoutons la surveillance, mais voulons surveiller tous ceux qui nous approchent. Nous nous pensons épiés, et nous épions chacun de ceux que nous croisons en ligne. La vérité n'est que la victime secondaire de la perte de confiance. Ce ne sont pas les messages qui sont remis en cause, mais leur émetteur. La polarisation du marché mondial des passions, en opposant de façon extrême les récits, se nourrit du carburant du statut de tous ceux qui y participent. Personne n'est à l'abri. Nous faisons de chacun un être dont il faut se méfier mais, en parallèle, nous voulons, en

ce qui nous concerne, que l'on nous croie de façon aveugle.

## La foire aux prophètes

La machine ne nous est pas totalement extérieure. Elle n'est pas neutre, mais elle ne nous crée pas *ex nihilo* et nous révèle parfois à nous-mêmes. L'accélération et l'amplification des fausses nouvelles, des théories complotistes, des messages outranciers ne disent pas tout de leur réception. Leur omniprésence n'est pas leur omnipotence.

L'omniprésence ne fait guère de doute. Un exemple en fut donné en 2020 par le documentaire de Pierre Barnérias, *Hold-up*. Deux heures quarante de film sur la pandémie de coronavirus, et sa gestion par les différents pouvoirs, pour une question centrale : qui croire ? En réponse, avec force mise en scène, la thèse de l'implacable complot qui relie de façon paranoïaque des points isolés, confond corrélation et causalité, pour en arriver à la conclusion habituelle : le chaos est un ordre caché, et le fracas absurde des événements suit une partition écrite par un petit groupe de démiurges. Le dispositif a réussi au-delà de ses espérances, le piège a parfaitement fonctionné : *Hold-up* a été partout sans être nulle part. L'analyse des erreurs (débunkage) entreprise par à peu près tout ce que le pays compte comme

rédactions professionnelles a été de pair avec le retrait du film de certaines plateformes vidéo. Peine perdue : *Hold-up* s'est imposé sans avoir besoin d'être vu. Tout le monde en parlait. Le complot est une prophétie autoréalisatrice, un cercle infernal, comme l'a raconté Umberto Eco dans *Le Pendule de Foucault*. Ceux qui adhèrent à *Hold-up* l'utilisent pour contredire ceux qui en soulignent les erreurs (dit autrement, ils réfutent les arguments de la réfutation en utilisant les arguments que la réfutation réfute…), et ceux qui dénoncent un complot mondialement organisé apportent la dépublication comme preuve de sa véracité.

Notre crédulité est accusée d'être le carburant de ce mécanisme circulaire. Une crédulité nourrie par la perte de repères et la peur quasi religieuse nées de l'effondrement des récits qui livraient une grille de lecture du monde et de la complexité croissante du cours de nos vies. Nous gobons d'autant plus facilement les fadaises que nous sommes perdus. Un complot est plus rassurant que l'ignorance, car il organise le désordre et lui donne un sens. Et nous souhaitons tellement être rassurés.

Défendre la raison face à la croyance absurde, utiliser l'éducation comme arme première. Comment ne pas y souscrire ? C'est en tout point nécessaire, évidemment. Mais le moment irrationnel que nous semblons vivre se résume-t-il intégralement à une question de croyance ? N'est-ce pas, justement, céder

à l'explication unique que de croire que derrière toutes les théories du complot se cache un complot ?

Une vidéo réalisée par des lycées de Bondy, reprenant les codes de *Hold-up* pour l'appliquer à la fadaise d'un complot mondial exercé par les chats, montre que tout le monde est loin d'être dupe. L'universitaire Hugo Mercier, dans un ouvrage de référence, *Not Born Yesterday*, relativise l'extension du domaine de la crédulité, et montre comment notre cerveau est équipé pour ne pas forcément croire aux pièges qu'il se tend à lui-même. Nous sommes beaucoup moins naïfs que ce que l'on pourrait penser.

Un seul mot compte : s'exprimer. Mais regarder n'est pas adhérer, et partager n'est pas croire.

Information par information, message après message, sans que nous nous en rendions vraiment compte, la crédulité perd le combat. Nourrie par la peur ou l'angoisse née de l'incertitude, elle diminue à mesure que les outils didactiques se déploient. « La pédagogie arrive à combattre le complotisme », explique Bruno Breton, le patron de la start-up Bloom, qui développe des outils d'analyse des conversations et des tendances sur les réseaux. À mesure qu'ils perdent du terrain, les discours complotistes se rétractent et se radicalisent. Mais leur influence diminue.

L'effet de l'invasion des réseaux par les croyances individuelles n'est pas de rendre plus crédule, mais

de transformer tout argument en acte de foi, tout en développant une incrédulité générale et partagée. Une « fake news » est comme une pomme gâtée dans un cageot de fruits. Beaucoup d'entre nous savent qu'elle n'est pas bonne. Mais à force de voir se multiplier les pommes pourries, nous finissons par penser que tous les fruits le sont et n'avons plus confiance en rien. L'incrédulité générale a remplacé le doute systématique.

Peut-être existe-t-il une explication supplémentaire au côté millénariste de l'époque. Et si nous voulions, non pas croire, mais être crus ? Si nous voulions non pas accepter une explication, mais en être la source ? Non pas être éclairés, mais être ceux qui éclairent ? Qu'au commencement, il y ait notre verbe ? Les réseaux fourmillent de millions d'êtres, anonymes ou pas, qui se gonflent d'importance pour poster à la face du monde que « eux, seuls, ont compris », et qu'ils sont là pour nous faire cadeau de leur message. Tels le professeur Philippulus des *Aventures de Tintin*, ils annoncent leur fin du monde, dans une foire aux prophètes arbitrée et accélérée par le calcul algorithmique. « Fausses rumeurs, fausses annonces, faux sauveurs donnant de fausses réponses, ça va finir qu'on sera tous des faussaires » chantait Francis Cabrel. Nous y sommes.

À toute époque son manuel, à tout ordre son théoricien. L'époque convoque le livre à moitié culte des années du XXe siècle finissant. *The 48 laws*

*of Power* (*Les 48 lois du pouvoir*), de Robert Greene, se voulait une lointaine adaptation du *Prince* de Machiavel, et inspira une grande partie de la scène de musique urbaine aux États-Unis lors de sa parution, en 1998. Le chapitre sur « Le métier de gourou, ou comment créer une secte en cinq leçons », semble avoir été rédigé pour les années 2020. « Toujours pressé de croire en quelque chose, on fabrique des saints et des croyances à partir de rien. (...) Devenez objet de vénération (...) Pour mettre l'accent sur la nature quasi religieuse de votre organisation, parlez et agissez en prophète. Vous êtes un prêtre, un gourou, un sage, un chaman. »

Les réseaux sociaux et les grandes plateformes jouent un rôle considérable dans notre lien aux autres. Ils structurent l'espace public et nous aident à construire notre espace privé. Pour les plus jeunes, ils demeurent un chemin de socialisation indispensable. Leur logique de fonctionnement, leur objet social, leur gouvernance, la définition et l'étendue de leur responsabilité sont un enjeu qui n'est pas « numérique », mais qui touche à notre façon de vivre ensemble en tant qu'entité politique et sociale, et en tant qu'individus. La construction de la démocratie à l'ère des données passe par ce premier chantier.

# 5

## *Citizen Zuck*

### Rencontres

La première fois que je l'ai croisé, c'était par hasard, en mai 2011. S'organisait alors à Paris le premier « G8 numérique ». C'était une bonne idée, réalisée à la française : le jardin royal des Tuileries avait été réquisitionné pour y installer deux chapiteaux immenses destinés à accueillir les géants de la tech que l'on n'appelait pas encore GAFAM, et le président de la République avait décidé d'ouvrir les travaux devant un parterre rassemblant entrepreneurs, financiers, politiques et geeks en baskets. « Vous avez changé le monde au même titre que Colomb et Galilée, et vous êtes les artisans d'une révolution qui n'appartient à personne. » Les mots de Nicolas Sarkozy avaient provoqué un haussement d'épaules de mon voisin, qui trouvait le jugement exagéré. Du moins partageait-il l'idée que le nouveau monde numérique était ailleurs et qu'il fallait, pour le conquérir ou y vivre, accepter d'y migrer.

Nous ne savions pas encore que ce monde viendrait à nous sans que nous ayons à le rejoindre, et que la révolution de tous deviendrait bientôt la propriété de quelques-uns, présents d'ailleurs ce jour-là, mais encore accessibles et peu désireux de se soumettre aux règles de sécurité édictées pour l'événement.

J'avais alors cherché à l'entrevoir dans les différents « salons » de l'événement, sans succès. Autant il était facile de croiser Eric Schmidt, alors patron de Google, autant Mark Zuckerberg demeurait invisible. Le déploiement public de Facebook avait moins de cinq ans, mais l'annonce de la présence de son fondateur à Paris provoquait une rumeur comparable à celle qui accompagne les rock stars quand elles sont en ville et qu'on imagine pouvoir les aborder quelques heures avant le concert. C'est finalement ce qui arriva. La veille de sa prise de parole publique, Mark Zuckerberg s'était rendu dans un Starbucks proche de l'Opéra pour y prendre son café matinal. C'était tellement surprenant de banalité que je faillis ne pas le reconnaître. Dans mon souvenir, il portait encore le sweat-shirt qui habillait son personnage dans le film *The Social Network*, et ressemblait encore à l'étudiant pâle à l'air perpétuellement sur ses gardes joué par Jesse Eisenberg. À le voir ainsi, parlant d'une voix plutôt basse à ceux qui l'accompagnaient, on avait l'impression d'une sorte de timidité décalée, qui exprimerait l'envie d'être ailleurs par le recours au regard dans le vide, que contredisait

une allure plutôt athlétique, ou, comme le disent les Américains, « *fit* ». Il était déjà connu de tous mais passait inaperçu, et il me semble qu'aucun post sur son réseau n'avait mentionné sa présence dans ce lieu fréquenté du quartier de l'Opéra. L'effet de surprise viendrait plutôt le lendemain de son costume lors d'un déjeuner à l'Élysée, qui lui donnerait l'air de celui qui a emprunté pour son examen un habit appartenant à son grand frère. Plus tard dans l'après-midi, le jeune patron de 27 ans ferait oublier son visage poupin et sa coiffure courte mais désordonnée sur la grande scène des Tuileries en dialoguant avec Maurice Lévy, avec la roublardise gourmande de ceux qui savent, depuis longtemps, que le monde leur est promis. Tee-shirt bleu gris, jean un peu usé, baskets blanches, assis de façon un peu trop nature, si « cool », si « jeune », tellement plus « proche » que l'équipe de Google. On pouvait projeter sur un Facebook encore dans l'enfance les promesses initiales d'un Internet déjà adulte : l'amitié à portée de clic. On ne s'en priva pas. « Nous sommes plus près du début du phénomène Facebook que vers sa fin » glissa « Mark » à « Maurice », qui l'interrogeait sur la fragilité de son entreprise, vrai projet ou phénomène de mode. Le moins que l'on puisse dire, c'est qu'il ne pêcha pas ce jour-là par excès d'optimisme.

Neuf années plus tard, en mai 2019, nous avions rendez-vous. Ou, plus exactement, j'avais été convié

à une réunion entre lui et une dizaine de personnes du monde universitaire et institutionnel français, au magnifique siège de Facebook, à Paris, à deux pas de la Bourse. C'était une chance. On nous avait calés entre un rendez-vous à l'Élysée, la participation au journal de France 2 et le moment de « *team building* » avec des membres de l'équipe de Facebook France. Physiquement, il n'avait pas vraiment changé. Mais il n'était plus le même. Le pouvoir sculpte-t-il les corps ? En ce qui le concerne, c'est manifeste. Il s'était comme statufié. Pull simple à la coupe parfaite, pantalon de toile ajusté, l'allure était passée du cool foutraque à l'élégance faussement détendue. Mais le visage avait perdu toute mobilité, se tournant lentement pour mieux dévisager l'ensemble des participants, volontairement inexpressif. Le regard fixe et intense semblait traverser l'interlocuteur du moment. Le propos, quant à lui, était à la fois complètement rodé et étranger à toute improvisation. Chaque question, courte, longue, personnelle, systémique, semblait activer les mots prévus à cet effet. Une sorte de chat bot, de robot discursif ultime. L'effet de *media training* à haute dose ? Bien plus que cela. Une véritable métamorphose.

Comment qualifier Mark Zuckerberg, désormais ? Je ne suis pas sûr que nombreux soient ceux qui continuent à l'interpeller en réduisant son nom à une syllabe, « Zuck ».

En février 2016, alors que je devais introduire à Sciences-Po le premier discours européen de Sundar Pichai (sa *keynote* comme on appelle en bon français les prises de parole des géants de la tech), j'avais été frappé d'une forte fièvre. Au médecin qui m'avait conseillé le repos, j'avais répondu qu'il fallait me remettre sur pied « car je devais participer à la prise de parole du maître du monde ». Sans hésiter, il avait rétorqué : « Ah bon ? Vous voyez le patron de Google ? » Comme chacun de nous, il avait compris que l'entreprise de Palo Alto, désormais, ordonnance une partie de notre univers. Mais il n'avait pas compris la mutation de Google : Sundar Pichai, qui succédait à Eric Schmidt, incarne une étape supplémentaire dans le chemin qui transforme les pouvoirs personnels des fondateurs en systèmes établis pour les dépasser et leur survivre. Brillantissime, habillé de façon standard, simple jean, chemise blanche, il possède l'élégance aristocratique des Indiens éduqués en partie à Londres et la simplicité de ceux qui sont sûrs de leur intelligence et de leur influence et refusent tout ce qui signe le pouvoir personnel : la conversation avec lui était fluide, détendue, presque anecdotique, au détour du partage de sandwich arrosé de Coca light. Maître du monde ? Plutôt patron de l'entreprise qui dirige le monde. À la tête d'un système qui l'a créé plus qu'il ne l'a créé. Pas de quoi en faire un plat. Mais pas, non plus, question de

l'oublier. La différence de statut était trop présente pour être rappelée.

D'une certaine façon, Sundar Pichai est le produit de Google qui semble être passé, selon les termes de Saint-Simon dans ses *Mémoires*, du gouvernement des hommes à l'administration des choses.

Mark Zuckerberg, ce n'est pas la même chose. Dans l'histoire des organisations, Facebook a un temps de retard sur Google, et elle en est restée au gouvernement des hommes, ou plutôt, au gouvernement d'un homme, malgré sa taille. Le fondateur est aussi un des principaux actionnaires, l'incarnation et le principal décisionnaire. Il en est des entreprises comme des États, il faut, à un moment, réfléchir à ne plus lier son destin ou son histoire à une seule personne, aussi légitime soit-elle, et mettre en œuvre une dépersonnalisation du pouvoir. Mais le pouvoir de Mark Zuckerberg est considérable.

Parler à Mark Zuckerberg n'est pas avoir une conversation avec le maître, mais s'entretenir avec le maître des conversations. Les réseaux sociaux ont une nature mouvante, liquide, par essence inclassable et nous avons peine à les définir. Les propos qu'ils malaxent sont de toutes natures, anecdotiques, sérieuses, outrancières, humoristiques, et font voisiner information, influence, croyance, activisme, et conversation. Nous sommes à la fois en famille, dans une salle de rédaction, à un meeting, au temple, dans la rue, au bistrot ou au spectacle.

À ces différents types de propos s'ajoutent des milliards de contextes : au-delà des centaines de cultures qui sont celles des pays ayant accès à Facebook, l'algorithme propose une organisation des conversations par utilisateur. Cette fragmentation universelle est connue.

Elle n'en rend que plus paradoxal le projet initial du réseau social : une seule même règle encadrant l'ensemble des conversations, intégrées aux « conditions d'utilisation ». Pour reprendre le terme anglo-saxon, une seule et universelle règle de « *rules of speech* », pour des dizaines de types de conversations, des milliers de cultures, des milliards d'individus et des dizaines de milliards de possibilités. Et un seul homme, in fine, pour décider de ces règles.

« Zuck » est le chef d'un orchestre aux partitions multiples, aux instruments désaccordés et aux instrumentistes qui se consacrent à des musiques dissemblables. Avec comme baguette la connaissance qu'il a sur chacun d'entre eux. Car s'il n'est pas le maître du monde, Zuckerberg en est son « œil omniscient ». « L'œil dans le ciel, qui vous regarde, qui peut lire votre esprit, qui fait les règles, et qui peut vous mener en bateau comme il le souhaite » (qu'on me pardonne la citation pop culture du Alan Parson Project et son *Eye in the Sky*). Au-delà des scandales Cambridge Analytica et autres, l'expérience que chacun de nous vit dans le ciblage publicitaire dont il est l'objet nous confirme la place

nouvelle du fondateur de Facebook. Cette expérience relève de la surprise, lorsque l'algorithme semble nous révéler à nous-mêmes et nous présente quelque chose en relation avec ce que nous avons écrit dans un mail, ce que nous avons recherché avec un proche, l'endroit pour lequel nous avons pris un billet de train. Cette prescience n'a rien de magique : Facebook ne se contente pas de collecter les données que nous lui laissons lorsque nous passons du temps sur son application, elle en récolte sur d'autres applications avec lesquelles elle a un lien direct (que nous avons « accepté ») et interface le tout, de façon directe ou indirecte, avec d'autres bases de données.

Le consentement numérique n'est pas forcément une acceptation pleine et entière en connaissance de cause. La RGPD (le Réglement général sur la protection des données) nous alerte, elle ne nous éclaire pas encore totalement.

Le maillage publicitaire est un traçage. La prévisibilité, une perte d'innocence. Leur combinaison, un sentiment de perpétuelle surveillance. Même si tout connaître n'est pas tout contrôler.

Le soir de sa visite à Paris, Mark Zuckerberg fut pris en photo attablé au comptoir d'un bistrot parisien, assis à côté d'un autre client qu'il ne connaissait pas et ne lui accordait même pas un regard. Un témoin de la scène posta la photo assortie d'un dialogue imaginaire entre l'œil du monde et

le serveur : « Pour moi, ce sera une bière, et pour Patrick, à côté de moi, qui a 26 ans, sort tout juste du bureau où il vient de se disputer avec son chef, une pizza végétarienne, comme d'habitude, avec un Coca zéro. Attention, il est allergique aux olives et n'aime pas la cuisine trop salée. » Le plus lucide des rires est le seul qui dit vrai.

La réunion ne fut le théâtre d'aucune révélation. Les fameux EDL, les *éléments de langage*, y furent déployés avec méthode, patience, sourire vaguement indulgent à l'humilité surjouée, et cette proximité tout américaine qui crée la distance à chaque fois qu'elle s'adresse à vous. La « règle unique de parole » pour tous s'accompagne manifestement du même discours pour tous. Restait pour moi l'expérience d'avoir approché, à plusieurs années d'existence, celui qui était passé du statut d'étudiant surdoué sorti de son dortoir avec la bonne idée qui rend riche, à celui de l'apprenti sorcier qui a pris un peu trop au sérieux le slogan des développeurs de son entreprise, « *move fast and break things* », « bouge vite et casse les choses », qui a effectivement bougé vite et a, du coup, cassé une partie de la planète, de ses espaces publics, de ses mécanismes électoraux et de sa géopolitique, et qui désormais peuple les cauchemars d'un certain nombre de responsables. En 2011, un dirigeant de France Télévisions où je travaillais m'avait exprimé son désintérêt face à une éventuelle invitation de Mark Zuckerberg au

journal de 20 Heures. « Ça va intéresser qui, ton truc d'ordinateurs ? » Huit années plus tard, Zuckerberg avait rang de leader de grande puissance mondiale, détenteur d'un pouvoir inédit.

Quelques jours après cette rencontre à l'allure mécanique, la surprise vint de ma boîte de réception de mails, par un message en date du 14 mai 2019 à 21 h 53. « De Mark Zuckerberg à Bruno Patino ». Je crus à une blague, un spam, un mail à l'attention de l'ensemble des utilisateurs de Facebook. Il n'en était rien. Le courrier m'était destiné.

*« Dear Bruno,*

*Thanks for joining us at our office last week in Paris.*

*I appreciated the opportunity to hear your perspective and to share my thoughts on the areas where I believe companies and governments can work together. I'm optimistic about the progress we can make – with input from experts – to develop governance for the Internet that will balance giving people a voice with keeping people safe, and France is taking a leading role in this.*

*Thank you again for your time and feedback. We look forward to continuing this discussion with you as we make progress in the consultative process.*

*Mark »*

(« Cher Bruno, merci de vous être joint à nous dans nos bureaux la semaine dernière à Paris. J'ai apprécié l'opportunité d'écouter vos arguments et de vous faire part de mes réflexions quant aux

différents thèmes sur lesquels, je le crois, les entreprises et les gouvernements peuvent travailler ensemble. Je suis optimiste sur les progrès qui peuvent être les nôtres – avec l'aide des experts – quant à la création d'une gouvernance pour l'Internet qui arrivera à équilibrer la liberté d'expression et la sécurité des personnes, et la France joue un rôle majeur dans cette entreprise. Merci pour votre temps et vos retours. Nous nous réjouissons par avance de poursuivre cette discussion avec vous en progressant dans notre consultation. Mark »).

Bien sûr, rien n'est personnel dans ce mail sans doute écrit par les relations publiques du réseau social, et c'est pour cela que je le publie. Mais quelle que soit la plume ou l'intelligence artificielle derrière le mail, quel que soit le nombre de personnes ayant reçu un message similaire (des centaines, j'imagine), je dois avouer avoir oscillé entre incrédulité naïve et ridicule fierté. Aussi me prêtai-je au jeu d'une réponse, qui défendait l'idée d'une modification de gouvernance et d'une définition particulière de la responsabilité.

Je n'ai, bien sûr, jamais eu de réponse. Il est vrai que je n'en attendais pas. Zuckerberg n'avait évidemment pas besoin de moi pour connaître les appels à la modification du fonctionnement de Facebook, pris en tenaille comme il l'était entre les demandes des gouvernements, des chercheurs, d'une part croissante de ses utilisateurs et de certains de ses collaborateurs.

Nous étions en mai 2019, et j'ignorais qu'il travaillait déjà à la création d'un Oversight Board que les Français appelleraient « Cour suprême ». La gouvernance était donc à l'ordre du jour, et, d'une certaine façon, la responsabilité aussi.

## Couples impossibles

Depuis quelques années désormais, Facebook vit dans le mode paradoxal de la contradiction permanente entre responsabilité et neutralité.

Du côté de la neutralité, on trouve le rappel de l'illusion initiale : la plateforme n'est qu'un outil de mise en relation des utilisateurs entre eux, et ce qu'elle nous montre n'est que le miroir fidèle de notre propre réalité. Il y a certes une base juridique à cette approche, aux États-Unis notamment, autour de ce que l'on appelle la section 230. Ce passage d'une loi de 1996, le Communication Decency Act (loi sur la décence dans la communication) a posé les fondements de la responsabilité des plateformes. Si l'Internet était balbutiant à l'époque, il ne l'était pas pour un marché déjà très en forme, celui du sexe et de la pornographie en ligne. Les services numériques qui se développaient voyaient se multiplier les images pornographiques sur leur site, et ne voulaient pas être tenus pour responsables de contenus qu'ils n'avaient ni produits, ni

été chercher de façon volontaire. Il fut alors décidé que les plateformes encore peu développées à l'époque ne pourraient pas être poursuivies pour le contenu fourni par un tiers, utilisateur ou autre site internet. La section 230 est à l'origine de la distinction entre hébergeur (ou « fournisseur d'un service informatique interactif ») et éditeur, et exonère la plateforme de la responsabilité civile pour un certain nombre de cas. Le principe de « l'irresponsabilité » des plateformes se trouve dans ce texte mais il est à double tranchant : si la bonne foi est remise en cause, ou s'il y a intervention éditoriale de la plateforme (par exemple sous forme d'un label ou avis), alors la responsabilité est engagée. Donald Trump ne s'y était pas trompé : en encourageant une abrogation de la section 230 (il n'a pas été suivi par le Congrès, qui a toutefois organisé des auditions sur le sujet), il souhaitait surtout empêcher Twitter, voire Facebook, d'ajouter des commentaires à ses tweets en soulignant par exemple leur inexactitude factuelle.

Depuis 1996, tout a changé. Nous savons que nous ne sommes pas seuls sur les réseaux sociaux et Facebook. En famille, en communautés, en groupes qui partagent les mêmes intérêts, lorsque nous nous retrouvons et échangeons, il y a quelqu'un dans la place. Et ce quelqu'un, ou plutôt ce quelque chose, c'est l'algorithme qui accélère ou ralentit certains de nos échanges, qui les met en tête de file ou au

contraire les fait descendre à la cave. Cet algorithme, qui déforme le miroir pour maximiser le profit publicitaire, agit comme un éditeur. Chacun le subodore, peu le soulignent, les plateformes le nient.

Dans le couple infernal que nous formons avec la machine, nos propres inclinaisons sont toujours présentées comme étant celles qui déterminent la tonalité de ce que nous voyons. Le patron des relations publiques de Facebook, Nick Clegg, a développé l'argument dans une très longue contribution publiée sur *Médium* en mars 2021. « Les utilisateurs sont dépeints comme des victimes impuissantes, qui se sont fait voler leur libre arbitre. Les humains sont devenus les marionnettes manipulées par des systèmes algorithmiques. Mais est-ce bien vrai ? » Pour Clegg, qui rappelle l'expression américaine « il faut être deux pour danser le tango », l'algorithme se contente de mettre de l'ordre dans le supermarché des contributions et des contenus présents sur la plateforme pour « nous aider à faire notre choix ». La formule est à notre image, elle se contente de nous connaître pour nous renvoyer l'ordonnancement des choses qu'elle pense être le plus proche de nos goûts. Et nous délivre du pouvoir des médias traditionnels, qui imposent un choix à l'image de ceux qui les font. « Les médias sociaux sont un autre type de média. Leur magie, c'est qu'il n'y a pas un directeur de la rédaction dictant le contenu d'une page de une qui va être lu par des millions d'utilisateurs. En

fait, il y a autant de pages de une qu'il y a d'utilisateurs. » Chacun de nous, poursuit Clegg, aurait ainsi la possibilité « d'entraîner » l'algorithme, pour le pousser à affiner ses propositions en fonction de ce qui est le plus souhaitable pour notre émancipation personnelle. Pourtant, que l'utilisateur soit le seul responsable du « comportement » de son algorithme quand celui-ci n'est ni public, ni expliqué, ni modifiable, est techniquement faux. Nous « dialoguons » avec une formule que nous ne connaissons pas mais qui nous connaît, nous sommes seuls face à elle qui gère des milliards de données en provenance de milliards d'individus, nous ne pouvons modifier son écriture quand elle peut orienter nos actions, et sommes souvent désintéressés alors qu'elle est tout entière tournée vers l'exploitation de notre temps pour augmenter les profits de son entreprise.

## Chassez le naturel

Les actes d'une entreprise sont parfois les meilleurs contre-arguments à sa parole publique. Si les algorithmes sont « éducables », comment expliquer que la société crée, dans une de ses filiales, une déclinaison pour enfants à qui on demanderait aussi « d'entraîner » la formule qui organise leur présence ?

Mi-avril 2021, Facebook a annoncé la création d'une version d'Instagram pour enfants de moins

de 13 ans. Pour d'excellentes raisons, bien sûr : il s'agirait de proposer aux mineurs qui fréquentent le réseau social, et qui ne sont pas censés le faire (il faut avoir 13 ans pour s'inscrire sur Instagram), une version sécurisée de celui-ci, où aucune mauvaise rencontre n'est possible, alors même que les spams sexuels ont envahi la messagerie directe du service. Sans publicité, conseillé par des experts de la santé et de la sécurité des enfants, ce projet a pourtant réussi à faire émerger une coalition d'opposants : 35 associations de défense des enfants, émanant de plusieurs pays (États-Unis, Australie, Ghana, Grande-Bretagne...), ont demandé dans une lettre ouverte à Mark Zuckerberg l'abandon du projet : « Ce projet ne ferait qu'habituer les plus jeunes au défilement de photos pouvant provoquer un rapport difficile avec leur corps, (...) tout en récoltant des données familiales et enfantines précieuses, et en cultivant une nouvelle génération d'utilisateurs qui ne pourront être que bénéfiques pour le chiffre d'affaires de Facebook. »

Le monde judiciaire a également réagi : une lettre ouverte de 44 procureurs américains (attorney general), relayée par leur association, pose des mots graves sur la tentative. « L'utilisation des médias sociaux peut être préjudiciable à la santé et au bien-être des enfants, qui ne sont pas équipés pour relever les défis d'avoir un compte sur les médias sociaux. De plus, Facebook a

historiquement échoué à protéger le bien-être des enfants sur ses plateformes », indique la lettre, qui précise : « Il semble que Facebook ne réponde pas à un besoin, mais en crée un, car cette plateforme s'adresse principalement aux enfants qui n'ont pas encore de compte Instagram. » L'économie de l'attention n'a pas fini de conquérir de nouveaux territoires. Mais elle ne le fait plus aussi facilement qu'avant.

Le projet est finalement abandonné en septembre 2021.

### Le 7e voile

Facebook connaît, à son tour, une tempête qui ressemble à un « accident intégral », pour reprendre le terme de Paul Virillo. Une suite d'incidents qui font masse, et qui rompent un équilibre en permanence menacé par l'accélération. Un « accident intégral » qui fait office de dévoilement ultime.

Il y eut d'abord, en septembre 2021, la publication par le *Wall Street Journal* d'une série d'articles rassemblés sous le nom The Facebook Papers qui résonne comme un rappel mêlé à un reproche. Les Pentagon Papers furent publiés par le *Washington Post* en juin 1971. Les journalistes du grand quotidien américain avaient eu accès, grâce au lanceur d'alerte Daniel Ellsberg, à des milliers de pages

démontrant que la Maison Blanche et une partie du Congrès américain savaient, depuis le mitant des années 1960, que la victoire au Vietnam était impossible. Ce qui n'avait pas empêché la prolongation de la guerre et l'envoi de troupes supplémentaires. Au cœur de ces dossiers la puissance, qui masque ses méfaits par le secret et le mensonge, un peuple victime, et le courage d'un « insider » qui dénonce le système auquel il a participé contre son gré.

Les Facebook Papers revendiquent la comparaison : Facebook est désormais une puissance, qui connaît sa nocivité et la cache, et il faut le courage de certains lanceurs d'alerte associé à la ténacité de la presse pour faire œuvre de transparence et espérer la prise de conscience. Les révélations furent nombreuses, mais guère surprenantes. Le *Wall Street Journal* l'affirme : « Facebook Incorporated sait, de façon précise et détaillée, que sa plateforme est minée par des défauts qui provoquent des dommages terribles, qu'elle seule connaît et comprend le plus souvent. » L'énumération des informations forme un ensemble apparemment hétérogène. Ainsi, les règles de bonne conduite auxquelles sont soumis les utilisateurs ne seraient pas universelles et ne concerneraient pas un certain groupe de personnes qui, grâce au programme xCheck, en sont dispensées. De même, la société Instagram (qui appartient à Facebook) connaîtrait la toxicité de sa plateforme pour les adolescentes en proie à des

troubles alimentaires, mais préférerait occulter les études qui la soulignent plutôt que d'essayer de régler le problème. Par ailleurs, la modification de l'algorithme de Facebook, voulue en 2018 par Mark Zuckerberg et présentée comme un virage décisif pariant sur la proximité pour lutter contre les messages extrêmes, aurait provoqué un effet contraire à celui recherché : loin de pacifier la plateforme, il aurait accru sa polarisation. Enfin, Facebook utiliserait sa propre plateforme pour se défendre et publier des arguments en faveur de ses actions, de façon masquée, au travers du projet Amplify, dirigé par le patron du marketing Alex Schultz.

Quelques jours après leur parution, la lanceuse d'alerte et ancienne salariée de la plateforme, Frances Haugen, reprenait, 13 minutes durant, l'ensemble des révélations du *Wall Street Journal* dans l'émission télévisée « 60 minutes ». Haugen se situe dans la lignée des « repentis numériques » de Facebook, les Sean Parker, Sophie Zhang ou Chamath Palihapitiya, mais ajoute une dimension politique, comme le montrera son audition devant le Sénat américain, prélude à une « tournée » internationale qui entend convaincre un monde plus ou moins incrédule du cauchemar que nous fait vivre la plateforme. Elle parle de « faillite morale » d'un projet auquel elle continue de croire : « J'aime Facebook et je veux le sauver. » Elle reprend l'analogie désormais installée avec l'industrie du tabac,

développe à nouveau la nocivité d'Instagram, et accuse directement la plateforme de dissimulation de résultats d'étude, parlant du démantèlement de l'équipe FB Civic Integrity, chargée initialement de proposer des solutions pour éviter la dégradation de l'espace public.

Les propos de Frances Haugen ne sont pas dépourvus du biais qui tend à réduire le monde à la plateforme et sa technologie. Si Facebook nourrit et amplifie la polarisation, encourage les vérités alternatives et déstabilise l'espace public, elle n'est pas la seule à agir en ce sens et vient en complément de tendances sociales lourdes dues à de multiples facteurs. Le monde ne peut être réparé par la seule technologie. En revanche, il est tout à fait juste de vouloir réparer la technologie pour soulager le monde. Haugen distingue parfaitement le système techno-économique à l'origine de l'économie de l'attention, et souligne qu'il est illusoire de prétendre corriger les biais en se limitant au filtrage des messages ou des participants à la plateforme et en épargnant le dessin des algorithmes.

Est-ce l'effet d'accumulation, le contexte de la pandémie, l'époque qui change ? L'image de Facebook semble cette fois durablement atteinte, comme touchée au cœur. L'impact de ces révélations est inédit, et contraste avec la relative indifférence qui avait accueilli la publication par la *MIT Technology Review* d'octobre 2019 d'une enquête évaluant à

140 millions les personnes exposées sur Facebook à la propagande des usines à trolls d'Europe de l'Est, 75 % d'entre elles ayant subi cette exposition suite à une « recommandation » de l'algorithme. Fin 2021, l'entreprise de Mark Zuckerberg était devenue le méchant absolu, l'incarnation de tous les dysfonctionnements des réseaux et le principal coupable du meurtre symbolique des utopies numériques (de partage et d'intelligence collective).

Facebook eut beau démentir point par point les révélations, annoncer avoir supprimé 15 milliards de faux comptes en 2019 et 2020, soit cinq fois plus que le nombre d'utilisateurs actifs revendiqués, et une accélération de la tendance se poursuivre en 2021, avec 3 milliards de faux comptes supprimés lors des six premiers mois de l'année, la défiance s'est muée en hostilité. Son attitude vis-à-vis de la recherche indépendante ne l'aide guère. Ainsi de la fermeture, en 2021, des comptes et des pages de chercheurs de la New York University qui analysaient, avec leur consentement, le comportement et les expositions sur la plateforme de 16 000 utilisateurs. La puissance de Facebook, tant politique qu'économique, est devenue insupportable. Une étude du Pew Research de septembre 2021 montre que 31 % des adultes américains s'informent de façon régulière grâce à Facebook, et les plateformes du groupe ont engrangé le chiffre

d'affaires vertigineux de 54 milliards de dollars de publicité pour le seul premier semestre 2021. Pour *The Atlantic* (du 27 septembre 2021), la sentence est claire : « Facebook agit comme une puissance étrangère hostile, et doit être traitée comme telle. »

À l'hostilité face à la puissance s'ajoute le sentiment que le monstre, finalement, est fragile. Le hasard des événements peut parfois ressembler à un discours porteur de sens. Le jour même où CBS diffusait l'entretien avec Frances Haugen eut lieu une panne inédite des trois plateformes de l'entreprise, Facebook, Instagram et WhatsApp. De 9 heures du matin heure américaine à 14 h 30, Facebook disparut de l'Internet, comme plongée dans un trou noir du fait d'une erreur de changement de configuration. Internet est un réseau qui n'appartient à personne, et chaque fournisseur d'accès peut établir la carte de la part du réseau qu'il exploite. La communication entre toutes ces petites parties se fait grâce à un protocole appelé BGP, le Border Gateway Protocol, qui explique la cartographie d'une partie du réseau aux autres parties. Sans ce protocole, on devient « invisible » et inaccessible. C'est ce qui arriva ce jour-là aux plateformes de Mark Zuckerberg. L'entreprise toute-puissante était devenue introuvable. L'Internet ouvert reprenait des couleurs (avec une augmentation immédiate de 21 % du trafic), alors que notre dépendance quotidienne devenait criante et soulignait le côté essentiel de la plateforme.

Les conversations entre amis *via* Messenger ou WhatsApp suspendues, la socialisation amicale interrompue, les événements de groupe bousculés, les nouvelles venues de proches géographiquement éloignés taries : comment aurions-nous réagi si une telle panne était survenue un jour d'élection ou de mobilisation sociale importante ?

Le 7 octobre paraissait une couverture de *Time Magazine* qui semblait acter le désastre en termes d'image et prévoir la chute définitive : en gros plan, le portrait de Mark Zuckerberg, avec, en surimpression, deux « boutons » que l'on retrouve sur les écrans : « *cancel* », « annule », c'est-à-dire on revient en arrière, ou « *delete* », on supprime. Le visuel était terrible, mais incomplet : il eût fallu y rajouter le bouton « *replace* » : on remplace.

## Un autre monde

Ce fut finalement Mark Zuckerberg en personne qui actionna la commande, ou presque. Qui finit par concéder que le futur de Facebook l'entreprise ne passerait pas forcément par l'avenir de Facebook le réseau social.

Le flot continu des révélations nées des Facebook Papers n'était pas seul en cause, même s'il avait provoqué la dégradation importante de l'image publique du réseau social. La double culture de l'entreprise explique

en partie la multiplication des fuites : opaque dans la communication de ses recherches et de ses données vis-à-vis de l'extérieur, elle promeut « l'hyper discussion interne », chaque collaborateur pouvant participer à la conversation générale pour proposer des projets, faire part de ses interrogations ou de ses doutes, ou partager ses inquiétudes. Le recours au questionnement systématique est une méthode classique dans les sociétés numériques, mais en cas de crise, il constitue un réservoir d'informations pour les lanceurs d'alerte. Fin octobre 2021, un nouveau consortium de journalistes, formé par le *Washington Post*, le *New York Times*, et *Le Monde*, confirma les révélations du *Wall Street Journal* et mit au jour de nouvelles informations, en apportant la preuve d'une inégalité de traitement des différents pays par la plateforme, dès lors qu'il s'agit d'entreprendre des actions pour lutter contre la désinformation et la haine en ligne. Si Facebook a bien créé une *war room* pour lutter contre la désinformation aux États-Unis, avec un succès peu évident il est vrai, la plateforme a décidé de classer le reste du monde en trois groupes, une petite minorité de pays bénéficiant d'un « centre d'opérations amélioré », et l'immense majorité étant laissée comme abandonnée aux effets indésirables des algorithmes.

Une inquiétude plus structurelle taraude les dirigeants de Facebook. Leur plateforme a vieilli : aux États-Unis, l'âge moyen des utilisateurs est passé de 35 ans en 2013 à 42 ans en 2021, se rapprochant de

l'âge moyen de la population américaine (46 ans). Facebook devient un média âgé, et souffre face à la concurrence de TikTok. Créé en septembre par le Chinois Douyin, adapté en 2017 pour le marché mondial et notamment occidental, le réseau de vidéos courtes a réussi, comme il le souhaitait, à « capter et diffuser les moments précieux de la vie » via le téléphone portable. TikTok a dépassé le milliard d'utilisateurs réguliers dans 155 pays du monde en septembre 2021, 41 % d'entre eux ayant entre 16 et 24 ans. Son entrée sur le marché de l'attention est impressionnante : en 2021, 90 % de ses utilisateurs s'y connectent tous les jours et à plusieurs moments de la journée. Ils y consacrent près d'une heure par jour (52 minutes). Pour la première fois, il n'est pas possible, pour Facebook, d'acquérir un concurrent direct. Fin octobre 2021, de l'aveu même de ses dirigeants, il faut remettre l'ouvrage sur le métier et « ne plus améliorer le service pour les gens les plus vieux mais faire des jeunes adultes notre étoile du Berger ».

Le 28 octobre 2021, dans une intervention filmée dans le monde entier, Mark Zuckerberg annonçait une réorientation stratégique. Plus encore qu'à reconquérir la jeunesse et son temps d'attention, il semblait aspirer à retrouver une certaine innocence. Changer le nom de l'entreprise nous enjoint de modifier notre regard sur elle. Facebook l'entreprise est désormais appelée Meta, ce qui ramène Facebook le réseau social au niveau d'une activité parmi d'autres

du géant numérique, au même titre qu'Instagram, WhatsApp ou Messenger, et la banalise. Plus encore, ce nouveau nom décrète une modification du centre de gravité de l'organisation en faisant du Metaverse le projet principal de l'entreprise.

Le Metaverse est un univers de réalité mixte, qui récrée en trois dimensions les principaux aspects de notre vie, le travail, les amis, les lieux de culture, de divertissement et de socialisation. Un univers qu'il est possible d'habiter sous forme d'avatar, de double de soi-même en trois dimensions, et qui s'appuie autant sur la réalité virtuelle (la recréation d'univers), que sur la perception de notre univers proche et immédiat par l'insertion dans cet univers d'éléments dérivés de notre réalité. C'est un concept au moins aussi ancien que l'Internet, dont les premières années regorgent de projets similaires et mort-nés, qui pariaient sur la création d'un monde nouveau et parallèle, dans lequel il serait possible de s'immerger totalement sous forme d'identité numérique plus ou moins ressemblante. Le deuxième monde, imaginé par Alain Le Diberder, en constitua un exemple français. Des idées anciennes peuvent parfois renaître grâce à des technologies nouvelles. Le développement des casques de réalité virtuelle et des jeux vidéo rend technologiquement possible, à court terme, l'essor des univers immersifs. Le recours massif au télétravail ou à la télé-socialisation imposés par la pandémie de la Covid-19 semble montrer

que la réticence à tout vivre par écran interposé s'est aussi muée en demande sociale importante, notamment pour tout ce qui relève du travail.

L'annonce de Mark Zuckerberg fut accueillie par une incrédulité mêlée de réprobation. Elle fut interprétée comme une diversion, soucieuse de faire oublier les critiques structurelles dirigées contre la plateforme sociale. Non sans raison. Mais le mouvement n'est pas que manœuvre. Meta va consacrer 10 milliards de dollars au projet, et elle possède par ailleurs depuis près d'une décennie la technologie des casques de réalité virtuelle Oculus. Par ailleurs, elle n'est pas la seule à investir lourdement dans cette direction : tous les géants du numérique entreprennent des actions similaires dans le domaine de la réalité mixte.

Ce nouveau cap répond à une double logique. Une logique d'expérience technologique en premier lieu : l'innovation ne connaît nul répit, et il n'existe aucune raison de penser que l'histoire numérique s'est arrêtée avec le téléphone portable. Une logique de système ensuite : après avoir conquis le temps avec la connexion permanente, les géants numériques nous proposent la conquête de l'espace avec l'immersion continue. Le confinement a montré la réalité de la première et la possibilité de la seconde.

Dès lors, la démarche de Mark Zuckerberg est moins une diversion qu'une révélation, une sorte de lapsus d'entreprise. Un lapsus qui met en lumière le côté dominateur du géant, qui se voit depuis longtemps comme

avalant l'Internet pour en faire sa chose. Zuckerberg peut affirmer que « beaucoup de monde va avoir beaucoup à gagner » à la création d'un Metaverse développé principalement par Meta, le projet qu'il porte invite à considérer une autre perspective, où la société qui permet la création d'identités virtuelles et leur détention détient la clef du déploiement de la vie en ligne. Si Meta réussit à posséder les cartes du Metaverse, il appartiendra aux utilisateurs ou sociétés voulant proposer des mondes virtuels ou des services de le faire dans le cadre voulu, et contrôlé, par l'entreprise.

Peut-on recevoir le discours de Zuckerberg comme le verbe d'un démiurge fatigué ? Je le pense. La volonté affirmée de construire une nouvelle réalité qui englobe, intégralement, chacun d'entre nous est un écho déformé et dévoyé des utopies premières du cyberespace, qui parlaient de territoire vierge, livré à l'intelligence collective et à l'économie du partage. Le Metaverse est une plongée qui nous immobilise plus qu'une exploration de terres inconnues. Le leader de Meta apparaît comme un dieu insatisfait de sa première création, et qui, plutôt que de la réparer, décide de construire un autre monde. Changer de nom à défaut de changer de pratiques, construire une autre réalité plutôt qu'un autre Facebook. Avec la naïveté toute-puissante de ceux qui disent : cette fois-ci, nous ne ferons pas les mêmes erreurs, et redemandent d'être soutenus pour leurs intentions et pardonnés pour le résultat de leurs actions.

# 6

# *Désarmer la machine*

## Intérieur / extérieur

La parole évolue, les actes aussi. En quelques années, les plateformes et les réseaux sociaux ont cessé de plaider la surprise ou l'incompréhension face aux reproches qui leur sont adressés. Ils ont admis jouer un rôle dans la polarisation de notre espace public et l'hystérisation de la conversation générale, dans la montée en puissance du faux, et le risque de réalités parallèles. Est-ce la crainte des actions du monde politique ? De la désaffection à venir des utilisateurs présents ? Du boycott publicitaire ? Une réelle prise de conscience face au champ de ruines de notre agora détruite ? L'affolement de ceux qui, tel Mickey, l'apprenti sorcier du *Fantasia* de Disney, n'arrivent plus à contrôler le déluge qu'ils ont eux-mêmes initié ? Une sincère volonté de « ne pas faire le mal » (Google), et de « mettre en relation les communautés » (Facebook) ?

Le journaliste Jay Rosen résume de façon laconique l'évolution du discours des géants du numérique : ils sont passés de « nous sommes seulement une plateforme » à « nous sommes une plateforme mais nous avons un sens de l'intérêt commun » ; « nous avons un sens de l'intérêt commun (*community standards*), mais nous nous appuyons sur les communautés pour identifier les cas problématiques » ; « nous nous appuyons sur les communautés, mais dorénavant nous avons des modérateurs rémunérés » ; « nous avons des modérateurs, mais ils ne peuvent pas tout identifier » ; et enfin à « bon, s'il vous plaît, régulez-nous ! ».

Cet appel, toutefois, reste ambigu. Facebook, YouTube, Twitter et autres plateformes géantes, reconnaissent les dysfonctionnements. Ils admettent l'évidence : que leurs réseaux sont utilisés, telles des armes, par des groupes ayant intérêt à promouvoir la désinformation, l'attaque contre la vérité factuelle, la polarisation sociale, la marginalisation de la parole de ceux qui ne pensent pas comme eux. Mais derrière l'utilisation de ce mot, « *weaponized* », de *weapon*, l'arme, on retrouve finalement un argumentaire qui n'est pas très éloigné des mots utilisés par ceux qui ne veulent pas limiter la vente des armes personnelles aux États-Unis, et qui exonèrent les fabricants d'armes : le danger ne vient pas du fusil d'assaut en vente libre mais de celui qui les utilise. Ce que demandent les plateformes, c'est une

régulation qui concerne l'accès à leur service, voire le comportement que l'on peut avoir à l'intérieur de celle-ci. Ils ne veulent pas réguler la machine que constitue leur système algorithmique, ou si peu. Comme un parc d'attractions qui demanderait de l'aide pour filtrer ceux qui peuvent y avoir accès, et des principes directeurs pour décider des règles de bonne conduite à l'intérieur de son enclos. Mais qui ne regarderait pas la sécurité de ses manèges.

À en croire les plateformes, le mal se situe à l'extérieur de leur machine. Celle-ci est corrompue par les « mauvais acteurs » qui en détournent le principe de fonctionnement initial. La liberté accordée par les réseaux à leurs utilisateurs est dangereuse quand ces derniers la confondent avec la licence et décident de faire le mal. Nick Clegg ne dit pas autre chose lorsqu'il déclare : « nous avons besoin de règles convenues collectivement sur les plateformes de médias sociaux afin de réduire la possibilité que les choix exercés librement par les individus conduisent à des préjudices collectifs ».

Que les mauvais acteurs, les « *bad actors* », existent, c'est une évidence. Le chercheur Ethan Zuckerman en a fait la liste lorsqu'il a essayé de modéliser la dynamique de l'information sur les réseaux : agences de désinformation, groupes d'intérêt, fondamentalistes de quelques croyances que ce soit, qui utilisent à la fois les messages « classiques », sponsorisés ou non, les messages publicitaires, cachés ou

non, ou les faux comptes et robots pour accélérer ce qu'ils veulent diffuser. Les réseaux sont le lieu de la guerre des récits. Et cette guerre est à la fois géopolitique, de puissance à puissance, et idéologique. Ils constituent un formidable outil de sape des fondements du contrat social démocratique et du sentiment de solidarité collective. La guerre des récits est aussi personnelle. Chaque individu veut réaffirmer son existence dans un endroit où le narcissisme se mesure au fait d'être suivi. Les agences, les hackers, les illuminés sont légion, et les robots qui les aident omniprésents. Une étude réalisée en 2021 par des chercheurs de l'école Polytechnique fédérale de Lausanne a évalué à 20 % les tendances de Twitter créées pas des robots (le pourcentage atteignant 47 % en Turquie). Une anecdote illustre toutefois les limites. L'étude s'est penchée sur la conversation sur Twitter au moment du lancement de la Super League de football, relevant que de nombreux robots avaient été installés pour amplifier et faire circuler les messages favorables à la création de ce championnat d'Europe restreint à quelques clubs. Ce fut peine perdue.

Devant le tintamarre des désinformations diverses, le bruit assourdissant des arguments les plus loufoques ou les plus dérisoires, face aux manœuvres de certaines puissances étrangères lors des périodes électorales, une grande partie de l'attention est tournée vers le combat légitime contre

la présence de ces acteurs. Dans le bras de fer inégal entre le récit complotiste et l'argumentation raisonnée, la structure de l'intelligence artificielle qui compose la machine joue un rôle, et c'est à elle qu'il faut s'intéresser. Le mal vient peut-être de l'extérieur, mais il y a quelque chose de vicié à l'intérieur.

## Rame, rame, rameurs, ramez

La plupart des réseaux travaillent contre la menace extérieure. Facebook a un recours massif aux modérateurs chargés de surveiller les contenus afin de retirer ce qui est contraire aux conditions générales d'utilisation et qui agissent conjointement aux outils d'intelligence artificielle. YouTube et Twitter font de même, en utilisant des modalités différentes. Le catalogue des interventions est infini : retrait, rétrogradation, avertissement, contre-argumentation, chaque semaine donne l'occasion d'une nouvelle tentative. Limité au début, ce mouvement s'est notablement accentué avec la crise du coronavirus et la volonté de combattre les propos complotistes et antivaccins sur les plateformes, par prise de conscience civique, mais aussi par crainte des géants de la tech de voir leur responsabilité engagée par d'éventuelles poursuites de mise en danger d'autrui. La modération n'agit plus

seulement sur les questions sanitaires. Elle concerne aussi les messages électoraux.

Il y a quelque chose d'étonnant à voir ces grandes interfaces numériques embaucher des personnes chargées de lutter, non seulement contre des éléments extérieurs, mais aussi contre leur propre formule algorithmique qui accélère et amplifie les messages viraux les plus déclencheurs d'émotion. Tel le capitaine d'un navire puissant qui demanderait à des galériens de ramer en sens contraire, alors même qu'il pousserait les turbines de son navire à pleine puissance. Inutile, non, mais insuffisant, certainement.

D'autant qu'une telle intervention n'est pas faite partout de façon identique. Une enquête du *Guardian* d'avril 2021 a montré que ces efforts étaient inégalement répartis dans l'ensemble du monde, et que les actions de lutte contre les abus privilégiaient les pays les plus riches, mais aussi les plus juridiquement en avance dans ce domaine. En clair, les initiatives sont encore liées au risque juridique, et leur généralisation semble impossible : trop de contenus, trop de pays. Il a fallu 9 mois à Facebook pour désactiver les faux comptes de soutien au président du Honduras Juan Orlando Hernández. Même chose en Azerbaïdjan, où le réseau a attendu près d'un an avant d'ouvrir une enquête sur les faux comptes qui harcelaient l'opposition. Ce ne sont pas les seuls pays évoqués par

l'enquête, qui cite l'Albanie, la Bolivie, l'Équateur, les Philippines, la Corée du Sud, Le Paraguay, et beaucoup d'autres. L'explication n'est pas que politique, elle est, d'une certaine façon, industrielle : le réseau social se concentre sur les fraudes à grande échelle, qui concernent une volumétrie importante de messages. Lorsque le volume est plus réduit, que la « communauté » en question, même nationale, est restreinte en nombre, il n'y a que peu d'efforts entrepris ; quand bien même l'impact est immense.

## La police de la parole

Une politique de surveillance de ce qui est échangé met en lumière un paradoxe rarement souligné, étudié par le chercheur David Kaye dans son ouvrage *Speech Police, The Global Struggle to Govern The Internet* : les grandes plateformes ont en général une règle de prise de parole *unique* sur leur outil. Quels que soient le locuteur, le contexte de la discussion, le lieu et le pays où elle se tient, la parole doit obéir aux conditions générales d'utilisation, qui sont les mêmes pour tous. Prétendre « nettoyer » les plateformes en leur demandant de modifier les conditions de cette parole, en faisant respecter ces conditions, c'est paradoxalement exiger qu'elles renforcent la centralisation des règles d'expression. C'est leur demander d'accroître ce pouvoir

central d'édicter une doctrine qui soit la même pour tous. C'est un pouvoir démesuré, c'est un pouvoir aveugle, c'est un pouvoir maladroit… Et condamné à l'impuissance.

Un acteur du numérique aussi avisé que Sébastien Soriano peut juridiquement à juste titre associer un réseau social, Twitter en l'occurrence, à un club privé, libre de décider de l'identité de ses membres et de leurs comportements. Mais un club privé qui rassemble 350 millions d'individus (twitter) ou 2.9 milliards d'individus (Facebook) ou plus de 2 milliards d'inscrits (YouTube), et qui devient l'une des principales sources de divertissement, d'information et de socialisation pour une grande partie de ses membres se transforme *ipso facto* en un espace public. Il y a quelque chose de paradoxal à s'inquiéter de voir Facebook battre monnaie avec son projet de cryptomonnaie, Libra, permettant les transactions en ligne, et de promouvoir par la loi, le règlement et l'encouragement un transfert de souveraineté concernant l'usage de la parole. Rien de moins que l'interprétation du 1^er^ amendement de la constitution des États-Unis, ou de l'article 11 de la Déclaration des droits de l'homme et du citoyen.

Le pouvoir que les géants de la tech se sont donné est par ailleurs aveugle, car il plaque une même règle quel que soit le contexte de la locution. Imagine-t-on un journal avoir les mêmes règles

d'édition que ce qui est habituel dans un bistrot, un meeting politique ou un rassemblement mû par la croyance ou par la foi ? Une réunion entre amis doit-elle obéir aux mêmes usages qu'un dialogue entre collègues, un propos d'avant match qu'une soutenance de thèse ? Soucieuses de nous laisser exprimer les moindres nuances de notre identité, les plateformes nous encadrent de façon indifférenciée. Locuteur unique, nous sommes pourtant multiples dans nos comportements et nos expressions, nous sommes « nous-mêmes dans notre contexte » selon le mot du philosophe espagnol José Ortega y Gasset. Et nous ne vivons pas tous au même endroit ni avec les mêmes codes culturels : ce qui est offensant quelque part ne l'est pas forcément ailleurs. Le second degré n'est pas le même partout : la carte et le territoire s'invitent forcément dans la démarche…

Enfin, l'exercice de leur pouvoir peut être malhabile. Faire du contrôle des propos le principal outil d'exercice du pouvoir, c'est nier les différences culturelles et être noyé par le volume illimité des messages qui transitent sur la plateforme. Ce n'est pas inutile quand ça relève de l'évidence (appel au terrorisme, antisémitisme, etc.) mais l'imperfection du système le fait osciller entre « labourer la mer », pour reprendre les mots de Simón Bolívar, ou mettre un terme à la liberté d'expression. Laisser la plateforme décider « *qui* » participe à la

discussion mondiale, dès lors que ces décisions ne se limitent pas à l'exclusion des faux comptes ou des robots, c'est lui confier un droit d'existence ou de non-existence sociale, et, in fine, mettre en place un mécanisme dont on ne connaît pas, à terme, les limites ni les façons dont il peut être détourné. La participation aux réseaux sociaux peut difficilement être censitaire. L'exclusion entraîne non pas le changement de comportement, mais la migration vers d'autres réseaux, et accentue encore la fragmentation de l'univers numérique et la création de réalité parallèle.

**Cour suprême**

Au moins convient-il que ce pouvoir ne soit pas exercé de façon incompréhensible.

Facebook est un lieu dont les contradictions internes mettent en évidence deux des grandes questions de notre société à venir : la place du libre arbitre humain dans le monde des algorithmes, et celle du citoyen dans celui de l'hypercapitalisme numérique.

Au fil de son développement et des dysfonctionnements qu'elle a provoqués, Facebook est devenu une organisation qui embauche des humains pour contrecarrer les effets de la machine qu'elle élabore, et une entreprise qui cherche à accroître son pouvoir et son influence à mesure qu'elle réfléchit à des

règles de gouvernance qui la dépassent... et peuvent en limiter le pouvoir. Par responsabilité, peut-être, par quête de légitimité, sûrement. Le géant de Palo Alto ressemble à un skieur inexpérimenté dévalant une piste bien trop difficile pour lui et qui perdrait le contrôle de son équilibre à mesure qu'il prend de la vitesse. Encore debout, mais en recherche presque désespérée du mouvement qui lui permettra, à nouveau, d'être maître de l'élan qu'il s'est donné.

En 2009 déjà, Mark Zuckerberg était apparu sur une vidéo qui ne lui ressemblait pas pour parler aux utilisateurs de Facebook. En chemise cravate, un peu guindé, solennel, le regard fixe vers la caméra, il utilisait les codes du discours du politique aux électeurs. De fait, il s'adressait au peuple de Facebook : au regard de l'importance considérable prise par le réseau social dans la vie de ceux qui l'utilisent, il fallait essayer d'inventer une nouvelle façon (« une nouvelle approche ») d'envisager ses règles de prise de décision, c'est-à-dire de gouvernance. Et pourquoi pas, un jour, d'imaginer une sorte de constitution. La modification des conditions générales d'utilisation serait donc l'occasion de s'en remettre à l'avis des utilisateurs, et de leur demander d'approuver, ou non, les changements imaginés par l'équipe dirigeante de l'entreprise. Mais le nombre ne fait pas la communauté et le consentement à des conditions générales d'utilisation ne fait pas contrat social : seul 0,3 % des

utilisateurs répondirent. Après cet échec en forme d'humiliation, l'idée d'un mécanisme de consultation générale fut abandonnée.

Il a fallu une amitié de lycée et une balade à bicyclette pour qu'en 2018, la question de la gouvernance soit à nouveau posée. Professeur de droit à la Harvard Law School, spécialiste de la constitution des États-Unis et de Thomas Jefferson, Noah Feldman a fréquenté les mêmes bancs de lycée que Sheryl Sandberg, la numéro 2 de Facebook, en partie responsable du développement de la publicité ciblée sur la plateforme après l'avoir installée chez Google. Invité à passer une journée dans la résidence de Menlo Park de la femme d'affaires, il décide d'aller faire un tour de vélo dans la Silicon Valley après avoir parlé avec elle des défis qui se présentaient à Facebook, attaqué de toute part par les différents partis politiques et le monde universitaire. Il semblerait que l'idée de la création d'une Cour suprême pour Facebook lui soit venue à ce moment-là. Il en parle à Sandberg, lui fait une note transmise à Zuckerberg, qui organise une réunion et décide, à la surprise générale et devant une collectivité divisée, d'aller de l'avant. Et d'y mettre les moyens : 130 millions de dollars pour donner naissance à un modèle externe de modération des contenus.

La création de l'Oversight Board de Facebook et les premiers mois de son fonctionnement sont racontés dans un formidable *paper* par la juriste

Kate Klonick, professeur de droit, remarquée pour sa contribution de 2018 à la *Havard Law Review* sur les processus des règles d'expression et de prise de parole en ligne (écrite alors qu'elle n'est que doctorante), et invitée à suivre au jour le jour la naissance de cet organe d'un nouveau genre. Dès les réunions préparatoires, l'ambiguïté apparaît sur deux terrains : le fait d'avoir une seule Cour suprême pour l'ensemble des utilisateurs concernés, et l'étendue des pouvoirs qui lui seront accordés. Universelle dans sa couverture et limitée dans ses pouvoirs… La quadrature du cercle.

Ainsi d'un des premiers messages soumis à ceux qui préparaient la création de la cour, réunis à plusieurs endroits de la planète, et qui montrait la photo d'une lycéenne souriante déclamant : « Tuons tous les hommes. » Premier degré ? Second degré ? Appel au meurtre ? Opinion utilisant la métaphore ? Dès les premières discussions, le consensus se révéla impossible. Chaque lieu arrivait à une conclusion différente.

En ce qui concerne les pouvoirs donnés à la cour, leur limitation pouvait rendre pessimistes. Certes, Facebook serait tenu d'obéir à ces décisions, mais il était prévu que la cour se prononcerait surtout sur les retraits de posts (et non pas sur leur maintien), et ne pourrait traiter ni les sujets ayant trait à la publicité politique, ni la structure de l'algorithme ou les politiques d'accélération. Et, surtout, elle ne

serait pas susceptible de faire jurisprudence, donc d'établir une sorte de loi ou de constitution interne à Facebook.

L'Oversight Board (désormais connue comme « FOB », Facebook Oversight Board) a bien été créé, et rassemble des personnalités éminentes venues de différents pays du monde (un ancien Premier ministre d'Europe du Nord, l'ancien directeur de la rédaction du *Guardian* britannique, par exemple, ou la titulaire du prix Nobel Tawakkol Karman), bien rémunérés (on évoque une « rémunération annuelle à six chiffres ») pour une quinzaine d'heures de travail par semaine. Ses travaux ont commencé en avril 2020.

L'exclusion de Donald Trump de Facebook suite à l'attaque sur le Capitole du 6 janvier 2021 a été le premier test de l'institution. L'obstacle a été franchi assez brillamment, et dans un souci manifeste d'établir des règles quand bien même le FOB n'est pas censé le faire. Tout en confirmant l'exclusion de l'ancien président des États-Unis, la cour a demandé à l'entreprise de préciser sa politique d'exclusion de Trump sur deux points : la durée de l'exclusion, et les raison et procédure ayant conduit à cette exclusion. Bref, d'agir de façon explicable, et sans doute équitable. Deux composantes d'une gouvernance que l'on définit en général par trois termes : responsabilité, transparence et procédure équitable. Facebook a modifié sa politique dans ce sens en

juin 2021, en excluant l'ancien président pour deux ans et en motivant sa décision. Et en disant qu'elle prendrait en compte, à l'avenir, ces recommandations de transparence et d'équité. L'entreprise a donc admis que ces recommandations feraient jurisprudence.

L'avancée est réelle. Le spécialiste du numérique Casey Newton a fait les comptes : lors du premier trimestre 2021, le FOB a étudié… six cas. Et a émis 18 recommandations non contraignantes envers l'entreprise. Celle-ci a décidé d'en appliquer 14. Cette avancée est limitée. Son champ d'action se focalise sur le « quoi » (qui est ce qui est partagé) et sur le « qui » (qui a le droit d'être présent sur la plateforme), elle exclut le « comment » de son champ d'action. Dit autrement, la cour agit dans le domaine de la modération des contenus, mais ne peut toucher à la culture du business qui est au cœur de la machine.

Pour combien de temps ? Une vie ne se limite pas à la naissance, et il en est des organes juridiques comme des humains : ils se développent, s'affirment, et, petit à petit, essaient de trouver leur place. La cour a gagné en légitimité, et ses décisions changent, à la marge, le géant du numérique qui l'a enfantée. Jusqu'au moment (proche, lointain, inimaginable ?) où elle s'autosaisira des questions concernant l'algorithme. La révolution aura lieu ce jour-là.

## Construire des freins

Le pouvoir d'accélération de la machine est mû par le souhait de maximiser notre attention pour des raisons économiques. Nous sommes bien sûr à l'origine des échanges, mais la machine qui nous accompagne met en avant ce qui nous exposera le plus possible aux ressorts de notre émotion, absorbera notre temps, notre concentration, et, in fine, une partie de notre vie. La cécité des opérateurs sur ce fait n'existe plus depuis longtemps. Des failles apparaissent dans le déni, laissant entrevoir la lumière d'un nouveau comportement. Les constructeurs ne nient plus que leur création puisse posséder quelques défauts. Ce qui est affirmé depuis plusieurs années par les « repentis » de la Silicon Valley commence à se traduire, de façon atténuée, dans les propos des responsables des géants de la tech. Qui évoquent plusieurs pistes pour désarmer la machine qu'ils ont eux-mêmes construite. Ils proposent d'ajouter, de retrancher, ou, parfois même, de renverser la table.

La première piste vise à l'amélioration du système par l'ajout de fonctionnalités stabilisatrices. Elle n'en est encore qu'à l'état de souhait. Un réseau comme Facebook prétend, par son application, nous donner tout ce qui peut être porteur de sens. En théorie, le cumul de ce que nous voyons et que filtre et organise pour nous l'algorithme

permet de révéler notre expérience subjective du monde, de nous mettre en relation avec ceux qui la partagent, et de briser notre éventuelle solitude sociale.

Mais la formule ne permet pas de choisir un point de référence intangible à partir duquel nous pourrions évaluer ce qui est bien ou mal. Notre souhait d'être en relation s'accompagne d'un besoin d'être remis en question. Être à la fois confirmé *et* questionné dans son être. Ce qui passe forcément par la rencontre avec l'inattendu. Je me souviens d'une discussion ancienne, au début des années 2000, avec le responsable du moteur de recherche de Google, qui, déjà, expliquait à son auditoire que la chose la plus difficile à faire, pour un moteur de recherche, était d'inclure une part de hasard, de « sérendipité ». Cette ambition reste présente chez ceux qui, discrets au sein de leurs organisations et qui évitent de rendre public leur projet, pensent à développer, sur les plateformes sociales, une commande « surprends-moi ».

La deuxième piste vise à supprimer ou modifier quelques fonctionnalités existantes dont on pense qu'elles ont un effet néfaste sur l'espace public. Priver la machine de ses aspects les plus dangereux.

Les repentis actifs montrent la voie. Ainsi de Chris Wetherell, qui s'ajoute à la longue liste des développeurs ayant quitté l'un des géants pour créer une

start-up destinée à « réparer » les choses. Wetherell a inventé, lors de son arrivée chez Twitter en 2009, quelque chose qui a modifié de façon considérable la nature des conversations sur le réseau. Au moment où il rejoint Twitter, le réseau est encore relativement convivial : c'est une conversation mondiale où l'on échange les idées, les liens vers des articles de valeur, les informations. Ses débordements, qui existent, ne sont pas visibles par un grand nombre d'utilisateurs, chacun ne pouvant lire que les messages directement postés par les personnes qu'il suit. Il faut encore bricoler pour relayer une conversation. Il n'existe pas, alors, de fonctionnalité permettant de retransmettre un message que l'on a lu dans son fil. Il faut copier, coller, puis poster à son tour le message, précédé des lettres « RT », retweet. Ou, autre forme d'étiquette, indiquer la source par la formule « via » suivie de l'@ de l'émetteur d'origine. Wetherell imagine une solution automatique, et dessine le bouton de retweet, avec une idée en tête : « donner aux communautés les moins représentées dans le débat public » un outil leur permettant de faire jeu égal avec les groupes déjà constitués, ou les médias installés qui disposent d'une gigantesque liste de diffusion.

Ce simple bouton a tout changé : la dissémination n'est plus la même. Elle était auparavant le produit d'une somme d'actions qui nécessitaient un certain effort, et un peu de temps : cela permettait

un minimum de recul sur ce que l'on était en train de partager, et instaurait l'idée d'une responsabilité partagée, puisque l'on devenait à son tour coauteur du tweet. « Nous disposons d'indices tangibles permettant de penser que les utilisateurs qui ralentissent et prennent un peu de temps pour agir en ligne ont plus de chance de distinguer ce qui est vrai de ce qui est faux », déclare le spécialiste de la désinformation qu'est David Rand, professeur au MIT. L'automaticité a fait migrer le partage du cerveau vers la moelle épinière, de la réflexion vers le réflexe. « En fait, on aurait pu, à la place, donner un revolver chargé à un enfant de 4 ans », raconte aujourd'hui Wetherell dans un long entretien de juillet 2019 donné à Alex Kantrowitz de BuzzFeed. La dynamique des conversations s'est accélérée et s'est accompagnée d'une amplification d'autant plus forte que le propos initial se présentait comme clivant et différent du propos général. En clair, cela n'a pas promu la moyenne, mais les extrêmes, ainsi que les plus motivés. Le « désastre », selon les mots de Wetherell dans le même entretien, s'est accentué lorsque Facebook a purement et simplement copié Twitter en important la fonctionnalité de partage d'un contenu, peu avant les élections américaines de 2012.

Il s'agit désormais de modifier la mécanique par un renversement de perspective. Après avoir créé l'accélérateur (le bouton de RT ou de partage qui permet de viraliser le message), les plateformes

sociales travaillent à l'élaboration d'un frein. Direct, par la limitation du nombre de disséminations possible ; ou indirect, par l'encouragement à ralentir les partages. Mais la fin de la dissémination n'est pas envisageable : c'est elle qui garantit aux plateformes une efficacité de réseau immédiatement traduite en chiffre d'affaires publicitaire…

Les tests sont multiples, mais recherchent tous la même chose : atténuer les prises de vitesse déstabilisatrices. Ainsi de la limitation possible du nombre de retweets : après tout, c'est ce qu'a fait, d'une certaine façon, WhatsApp en limitant la taille de ses listes de diffusion, après que l'outil a été utilisé au Brésil par les partisans de Jair Bolsonaro pour répandre des argumentaires mensongers et complotistes. Ou encore envisager la fin du bouton like ou « j'aime », qui provoquerait une injonction angoissante et source de dépendance. Instagram a testé la solution, pour finalement l'abandonner après n'avoir pas constaté de changement de comportement chez les utilisateurs.

En 2021, les principales actions tiennent moins à l'installation d'un frein organique qu'à la mise en place de panneaux de signalisation demandant à l'utilisateur de ralentir. Encore une fois, on ne change pas la machine. Mais ces injonctions fonctionnent. L'encouragement donné aux utilisateurs de Twitter à lire un lien avant de le retweeter a provoqué une augmentation du taux d'ouverture des liens de plus de

40 %, et de plus de 33 % du nombre de personnes qui le font. Le test devrait être généralisé pour l'ensemble des personnes présentes sur le réseau (juin 2021, « *read before you retweet* »). Les essais ne se limitent pas à cet encouragement. Animé par le souci de retrouver une agora sereine sur sa plateforme sociale, Twitter imagine une façon de signaler les tweets mensongers en utilisant des étiquettes. Le point d'exclamation sur fond bleu invite à aller chercher de l'information complémentaire, le point d'exclamation sur fond orange agit comme un premier signal exprimant un doute, et enfin, le point d'exclamation sur fond rouge, auquel on ajoute le mot « trompeur », signale clairement qu'on n'accorde pas sa confiance à un contenu pourtant présent sur le réseau.

Tout ceci reste périphérique. Les freins bricolés çà et là ne font pas le poids face à la puissance du moteur d'accélération et de vitalisation. Et rien ne dit que l'ensemble des grandes plateformes adopteront ce type d'outils sans y être contraintes. D'une certaine façon, il n'est plus temps.

Il va nous falloir gouverner les monstres si nous ne voulons pas qu'ils nous gouvernent. Devenir des sujets pour ne plus être de simples objets de leurs calculs. Une régulation s'impose. Partout, elle s'ébauche, mais ce qu'elle dessine n'est nulle part identique. Le seul accord tient à sa nécessité. Mal pensée, elle est contreproductive. Absente, elle laisse advenir des catastrophes. L'histoire le prouve.

# 7

## *Gouverner les monstres*

### La guerre oubliée des ondes

Les États-Unis ont enterré, en février 2021, l'animateur de radio Rush Limbaugh à l'âge de 70 ans. Star du « Rush Limbaugh Show » aux 20 millions d'auditeurs quotidiens sur les grandes ondes (l'AM) et de la FM tout au long des années 1990, Limbaugh est celui qui a transformé le rêve en cauchemar. Fou de radio, surdoué du micro dès ses 16 ans, ayant adopté DJ Larry Lujack comme modèle, il aurait pu devenir l'une de ces légendes qui ouvrent les oreilles de leurs contemporains. Au lieu de quoi, il fut vite rattrapé par le talk-show. Il y excella en ne connaissant aucune limite. Ultraconservateur, graveleux, homophobe, souvent raciste, jouant sur toute la palette des émotions les plus inavouables. Et surtout, misogyne et antiféministe jusqu'à l'obsession, franchissant à chaque émission la frontière sans cesse repoussée de l'indicible. Ainsi de son format « avortement d'auditeur », où il interrompait

en 1989 tout appel qui lui déplaisait par un bruit d'aspiration et un grand cri. Un « gag », selon lui, visant à motiver son auditoire dans la lutte contre l'avortement... Ses horreurs l'ont, d'une certaine façon, couvert d'honneurs : récipiendaire de cinq prix Marconi, reçu au Radio Hall of Fame, Donald Trump lui a même remis en 2020 la plus haute décoration qu'un président puisse accorder : la médaille présidentielle de la Liberté, et a fait de lui un intervenant majeur dans un congrès de républicains fraîchement élus. Limbaugh leur demanda, évidemment, de ne « pas pactiser avec l'ennemi », c'est-à-dire les démocrates, sous peine de se voir clouer au pilori de son micro déchaîné.

Nous n'en finissons pas de redécouvrir les États-Unis, et ces dernières années ont fait de nous les témoins de sa nouvelle guerre civile, qui est une guerre des récits (mais pas seulement). Initiée par la radio, omniprésente sur les réseaux sociaux, nourrie par des chaînes de télévision à portée de télécommande, expliquée par la presse, cette « guerre » a produit des mondes qui semblent désormais irréconciliables, imperméables l'un à l'autre, et voués à une alternance dont on peut craindre qu'elle soit de moins en moins pacifique à mesure que la polarisation s'installe.

Limbaugh ne fut pas la créature d'une génération spontanée, mais bien le résultat d'une décision politique passée inaperçue à l'époque. Sous pression

de sa base républicaine, des évangéliques et surtout des créationnistes, Ronald Reagan avait obtenu de la part de la Federal Communications Commission (le CSA américain) l'abandon, le 5 août 1987, de sa « *fairness doctrine* », qui imposait aux radios et télévisions de traiter les différentes opinions de façon équilibrée. Une décision obscure pour un big bang calamiteux et le début d'une inexorable polarisation de l'espace public américain. Comme l'a bien démontré le professeur de Harvard Yochai Benkler dans son livre *Network Propaganda*, tout est parti de là : Fox News, Breitbart, Trump, Qanon ont suivi.

Limbaugh fut le patient zéro d'une maladie médiatique générale élaborée dans le laboratoire d'une agence fédérale. Parfois, ce qui se passe dans les bureaux des régulateurs est aussi important que ce qui se passe devant les micros. Le changement de régulation sur les radios et télévisions américaines a donné naissance à un espace médiatique qui ressemble à celui des réseaux. Cet effet de miroir, où l'après ressemble à l'avant, trouble autant qu'il rassure : il minore l'effet de la technologie en soulignant l'importance d'une régulation correctement pensée.

### Corriger la déviance

Le 29 janvier 1986 eut lieu un accident qui secoua l'Amérique : la navette spatiale Challenger

se désintégra un peu plus d'une minute après son décollage, tuant les sept personnes qui composaient son équipage. La défaillance des joints entourant le propulseur à poudre fut à l'origine de l'explosion. Ceux-ci n'étaient pas faits pour être utilisés par grand froid, et la nuit précédant le lancement avait connu des températures négatives assez rares pour la Floride, même en janvier. Pourtant, la dangerosité du propulseur à poudre était connue des ingénieurs depuis plusieurs années. De même que la fragilité et la sensibilité au froid des joints utilisés pour l'isoler. Aucune action, pourtant, n'avait été entreprise pour corriger ces deux problèmes. La sociologue Diane Vaughan étudia ce qui s'était passé et parvint à la conclusion suivante : à force de vivre avec un problème, de le connaître, d'en parler, on finit par considérer son existence comme normale et on oublie son aspect problématique. Elle appela cette attitude « la normalisation de la déviance ».

Dans un article remarqué publié dans le *New Yorker* en 2021, l'essayiste Sue Halpern applique cette normalisation de la déviance à notre relation aux réseaux sociaux, Facebook, Twitter, YouTube et les autres. Nous avons connaissance des problèmes de polarisation de l'espace public et de la dépendance individuelle qu'ils engendrent, mais nous vivons avec eux depuis plus d'une décennie désormais. Cette accoutumance a endormi notre vigilance, et nous avons pris pour acquise leur influence dans nos

vies et notre espace public. Norbert Elias définissait la civilisation comme la « baisse de tolérance face à la violence » : pour Halpern, les réseaux ont amorcé un mouvement de sens contraire, de *dé-civilisation*, en augmentant chaque jour notre accoutumance à la violence verbale.

L'histoire retiendra peut-être la date du 16 juillet 2021 comme marquant la fin de la normalisation de la déviance, et le début symbolique d'une nouvelle relation à ces réseaux. Non qu'il n'ait pas existé auparavant d'actions politiques d'ampleur visant à contrecarrer la toute-puissance des géants de la tech, notamment dans l'Union européenne ou en France, mais si au commencement est le verbe, la phrase du président américain Joe Biden, « *they kill people* », « ils tuent des gens », pour parler de l'action des réseaux face à la pandémie, constituera sans doute la genèse d'un mouvement à l'échelle planétaire.

La colère de Biden avait une origine : quelques jours plus tôt, un centre de recherche anglo-américain, le CCDH (Center for Countering Digital Hate, centre pour contrer la haine en ligne), avait publié une étude aux résultats effarants. Selon elle, douze personnes, suivies de façon conjointe par 59 millions de personnes, notamment sur Facebook mais aussi sur Twitter et d'autres plateformes, sont responsables d'une très grande partie des messages de désinformation sur le vaccin

contre le Covid ou sur le virus lui-même. Plus précisément, 65 % des 812 000 messages analysés par le centre de recherche provenaient, à l'origine, de ces douze individus vite surnommés « les 12 désinformateurs » en écho aux *Douze Salopards* du film de Robert Aldrich (« *The Dirty Dozen* »). Isolé, leur poids sur Facebook était encore plus significatif : 73 % des messages leur étaient dus.

Le poids de ces *overspreaders*, que l'on pourrait traduire par des « superdiffuseurs », démontre s'il en était besoin que les réseaux sociaux ne sont pas le miroir fidèle de la société dont ils animent la conversation. Miroir déformant, la prime de puissance qu'ils assurent aux plus extrémistes et aux plus motivés est devenue, désormais, gigantesque et indéfendable. De même qu'il est difficile de se contenter d'actions significatives, quand elles ne sont pas suffisantes. Facebook a beau avoir supprimé 18 millions de messages de désinformation sur le vaccin, le CCDH a estimé que 95 % des messages signalés (sur les messages étudiés) n'avaient pas été retirés du réseau. Le manque de transparence du réseau social sur l'ampleur du phénomène de désinformation lié au Covid présent sur ses groupes, pages ou *timeline*, a fait bouger les lignes. La régulation, désormais, est de mise. Avec comme point de fuite la fin de l'irresponsabilité, le passage d'une obligation de moyens (nous faisons de notre mieux pour régler le problème) à une obligation de résultats (nous réglons le problème).

Mais il y a dans cet appel général à la régulation un paradoxe et une ambiguïté.

Le paradoxe est que la régulation risque d'être synonyme d'un mouvement de recentralisation du réseau, en aboutissant à l'établissement de règles uniques par territoire ou espace territorial. Alors que c'est l'effet de la surcentralisation qu'elle essaiera de minorer : le fait que la même règle, le même algorithme, le même principe de fonctionnement tourné vers le profit, s'impose à tous.

L'ambiguïté tient à la définition de ce qu'il faut réguler : s'agit-il d'un espace public, ou d'un marché ? Le réseau, il est vrai, a tendance à tout transformer en place de marché. Les données associées au calcul permettent la transaction universelle, où tout s'évalue et s'échange. Aussi n'est-il pas illogique que chacun veuille réguler les plateformes de la façon dont il entend réguler les marchés dans son propre pays, suivant une des trois pistes possibles : celle visant à rétablir la libre-concurrence en empêchant les abus de positions dominantes et les acquisitions anticoncurrentielles ; celle visant à organiser le marché lui-même, que l'on retrouve d'une certaine façon avec les Digital Services Act et Digital Market Act de l'Union européenne ; et celle aboutissant au pilotage de l'acteur lui-même dans l'intérêt de l'État, organisation suivie par la Chine.

Aux États-Unis, la régulation antitrust avance. Longtemps, les législateurs américains ont défendu

l'idée qu'il était trop compliqué de légiférer à l'encontre des géants de la tech. Cette époque est révolue avec le dépôt, en juin 2021, de cinq projets de loi visant à attaquer l'Everest de la puissance numérique par la façade des lois antitrust. L'American Choice and Innovation Online Act (loi sur le choix américain d'innovation en ligne), le Ending Platform Monopolies Act (loi sur la fin du monopole des plateformes), le Platform Competition and Opportunity Act (loi sur la concurrence et les opportunités), le Augmenting Compatibility and Competition Act (loi sur l'augmentation de l'interopérabilité et de la concurrence), et le Merger Filing Fee Modernization Act (la loi sur la modernisation des processus de fusion) portent la conviction que la concurrence et l'émulation provoquent l'innovation et le développement, et sont par nature stabilisatrices à long terme et positives pour le bien-être général.

En rétablissant un marché qui soit sain d'un point de vue concurrentiel, on n'aborde pas la question de ses effets sur les externalités qui ne sont pas économiques, notamment en termes de santé publique, de polarisation sociale et politique, et de liberté individuelle. Comment réguler un marché où nous sommes tous prestataires sans nous réguler nous-mêmes ? Comment régule-t-on le marché des passions ?

Le niveau de libre concurrence ne définit pas les limites du marché. On retrouve cette analyse dans le livre de Kate Crawford, *Power, Politics and the*

*Planetary Costs of Artificial Intelligence*, pour lequel les algorithmes actuels sont des outils au service de l'extension des espaces de transaction. Ne pas aborder la question des algorithmes, c'est accepter que chaque élément de notre vie et du contexte de celle-ci soit petit à petit soumis à l'évaluation et à l'échange. Gouverner les monstres consistera à fixer des limites aux outils qu'ils utilisent pour étendre, chaque jour, leur domaine économique. L'intelligence artificielle n'est pas un sujet technique, mais politique. La gouvernance numérique à venir sera algorithmique si elle veut se fixer comme objectif non l'optimisation le marché, mais plutôt la préservation des droits individuels et l'équilibre de l'espace public.

## Pour une gouvernance algorithmique

Le congrès américain, dans son projet d'Algorithmic Accountability Act de 2019, définit un algorithme comme un « système de prise de décision automatique », et reprend les différentes méthodologies, *machine learning*, statistique, ou autre traitement de données ou technique d'intelligence artificielle, qui prennent des décisions, ou facilitent la prise de décision par les humains, ou impactent les consommateurs.

Quand on parle de rendre les algorithmes « transparents », c'est-à-dire publiés, l'idée débouche immédiatement sur de nombreuses impasses qui

permettent de ne pas agir, ou si peu. La première de ces impasses relève de la compétence technique : combien d'utilisateurs sont-ils réellement en mesure de comprendre l'architecture de ces formules ? Une infime minorité. La deuxième met en œuvre la rapidité d'évolution de ces outils : chaque plateforme apporte d'incessantes modifications à ses algorithmes, et leur publication ferait l'objet de mises à jour permanentes. La troisième, enfin, concerne le secret des affaires. Si une recette peut rester « confidentielle » pour l'entreprise d'agro-alimentaire qui la commercialise, il en est de même pour les intelligences artificielles qui sont à l'origine du succès des plateformes. Les rendre publiques, même lorsque leur formule est protégée par un élément de droit ou un brevet, c'est fragiliser le créateur au profit de ses concurrents.

Le contraire du secret n'est pas la transparence, mais la capacité à expliquer et à évaluer. La chercheuse Aurélie Jean souligne l'importance de rendre les algorithmes explicables, et décortique leur lisibilité selon leur mode de fabrication. Schématiquement, elle distingue trois méthodes de conception des intelligences artificielles (IA) : la plus simple, et la plus facile à expliquer : l'apprentissage statistique, qui consiste à faire « étudier » par la formule ou la machine un nombre vertigineux d'informations pour qu'elle « apprenne » quelque chose. L'autre méthode est la conception d'un réseau neuronal, qui reproduit de façon simpliste les

interactions qui peuvent exister dans un cerveau. La troisième, et la plus difficile à expliquer, tient à l'apprentissage profond, soit « *deep learning* ». Toutefois, ce n'est pas la nature de l'IA qui détermine le besoin d'explication, mais les conséquences induites par son utilisation. L'Union européenne propose de classer les algorithmes en trois catégories suivant les effets attendus : ceux à risque faible, ceux à risque élevé, et ceux à risque inacceptable. Pour Aurélie Jean, une « explicabilité » détaillée s'impose quand le risque est élevé, le bannissement devant toucher les IA à risque inacceptable.

Le néologisme d'explicabilité (ou, selon d'autres auteurs, de vérifiabilité) relaie l'une des idées simple et pourtant essentielle de la future démocratie numérique à venir : à l'ère des calculs et des données, les systèmes dont dépendent des aspects essentiels de notre existence doivent pouvoir être audités et expliqués par des autorités indépendantes, des chercheurs et tout citoyen qui le demande.

La possibilité de vérifier les intelligences artificielles, de comprendre ce qu'elles font, de pouvoir détecter leur biais, n'est que le premier étage de l'édifice de la gouvernance algorithmique. S'y ajoute la responsabilité des auteurs d'algorithmes sur leurs effets, tels que mis en lumière par les études, la responsabilité algorithmique (*algoritmic accountability*). Le champ est immense, mais il n'est pas inédit : les entreprises agro-alimentaires sont peu à peu tenues

pour responsables de l'effet de leurs produits sur nos corps. Les banques, de leurs actions sur nos avoirs. Que les entreprises de la tech soient tenues de répondre de l'effet de leurs produits sur nos existences individuelles et collectives est sans doute une doctrine à écrire, mais c'est une démarche qui n'a rien de révolutionnaire.

Pour nous tous qui les utilisons, en revanche, la gouvernance algorithmique passe par la capacité de choisir les intelligences artificielles que nous utilisons en connaissant leurs effets, puis, plus tard sans doute, par la possibilité de participer à leur conception. Non pas en termes techniques, bien sûr, mais en termes d'effets attendus. Connaître, choisir, concevoir, le triptyque de la démocratie à l'ère du numérique et des données.

Le sujet, peu à peu, émerge. En juin 2021, quinze États, dont la France, ont lancé le Partenariat mondial sur l'intelligence artificielle (PMIA), une instance de partage d'expertises et d'opinions entre chercheurs, professionnels et politiques de haut niveau, sur les sujets de gouvernance en matière d'intelligence artificielle. L'ambassadeur français pour le numérique, Henri Verdier, y affirme que les « avancées devront avoir lieu dans un cadre transparent, réfléchi et conforme aux règles de l'état de droit ». Il y a un monde entre le dialogue et un cadre internationalement reconnu d'une régulation mondiale, mais tout nouvel ordre commence par des échanges raisonnés.

## Révolution dans la révolution ?

C'est peut-être à Jack Dorsey, patron et inventeur de Twitter, qu'il reviendra d'être le premier des géants du numérique à renverser la table et à ouvrir la voie vers cette nouvelle gouvernance algorithmique. Signe d'un caractère différent qui, à mesure que ses congénères basculent dans le démiurgisme spatial, multiplie les retraites méditatives ? Toujours est-il que Jack Dorsey est sans doute le plus lucide des entrepreneurs sur la nature de sa machine. Il faut dire qu'il est à la tête du réseau qui a le plus faible revenu publicitaire.

Tout est parti d'une analyse faite en 2020 sur les recadrages automatiques de photos proposées par l'algorithme de Twitter. Lorsque deux visages se présentaient sur la photo, le plus souvent, c'est le plus clair de peau qui était mis en avant. Ce biais algorithmique, incompréhensible pour les équipes de Twitter qui ne l'avaient ni voulu ni programmé, résultait de la méthode d'apprentissage de l'algorithme, qui « apprenait » automatiquement à partir de milliards de données. Au-delà de la correction du biais, le réseau social a communiqué sur sa volonté, à l'avenir, de construire une intelligence artificielle « plus éthique et plus transparente ». « Il faut, dit l'inventeur de Twitter, assumer la responsabilité de nos décisions algorithmiques. » Il a lancé une démarche dans sept pays s'engageant à rendre

publics les principes de fonctionnement de ses algorithmes, et à soutenir des recherches indépendantes pour en évaluer les effets.

Dorsey souhaite aller plus loin encore. La transparence de la démarche n'est que le premier volet d'une politique qui entend corriger les défauts du système. Le caractère unique d'organisation de la machine est au cœur de son ambition, car il le voit comme étant à l'origine de la polarisation mécanique de la conversation mondiale. Un même outil qui organise tout ce qui se dit donne mécaniquement la préférence à ce qui est le plus saillant, et donc le plus extrême, et transforme *ipso facto* le rêve d'agora mondiale en une arena globale. La métamorphose de cette dernière semble impossible, mieux vaut, alors, la remplacer par une multitude d'agoras différemment organisées. Désarmer la machine toute-puissante en lui substituant de multiples machines contrôlées par les utilisateurs. Ainsi a-t-il lancé en avril 2021 le projet « oiseau bleu » (Bluebird), dont le nom évoque évidemment le logo de Twitter, qui consiste à permettre à celui qui se connecte de « choisir » ses algorithmes. Il s'agit en fait de créer une sorte de supermarché applicatif, qui permette à chacun de classer les algorithmes en fonction de ce qu'il veut voir. Se rétablit alors un principe de décentralisation en termes d'organisation de la parole, des débats et de la conversation. Jusqu'ici, la version individuelle du réseau

que chacun utilise dépendait avant tout des données associées à son comportement, travaillées de façon identique et unique par la formule. Si « oiseau bleu » vient à se déployer, chacun pourra choisir la formule d'intelligence artificielle qui réponde à ses préférences d'organisation du débat, et donc façonner le Twitter qu'il souhaite.

Un tel projet ressemble à une rédemption impossible. Annoncé mi-2021, il n'a pas encore dépassé le cercle d'un tout petit nombre d'utilisateurs, et nul ne sait s'il deviendra un jour le principe d'organisation principale de Twitter.

Quoi qu'il en soit, tous les géants de la tech ne sont pas Jack Dorsey. Les deux directions qu'il évoque, l'explicabilité des algorithmes et la décentralisation du système, sont les deux fondements de la démocratie numérique à construire. Sa démarche n'est encore que marginale, au sein même de l'entreprise qu'il contrôle, qui se trouve être la plus petite des Big Tech. Ce qui change à la périphérie ne modifie pas forcément le centre.

# 8

# *Construire l'alternative*

## Welcome to the machine

La responsabilité algorithmique, l'explicabilité des formules, et l'audit de leur impact permettront de limiter le territoire des intelligences artificielles qui nous influencent et nous scannent en permanence. Quand bien même leur action est, pour le moment, imprécise. Leurs filets sont lâches et pleins de trous. C'est à Kate Crawford, responsable de l'IA chez Microsoft, que l'on doit ce résumé définitif : l'intelligence artificielle n'est ni artificielle (elle nécessite beaucoup de travail humain), ni intelligente. Ce qui ne veut pas dire qu'elle est diminuée d'effets.

Les stupidités de l'intelligence artificielle sont bien réelles. Les réseaux ont partagé un éclat de rire général quand, fin mars 2021, la page du village français de Bitche a été supprimée. Ce village, dont le nom en anglais signifie « salope », était en « violation des conditions applicables aux pages

Facebook ». Avant que tout soit réglé par intervention humaine, la commune avait pu relancer sa page en adoptant le nom poétique de « Mairie 57230 ». L'IA maîtrisait plus les insultes que l'histoire de France, n'ayant sans doute pas scrollé l'histoire de la guerre entre la France et la Prusse de 1870, et donc pas identifié le siège de 230 jours qu'avait connu la ville.

### Lie to me

Mettre en œuvre un outil grossier n'est pas forcément une démarche plus rassurante, comme le montre le sujet de la reconnaissance émotionnelle.

On se souvient peut-être de la série *Lie to Me* avec Tim Roth, dans laquelle il jouait le rôle d'un psychologue clinicien capable de détecter dans les expressions de ses interlocuteurs le moindre petit signe (un clignement de paupières, une fossette qui se creuse, un sourcil qui se hausse, une langue qui passe sur les lèvres). Faire des micro-expressions du visage les véhicules d'une émotion renvoie aux travaux du psychologue américain Paul Eckman, qui avait conclu son étude des façons de communiquer d'une tribu de Papouasie-Nouvelle-Guinée en définissant six, puis seize grandes catégories d'émotions innées et interculturelles : la joie, la tristesse, la colère, la peur, le dégoût, la surprise, la satisfaction,

l'excitation, l'amusement, la gêne, la culpabilité, le soulagement, le plaisir, la honte, le mépris, la fierté. Le héros joué par Tim Roth possédait l'extraordinaire talent de percevoir chacune de ces émotions dans les micro-expressions de ses interlocuteurs. Il arrivait ainsi à les confondre ou les innocenter, puisque nous étions dans le cadre d'une série policière.

La fiction télévisée a laissé la place au marché, et celui de la reconnaissance émotionnelle est prometteur. Sa taille devrait atteindre 37 milliards de dollars en 2026. Mais est-il aujourd'hui possible de développer des intelligences artificielles qui arrivent à égaler le personnage joué par Tim Roth ? Les annonces, en tous les cas, sont là. Le laboratoire d'Eckman a vendu à la Transportation Security Administration des États-Unis, l'administration américaine des transports, un système de reconnaissance émotionnelle après les attentats du 11 Septembre capable, en théorie, d'identifier des comportements anormaux de personnes prêtes à commettre un attentat suicide. L'outil prétend « aider » les observateurs à suivre un comportement suspect, pas à le détecter lui-même.

Dans le domaine de l'éducation, le programme 4 Little Trees, développé à Hong-Kong, a été implémenté pour reconnaître les émotions des élèves pendant un cours à distance, afin d'évaluer les risques de décrochage, calculer la motivation et prévoir les notes qui seront, finalement, attribuées.

Ce que le professeur ne ressent plus est désormais confié à l'intelligence artificielle.

Les algorithmes de reconnaissance émotionnelle sont-elles efficaces ? À en croire le site emojify.info, qui propose de tester les IA en se fondant sur six des seize émotions standards, c'est un jeu d'enfant de tromper la machine. De même, les anthropologues comme Margaret Mead doutent qu'il soit possible de mettre sur pied des outils de détection performants car les formules méconnaissent le contexte culturel et les facteurs sociaux. Les scientifiques pointent quant à eux le manque de précision. Mais c'est moins la pertinence de tels outils que leur implémentation qui justifie que l'on s'en inquiète.

Efficace, l'intelligence artificielle de reconnaissance émotionnelle nous prive d'intimité. Inefficace, elle nous plonge dans l'arbitraire de la loterie décisionnelle. Face au nouvel Olympe algorithmique, fait de dieux intrusifs ou aveugles, il n'y a guère de place pour la liberté.

## Fuck the algorithm !

Les signaux faibles de mouvements futurs se cachent souvent dans les révoltes estudiantines. En 2020, s'est produite en Angleterre une sorte de répétition générale. S'inspirant du chanteur américain Country Joe McDonald qui, avant d'interpréter

son « I Feel Like I'm Fixin' to Die Rag », avait porté à incandescence la foule de Woodstock en lui faisant hurler le mot de quatre lettres à l'encontre de la guerre du Vietnam, c'est autour du « F Word » que les étudiants britanniques se sont rassemblés le 13 août pour protester contre la version 2020 du « A Level », ce test qui leur permet d'accéder aux études supérieures, et conditionne l'entrée dans les meilleures universités du pays.

La pandémie n'ayant pas permis d'organiser l'examen de façon traditionnelle, les autorités (en l'occurrence le régulateur Ofqual) lui ont substitué un algorithme qui a procédé au classement des élèves, en abaissant les résultats de quelques-uns en fonction des performances de leur établissement. Et l'étincelle a mis le feu à la plaine. En cause, le mode de calcul statistique de l'algorithme se fondant sur les résultats passés, et enfermant chacun des individus dans un schéma de reproduction sociale implacable. Les manifestations se sont multipliées avec un mot d'ordre identique : « Fuck the algorithm », que l'on pourrait traduire par « merde à l'algorithme ». Mais sous le slogan, il y avait la rage.

La rage d'imaginer une société où les principales décisions en termes de santé, d'éducation, d'immigration, voire de justice seraient le résultat d'algorithmes prédictifs accordant une importance démesurée aux données historiques

de chacun. Dans un tel monde, « on échappe à la police, pas aux statistiques ». Il n'y a pas d'émancipation possible. Chacun est enchaîné à sa naissance et à son parcours numérique par la force des formules mathématiques. Et si jamais il tente une échappée, la formule le ramènera dans le rang dont il n'aurait jamais dû sortir. Face à cette mobilisation d'un nouveau genre, née de décisions d'une nature nouvelle, les autorités britanniques ont cédé et un nouveau mode d'évaluation a été proposé. Mais ce mouvement pourrait bien être le premier signal d'un grand nombre de combats politiques.

L'inquiétant, dans l'histoire, c'est qu'à aucun moment Ofqual n'a accepté de discuter des hypothèses qui inspiraient les biais de son algorithme. Or, comme l'explique Aurélie Jean dans son livre *De l'autre côté de la machine*, les biais algorithmiques ne sont pas des choix techniques, mais des hypothèses philosophiques. Dit autrement, il n'y a pas de pureté algorithmique, il n'y a que des choix politiques traduits en formules mathématiques. La préservation de l'espace démocratique passe donc par la possibilité d'interroger les présupposés ayant servi à les élaborer, et « accuser » les algorithmes de sélection n'est qu'une demande somme toute naturelle de faire revenir leur conception dans une sphère qu'elle n'aurait jamais dû quitter, la sphère politique.

Il y a les guerres, et il y a la guérilla. Fausser l'algorithme en empoisonnant les données comportementales sur lesquelles il se fonde nourrit les activismes, mais aussi les performances. Ainsi de Simon Weckert, artiste berlinois, qui satura en janvier 2020 le trafic des petites rues de sa ville en faisant « croire » à Google Map et à Waze que les grandes artères étaient embouteillées et qu'il n'était pas possible d'y circuler plus vite que 5 kilomètres heures, la vitesse moyenne d'un piéton. Simon Weckert avait connecté aux deux services de navigation 99 téléphones qu'il avait placés dans une petite carriole, qu'il avait traînée derrière lui alors qu'il marchait sur la chaussée des grands axes de circulation qu'il avait empruntés.

## Un modèle, deux chemins, trois possibilités

À quoi reconnaît-on un rêveur ? À celui qui, peut-être, essaie de créer un chemin là où les autres ne voient que des impasses. Face à la domination des grandes plateformes sociales, ceux qui font office d'informer, de transmettre, de mettre en relation imaginent deux chemins possibles : le retrait ou la négociation. Il y a dans le choix d'une telle alternative une part de résignation teintée de déterminisme technologique : la domination des GAFAM est le résultat logique de la révolution numérique, et,

d'une certaine façon, puissance et pouvoirs ont été distribués pour l'ensemble de la période qui s'ouvre.

La première tentation est celle du retrait. Sortir des réseaux, ne plus participer, ne plus, même, s'en approcher. Miroir inversé de ceux qui espèrent une interdiction qu'ils savent pourtant impossible, cette attitude entérine la défaite et acte le triomphe d'un modèle que l'on s'imagine incapable de changer ou d'atténuer. La grandeur de l'attitude masque l'ambiguïté d'un abandon. La socialisation sous toutes ses formes passe, à l'ère des données qui est désormais la nôtre, par les réseaux. L'ignorer c'est, par un geste aristocratique se retirer du monde d'une grande partie de nos contemporains, à commencer par les générations, chaque fois plus nombreuses, nées au temps des écrans connectés, et prendre le risque de leur laisser des endroits d'interconnexion, de partage et de vie collective soumis à la loi de l'optimisation des chiffres d'affaires publicitaires.

Le deuxième chemin est celui de la négociation professionnelle collective ou individuelle, dont l'efficacité est d'autant plus grande qu'elle est associée aux tentatives de régulation étatiques ou internationales. La presse d'information en est un des principaux acteurs, qui, année après année, utilise le levier des gouvernements pour amener Google ou Facebook à la table de discussion d'accords financiers et technologiques. La rémunération des contenus partagés est importante pour

les rédactions, bien sûr, mais pour l'espace public, c'est le système d'accélération et de viralisation qu'il s'agit de rééquilibrer. C'est bien plus qu'une discussion technique (pas uniquement un dialogue éditorial), presque une remise en cause philosophique : il s'agit de convaincre les plateformes de mettre en place des mécanismes humains ou techniques qui vont travailler *contre* l'efficacité des algorithmes qu'elles s'emploient, jour après jour, à améliorer pour engendrer toujours plus de profit. Agir contre ses propres intérêts ne peut se faire, dans le monde des géants de la technologie, que sous contrainte. La voie est étroite, difficile, et d'application lente.

Les prophètes d'une troisième voix émettent une idée simple : il faut bâtir des outils de socialisation en ligne qui soient de nature différente. Il en est encore temps d'un point de vue technique, il est presque déjà trop tard d'un point de vue idéologique.

Le courant regroupe des personnages de différente nature. Ce qui les sépare ? Tout. Ils sont loin d'être organisés, et se connaissent rarement entre eux. Pas de doctrine autour de laquelle faire corps, pas de livre auquel se rallier, pas d'entreprise commune, pas de porte-parole à la célébrité mondiale. Nous n'en sommes qu'à l'éclosion protéiforme d'initiatives disparates et souvent peu visibles. Ce qui les unit ? La conviction que le combat se mène

dans le champ technologique lui-même. La régulation, si elle s'instaure, canalisera les plateformes existantes et limitera les effets pervers de leur expansion. Mais elle ne permettra pas de construire une ère numérique qui aille contre la recentralisation observée depuis 2006 et du déploiement sans limites de l'économie de l'attention qui ronge nos vies et altère nos sociétés.

C'est un discours politique, c'est une action politique, c'est un projet politique. Qui associe la technologie à l'émancipation en tournant le dos à l'assuétude et à la commercialisation des données. Et porte, à nouveau, l'utopie d'un Internet qui permette l'éclosion des solidarités collectives.

Parmi ceux qui agissent, le « père » de l'Internet, Tim Berners-Lee, qui construit, brique par brique, Solid, un Web alternatif et décentralisé, essaie de retrouver l'utopie des origines. Il y a quelque chose qui ressemble à une volonté d'infléchir le cours de l'histoire dans les actes d'un homme admiré par beaucoup. Sa décision anecdotique de mettre en vente le code source du Web chez Sotheby's en juin 2021, relève du double paradoxe. Les 9 500 lignes de code qui ont contribué à faire de l'Internet un changement de civilisation par l'invention du protocole de transfert hypertexte ne sont la propriété de personne : leur auteur en a fait un bien commun. Leur vente, aujourd'hui, sous forme de NFT, de jetons non fongibles, gérés par une

blockchain (un réseau numérique sécurisé assurant la transparence des transactions), fait que l'acquéreur ne « possédera » qu'un certificat numérique sur... un certificat. Une façon, pour Berners-Lee, de continuer à lever des fonds pour ce qui n'appartiendra à personne mais servira à tous. La fidélité à l'idéalisme d'un homme qui refuse depuis l'origine les enjeux économiques de la propriété privée.

À l'opposé d'un tel parcours, un homme de pouvoir et d'argent, Frank McCourt, richissime promoteur immobilier de la région de Boston devenu investisseur dans le sport. Il est connu par les Américains pour avoir possédé les Dodgers, l'équipe de base-ball de Los Angeles, et par les Français pour être le propriétaire de l'Olympique de Marseille depuis 2016. Ce qu'il fera de l'OM reste à écrire, mais l'aventure des Dodgers a contribué à créer une image brouillée. L'homme, pourtant, direct, aimable sans être affable, et gestionnaire avisé d'un temps qu'on imagine compté à la seconde, investit une part importante de sa fortune dans des actions générales. Si le geste le rapproche de nombre de milliardaires américains, la destination des fonds le distingue : McCourt s'inquiète de la dégradation de l'espace public et d'un accord démocratique qu'il voit s'effriter dans la sphère politique comme dans la sphère sociale. En 2013, il verse 300 millions de dollars à Georgetown, son université d'origine, pour fonder une école de

politiques publiques, la McCourt School of Public Policies, qu'il dotera de 100 millions supplémentaires quelques années plus tard pour encourager des actions en faveur de la diversité. Depuis 2020, ses efforts se concentrent sur sa nouvelle création, le réseau Unfinished, et le « projet Liberty ».

C'est une organisation dotée d'un laboratoire (Unfinished Lab), dont la raison d'être résonne comme l'écho lointain des utopies passées : « Unfinished travaille au renforcement de notre vie civique à l'ère numérique (...), elle travaille dans trois directions : redéployer la technologie, et surtout les médias sociaux, afin de nourrir la collaboration plus que la division ; renforcer les institutions publiques pour accélérer l'inclusion ; et promouvoir une économie plus juste. » Rien que cela.

Le mouvement de développeurs et d'innovateurs est encore en construction, mais ce qui est revendiqué est une approche de partage des systèmes et des codes qui évoque les débuts du réseau. Il s'agit de construire « une nouvelle infrastructure publique et partagée pour le Web qui produise plus de valeur pour les personnes qui l'utilisent ». Au cœur de la démarche : le droit inaliénable des utilisateurs sur leurs données ; le partage de la valeur créée par leur utilisation et un nouveau protocole technique décentralisé comme architecture d'un réseau, qui permettrait à chacun de passer d'une plateforme à une autre en anonymisant ses données

et en restant maître de ces dernières. Trois niveaux, donc, obéissant à trois principes différents : les données personnelles, le protocole d'échange (fondé sur la blockchain), et les interfaces et plateformes. McCourt rappelle à qui veut l'entendre l'exemple du téléphone, et l'impact qu'eut une loi américaine de 1983 qui fit des usagers, et non plus des compagnies de téléphone, les propriétaires de leur numéro. Il s'agirait, développe-t-il, de mener un mouvement identique sur *l'ensemble des données*.

Face à une dernière décennie de l'Internet marquée par la privatisation des données par les grandes entreprises et la centralisation du réseau par la puissance des interfaces de plateformes, McCourt propose un retour, à marche forcée, à la décentralisation générale et à la propriété individuelle des données. Berners-Lee, décidément, est omniprésent. Le bien commun se construit-il comme un projet d'entreprise ? Ceux qui partagent le messianisme entrepreneurial américain en sont persuadés. Il faudra néanmoins leur rappeler qu'à l'origine, le slogan de Google n'était pas si éloigné d'une version « pure » de l'action numérique : « *do not evil* », ne pas faire le mal…

# 9

# *La longue marche d'Ethan Z*

## L'activiste

Au monde des fondateurs et à celui des entrepreneurs, s'ajoute celui des chercheurs. Ethan Zuckerman en fait partie, même s'il est difficile de le réduire à cette définition : intellectuel, universitaire, activiste, philosophe, musicien, ethno-musicologue, il est probable qu'il soit à la fois tout cela et ne revendique pourtant que le titre de professeur. Le rencontrer provoque souvent la surprise : le corps un peu lourd et sensible à la chaleur de ce bientôt cinquantenaire trahit une relative fragilité physique, le souffle est court, les cheveux mi-longs désordonnés affirment un mépris de l'apparence, les tenues sont approximatives et le charisme hors du commun. La voix, particulière, assez aiguë, est au service d'une diction parfaite, au rythme éprouvé et inaltérable, assez lent mais jamais trop, qui montre la maestria de celui qui enseigne et transmet à des cohortes d'étudiants conquis, au MIT jusqu'en 2020, où il

dirigeait le Center for Civic Media du Media Lab, et depuis à l'Université du Massachusetts, où il a en charge l'Institute for Digital Public Infrastructure.

Le charisme est au service d'une pensée limpide et engagée, qui a évolué selon les contextes. Zuckerman fut l'inventeur, en tant qu'un des fondateurs de Tripod.com (une des sociétés de ce que l'on ne nommait pas encore le web 1.0, la toute première version de l'Internet), du format publicitaire « pop-up », permettant d'ouvrir un message publicitaire sans être intégré à une page donnée. Il considère désormais la publicité ciblée comme l'un des principaux facteurs de polarisation de l'espace numérique. Il fit la promotion en 2008 de l'utilisation de l'Internet comme espace d'expression pour l'activisme citoyen, au travers de la « *cute cat theory of digital activism* », la théorie du chat adorable, qui rappelait que les réseaux sociaux ont été construits pour que nous puissions y déployer des activités socialement anecdotiques (comme partager des photos de chat) mais qu'il était possible de les transformer en espace impossible à censurer pour les mouvements de mobilisation citoyenne. Il constate, dix années plus tard, que le modèle des plateformes sociales est cassé et qu'il attaque les fondements mêmes de la démocratie. En cause, non seulement les *bad actors*, les acteurs qui contribuent à le déstabiliser – agences de désinformation, illuminés, trolls, robots, nous-mêmes quand nous nous laissons

emporter par nos émotions ou nos croyances – mais aussi et surtout, les défauts de conception, qu'il appelle *known bugs*, parce qu'ils sont parfaitement connus des plateformes qui ne veulent pas les corriger pour des raisons financières liées à l'économie de l'attention.

Il a depuis élargi sa réflexion à la crise de défiance que traversent les grandes démocraties. La dégradation de la confiance envers les institutions et celle envers les médias vont de pair dans la plupart des pays. Zuckerman voit dans les plateformes sociales un outil qui nous empêche de façon structurelle d'être de « bons citoyens » et sape donc chaque jour un peu plus la confiance qui fonde le contrat social. À la question léniniste « que faire ? », l'Américain apporte une solution tout européenne, mais qui revendique une part d'histoire des États-Unis.

Lire Zuckerman rappelle la figure de Newton N. Minow, qui fut le directeur du CSA américain, la Federal Communications Commission, entre 1961 et 1963. Minow est connu pour avoir prononcé un discours d'une terrible violence contre les télévisions privées, accusées, pour des raisons de course à l'audience, de perdre de vue l'intérêt collectif et le bien public. « Quand la télévision est bonne, rien, ni le théâtre, ni les magazines, ni les journaux, rien n'est aussi bon. Mais quand la télévision est mauvaise, rien n'est pire. J'invite chacun d'entre vous à vous asseoir devant votre poste, rester là toute

une journée sans un livre, sans un magazine, sans un journal, sans un état comptable, même, pour vous distraire. Gardez vos yeux rivés à l'écran jusqu'à l'extinction du signal. Je peux vous assurer que ce que vous verrez est un gigantesque dépotoir. » C'était en 1961. Le constat fut évidemment contredit et moqué, au point que la Sitcom de CBS *Gilligan's Island* baptisera le bateau où se déroulait son action du nom du S.S. Minow. Mais après les mots vinrent les actes, et Minow fut à l'origine de la création de PBS, la télévision éducative de service public américaine, établie notamment grâce à l'aide de la norme UHF imposée par le All Channel Receiver Act de 1961. PBS est désormais un réseau de télévision publique de grande qualité.

Ethan Zuckerman promeut la création de réseaux sociaux de service public, à l'image de PBS, de la BBC, ou des grands services publics européens. Une solution plurielle dans son but, publique dans son esprit et participative dans sa gouvernance. Il y eut d'abord un projet écrit, un *paper*, en 2019, puis l'appel d'octobre 2020, conjointement avec Chand Rajendra-Nicolucci, du Knight First Amendment Institute de Columbia University. « Aidez-nous à dessiner un média social alternatif. Nous pouvons imaginer quelque chose qui puisse nous renforcer en tant que public, nous aider à être de meilleurs amis, voisins, et acteurs civiques. » Une structure imaginée serait financée par l'État, comme l'ont

été les grands services publics audiovisuels, mais la ressource ne viendrait ni d'une redevance, ni d'un impôt sur les utilisateurs. Selon Zuckerman, qui a fait ses calculs, une taxe sur la publicité ciblée devrait amplement suffire. « Une taxe de 1 % sur la publicité ciblée chez Facebook et Google, c'est déjà près de 700 millions. » Le poison financerait ainsi son contre-poison. Une idée folle ? Peut-être, mais dont le principe a été évoqué par le prix Nobel d'économie Paul Romer dans le *New York Times* du 6 mai 2019 (« un impôt pour réparer la big tech »).

Quant à l'infrastructure de ce réseau social de service public numérique, elle se veut le résultat d'un effort collaboratif afin d'éviter les vices de construction qui donnent naissance à l'addiction et à la polarisation. « L'imagination est notre champ de bataille. »

On doit la définition la plus précise d'un réseau social au professeur canadien Jan Kietzmann, qui a utilisé l'image de « la structure du rayon de miel » (*honeycomb*), aux sept alvéoles : *sharing* (le niveau de partage, de distribution et de réception), *presence* (la capacité de connaître l'accès possible aux autres utilisateurs), *conversation* (la capacité de dialoguer avec d'autres utilisateurs), *identity* (le niveau d'exposition par l'utilisateur de sa propre identité), *relationship* (le degré de connexion possible avec les autres), *reputation* (la capacité que possède l'utilisateur de connaître la réputation des autres utilisateurs),

*groups* (la possibilité de former des communautés). Dans chacun de ces domaines, un réseau social de service public se doit d'être différent.

Mais les options ne sont pas si nombreuses. Trois modèles technologiques existent : centralisé, décentralisé, ou en blockchain (décentralisé et sécurisé). En termes de modèle d'affaires, il y a la publicité, l'abonnement, les donations ou le financement public. La base de données utilisateur peut être un bien privé, public ou commun, et l'accès en dehors du réseau peut être interdit ou possible. Quant à la gouvernance, elle peut être centralisée et opaque, centralisée suite à un processus de consultation avec les utilisateurs, décentralisée par pays, langue, groupe ou communauté. Reste la dernière facette : le pouvoir donné aux utilisateurs via les fonctionnalités techniques.

Ceux qui ont rejoint l'initiative sont au travail. Deux principes les réunissent : un tel réseau ne peut être l'émanation ou la propriété d'une seule entreprise, serait-elle publique ; et le suivi du comportement de l'utilisateur ne peut avoir lieu sans qu'il l'ait préalablement demandé. On peut ainsi imaginer un réseau de réseaux, interfacés les uns les autres. L'Internet 2.0 tel qu'imaginé, à l'origine, par beaucoup.

Zuckerman parcourt la planète à la recherche d'exemples, pour convaincre un monde incrédule que la riposte a déjà commencé. Impressionné par

le modèle néerlandais qui a regroupé les diffuseurs publics ayant créé « *public spaces* », leur propre réseau social non lucratif. Il soutient le site ahwaa.org au Bahreïn, wikitribune, ou le Twitter pour les travailleurs du sexe, Switter. « L'innovation est en train de naître dans les marges. » À l'heure où les services publics sont, selon les pays, au mieux soumis à la dure réalité des économies des finances publiques ou, au pire, à la remise en cause de leur rôle, l'initiative de Zuckerman semble être purement intellectuelle. Elle me semble essentielle et il nous appartient d'œuvrer à sa mise en place. Les consonances invitent au raccourci sous forme d'un clin d'œil moins dérisoire qu'il n'y paraît : puisque nous sommes passés de Gutenberg à Zuckerberg, il serait peut-être temps de passer de Zuckerberg à Zuckerman…

La construction d'alternatives permet d'échapper à la tentation technophobe. Elle nous permet, également, d'imaginer prendre notre place dans le calcul sans que nous soyons totalement broyés par lui.

# 10

## *Le calcul et le jeu*

### Le prophète oublié

Qui se souvient encore de James Clark ? Pour le grand public, son nom n'évoque plus grand-chose. L'homme mène la vie d'un milliardaire retiré des affaires qui se consacre désormais à ses actions philanthropiques. Membre du conseil d'administration du WWF, donateur de plusieurs centaines de millions de dollars à Stanford University, il est, à plus de 75 ans, jeune père d'un enfant avec sa quatrième femme, de 36 ans sa cadette. Une vie aussi riche que désormais discrète. Pourtant, il aurait pu être l'un des démiurges de la Silicon Valley pour lesquels notre monde est devenu trop étroit, qui occupent l'espace public de leurs intentions de conquête, spatiale, transhumaniste ou civilisationnelle.

Il avait tout pour le devenir : le parcours d'un étudiant médiocre qui abandonne le lycée à 16 ans pour rejoindre la marine, où il apprend quatre ans durant l'électronique, le retour triomphal à

l'université (sans l'équivalent du bac) que couronne un doctorat, le charisme, et la création d'entreprises technologiques qui changent le cours des choses. Le mode de vie aussi. Pilote d'avion, et pilote d'hélicoptère parfois un peu « limite » dans sa conception de la sécurité – ses atterrissages dans des zones non prévues à cet effet ont longtemps émaillé les conversations de la vallée. Navigateur et régatier hors pair, inventeur, aussi, de systèmes d'assistance à la navigation, et vainqueur à bord d'un de ses bateaux de compétition, l'*Hyperion*, de plusieurs courses de renom. Inventeur, sportif, ingénieur, homme d'affaires, aventurier : l'ensemble paraissait sortir de l'imagination d'un scénariste.

Clark fut le créateur d'un des premiers navigateurs de l'Internet, Netscape. Il est l'un de ceux qui ont rendu possible l'embarquement en masse des premiers utilisateurs du Web grand public, puisqu'il nous a permis de « surfer » dans l'univers du cyberespace. Netscape se teinte aujourd'hui de la couleur sépia des choses du passé. Plus personne ne l'utilise. Il nous semble d'autant plus lointain que son « meurtrier », Internet Explorer, le navigateur de Microsoft, n'est pas en grande forme, remplacé lui aussi par d'autres outils. De Clark, finalement, il reste une prophétie.

Avant Netscape, Clark avait fondé la société Silicon Graphics, qui se spécialisait dans les images en trois dimensions. La 3D en illustration, la souris

que l'on utilise pour se « promener » sur le bureau de son écran, tout cela a convaincu James Clark que le monde numérique se heurtait à une contradiction étrange : ramener sur le plan en deux dimensions que constitue un écran un univers qui se pense en trois dimensions, voire en quatre quand on rajoute le temps. Une œuvre ouverte, telle que la définit Umberto Eco : non pas une œuvre que l'on regarde mais une œuvre dans laquelle on se meut.

Dans son ouvrage sur les débuts de l'Internet, *The New New Thing* (« La nouvelle nouvelle chose »), Michael Lewis raconte une scène antérieure à l'invention de Netscape. Nous sommes en 1993, un petit nombre d'ordinateurs sont connectés, les systèmes d'exploitation sont encore peu sophistiqués, les interfaces faiblement amicales, même si Apple a introduit la simplicité graphique dans tout cela, imité bientôt par le Windows de Microsoft. James Clark explique ce que sera, d'après lui, le monde à venir : un univers où tout se fera sous la forme relationnelle du jeu. Et plus exactement du jeu vidéo, dans lequel il faudra à la fois se mouvoir, progresser, et répondre à des sollicitations permanentes. Le format du jeu vidéo est justement ce qui permet de résoudre le problème des trois dimensions dans un écran aux deux dimensions. Dans les années à venir, on s'informera « comme dans un jeu », on se cultivera, on s'éduquera, on travaillera, on communiquera les uns avec les autres, « comme dans un

jeu ». Clark annonce la « *gamification* » du monde (de « game », le jeu).

Il ne s'est pas trompé. Partout, la forme du jeu s'est imposée. Le roman à succès d'Ernest Cline, *Ready Player One*, traduit la sensation qui est désormais la nôtre. Écrit en 2011, il évoque les années 1980 mais nous parle d'un futur proche dans une collision temporelle qui utilise les codes de la dystopie. Un univers où le jeu maintient dans la servitude le peuple d'un monde devenu invivable tout en lui offrant les moyens de sa libération. La révolution n'est pas la fin du jeu, mais le contrôle de celui-ci. Même libéré, le monde reste « gamifié ». Le roman décrivait-il notre futur ? La prophétie de James Clark est toutefois incomplète pour définir notre monde. Il faut y ajouter une dimension sur laquelle il ne s'était pas attardé.

L'ère numérique, c'est l'ère du jeu intégral et du calcul permanent. C'est l'alliance des deux qui la rend si efficace et nous fait participer avec un bel entrain à notre propre servitude.

Au début du nouveau monde numérique, il n'y eut pas le Verbe, mais le calcul. Le jeu s'est imposé au moment où la civilisation des mots laissait la place à celle d'un langage universel composé de 0 et de 1, de codes, de données, et de formules mathématiques utilisées pour ordonnancer l'ensemble des choses. Appartenir à ce nouveau monde requiert un passeport délivré à ceux qui acceptent d'être, en permanence, calculés. Que nos données restent de

façon étanche à l'intérieur des sites ou applications qui les utilisent, qu'elles soient commercialisées par ces mêmes sites, qu'elles soient anonymisées ou raccordées à un profil connu, elles passent par le tamis d'outils et de puissance de calcul. « Je ne te calcule pas » est une expression de l'époque qui marque ce que sont devenues nos interactions.

Faut-il s'en inquiéter ? La fin des mots n'est pas actée, puisque la perspective d'un Web « sémantique » fait apparaître, à nouveau, la possibilité de leur réintroduction dans l'univers des 0 et 1. Reste le pessimisme des récits qui annoncent, d'ici peu, le triomphe du calcul avec la possibilité technique que chacun de nous devienne parfaitement prévisible dans ses actions, ses pensées, ses motivations.

Le philosophe français Bernard Stiegler, l'un des penseurs majeurs de notre rapport à la technique et à la technologie, disparu en 2020, ébauchait cette ligne d'horizon implacable. Dans une de ses dernières contributions livrée à Mediapart, Stiegler, promoteur infatigable de l'émancipation individuelle et collective face aux systèmes technologiques, revenait sur ce qui unit de façon durable les groupes humains et sociaux à travers les âges (la *philia*, d'Aristote), et la façon dont ce lien évolue : magie, religion, raison. La *data economy* nous a fait entrer dans une époque où le calcul succède à la raison, et où un nombre croissant de transactions, économiques ou non, de liens, de comportements sont

nourris, proposés et déterminés par l'évaluation statistique. « Quatre milliards d'êtres humains sont devenus l'objet d'un calcul permanent. » Et une fin de l'histoire où la prévision devient performative, lorsque son énoncé produit lui-même les résultats qu'il annonce (prophétie autoréalisatrice).

À l'inverse de *Farenheit 451* nous ne deviendrions pas la mémoire d'un livre, mais une équation, qui nous expliquerait tout entier. Nous ne serions pas dans la Matrice mais, *in fine*, une part d'elle, formules complexes contrôlées par des formules simples (les algorithmes). Le libre arbitre ne serait qu'un concept masquant notre incapacité, temporaire, à comprendre la façon dont nous sommes « programmés », et à exprimer cette programmation sous forme de modèle économétrique. La prévisibilité absolue rendrait d'ailleurs inutile la surveillance intégrale, qui cherche à contrôler l'espace. Prévoir permet de contrôler le temps.

Sans doute faut-il voir, dans l'alliance du calcul et du jeu, le produit logique de la culture propre à la Silicon Valley. Dans son livre *The Code*, qui en retrace l'histoire, Margaret O'Mara explique la transformation des champs de prunes et d'abricots qui recouvraient cette zone au sud de San Francisco en foyer de la révolution civilisationnelle du numérique. Au départ, 1941, Pearl Harbor et la guerre avec le Japon qui imposent de développer, à marche forcée et avec un financement public sans limites,

une industrie de l'armement sur la côte Pacifique. L'aviation, bien sûr, autour de Lockheed Martin, et, très vite, les semi-conducteurs, avec l'entreprise Fairchild. Puis un doyen de Standford, Fred Terman, décide de développer son université en faisant de Palo Alto, siège de l'université, un écosystème permettant d'incuber les entreprises créées par les étudiants ou jeunes diplômés (David Packard et William Hewlett, qui fonderont Hewlett Packard, HP, seront parmi les premiers à se lancer). La vallée se développe sur la puissance de calcul des gros ordinateurs d'entreprise qu'elle produit en masse. Mais ce sont les enfants de cette première génération d'ingénieurs qui vont la faire basculer dans le numérique. La deuxième génération, explique O'Mara, passe son temps à jouer aux ancêtres des jeux vidéo. Créée en 1972, Atari a pu se développer grâce à la production de puces à prix réduits. Sa console devient une composante essentielle de la vie de ces enfants : elle est personnelle dans sa détention, facile dans son utilisation, ludique dans son objet. Pourquoi n'en serait-il pas de même pour les ordinateurs, qui font encore la taille d'une armoire, et ne peuvent être utilisés que par des ingénieurs dans les grandes entreprises ? Les ordinateurs personnels, les interfaces graphiques, l'arrivée du mouvement et de la 3D seront les chantiers des héritiers des fondateurs de la Silicon Valey. Et l'Internet leur nouvel horizon. Le calcul et le jeu, indissociablement liés.

Le jeu dont on ne sort pas, le calcul dont on ne se libère pas : les deux perspectives d'un pessimisme définitif. Hollywood ne s'y est pas trompé, qui a vu Steven Spielberg mettre en scène les deux récits d'une apocalypse annoncée. Le *Ready Player One* du jeu total et le *Minority Report* de Philip K. Dick qui arrête les criminels avant qu'ils ne passent à l'acte.

Mais prévoir le pire n'est que succomber à une prophétie qui allie le prolongement des tendances et l'immobilisme des actions. Le futur de ce qui arrive avec le présent de ce qui est fait. C'est un aveu d'impuissance, qui rejette toute idée de contre-pouvoir, de réaction, et de transition d'un monde vers un autre. Dans un livre de 1979 devenu un classique, *The Printing Press as an Agent of Change*, Elizabeth Eisenstein raconte les années qui ont suivi l'invention de l'imprimerie (1460-1480). Elle met en exergue deux perspectives temporelles qui semblent absolument contradictoires. Le long terme, qui permet de dresser le portrait du monde nouvellement créé par l'invention de Gutenberg, autour des trois piliers que sont la Renaissance, la Réforme, et la montée en puissance de la science moderne et de l'esprit critique rendus possible grâce à l'accumulation du savoir produit par les livres. Et le court terme, sans direction ni cohérence, d'une société fragilisée par « l'autoédition » et qui semble vouée au plus grand désordre. Le monde ancien tarde à mourir, on le sait, et le nouveau peine à naître. Ces

deux retards cumulés produisent le bruit et la fureur d'une transition chaotique, ou se joue l'ordre politique et humain de ce qui naît.

## Limitation du domaine du calcul

Un autre ordre numérique est-il possible ? Le calcul universel, c'est la recherche illimitée d'une efficacité quantifiable. La généralisation du marché qui en résulte, qui finit par concerner chaque composante de l'individu, chacune de ses actions, chaque particule de son environnement, épuise les humains comme leur planète. Prendre sa place dans le calcul comme on prend sa place dans le trafic ne signifie pas qu'il faille rendre ce calcul universel.

Derrière la responsabilité algorithmique se jouent la délimitation du territoire du calcul mais aussi la façon dont le calcul règne sur son territoire. Ce qui peut être numérisé et ce qui ne doit pas l'être. Il est des espaces personnels et collectifs qui ne peuvent être mis en équation. Où les mots peuvent et doivent encore dominer la puissance du calcul.

Ce qui est en jeu est moins l'extension du calcul que l'extension du calcul incompréhensible. Quand le chiffrable devient, justement, indéchiffrable, il amène non seulement de l'incompréhension mais également de l'imprécision. Comme le souligne très justement Hubert Guillaud dans un entretien au

site agirparlaculture.be, « plus les chiffres sont nombreux, plus ils sont calculés et donc appréciés depuis des cascades de calculs, plus la précision qu'ils sont censés affiner devient problématique ». Et de donner l'exemple des algorithmes d'orientation scolaire qui se basent sur des calculs compliqués et des pondérations inconnues sur la base de moyennes qui elles-mêmes résultent de calculs parfois approximatifs.

La multiplication des cascades de calcul produit selon Guillaud une « hystérisation du calcul, un délire calculatoire, où la complexité le rend incompréhensible au commun des mortels ». Incompréhension et imprécision se nourrissent mutuellement et sont des ferments de révolte quand le dialogue est impossible avec la formule opaque et complexe qui a déterminé une partie de notre destin.

## Dystopie finale

Le scénario le plus noir est-il notre ligne d'horizon ? Le pire est-il écrit, ou écrire le pire permet-il de l'éviter ? L'ouvrage de Shoshana Zuboff (nous avions déjà évoqué les travaux de l'universitaire dans *La Civilisation du poisson rouge*), *L'Âge du capitalisme de surveillance*, se situe entre l'ouvrage théorique, la prévision et l'alerte. En droite ligne du *Capital* de Karl Marx, dont elle s'inspire, elle pose deux concepts qui rappellent à la fois celui de

plus-value ou surplus, et celui de crise finale du capitalisme chez Marx. Zuboff revient sur les services que nous obtenons grâce à nos données, le *service for data*. Cette transaction est, dans son analyse, déséquilibrée, car elle met en jeu deux types de données : celles que le service doit connaître pour fonctionner correctement, qu'elle appelle « impératif d'extraction », et celles que le service capte pour augmenter l'intelligence qu'il a de nos comportements, afin de mieux monétiser cette connaissance, que ce soit par la publicité, la vente d'autres services, ou la vente de ces données augmentées. C'est, selon Zuboff, « l'impératif de prévisibilité ». L'impératif de prévisibilité forme une plus-value dont nous sommes victimes, puisqu'elle permet une appropriation et une accumulation des données qui instaurent un nouvel ordre économique et politique, où chacun est surveillé pour devenir prévisible. La surveillance générale permet à la fois le développement du capitalisme numérique et son instauration, l'économie de surveillance renforçant la politique de surveillance et inversement. L'histoire déroule son sens hégélien en un scénario en quatre actes : une phase d'appropriation, suivie par une phase de déséquilibre général, où ce que les citoyens sont en mesure de savoir est structurellement inférieur à ce que les entreprises numériques et les pouvoirs politiques savent sur eux. Les chercheurs s'accordent à dire que notre « ombre numérique », c'est-à-dire les

données personnelles que détiennent les services et entreprises numériques sans que nous les leur ayons données, est depuis quelques années plus importante que celles que nous savons leur avoir transmises. Pour l'universitaire cependant, nous vivons aujourd'hui dans la troisième phase du capitalisme de surveillance : celle de la réalité partagée brisée. Et cette étape annonce le quatrième stade, la crise finale, la domination absolue de la part d'institutions gouvernementales chargées d'extraire l'ensemble des données de la population.

À ces concepts, Zuboff ajoute une analyse qui rappelle celle de *La Grande Transformation* de l'économiste et philosophe hongrois Karl Polanyi, pour qui le capitalisme industriel a exploité la nature jusqu'à la détruire, emportant avec lui au passage tous les liens de solidarité collective par l'autonomisation de l'économie (son « désencastrement »). Dorénavant, le capitalisme de surveillance va faire de même avec la nature humaine. À l'extraction jusqu'à l'épuisement de la nature succède l'extraction jusqu'à l'épuisement de l'humain. Marquée par les attentats du 11 septembre 2001 qui datent, pour elle, le basculement dans cette nouvelle ère historique, Shoshana Zuboff semble hésiter entre l'implacable déterminisme du modèle et une histoire qui reste à écrire, même si ses débuts invitent au pessimisme.

### La question, la seule

Zuboff propose cependant un ensemble de questions qui sont au cœur des politiques à venir dans la société des données. Qui (quelle personne, quelle entreprise, quelle institution) sait ? Qui décide qui sait ? Qui décide qui décide qui sait ? La nature du dernier « qui », celui qui décide *in fine*, dira si nous basculons dans une dictature des données ou une démocratie des données, ce que l'on pourrait appeler, par néologisme, la *datature* ou la *datacratie*.

# 11

## *Tout quitter, mais tout emporter*

### Calme

La photo est belle. Elle évoque une nature préservée et un habitat à la modestie affirmée. Les nuages renforcent la majesté du mont Audenberg, alors que de grands arbres semblent écraser les trois bâtiments de briques peintes au premier plan. L'image dit le dénuement, le calme et l'humilité. Elle rend grâce à la beauté d'une vallée fertile située à 130 kilomètres à l'est de Cape Town, en Afrique du Sud, mais choisit la discrétion quant aux sept hectares d'un ancien club de vacances pouvant accueillir une petite centaine de personnes et qui portait autrefois le nom de « Rustig », « lieu calme », en afrikaner. Un nom abandonné au moment de sa transformation en centre de méditation, alors qu'y furent hissées les couleurs du drapeau qui orne l'entrée du lieu : bleu ciel, avec en son centre une roue dorée dont les rayons forment un soleil.

La photo accompagne un tweet du fondateur de Twitter, Jack Dorsey, @jack pour son réseau, envoyé le 24 novembre 2019. « Je viens de finir mon troisième parcours de dix jours au centre de Dhamma Pataka, en Afrique du Sud. Cela continue d'être la plus dure et la meilleure des choses que j'aie faites pour moi-même. Gratitude de ceux qui me permettent de trouver le temps pour vivre cette expérience. Et merci à ceux de Pataka d'être aussi incroyables. » Dorsey, sur la vignette, arbore un profil émacié et serein. Cet homme de 44 ans, à l'image changeante, ne montre pas sa barbe à venir de hipster, son tatouage du logo de la radio française Fip, ses boucles d'oreilles. Il n'a désormais plus rien à voir avec le personnage mutique en costume de milliardaire de la Silicon Valley au regard fuyant et à la voix fluette que j'avais eu la chance de rencontrer, huit ans plus tôt, lors d'un déjeuner à France Télévisions, où il avait pris soin de ne pas masquer son envie d'être ailleurs, et n'avait retrouvé un semblant d'animation que pour parler du logiciel de gestion des réservations de taxis qu'il avait inventé à l'âge de 15 ans, ou de ce que le punk avait apporté à la musique.

Curieux personnage aux multiples visages, adepte de la vitesse sur route, de demeures luxueuses, et qui s'est soumis, trois fois de suite, au rituel proposé par les centres de Vipassana créés par l'ancien homme d'affaires indien devenu gourou, Satya Narayan Goenka. Ce dernier, perclus de douleurs et rongé par

l'insomnie, avait trouvé une issue dans l'enseignement, suivi quatorze années durant, du professeur Sayagyi U Ba Khin. Les centres qu'il a créés transmettent l'enseignement reçu. Pas de méditation pleine conscience dans les centres Vipassana, ni de méditation transcendantale avec utilisation de mantras. Il s'agit, lors de ces dix jours physiquement éprouvants, d'apprendre à ne répondre à aucune sollicitation de son corps ou de son esprit. De retrouver une indépendance par rapport aux signaux venus du monde extérieur ou de son propre organisme. Ainsi des premières sessions où, immobile des heures durant assis en position du lotus, il faut se concentrer sur son souffle alors que les jambes s'engourdissent jusqu'à l'insupportable, et que l'esprit ne demande qu'à passer à autre chose. Les jours suivants, il faut se concentrer tour à tour sur chaque partie de son corps, alors même que chacune des pensées rend plus forte la perception d'une douleur jusqu'alors lancinante. Ne pas nier la douleur, mais ne pas lui céder en connaissance de cause. Beaucoup abandonnent lors des trois premiers jours. Dorsey, lui, est allé au bout. Et il est même revenu.

Que l'inventeur de Twitter décide d'apprendre l'hermétisme et le détachement face à toute sollicitation extérieure va au-delà du paradoxe. Quoi de plus intrusif que Twitter, qui nourrit les incessantes sollicitations de nos écrans ? Qui détourne nos cerveaux des activités auquel il se consacre par ses alertes ? Lorsque les « notifications » apparurent sur

nos portables, il n'était pas rare d'entendre ce conseil des experts en marketing : « pas plus d'une alerte par semaine, au risque de fatiguer l'utilisateur ». En 2020, chaque possesseur de smartphone reçoit en moyenne 46 notifications par jour.

Que le patron du réseau qui, chaque jour, témoigne de la polarisation de nos espaces publics et de l'augmentation de l'intranquillité collective décide que sa propre émancipation passe par sa capacité de s'abstraire de toute interaction sociale n'est pas sans ironie. On peut y voir la marque d'une prise de conscience qui annonce un changement d'époque. Une façon de dire : « assez ».

Il n'est pas le seul.

## Le marché du bonheur

Avant que le Sars-CoV-2 ne régente, pour un temps, l'ordre du monde, la dépendance aux écrans et le *brain hacking* des sollicitations et du *dark design*, ces outils dérivés des neurosciences présents dans les applications qui nous font perdre une partie de notre contrôle en créant chez nous l'envie compulsive de consulter notre portable, étaient devenus un sujet. Et comme les eaux glacées du calcul égoïste ne sont jamais très éloignées de la générosité militante, marché et mouvements citoyens avaient commencé à occuper le terrain.

La captologie, la science numérique qui applique les neurosciences dans le dessin des applications pour capter une part croissante de notre attention, n'est pas un complot manipulatoire mais un simple pragmatisme utilitaire. Une utilisation, dans la conception de certaines applications, de phénomènes depuis longtemps connus et documentés par les études : recours à la récompense aléatoire (mis en exergue par Burrhus Frederic Skinner et sa souris) pour transformer certaines applications en instruments aussi addictifs qu'une machine à sous de casino, utilisation de la théorie d'expérience optimale de Mihály Csíkszentmihályi pour rendre l'usage mécanique ni trop facile, ni trop compliqué, et, enfin, la production de « l'effet Zeigarnik », ou effet de complétude, pour nous pousser à enchaîner les différentes tâches même lorsqu'elles sont insatisfaisantes.

Est-il possible de compenser les effets recherchés par ces applications par le développement de l'autodiscipline ? La demande, en tout cas, n'a cessé de croître. L'idée n'étant pas de mettre un terme aux instruments utilisés par l'économie de l'attention pour « pirater le cerveau », mais seulement d'apprendre à vivre avec.

Le bien-être, la spiritualité individuelle sont d'autant plus mis en avant que la société qui les promeut évacue les questions collectives. Reporter sur l'individu le poids de ses choix, le rendre seul responsable de son bonheur et de son développement personnel permet de faire passer au second plan les actions politiques à

entreprendre pour corriger les dysfonctionnements économiques, sociaux et technologiques. Et l'injonction à se « prendre en main » est structurellement inégalitaire : aucun outil, séjour ou démarche n'est gratuit. Elle est également culpabilisante, puisqu'elle associe la difficulté psychologique à un échec personnel.

Côté marché, les séminaires de déconnexion se sont multipliés, où l'on vous prive quelques jours durant d'écran et de réseau, pour vous encourager à reprendre contact avec ceux qui vous entourent et avec votre sommeil. Hôtels de luxe, gîtes et parfois abbayes rétablissent un rituel social dans l'occultation du dieu écran. Les destinations touristiques s'y sont converties, que ce soit en Californie, au Costa Rica (dans l'hôtel de luxe du Four Seasons !), en Islande…

À Vichy Célestins, la cure dure 4 jours et 3 nuits, ce qui, en soi, ressemble à un titre de comédie romantique. « Adoptez une nouvelle hygiène de vie numérique pour prévenir le surmenage professionnel » propose la brochure qui, sans surprise, annonce la mise au coffre-fort, dès l'arrivée, de tous les outils numériques, et un entretien avec un coach « psycho-comportemental ». Le reste, il faut dire, ressemble plus à un séjour de remise en forme qu'à un sevrage. Le château La Gravière, en Aquitaine, à Audierne ou sur l'île d'Arz, en Bretagne. La liste des destinations est infinie. Que cent centres de digital detox s'épanouissent…

Le marché, cependant, n'est pas seul à proposer ses séminaires. Parfois, l'État s'en mêle. La palette des solutions proposées varie, selon les régimes, et peut aller du camp paramilitaire au centre de rééducation. Le Daxing Internet Addiction Treatment Center (IATC) de Pékin propose une version extrême et s'apparente à un camp militaire où l'on pratique le sport, les périodes de confinement, les tests psychiatriques, les électrochocs et les punitions physiques. Les « *smartphones addiction camps* » de Corée du Sud ressemblent à des colonies de vacances où les activités physiques, artistiques et sociales construisent une forme d'embrigadement, alors qu'en parallèle, les parents sont invités à suivre des cours pour aider leurs enfants à retrouver une indépendance par rapport aux écrans.

Le nombre de camps a augmenté de façon significative après la publication d'une étude par le ministère coréen des Sciences et des Technologies de l'information (MSIT) en 2019. Celle-ci évaluait à 30 % la proportion des enfants sud-coréens âgés entre 10 et 19 ans souffrant d'une très grande dépendance à leur smartphone ayant des « conséquences sérieuses » sur leur santé et leur libre arbitre. Des chiffres qui correspondaient au ressenti des jeunes Coréens interrogés par un institut mandaté par une agence gouvernementale : 43 % des 10-19 ans reconnaissaient ne pas réussir à contrôler le temps passé sur un smartphone, 22 % ne pas réussir à étudier correctement avec leur téléphone à portée, et 17 % à ressentir des problèmes

de santé qui les handicapent dans leur vie quotidienne du fait des heures passées sur l'écran du portable. Les 16 camps coréens sont gratuits, et gérés par le ministère de la Famille.

Si vous ne venez pas à la déconnexion, celle-ci peut venir à vous. Le *New York Times* a ainsi dressé le portrait d'une des « stars » du coaching de la connexion maîtrisée, Glorian Degaetano. À la tête du Parent Coaching Institute et de sa version internationale Parent Coach International, cette ancienne institutrice d'une soixantaine d'années à l'élocution précise et rapide envoie ses consultants dans les familles dépassées par l'hyperconnexion de leurs enfants. Troubles de l'attention, syndrome d'assombrissement, athazagoraphobie (peur d'être oublié sur les réseaux), pathologie du veilleur sentinelle, décrochage scolaire, c'est elle qui a transformé l'acronyme américain de P-DG, CEO (chief executive officer), en « chef de l'énergie créative » (creative energy ochestrator). Créateur de la captologie, l'ingénieur de Standford B. J. Fogg mariait les sciences informatiques et les neurosciences pour créer des outils visant à augmenter le temps passé sur les applications, quitte à le faire aux dépens du libre arbitre des utilisateurs. Gloria DeGaetano se présente comme son reflet inversé : « Mon travail se situe à l'intersection de la psychologie positive et des neurosciences. » Son programme de Parent Coach Certification, qui dure un an, comprend une centaine d'heures de travaux

pratiques en plus des quatre cours séminaires, et entend « résoudre l'ensemble des défis présentés aux parents » par la présence d'écrans connectés. Une version plus onéreuse du programme fait intervenir un des 500 coachs de l'entreprise pour un tarif horaire allant de 80 dollars pour les zones rurales à 250 dollars pour les grandes villes. Un New-Yorkais devra compter 3 000 dollars pour faire face à l'assuétude numérique de ses enfants. Les « *screentime consultants* » (consultants du temps d'écran) se multiplient, mais comme le souligne un analyste interrogé par le *New York Times*, « ils ne font qu'expliquer aux parents d'aujourd'hui ce que faisaient les parents d'avant (comprendre : d'avant le numérique) ». Il est effectivement possible d'en rire : jouer avec un ballon est plus drôle que regarder une image de ballon sur Instagram, la peinture est plus enrichissante que l'utilisation de filtres, et quand on présente un écran à un chat, il s'en détourne vite par ennui. Les enseignements proposés tutoient la bonne affaire construite sur du vide. Le discours qui les accompagne inquiète, qui mêle déterminisme technologique et crainte millénariste. Le vœu d'abstinence numérique rappelle les promesses d'abstinence sexuelle et résonne comme le parfait aveu d'un contrôle impossible, en convoquant un réflexe d'expiation face au progrès technique. Le marché de la culpabilité se limite rarement à lui-même.

Les associations, elles, parient plus sur l'engagement du citoyen utilisateur que sur l'efficacité du

marché. Leur nombre s'est accru dans deux catégories distinctes. Celles qui visent le partage d'expérience et l'émulation collective, pour apprendre, ensemble, à créer des lieux déconnectés et des moments de déconnexion. Et celles qui entendent agir dans l'espace public pour modifier les conditions d'exercice de l'économie de l'attention. Ainsi de l'association « attention, hyperconnexion », créée par des membres de Cap Digital, et notamment Benjamin Gans, ou de l'initiative « slow web ».

Mais c'est dans le domaine de l'éducation que la mobilisation se déploie presque naturellement. Les enseignants établissent naturellement le lien entre hyperconnexion et difficulté de concentration. Ainsi du cours proposé à San Francisco State University par David Pina Guzman, qui souhaitait former les élèves qui le suivaient à la lecture continue, pendant au moins trois heures, sans interruption. Chaque vendredi, de 9 h 30 à 12 h 30, durant *« the reading experiment – the power of the book »* (l'expérience de la lecture ; le pouvoir du livre), le professeur augmentait, par paliers successifs, la durée de lecture sans consultation d'un écran ou sans interaction avec ses voisins de classe. Chacun déposait son téléphone portable dans un sac, « le sac du désespoir », afin de résister à la tentation des notifications. Le résultat fut encourageant, sans plus : un peu moins d'une moitié des élèves concernés réussit, au bout d'un semestre, à lire plus de deux heures d'affilée.

# 12

## *Combattre nos pathologies*

### Distraction fatale

Les dinosaures peuplent les rêves d'enfant. Disparus, ils n'en sont que plus formidables, inaccessibles et proches à la fois. La commune de Santa Coloma de Gramenet l'a bien compris. Banlieue de Barcelone, elle n'a pas de charme particulier, orientée sur ses activités portuaires et présentant la géographie d'une ville grandie trop vite. Mais c'est l'imposante statue de stégosaure en papier mâché qu'elle a placée dans une de ses rues qui a fait connaître son existence aux lecteurs britanniques du *Guardian*. La gueule grande ouverte de l'animal est une attraction : on peut y placer la tête, et ainsi, au choix, se faire peur ou s'imaginer en invincible dompteur. Le samedi 22 mai 2021 pourtant, un des jeunes crut voir quelque chose dans les entrailles du monstre. D'abord incrédule, son père se pencha, distingua une ombre, et alerta la police locale qui se résolut à ouvrir la bête. Prisonnier d'une des pattes

de la statue se trouvait le cadavre d'un homme de 39 ans, passé par la gueule à la recherche du portable qu'il avait laissé tomber à l'intérieur. S'il le retrouva, il n'arriva pas à s'en servir pour alerter les secours.

Les applications sociales nous saturent et nous comblent à la fois. Les phénomènes de récompense aléatoire et d'alertes qui mobilisent la partie de notre cerveau la plus tournée vers la satisfaction immédiate font désormais l'objet de développements informés. Ainsi du livre d'Adam Gazzaley, *The Distracted Mind : ancient brain in a high tech world* (que l'on pourrait traduire par : « l'esprit distrait, un cerveau ancien dans un monde de haute technologie »), qui utilise, pour décrire ce que produit notre cerveau à chaque fois qu'il entreprend quelque chose, une image d'écureuil et d'arbre. Un écureuil demeure dans le même arbre tant qu'il y a des noisettes, car les efforts que lui demanderait un changement d'arbre sont trop importants, et l'incertitude quant au fait de trouver de la nourriture dans un nouvel endroit est trop élevée. Un smartphone, poursuit Gazzaley, c'est l'ensemble des arbres à portée de swipe ou de pression du pouce. C'est « une overdose de récompenses possibles ». Du poisson rouge à l'écureuil, nous n'en finissons pas de rechercher des images animales pour décrire les nouveaux humains que nous sommes devenus.

## Questionnaire

Le diagnostic relève de l'intuition, mais aussi de l'observation. Simple, basique ? Ou simpliste et trop peu scientifique ?

Le questionnaire coréen utilisé pour déterminer la dépendance au smartphone laisse un peu songeur tant il ressemble à un de ces jeux tests que proposent les magazines, l'été venu. La forme est classique et efficace. Dix questions comportementales. Chaque réponse engendre un nombre de points, allant de 1 point (pas du tout d'accord) à quatre points (totalement d'accord), en passant par deux (pas d'accord) ou trois points (d'accord). Les dix questions sont les suivantes :

1/ je n'arrive pas à réduire le temps que je passe sur mon téléphone

2/ c'est difficile de contrôler le temps passé sur mon téléphone

3/ il n'est pas facile de déterminer le temps passé sur mon téléphone de façon appropriée

4/ je n'arrive pas à me concentrer facilement quand j'ai mon téléphone près de moi

5/ je pense tout le temps à mon téléphone

6/ je ressens un besoin compulsif de regarder mon téléphone

7/ j'ai l'impression d'avoir des problèmes de santé dus à l'utilisation de mon téléphone

8/ il m'arrive de me disputer avec ma famille à cause de mon utilisation du téléphone

9/ J'ai eu des conflits assez sévères dans mes relations avec mes amis ou mes collègues à cause de l'utilisation de mon téléphone

10/ j'ai du mal à étudier ou à travailler à cause de mon téléphone

En dessous de 23 points, le ministère de la Science et de l'Information coréen considère qu'il n'y a pas d'alerte spécifique. Au-dessus de ce score (ou au-dessus de 24 pour les personnes âgées de plus de 20 ans), il y a suspicion de « surdépendance », et il devient nécessaire de prendre des mesures pour retrouver la maîtrise de son existence.

## Température ressentie, température réelle

Dans une étude de juillet 2021 menée par BVA pour la fondation April, 74 % des Français se considèrent « dépendants » de leurs outils connectés, dont 23 % « totalement dépendants ». Les constats sont partagés par les utilisateurs et leur famille : la dépendance aux écrans, et particulièrement au portable, entraînent des phénomènes déjà décrits dans *La Civilisation du poisson rouge* et recensés par le Near Future Laboratory : le syndrome d'anxiété, c'est-à-dire le besoin compulsif, au-delà du narcissisme, d'étaler chaque seconde de sa vie sur les réseaux ; l'assombrissement, qui est la tendance inverse et qui pousse à suivre, épier, chercher la moindre trace

numérique possible d'une ou plusieurs personnes de son entourage ; l'athazagoraphobie, soit la peur d'être oublié qui entraîne des vérifications sans répit des likes, shares et vues sur l'ensemble de ses comptes ; enfin, la schizophrénie de profil, qui nomme, peut-être maladroitement, le fait de se perdre dans le kaléidoscope de ses propres profils et identités en ligne.

La relation entre les réseaux sociaux et la santé mentale est entrée dans la sphère politique aux États-Unis, avec l'audition des patrons de Facebook, Google et Twitter par le Congrès. La représentante républicaine de l'État de Washington Cathy McMorris Rodgers et Kathy Castor, représentante démocrate de Floride, ont fait de la dépendance aux écrans « en tant que parents et en tant que politiques » le facteur explicatif de la progression de la dépression chez les jeunes Américains et ont demandé des comptes à Zuckerberg, Pichai et Dorsey. Entre 2011 et 2018, le nombre de teenagers américains touchés par une dépression a augmenté de 69 %.

Mais pour demander des comptes, encore faut-il connaître l'addition avec précision, et disposer d'études indépendantes, menées à bien pendant plusieurs années par un ensemble de chercheurs, de scientifiques et de médecins. Les membres du Congrès n'en avaient pas à leur disposition, ou alors parcellaires. Et le moins que l'on puisse dire, c'est que les patrons de la tech n'ont pas produit, pour leur défense, de réponse scientifiquement élaborée,

Mark Zuckerberg se contentant d'affirmer « qu'il ne pensait pas qu'il y ait d'étude qui puisse démontrer l'effet des réseaux sociaux dans l'augmentation de la dépression des gens nés en 1995 et 2012 ». La meilleure défense, c'est le flou.

Nous connaissons tous désormais la « température ressentie » de notre rapport aux écrans et aux réseaux. Qu'en est-il de la température réelle sur nos cerveaux ? Une corrélation, un lien statistique avéré entre deux phénomènes n'est pas une causalité, et ne fait pas d'un des phénomènes la conséquence de l'autre. Et il y aurait un paradoxe à dénoncer la confusion entre l'une et l'autre lorsque l'on parle de ce qui est partagé sur les réseaux, et l'entretenir lorsque l'on parle des réseaux.

Dans son livre *iGen,* qui a fait date, et qui constitue à ce jour l'étude la plus approfondie de l'effet des réseaux et des écrans sur les jeunes générations, Jean M. Twenge, professeure de psychologie à San Diego University, confirme la corrélation, qui ne fait guère de doute. « Toutes les études que nous avons montrent le lien entre la fragilité en termes de santé mentale et un degré élevé d'utilisation des médias sociaux. » Si le constat est définitif pour évoquer la progression des deux phénomènes, dégradation de santé mentale et utilisation des réseaux sociaux, il n'en est pas de même pour affirmer de façon définitive que les réseaux sont la cause de la fragilité mentale. La scientifique explique qu'elle

ne possède pas les éléments nécessaires pour savoir s'il y a un lien entre les deux et, dans l'affirmative, dans quel sens il joue. Est-ce la surexposition aux réseaux sociaux qui crée la fragilité, ou la fragilité qui entraîne une surconsommation des réseaux ?

La question, fondamentale, ne peut être tout à fait tranchée. Les études, pour le moment, sont parfois contradictoires, et, souvent, ne permettent pas d'affirmer un lien de causalité.

Dans une publication du 15 janvier 2021, la revue en ligne *The Conversation* recense près de 200 études ayant pour objet le lien entre le temps d'écran et le bien-être psychologique. L'une confirme bien l'existence d'effets du temps d'écran sur le développement du cerveau, mais d'effets légers, et sans impact notable sur les performances cognitives. La grande majorité échoue à confirmer le lien de causalité.

En résumé, les données scientifiques ne parviennent pas, pour le moment, à confirmer ce que nos expériences quotidiennes semblent établir. Mais les résultats ne sont peut-être contradictoires qu'en apparence.

### Le nouveau génome

Il est très difficile, en effet, de décrire précisément et scientifiquement l'incroyable profusion d'usages face aux écrans. Les cinq à six heures quotidiennes

passées sur smartphone cachent une grande diversité de comportements. L'ordre économique et la domination de l'économie de l'attention masquent un chaos statistique.

Pour Byron Reeves, professeur de communication à Stanford, Nilam Ram, professeur de psychologie à Penn State University et Thomas Robinson, professeur de médecine pédiatrique à Stanford, « les conclusions scientifiques sur le temps d'écran sont souvent incomplètes ou non pertinentes ». Leur raisonnement a le mérite de la simplicité : l'ensemble de notre vie passe, désormais, par les écrans. Le confinement a encore renforcé cette tendance : ils sont notre fenêtre rétroéclairée sur le monde. Mais toutes les minutes passées devant un écran ne sont pas équivalentes, elles ne servent pas à la même chose, elles ne mettent pas en route les mêmes mécanismes, les mêmes intrusions dans nos données, le même dessin (design). Elles n'ont pas les mêmes effets sur nos vies personnelles et sur notre vie collective. « Des initiatives visant à réduire le temps d'écran seraient équivalentes à demander à quelqu'un qui prend de nombreux médicaments de réduire ses comprimés quotidiens de moitié, sans préciser quels médicaments et quand. »

Ils illustrent leur article avec des données de deux adolescents de Californie du Nord de 14 ans, qui démontrent les extraordinaires différences de comportements et d'interactions, moins dans la « dose »

d'écrans utilisée, relativement similaire, que dans la structure de leur comportement, et notamment dans le nombre, la rapidité et l'intensité des sessions sur les réseaux sociaux.

C'est pourquoi ils défendent l'idée d'un projet comparable à celui qui a donné naissance au génome, qu'ils baptisent Human Screenome Project (de *screen*, l'écran), qu'ils ont exposé dans la revue *Nature* du 15 janvier 2020. Leur but : récolter de façon scientifique et ultradétaillée toutes les données d'usage, sur une longue période et un échantillon important d'utilisateurs. Seule façon, pour eux, de comprendre l'effet des écrans sur nous, nos vies, nos psychologies et nos cerveaux. Et de percevoir nos comportements les plus fins. Ils invitent les universitaires, chercheurs, éducateurs, professionnels de santé, associations, les entreprises de la tech et les politiques à constituer une sorte de coalition de partage d'information, de financement et d'analyse.

Une utopie ? Une nécessité, plutôt, pour passer de la vue parcellaire à la compréhension des nouveaux humains connectés que nous sommes.

## Échos du passé

Ouvrir la boîte noire des données comportementales et de l'effet des algorithmes constitue en effet la première et indispensable étape de la construction

d'une nouvelle société numérique fondée sur un écosystème responsable. Il ne suffit pas, comme Facebook, de rappeler le soutien à des initiatives comme celles du *digital wellness* (le bien-être numérique) de l'hôpital pour enfants de Boston. Avant de prétendre guérir, ou soulager, encore faut-il exactement savoir de quoi.

La capacité des chercheurs indépendants à avoir accès aux données des plateformes n'est pas avérée. Entre secret des affaires, évocation de la RGPD (le Règlement européen général sur la protection des données), appel au respect de la vie privée et autres arguments, les géants de la tech, et Facebook au premier plan, ne soulèvent le capot de leur véhicule qu'avec parcimonie. Les effets d'annonce sont là, les financements de recherche souvent assurés, mais personne, à ma connaissance, ne dispose d'un accès complet à toutes les données nécessaires pour étudier de façon complète les effets des algorithmes à court, moyen et long terme.

Comment mener à bien des études indépendantes quand l'accès aux données nécessaires à celles-ci dépend justement des sociétés qui sont, *in fine*, l'objet de la démarche ? Cette contradiction inhérente n'est pas nouvelle, et peut être éclairée par les premiers temps de la radio, aux États-Unis.

Nous sommes alors dans les années 1930, le média radiophonique progresse jusqu'à devenir dominant, et commencer à être le vecteur d'un certain nombre

de changements politiques qui ne sont pas uniques dans leur forme. Aux conversations au coin du feu de Roosevelt d'un côté de l'Atlantique, répondront Hitler et le nazisme de l'autre. Mais l'arrivée massive de la publicité sur les ondes après le vote du Communications Act de 1934 a produit une course effrénée à l'audience de la part des grandes radios privées américaines, et notamment CBS et NBC. Les critiques sont nombreuses, et parlent du « dévoiement » d'un média vu jusqu'ici comme un formidable instrument d'éducation et d'émancipation individuelle.

La fondation Rockefeller essaya de réconcilier radio commerciale et utilité sociale et éducative au travers du Princeton Research Project sur la radio encadré par Paul Lazarsfeld. L'étude fit date, puisqu'elle démontra que la radio jouait un rôle dans la construction d'un ressenti et d'un imaginaire collectif (ce que le chercheur de CBS Franck Stanton, associé à l'étude, théoriserait des années plus tard sous la forme de la phrase « *we build America as a nation* », nous construisons l'Amérique comme nation, nous construisons le lien commun) et que le modèle commercial n'empêchait pas la diffusion de programmes de qualité pouvant informer, cultiver ou éduquer les auditeurs. Toutes les données d'audience utilisées pour la démonstration furent transmises par les radios privées.

Mais Theodor W. Adorno, un des chercheurs directeurs de l'étude avec James Rorty, souhaitait

aller plus loin et couvrir l'ensemble des domaines mis en œuvre par la radio : la production, la technologie de diffusion, et les conditions sociales d'écoute. Un même ensemble analytique pour, selon lui, un continuum avéré entre modèle économique, organisation des contenus et impact sur la société américaine. « Il existe une unité du phénomène radiophonique, qui est lui-même une sorte de miroir des contradictions de la société américaine. La radio, de la façon dont elle est produite, diffusée et consommée, reflète et renforce la forme consumériste (*commodity form*). Elle promeut l'idéal du Aunt Jemima Ready Mix pour les pancakes (préparation pour les crêpes du petit-déjeuner), qu'elle étend dans le domaine de la musique ». Sans analyse et étude du modèle économique, il était selon lui impossible d'arriver à des conclusions et recommandations satisfaisantes pour rétablir l'utilité sociale du média. Dit autrement, l'impact social du média est celui de son modèle économique, tout entier tourné vers la consommation. Le modifier, le transformer ou l'infléchir nécessitait d'avoir accès aux informations statistiques permettant d'établir les liens. L'étude globale du média, qui dépendait du bon vouloir de CBS et NBC, s'avéra impossible.

L'avertissement du passé a le mérite de la limpidité : les entreprises sont rétives aux recherches qui peuvent menacer leur modèle d'affaires. Or, c'est

justement ce modèle qui, à l'ère numérique, est à l'origine de tous les mécanismes visant à augmenter notre temps de présence sur les réseaux.

### Le parcours de la méthode

Quand le savoir se fait attendre, la discipline prend le relais. Le catalogue des méthodes de déconnexion s'étoffe chaque jour davantage, mais ne se diversifie guère et semble toujours relever du bon sens pour le côté positif, et du « plus facile à dire qu'à faire » pour le côté plus décourageant. Ainsi des propositions se trouvant dans deux ouvrages qui ont marqué : celui du psychologue Adam Alter, *Irresistible : the rise of addictive technology and the business of keeping us hooked* (Irresistible : la montée des technologies addictives et le business de nous rendre dépendants), et celui de Jon Lasser, *Tech generation : raising balanced kids in a hyper connected world* (Génération tech : élever des enfants équilibrés dans un monde hyper connecté), qui s'inspirent en grande partie des conseils élaborés par l'association américaine des pédiatres (American Association of Pediatrics, AAP).

Dans le monde du « *self-help* (développement personnel) », des guides pratiques, l'injonction est souvent paradoxale. Le « droit au bonheur » cache une responsabilisation individuelle et une

déresponsabilisation collective. Chacun doit « y arriver », sous peine de n'être pas « au niveau » de la nouvelle compétition sociale. Mais en ne comptant que sur soi-même et jamais sur les autres, on s'inscrit pleinement dans les rapports de force économiques, politiques et sociaux qui forment l'ordre du monde. Ne pas changer le monde mais se changer soi-même. Le droit au bonheur est le deuil éclatant des utopies collectives.

Les conseils de déconnexion participent de la même démarche. Ils sont utiles, mais pour rendre supportable un ordre économique numérique qui l'est de moins en moins. Rechercher une relation équilibrée avec la technologie, être un modèle pour son environnement, et faire du rapport aux écrans et aux applications une affaire de famille : comment être en désaccord avec les trois grands principes énoncés ?

Nous avions écrit que « la solution » passerait par les deux verbes guérir et combattre. Cela reste d'actualité. La guérison ne passe pas par le retrait, qui s'assimile à une amputation sociale brutale et impossible, mais par la maîtrise technique et psychologique. Parmi les outils proposés par l'AAP se distingue le Family Media Use Plan (Plan familial pour les écrans), à mettre en œuvre dès lors que le temps d'écran de l'enfant ou de l'adolescent interfère avec le temps de sommeil, le temps scolaire et la communication directe, y compris dans les

repas de famille, ou dès lors que l'absence d'accès à la connexion est vécue comme une contrainte insupportable.

Sans surprise, ce plan familial passe par la définition d'espaces et de moments de déconnexion, qui s'appliquent à tous : le trajet pour aller ou revenir de l'école, le retour du travail pour les adultes, afin qu'ils reprennent contact avec leur famille, les repas, y compris au restaurant, et les sorties, au cinéma ou ailleurs. L'enjeu restant de définir ce que signifie « être occupé » ou « être débordé », et ne pas l'être. Et d'arriver à bien dissocier les moments.

Plus original, le plan propose de « faire de la tech une affaire de famille ». Quand les enfants participent à l'élaboration d'une règle, ils y souscrivent volontiers, souligne Jon Lasser. Ainsi peut-il être utile de discuter et décider ensemble de l'organisation du temps de connexion en famille, sur le modèle de la répartition des tâches ménagères entre les différents membres de la famille. Puis d'accompagner l'enfant dans ses expériences numériques et dans les interactions qu'il développe au début de son rapport avec les écrans.

Globalement enfin, Lasser ou l'AAP proposent des approches différentes suivant l'âge des enfants. Le CSA (Conseil supérieur de l'audiovisuel) lui-même, en France, a établi une liste de conseils, et l'Internet regorge désormais de sites proposant des règles par âge (tel lebonusagedesecrans.fr).

En résumé, en dessous de deux ans, la question de l'interdiction se pose alors même que le cerveau développe ses aptitudes de façon exponentielle, et installe ses fonctionnalités émotionnelles, linguistiques, sociales et motrices. Comme l'écrit un des auteurs, « un jouet est préférable à l'image d'un jouet sur écran ». C'est aussi l'âge où les écrans rétroéclairés produisent une attirance hypnotique, rendant difficile une absence totale de contact avec cet objet quasi magique. Avant 2016, l'AAP recommandait une absence totale de temps passé sur écran, y compris pour les vidéos éducatives (considérées comme nocives), mais il a évolué depuis, à la suite du confinement, en autorisant les conversations vidéo à partir du moment où elles ne dépassent pas… une heure par jour. L'université britannique d'Oxford a publié fin 2017 une étude moins drastique, recommandant un peu de temps en ligne, mais sous la condition expresse que ce temps soit partagé avec le parent, et que l'enfant ne soit jamais laissé seul devant l'écran.

Ce conseil du temps partagé possible et du temps solitaire proscrit se retrouve dans les recommandations destinées aux enfants entre 2 et 5 ans. Le temps imparti aux écrans connectés doit être un moment de renforcement des liens avec les parents, alors même que les enfants développent leurs capacités sociales (partager, aider, donner, etc.). Il y a ainsi une forme de transitivité de l'attention : des

parents vers les enfants, des enfants vers les écrans. C'est l'âge où il convient également d'instaurer et de valoriser les moments et les espaces de déconnexion qui s'imposent à tous, même aux adultes.

La période entre 6 et 12 ans est celle de la consolidation des règles au moment où ils prennent leur envol numérique et développent leur autonomie dans l'univers connecté. Installation des comptes, explication des règles de sécurité, mise en garde par rapport au harcèlement en ligne, établissement de bonnes pratiques et encouragement à la connexion « active » plutôt que passive sont des tâches à mener entre parents et enfants.

Entre 13 et 18 ans, tout est joué, les comportements numériques se sont installés. C'est le moment où la famille comme les lieux d'éducation doivent aider l'adolescent à avoir un regard critique sur ses habitudes, ses comportements, et l'ensemble de l'environnement numérique qui est le sien. Développer chez l'adolescent la Digital Literacy, la culture numérique, pour échapper à la servitude des applications et préparer l'émancipation individuelle et collective dans la société des données. Ou l'aider à sortir de l'éventuelle dépendance aux écrans qui serait la sienne.

**Une solution ?**

Je me souviens d'Alicia, cette dame âgée à qui sa famille avait offert un téléphone portable. Il fallait qu'elle puisse joindre ses proches, qu'elle se connecte à la ville, et qu'il soit possible de lui envoyer régulièrement des messages. Ses enfants et petits-enfants s'étaient cotisés. Elle est heureuse du cadeau, le trouve utile et ne saurait, désormais, s'en passer. Il ne quitte jamais l'emplacement qu'elle lui a réservé : posé, en évidence, à côté du téléphone fixe, sur la table basse de l'entrée. « Vois-tu, me dit Alicia, c'est la place du téléphone. »

# 13

## *L'horizon et le ciel*

### La ligne de front

Ce qui se passe sur l'économie de l'attention, les grandes plateformes et les réseaux invite au pessimisme si l'on s'en tient au diagnostic présent mais à l'optimisme relatif à long terme. À cause de la prise de conscience générale. Et parce que ce qui s'y passe montre la tendance, laisse entrevoir les conséquences, et met en exergue les limites.

Que nous soyons calculés en permanence ne fait aucun doute. Que nous le soyons de façon croissante non plus. Mais être calculés sans répit ne fait pas forcément de nous des êtres calculables en intégralité. Être plongés dans un jeu général ne fait pas de nous, en permanence, des joueurs. Le calcul a provoqué une transaction déséquilibrée. Dans l'univers social des réseaux, nous donnons trop de temps pour le service que nous recevons. Cette asymétrie est rendue possible par les mécanismes intrusifs qui essaient de nous retenir à toute force. En même

temps, la satisfaction décroît, la fatigue exprime le déséquilibre de la transaction, les phénomènes d'addiction et de dépendance engendrent les actions correctrices. Dans sa méthode, le vol de temps ressemble plus à un vol brutal avec effraction violente qu'à la manœuvre insoupçonnable d'un artiste du cambriolage. Les algorithmes écrits pour nous prendre le plus d'attention possible sont à la fois de plus en plus intrusifs dans leur extraction, et de plus en plus grossiers dans leurs propositions : à mesure que nous nous comportons tous comme nous sommes invités à le faire, nos données comportementales présentes ne sont plus que le reflet de nos données comportementales passées, elles sont donc de moins en moins fines. L'algorithme peut se perfectionner dans sa formule, ce qui le nourrit ne suit pas tout à fait la même tendance.

La bulle émotionnelle fonctionne, mais provoque trop de désordre et de colère pour être durable. Les eaux glacées du calcul algorithmique couplé aux jeux n'ont pas donné naissance à un monde froid et ordonné. Le résultat est un chaos qui mêle, dans un éphémère itératif tenant lieu de présent infini, un mélange d'assuétude émotionnelle et de distraction impulsive.

Le neurologue Oliver Sachs, dans une contribution au *New Yorker* de février 2019, redoute plus qu'il ne le constate le passage de l'humain à « l'Humeain », néologisme dérivé de David Hume,

auteur du *Traité de la nature humaine* écrit en 1740. Pour Hume, l'humanité n'est qu'un ensemble de perceptions instables qui se succèdent les unes aux autres à une vitesse folle, dans un mouvement perpétuel. « Pour ma part, quand je pénètre le plus intimement dans ce que j'appelle moi, je bute toujours sur une perception particulière ou sur une autre, de chaud ou de froid, de lumière ou d'ombre, d'amour ou de haine, de douleur ou de plaisir. Je ne peux jamais me saisir, moi, en aucun moment sans une perception et je ne peux rien observer que la perception. » L'économie de l'attention a accéléré cette succession de perceptions. Oliver Sachs le raconte : « Quand je me promène dans les rues de mon propre quartier, le West Village à New York, je vois des blessés Huméains par milliers. Des jeunes, ayant grandi à l'heure des réseaux sociaux, qui n'ont pas la mémoire personnelle de comment les choses étaient avant, et ne sont pas immunisés face aux séductions de la vie numérique. Ce que nous voyons et ce vers quoi nous allons tous ressemble à une catastrophe neurologique à grande échelle. »

Ce qui se joue avec les grandes plateformes sociales et notre rapport au téléphone mobile est la répétition générale des décennies à venir et définira la société des données qui s'annonce. Non pas une guerre contre la toute-puissance technologique, qui est un fantasme paralysant, mais des petits combats éclairés afin de construire une société numérique

émancipatrice au service de ceux qui l'utilisent, qui promeuve les liens de solidarité collective. Une lutte contre la dystopie par l'atterrissage pragmatique de l'utopie initiale, qui ramène le rêve en cinémascope en actions quotidiennes dans l'espace public. Il n'y a pas de déterminisme technologique.

Ce qui fut construit par les lumières va se redéfinir : la vie privée, la raison scientifique, la rationalité et la démocratie. Chacune des composantes est modifiée par l'économie de l'attention numérique. Cette altération n'est pas une disparition, mais une redéfinition. Une nouvelle élaboration à l'ère non plus du nombre et de la masse, mais de la multitude. Et, dans ce domaine, notre ligne d'horizon politique se dessine peut-être aux confins des Amériques.

## Le Chili comme horizon

Le bout du monde invite-t-il à l'exploration de terres inconnues ? Il m'arrive de le croire, aimant tant le Chili, ce pays qui a marqué le XXe siècle en essayant de définir une voie inédite vers un socialisme démocratique fait « de vin rouge et de petits pains (empanadas) », une aventure qui s'est terminée dans le sang du coup d'État du 11 septembre 1973. Face à l'avènement de la société des données, le pays tâtonne et innove. Les mouvements sociaux qu'il a connus lors des années 2019 et 2020 ont

précipité une démarche d'écriture d'une nouvelle constitution, qui succédera à celle édictée par la dictature d'Augusto Pinochet en 1980 et qui avait survécu à la démocratisation du régime en 1989.

La surprise est venue du président de la République Sebastián Piñera. Je l'avais connu au début des années 1990, adepte du marché sans limites, jeune homme pressé, entrepreneur richissime dont la fortune s'expliquait en grande partie par ses liens avec le régime militaire, les privatisations à outrance et la régulation minimale. Le temps n'a eu qu'une demi-prise sur ses convictions. Il est resté profondément conservateur, mais sa foi dans le laisser-faire absolu, elle, s'est érodée. Son discours lancé lors du 27e sommet des chefs d'État d'Amérique latine le 21 avril 2021 en témoigne : il a incité ses pairs à légiférer, ensemble, pour établir les « neurodroits » de la personne (*neuroderechos*), ou droits du cerveau. « Ce n'est pas de la science-fiction, c'est de la science pure et dure, et c'est pourquoi j'appelle tous les pays ibéro-américains à se préparer au futur, et à protéger, dès aujourd'hui, non seulement les données de nos concitoyens, mais aussi à protéger leurs pensées, leurs sentiments (...) pour éviter qu'ils puissent être manipulés par les nouvelles technologies. »

Le Sénat chilien a relayé cette vision des choses en proposant, fin avril 2021, à l'unanimité, que soient inscrits dans la constitution les droits du cerveau à

ne pas être sollicité sans pleine conscience. Ne pas être soumis à la captologie. Les quatre propositions établissent les conditions de préservation des individus du « *brain hacking* » (piratage de cerveau) : même rapport, pour tous, aux technologies ; préservation des données de l'esprit humain pour éviter leur trafic, encadrement du rôle des « neuroalgorithmes » ; et limitation des capacités d'écriture dans le cerveau. « Aucune autorité ou individu » ne doit pouvoir « augmenter, diminuer ou perturber l'intégrité individuelle physique et psychologique sans consentement approprié » en utilisant le pouvoir des nouvelles technologies sur le cerveau humain.

Certains propos du sénateur chilien Guido Girardi évoquent le film *Inception*, et la capacité à inscrire dans le cerveau des personnes des idées, désirs ou besoins préalablement absents. Ils relèvent, au mieux, d'une avance de phase d'un futur désespérant, et peuvent faire naître la même perplexité que la fin du film de Christopher Nolan.

Mais la démarche établit une des nouvelles frontières de notre société, conquise par l'interaction du calcul, des données individuelles et comportementales et des technologies nouvelles. C'est un nouveau monde qu'il nous faut dessiner, et le bout du bout du monde y contribue sans doute.

## Le ciel comme perspective

La conquête de notre horizon collectif ne peut toutefois se faire sans la reconquête de ce qui fut notre horizon individuel.

Les autorités de la petite ville de Rexburg, dans l'Idaho, aux États-Unis, ont décidé d'interdire la consultation du téléphone portable en marchant, cette activité qui porte un nom nouveau et étrange à la fois : le *twalking*, contraction de *twitting* (écrire des tweets) et de *walking* (marcher). Trop d'accidents, souvent ridicules, parfois mortels. Mais qu'on ne s'y trompe pas : dans quelques années, ce qui se passe là-bas se passera ici, et partout ailleurs. Dans l'Idaho commence la chasse aux somnambules que nous sommes devenus, ces pantins qui traversent la rue l'œil rivé sur le portable au mépris des voitures qui arrivent, ou qui se cognent dans le piéton d'en face lorsqu'ils arpentent les trottoirs.

Une liberté en moins, diront ceux qui s'affolent des règles qui encadrent nos comportements au nom de la santé publique et de la sécurité des personnes. Et si c'était l'inverse ? Est-ce être libre que de vouloir demeurer enchaîné à sa propre servitude ? « Entre le fort et le faible, entre le riche et le pauvre, entre le maître et le serviteur, c'est la liberté qui opprime et la loi qui affranchit » (Lacordaire). Nous avançons tous, désormais, la nuque baissée. Je

me souviens pourtant d'une époque où nous regardions tous vers le haut, sans même nous en rendre compte. Et pourtant, je ne suis pas si vieux.

Je fais partie d'une génération qui pouvait encore déambuler sans écouteurs dans les oreilles et sans écran de portable niché au creux de la main, qui pouvait marcher les mains dans les poches, le regard vagabond passant du chemin au ciel, la pensée refusant tout apprivoisement, passant de l'important au dérisoire, du personnel à l'universel, du présent à la mémoire, et de l'émotion à la méditation. Les philosophes le savent : la marche, c'est une pensée en mouvement. C'est aussi une prière que l'on fait avec ses deux jambes, une communion avec ce qui nous entoure dans l'oubli involontaire de soi-même. C'était un cadeau et nous ne le savions pas. C'était une grâce et nous avons encore du mal à mesurer l'ampleur d'une perte qui nous affecte tous.

Nous nous sommes laissé enfermer, morceau par morceau, et nos marches ressemblent désormais aux parcours de robots. D'abord, nos oreilles ont accueilli le walkman. Quelle sensation de vivre comme dans un film, au rythme d'une bande-son que nous pouvions choisir ! Mais en nous permettant d'écouter ce que nous voulions, nous avons cessé d'entendre ce que le monde, la nature et le vent avaient à nous dire. Ce fut ensuite le tour de nos yeux, avec l'écran rétroéclairé du téléphone portable qui nous a permis de trouver notre chemin

en nous faisant perdre l'errance et nous a proposé de nous divertir en abolissant la création que tout ennui fait naître. Maintenant, les algorithmes sont partis à l'assaut de notre cerveau. Non pour des raisons technologiques, mais pour des raisons de modèles économiques.

Alors on nous sollicite, encore et encore, par alerte, share, like, message. Et nous répondons, trop heureux de donner à notre cerveau la récompense qu'il reçoit à chaque fois qu'il répond à un stimulus immédiat. Et notre vie est hachée, notre désir n'a plus le temps de naître. Et ce qui était une marche le long d'un chemin inconnu ressemble dorénavant au parcours mécanique dans l'enfermement d'un bocal. Au risque de se cogner dans un poteau, d'être renversé par une voiture, ou de ne pas voir la personne dont la rencontre aurait changé notre vie.

Tout poison génère son contre-poison, et Google, bien sûr, fabrique pour nous une solution sur ses téléphones. La firme de Moutain View développe depuis plusieurs mois une application nommée « bien-être numérique ». Et elle a décidé d'intégrer à celle-ci une fonctionnalité appelée « *head's up* », littéralement « on relève la tête ». Un concept simple pour une formule compliquée : à chaque fois que nous serons en risque, notre téléphone nous intimera l'ordre de relever la tête. Parmi les injonctions, les messages de prudence, et celui-ci : « levez les yeux au ciel ».

Mais avons-nous vraiment besoin d'une machine pour nous inviter à cette pratique ancienne et pourtant toujours à notre portée ? Marcher à nouveau, les mains dans les poches, le regard perdu, l'humeur changeante. Le téléphone éteint au fond du sac. La déconnexion temporaire, pour retrouver le monde, les autres, et finalement nous-mêmes. Et les yeux rivés vers le ciel, « joli comme un ange ».

# Remerciements

Ce livre doit tout aux lectrices et lecteurs de *La Civilisation du poisson rouge*. À ceux qui ont parlé du livre dans leurs écoles, lycées, dans leur famille ou avec leurs amis, aux étudiants qui ont travaillé sur l'ouvrage, à ceux qui l'ont illustré et m'ont fait parvenir leurs travaux, aux lecteurs qui l'ont conseillé à leurs proches, aux libraires qui l'ont mis en avant avec une petite note de lecture, aux associations qui l'ont utilisé, ceux qui l'ont distribué à leurs proches, à tous ceux qui ont fait vivre la conversation autour d'un ouvrage dont j'étais loin d'imaginer qu'il serait autant lu et partagé, à toutes celles-là et tous ceux-là, j'adresse ma gratitude. Ce sont les lettres, les mails, les questions lors de présentations et les échanges autour du « Poisson », ainsi que le souhait de maintenir le lien créé, qui ont donné naissance à cet ouvrage. Pas tout à fait une suite (une sorte de « La Civilisation du poisson rouge *font du ski* », pour le clin d'œil), mais un prolongement, assez personnel cette fois.

Je cite dans la bibliographie les lectures qui nourrissent ces pages, que leurs autrices et auteurs reçoivent ici l'expression de ma reconnaissance. J'y associe tous ceux avec qui j'ai pu converser sur ce sujet ces dernières années, à l'Université, dans différentes instances, ou dans les forums organisés autour de la rupture numérique. Ils sont trop nombreux pour être cités, mais qu'ils sachent que je sais ce que je leur dois.

Mon éditeur et ami Christophe Bataille, Olivier Nora et toutes les équipes de Grasset – en particulier Élodie Deglaire, Jean-Marc Levent, Heidi Warneke et Léa Laügt – m'ont encouragé dans cette aventure et m'ont, en permanence, apporté leur aide. Belkacem Bahlouli, le directeur de la rédaction de *Rolling Stone,* m'a autorisé à reprendre quelques développements faits dans des chroniques mensuelles, qu'il en soit remercié. Benjamin Gans a relayé *Le Poisson* dans le monde associatif, Elsa Grangier a encouragé la démarche « sortir du bocal ». À eux et à tous les autres, merci.

Sophie a accompagné l'ensemble de la démarche, Marie et Sarah m'ont évité (j'espère) tout esprit de sérieux, Boris et Yann ont relu attentivement et fraternellement le texte, tout comme Martina, dont l'aide a été plus que précieuse. J'ai la chance de travailler avec les équipes d'Arte, qui connaissent ces sujets, la chance aussi de parler de ces questions avec mes étudiants de Sciences-Po, qui font partie de la génération qui construit ce qui vient, et me rendent donc optimiste.

# Bibliographie

*Livres*

Hill Abramson, *Merchants of Truth*, Simon & Schuster, USA, 2019

Theodor W. Adorno, *La dialectique de la raison*, éditions Gallimard, Paris, 1983

Adam Alter, *Irresistible: the rise of addictive technology and the business of keeping us hooked*, Penguin Books, 2018

Yochai Benkler, *Network Propaganda*, Oxford University Press, New York, 2018

Ray Bradbury, « *Fahrenheit 451* », Flamingo, USA, 1999

Mike Brook & Jon Lasser, *Tech generation: raising balanced kids in a hyper connected world*, Oxford Publishing Books, USA, 2018

Callison, Candis, and Mary Lynn Young, *Reckoning: Jounalism's and possibilities*, Oxford University Press, 2019

Dominique Cardon, *Culture numérique*, Presse de Sciences Po, Paris, 2019

Nicholas Carr, *The Glass Cage*, The Bodley Head, Londres, 2015

Ashley "Dotty" Charles, *Outraged*, Bloomsbury Publishing PLC, Londres, 2021

Ernest Cline, *Ready Player One*, Arrow Publishing, Londres, 2012

Kate Crawford, *Power, Politics and the Planetary Costs of Artificial Intelligence*, Yale University Press, USA, 2021

Umberto Eco, *Le Pendule de Foucault*, Livre de Poche, Paris, 1992
Elizabeth Eisenstein, *The Printing Press as an Agent of Change*, Cambridge University Press, Cambridge UK, 1979
Edward Morgan Forster, *The Machine Stops*, Wildside Press, USA, 2013
Adam Gazzaley, *The Distracted Mind: ancient brain in a high tech world*, The MIT Press, Cambridge USA, 2016
Robert Green, *The 48 laws of Power*, Profile Books, Londres, 1998
David Hume, *Traité de la nature humaine*, Ellipses, Paris, 2002
Aurélie Jean, *De l'autre côté de la machine*, éditions de l'Observatoire, Paris, 2019
David Kaye, *Speech Police, The Global Struggle to Govern The Internet*, Columbia Global Reports, New York, 2019
Julien Le Bot, *Dans la tête de Mark Zuckerberg*, Actes Sud, Paris, 2019
Michael Lewis, *The New New Thing*, Hodder & Stoughton, Londres, 2012
Xavier de Maistre, *Voyage autour de ma chambre*, Lulu.com, 2011
Hugo Mercier, *Not Born Yesterday*, Princeton University Press, Princeton USA, 2020
Margaret O'Mara, *The Code*, Penguin Books, Londres, 2019
Eli Pariser, *The Filter Bubble*, Viking Books, New York, 2011
Karl Polanyi, *La Grande Transformation*, éditions Gallimard, Paris, 1983
Jonathan Rauch, *The Constitution of knowledge, a defense of truth*, Brookings Institution, USA, 2021

A Brad Schwartz, *Broadcast Hysteria*, Hill & Wang, New York, 2016

Jean Twenger, *I Gen*, Atria Books, New York, 2017

James Williams, *Stand out of our Light*, Cambridge University Press, 2018

Tim Wu, *The Attention Merchants*, Atlantic Books, Londres, 2017

Shoshana Zuboff, *l'Age du capitalisme de surveillance*, Profile Books Ltd, Londres, 2019

Ethan Zuckerman, *Mistrust: Why Losing Faith in Institutions Provides the Tools to Transform Them*, W.W. Norton & Company, USA, 2021

*Articles*

« How Facebook got addicted to spreading misinformation », Karen Hao, mars 2021

https://www.technologyreview.com/2021/03/11/1020600/facebook-responsible-ai-misinformation/

« Inside the Making of Facebook's Supreme Court », Kate Klonick, février 2021

https://www.newyorker.com/tech/annals-of-technology/inside-the-making-of-facebooks-supreme-court

« Just 12 People Are Behind Most Vaccine Hoaxes On Social Media, Research Shows », Shannon Bond, mai 2021

https://www.npr.org/2021/05/13/996570855/disinformation-dozen-test-facebooks-twitters-ability-to-curb-vaccine-hoaxes?t=1630064711447

« Nick Clegg tries to reset the conversation », Casey Newton, avril 2021
https://www.platformer.news/p/nick-clegg-tries-to-reset-the-conversation

« Facebook Doomsday Machine », Adrienne La France, décembre 2020
https://www.theatlantic.com/technology/archive/2020/12/facebook-doomsday-machine/617384/

« How Facebook Is Killing Journalism and Democracy », David Atkins, mars 2021
https://washingtonmonthly.com/2021/03/13/facebook-is-killing-journalism-and-democracy-we-should-do-something-about-it/

« A Day in the Life of Your Data », Arige Hayeg, avril 2021
https://www.apple.com/privacy/docs/A_Day_in_the_Life_of_Your_Data.pdf

« I was addicted to the high': I became an influencer as a joke – then it nearly brock me », Bella Younger, mai 2021
https://www.theguardian.com/lifeandstyle/2021/may/01/addicted-to-high-being-accidental-influencer-nearly-broke-me-bella-younger

« La Commission européenne pousse les plateformes numériques à démonétiser la désinformation », Samuel Stolton, janvier 2021
https://www.euractiv.fr/section/economie/news/eu-commission-presses-platforms-to-de-monetise-disinformation/

« Doit-on laisser les réseaux sociaux faire “la police” eux-mêmes ? », @sorianotech, janvier 2021, pic.twitter.com/bstbvLZ490

« Australia shows the way. It’s the job of governments not big tech to run democrats », John Naughton, février 2021
https://www.theguardian.com/commentisfree/2021/feb/21/australia-shows-the-way-its-the-job-of-governments-not-big-tech-to-run-democracies

« Mais qui veut éteindre les lumières ? », Ariane Chemin et Vincent Martigny, novembre 2018
https://www.lemonde.fr/long-format/article/2018/11/15/mais-qui-eteindre-des-lumieres_5384074_5345421.html

« Why Conspiracy Theories Are So Addictive Right Now », Kevin Roose, octobre 2020
https://www.nytimes.com/2020/10/07/technology/Trump-conspiracy-theories.html

« Tim Berners-Lee says Internet access should be a basic right », Kim Lyons, mars 2021
https://www.theverge.com/2021/3/12/22327246/tim-berners-lee-world-wide-web-internet-access-basic-right

« How YouTube got played on Election Day », Casey Newton, novembre 2020
https://www.plateformer.news/p/how-youtube-got-played-on-election

« The Coup We Are Not Talking About », Shoshana Zuboff, janvier 2021

https://www.nytimes.com/2021/01/29/opinion/sunday/facebook-surveillance-society-technology.html

« The Life and Death of a Woman-Hater », Jill Filipovic, février 2021
https://www.nytimes.com/2021/02/20/opinion/rush-limbaugh-women.html

« I'm Struggling with Infomania. Again », Manoush Zomorodi, mars 2021
https://manoush.medium.com/im-struggling-with-infomania-again-3ef11dfa0a3e

« Comment l'épidémie a bousculé votre consommation d'informations », Xavier Eutrope, mars 2021
https://larevuedesmedias.ina.fr/pandemie-covid-19-habitudes-consommation-information-medias

« My exhausting meditation retreat : 10 days of Vipassana, silence and spiders », Jodi Ettenberg, mars 2016
https://www.theguardian.com/society/2016/mar/31/meditation-retreat-vipassana-new-zealand-exhausting-silence-spiders

« Digital Around the World in April 2020 », Simon Kemp, avril 2020
https://wearesocial.com/blog/2020/04/digital-around-the-world-in-april-2020

« Consommation média : le fossé se creuse entre les générations », Kati Bremme, mars 2021
https://www.meta-media.fr/2021/03/13/consommation-media-le-fossee-se-creuse-entre-les-generations.html

« What can journalists do about the Unreality Crisis? », Tom Rosenstiel, août 2021

https://www.poynter.org/commentary/2021/what-can-journalists-do-about-the-unreality-crisis/?__cf_chl_jschl_tk__=pmd_8cxPqv5drszuk0h.WyNcYgvw160TIy4eb1c_9hdMWuo-1630066121-0-gqNtZGzNAiWjcnBszQpl

« Our place in the value chain could be diminished », Seb Joseph, mars 2021
https://digiday.com/media/our-place-in-the-value-chain-could-be-diminished-confessions-of-a-publisher-exec-on-the-future-of-user-level-identifiers/

« Microsoft's Kate Crawford: AI is neither artificial nor intelligent », Zoë Corbyn, juin 2021
https://www.theguardian.com/technology/2021/jun/06/microsofts-kate-crawford-ai-is-neither-artificial-nor-intelligent

« Neurodroits: le Chili veut protéger le cerveau de ses citoyens contre les technologies », *HuffPost* avec AFP, avril 2021
https://www.huffingtonpost.fr/entry/neurodroits-le-chili-veut-proteger-le-cerveau-de-ses-citoyens-contre-les-technologies_fr_608a472ce4b046202703a142

« Twitter : Our Read Before You Retweet, Function Actually Works », Michael Kan, septembre 2020
https://www.pcmag.com/news/twitter-our-read-before-you-retweet-function-actually-works

« Facebook and the Normalization of Deviance », Sue Halpern, mai 2021
https://www.newyorker.com/news/daily-comment/facebook-and-the-normalization-of-deviance

« Twitter's Jack Dorsey wants to build an app store for social media algorithms », Jacob Kastrenakes, février 2021
https://www.theverge.com/2021/2/9/22275441/jack-dorsey-decentralized-app-store-algorithms

« Beyond Facebook Logic: Help us map alternative social media! », Ethan Zuckerman & Chand Rajendra-Nicolucci, octobre 2020
https://medium.com/@EthanZ/beyond-facebook-logic-help-us-map-alternative-social-media-889b874b7aee

« Henri Verdier : Un consensus international est en train d'émerger sur ce qu'on nomme une IA responsable », Emile Marzolf, octobre 2020
https://www.acteurspublics.fr/articles/henri-verdier-lintelligence-artificielle-est-a-la-fois-le-principal-vecteur-de-progres-et-de-risques-de-notre-epoque

« The Great Fragmentation : What it Means for Investors », Nicolas Colin, juin 2020
https://europeanstraits.substack.com/p/the-great-fragmentation-what-it-means

« The Complex Debate Over Silicon Valley's Embrace of Content Moderation », Nellie Bowles, juin 2020
https://www.nytimes.com/2020/06/05/technology/twitter-trump-facebook-moderation.html

« Screen time: Conclusions about the effects of digital media are often incomplete, irrelevant or wrong », Byron Reeves, Nilam Ram, Thomas N. Robinson, janvier 2020

https://theconversation.com/screen-time-conclusions-about-the-effects-of-digital-media-are-often-incomplete-irrelevant-or-wrong-129960

« The Machine Stops », Oliver Sacks, février 2019
https://www.newyorker.com/magazine/2019/02/11/the-machine-stops

« Can We Conceive of a New Internet? », Adam Glenn, juin 2021
https://news.columbia.edu/news/reimagine-internet-knight

« Une politique numérique de gauche est-elle possible ? », Aurélien Berthier, juin 2021
https://www.agirparlaculture.be/une-politique-numerique-de-gauche-est-elle-possible/

« Zuckerberg's Free Speech Bubble », Kara Swisher, juin 2020
https://www.nytimes.com/2020/06/03/opinion/facebook-trump-free-speech.html

« What Instagram really learned from hiding like counts », Casey Newton, mai 2021
https://www.platformer.news/p/instagrams-big-likes-anticlimax

« Do not Disturb: How I Ditched My Phone and Unbroke My Brain », Kevin Roose, février 2019
https://www.nytimes.com/2019/02/23/business/cell-phone-addiction.html

« Enfants, adolescents : quand les écrans les intoxiquent », Agnès Leclair, mai 2021
https://www.lefigaro.fr/actualite-france/enfants-adolescents-quand-les-ecrans-les-intoxiquent-20210514#:

~:text=ENQU%C3%8ATE%20%2D%20Des%20professionnels%20de%20l,sort%20plus%20de%20chez%20lui.

« How the Oversight Board is changing Facebook », Casey Newton, juillet 2021
https://www.platformer.news/p/how-the-oversight-board-is-changing

« My Twitter Rehab », Caitlin Flanagan, juillet 2021
https://www.theatlantic.com/ideas/archive/2021/07/twitter-addict-realizes-she-needs-rehab/619343/

« They're killing people's: Biden aims blistering attack at tech compagnies over vaccine falsehoods », Mat Viser, Rachel Lerman, Tyler Pager, juillet 2021
https://www.washingtonpost.com/gdpr-consent/?next_url=https%3a%2f%2fwww.washingtonpost.com%2fpolitics%2fbiden-vaccine-social-media%2f2021%2f07%2f16%2ffbc434bc-e666-11eb-8aa5-5662858b696e_story.html

« President Biden goes after Facebook », Casey Newton, juillet 2021
https://www.platformer.news/p/president-biden-goes-after-facebook

« Harvard University's Berkman Klein Center for Internet & Society to launch a three-year multidisciplinary Institute to "reboot social media" », juillet 2021
https://cyber.harvard.edu/story/2021-07/berkman-klein-center-to-launch-three-year-institute-for-rebooting-social-media

« Conservative social networks keep making the same mistake », Casey Newton, juillet 2021

https://www.platformer.news/p/conservative-social-networks-keep

« Bill Would Strip Social Media of Protections for Health Misinformation », Siobban Hughes, juillet 2021
https://www.wsj.com/articles/bill-to-strip-social-media-of-protections-for-health-misinformation-11626976800

« Majority of Covid misinformation came from 12 people, reports finds », Erum Salam, juillet 2021
https://www.theguardian.com/world/2021/jul/17/covid-misinformation-conspiracy-theories-ccdh-report

« The New Governors: The People, Rules, and Processes Governing Online Speech », Kate Klonick, avril 2018
https://harvardlawreview.org/2018/04/the-new-governors-the-people-rules-and-processes-governing-online-speech/

« The platforms try a little transparency », Casey Newton, mai 2021
https://www.platformer.news/p/the-platforms-try-a-little-transparency

« The Clickbaitification of Netflix », Dan Kois, août 2021
https://slate.com/culture/2021/08/netflix-top-10-movies-shows-clickbait.html

« Artist Shows Google Maps'Control over Our Lives by Creating a Fake Traffic Jam », Roberto Baldwin, février 2020
https://www.caranddriver.com/news/a30754804/google-maps-hack-smartphones/

« Zoom dysmorphia is following us into the real world », Amit Katwala, août 2021
https://www.wired.co.uk/article/zoom-dysmorphia

« Designing Organizations for an Information-Rich World », Herbert A. Simon, Carnegie-Mellon University, septembre 1969
https://digitalcollections.library.cmu.edu/awweb/awarchive?type=file&item=33748

« The Institutional Impacts of Algorithmic Distribution: Facebook and Australian News Media », Francesco Bailo, James Meese, juin 2021
https://journals.sagepub.com/doi/full/10.1177/20563051211024963

« Misinformation on Facebook got six times more clicks than factual news during the 2020 election, study says », Elizabeth Dwoskin, septembre 2021
https://www.washingtonpost.com/technology/2021/09/03/facebook-misinformation-nyu-study/

« Les contenus politiques vont perdre de la visibilité sur Facebook », Setra, septembre 2021
https://www.presse-citron.net/les-contenus-politiques-vont-perdre-de-la-visibilite-sur-facebook/

« How platforms are changing our politics », Casey Newton, septembre 2021
https://www.platformer.news/p/how-platforms-are-changing-our-politics

« Twitter lance un "mode sécurité" qui bloque automatiquement les comptes nuisibles », Eric Le Bourlout, septembre 2021

https://www.01net.com/actualites/twitter-lance-un-mode-securite-qui-bloque-automatiquement-les-comptes-nuisibles-2047693.html

« Loot is a viral social network that looks like nothing you've ever seen », Casey Newton, septembre 2021
https://www.theverge.com/22655077/loot-social-network-open-source-nft

« All the most popular posts on Facebook are plagiarized », Casey Newton, août 2021
https://www.platformer.news/p/all-the-most-popular-posts-on-facebook

« Facebook hides a report », Casey Newton, août 2021
https://www.platformer.news/p/facebook-hides-a-report

« Steve Jobs était un créateur de génie, Tim Cook est un dirigeant de génie », Sébastien Dumoulin, Nicolas Madeleine, août 2021
https://www.lesechos.fr/tech-medias/hightech/steve-jobs-etait-un-createur-de-genie-tim-cook-est-un-dirigeant-de-genie-1340473

« What if People Don't Want "A Career"? », Charlie Warzel, août 2021
https://warzel.substack.com/p/what-if-people-dont-want-a-career

« The Silent Partner Cleaning Up Facebook for $500 Milion a Year », Adam Satariano, Mike Isaac, août 2021
https://www.nytimes.com/2021/08/31/technology/facebook-accenture-content-moderation.html

« Apple's two-front war », Casey Newton, août 2021
https://www.platformer.news/p/apples-two-front-war

« El español será uno de los primeros idiomas en los que profundizará ARTE », Gerardo Granda, août 2021
https://www.larazon.es/television/20210828/rs3eqau36fgc5cu56oiev6v7ca.html

« Político is being sold for more than $1 billion ; here are some of the Smart moves it made to get there », Joshua Benton, août 2021
https://www.niemanlab.org/2021/08/politico-is-being-sold-for-more-than-1-billion-here-are-some-of-the-smart-moves-it-made-to-get-there/

« Privacy-Enhancing Technologies and Building for the Future », Graham Mudd, août 2021
https://www.facebook.com/business/news/building-for-the-future

« The immortal Myths About Online Abuse », Anil Dash, mai 2016
https://medium.com/humane-tech/the-immortal-myths-about-online-abuse-a156e3370aee

« A tax that could fix Big Tech », Paul Romer, mai 2019
https://www.nytimes.com/2019/05/06/opinion/tax-facebook-google.html

« Démesure, promesses, compromis », Bernard Stiegler, septembre 2020
https://blogs.mediapart.fr/edition/les-invites-de-mediapart/article/050920/demesure-promesses-compromis-13-par-bernard-stiegler

« Time for the Human Screenome Project », Byron Reeves, Thomas Robinson, Nilam Ram, janvier 2020
https://www.nature.com/articles/d41586-020-00032-5?sf228352517=1

« You and the Algorithm: It Takes Two to Tango », Nick Clegg, mars 2021
https://nickclegg.medium.com/you-and-the-algorithm-it-takes-two-to-tango-7722b19aa1c2

« The Man Who Built The Retweet : “We Handed A Loaded Weapon To 4-Year-Olds” », Alex Kantrowitz, juillet 2019
https://www.buzzfeednews.com/article/alexkantrowitz/how-the-retweet-ruined-the-internet

« How YouTube got played on Election Day », Casey Newton, novembre 2020
https://www.platformer.news/p/how-youtube-got-played-on-election

21st Annual Edelman Trust Barometer
https://www.edelman.com/sites/g/files/aatuss191/files/2021-01/2021-edelman-trust-barometer.pdf

« Facebook calls Australia’s bluff », Casey Newton, février 2021
https://www.platformer.news/p/facebook-calls-australias-bluff

« Selon un ancien directeur de Google, une IA consciente et dangereuse telle que Skynet est inévitable », Jonathan Paiano, septembre 2021
https://trustmyscience.com/selon-ancien-directeur-google-ia-consciente-telle-que-skynet-inevitable/

« The Facebook Files »
https://www.wsj.com/articles/the-facebook-files-11631713039

« Facebook a supprimé plus de 15 milliards de faux comptes en deux ans », septembre 2021
https://comarketing-news.fr/facebook-a-supprime-plus-de-15-milliards-de-faux-comptes-en-deux-ans/

« No more apologies : Inside Facebook's push to defend its image », septembre 2021
https://www.nytimes.com/2021/09/21/technology/zuckerberg-facebook-project-amplify.html

« Facebook, Twitter still the leading social media sites where people get news », Adam Benjamin, septembre 2021
https://www.cnet.com/news/facebook-twitter-still-the-leading-social-media-sites-where-people-get-news/

« A rough year for internet freedom », Casey Newton, septembre 2021
https://www.platformer.news/p/a-rough-year-for-internet-freedom

« Why these Facebook research scandals are different », Casey Newton, septembre 2021
https://www.platformer.news/p/why-these-facebook-research-scandals

« What is an "algorithm"? It depends whom you ask », Kristian Lum et Rumman Chowdhury, février 2021
https://www.technologyreview.com/2021/02/26/1020007/what-is-an-algorithm/

« Les choses sérieuses commencent », Jacques Attali, septembre 2021
https://www.attali.com/geopolitique/choses-serieuses/

« Facebook whistleblowers share their findings », Casey Newton, septembre 2021
https://www.platformer.news/p/facebook-whistleblowers-share-their

*Documentaires*

*Dopamine*, documentaire de Léo Favier, Arte
*Hold-up*, documentaire de Pierre Barnérias
*Les poissons, pas si cons ?*, documentaire de Stéphane Jacques, Ariane Lamarsaude, Arte

*Films*

*Inception*, Christopher Nolan
*The Social Network*, David Fincher
*Lie to me*, Samuel Baum

*Chansons*

« Take Me Home, Country Roads », John Denver
« Les Faussaires », Francis Cabrel
« I Feel Like I'm Fixin' to Die Rag », Joe McDonald
« Rough and Rowdy Ways », Bob Dylan
« Eye in The Sky », Alan Parson Project

Cet ouvrage a été imprimé
par CPI Firmin-Didot
pour le compte des éditions Grasset
à Mesnil-sur-l'Estrée (Eure)
en janvier 2022

*Mise en pages*
*PCA 44400 Rezé*

PAPIER À BASE DE FIBRES CERTIFIÉES

*Grasset* s'engage pour l'environnement en réduisant l'empreinte carbone de ses livres. Celle de cet exemplaire est de
700 g éq. $CO_2$
Rendez-vous sur www.grasset-durable.fr

N° d'édition : 22325 – N° d'impression : 168153
Dépôt légal : janvier 2022
*Imprimé en France*